Melissa Foster

Taming My Whiskey – Im Herzen wild

Die Whiskeys: Dark Knights aus Peaceful Harbor

DIE AUTORIN

Melissa Foster ist eine preisgekrönte *New-York-Times-* und *USA-Today*-Bestsellerautorin. Ihre Bücher werden vom *USA-Today-Bücherblog*, vom *Hagerstown Magazin*, von *The Patriot* und vielen anderen Printmedien empfohlen. Melissa hat mehrere Wandgemälde für das *Hospital for Sick Children*, eine Kinderklinik in Washington, D. C., gemalt.

Besuchen Sie Melissa auf ihrer Website oder chatten Sie mit ihr in den sozialen Netzwerken. Sie diskutiert gern mit Lesezirkeln und Bücherclubs über ihre Romane und freut sich über Einladungen. Melissas Bücher sind bei den meisten Online-Buchhändlern als Taschenbuch und E-Book erhältlich.

www.MelissaFoster.com

MELISSA FOSTER
Taming My Whiskey –
Im Herzen wild

Die Whiskeys: Dark Knights aus Peaceful Harbor

LOVE IN BLOOM – HERZEN IM AUFBRUCH

Aus dem Amerikanischen von Anna Wichmann

Die Originalausgabe erschien erstmals 2019 unter dem Titel
»Taming My Whiskey« bei World Literary Press, MD, USA.

Deutsche Erstveröffentlichung 2022
bei World Literary Press, MD, USA
© 2019 der Originalausgabe: Melissa Foster
© 2022 der deutschsprachigen Ausgabe: Melissa Foster
Lektorat: Judith Zimmer, Hamburg
Umschlaggestaltung: Elizabeth Mackey Designs

ISBN: 978-1948868808

Vorwort

Wenn dies Ihr erster Kontakt mit der Whiskey-Familie ist, so kann ich Ihnen versichern, dass jedes Buch der Serie unabhängig von den anderen gelesen werden kann – stürzen Sie sich also einfach ins Geschehen und verlieben Sie sich in die Whiskeys!

Seitdem Dixie Whiskey zum ersten Mal auf einer Seite aufgetaucht ist, habe ich mich schon darauf gefreut, ihre Geschichte zu Papier zu bringen. Ich wusste, dass nur ein verdammt starker und selbstsicherer Mann in der Lage sein würde, ihre Liebe und ihr Vertrauen zu gewinnen, und es ist offensichtlich, dass Dixie in Jace Stone ihren Seelenverwandten gefunden hat. Jace ist schroff, mächtig und geheimnisvoll. Und wie er und Dixie herausfinden werden, besitzt er eine ganz eigene Art, sie zu lieben. Mit fast vierzig hat sich Jace noch nie binden lassen, und Dixie weiß genau, dass sie sich keinesfalls unter Wert verkaufen darf. Ich hoffe, Sie haben Freude an ihrer wilden und heißen Liebesgeschichte, bei der Dixie und Jace das alte Sprichwort »Der Mensch ist ein Gewohnheitstier« auf die Probe stellen werden.

In diesem Buch werden Sie außerdem auch die Wickeds kennenlernen, Cousins der Whiskeys. Diese Bad Boys werden in Zukunft ebenfalls jeweils ihre eigenen Liebesgeschichten bekommen. Den Stammbaum der Familien Whiskey und Wicked können Sie hier herunterladen:
www.MelissaFoster.com/Wicked-Whiskey-Family-Tree

Die Geschichten von Dixies Brüdern und ihrer erweiterten Familie finden Sie hier:
www.MelissaFoster.com/Series-Die-Whiskeys-Dark-Knights-aus-Peaceful-Harbor

Abonnieren Sie meinen Newsletter und bleiben Sie immer auf dem Laufenden über alle Neuerscheinungen:
www.MelissaFoster.com/Newsletter_German

Weitere Informationen über meine humorvollen und tiefgründigen Liebesromane, die alle einzeln oder als Teil der Reihe gelesen werden können, finden Sie auf meiner Website:
www.MelissaFoster.com/Herzen-im-Aufbruch

Eins

Jace Stone stieg am frühen Mittwochabend von seinem Motorrad, nahm den Helm ab und fuhr sich mit den Fingern durch die dichten dunklen Locken. Er sah hinauf zu dem Schild über der Tür von Jillian Bradens Boutique und ein Lächeln umspielte seine Lippen. Nachdem sie jahrelang an den Motorradentwürfen getüftelt hatten, bereiteten sich Jace und sein Geschäftspartner Maddox Silver nun auf die Markteinführung ihrer neuen Legacy-Modellreihe vor. Die Motorräder von Silver-Stone waren bereits heute weltweit begehrt und mit der Legacy-Reihe würden sie als Weltneuheit unterschiedliche Motorräder für Männer und Frauen anbieten. Damit war ihnen ihr Platz in der ersten Riege der Branche endgültig sicher. Jace hatte sich mit der Luxusmode-Designerin Jillian Braden zusammengetan, um eine *Leder und Spitze*-Kollektion zu entwerfen, die zeitgleich mit den neuen Motorrädern auf den Markt kommen sollte. Heute wollte er einige Stücke daraus abholen, die er für das Shooting für den Legacy-Kalender in der kommenden Woche in New York brauchte.

Das Glöckchen über der Eingangstür klingelte, als er die Boutique betrat.

»Willkommen im Jillian's«, begrüßte ihn eine hübsche

Blondine hinter der Kasse.

»Da ist ja der heißeste Biker von ganz Pleasant Hill«, rief ihm Jillian zu, die in der Mitte des Raums gerade ein Kleid auf einer Schaufensterpuppe drapierte.

Die zierliche, atemberaubend schöne Rothaarige schwebte ihm auf Pfennigabsätzen und in einer ihrer etwas verrückten, aber eleganten Eigenkreationen entgegen. Das schiefergraue, ärmellose Minikleid war extra kurz, der Saum verziert mit einer schwarzen Bordüre, der Rock mit einem Kreuzmuster und die Seiten mit eckigen Cut-Outs versehen. Das Outfit überließ nur wenig der Fantasie und lavierte haarscharf entlang einer Grenze, die Jace keine seiner drei jüngeren Schwestern jemals überschreiten ließe.

»Ich dachte mir schon, dass du zu spät kommst, nachdem du gestern so tief ins Glas geschaut hast«, neckte sie ihn. Sie waren ausgegangen, um ihren Erfolg mit Nick und Jax zu feiern, zwei von Jillians Brüdern, die außerdem enge Freunde von Jace waren. Nick arbeitete als Freestyle-Pferdetrainer und Jax war Jillians Zwillingsbruder und berühmt für die von ihm designten Hochzeitskleider.

Jace schnaubte verächtlich. »Ich habe schon Whiskey getrunken, da warst du noch nicht einmal auf der Welt.« Mit seinen eins fünfundneunzig und dem athletischen Körper eines Kämpfers brauchte es schon mehr als nur ein paar Drinks, um ihn aus der Bahn zu werfen.

»Mit der richtigen Frau an deiner Seite müsstest du vielleicht gar nicht so viel trinken.« Sie deutete mit dem Kopf in den vorderen Bereich des Ladens. »Annabelle ist Single.«

»Und außerdem ungefähr zweiundzwanzig. Tut mir leid, Süße, aber ich steh nicht auf so junges Gemüse – oder auf Verpflichtungen.« Jace war Ende dreißig und hatte den größten

Teil seines Lebens mit dem Aufbau seines Imperiums verbracht. Er war daran gewöhnt, von Frauen in Augenschein genommen zu werden, so wie es die Kleine hinter der Kasse gerade tat, als wäre er Frischfleisch. Alle flogen auf den großen, tätowierten Typen, und wenn sie herausfanden, dass er wohlhabend war, wollten sie auch sein Geld. Doch wüssten seine Verehrerinnen von seinem Faible für Leder und Spitze und von seiner emotionalen Verschlossenheit, würden sie wahrscheinlich die Flucht ergreifen. Die meisten Frauen waren ihm ohnehin zu harmlos. Für eine belanglose Nacht mochten sie perfekt sein, aber sie blieben blass im Vergleich zu den weichen, sexy Kurven und langen, schlanken Beinen einer starken, selbstbewussten Frau, die ihm Paroli bieten konnte und es mochte, wenn es auch im Schlafzimmer mal ein bisschen rauer zur Sache ging. Dieser Typ Frau war so selten wie die Blaue Mauritius, aber damit hatte Jace sich arrangiert. Er kannte es nicht anders, als nach seinen eigenen Regeln zu leben, und verspürte keinerlei Lust auf irgendwelche klammernden Anhängsel.

»Damit bin ich dann wohl auch aus dem Rennen.« Jillian klimperte aufreizend mit den Wimpern.

Als Jillian noch jünger gewesen war, hatte sie ihn unermüdlich angebaggert. Sie war schön, klug und hatte definitiv einen starken Willen, aber Jace fühlte sich sexuell nicht zu ihr hingezogen. Es lag nicht nur am Altersunterschied. Er kannte sie schon so lange, dass sie für ihn praktisch zur Familie gehörte. Und trotz ihrer scharfen Zunge und ihrer sexy Tanzeinlagen war sie für seinen Geschmack immer ein bisschen zu kultiviert und brav gewesen.

»Du bist eine kluge, heiße Frau, Jilly. Du wirst schon noch den Richtigen finden. Möglicherweise musst du dafür allerdings diese Stadt verlassen.« Er schmunzelte, als er an ihre fünf bulligen Brüder dachte, die jeden Mann in die Flucht schlugen, der sich in Jillians Nähe wagte.

»Da magst du recht haben.« Sie ging durch die Tür in den hinteren Teil des Ladens und er folgte ihr in den ersten Stock. »Du hast ja gesehen, wie Nick sich gestern Abend aufgeführt hat. Er hätte die Typen, mit denen ich getanzt habe, am liebsten in Stücke gerissen.«

»Wenn diese Kerle übergriffig geworden wären, hätte ich noch was ganz anderes mit ihnen gemacht.«

»Kein Wunder, dass du immer noch Single bist. Ich werde Jayla warnen, dass sie einen aussichtslosen Kampf führt«, sagte Jillian.

Seine jüngste Schwester Jayla war seit der Geburt ihres Sohnes Thane vor vier Monaten von der Idee besessen, Jace zu verkuppeln. Sie und ihr Mann Rush waren völlig vernarrt in ihren kleinen Jungen, und Jace musste zugeben, dass der Anblick seines bezaubernden Neffen auch sein Herz erwärmte und in ihm bisweilen die Sehnsucht nach einem eigenen Kind weckte. Sobald er wieder auf seinem Motorrad saß, wurden diese sentimentalen Anwandlungen aber vom Röhren der Maschine und der verlockenden Freiheit der vor ihm liegenden Straße verdrängt.

»Mach das, und sag ihr bitte auch, dass ihre Bemühungen nicht nur aussichtslos, sondern auch unerwünscht sind«, bat er, während er Jillian in ihr Studio folgte. Durch die Fenster an der gegenüberliegenden Wand fiel warmes Abendlicht herein.

Jillian schaltete das Licht an und erweckte den Raum zum Leben. Unter dem Fenster stand ein Zeichentisch voller halb fertiger Skizzen und auf den diversen anderen Tischen stapelten sich Stoffe und Nähutensilien. An den leuchtend weißen Wänden prangten Fotos von Models, die Jillians Kreationen trugen. Das Zimmer wurde zudem bevölkert von Dutzenden von Schneiderpuppen, die mehr oder weniger vollständige Outfits trugen.

»Es würde dir wirklich nicht schaden, ab und an mal einen Anzug zu tragen«, stellte Jillian fest. »Nicht, dass du in Jeans nicht auch fantastisch aussiehst, aber hey, du bist Milliardär! Du solltest ein bisschen damit angeben. Frauen stehen auf Männer mit Klasse.«

Das klang aus dem Mund einer Frau, die selbst siebenstellige Umsätze machte und sich trotzdem weiterhin benahm, als wäre sie gerade erst in die Branche eingestiegen, irgendwie komisch. »Könnten wir den Teil mit der Dating-Beratung vielleicht überspringen und gleich zu den Klamotten kommen?«

Sie zeigte auf mehrere Kleiderstangen auf der rechten Seite des Raums. »Voilà!«

Er legte seinen Helm auf dem Tisch ab und ging hinüber, um die Stücke in Augenschein zu nehmen.

»Ich hatte vor zwei Wochen eine Anprobe mit Sahara«, berichtete Jillian. »Sie sieht in jedem einzelnen der Modelle einfach umwerfend aus.«

Sahara Xar war das Model, das Jace für das Kalender-Fotoshooting ausgesucht hatte und das als das neue Gesicht von Silver-Stone eingeführt werden sollte. Er wollte eine authentische Bikerin, jemanden, der diesen Lifestyle kannte und lebte, und keine Poserin. Und er wollte ein frisches Gesicht, keines, das man schon von anderen Plakaten oder Produkten hinlänglich kannte und mit völlig anderen Produkten assoziierte. Die Suche hatte ihn fast ein ganzes Jahr gekostet, bis er letzten Endes entschied, dass Sahara die Beste war, die er kriegen konnte. Sie war Anwältin, kein Model, und sie war ihm von einem der Models empfohlen worden, die er nicht ausgewählt hatte. Sahara war in einer Biker-Familie aufgewachsen, pflegte mittlerweile aber einen anderen Lebensstil.

Jillian nahm einen der Bügel von der Stange und hängte ihn an einen Haken an der Wand, um ihm ein Korsett-Minikleid im Skater-Stil zu präsentieren. Ein Reißverschluss teilte das Mieder bis zur Taille, an der ein kurzes Faltenröckchen ansetzte. An den Seiten des Korsetts befanden sich dreieckige Cut-Outs, deren Spitzen knapp oberhalb der Rippen begannen und bis zum Rockbund reichten. Bänder aus schwarzer Spitze, die durch Ösen auf beiden Seiten der Cut-Outs geführt wurden, sorgten für den nötigen Halt. Es brauchte nur einen Zug an diesem Reißverschluss, und dieses Kleid würde an seiner Trägerin herabgleiten und sie entblößen. Er hatte die Entwürfe während des Entwicklungsprozesses gesehen, doch der Anblick des fertigen Outfits haute ihn trotzdem um.

»Das ist wirklich verdammt heiß«, sagte Jace.

»Exakt die Reaktion, auf die wir gehofft hatten. Ich bin völlig begeistert von dieser Kollektion. Ich hätte niemals gedacht, dass Biker-Mode so edel sein kann, aber wir haben es hingekriegt, Jace. In keinem der Outfits, die wir entworfen haben, steckt auch nur ein Fünkchen Vulgarität. Ich würde jedes einzelne dieser Stücke mit Stolz selbst tragen. Und ohne dich wäre ich niemals auf diese Ideen gekommen. Dein Wissen um die Biker-Welt und meine Kreativität machen uns zum perfekten Team.«

»Du sagst es.« Er hatte sich glücklich geschätzt, als sie der Zusammenarbeit zugestimmt hatte, und seine Entscheidung niemals bereut.

Jillian strich an der Kante eines Cut-Outs entlang. »Wir

haben das Material rund um die Ösen elastisch unterfüttert, um etwas mehr Spielraum für Kundinnen mit Zwischengrößen zu schaffen. Und die etwas breitere vordere Blende eignet sich auch fabelhaft für fülligere Frauen. Ich bin fest davon überzeugt, dass sich alle Frauen in diesem Outfit selbstbewusst und gut fühlen werden.«

»Das ist super. Richtige Frauen haben nämlich Kurven, und zufällig stehe ich darauf. Je mehr Frauen wir also in deinen sexy Klamotten verpacken können, desto besser.«

Jillian zog eine Augenbraue hoch. »Weiß Jayla, dass du kurvige Frauen bevorzugst?«

»Hör auf mit dem Scheiß, Jilly«, warnte er sie.

»Was denn? Ich sage ja nur, dass du auf einen bestimmten Typ stehst. Daran ist nichts verkehrt, aber es erklärt eine Menge.« Sie kniff die Augen zusammen, als würde sie angestrengt über die Lösung einer komplizierten Gleichung nachdenken.

»Was soll das denn heißen?«

»Das soll heißen, dass dir die Frauen in Scharen hinterherrennen, wenn wir ausgehen, du aber niemals anbeißt. Jetzt verstehe ich auch warum. Du bist wählerisch.«

»Grundgütiger.« Er stöhnte auf. »Warum sind wir noch mal Partner?«

»Weil ich großartig bin.« Sie grinste schelmisch. »Dann werde ich dir jetzt mal die restlichen Outfits für das Fotoshooting zeigen, du ›Freund der üppigen Kurven‹.«

Sie begutachteten Hüfthosen mit Lederdetails, Riemchenoberteile mit Spitze, Lingerie, Bustiers, schulterfreie Tops, lange geschlitzte Kleider und vieles mehr, und jedes Teil war eleganter als das vorherige. Selbst die atmungsaktiven Jacken und Monturen für warme Tage waren genauso sexy wie die

Dessous.

Während sie die Kleidungsstücke für den Versand in sein Loft nach New York vorbereiteten, klingelte Jaces Handy. Er zog es aus der Tasche und sah Shea Steeles Namen auf dem Display. Shea leitete die PR-Abteilung von Silver-Stone.

»Es ist Shea. Entschuldige mich kurz.«

»Grüß sie von mir«, bat Jillian, als er das Handy ans Ohr hob.

»Hi, Shea. Ich bin gerade bei Jilly. Für das Shooting ist alles bereit.«

»Das ist toll, aber wir haben ein Problem«, sagte Shea. »Sahara fällt aus. Sie ist im Gericht die Treppen runtergefallen. Sie hat sich das Bein gebrochen und ihr Gesicht ist völlig zerschrammt.«

»Oh nein. Geht es ihr ansonsten gut?«

»Sie wird wieder, aber für das Shooting fällt sie aus. Ich suche schon nach einem Ersatz, aber die wenigen anderen Models, die für dich noch infrage kämen, sind alle ausgebucht. Keine Sorge, Jace, ich suche eifrig weiter, aber denk dran, du hast fast ein Jahr gebraucht, um Sahara zu finden. Mir ist schon klar, dass du wählerisch bist, doch ich fürchte, du musst deine Erwartungen ein bisschen herunterschrauben.«

»Wenn mir heute noch einmal jemand sagt, ich sei wählerisch, dann raste ich aus.« Er ging nervös auf und ab, und seine Stimme klang gereizt, während er im Kopf durchspielte, was das für die Kampagne bedeutete. »Diese Frau soll das Gesicht von Silver-Stone sein, da können wir wohl kaum wählerisch genug sein.«

»Schon klar. Ich verstehe dich, aber wir haben nur noch sechs Tage, Jace. Wie wäre es mit Agatha Price? Ich habe mit ihrem Agenten telefoniert, und sie ist gerade auf Hawaii, könnte es aber zum Shooting schaffen.« Agatha Price war eines der begehrtesten tätowierten Models weltweit.

»Auf keinen Fall. Ich werde nicht mit demselben Model arbeiten wie tausend andere Firmen. Wir sind nicht umsonst die Besten. Gerade du solltest doch wissen, wie wichtig es ist, sich von der Masse abzuheben. Die Legacy-Motorräder mit ihrer Power, dem verruchten Stil und dem modernen Design verfügen über gerade genug Old-School-Elemente, um zu begehrten Sammlerstücken zu werden, zu einem Klassiker, den man an seine Kinder vererben will. Und die *Leder und Spitze*-Kollektion ist anders als alles, was es an Biker-Bekleidung auf dem Markt gibt. Das Gesicht, das Silver-Stone repräsentiert, muss also so unverwechselbar sein wie unsere Produkte.«

»Natürlich. Wie wäre es, wenn wir das Shooting verschieben? Du könntest dann immer noch ...«

»Auf gar keinen Fall«, unterbrach sie Jace. »Ich habe mehrere hunderttausend Dollar in diese Kampagne investiert. Das Shooting muss pünktlich stattfinden. Du warst doch diejenige, die mich davon überzeugt hat, dass die Markteinführung der Legacy-Modellreihe und die Präsentation des neuen Gesichts unseres Unternehmens zur selben Zeit stattfinden müssen.« Er starrte an die Decke und versuchte, die Frustration niederzukämpfen, die sich in ihm aufbaute.

»Und davon bin ich immer noch überzeugt – vorausgesetzt, wir schaffen das auch. Je mehr Aufmerksamkeit, desto besser«, erklärte Shea. »Ich werde sehen, was ich tun kann, aber wir brauchen einen Plan B.«

»Ich will keinen Plan B. Klappere einfach jede einzelne Model-Agentur da draußen ab und sag denen, dass wir eine umwerfend schöne, selbstbewusste Bikerin suchen, die noch nie einen größeren Modeljob gemacht hat.«

»Nur echte Bikerinnen. Ich weiß, was dir vorschwebt, aber uns ist doch schon während der Suche nach Sahara klar geworden, dass du eigentlich gar kein Model suchst, Jace. Du willst eine Bikerin, die so schön ist, dass sie auch Model sein könnte.«

»Genau.«

»Ich bleibe dran«, versprach Shea.

Nachdem Jace aufgelegt hatte, hörte er, wie Jillian sich ihm auf ihren hohen Absätzen näherte. Wenn sie keinen Ersatz für Sahara fanden, wäre auch Jillian am Boden zerstört. Sie hatte sich für dieses Projekt wahnsinnig reingehängt. Er knirschte mit den Zähnen, als er das Telefon wegsteckte. *Verdammter Mist!*

»Jace?«

Er drehte sich um und sah die Sorge in ihrem hübschen Gesicht. »Ja?«

»Ist Sahara etwas passiert?«

»Sie ist gestürzt und hat sich das Bein gebrochen. Sie wird wieder gesund, kann das Shooting aber nicht machen.«

»Das habe ich dem, was du zu Shea gesagt hast, bereits entnommen. Ich wüsste da ein Model, das du dir vielleicht mal ansehen solltest. Sie ist genau das, was du suchst: eine selbstbewusste, attraktive Bikerin. Sie ist etwa eins fünfundsiebzig und eher schlank, hat jedoch Rundungen an den richtigen Stellen. Ich habe ihr gerade ein Kleid genäht, das sie dieses Wochenende auf einer Veranstaltung tragen will. Es wäre kein Problem, die Outfits für sie zu ändern, falls sie den Job übernehmen will. Sie hat erst ein einziges Mal gemodelt, und zwar für mich. Ich habe sie bei der Präsentation meiner Facettenreich-Kollektion eingesetzt.«

»Wer ist sie?«

Jillian drückte ihm ein Foto in die Hand. Ihm blieb fast das

Herz stehen, als er die große, tätowierte Rothaarige sah, die er als schlagfertig und gewitzt kannte – die einzige Frau, bei der er je Schwierigkeiten gehabt hatte, die Finger bei sich zu behalten. Es handelte sich um Dixie Whiskey und sie war einfach umwerfend. Er hatte sich immer von ihr ferngehalten, weil er sie für schlichtweg unwiderstehlich hielt. Sie war keine Frau für einen One-Night-Stand, sondern eine, die man als seine Sozia auswählte und nie wieder gehen ließ. Er hatte sie nie so professionell gestylt gesehen wie auf dem Foto, auf dem sie Smokey Eyes und eine perfekte Frisur zur Schau trug. Diese Frau in Jillians atemberaubenden Kreationen? *Grundgütiger!* Sie war einfach perfekt – und sie war die kleine Schwester der härtesten Biker von Peaceful Harbor, Maryland, sowie die Tochter des Präsidenten der Dark Knights.

»Wow«, murmelte er ehrfürchtig.

»Dixie Whiskey«, sagte Jillian. »Sie ist unglaublich, aber ich bin mir nicht sicher, ob sie sich dazu bereit erklärt. Wenn ich mich recht erinnere, bekam sie nach meiner Show Dutzende Anrufe und man hat ihr horrende Summen geboten, um sie als Model zu gewinnen. Sie hatte nicht das geringste Interesse. Du kennst ja die Whiskeys. Dixie ist kein Model, sondern eine wahre Bikerin, Jace.«

»Aber sie hat für dich gemodelt«, wandte er ein. Dixie entsprach exakt dem Bild, das er bei der Suche nach einem neuen Gesicht für Silver-Stone im Kopf gehabt hatte. Hätte er schon vorher gewusst, dass sie modelte, wären ihm viel Zeit und Mühe erspart geblieben.

»Weil sie mir was schuldig war«, gab Jillian zu.

»Was muss ich mir darunter vorstellen?«

Jillian runzelte die Stirn.

»Jetzt komm schon, Jillian«, drängte er sie. »Wir brauchen

sie. Das weißt du ganz genau. Welchen Gefallen hast du ihr getan?«

»Mann, du bist eine echte Nervensäge. Wenn du es ihren Brüdern steckst, bring ich dich um.«

Er starrte sie an und verschränkte die Arme.

»Okay!« Sie stieß die Luft aus. »Ich habe sie mit einem Typen hier aus Pleasant Hill verkuppelt. Aber das spielt keine Rolle, weil du wohl kaum etwas in der Art für sie tun würdest.«

Da hatte sie verdammt recht; so etwas würde er niemals tun.

»Ich hätte es wahrscheinlich nicht vorschlagen sollen«, meinte sie. »Tut mir leid. Das war eine blöde Idee. Wenn ich genauer darüber nachdenke, wird mir klar, dass sie niemals Ja sagen wird.«

Er schob das Foto in seine Hemdtasche und schnappte sich seinen Helm. »Wart's ab.«

»Komm schon, Baby, lass uns eine Wette abschließen.« Lance »Crow« Burke, ein Mitglied der Dark Knights und schon seit einer halben Ewigkeit hinter Dixie her, versuchte wieder einmal, sie zu einem Date zu überreden.

Sie waren im Whiskey Bro's, der Bar, die Dixies Familie gehörte. Dixie bediente, und Crow spielte mit zwei anderen Dark Knights, die ihn amüsiert musterten, eine Runde Darts. Sie kannten Dixie gut genug, um zu wissen, wohin das führte. Dixie war Mitinhaberin beider Familienunternehmen. Sie kümmerte sich nicht nur um die Buchhaltung von Whiskey Automotive und der Bar, sondern bediente hier auch schon so lange, dass Typen wie Crow für sie der Hintergrundmusik glichen und eher eine amüsante Zerstreuung waren.

»Was schwebt dir vor?«, fragte Dixie mit gespieltem Ernst. Er sah nicht übel aus mit seinem nachtschwarzen Haar und den markanten Zügen, ein bisschen zu glatt und langweilig für Dixies Geschmack, aber ihre beiden besten Freundinnen Isabel »Izzy« Ryder und Tracey Kline, die ebenfalls in der Bar arbeiteten, waren der Meinung, er sei »so heiß wie ein Model«. Dixie war bei der Wahl ihrer Männer anspruchsvoll, Aussehen, Geld oder flotte Anmachsprüche spielten für sie keine Rolle.

Dixies Urgroßvater hatte die Dark Knights gegründet. Das Bikerleben lag ihr im Blut. Sie hatte liebevolle, aber strenge Eltern, die sich nichts bieten ließen, und drei ältere Brüder mit ausgeprägtem Beschützerinstinkt: Bones, Bullet und Bear. Dank ihnen hatte sie gelernt, offen ihre Meinung zu sagen und sich durchzusetzen. Das Problem war, dass das Aufwachsen mit all diesen Männern ihre Erwartungen an ihren Partner ziemlich hochgeschraubt hatte. Sie war entschlossen, sich niemals von einem Mann abhängig zu machen. Was sie einzig und allein suchte, war bedingungslose Liebe. Sie wollte keinen Kerl, der den starken Mann spielte, denn Stärke hatte nichts mit Angeberei zu tun. Entweder war ein Mann dazu in der Lage, sich furchtlos jedem Gegner zu stellen, oder eben nicht. Dazwischen gab es keine Grauzone. Sie hatte auch kein Interesse an Männern, die sich allein auf ihr gutes Aussehen verließen, denn letzten Endes würden sie eines Tages alle alt und faltig, grau oder kahlköpfig sein. Und was sie besonders langweilte, waren Typen, die einen Haufen Geld verdienten und damit um sich warfen, als sei es Konfetti. Mit Geld ließ sich keine wahre Liebe kaufen. Nachdem sie mit angesehen hatte, wie sich ihre Brüder einer nach dem anderen in wundervolle Frauen verliebten, fühlte sie sich in ihrer Meinung bestätigt. Ein Mann konnte Kampfgeist und dennoch ein Herz aus Gold besitzen.

Kampfgeist und Herz hatte Dixie ebenfalls. Nun musste sich nur noch ihr furchtloser Ritter zeigen.

»Wenn ich ein Bull's Eye lande, gehst du am Samstag mit mir aus, okay?«, schlug Crow mit frechem Augenzwinkern vor.

»Du wirst am Freitagabend auf der Auktion versteigert, schon vergessen? Hoffentlich hast du Glück und irgendeine Frau bietet auf dich. Dann bist du Samstagabend beschäftigt.« Dixie hatte die Leitung der jährlichen Junggesellenauktion übernommen, deren Erlöse an ein hiesiges Frauenhaus fließen würden. Jedes Jahr übernahm eine lokale Firma die Schirmherrschaft. Mr. B's Mikrobrauerei, geführt von ihren Freunden, den Bradens, hatte sich in den letzten beiden Jahren dazu bereit erklärt. Dixie war begeistert von der Idee, die Veranstaltung mit den Dark Knights zu verbinden, und hatte sich vorgenommen, mehr Geld einzunehmen als bei allen anderen Auktionen zuvor. Sie hatte viele Talente, vor allem aber war sie gut darin, Geschäftsstrategien zu entwickeln und Leute zur Zusammenarbeit zu motivieren. Sie hatte nicht nur fast jeden einzelnen Single der Dark Knights zum Mitmachen überredet, sondern auch schon mehr als fünfzigtausend Dollar an Spenden gesammelt. Damit war ihr Ziel erreicht, dabei fand die Auktion erst in zwei Tagen statt.

Crow zwinkerte den anderen Männern zu. »Sie will mir damit nur sagen, dass sie auf mich bieten wird.«

Dixie verdrehte die Augen und ging weg, um nach den anderen Gästen zu sehen.

Sie freute sich auf die Auktion, war jedoch auch nervös. Weil ihre Brüder nun alle vergeben waren, hatte sie sich von ihren Freundinnen insgeheim dazu überreden lassen, selbst auf die Bühne zu gehen und sich versteigern zu lassen. Sollten ihre Brüder Wind von der Sache bekommen, würden sie sie wahrscheinlich wegsperren, um das zu verhindern. Sie hatten wirklich einen ausgeprägten Beschützerinstinkt und ihr Ruf eilte ihnen voraus. Es brauchte nur einen ermahnenden Blick von Bullet, Bones oder Bear, und jeder Mann, der eventuell an ihr interessiert sein könnte, kapitulierte. Wollte sie jemals die Chance bekommen, sich zu verlieben, würde sie Peaceful Harbor wohl oder übel verlassen müssen. Vielleicht konnte sie ja den Mann ihrer Träume treffen, wenn sie in zwei Wochen nach Cape Cod fuhr, um die Kunstausstellung ihres Cousins Justin Wicked zu besuchen und sich an den Stränden der Cape Cod Bay zu sonnen.

Doch das wäre wohl zu schön, um wahr zu sein, und sie schob den Gedanken beiseite, um sich ihrem Lieblingsteenager zu widmen: dem sechzehnjährigen Marco Garcia. Sie ging zu dem Tisch, an dem er über sein Heft gebeugt saß und seine Mathematikhausaufgaben erledigte, während er auf seinen älteren Bruder Ricardo wartete, der bei ihnen als Tellerwäscher arbeitete. »Hey, mein Hübscher. Wie lief der Chemietest letzte Woche?«

Seine großen dunklen Augen leuchteten auf und ein freundliches Lächeln breitete sich auf seinem hübschen Gesicht aus. Vor ein paar Monaten hatte Ricardo versucht, die Zeche zu prellen, und war von Jed Moon, Barmann und Prospect der Dark Knights, erwischt worden. Als Jed erfuhr, dass Ricardo die Schule schwänzte und etwas zu essen für seinen Bruder geklaut hatte, nahm er den Jungen unter seine Fittiche und bot ihm einen Job an, statt die Polizei zu rufen. Jetzt ging Ricardo regelmäßig zur Schule und arbeitete, statt sich in Schwierigkeiten zu bringen. Die Situation der beiden Brüder hatte Jed auf die Idee mit dem »Young Knights«-Programm gebracht: Ladeneigentümer wie die Whiskeys unterstützten Jugendliche, die in schwierigen Verhältnissen lebten. Dixie war stolz auf alles, was die Dark Knights für die Gemeinde taten, und so sehr sie sich auch nach der Liebe sehnte, wollte sie dafür eigentlich nicht von ihrer Familie wegziehen.

»Ich hab achtundneunzig von hundert Punkten«, antwortete Marco stolz.

»Das ist mein Junge.« Sie zerzauste ihm das dichte lockige Haar. »Ich bringe dir noch was zu trinken.«

»Danke, Dixie.«

»Aber gern.« Sie nahm das leere Glas und ging zurück zur Bar. Noch hatte sie sich nicht an die neuen Arbeitszeiten ihres Bruders gewöhnt. Bullet war früher locker fünfzig Stunden die Woche in der Bar anzutreffen gewesen, hatte aber kürzlich geheiratet und arbeitete seitdem weniger. Izzy und Desmond »Diesel« Black standen an diesem Abend hinter dem Tresen. Er war ein muskelbepackter Berg von Mann mit kalten schwarzen Augen und ohne jegliche Sozialkompetenz, was ihn zum perfekten Ersatz als Hüter über die Bar machte.

Izzy war gerade damit beschäftigt, zwei Gäste am anderen Ende der Bar zu bedienen, daher stellte Dixie das Glas neben Diesel ab. »Eine Pepsi für Marco, bitte.«

Diesel nickte ihr mit seinem kantigen Kinn knapp zu und umfasste mit einer seiner gewaltigen Pranken das Glas. Unter der Baseballkappe, die er immer verkehrt herum auf dem Kopf trug, lugten ein paar hellbraune Strähnen hervor. Diesel war nicht gerade für sein einnehmendes Wesen bekannt und konnte es nicht leiden, angefasst zu werden. Mit seinen massigen Muskeln, einer Brust von der Größe Kanadas und seiner Fähigkeit, jeden Kerl dazu zu bringen, mit eingezogenem

Schwanz abzuhauen, war er durch und durch Mann. Zudem war er ein Nomad, was bedeutete, dass er zwar ein Dark Knight war, aber viel herumkam und sich keinem speziellen Chapter anschloss. Niemand wusste, wie lange er diesmal bleiben würde. Und keiner hatte den Mut, sich danach zu erkundigen, was er tat, wenn er mal nicht da war. Alle waren einfach froh, dass er sich bereit erklärt hatte, für Bullet einzuspringen.

Diesel schob ihr das Getränk über die Bar zu. »Macht Crow dir Ärger?«

»Mit dem werde ich schon fertig.«

Izzy zwinkerte Dixie zu und drängte sich sehr nah an Diesel heran. Sie ließ eine Hand über seinen muskulösen Arm bis hinunter zu seinem Handgelenk wandern. »Nennst du das etwa Ärger?«, fragte sie in verführerischem Tonfall.

Diesel richtete sich zu seiner vollen imposanten Größe auf, und sein Gesichtsausdruck verriet, wie unwohl er sich fühlte. »Ja, Ärger für dich«, knurrte er mürrisch.

»Das nennt man flirten.« Izzy seufzte und tätschelte seine Brust. »Du solltest wirklich mal lockerer werden, sonst bekommst du niemals die Gelegenheit, mit dieser hübschen kleinen Lady eine schöne Zeit zu verbringen.«

Sein Blick zuckte zu Tracey, der zierlichen brünetten Kellnerin mit dem süßen Kurzhaarschnitt, die erst seit ein paar Monaten hier arbeitete. Sie hatte viel durchgemacht und sich aus einer gewalttätigen Partnerschaft befreien können. Mittlerweile war sie aus dem Frauenhaus ausgezogen und hatte ein Zimmer bei Izzy gemietet. Den Gästen gegenüber war sie nicht mehr so scheu wie zu Beginn, aber sie hatte fürchterliche Angst vor Diesel.

Diesel gab ein Brummen von sich und wandte sich dann einem Gast zu.

Izzy blickte ihm hinterher. »Er tut mir irgendwie leid. Der Mann wird für immer und ewig Single bleiben.«

»Nicht, wenn du ihm weiter erklärst, wie der Hase läuft.« Dixie nahm die Pepsi, ging wieder zu Marco und stellte das Glas vor ihn auf den Tisch. »Hier, mein Süßer.«

»Danke.«

Die Tür zur Bar ging auf und Jace Stone kam herein. Dixie schnappte nach Luft und trat einen Schritt von Marcos Tisch zurück, um Jaces sonnengebräunte Haut, sein volles dunkles Haar, das bis zum Kragen seines T-Shirts reichte, und die bunten Tätowierungen, die sich seine Arme hinaufschlängelten und aus seinem Ausschnitt hervorlugten, zu betrachten. *Was für ein Mann!*

Er suchte mit seinen tief liegenden Augen den Raum ab und entdeckte sie. Sofort schlug ihr das Herz bis zum Hals. Dann zog er die dunklen Brauen zusammen und schritt mit seinen kräftigen Beinen entschlossen auf sie zu.

»Ich hab gehört, hier finde ich meine Lieblingssorte Whiskey – und da bist du ja.«

Sein rauer Bariton war aufreizend, aber Dixie machte sich nichts vor. Klar, zur Not würde Jace sich wie jeder Mann mit Jameson oder Jack Daniel's begnügen, aber alle wussten, dass seine liebste Whiskeysorte edel und teuer war. Dixie ahnte, dass er in Bezug auf Frauen ähnlich wählerisch war. Sie beäugte ihn daher kritisch und fragte sich, was er wirklich wollte.

Er trat noch einen Schritt näher und sein intensiver, holziger Duft verstärkte seine maskuline Aura. »Was ist? Wir wissen doch beide, dass keiner deiner Brüder dir das Wasser reichen kann.«

Sie mochte ihn zwar seit dem Moment anschmachten, als sie ihm bei einer Rallye, zu der sie ihren Bruder Bear mit gerade mal achtzehn begleitet hatte, zum ersten Mal begegnet war. Aber sie war nicht dumm. Jace Stone war so undurchschaubar und unstet wie Diesel. Selbst damals mit nur siebenundzwanzig Jahren hatte er das Selbstvertrauen und die Autorität eines weltgewandten Mannes besessen, der sich nahm, was er wollte, und der Aufmerksamkeit für sich einforderte. Seither waren mehr als zehn Jahre vergangen und wie einen guten Whiskey hatte die Zeit auch Jace Stone nur noch besser werden lassen. Er war nicht gerade als »schön« zu bezeichnen. Seine Haut wirkte zäh wie Leder, seine Hände waren voller Schwielen, und er sah immer so aus, als müsste er dringend zum Friseur. Doch während sich andere an diesen Details gestört hätten, wirkten sie auf Dixie wie das reinste Aphrodisiakum. Sie fand sogar die um seine Handgelenke gewundenen Lederbänder sexy.

Bevor sie sich zum Narren machen konnte – wie damals mit achtzehn, als sie ihn so offensichtlich angehimmelt hatte, dass Bear sie gewaltsam von ihm wegzerren musste –, straffte sie die Schultern und versuchte, die Schmetterlinge in ihrem Bauch zu ignorieren. »Was willst du, Jace?«

»Ich brauche dich, Dixie.«

Jahrelang hatte sie davon geträumt, dass er das einmal zu ihr sagen würde, und das naive kleine Mädchen in ihr führte einen Freudentanz auf. Doch sie beäugte ihn misstrauisch und fragte sich, was ein Mann, der jede Frau haben konnte, wohl von ihr wollte. Was immer es auch sein mochte, so war doch höchst unwahrscheinlich, dass es sich mit ihren Wünschen deckte. »Stell dich hinten an. Da bist du nämlich nicht der Einzige.«

Er lachte leise, aber selbst sein freches Grinsen ließ seine kantigen Züge nicht weicher wirken. »Das ist mein Ernst, Dix. Du musst mich an diesem Wochenende nach New York City begleiten und mir bei einem Job helfen.«

Nun war ihr Interesse geweckt, aber sie hatte bereits einen Job.

»Das ist das interessanteste Angebot, das ich seit Langem bekommen habe, aber ich muss passen. Ich habe schon mehr als genug zu tun und muss mich dieses Wochenende um die Junggesellenauktion kümmern. Du weißt schon, die Wohltätigkeitsveranstaltung. Ich hatte dich gebeten, dabei mitzumachen, erinnerst du dich? Wenn ich mich nicht irre, hast du gesagt, dass eher die Hölle zufrieren würde, als dass du deinen Körper verkaufst. Tja, diese Veranstaltung ist dieses Wochenende.« Sie bedachte ihn mit einem pikierten Blick. »Was auch immer das für ein *Job* sein mag, den du da für mich hast, er kann nicht annähernd so wichtig sein, wie Geld für das Parkvale-Frauenhaus zu sammeln. Um Frauen und Kindern, die Furchtbares durchgemacht haben, die Chance auf einen Neuanfang zu ermöglichen.« Sie sah zu Tracey hinüber, die gerade ein Glas von der Bar nahm. »Tracey hat im Frauenhaus gelebt, genau wie Bones' Verlobte Sarah mit zwei ihrer Kinder, bevor sie Bones kennenlernte. Jeds Verlobte Josie und ihr Sohn Hail waren auch dort untergekommen. Aber ich verstehe das schon, Jace. Du bist dir einfach zu fein, um für einen guten Zweck über deinen Schatten zu springen.«

Sie musste jetzt schleunigst den Rückzug antreten, bevor sie etwas sagte, das sie später bereuen würde. Darum ging sie hinüber zu einem der Tische, an dem drei Gäste eben ihr Bier geleert hatten. »Darf es noch was sein?«

»Sicher, noch mal das Gleiche«, antwortete einer der Männer.

Als sie sich abwandte, folgte ihr das menschliche Inferno namens Jace Stone dicht auf den Fersen.

»Wie kannst du deswegen sauer auf mich sein, Dixie? Ich

habe zwanzigtausend Dollar für die Auktion gespendet.«

Sie stellte die Flaschen auf den Tresen, ohne sich umzudrehen. »Was ich auch wirklich sehr zu schätzen weiß. Aber Geld zu spenden oder sich selbst für etwas einzusetzen sind zwei verschiedene Dinge. Das eine ist ganz einfach. Das andere verrät mir, wer du wirklich bist. Du hast mir demzufolge die Augen geöffnet.« Sie verschränkte die Arme vor der Brust. »Wobei genau sollte ich dir helfen?«

Diesel räumte die leeren Flaschen ab und Dixie bestellte noch eine Runde.

»Im Herbst bringe ich die Legacy-Modellreihe auf den Markt.«

»Hab ich gehört. Bear ist schon mächtig aufgeregt.« Neben seinem Job bei Whiskey Automotive entwarf und baute Bear in Teilzeit Spezialanfertigungen für Jaces Unternehmen. An der Legacy-Reihe hatte er nicht mitgearbeitet, aber er schwärmte unablässig davon.

»Das sind wir alle. Diese Modellreihe ist mein Baby, da steckt mein ganzes Herzblut drin. Wir werden als Erste auf dem Markt Bikes speziell für Frauen anbieten. So was macht sonst keiner, Dix. Das ist eine große Sache.«

Bear hatte ihr alles über Jaces innovative, schnittige Designs speziell für Frauen erzählt. Es war eine geniale Idee, und sie war nicht überrascht, dass Jace darauf gekommen war. Dabei drängte sich ihr auch die Vorstellung auf, wie Jace sich noch um andere spezielle weibliche Bedürfnisse kümmerte …

Diesel stellte drei Flaschen auf die Bar und hielt den Blick starr auf Jace gerichtet. »Stone«, grüßte er gelassen.

»Diesel.« Jace hob das Kinn zu dem männlichen Gruß, den Dixie gewöhnt war.

»Danke, Diesel«, sagte Dixie und ging zum Tisch zurück,

während Jace ihr nicht von der Seite wich. »Gratuliere zur Markteinführung, aber was hat das mit mir zu tun?« Sie stellte die Flaschen ab, lächelte die Männer freundlich an und fragte: »Kann ich euch Jungs noch was anderes bringen?«

Einer von ihnen musterte sie lüstern. Jace trat nur einen Schritt näher und der Mann senkte den Blick. »Nein, danke. Alles bestens.«

Dixie drehte sich auf dem Absatz um, nahm Jaces Arm und zog ihn zur Seite. Sie spürte förmlich, wie Diesels Sensoren ausschlugen, warf einen Blick zur Bar und formte mit den Lippen ein lautloses »Alles okay!«. Dann wandte sie sich Jace zu und ihre Stimme wurde zu einem wütenden Flüstern. »Du hast mich gerade um mein Trinkgeld gebracht, und das finde ich gar nicht witzig. Also, wenn du mir noch was sagen willst, dann raus damit, und danach verschwinde bitte, okay? Ich habe zu arbeiten.«

»Der Typ hat dich angestarrt, als wärst du ein Stück Fleisch.«

»Was du nicht sagst. Das tun sie alle.« Bei genauerem Nachdenken fiel ihr allerdings auf, dass Jace das nie getan hatte. Nicht einmal. Tatsächlich war dies in all den Jahren, die sie sich kannten, der längste Blick, mit dem er sie je bedacht hatte. Er lebte nicht in Peaceful Harbor, kam jedoch häufig vorbei, um seinen Bruder Jared zu besuchen, der sich im Gegensatz zu Jace für die Auktion angemeldet hatte. Jared besaß ein Restaurant in Pleasant Hill und lebte dort mehrere Monate im Jahr. »Ich hab eine Menge zu tun, Jace, wenn also noch was ist, dann rück raus mit der Sprache.«

»Also: Ich bringe gleichzeitig mit der Legacy-Modellreihe eine Modekollektion heraus, die *Leder und Spitze* heißt. Wir planen auch einen Kalender, um damit sowohl die Kollektion als auch die neuen Bikes zu promoten. Das Fotoshooting ist für nächste Woche angesetzt, aber das Model, das ich engagiert habe, hatte einen Unfall und fällt leider aus. Ich möchte, dass du für sie einspringst.«

Sie blinzelte mehrmals und wollte ihren Ohren kaum trauen. Ein ungläubiges Lachen entfuhr ihr. »Weißt du eigentlich, wer hier vor dir steht, Stone? Ich bin kein Pin-up-Girl!« Sie trat einen Schritt zurück, aber er packte sie am Arm und zog sie so nah zu sich heran, dass sie die goldenen Flecken in seinen umwerfenden haselnussbraunen Augen erkennen konnte.

»Das ist wirklich wichtig für mich, Dixie. Ich kann dafür keine Frau gebrauchen, die nur vorgibt, Bikerin zu sein, sondern brauche ein authentisches Model. Ich will dich.«

»Ich bin also nur deine zweite Wahl? Wenn nicht gar die zehnte. Im Grunde genommen ist mir das auch völlig egal, denn wie du es auch drehst und wendest: Die Antwort lautet Nein.« Sie hielt seinem durchbohrenden Blick mit eiskalter Miene stand und fügte hinzu: »Und fürs Protokoll: Die Whiskeys spielen für niemanden die zweite Geige. Tut mir echt leid, Stone, aber da hast du Pech gehabt.«

»Komm schon, Dixie«, flehte er widerwillig. »Du darfst mich auch versteigern.«

»Das kommt ein bisschen zu spät. Die Liste ist schon voll.« Diese Lüge fühlte sich an wie ein kleiner Sieg. Sie entzog ihm ihren Arm. »Ich muss mich um unsere Gäste kümmern. Viel Glück mit der Kollektion. Bestimmt wird sich auch diesmal alles in Gold verwandeln, was du anfasst.«

»Mit dir an Bord würden wir Geschichte schreiben.«

»Nein.«

Er beugte sich zu ihr herüber und senkte die Stimme. »Das

letzte Wort ist noch lange nicht gesprochen, Kätzchen.«

»Was zum Teufel hast du da gerade gesagt?« Wut kochte in ihr hoch. Sie bohrte ihm einen Finger in die brettharte Brust und zischte: »Ich bin niemandes *Kätzchen*, und du stehst so kurz davor, dir einen Tritt in die Eier einzufangen.«

»Du weißt wirklich, wie man seine Krallen einsetzt, aber du kannst garantiert auch schnurren«, erwiderte er arrogant. »Du willst es doch auch, Dix, gib es zu.«

Hitze schoss bei diesen Worten durch ihre Adern und ihre verräterischen Nippel wurden hart. Verdammt, das war nicht fair.

»Vorsicht, Stone. Dieses Kätzchen kann auch beißen.«

Sie stürmte davon und ärgerte sich, weil seine Nähe sie so erregt hatte. *Ein Pin-up-Girl!* Sie schielte zu den Kalendern mit leicht bekleideten Bikerinnen hinüber, die die Wände der Bar zierten, und ihr Magen zog sich zusammen. Ihre Brüder hatten sich als Teenager an dieser Art von Kalender aufgegeilt. Jaces Mangel an Aufmerksamkeit in all den Jahren hatte sie zwar verunsichert, aber auch die Hoffnung in ihr aufkeimen lassen, dass er eines Tages mehr als nur Bears kleine Schwester in ihr sehen würde. Nun hatte er diese Hoffnung zerstört. Kein Biker, der auch nur einen Funken Selbstachtung besaß, würde wollen, dass eine Frau, für die er sich ernsthaft interessierte, für so einen Kalender posierte, der anderen Kerlen als Wichsvorlage diente.

Jace setzte sich an einen der Tische, und Tracey ging zu ihm, um seine Bestellung aufzunehmen. Er nickte in Dixies Richtung und Tracey kam mit perplexer Miene wieder zurück. Dixie stemmte eine Hand in die Hüfte und sah sie abwartend an.

»Was ist denn heute Abend mit Jace los?«, fragte Tracey. »Er sagt, er will nur von dir bedient werden.«

»Das ist nicht weiter wichtig. Ich kümmere mich darum.« Sie stolzierte hinüber zu Jaces Tisch. »Was soll das werden?«

»Ich möchte ein Bier bestellen. Ein Sam Adams. Bitte.« Er stand auf und war ihr plötzlich so nah, dass sie seine Körperwärme durch ihre Kleidung spüren konnte. »Vielleicht habe ich nicht deutlich genug zum Ausdruck gebracht, wie wichtig dieser Kalender für mich ist.«

»Nein«, erwiderte sie unerbittlich. »Ich bring dir dein Bier, aber wenn du nur bleibst, weil du glaubst, du könntest mich doch noch überreden, dann verschwendest du deine Zeit.«

»Das trifft sich gut, denn ich habe jede Menge Zeit. Nämlich exakt so viel, bis du Ja sagst.« Er setzte sich, verschränkte die Hände hinter dem Kopf und legte lässig einen Fußknöchel auf das andere Knie.

Warum musste er nur so verdammt attraktiv sein?

Sie ging wieder zur Bar, wo sich Tracey und Izzy angeregt unterhielten.

»Was sollte das jetzt?«, erkundigte sich Izzy.

Dixie trat noch ein bisschen näher an sie heran. »Jace will mich als Model für einen Silver-Stone-Kalender, mit dem seine neue Motorrad-Modellreihe und die Modekollektion beworben werden soll. Total unverschämt, findet ihr nicht? Als wäre ich irgendein beliebiges Flittchen.«

Tracey und Izzy wechselten einen erstaunten Blick.

»Für mich klingt das eher so, als wüsste er, wie verdammt heiß du bist«, meinte Izzy. »Ich wünschte, er hätte mich gefragt. Das macht bestimmt riesigen Spaß.«

»Ich könnte so etwas niemals machen.« Tracey beugte sich ein bisschen vor. »Aber wenn ich so hübsch wäre wie ihr und euer Selbstbewusstsein hätte, würde ich mir das durchaus überlegen.«

»Habt ihr beide den Verstand verloren?« Dixie zeigte auf einen Kalender an der Wand. »Das wäre dann ich. Auf gar keinen Fall. Und er hat mich *Kätzchen* genannt. Wie bescheuert ist das denn?«

Izzy brach in hysterisches Gelächter aus.

»Er hat wirklich Eier in der Hose, dir so etwas vorzuschlagen«, stellte Tracey fest.

»Ach, das weiß sie nur zu gut«, sagte Izzy. »Von denen träumt sie schließlich schon seit Jahren.«

»Wie sieht's mit der Bestellung aus, Iz?«, schnappte Dixie. »Er will ein Sam Adams. Vielleicht schütte ich es ihm ja über den Kopf.«

Izzy schenkte das Bier für ihn ein, machte eine weitere Bestellung für Tracey fertig und stellte die Gläser auf den Tresen. »Mal ganz im Ernst: Du solltest das machen. Du hältst dich immer im Hintergrund. Das ist deine Gelegenheit, auch mal zu glänzen.«

»Zuallererst mal müsste ich dafür nach New York …«

Tracey stöhnte auf. »Da war ich noch nie. Allein das ist die Sache doch schon wert!«

»Ich bin dabei«, erklärte Izzy. »Das ist mein Ernst. Ich springe für dich ein. Sag ihm, dass ich es mache. Ich liebe New York.«

Dixie verdrehte die Augen und griff nach dem Bierglas. »Ich werde es ihm vorschlagen.« Sie war auf Reisen ein paar Mal durch New York gekommen, hatte aber nie längere Zeit dort verbracht. Doch egal, wie reizvoll dieser Teil des Jobs auch sein mochte, sie würde ihren Körper nicht in einem Kalender zur Schau stellen.

»Danke, Izzy.« Tracey nahm ihre Bestellung, um sie den Gästen zu bringen.

Dixie stand an der Bar und sah Jace an, der sie wie ein Raubvogel musterte, und ihr Magen zog sich zusammen. Obwohl sie wusste, dass er sie nur aus der Reserve hatte locken wollen, als er sie Kätzchen genannt hatte, war ihr die Art, wie sein Blick von flehend zu raubtierhaft umgeschwenkt war, unter die Haut gegangen. Es war das erste Mal, dass er sie ansah wie eine attraktive, erwachsene Frau, nicht wie einen Kumpel oder Bears Schwester. War das echt gewesen oder nur Teil seiner Strategie, um sie zu dem Shooting zu überreden?

Izzy lehnte sich über die Bar. »Mir ist wirklich ein Rätsel, wie du diesem Mann irgendetwas abschlagen kannst.«

»Es war nicht weiter schwer.« Seit sie achtzehn war, hoffte sie darauf, dass Jace irgendwann ernsthaftes Interesse an ihr zeigen würde. Dabei wusste sie natürlich selbst, wie dumm das angesichts der seither vergangenen Zeit war, aber sie hatte die Hoffnung noch immer nicht aufgegeben. Sollte es möglich sein, das Herz der Dixie zu brechen, die sie mit achtzehn gewesen war, dann hatte er das heute geschafft. Sie brachte Jace sein Bier und stellte es vor ihn auf den Tisch. »Izzy wird für dich modeln.«

Er zog die Augenbrauen zusammen, was sein Gesicht noch markanter wirken ließ. »Ich will eine authentische Bikerin, Dixie. Hätte ich gewusst, dass du modelst, dann wärst du meine erste Wahl gewesen.«

»Ich weiß nicht, wie du auf die verrückte Idee kommst, dass ich als Model arbeite.«

Er zog das Foto aus seiner Brusttasche und hielt es ihr hin. Darauf war Dixie bei der Modenschau zu sehen, bei der sie als Gefallen für ihre Freundin Jillian mitgemacht hatte. Sie griff danach, aber er zog die Hand zurück und ließ das Bild zurück in die Tasche gleiten.

»Ich will dich, Dixie, nicht Izzy oder irgendjemand anderen.«

Ihr Herz machte einen Sprung, denn es war so leicht, einfach auszublenden, dass es hierbei nur um ein Fotoshooting ging, und so zu tun, als würde er wirklich sie wollen.

»Du hast Klasse und du bist einzigartig«, fügte er hinzu und goss nur noch mehr Öl in das Feuer ihrer heißen Fantasien. »Genau wie meine Bikes.«

Es gab nichts Besseres als eine kalte Realitätsdusche, um diese Flammen zu löschen.

Dixie verdrehte die Augen. »Na, das ist doch genau das, was jede Frau gern hören möchte: wie sie mit einem Motorrad verglichen wird. Trink dein Bier und dann geh nach Hause, Jace.«

»Ich zahle dir das Dreifache von dem, was du hier verdienst.«

»Nein.«

Ein verschmitztes Grinsen umspielte seine Lippen. »Das Fünffache.«

»Keine Chance. Ich sagte doch bereits, dass die Whiskeys für niemanden die zweite Geige spielen. Du kannst an der Bar bezahlen.«

Er leerte sein Glas und setzte es auf dem Tisch ab. »Ich will noch eins. Denn wie ich schon sagte, habe ich den ganzen Abend Zeit.«

Und das meinte er ernst. Stunden später saß er immer noch an einem ihrer Tische und versuchte, sie zu dem Shooting zu überreden. Er ließ sich nicht beirren, und sie musste zugeben, dass er Charme besaß. Mal war er fordernd, mal spielte er den Verführer, mal flirtete er mit ihr. Oder er war einfach nur Jace. Letzteres entfaltete die stärkste Wirkung auf sie, und schließlich flüchtete sie sich in ihr Büro, um seiner Aufmerksamkeit kurz zu entrinnen.

Sie hatte dort die letzte halbe Stunde mit dem halbherzigen Versuch verbracht, sich auf die Schichtpläne für die kommende Woche zu konzentrieren, und als das nicht klappen wollte, wandte sie sich den Broschüren zu, die sie für die Auktion hatte drucken lassen. Doch ihre Gedanken wanderten immer wieder zu Jace zurück. Es war, als würde das Universum ihr einen grausamen Streich spielen. Erst lockte es sie mit einem romantischen Trip an der Seite des Mannes ihrer Träume nach New York und dann verwandelte sich dieser Mann in einen x-beliebigen Kerl, der sie zu etwas überreden wollte, das ihr zuwider war.

Natürlich war das, was er wollte, genau das, was fast alle Männer wollten.

Und das war das Traurige daran.

Izzy steckte den Kopf ins Büro. »Hey, alles okay?«

»Ja, ich gehe nur noch mal alles für die Auktion durch.«

»Oh, prima Idee.« Izzy hockte sich in ihrem roten Minikleid auf die Schreibtischkante, schlug die Beine übereinander und lehnte sich lässig zurück. Mit ihrem glänzenden schwarzen Haar und ihrer großartigen Figur ging sie ohne Weiteres als Model durch. Jace sollte ihr Angebot besser annehmen. »Das ist eine sehr viel bessere Idee, als hier drin zu hocken und sich nach dem Mann zu sehnen, der einfach nicht gehen wollte.«

»Ist er weg?« Sie sah auf die Uhr und stellte überrascht fest, dass es schon sehr spät war. Die Bar hatte vor zehn Minuten geschlossen.

»Ja, allerdings musste Diesel ihn praktisch rauswerfen. Er wollte, dass wir dir das hier geben.« Sie griff in den Ausschnitt ihres Kleides und zog einen Kassenbon heraus, den sie Dixie reichte.

Auf die Rückseite des Bons hatte Jace geschrieben: *Ich hätte mich niemals für die zweite Geige entschieden, hätte ich gewusst, dass ich auch die Nummer eins bekommen kann. Das werde ich dir beweisen, was auch immer ich dafür tun muss. Jace.*

Zwei

Sie schlossen die Bar am Freitag, um alles für die Jungge-sellenauktion vorzubereiten, und außer Dixies Eltern waren der komplette Whiskey-Clan und die meisten ihrer engsten Freunde vorbeigekommen, um die schlicht eingerichtete Biker-Bar festlich herzurichten. Ihre Eltern waren in der Stadt unterwegs und verteilten überall Werbeplakate für die Veranstaltung.

»Ich sag ja nur, dass es langsam Zeit wäre, es offiziell zu machen«, sagte Bullet zu Bones. Er drängte Bones, endlich einen Hochzeitstermin festzulegen, seit Sarah vor drei Monaten ihre kleine Tochter Maggie Rose zur Welt gebracht hatte. Bullet war mit seinem dichten, struppigen Bart und den Tattoos, die nahezu jeden Quadratzentimeter seines Körpers bedeckten, wohl der Furchterregendste von Dixies Brüdern. »Geh endlich mit ihr zum Standesamt.«

»Ich werde Sarah *nicht* auf einem Standesamt heiraten«, erwiderte Bones gelassen. Er war Onkologe und der am ehesten Angepasste und auch Ruhigste von ihnen. Aber sie wussten, wozu er fähig war. Wie die Ruhe vor einem Sturm, der alles in seiner Bahn niedermähte, wenn er erst einmal losgelassen wurde. »Sie verdient von allem nur das Beste, und dazu gehört auch eine wunderschöne Hochzeit in Weiß, bei der sie der strahlende Mittelpunkt ist.«

Bones und Bullet drapierten Lichterketten vor den schwarz-weißen Stoffbahnen, mit denen sie die Mauer hinter der Bühne verhängt hatten. Wenn Bullet seinen Bruder Bones gerade nicht mit Sticheleien ärgerte, alberten die beiden mit Jed und Truman herum, die die Tische umstellten und zusätzliche Stühle heranschleppten. Sowohl Jed als auch Truman arbeiteten bei Whiskey Automotive. Truman und sein jüngerer Bruder Quincy waren Ehrenmitglieder des Whiskey-Clans, da Bear schon seit Trumans Teenagerzeit mit ihnen befreundet war. Quincy hatte sich heute nicht freinehmen können, um bei den Vorbereitungen zu helfen, aber er gehörte zu den Junggesellen, die an diesem Abend versteigert werden sollten.

»Beweg deinen Hintern, Dix, oder wir machen dir Dampf«, sagte Bear, und rempelte sie an. »Wir haben nicht den ganzen Tag Zeit.«

Sie fuhr zu ihm herum und er grinste breit. Er hatte ein Ende eines Tisches hochgehoben, und Diesel hielt mit gewohnt unbewegter Miene das andere hoch. Sie bauten entlang der Rückwand des Raums Tische für das große Büfett auf, das die Frauen gerade in der Küche vorbereiteten. Es gab nicht genügend Personal, um so viele Gäste zu bewirten, also hatten sie entschieden, stattdessen Appetithäppchen und Fingerfood anzubieten und zwischen den kleinen Köstlichkeiten Gläser für Spenden zu platzieren.

»Echt jetzt, Bear?« Dixie stand neben einer Leiter und war gerade damit beschäftigt, Glitzerherzen, die die Kinder gebastelt hatten, an den Dachbalken zu befestigen. Auf ihrer anderen Seite war allerdings genügend Platz, und Bear hätte problemlos um sie herumgehen können. Sie hatte sich den ganzen Tag über um die Deko und die Flyer gekümmert und die Ehefrauen der

Dark Knights angeleitet, die ihr bei der Versteigerung helfen würden, und war nicht gerade in Stimmung für einen von Bears Scherzen.

Bear gluckste vor Vergnügen. »Wenn ich dir nicht auf die Nerven gehe, welcher Mann sollte es dann tun?«

Von all ihren Brüdern hatte ihr Bear immer am nächsten gestanden. Er war der Humorvollste, konnte aber auch ernst sein. Ihr Vater hatte einen Schlaganfall erlitten, als Dixie fünfzehn Jahre alt gewesen war und Bear gerade erst die Highschool abgeschlossen hatte. Bullet war beim Militär und in Übersee stationiert gewesen und Bones steckte mitten im Medizinstudium. Also sprang Bear ein und übernahm die Pflichten seines Vaters in der Bar, und als sie ein paar Jahre später ihren Onkel verloren, führte Bear auch die Werkstatt. Bear hatte all seine Hoffnungen und Träume – sein ganzes Leben – zeitweilig auf Eis gelegt und sich jahrelang ohne ein Wort der Klage um die Familiengeschäfte gekümmert. Daher war Dixie begeistert gewesen, als er ankündigte, kürzertreten zu wollen. Jetzt übernahm er deutlich weniger Stunden in der Werkstatt und konnte sich endlich seiner Leidenschaft für die Motorräder von Silver-Stone widmen. Sie fragte sich, ob er von Jaces Angebot wusste, bezweifelte es jedoch und hatte auch nicht vor, das Thema anzuschneiden. Da sie den Job ohnehin nicht übernehmen wollte, lohnte es sich nicht, deswegen überhaupt Staub aufzuwirbeln.

»Onkel Beah! Guck mal!« Kennedy, Trumans und Gemmas vierjährige Tochter, hielt Bear ein rotes Herz aus Papier hin. *Bear liebt Crystal* stand in krakeligen schwarzen Buchstaben in der Mitte.

»Das ist das schönste Herz, das ich in meinem ganzen Leben gesehen habe! Ganz genau, ich liebe meine Frau, genau wie ich dich liebe, du Zwerg.« Bear setzte den Tisch ab und hob Kennedy hoch über den Kopf.

Kennedy kicherte, strampelte mit den Beinchen und quiekte: »Onkel Beah!« Sie sah in ihrem lila Kleidchen bezaubernd aus, und ihr langes dunkles Haar war zu zwei Zöpfen geflochten und mit weißen Schleifen befestigt. Als Bear sie wieder absetzte, sagte sie: »Das hab ich mit Tante Crystal gemacht, und schau mal!«

Sie drehte das Herz um und zeigte ihm die andere Seite, auf der in leuchtend blauen Lettern stand: BEAR + CRYSTAL LIEBEN KIDDIE. Bear warf seiner Frau einen liebevollen Blick zu, die mit Sarah und den kleineren Kindern zusammensaß, während die größeren spielten und Dekorationen bastelten. Crystal strich sich über den runden Bauch und schickte ihm eine Kusshand. In weniger als zwei Monaten sollte das Baby kommen, und weil sie sich bezüglich des Geschlechts überraschen lassen wollten, hatten alle damit begonnen, es »Kiddie« zu nennen.

Kennedy sah Bear mit ihren großen braunen Augen an. »Kannst du bitte um Tante Dixie herumgehen, damit sie das Herz da oben aufhängen kann?« Sie zeigte zur Decke. »*Bitte?*«

Kennedy hatte sie alle um den kleinen Finger gewickelt, seit Truman sie und ihren kleinen Bruder Lincoln, der mittlerweile zwei Jahre alt war, in einem Crackhaus entdeckt hatte – zusammen mit Trumans Mutter, die kurz darauf an einer Überdosis gestorben war, und seinem total zugedröhnten Bruder Quincy. Obwohl Kennedy und Lincoln eigentlich Trumans Geschwister waren, zogen Truman und seine Frau Gemma sie wie eigene Kinder auf, um ihnen so viel Normalität wie irgend möglich zu bieten. Kennedy hatte sich von einem hinreißenden Kleinkind zu einem liebenswerten kleinen Mädchen entwickelt und war frech, aber auch mitfühlend. Lincoln war ein gutmütiger und neugieriger kleiner Junge, Quincy seit seiner Entziehungskur clean, arbeitete in einem Buchladen und ging regelmäßig zu seinen *Narcotics Anonymous*-Treffen. Dixie staunte immer wieder, wie sehr sie sich alle in den letzten eineinhalb Jahren verändert hatten.

»Na klar, meine Süße«, sagte Bear.

»Danke!« Kennedy drückte Dixie das Papierherz in die Hand und rannte zu Diesel, um seine Beine zu umklammern. »Ich bastle dir auch eins, Onkel Diesel!«

Obwohl sie nicht blutsverwandt waren, ging Kennedy als echte Whiskey durch. Dixies Familie erstreckte sich weit über diese Grenzen hinaus und schloss nicht nur die Dark Knights und ihre Angehörigen, sondern auch besondere Freunde wie Diesel, Tracey, Jed, Josie und viele andere mit ein.

Diesel blickte auf Kennedy herab und lächelte, was bei ihm ein wahrhaft seltener und rührender Anblick war. »Das würde mich sehr freuen, Kleine.«

Kennedy schoss zu Gemma hinüber, die gerade aus der Toilette kam. »Mama! Kannst du bitte *Diesel liebt Kennedy* für mich auf ein Herz schreiben?«

Gemma sah überrascht zu Diesel hinüber, der ein bellendes Lachen von sich gab, ein so eigenartiger Laut, dass alle anderen ebenfalls in Gelächter ausbrachen.

»Hey, Dix«, rief Bear, als er den Tisch wieder anhob, »such für dieses Kunstwerk bitte einen ganz besonderen Platz aus!« Er zwinkerte ihr zu und ging dann um sie herum.

»Du bist eine Plage!«, schimpfte Dixie, während sie wieder auf die Leiter kletterte.

Als Diesel an Dixie vorbeiging, murmelte er: »Ich hätte das weniger diplomatisch ausgedrückt.«

Dixie hängte die Basteleien auf und ging nachsehen, wie es mit den Vorbereitungen für das Büfett voranging. Sie stieß die Küchentür auf und wurde von lautem Gelächter und den Klängen von »Treat Myself« von Meghan Trainor empfangen. Die Luft war erfüllt von appetitlichen Düften nach gewürztem Fleisch, Lebkuchen, Cupcakes und anderen Köstlichkeiten, und Dixie lief das Wasser im Mund zusammen. Auf den Arbeitsflächen standen unzählige Platten mit Häppchen und kleinen Leckereien. Finlay und Izzy schwangen am Herd zum Rhythmus der Musik fröhlich die Hüften, während Josie und Tracey mit großer Hingabe Lebkuchenplätzchen in der Form muskulöser Männer in diversen sportlichen Posen mit Zuckerguss überzogen. Sie benutzten einen farbigen Guss und zauberten so schwarze Fliegen, offene Hemdkragen und Jeans auf die kleinen Figuren. In Rosa hatten sie sogar winzige Sixpacks hinbekommen.

Bullets Frau Finlay winkte Dixie zu, und ihr blondes Haar wippte beim Tanzen kess auf und ab. »Tanz mit uns!«

Dixie wirbelte in ihren ultrahohen Lederstiefeln und dem kurzen Rock durch den Raum. »Ihr hört ja wirklich komische Musik!« Sie liebte Country und Rock, aber sie tanzte praktisch zu allem.

»Ach, halt den Schnabel und tanz einfach«, rief Finlay und wackelte in ihrer süßen rosafarbenen Schürze mit den Hüften. Finlay leitete ein Catering-Unternehmen und kochte in Teilzeit auch für das Whiskey Bro's. Sie war klein und feminin, und sie liebte Bullet trotz all seiner Ecken und Kanten über alles. Gemeinsam hatten sie seine posttraumatische Belastungsstörung durchgestanden, und sie brachte eine gefühlvolle Seite an ihm zum Vorschein, wie sie zuvor noch niemand erlebt hatte.

»Penny hat vor ein paar Minuten geschrieben«, sagte Josie

und bewegte sich im Takt der Musik. Penny war Finlays jüngere Schwester. Ihr gehörte das *Luscious Licks*, die Eisdiele, in der Josie in Teilzeit arbeitete. »Sie ist schon total aufgeregt wegen der Versteigerung und versucht, so viel Trinkgeld wie möglich zu verdienen, um heute Abend ordentlich mitbieten zu können!«

»Ich wette hundert Dollar, dass sie auf Quincy bietet«, quatschte Tracey dazwischen.

Zwischen Quincy und Penny funkte es schon seit einer Ewigkeit, aber keiner von ihnen wagte den ersten Schritt. Mittlerweile wünschte sich Dixie, die beiden würden sich endlich am Riemen reißen und einander ihre Gefühle gestehen. Oder es einfach sein lassen, damit jeder für sich die Chance bekam, jemanden kennenzulernen, der ihm die Liebe schenkte, die er verdiente.

»Angesichts all der heißen Typen, die ich für heute Abend organisiert habe, könnte sie sich mit ihrer Entscheidung schwertun«, wandte Dixie ein.

»Ich biete auf Jared, so viel ist sicher. Von dem lasst ihr also besser die Finger, Mädels«, warnte Izzy ihre Freundinnen mit lockerem Hüftschwung.

Dixie lachte auf. »Da solltest du aber besser mit sehr viel Konkurrenz rechnen, Iz.« Jaces jüngerer Bruder war wie Bear ein lebenslustiger Mann und sah Adam Levine darüber hinaus zum Verwechseln ähnlich.

»Dixie, ich habe für dich ein paar ganz besondere Kekse gemacht«, sagte Josie, als das Lied zu Ende war und das nächste anfing. »Du musst sie probieren, bevor einer der Männer sie zu Gesicht bekommt.« Sie ging rasch zu einem Küchenschrank, holte einen mit einer Serviette abgedeckten Teller heraus und grinste Dixie breit an. Sie sah mit ihrem zu einem

Pferdeschwanz gebundenen rotblonden Haar toll aus und hatte mit ihrer leicht nach oben zeigenden Nase und den hohen Wangenknochen fast etwas Elfisches an sich. »Hoffentlich schmecken sie dir.«

Josie und Jed hatten erst vor Kurzem das Haus von Dixies verstorbenem Onkel Axel gekauft und die Garage in einen kleinen Lebkuchenladen verwandelt. Das Haus hatte jahrelang leer gestanden und Dixie freute sich, dass jetzt wieder jemand darin wohnte. Die große Eröffnungsfeier von Josies Laden *Ginger All the Days* sollte in der übernächsten Woche stattfinden, und alle waren schon mächtig aufgeregt. Josie war Sarahs jüngere Schwester. Sarah, Josie und ihr älterer Bruder Scott hatten sich nacheinander von ihren gewalttätigen Eltern losgesagt und zwischenzeitlich den Kontakt zueinander verloren. Bis vor Kurzem hatten sie nicht einmal gewusst, ob ihre Geschwister noch am Leben waren. Doch der Zufall hatte sie zusammengeführt, und nun waren sie wieder eine Familie. Scott hätte ihnen ebenfalls gern bei den Vorbereitungen geholfen, doch er hatte am Hafen zu tun. Sie würden ihn aber am Abend sehen, wenn er als einer der begehrtesten Junggesellen von Peaceful Harbor versteigert wurde.

Dixie nahm die Serviette herunter. »Grundgütiger, Josie! Die sind ja viel zu niedlich, um sie aufzuessen!« Die kleinen Lebkuchenkekse sahen aus wie kurvenreiche Frauen. Mit weißem Zuckerguss hatte Josie üppige Brüste angedeutet, mit schwarzem Zuckerguss Miniröcke und kurze Shirts aufgemalt. Zum krönenden Abschluss hatte sie ihnen sogar grüne Augen, grinsende pinkfarbene Münder und lange rote Haarsträhnen verpasst.

»Du musst sie aber essen«, verlangte Josie. »Dafür sind sie schließlich da.«

»Wir haben zwei Bleche für dich gebacken. Die gibt es, wenn du versteigert wurdest und die Katze aus dem Sack ist«, erklärte Tracey. »Aber keine Sorge, die haben wir auch versteckt.«

»Wenn du sie nicht willst, nehme ich sie!« Izzy streckte eine Hand danach aus.

Finlay gab Izzy einen Klaps auf die Finger. »Du hattest schon mindestens ein Dutzend Kekse, jetzt ist Dixie an der Reihe.«

»Ich kann nicht glauben, dass du das für mich gemacht hast. Die sind super. Vielen Dank!« Dixie umarmte Josie.

Plötzlich kam Bullet durch die Küchentür geschossen. »Was ist hier los, Lollipop?«

Mist! Die Frauen drängten sich alle schnell um Dixie, die einen Keksrest im Mund verschwinden ließ.

»Gar nichts!«, antwortete Izzy.

»Wir kochen!«, fügte Finlay hinzu.

»Probier doch mal einen Keks!« Tracey hielt Bullet einen der Männer-Lebkuchen hin, mit dem sie so heftig vor seinem Gesicht herumwedelte, dass Dixie schon befürchtete, er würde in hohem Bogen davonfliegen.

Dixie versuchte zu schlucken, aber der Keks blieb ihr im Hals stecken, und sie bekam plötzlich keine Luft mehr. Bullet griff mit einer seiner riesigen Pranken durch die Schar der Verschwörerinnen und zerrte sie am Kragen zu sich heran. Dann klopfte er ihr fest auf den Rücken, während er sie mit der anderen Hand am Oberarm gepackt hielt.

»Wasser!« Finlay griff nach einer Tasse.

»Woran zum Teufel hat sie sich da verschluckt?«, wollte Bullet wissen, während seine kräftigen Arme sie von hinten umfassten.

»An einem Keks!«, kam es einstimmig von den Frauen.

Dixie schüttelte den Kopf und wollte Bullet mitteilen, dass sie nun wieder atmen konnte, aber sie brachte nur ein Krächzen zustande. Er zog sie mit dem Rücken so fest und schnell an sich heran, dass ihr der Keks aus dem Hals schoss und quer durch die Küche segelte. Sämtliche Frauen keuchten auf.

Dixie sog gierig Luft in die Lunge, während alle gleichzeitig zu reden begannen und wissen wollten, ob es ihr gut ging.

»Verdammt noch mal, Bullet.« Dixie rieb sich das Brustbein. »Danke, aber ich glaube, du hast mir ein paar Rippen gebrochen.«

»Hätte ich dich lieber ersticken lassen sollen? Verdammt, Dix, muss ich denn ständig auf dich aufpassen?« Er grummelte irgendetwas Unverständliches in sich hinein. »Ich weiß ja, dass ihr Frauen auf Kekse steht, aber muss man so gierig sein ...« Er ging kopfschüttelnd zur Tür.

»Bullet«, säuselte Finlay. »Was wolltest du eigentlich hier?«

Er grinste keck, doch dann wurden seine Züge weich und er fasste Finlay um die Taille und zog sie zu einem leidenschaftlichen Kuss zu sich heran. Als er wieder von ihr abließ, warf er ihr einen lüsternen Blick zu. »Ich brauchte nur mal einen kleinen Zuckerschock.«

»Gott, hat diese Frau ein Glück.« Tracey seufzte leise.

Finlay streckte die Hand nach ihm aus und strich ihm über die bärtigen Wangen. »Davon hätte ich gern noch einen Nachschlag.«

Dixie schmolz dahin, als Bullet Finlay ein weiteres Mal küsste, diesmal etwas zärtlicher. Sie liebte es, wenn ihre Familie zusammenkam, um Gutes zu tun. Aber es waren Momente wie dieser, wenn die Liebe im Raum fast greifbar wurde, die in ihr die Sehnsucht nach einem Mann weckten, den sie lieben konnte. Ihre Gedanken wanderten zu Jace. Sie versuchte, dagegen anzukämpfen, aber wenn sie sich vorstellte, wie es wäre, mit einem Mann zusammen zu sein, war es schon seit langer Zeit sein Bild, das vor ihrem inneren Auge auftauchte. Und irgendwie fühlte es sich dann beinahe so an, als wären sie tatsächlich zusammen. Was natürlich nicht stimmte, erst recht nicht nach dem gestrigen Tag, als Jace während ihrer Schicht bei Whiskey Automotive aufgetaucht war. Er hatte wieder über eine Stunde lang versucht, sie zu diesem Shooting zu überreden. Und sie hatte ihm derart entschieden eine Abfuhr erteilt, dass sie davon überzeugt war, er würde sie nie mehr wiedersehen wollen. Selbstverständlich war ihr bewusst, dass sie sich langsam mal von diesen Fantasien verabschieden musste, aber noch war sie nicht so weit. Sie wusste noch nicht einmal, wie es ihr gelingen sollte, diesen unfassbar attraktiven Mann aus ihren Gedanken zu verbannen, geschweige denn, wer seinen Platz einnehmen sollte. Vielleicht hatte sie heute Abend ja Glück und der Mann ihrer Träume tauchte in der Stadt auf. Der Mann, für den sie bestimmt war, ein kraftstrotzender, interessanter Mann, der sich von ihren Brüdern nicht einschüchtern ließ. Der sie bei der Auktion ersteigerte und ihr nach allen Regeln der Kunst den Kopf verdrehte.

Träumen war doch wohl erlaubt.

Und fürs Erste waren Träume das Einzige, was Dixie hatte.

Jace bohrte die Absätze seiner schwarzen Lederstiefel in den Sand, stützte die Unterarme auf die Knie, hielt sein Handy in beiden Händen und telefonierte gerade per FaceTime mit Jayla.

Zuvor hatte er sich noch mit Jared getroffen, doch die ganze Zeit nicht aufhören können, an Dixie zu denken. Sie hatte ihn gestern abermals auflaufen lassen, und er war zum Hafen gegangen, um einen klaren Kopf zu bekommen.

»Hab ich dir schon erzählt, dass wir im Spätsommer eine Woche lang zu Kurt und Leanna ans Cape fahren? Kaum zu glauben, dass ihr kleiner Sloane schon laufen kann!« Kurt Remington war einer von Rushs jüngeren Brüdern. »Ich weiß, dass Thane noch zu klein ist, um sich später an diesen Besuch zu erinnern, aber ich glaube trotzdem, dass es wichtig für Cousins ist, viel Zeit miteinander zu verbringen. Mit solchen Traditionen kann man nicht früh genug anfangen …«

Jayla war schon immer eine Plaudertasche gewesen. Sie fuhr fort, Jace ausgiebig über Rushs Geschwister auf den neuesten Stand zu bringen. Jayla und Rush waren professionelle Skifahrer, aber seit sie sich vor ein paar Jahren an der Schulter verletzt hatte, nahm sie seltener an Wettbewerben teil. Allerdings ahnte er, dass nur höhere Gewalt seine willensstarke Schwester lange von den Skipisten fernhalten konnte. Sie war schon immer stark und entschlossen gewesen und hatte in den vergangenen drei Jahren als das Gesicht von Dove fungiert sowie diverse andere Schirmherrschaften übernommen. Aber nun hatte sie sämtliche anderen Verpflichtungen auf Eis gelegt, um sich ganz auf Thane konzentrieren zu können, ihren bezaubernden Sohn, der gerade tief und fest in den Armen seiner Mutter schlief.

Es war seltsam für Jace, seine kleine Schwester mit einem eigenen Kind zu sehen, aber sie war eine wunderbare Mutter und Jace war stolz auf sie. Sie hatte als erste seiner Geschwister geheiratet, und anfangs war es Jace komisch vorgekommen, sich zurückzuziehen und sie Rush anzuvertrauen, obwohl er seit

Kindertagen sein bester Freund war und Jace sehr viel von ihm hielt.

Jayla quasselte immer noch wie ein Wasserfall. »Ich hab dir ja noch gar nichts über Rushs neues Trainingsprogramm erzählt! Es ist natürlich der Hammer …«

Während sie weiterredete, wanderten Jaces Gedanken zu Dixie zurück. Sie ließ ihn nicht mehr los, seit Jillian ihm das Foto von ihr zugesteckt hatte, das nun sicher in seiner Brieftasche verstaut war. Er hatte das verdammte Ding während der vergangenen beiden Nächte stundenlang angestarrt und sah Dixie nun mit völlig anderen Augen. Zwar gab er sich die größte Mühe, sich einzureden, dass er sie unbedingt als das neue Gesicht von Silver-Stone haben wollte und das der einzige Grund dafür war. Aber Jace war nie sonderlich gut darin gewesen, sich selbst etwas vorzumachen. Im Grunde wusste er seit Jahren, dass er sich diese temperamentvolle, rothaarige Schönheit als Repräsentantin seiner Firma wünschte. Doch er hatte sich immer dagegen gewehrt, mehr in ihr zu sehen als Bears jüngere Schwester. Und nun, nach all ihren hitzigen Diskussionen, sah er diese grünäugige Füchsin so, wie sie tatsächlich war: als eine selbstsichere, kluge und unbeugsame Frau.

»Hörst du mir überhaupt zu? Jace? *Jace!*«

Die laute Stimme seiner Schwester riss ihn aus seinen Gedanken. »Verdammt, entschuldige, Jay Jay. Ich, äh, ja. Ich höre dir zu.«

»Du bist doch sonst nicht so unkonzentriert. Was ist los mit dir? Bist du in Gedanken schon beim nächsten Motorrad? Oder denkst du wieder darüber nach, einen Laden in Peaceful Harbor aufzumachen? Ich weiß doch, wie gern du dort bist.«

Obwohl Silver-Stone Niederlassungen in aller Welt unterhielt, hatten sie nur ein Hauptquartier, und das lag in Los Angeles, wo sich auch ihre größte Fertigungsanlage befand und wo die meisten ihrer Designer ansässig waren. Wenn Jace nicht reiste, arbeitete er in diesem Büro. Im vergangenen Jahr hatten Maddox und er mit dem Gedanken gespielt, ein zweites Hauptquartier samt Fabrik an der Ostküste aufzuziehen. Sie hatten dabei an Peaceful Harbor gedacht, die Idee aber wieder verworfen, weil sie ein attraktives Angebot für einen Büro- und Produktionskomplex in Colorado bekamen. Doch jetzt suchten sie an der Ostküste wieder nach einem geeigneten Standort für ein zweites Hauptquartier.

»Nein. Wir haben etwas in Boston gefunden. Ich treffe mich nächste Woche mit Maddox, um mir die Immobilien noch einmal anzusehen.« Obwohl Peaceful Harbor weniger kostspielig gewesen wäre, hatten ihnen die Immobilienmakler in Boston ein Objekt vorgeschlagen, das zusätzlich zu den Fertigungshallen und Büroräumen einen weiteren Verkaufsraum in bester Lage mit einschloss. Wenn also alles glattging, würde Boston Jaces neue Heimat werden. Er mochte seinen nomadischen Lebensstil, aber ein paar Monate im Jahr näher bei seiner Familie zu sein, war keine schlechte Idee, vor allem, weil er nun einen kleinen Neffen hatte.

»Entschuldige, dass ich vorhin abgelenkt war«, sagte er. »Ich war in Gedanken wieder bei dem Fotoshooting.« Er hatte ihr schon erzählt, dass Sahara nicht länger zur Verfügung stand und er nun mit allen Mitteln versuchte, Dixie davon zu überzeugen, den Job zu übernehmen.

»Wenn du Dixie nicht kriegen kannst, würde Mia wahrscheinlich für dich modeln.« Alle Stones hatten den olivfarbenen Teint und die ebenmäßigen Züge ihrer Eltern geerbt. Mia war fünf Jahre jünger als Jace und hatte in den letzten Jahren für Jillians Cousin Josh Braden und seine Frau Riley gearbeitet, zwei bekannte Modedesigner. Somit kannte sich Mia also im Modelgeschäft aus, und außerdem würde sie praktisch alles für ihn tun.

Anders als Dixie.

»Mia ist klasse, aber sie ist nicht das, was mir für Silver-Stone vorschwebt.«

»Gott, du hast so lächerlich hohe Ansprüche. Mia ist *unglaublich*. Meiner Meinung nach ist sie viel attraktiver als diese Sahara, die du dir da ausgesucht hast.«

Shea hatte ihm vor knapp einer Stunde einen ähnlichen Vortrag gehalten, nachdem er an jedem Model, das sie ihm präsentierte, etwas auszusetzen gehabt hatte. Sie waren ihm entweder zu harmlos, nicht tough genug oder … einfach *zu wenig Dixie*. Der einzige Mensch, der zu verstehen schien, dass sie hier keine Kompromisse machen durften, war Maddox, der ihn voll und ganz darin unterstützte, bei Dixie nicht lockerzulassen. Kein Wunder, dass sie als Geschäftspartner so gut miteinander klarkamen.

»Mia ist wirklich eine wunderschöne Frau, was übrigens auch für dich und Jennifer gilt, aber sie passt einfach nicht zu unserer Marke. Und du hast verdammt recht: Ich habe hohe Ansprüche, aber das gilt genauso für dich. So sind wir eben, Jay. Mom und Dad haben keine Weicheier großgezogen.« Seine Eltern hatten ihnen unwissentlich einen großen Gefallen getan, indem sie sie für das, was sie wollten, selbst kämpfen ließen. Er hatte für alles arbeiten müssen, angefangen von seiner Lederjacke bis hin zu seinem Collegeabschluss. Dadurch war Jace von Anfang an gezwungen worden, sich darüber klar zu werden, was ihm wirklich wichtig war, Strategien zu entwickeln, die zum Erfolg führten, und stets nach Höchstleistungen zu streben. »Und muss man nicht für alles kämpfen, was es sich zu haben lohnt?«

»Okay … Jen hat keine besonders hohen Ansprüche, jedenfalls nicht, was die Auswahl ihrer Partner angeht.«

»Fang jetzt nicht mit Jenny an.« Ihre Schwester Jennifer spielte gern mit den Männern, und sie schämte sich deswegen kein bisschen. Deswegen gab es unaufhörlich Streit zwischen ihr und Jace.

»Okay, okay. Und du glaubst, du kannst die Frau bekommen, die du dir wünschst? Dixie? Den Namen finde ich übrigens großartig. Ist das ihr Biker-Name oder ihr echter Name?«

»Bisher habe ich doch immer bekommen, was ich wollte, oder? Und ich habe keine Ahnung, ob Dixie ihr richtiger Name ist.« Jetzt, wo er darüber nachdachte, wollte er es allerdings unbedingt herausfinden.

Jayla gab Thane einen Kuss auf die Stirn. »Nach allem, was du über sie erzählst, hört es sich für mich so an, als wäre sie genauso stur wie du. Könnte ja sein, dass du diesmal auf Granit beißt. Und was dann?«

»Über so etwas mache ich mir keine Gedanken, und das weißt du auch. Ich werde sie schon irgendwie dazu bringen.« Er spannte die Kiefermuskulatur an, als er daran dachte, wie Dixie seinen Überredungskünsten bisher unbeeindruckt widerstanden hatte. Doch er würde kein Nein akzeptieren. Sie war ganz bestimmt nicht seine zweite Wahl, und das würde er ihr auch beweisen.

Der Alarm seines Handys ging los, und er schaltete ihn rasch aus. Er hatte sich den Wecker gestellt, um die Versteigerung nicht zu versäumen. Ursprünglich hatte er nicht hingehen wollen. Er konnte solche Veranstaltungen nicht leiden. Sich mit Geld Dates erkaufen, mit Leuten, die man gar nicht kannte, selbst wenn es für einen guten Zweck war? Aber die Sache war wichtig für Dixie, und damit landete sie ganz oben auf seiner Prioritätenliste. Er ging nicht zu der Auktion, um Dixie weiter wegen des Jobs zuzusetzen, dafür würde er morgen noch reichlich Zeit haben. Es waren Dixies Worte über seinen wahren Charakter, die an ihm nagten. Sie hatte ihn auf einen Makel seiner Persönlichkeit aufmerksam gemacht, der ihm selbst gar nicht bewusst gewesen war, und das gefiel ihm gar nicht. Und wenn Jace etwas nicht gefiel, dann versuchte er, es in Ordnung zu bringen. Heute Abend wollte er Dixie beweisen, dass er kein oberflächlicher Egozentriker war.

»Mir würde da ja noch ein Weg einfallen, wie du Dixie überzeugen könntest«, sagte Jayla. »Hast du schon mal versucht, mit ihr zu flirten?«

»Darauf würde sie nie eingehen.«

Jayla lachte auf. »Willst du mich auf den Arm nehmen? Jede Singlefrau flirtet gern mit reichen, gut aussehenden Typen.«

»Geld ist ihr völlig egal. Ich muss jetzt los, Jay.« Er richtete sich auf und klopfte sich den Sand von den Jeans. Dixies Stimme hallte in seinem Kopf wider, und ihre Worte zerrten an seinen Nerven. *Die Whiskeys spielen für niemanden die zweite Geige.* Er hatte keine Ahnung, ab wann es plötzlich nicht mehr nur darum gegangen war, ihr zu beweisen, dass sie immer seine erste Wahl als Model für ihr Unternehmen gewesen war. Sondern auch darum, ihr zu demonstrieren, dass er kein so übler Kerl war, wie sie annahm. Doch genau das war jetzt das Thema, und je länger er über ihren Kommentar nachdachte, desto mehr quälte er ihn. Er war kein privilegiertes Jüngelchen, das in Daddys Windschatten zum Erfolg gesegelt war. Seine Eltern waren arm gewesen. Er hatte hart arbeiten müssen, um dahin zu kommen, wo er jetzt war, und auch heute hängte er sich richtig rein, ließ das Unternehmen wachsen und baute immer bessere Motorräder. Jace war stets stolz darauf gewesen, einen nicht unbeträchtlichen Teil seines Umsatzes wohltätigen Zwecken zu spenden, und es gefiel ihm nicht, dass ihre Worte seine Großzügigkeit plötzlich in einem wenig schmeichelhaften Licht dastehen ließen.

Er konnte es keinesfalls auf sich sitzen lassen, dass Dixie glaubte, er wäre sich zu schade, um seine Zeit anderen zu opfern.

»Hast du ein Date?«, fragte Jayla hoffnungsvoll.

»Ich gehe zu einer Auktion.« Er machte sich auf den Weg zum Parkplatz.

Ihre Augen leuchteten auf. »Ich dachte, du wolltest nicht hingehen?«

»Wollte ich auch nicht. Hab's mir anders überlegt.«

»Gut! Dann kannst du ja mitfilmen, wie Jared versteigert wird! Oh, bitte! Dann können wir uns das anschauen, wenn du am Sonntag zum Abendessen mit Mia und Jennifer kommst. Sie würden sich riesig freuen. Okay, Jace? Bitte, bitte!«

Jace bedachte sie mit einem grimmigen Blick, damit sie ja damit aufhörte, wusste aber, dass es zwecklos war. Er freute sich schon darauf, seine Schwestern wiederzusehen, die alle in New York lebten.

»Komm schon!«, bettelte Jayla und zog die Augenbrauen so eng zusammen, dass sich darunter ein steiles V bildete. »Ich hör auch auf, dich damit zu nerven, dass du endlich deine Seelenverwandte finden musst!«

Es spielte keine Rolle, dass Jayla dreißig Jahre alt war. Für ihn blieb sie seine kleine Schwester und es gab nichts, was er nicht für sie tun würde. Über die Erfüllung mancher Wünsche wurde nur etwas härter verhandelt als bei anderen.

»Na gut.« Er gluckste.

Sie führte einen lautlosen Freudentanz auf, bemüht, das Baby in ihren Armen nicht zu wecken, und grinste von einem Ohr zum anderen. »Ich hab dich gerade wahnsinnig lieb!«

»Ich dich auch. Gib dem kleinen Mann einen Kuss von mir.«

»Er vermisst dich.«

»Ich vermisse ihn auch.« Er wusste, dass sie nur Zeit schinden wollte, um ihn am Telefon zu halten. Jace reiste viel umher, und oft vergingen lange Phasen, in denen sie sich nicht sahen, noch nicht einmal miteinander telefonierten, und einzig über gelegentliche Textnachrichten Kontakt hielten.

»Ich drücke beide Daumen, dass Jared von einer netten Frau ersteigert wird, die gern isst, und dass Dixie deinem Charme erliegt und das Shooting für euch macht!«

Himmel, wie er ihren Enthusiasmus liebte. Er stand neben seinem Bike, umgeben vom Duft nach Meer und Sand, und vermisste seine Familie. »Ich gebe dir Bescheid, wenn sie Ja sagt. Denn das wird sie tun, Jay. Ich muss jetzt wirklich los.«

»Okay.« Sie winkte ihm zum Abschied zu. »Viel Glück, Jacey.«

Sie benutzte diesen Kosenamen aus ihren Kindertagen nicht oft, aber immer, wenn sie sich voneinander verabschiedeten. Und es gab ihm jedes Mal den Rest.

Er verabschiedete sich und vermisste sie noch ein bisschen mehr, als er das Handy wegsteckte. Dann setzte er den Helm auf und stieg auf sein Motorrad. Er besaß eine ganze Flotte, aber diese Maschine fuhr er am liebsten. Es war nicht das schnellste oder das eleganteste Bike, aber das wichtigste, das er je gebaut hatte: eine minimal modernisierte Version des allerersten

Bikes, das er je entworfen hatte, der Stroke, die ihnen den kommerziellen Durchbruch gebracht hatte.

Der Motor röhrte auf. Obwohl das Motorrad schon über zehn Jahre alt war, schnurrte es wie eine Raubkatze, ein weiterer Beweis dafür, wie wichtig erstklassige Qualität war.

Und nichts war im Moment wichtiger für ihn als die erstklassige und frustrierend dickköpfige grünäugige Frau, die er gleich treffen würde.

Drei

Im Whiskey Bro's gab es nur noch Stehplätze. Es war erstaunlich, wie sehr die Aussicht auf einen Haufen attraktiver Junggesellen und die Chance, etwas Gutes zu tun, einen Ort verändern konnten. Neben den üblichen bärtigen, tätowierten Bikern in ihren schwarzen Lederkutten, auf denen die Abzeichen der Dark Knights prangten, sah man jetzt auch viele ganz normale Gäste, Yuppies mit perfekt gestyltem Haar und Hipster, die sich alle Mühe gaben, cool auszusehen. Die meisten Frauen hatten nummerierte Bietertafeln bei sich. Die *Rebels*, eine Band, die ausschließlich aus Mitgliedern der Dark Knights bestand, spielte im hinteren Teil der Bar. Die Hauptbühne war so feierlich ausgeleuchtet, als stünde eine Preisverleihung bevor, und geschmückt mit schwarzen und weißen Stoffbahnen und Hunderten von Lichtern. Jace nahm sich eine der Broschüren, die auf einem Tisch neben dem Eingang lagen, und steckte sie sich in die Tasche, während er in der tanzenden und sich drängenden Menge nach Dixie Ausschau hielt.

Sein Blick schweifte über Frauen in kurzen Röcken und engen Jeans, die ihn beäugten, während sie an ihren Drinks nippten. Er entdeckte eine Gruppe von Dixies Freundinnen und Schwägerinnen in der Nähe der Bühne, die gerade angeregt plauderten, aber Dixie hielt sich nicht bei ihnen auf. Dixies Vater Biggs stand an der Bar und redete gerade mit Diesel und Bullet. Biggs war ein rauer Kerl und echter Biker, der in Bezug auf Größe und Ausstrahlung mit seinem Sohn Bullet mithalten konnte. Obwohl Biggs seit einem Schlaganfall nicht mehr Motorrad fahren konnte – eine Seite seines Gesichts war gelähmt, er brauchte eine Gehhilfe und konnte nur noch langsam und schleppend sprechen –, wusste Jace, dass Biggs ohne zu zögern in den Kampf ziehen würde, um seine Stadt zu beschützen.

Jace setzte ein strahlendes Lächeln auf, als Dixies Mutter sich durch die Menge auf ihn zukämpfte. Red sah Sharon Osbourne zum Verwechseln ähnlich und war wie gewohnt von der Bluse bis hinunter zu den derben Stiefeln ganz in Schwarz gekleidet. Sie war die wohl coolste Mutter des gesamten Planeten und Jace fühlte sich geehrt, dass sie auch ihn als eines ihrer Kinder ansah. Andererseits galt das für fast jeden Menschen in ihrem Umfeld. Jaces Mutter war sanft und großzügig, aber auch sehr konservativ. Sie war zwar stolz auf den Erfolg ihres Sohnes, hatte jedoch wenig für Lederklamotten und Tätowierungen übrig und fragte sich vermutlich bis heute, woher seine Liebe und Begeisterung für Motorräder rührte. Selbst er konnte diese Frage nicht beantworten, aber seit seiner Kindheit hatten ihn das Röhren der Maschinen und die Hochglanzfotos in den Fachmagazinen fasziniert.

Reds grüne Augen leuchteten auf. »Ich wusste, dass du vorbeischaust. Jetzt nimm mich schon in den Arm, du Teufelskerl!«

»Wie geht es dir, Red?«

»Die Gemeinde kommt zusammen, alle meine Babys haben sich unter einem Dach versammelt, unsere Familie wächst. Das

Leben ist gut zu mir, Jace.« Sie hakte sich bei ihm ein, als wollte sie sich von ihm auf die Tanzfläche führen lassen. »Und jetzt bist du auch noch hier. Du hast viele Frauen tief enttäuscht, die darauf gehofft hatten, dich ersteigern zu können.«

»Tut mir leid, Red. Das ist einfach nicht mein Ding.«

»Ja, ich weiß. Du bist wie eine Mischung all meiner Jungs: tough, klug, witzig, und du weißt genau, was du willst. Und ich weiß, wie sehr sich Dixie über deine Spende gefreut hat. Sie war wirklich beeindruckt von deiner Großzügigkeit.«

Er schnaubte. »Du musst das nicht sagen, Red. Ich weiß, wie sauer sie war, weil ich mich nicht da oben präsentieren will.«

»Okay, das stimmt, aber das liegt daran, dass sie ehrgeizig ist und dass sie sich vorgenommen hatte, für dieses Event die besten Kandidaten zu gewinnen. Dixie verliert nicht gern.« Sie wies mit der Hand auf die Menge. »Kannst du dir vorstellen, dass sie das alles hier allein auf die Beine gestellt hat? Wenn sie sich etwas in den Kopf gesetzt hat, dann lässt sie nicht mehr locker. Und unter uns gesagt: Meine Jungs haben alle ihre Talente, aber wenn dieser Familie etwas Gutes widerfährt, dann stammt die Idee meist von meiner Tochter. Ich nehme an, du bist hier, um Jared den Rücken zu stärken? Er steht da drüben am Junggesellentisch.«

Red wies durch eine Lücke in der Menge. Jared unterhielt sich gerade mit Nick und Jax Braden und »Mr. Großspurig« Dr. Jon Butterscotch. Quincy Gritt saß mit einer Reihe von Dark Knights und ein paar Männern, die Jace nicht kannte, an einem der Tische, und er nahm an, dass auch sie sich für die Auktion zur Verfügung gestellt hatten.

»Tatsächlich würde ich Dixie gern sprechen, bevor es richtig losgeht. Hast du sie gesehen?«

»Sie ist heute Abend sehr gefragt. Ich hab sie vorhin drüben beim Büfett gesehen.« Sie schaute sich suchend in der Menge um und versuchte, einen Blick auf die Tische zu erhaschen. »Da ist sie ja, bei Dr. Rhys. Eine gute Partie. Und er macht meinem Mädchen schöne Augen.«

Jace folgte ihrem Blick und entdeckte Dixies flammend rotes Haar. Sie hielt ein Klemmbrett an die Brust gedrückt, ein strahlendes Lächeln umspielte ihren verführerischen Mund und sie sprach mit einem … *verdammten Filmstar!* Der dunkelhaarige Typ sah wirklich unverschämt gut aus. Herrgott, stand sie etwa auf solche Kerle? Jace spürte einen schmerzhaften Stich der Eifersucht in der Brust.

Dixie ließ das Klemmbrett sinken, und – *Grundgütiger!* Ihm wurde ganz heiß beim Anblick ihres tief ausgeschnittenen, unfassbar kurzen, glitzernden schwarzen Kleides, das sich an ihre perfekten Kurven schmiegte. Der Stoff des Ausschnitts floss weich zwischen ihren Brüsten bis fast zum Bauchnabel herab. Gehalten wurde das Kleid von einem filigranen Silberkettchen, das an zwei schmalen Stoffstreifen oberhalb jeder Brust eingehakt war. Das Kettchen war mehrmals um ihren Hals gewunden, eng wie ein Kropfband und zugleich verspielter, und das Metall leuchtete verführerisch auf ihrer hellen Haut. Jace wurde von einer wilden Begierde gepackt, und sein Blick wanderte wieder zu dem Kerl zurück. Unwillkürlich ballte er die Fäuste. Jace war *niemals* eifersüchtig, und die ungewohnte Empfindung irritierte ihn, aber er konnte sie nicht abschütteln, ebenso wenig, wie er seine Augen von Dixie losreißen konnte.

Red tätschelte ihm den Arm. »Nicht weglaufen. Meine Kleine wird heute Abend alle überraschen, und das solltest du dir nicht entgehen lassen.« Sie zwinkerte ihm zu und verschwand in der Menge.

Jace ging zielstrebig auf Dixie zu und die Leute machten ihm allein aufgrund seiner Größe Platz. Er ermahnte sich, dass er nicht hier war, um Anspruch auf Dixie zu erheben, aber je näher er ihr kam, desto besitzergreifender wurden seine Gedanken. Wie hatte das geschehen können? Wie war er in diesen Strudel geraten, aus dem es nun kein Entkommen mehr gab?

Jemand packte ihn am Arm, und er riss den Kopf herum. »Was zum …«

»Du bist hier!« Jillian tänzelte auf ihren himmelhohen Stilettos auf und ab, ihre Augen strahlten vor Freude. »Komm, setz dich zu uns!« Sie zeigte zu einem Tisch, an dem eine Reihe ihrer Cousins und Cousinen aus Peaceful Harbor saßen.

»Wie geht's, Stone?« Sam Braden, ein alter Freund und seines Zeichens Anbieter von Abenteuerreisen, stand auf und schüttelte ihm die Hand. Er und seine Frau Faith hatten vor Kurzem ihr erstes Kind bekommen, ein Mädchen namens Raeanne. »Wir haben uns ja ewig nicht gesehen, Mann. Schön, dass du da bist.«

»Freut mich auch.« Jace nickte Faith kurz zu und sah dann wieder zu Dixie hinüber. Sein Magen krampfte sich zusammen, als sie sich zu dem Schönling hinüberbeugte.

»Warum stehst du nicht auf der Liste?«, erkundigte sich Sam, während er sich wieder neben Faith setzte. »Hast du etwa Angst, neben den Bradens alt auszusehen?«

»Wohl kaum«, erwiderte Jace geistesabwesend, ganz auf Dixie konzentriert.

Jillian umklammerte seinen Arm und quasselte wie ein Wasserfall. »Wir sind hier, um Nick und Jax zu unterstützen! Und Jared sieht einfach heiß aus. Ich kann es kaum erwarten …«

Ihre Stimme wurde zu einem weißen Rauschen, als Dixie plötzlich in seine Richtung sah und ihre Blicke sich trafen. Der schockierte Ausdruck auf ihrem Gesicht beunruhigte ihn.

Jillian klopfte ihm auf die Brust. »Jace!«

»Himmel noch mal, Jilly«, sagte er und nahm erst jetzt ihre verärgerte Miene wahr.

»Du hast mir noch nicht mal zugehört!«

»Doch, habe ich«, log er. Er hörte Sam und seine Brüder lachen und wusste, dass er ertappt worden war.

»Ach, tatsächlich?« Jillian stemmte die Hände in die Hüften. »Ich sagte, ich werde Jared ersteigern, ihn in ein Hotelzimmer zerren, dort ans Bett fesseln und jede Menge schmutzige Dinge mit ihm anstellen.«

Jace knirschte mit den Zähnen. »Einen Teufel wirst du tun.«

Sie zog grinsend die Augenbrauen hoch. »Siehst du? Du hast kein Wort von dem gehört, was ich gesagt habe. Aber ich hab's schon kapiert. Also schnapp dir Dixie, bevor Dr. Rhys, der heißeste Arzt auf diesem Planeten, sie noch zur Mutter seiner Kinder macht!«

Bei ihren Worten durchfuhr es ihn heiß. Er legte Jillian eine Hand auf die Schulter und brachte sie zurück zu ihrem Platz. Dann bedachte er Sam mit einem ernsten Blick. »Lass sie bloß nicht auf Jared bieten. Mein Bruder würde ihr den Hintern versohlen.«

»Gut zu wissen«, meinte Jillian mit einem amüsierten kleinen Schulterzucken.

Sam und seine anderen Brüder sahen sie finster an. Nachdem er nun also Jillians Tugend beschützt hatte, machte Jace sich auf, Dixie zu retten. Als er sich ihr näherte, zuckte ihr Blick immer wieder nervös zu ihm herüber und wurde dunkel und hitzig. Sie schien allerdings zu bemerken, dass sie sich verräterisch verhielt, denn auf einmal sah sie den attraktiven Arzt gebannt an.

»Danke, Dix«, sagte Dr. Rhys gerade. »Ich muss jetzt noch kurz mit Wayne sprechen, bevor wir an die Raubtiere verfüttert werden.« Ein jungenhaftes Lächeln breitete sich auf seinem viel zu hübschen Gesicht aus, und er entblößte ebenmäßige perlweiße Zähne. Dann ging er zu Bones.

Bones war Wayne Whiskeys Biker-Name, so wie Bullet und Bear die Biker-Namen von Dixies anderen Brüdern waren. Jace fragte sich einmal mehr, ob Dixie wohl ihr echter Name war. Er hatte das Gefühl, dass es so war, und er konnte sich einfach nicht vorstellen, sie anders zu nennen. Außer vielleicht *Kätzchen*.

Jon Butterscotch tauchte plötzlich wie aus dem Nichts auf und machte sich an Dixie heran. Sie trat einen Schritt zurück, als er loslegte. »Na, meine Hübsche, hast du genügend Bargeld dabei, um mich heute Abend zu ersteigern?«

Jace mahlte mit dem Kiefer. Wenn das so weiterging, würde er den morgigen Tag beim Zahnarzt verbringen müssen. Jons weißes Hemd brachte seine tiefe Bräune perfekt zur Geltung. Die Frauen standen auf diesen angesehenen Arzt, der darüber hinaus noch Adrenalin-Junkie war und, wann immer sich ihm die Gelegenheit bot, bei Lauf-, Rad- und Schwimm-wettkämpfen antrat – und auch noch Motorrad fuhr. Aber Jace hatte ihn schon in Aktion erlebt und wusste, dass er auch ein Aufreißer war. Dixie wollte er ihm jedoch garantiert nicht über-lassen.

Dixie verdrehte die Augen. »Warum für etwas bezahlen, was jede Frau in Peaceful Harbor umsonst bekommen kann?«

Jace legte eine Hand auf Dixies Kreuz und war heilfroh, dass sie die Wahrheit über diesen Mann kannte. Er senkte das Kinn und hielt Jons Blick stand. »Verschwinde, Butterscotch.«

Verwirrung machte sich auf Jons Gesicht breit, während er zwischen Dixie und Jace hin- und hersah, aber er war ein kluger Mann. Er hob kapitulierend die Hände und ging wieder zurück zu seinem Geschäftspartner, Sams Bruder Cole.

»Nimm die Hand da weg, Stone«, drohte Dixie.

Warum turnte ihn ihre Strenge dermaßen an?

Er wusste verdammt gut, warum das so war. Weil Dixie Whiskey nun, da er sich erlaubt hatte, sie wie eine gleichberechtigte Erwachsene anzusehen, nicht länger nur die kleine Schwester eines Freundes und somit tabu für ihn war. Jetzt war sie Dixie Whiskey, eine starke Frau, die ihr Leben selbst in die Hand nahm.

Und das war gefährlich.

Er ließ den Blick an ihrem Körper hinunterwandern und hielt bei ihren Stilettos inne, schwarz, mit silbernen Dornen gespickt, die sexy rot lackierten Zehennägel lugten hervor. Er war nicht der Typ Mann, der von einem Hochhaus springen musste, um herauszufinden, ob er fliegen konnte. Diese Art von Gefahr reizte ihn nicht. Doch die Gefahr, die von Dixie Whiskey ausging? Einer Frau, die seine Geduld auf die Probe stellte, seine Grenzen auslotete, die ihm Paroli bot? Ja, verdammt! So etwas gefiel ihm.

»Jace, du kennst meine Antwort schon, und ich habe keine Zeit, mich mit dir zu streiten. Falls es dir entgangen sein sollte: Ich muss mich hier um eine Veranstaltung kümmern.«

Er wusste, dass er nicht der Mann war, den Dixie brauchte, aber als er bemerkte, wie die anderen Typen ihre langen schlanken Beine und ihr üppiges Dekolleté begafften, erwachte sein Beschützerinstinkt. Wie ein Löwe, der das Alphaweibchen beschützt, trat er einen Schritt näher an sie heran, sodass ihr nichts anderes übrig blieb, als ihm in die Augen zu schauen. »Ich bin nicht hier, um dich umzustimmen.«

Sie zog skeptisch eine Augenbraue hoch.

»Ich bin hier, weil du recht hattest. Es macht einen Unterschied, ob man Geld spendet oder seine Zeit investiert. Irgendwie ist mir da was Wichtiges entgangen, und ich bin dir dankbar für den Tritt in den Hintern. Ich bin nicht nur irgendein Typ, der einfach zu viel Geld hat. Du wirst schon sehen.«

Ihr Ausdruck wurde ein wenig sanfter, und sie öffnete leicht die Lippen, erwiderte jedoch nichts.

»Aber es tut mir nicht leid, dass ich nicht auf diese Bühne steigen werde«, fügte er grimmig hinzu.

Sofort konnte man ihr abermals die Verärgerung ansehen.

Er legte ihr eine Hand auf die Hüfte und genoss es, ihre Weichheit unter der Handfläche zu spüren. Trotz ihres Zorns schien ein intensives Knistern zwischen ihnen in der Luft zu hängen. »Es gibt nur eine Frau in Peaceful Harbor, die meine Zeit wert ist. Und die ist gerade damit beschäftigt, Männer für einen guten Zweck vor ihren Karren zu spannen.«

Sie sog scharf die Luft ein, und ihr femininer Duft zog ihn sogar noch mehr an.

Er senkte die Stimme, denn seine nächsten Worte waren nur für sie bestimmt. »Du siehst heute Abend umwerfend aus, Kätzchen.«

Dixie hatte das Gefühl, keine Luft mehr zu bekommen, als Jace wieder zur Bar hinüberschlenderte, ihren Vater kurz umarmte und Bullet so beiläufig die Hand schüttelte, als hätte er nicht gerade ihren gesamten Körper in Flammen gesteckt und sie dann lodernd vor Verlangen zurückgelassen. Sie wollte sich bewegen, wollte endlich aufhören, ihn anzustarren, aber zum ersten Mal in ihrem Leben fühlte Dixie sich völlig verwirrt und hilflos. Ihre Beine waren so wacklig wie die eines neugeborenen Fohlens und ihr Herz raste.

Plötzlich stand ihre Mutter neben ihr und folgte ihrem Blick in Richtung Bar. »Sieh dir nur deinen Vater an, wie gut er in seiner Lederweste aussieht, während er das tut, was er am besten kann. Sich um seine Familie kümmern. Sogar nach all diesen Jahren raubt dieser Mann mir immer noch den Atem, wenn ich ihn ansehe.«

»Hm«, murmelte Dixie und war krampfhaft bemüht, ihre Lunge wieder mit Sauerstoff zu füllen.

»Es macht beinahe den Anschein, als hätte ein gewisser Jemand dieselbe Wirkung auf dich, Schätzchen.«

»Was?« Dixie fuhr zu ihrer Mutter herum, die sichtlich amüsiert war. »Nein, da täuschst du dich. Er raubt mir den letzten Nerv und ist entsetzlich arrogant.«

Dixie sah zu Jace zurück, der es sich gerade mit dem Rücken zur Bar auf einem Barhocker bequem machte. Er fixierte sie wieder mit diesem durchbohrenden Blick, und dieses Flattern im Bauch machte sich erneut bei ihr bemerkbar. Sie seufzte auf, drehte sich abrupt um und stieß mit Quincy zusammen.

»Oh, entschuldige, Dix«, stieß Quincy erschrocken hervor. Er hatte kaum mehr Ähnlichkeit mit dem schlaksigen Jungen, der er damals beim Wiedersehen mit Truman gewesen war. Sein hellbraunes Haar war von der Sonne gebleicht, und er hatte es sich aus dem Gesicht gekämmt. »Hey, alles okay bei dir? Du

siehst ein bisschen durcheinander aus. Oder bist du etwa …
betrunken?«

»Es geht mir gut«, schnappte sie, obwohl genau das
Gegenteil der Fall war, denn nie war sie weiter davon entfernt
gewesen, sich gut zu fühlen.

Ihre Mutter kicherte. »In zehn Minuten geht es los,
Schätzchen. Wenn du also was zu trinken brauchst, um deine
Nerven zu beruhigen, dann solltest du dich beeilen.«

»Ich gehe noch nicht mal in die Nähe der Bar«, grummelte
Dixie.

»Wie du willst.« Ihre Mutter drehte sich um und ging.

»Was ist los mit dir?«, fragte Quincy. Er sah zur Bar und
musterte die Leute, die dort standen. »Belästigt dich irgendeiner
der Typen? Soll ich mich drum kümmern?«

Dixie musste plötzlich lachen. »Wenn du nicht zufällig so
ein Blitzdings zum Gedankenauslöschen aus *Men in Black*
dabeihast, kannst du mir nicht helfen.«

»Hey, ich kann dir alles besorgen.« Er wackelte mit den
Augenbrauen. »Ist es der Stress? Du hast das hier wirklich
großartig gemacht. Ich hab gehört, dass manche sogar bereit
sind, tausend Dollar zu bieten.«

»Hoffentlich hat Penny heute ordentlich Trinkgeld bekommen«, sagte Dixie, während sie den Blick durch den Raum
schweifen ließ, die Bar jedoch vorsorglich vermied. Aber es
nützte nichts. Die Energie schien sich in Wellen von Jace in ihre
Richtung auszubreiten und die Luft zu erfüllen, die sie
einatmete.

»Ich sehe hier eine Menge Frauen, die regelmäßig in den
Buchladen kommen. Da wird sie wohl ein bisschen mehr
investieren müssen als nur das Trinkgeld eines Tages.«

Quincy verschränkte die Arme vor der Brust und sah sich

um. Mit gerade mal dreizehn Jahren hatte er den Vergewaltiger seiner Mutter getötet. Sein neun Jahre älterer Bruder Truman, der sich immer um ihn gekümmert hatte, weil ihre Mutter drogensüchtig war, hatte das Verbrechen auf sich genommen und sechs Jahre im Gefängnis gesessen. Zu behaupten, dass in Quincys Seele Dämonen hausten, wäre wohl eine Untertreibung gewesen. Wie so viele der Männer, die heute Abend hier waren, trug auch er die Geister seiner Vergangenheit als Tattoos auf der Haut. Doch Quincy war ein guter Mensch und ein brillanter Mathematiker. Er war im vergangenen Herbst für Dixie eingesprungen, damit sie verreisen konnte, und hatte bei der Buchhaltung der Werkstatt und der Bar wirklich hervorragende Arbeit geleistet.

»Versprich mir nur eins«, bat Dixie. »Wenn du heute Abend von Miss America ersteigert wirst und die Sache ernst wird, lass mich übernächste Woche trotzdem nicht hängen, wenn ich ans Cape fahre, okay?«

»Keine Sorge, das ist fest eingeplant. Von Mittwoch bis Sonntag. Ich würde dich niemals im Regen stehen lassen, Dix. Nicht mal für eine heiße Frau.« Er nickte Finlay, Izzy und den anderen Frauen zu, die gerade auf die beiden zukamen. »Die Kavallerie rückt an. Ich werde den Ladys aus dem Buchladen lieber noch mal einen Blick auf den Hengst gewähren, bevor die Ponys auf die Bühne gehen. Ich will schließlich nicht, dass sie ihr hart verdientes Geld verschwenden.«

Er schlenderte davon und einen Moment später hakte Izzy sich bei Dixie unter. Crystal tat dasselbe auf der anderen Seite. Die anderen drängten sich um sie und zerrten sie zur Damentoilette.

»Komm schon, Dixie Lee. Wird Zeit, dass wir dich für deine Premiere fertig machen«, sagte Crystal aufgeregt.

Sie war durch Jace abgelenkt gewesen und hatte tatsächlich völlig vergessen, dass auch sie heute Abend versteigert werden würde. Quincy mochte ihre Gedanken nicht auslöschen können, aber Jace besaß anscheinend diese Fähigkeit. Sie konnte einfach nicht mehr klar denken.

»Wir müssen dafür sorgen, dass du mehr bekommst als alle Kerle zusammen«, erklärte Izzy. »Ganz oder gar nicht, nicht wahr, Mädels?«

»Jaaa!«, kreischten alle gleichzeitig.

»Ich kann es kaum erwarten, die dummen Gesichter der Leute zu sehen.« Gemma zuckte leicht zusammen. »Mann, gestern hätte ich mich fast verplappert und Tru von der Sache erzählt«, gestand sie.

»Und ich hätte es Jed auch beinahe gestanden«, warf Josie ein.

Dixies Nervosität wuchs mit jeder Sekunde. Dass ihre Mutter plötzlich neben ihnen auftauchte, machte es nicht besser.

»Sind wir bereit?«, fragte Red im Flüsterton.

»Ich nicht«, antwortete Sarah, während sie sich in die Damentoilette drängten. »Ich bin ein Nervenbündel. Ich hasse es, Geheimnisse zu haben, vor allem vor Bones. Ich habe letzte Nacht geträumt, dass er alles herausfindet und deswegen unsere Verlobung löst.«

»Was?«, rief Finlay. »Das würde er niemals tun.«

»Bones liebt dich«, bestätigte Gemma.

»Der Mann platzt fast vor Stolz, wenn er mit den Kindern im *Bonesmobil* durch die Stadt fährt. Den wirst du nicht mehr los«, legte Crystal nach. Bear hatte ein ganz besonderes Fahrzeug konstruiert, damit Bones seine Kinder in etwas herumkutschieren konnte, das einem Motorrad ähnelte. Das

Bonesmobil bestand aus dem Vorderteil eines Motorrades und dem Heck eines Sportwagens. Seitenteile und Dach schützten drei Rücksitze mit Sicherheitsgurten.

Red nahm Sarahs Hand und lächelte sie liebevoll an. »Schätzchen, mein Sohn hat sein ganzes Leben lang auf dich und die Kinder gewartet. Er würde dich für nichts in der Welt verlassen. Vor allem nicht dafür, dass du Dixie hilfst, sich von ihren Fesseln zu befreien. Mach dir darüber also keine Sorgen. Er wird es verstehen.«

Sarah wirkte gleich deutlich weniger besorgt. »Du hast bestimmt recht. Ich bin nur übermüdet und mache mir Sorgen wegen jeder Kleinigkeit. Maggie Rose schläft in letzter Zeit nicht gut. Ich glaube, sie fängt an zu zahnen.«

»Oder du und dein heißer Zukünftiger haltet sie nachts wach.« Crystal stieß Finlay in die Rippen. »Du und Bullet, ihr müsst eure Kinder wahrscheinlich mal nachts in der Garage schlafen lassen, um sie nicht aufzuwecken.«

Finlay errötete und hielt sich die Hände vor das Gesicht.

»Wir reden hier von meinen Brüdern«, rief Dixie Crystal pikiert in Erinnerung.

Alle anderen brachen in Gelächter aus.

»Okay, Ladys, konzentrieren wir uns, bevor die Jungs kommen, um uns abzuholen«, sagte Red und rückte näher an Dixie heran. Sie ließ die Finger durch ihr langes Haar gleiten und seufzte. »Du bist einfach perfekt.«

»Jace glaubt das ganz ohne Zweifel«, meldete sich Tracey, die hinter Red stand, zu Wort und alle drehten sich zu ihr. »Was denn? Er starrt sie an, seit er zur Tür reingekommen ist.«

»Aber da ist er sicher nicht der Einzige«, wandte Izzy ein. »Und wer sollte es den Männern auch verdenken? Dixie ist umwerfend.«

»Da hast du verdammt recht.« Dixie wandte sich dem Spiegel zu, und die anderen drängten sich um sie, zupften an ihrem Haar und ihrem Kleid und richteten die zarten silbernen Kettchen um ihren Hals. »Gott, ich liebe dieses Kleid. Jilly ist einfach großartig.«

»Es ist unglaublich«, sagte Gemma. »Aber du siehst in jedem Outfit sagenhaft aus. Ich würde alles für deine Beine geben.«

»Ich will ihre Brüste«, rief Tracey und blickte an ihrer eher flachen Oberweite herab.

Josie nickte mitfühlend. »Ich auch!«

»Und ich nehme ihren niedlichen Hintern«, erklärte Sarah.

Dixie musste lachen. »Ihr seid alle so süß! Ich bin groß und schlaksig und hätte lieber eine Figur wie ihr.«

»Sogar meine?« Crystal rieb sich den Babybauch und klimperte mit den Wimpern.

»Definitiv nicht«, erwiderte Dixie. »Aber wenn Kiddie auf der Welt ist, dann werde ich ihn oder sie so oft knuddeln, wie du und Bear es erlauben!«

Red zeigte mit dem Daumen über ihre Schulter. »Stell dich mal schön hinten an, Schätzchen. Zuerst bin ich mit Knuddeln an der Reihe.«

Ein lautes Wummern gegen die Tür schreckte sie auf, und sie rückten kreischend noch näher zusammen.

»Schluss mit dem Gegacker!«, drang Bullets raue Stimme durch die Tür.

»Wir kommen!«, rief Red. Sie wandte sich den anderen mit schelmischem Blick zu. »Bereit, den nächsten großen Whiskey-Coup durchzuziehen?«

Alle jubelten »Ja!«, sogar Dixie, obwohl sie sich alles andere als bereit fühlte.

Auf einmal hatte sie Angst. Irgendwie schien sie die Sache

nicht bis zu Ende gedacht zu haben. Was würde sie tun, wenn ihre Brüder eine Szene machten? Oder wenn niemand auf sie bot und sie dastand wie eine Idiotin? Sie umfasste das Klemmbrett vor ihrer Brust so fest, dass ihre Finger zitterten, während sie durch die Tür nach draußen gingen. Dixie spürte Jaces Blick auf sich, aber sie wehrte sich dagegen, irgendjemand anderen anzusehen als ihre Freundinnen, die sich jetzt mit ihren Liebsten auf ihre Plätze setzten, während Tracey und Izzy sich dazugesellten. Diesel kam herüber und bezog seinen Posten neben Tracey. Tracey beugte sich leicht vor und wisperte Crystal etwas zu, wobei man ihr das Unbehagen ansehen konnte. Dixie wurde beim Beobachten dieser Szene plötzlich bewusst, dass man wahrscheinlich auch ihr das Unbehagen anmerkte. Jace hatte sie völlig aus dem Konzept gebracht.

Niemand bringt mich derart aus der Fassung.

Sie straffte sich und suchte den Raum nach Jace ab. Er stand an der Bar und sah sie mit fast schüchternem Blick an.

Mir kannst du nichts vormachen.

Wenn du dich mit mir anlegen willst, musst du schwerere Geschütze auffahren, Kumpel.

Dixie reckte das Kinn in die Luft, warf sich in die Brust und gefühlt wurde es in der Bar um ein paar Grad heißer, während sie mit laszivem Hüftschwung auf die Bühne zuging. Die Aufmerksamkeit, die die Männer ihr schon den ganzen Abend geschenkt hatten, war ihr wohl bewusst gewesen, aber bisher hatte sie nicht darauf reagiert. Nun suchte sie den Augenkontakt, zwinkerte dem einen oder anderen zu und schenkte ihm ein Lächeln. Jaces Blick schien sich durch ihre Haut zu brennen, aber das ließ ihr Selbstbewusstsein nur weiter wachsen.

Die Junggesellen, die man an den Tischen neben der Bühne

platziert hatte, grinsten wie Idioten. Jon Butterscotch winkte irgendwelchen Frauen zu und Quincy unterhielt sich mit einer ganzen Gruppe von Verehrerinnen an einem Tisch. Am anderen Ende der Bühne hatte Chicki Redmond Platz genommen, ihres Zeichens Reds beste Freundin und Frau eines Dark Knight, um die Gewinner zu notieren und die Spenden entgegenzunehmen.

Dixie legte Jared eine Hand auf die Schulter und beugte sich zwischen ihn und Scott, Sarahs und Josies Bruder, um Jace einen Blick auf ihren Hintern zu gönnen. Und ja, sie hatte einen großartigen Hintern. Sie spulte Tag für Tag etliche Kilometer ab, während sie in der Bar bediente und sich um die Familiengeschäfte kümmerte. Und das war nicht der einzige vorzeigbare Teil an ihr. Sie hatte sich schon lange damit abgefunden, dass sie eher groß und schlank war und nur dezente Kurven aufwies. Die Figur einer Kardashian würde sie niemals besitzen, musste dafür aber auch nicht das Gewicht mit sich herumschleppen, das diese weiblichen Reize mit sich brachten, und dafür war sie dankbar.

»Alles okay bei euch, Jungs?«, erkundigte sie sich. »Du bist als Erster dran, Jared. Bist du nervös?«

»Ich war seit meiner ersten *Performance* bei einem Mädchen nicht mehr nervös.« Jared und Scott stießen die Fäuste gegeneinander und lachten dreckig. »Mir tun nur all die Frauen leid, die heute leer ausgehen. Bist du sicher, dass du nicht ein paar Dates mehr mit uns anbieten willst?«

»Nicht heute Abend, aber ihr werdet garantiert sehr gefragt sein.« Sie klopfte ihm auf die Schulter. »Wie sieht es mit dir aus, Scott? Bereit?«

»Ja, und wie! Aber macht euch auf was gefasst. Die Ladys werden sich meinetwegen heute Abend die Augen auskratzen.«

»Na, dann kann's ja losgehen.« Dixie richtete sich kichernd wieder auf. Sie konnte der Versuchung nicht widerstehen, Jace einen Blick zuzuwerfen. Jace hob das Kinn und schaute jetzt gar nicht mehr schüchtern drein. Eher wirkte er schlichtweg irritiert.

Gut so.

Dixie wandte sich der Bühne zu und sah auf ihr Klemmbrett, obwohl sie die Abfolge eigentlich im Kopf hatte. Sie musste sich auf etwas anderes konzentrieren als auf Jaces Reaktion.

»Danke, dass ihr alle heute Abend so zahlreich erschienen seid«, sagte ihr Vater in das Mikrofon, und Applaus und Jubelrufe brandeten auf. Er stand in der Mitte der Bühne, stützte sich auf seinen Stock und trug über einem schwarzen T-Shirt eine schwarze Lederweste und dazu die abgetragenen Stiefel, die ihn schon seit Jahrzehnten begleiteten. Er machte sich nie zurecht, und es war ihm egal, was andere über sein Erscheinungsbild dachten, was durch seinen zotteligen grauen Bart und seine zahllosen Tattoos noch unterstrichen wurde. Seine ledrige Haut war faltig und zeugte von den vielen Stunden, die er unter der gnadenlosen Sonne auf seinem Bike verbracht hatte, seine linke Gesichtshälfte hing seit seinem Schlaganfall leicht herab. Dennoch strahlte er immer noch Kraft und Selbstvertrauen aus.

Während Dixie ihrem Vater dabei zuhörte, wie er dem Publikum erklärte, dass die Erlöse der Auktion an das Parkvale-Frauenhaus gespendet würden, war sie von Stolz erfüllt. Ihr Vater war ein Kämpfer, ein Beschützer und ein herzensguter Mann. Er war streng zu seinen Kindern und hatte strikte Ansichten darüber, wie man mit anderen Menschen umgehen und welche Rolle Männern und Frauen zufallen sollte. Mit manchen seiner Überzeugungen mochte sie nicht übereinstimmen, aber sie respektierte sie, und sie respektierte vor allem ihn zutiefst.

Ihr Vater sah sie direkt an. »Und jetzt bitte ich um einen fetten Applaus für meine wunderschöne Tochter Dixie, die dieses Event über Wochen geplant und organisiert hat. Sie hat sich um die Verpflegung gekümmert, Spenden akquiriert und nicht zuletzt all diese knallharten Typen hier davon überzeugt, sich heute hier versteigern zu lassen.«

Noch mehr Applaus und Gejohle brandeten auf. »Dixie ist die Größte!« und »Gut gemacht, Dix!«, riefen die Leute.

Ihr Magen zog sich zusammen, während sie leise »Danke« murmelte und winkte.

Sie hatte das wirklich nicht durchdacht und sich zwar Sorgen wegen ihrer Brüder gemacht, ihren Vater bei diesen Überlegungen jedoch immer verdrängt. Ihre Brüder umringten sie ständig und wollten sie beschützen – oder verhindern, dass sie aus der Reihe tanzte. Doch ihr Vater war die unsichtbare Kraft hinter allem, der Dalai Lama der Dark Knights. Ihre Brüder achteten auf sie und die anderen, weil ihr Vater es so wollte, und das tat er, weil er sie liebte. Sie alle. Seine leiblichen Kinder ebenso wie die Menschen, die ihm zur Familie geworden waren, die Familien der Dark Knights, Quincy, Tracey, Scott, Truman und Gemma, Josie und Jed und all ihre Kinder.

Wäre es nicht ein Affront gegen ihren Vater, auf diese Bühne zu steigen und sich versteigern zu lassen? Ein Akt der öffentlichen Respektlosigkeit?

Würde er ihr das jemals verzeihen?

»Ich nehme an, ihr alle wisst, wie das funktioniert«, fuhr Biggs fort. »Aber alle, die so was noch nie gemacht haben, sollten wissen, dass es ein paar Regeln gibt. Die erste lautet:

Bietet hoch.«

Die Menge lachte.

»Das war kein Scherz«, sagte er. Dann wurde er plötzlich ernst, und die Leute verstummten. »Einige unserer Gäste habe ich noch nie zuvor hier gesehen, die zweite Regel gilt also vor allem für euch: Wenn ihr hier irgendwelchen Ärger anzettelt, dann bekommt ihr es mit meinen Jungs zu tun.«

Jeder einzelne Dark Knight im Raum erhob sich und präsentierte stolz die Lederkutte und seine Abzeichen. Selbst den eher bürgerlichen Mitgliedern sah man an, dass mit ihnen nicht zu spaßen war. Ein leises Murmeln ging durch die Anwesenden.

Ihr Vater nickte und die Männer setzten sich wieder. »Regel Nummer drei richtet sich an die Gewinner der Auktion. Wer ein Date ersteigert, wird sich an die festgesetzten Regeln für dieses Date halten, die ihr bei der Bezahlung schriftlich von unserer bezaubernden Chicki Redmond bekommt.« Er zeigte mit seinem Stock auf Chicki, die der Menge lässig zuwinkte, was weiteres Gemurmel auslöste. »Also lasst die Show beginnen, und zwar mit unserem ersten Junggesellen des Abends: Jared Stone.«

Vier

Die Band spielte »Moves Like Jagger«, während Jared in Jeans und T-Shirt auf die Bühne schritt und stolz die tätowierten Arme vorzeigte, und die Menge begann zu johlen. Frauen kreischten, Männer pfiffen und Jared genoss den Aufruhr sichtlich. Er drehte sich einmal um die eigene Achse, tänzelte dann zu Biggs hinüber und die Musik verstummte. Dann überreichte er Biggs eine der Karten, die Dixie für jeden der Teilnehmer vorbereitet hatte. Die kleinen Texte zu schreiben und für jeden Mann einen passenden Song auszusuchen, hatte ihr großen Spaß gemacht. Ihre Freundinnen hatten wiederum ihre Karte geschrieben und ihren Song ausgewählt, aber diese Karte befand sich nun in den Händen ihrer Mutter, und welchen Song sie für sie ausgesucht hatten, wollte ihr auch niemand verraten.

»Jetzt beruhigt euch mal, Ladys, und hört her, was es alles Gutes über diesen anständigen jungen Mann zu sagen gibt«, erklärte Biggs mit leicht schleppender Stimme und der Lärm ebbte ab. Er lehnte seinen Stock gegen ein Bein und las den Text von der Karte ab, während Jared der Menge zuzwinkerte und winkte. »Jared Stone ist von Beruf Koch, und man ahnt, was das bedeutet: Er hat magische Hände.«

Jared streckte die Hände in die Luft. »Ganz genau! Magisch!«

Die Frauen feierten ihn, und Biggs warf Dixie einen finsteren Blick zu, aber sie konnte nicht aufhören zu grinsen. Die Leute reagierten genau so, wie sie gehofft hatte.

»Jared strotzt nur so vor Energie und Ausdauer«, fuhr Biggs fort. »Wenn ihr diesen superheißen Junggesellen also heute ersteigert, dann macht euch auf eine lange Nacht gefasst.« Er hob den Blick, sah ins Publikum und lachte in sich hinein, als er bemerkte, wie Jared ekstatisch mit den Hüften wackelte. »Dieser scharfe Kerl, der Adam Levine zum Verwechseln ähnlich sieht, besitzt mehrere Restaurants und Boutiquen. Er wird also nicht nur für euer leibliches Wohl sorgen, sondern kann euch notfalls sogar komplett neu einkleiden. Zudem wird er jedes Kleidungsstück ersetzen, das er euch vom Leib reißt.« Sein Blick schoss verärgert zu Dixie, als das Publikum wieder zu johlen begann. »Ich schätze, wir sollten uns auf einen langen Abend einstellen.«

Die Band spielte erneut »Moves Like Jagger« und Jared fing an zu tanzen, was ihm noch mehr Applaus und Pfiffe einbrachte. Dixie glaubte zu spüren, dass Jace jede ihrer Bewegungen verfolgte, aber sie redete sich ein, dass das nur Einbildung war. Sie bewegte sich im Rhythmus der Musik und schwang die Hüften und Schultern, um ihre Nervosität abzuschütteln, während Biggs die ersten Gebote annahm. Eigentlich hätte Jaces Aufdringlichkeit sie verärgern müssen, aber sie stellte fest, dass es sie erregte, obwohl er sie vorhin schon wieder *Kätzchen* genannt hatte. Sie mochte solche tierischen Kosenamen nicht, vor allem nicht, wenn sie Schwäche und Unterwürfigkeit implizierten. Doch aus seinem Mund hatte es heiß und sexy geklungen. Schließlich konnte sie der Versuchung nicht widerstehen und drehte sich doch um, weil sie wissen wollte, ob ihre Sinne ihr tatsächlich einen Streich spielten. Sie versuchte, es möglichst natürlich aussehen zu lassen, doch ihr blieb fast das Herz stehen, als sie Jace in der Menge entdeckte und ihre Blicke sich trafen. Er sah sie an wie ein Raubtier auf der Pirsch.

»Verkauft an Jillian Braden, Nummer zwei neunundsechzig«, rief Biggs laut.

Jace sah verärgert in Jillians Richtung. Sie hüpfte aufgeregt auf und ab, kreischte und klatschte in die Hände.

»Braden!«, donnerte Jaces Bass durch den Raum. Gleichzeitig standen Nick und Jax am Junggesellentisch abrupt auf und zischten: »Sam!«

Die Menge verstummte, als Sam Braden sich erhob, während die drei Beschützer ihn gebannt anstarrten. Dann hob er kapitulierend die Hände. »Ich hab's versucht, aber gegen Jilly kommt man nun mal nicht an!«

Gelächter brandete auf, als Jillian auf Chicki zustolzierte und den Tumult ignorierte, den die Männer veranstalteten.

Red stieg auf die Bühne und nahm Biggs das Mikrofon aus der Hand, der breit grinste und sich über den Bart strich. Er trat einen Schritt zurück, um Red die Bühne zu überlassen. »Hört zu, Leute. Das hier ist eine Wohltätigkeitsveranstaltung. Niemand wird die Integrität eurer Schwestern, Cousinen, Freundinnen oder Bekannten verletzen. Dafür werden wir Sorge tragen.« Sie warf erst Jace, dann Nick und schließlich Jax einen scharfen Blick zu. »Also reißt euch am Riemen oder ich schleife euch eigenhändig an den Ohren hier raus. Kapiert?«

Als außer leisem Grummeln keine Antwort kam, hakte Red nach: »Wie war das?«

»Kapiert«, murrten die drei Männer nun etwas lauter.

»Okay, dann machen wir endlich weiter.« Sie gab Biggs das Mikrofon zurück, küsste ihn und ging unter lautem Applaus von der Bühne. Die Stimmung für den Rest des Abends war nun gesetzt.

Stunden später, als endlich nur noch zwei Junggesellen übrig waren, hielt Dixie es langsam nicht mehr aus. Als wäre sie nicht schon nervös genug, hatte Jace sie wieder fest ins Visier genommen. Und wie eine Süchtige, die nach ihrem Lieblingsstoff gierte, konnte sie nicht widerstehen, sich wieder und wieder nach ihm umzusehen. Jeder dieser Momente ließ die Spannung zwischen ihnen weiter ansteigen, bis sie irgendwann das Gefühl hatte, sie müsste in Flammen aufgehen.

Biggs rief Jon Butterscotch auf die Bühne und das Publikum rastete aus.

Die Band spielte »SexyBack«, um Jons Auftritt zu untermalen. Er nahm Biggs das Mikro aus der Hand, kaum dass er oben auf der Bühne stand. »Bei mir bleiben in Sachen Erotik keine Wünsche offen. Welche der Damen möchte als Erste in den Genuss meiner Talente kommen?«

Die Frauen riss es von den Sitzen, alle klatschten und riefen ihm zu.

Biggs nahm Jon das Mikro rasch wieder ab. »Zu Dr. Butterscotch muss ich wohl nichts weiter sagen.« Er trat einen Schritt zurück und überließ Jon das Feld.

Jon stolzierte breitbeinig zum vorderen Teil der Bühne, breitete die Arme aus und ließ anzüglich die Hüften kreisen. Dann griff er sich mit beiden Händen vorn ans Hemd und riss es auf. Die Knöpfe flogen in alle Richtungen davon, was weitere Jauchzer des Entzückens auslöste. Er zog sich das Hemd ganz aus, ließ es ein paar Mal über dem Kopf kreisen und schleuderte es dann ins Publikum.

Eine von Crows Schwestern gewann ein Date mit Jon, was mehrere Dark Knights in Alarmbereitschaft versetzte. Dixie wusste genau, wie es sich anfühlte, derart überwacht zu werden. Ihr Magen verkrampfte sich noch mehr. Sie sah zu ihrer Familie hinüber, die an einem der Tische in der Nähe der Bühne saß. Alle applaudierten, als Biggs Quincy zu den Klängen von »You Sexy Thing« auf die Bühne holte. Ihre bulligen Brüder und deren schöne Frauen jubelten ihm zu, während er cool und voller Selbstvertrauen bis zur Mitte der Bühne ging und sein berühmtes Lächeln aufblitzen ließ. Quincy breitete die Arme aus und gönnte den Damen einen langen Moment, um ihn zu bewundern, bevor er sich umdrehte und verführerisch mit dem Hintern wackelte, was seine Wirkung nicht verfehlte.

»Dreihundert Dollar!«, schrie eine junge Frau, die sich mit ihren Freundinnen einen Tisch teilte. Sie alle sprangen auf, nur eine hübsche Brünette, die eine Brille mit schwarzem Rahmen trug und ein Gesicht machte, als würde sie am liebsten im Boden versinken, blieb sitzen.

»Sieht so aus, als würde der hübsche Bengel hier auch keine Vorstellung mehr brauchen. Verrätst du mir die Nummer deiner Biettafel, Schätzchen?«, bat Biggs.

Die Frauen warfen sich unsichere Blicke zu. Dann griff eines der Mädchen nach der Tafel der niedlichen Brünetten und schwenkte sie. »Dreihundert!«

Dixie sah zu Penny hinüber, die neben Josie saß. Sie flüsterten sich hinter vorgehaltener Hand etwas zu. Penny hatte bisher kein einziges Gebot abgegeben, schien sich allerdings fabelhaft zu amüsieren.

»Höre ich dreihundertzehn?«, fragte Biggs mit donnernder Stimme.

Quincy ließ verführerisch die Hüften kreisen, während er

mit dem Zeigefinger in die Menge wies. Er machte eine lockende Geste, und die Gebote kamen Schlag auf Schlag, bis sie bei eintausend Dollar angekommen waren!

»Verkauft an …«

»Veronica Wescott!«, kreischte die Mädchengruppe, die den Sieg davongetragen hatte. Zwei von ihnen zerrten die verschämte, völlig überraschte Brünette auf die Beine und verkündeten: »Roni Wescott! Roni Wescott ist die Gewinnerin!«

Dixie fühlte sich so nervös und ängstlich, wie Roni Wescott aussah. Sie war als Nächste dran. Ihre Handflächen wurden schweißnass, und ihre Freundinnen hatten sich zu ihr umgedreht, um ihr aufmunternd zuzulächeln. Sie warf Jace einen verstohlenen Blick zu. Er beobachtete sie und applaudierte wie die anderen, als Biggs die Siegerin bekannt gab.

Gut gemacht, formte Jace unhörbar mit den Lippen und zwinkerte ihr zu.

Oh Gott, war sie wirklich drauf und dran, auf diese Bühne zu gehen und sich versteigern zu lassen? Würde Jace auf sie bieten? Und was sollte sie tun, wenn er es nicht tat? Sie drehte sich weg, und ihr war mulmig zumute. Sie beobachtete, wie ihre Mutter die Bühne überquerte und sich neben ihren Vater stellte.

Biggs gab Red einen Kuss. »Was für eine großartige Auktion!« Wieder wurde heftig applaudiert, und Biggs musste die Menge mit einer Geste beschwichtigen, bevor er weitersprechen konnte. »Bevor wir zum Ende kommen und unseren Erfolg feiern können, möchte meine Angebetete gern noch ein paar Worte sagen.« Er übergab Red das Mikro.

»Ich kann mir kaum eine erfolgreichere Auktion vorstellen als die heutige. Wir danken allen, die hier zusammengekommen sind, um die Frauen und Kinder zu unterstützen, die eine schwere Zeit durchmachen.« Red sah zärtlich zu Sarah hinüber, und Bones drückte seiner Freundin einen Kuss auf die Schläfe. Dann ließ sie ihren mütterlichen Blick zu Josie weiterwandern, die sich in Jeds Arm gekuschelt hatte, und sah schließlich zu Tracey hinüber, die errötete. »Wie ihr vielleicht wisst, waren es die Dark Knights, die das Parkvale-Frauenzentrum gegründet haben, die Leitung haben damals Eva und Sunny Yeun übernommen, das wohl beste Mutter-Tochter-Team weit und breit.« Red wies auf die Yeuns, und die Menge applaudierte. »Sie verändern und retten mit ihrer Arbeit Tag für Tag Leben, und Events wie dieses machen es erst möglich, dass sie diese Arbeit auch in Zukunft fortsetzen können. Der heutige Abend wäre ohne unsere kluge und talentierte Tochter Dixie wahrscheinlich kein solcher Erfolg geworden. Bitten wir also Dixie auf die Bühne.«

»Gut gemacht, Dixie!«, riefen ihr einige Männer zu.

Dixie versuchte, das Flattern in ihrem Bauch zu ignorieren, während sie zu ihren Eltern auf die Bühne ging. Glücklicherweise war sie daran gewöhnt, in derart hohen Absätzen zu laufen, ihre Nervosität hätte sie sonst sicher straucheln lassen. Der verschwörerische Ausdruck in den Augen ihrer Mutter steigerte ihre Anspannung noch weiter.

Ich schaffe das. Ich schaffe das. Ich schaffe das.

Ihr Vater griff nach ihrer Hand und sein Bart kitzelte sie an der Wange, als er ihr einen Kuss darauf drückte. »Ich bin stolz auf dich, Prinzessin.«

Er sprach sie nur so selten mit diesem Kosenamen an, dass es Dixie jetzt fast das Herz zerschnitt. *Oh Gott! Kann ich das wirklich tun? Bitte hasse mich nicht dafür, Dad!*

Sie stand zwischen ihren Eltern und machte Jace in der Menge aus. Das breite Grinsen auf seinem Gesicht ließ ihren

Puls nach oben schnellen.

»Dixie hat dieses Event nicht nur organisiert«, fuhr Red voller Stolz fort, »sie hat auch ihr ganzes Herzblut hineingesteckt, hat einzelne Menschen und ganze Unternehmen für ihre Sache begeistert und sich nebenbei noch um die Familiengeschäfte gekümmert.«

Dixie gab sich alle Mühe, woanders hinzusehen, aber vergeblich: Wie Metall, das von einem Magneten angezogen wurde, wanderte ihre Aufmerksamkeit immer wieder zu Jace zurück.

»Wir haben heute Abend noch eine große Überraschung für euch«, erklärte Red.

»Haben wir das?«, fragte Biggs.

»Das kann man wohl sagen!«, rief Red laut.

Dixie schluckte schwer.

Ihre Mutter nahm sie an die Hand und führte sie auf der Bühne weiter nach vorn. »Jeder, der über die Jahre einmal eine dieser Auktionen besucht hat, weiß, dass die Familie der Gastgeber ein Mitglied zur Versteigerung freigeben muss. Und da all unsere Jungs mittlerweile in festen Händen sind ...« Sie trat einen Schritt zurück und beugte sich leicht zu Dixie hinüber. »... möchte ich euch hiermit unsere bezaubernde Prinzessin präsentieren.«

Im Raum wurde es totenstill.

Die Band spielte daraufhin »Dear Future Husband« von Meghan Trainor. Dixie drehte sich ruckartig zu ihren Freundinnen um – *Ist das euer Ernst?* –, die daraufhin alle in schallendes Gelächter ausbrachen.

Bullet lachte auf und rief: »Guter Witz, Red!«

Auch das Publikum ließ sich von der allgemeinen Heiterkeit anstecken, und Dixie spürte, wie Wut in ihr aufstieg.

»Hey!«, brüllte Dixie. »Was zum Henker ist los mit euch? Habt ihr Red etwa nicht gehört? Ich werde versteigert. Also gebt verdammt noch mal eure Gebote ab!«

Bullets Miene war wie versteinert. »Nur über meine Leiche.« Er sprang auf, was ausreichte, um auch alle anderen Dark Knights auf den Plan zu rufen. Die Arme vor der Brust verschränkt, hielten sie die nur noch leise murmelnde Menge mit finsteren Blicken in Schach.

Bear und Bones waren angespannt, allerdings nicht aufgestanden.

Dixie sah Unsicherheit in den Gesichtern der Frauen und Verwirrung bei einigen Männern, was ihre Wut noch weiter steigerte und sie außerdem beschämte. Die Dark Knights hatten sich wie Wachposten im ganzen Raum verteilt und schreckten jeden ab, der vielleicht gern ein Gebot abgegeben hätte. Sie knirschte mit den Zähnen und hoffte, dass niemand das Hämmern ihres Herzens hören konnte, das in ihren Ohren pochte wie eine Basstrommel. Jede weitere Sekunde fühlte sich an wie eine Ewigkeit. In ihrer Magengrube loderte es, als sie sah, wie Bones sich zurücklehnte und keine Anstalten machte, aufzustehen. Crystal sagte irgendetwas zu Bear. Er grinste, legte den Arm um sie, blieb sitzen und nickte Dixie aufmunternd zu.

Dixie wurde kurz von Erleichterung überflutet, die jedoch nicht lange währte, als sie sah, wie Bullet bedrohlich auf sie zukam. Er hatte die Schultern hochgezogen, die Oberarmmuskeln angespannt, die Hände zu Fäusten geballt und wirkte, als wollte er jeden, der sich ihm in den Weg stellte, niederstrecken.

»Runter von der Bühne, Dixie«, schnauzte Bullet sie an, während er sich davor aufpflanzte wie eine lebende Mauer, die jeden potenziellen Bieter abschreckte.

»Nein.« Dixie straffte die Schultern und war nicht bereit, sich länger bevormunden zu lassen.

»Mein Sohn scheint seine Manieren vergessen zu haben«, merkte Red amüsiert an, verließ die Bühne und stellte sich neben Bullet. »Lasst uns jetzt einfach anfangen, okay?«

Dixie hörte die unterschwellige Anspannung in der Stimme ihrer Mutter. Im Raum war es nervenzerreißend still, die Luft schien förmlich zu knistern.

Bullet wandte sich dem Publikum zu und sagte mit leiser, warnender Stimme: »Jeder, der hier ein Gebot abgibt, kriegt es mit mir zu tun.«

»Komm schon, Bullet. Verdirb uns nicht den Abend.« Jon erhob sich von seinem Platz. »Ich biete fünfhundert Dollar!«

»Hinsetzen, Butterscotch«, zischte Bullet.

Jon ließ sich gehorsam wieder sinken. Dixie verdrehte die Augen. Gab es denn keine echten Männer mehr auf der Welt?

Ein tough wirkender blonder Typ trat vor, und Dixie schöpfte kurz Hoffnung.

Bullet riss den Kopf herum. »Zieh Leine oder ich mach dich kalt!«

Wut und Scham überwältigten Dixie. »Ist das alles, was ihr draufhabt? Keiner hat den Mumm, sich mit meinem Bruder anzulegen? Na, wenn das so ist, dann seid ihr eben nicht Manns genug, um ...«

»Dreißigtausend Dollar«, donnerte Jaces tiefe Stimme plötzlich durch den Raum.

Ein kollektives Raunen ging durch die Menge, erstauntes Getuschel erhob sich.

Dixies Herz raste, als die Menge sich teilte und Jace voller Selbstvertrauen auf sie zukam. Er blieb nur wenige Zentimeter von Bullet entfernt stehen.

»Du spielst mit dem Feuer, Stone«, knurrte Bullet.

»Fünfunddreißigtausend«, sagte Jace in einem Tonfall, der keinen Widerspruch duldete, und hielt Bullets Blick ungerührt stand.

Da Jace seine Warnung komplett ignorierte, trat Bullet einen Schritt näher an ihn heran. »Leg dich nicht mit mir an, Stone.«

Jaces Blick zuckte kurz zu Dixie, und ein Lächeln breitete sich langsam auf seinem attraktiven Gesicht aus. »Machen wir vierzigtausend daraus, und ich helfe im Frauenhaus aus, wenn ich das nächste Mal in der Stadt bin.«

Das Publikum keuchte kollektiv auf.

Dixie fiel das Atmen derart schwer, dass sie schon fürchtete, in Ohnmacht zu fallen. Sie hatte noch niemals erlebt, dass sich irgendjemand ihrem Bruder widersetzte, ja, ihn schlichtweg ignorierte. Noch dazu hatte Jace ihr seine Zeit angeboten. Sie ließ sich von ihrer Hoffnung mitreißen. Vielleicht hatte sie sich all die Jahre doch nicht in Jace getäuscht. *Vielleicht …*

Und dann traf sie die Erkenntnis wie ein Blitz.

Und ihre Hoffnung war wieder dahin.

Jace wollte kein Date mit ihr. Er wollte sie ersteigern, damit sie den Kalender-Job machte.

Wütend stapfte Dixie die Treppe hinunter zu den beiden großen Männern und zeigte auf Bullet. »Verschwinde. *Sofort!*« Dann drehte sie sich wütend zu Jace um. »Wenn du glaubst, dass du mich so für dieses Kalender-Shooting gewinnen kannst, dann hast du dich geirrt!«

»Hey, ich will einfach nur ein Date, Dix«, sagte Jace. »Jede Frau, die den Mumm hat, sich auf diese Bühne zu stellen, ist weit mehr wert als vierzig Riesen.«

Er verlieh seinen Worten so viel Nachdruck, dass ihr Herz

einen Satz machte.

»Was für ein Kalender?«, wollte Bullet argwöhnisch wissen.

Jace sah sie immer noch an, und zum ersten Mal hatte sie das Gefühl, dass er sie auch wirklich wahrnahm.

»Er will, dass ich für den Silver-Stone-Motorradkalender modle«, antwortete sie abwesend.

»Auf gar keinen Fall! Dafür wirst du dich nicht hergeben.« Bullet bleckte die Zähne und drohte: »Ich sollte dich in Stücke reißen, Stone.«

»Versuch es ruhig.« Jace zwinkerte Dixie zu, augenscheinlich völlig ungerührt, was unfassbar sexy war.

»Jungs …«, mahnte Biggs mit einem warnenden Unterton.

Bear und Bones eilten herbei.

»Tut mir leid, Jace, aber wir sprechen hier von meiner kleinen Schwester. Und die will ich wirklich nicht in einem dieser Kalender sehen«, erklärte Bear.

»Entschuldige, Dix«, setzte Bones nach. »Aber da bin ich ganz seiner Meinung. Das mit dem Kalender wird nichts.«

Dixie war es leid, dass man ihr ständig sagte, was sie zu tun und zu lassen hatte. Wenn sie sich jemals befreien wollte, dann musste sie es jetzt tun. »Wisst ihr was?« Schon drehte sie sich zu Jace um. »Ich bin dabei. Ich lasse mich für den Kalender fotografieren.«

Biggs hinkte mit ernstem Gesicht auf sie zu, und Dixies Brüder brüllten wütend durcheinander. Doch Jace konnte trotz dieses Tumults die Augen nicht von Dixie abwenden. »Und mein Date?«

Zum allerersten Mal seit er denken konnte, wollte er zu einem Date gehen. *Einem richtigen Date.* Keine Affäre, ein waschechtes Date. Dieses Gefühl jagte ihm höllische Angst ein. Die Menge verstummte, jeder in der Bar schien den Atem anzuhalten, außer Bullet, der laut vor sich hin schnaubte und Verwünschungen ausstieß.

Red entfuhr ein aufgeregtes, leises Quieken.

Dixie grinste ihn an. »Verkauft, für ein Date!«

Im Raum brach Gejubel und Gelächter aus.

Wie ein Teenager schlug Jace die Faust in die Hand. »Ja!«

»Biggs«, grollte Bullet, als sein Vater sich an seine Seite stellte. »Hast du etwas dazu zu sagen?«

Biggs strich sich über den Bart, während er die Szene genau betrachtete. »Und ob ich was dazu zu sagen habe.« Er wandte sich der Menge zu, und sein Blick suchte die Knights, die überall im Raum Wache standen, dann nickte er ihnen kurz zu.

Als sich die Männer, die ihr Leben für die Bruderschaft geben würden, entspannten und zurückzogen, fühlte es sich an, als würde der gesamte Raum erleichtert aufatmen.

»Wir möchten uns für die kleine Störung entschuldigen«, sagte Biggs laut und deutlich. »Ihr könnt jetzt alle weiterfeiern. Dies ist ab sofort eine Familienangelegenheit. Hier gibt es also nichts mehr zu sehen.« Er wartete, bis die Leute sich in Richtung Büfett bewegten. Dann drehte er sich zu Bullet um. »Danke, dass du exakt das getan hast, was ich von dir erwarte. Ihr Jungs macht mich unendlich stolz, und das seit dem Tag eurer Geburt.«

Bullets Brust schwoll an und er warf Jace einen triumphierenden Blick zu.

Biggs wandte sich an Dixie, und Jace trat einen Schritt näher an sie heran, was nicht nur ihn selbst, sondern offensichtlich auch ihre Familie schockierte, da ihn nun alle neugierig anstarrten. Doch er wich nicht zurück. Dixie trat nervös von einem Fuß auf den anderen und ihre schönen grünen Augen suchten die ihrer Mutter. Reds ermutigendes Nicken war so subtil, dass man es kaum wahrnahm. Hätte Jace sie in diesem Moment nicht genau angesehen, wäre es ihm entgangen. Ein zuversichtliches Lächeln umspielte Dixies Lippen, und sie schaute ihrem Vater in die Augen.

»Prinzessin, ich habe dich zu einer starken Frau erzogen, dich dazu ermutigt, immer offen deine Meinung zu sagen und ebenso furchtlos zu sein wie deine Brüder«, sagte Biggs in ernstem Ton. »Ich habe damit gerechnet, dass du eines Tages rebellieren wirst. Oder besser gesagt: Anspruch auf dein Leben erhebst. Obwohl ich offen gesagt nicht gedacht hätte, dass deine Mutter mir dabei in den Rücken fallen würde.« Er sah zu Red hinüber. »Du und ich, wir beide werden uns nachher noch unterhalten.«

»Ich freu mich schon darauf«, erwiderte Red frech.

Biggs musterte Dixies Freundinnen und Schwägerinnen über Bullets Schulter hinweg, die sich eng aneinandergedrängt hatten und sie gespannt beobachteten. Die Frauen hielten den Atem an und erstarrten wie ein Rudel Rehe im Scheinwerferlicht. Kaum wandte sich Biggs wieder Red und Dixie zu, rückten die Frauen noch enger zusammen und tuschelten hinter vorgehaltener Hand miteinander.

»Anscheinend haben die Damen ihren eigenen Club gegründet«, stellte Biggs fest, »und jeder Club braucht einen starken Anführer und einen starken zweiten Vorsitzenden. Gut gemacht, Ladys. Wirklich clever.«

Erleichterung breitete sich auf Dixies Gesicht aus und sie schlang die Arme um Biggs. »Danke, Dad. Ich wollte dich nicht beleidigen. Es hat als Spaß angefangen … Aber dann wurde es auf einmal ernst …«

»Wollt ihr mich verarschen?«, grollte Bullet und sah Jace finster an.

»Was denkst du, was ich vorhabe, Whiskey? Spuck es aus!«, verlangte Jace herausfordernd.

»Jungs«, schaltete sich Red ein. »Können wir nicht einfach zivilisiert miteinander umgehen?«

»Bei allem Respekt, Red, ich würde zu gern Bullets Antwort hören.«

Bullet mahlte mit dem Kiefer und ballte die Hände zu Fäusten, als seine Frau Finlay, eine hübsche kleine Blondine, plötzlich an seiner Seite auftauchte. Sie bog die Finger seiner Faust zärtlich auf, legte ihre Hand sanft in seine und lächelte ihn strahlend an. Bullet entspannte sich etwas, als sie in die Runde fragte: »Habt ihr denn nicht auch langsam Hunger?«

»Gleich, Süße.« Bullets Blick wurde wieder kalt, als er Jace fixierte. »Du willst meine Schwester für einen Kalender ablichten, in dem sie nichts zu suchen hat.«

»Das ist ja wohl meine Entscheidung«, erwiderte Dixie.

Bullet öffnete den Mund, aber Finlay klopfte ihm sanft auf den Bauch. »Da hat sie recht.«

»Bullet, du bist ein wunderbarer Mann und ein guter Bruder«, sagte Red. »Aber ihr Jungs hattet alle schon die Gelegenheit zu zeigen, was in euch steckt. Jetzt ist Dixie an der Reihe. Ihr habt sie erst zu der stolzen Löwin gemacht, die sie heute ist. Ich weiß, wie schwer das Loslassen ist, schließlich musste ich es auch immer wieder selbst erleben. Aber ihr müsst die Zügel lockern, oder ihr verliert eure Schwester.« Sie gab Jace eine Karte. »Herzlichen Glückwunsch zu deinem Date.«

»Danke.« Jace steckte die Karte in die Tasche. »Wie wäre es, wenn wir uns zusammensetzen und ich dir erzähle, was es mit dem Kalender auf sich hat, Bullet? Ich habe drei Schwestern und weiß ganz genau, welche Grenzen nicht überschritten werden sollten. Und Dixie wird nicht nur unser Model sein, sondern das Gesicht von Silver-Stone, was in der Geschäftswelt vergleichbar mit Reds Stellung als Königin an Biggs' Seite ist.«

»Red posiert nicht in irgendwelchen Kalendern«, erwiderte Bullet scharf.

»Da hast du recht. Aber dir muss doch klar sein, dass Dixie wunderschön ist und alle Blicke auf sich zieht. Und ab jetzt steht hinter ihr ein ganzes Unternehmen, eine Rechtsabteilung, ein PR-Team. Ich persönlich werde den Respekt einfordern, den sie verdient.«

»Was wirst du sonst noch einfordern, Stone?«, fragte Bullet provozierend.

Er spürte, wie Dixie den Atem anhielt. »Nichts. Niemals.«

Bullet kniff die Augen zusammen. »Angesichts einer Investition von vierzigtausend Dollar bin ich mir da nicht so sicher.«

»Das ist eine Spende, Bullet, kein Freibrief.«

Bear gluckste. »Ich bin auch nicht begeistert von dieser Kalendersache, aber ich lasse euch die Sache ausdiskutieren. Ich würde jetzt nämlich gern ein bisschen Zeit mit meiner Frau verbringen.« Er reichte Jace die Hand, der sofort einschlug. »Danke für das Geld. Das Frauenhaus kann es gut gebrauchen.«

»Ich verlasse mich darauf, dass ihr beiden euch zivilisiert benehmt.« Biggs nahm Reds Hand. »Wenn ihr mich jetzt entschuldigt, ich muss mich jetzt mal dringend mit meiner Frau unterhalten.«

Red tätschelte Bullets Wange. »Denk daran, was ich gesagt habe, Schätzchen.«

»Das wird er«, versprach Finley.

Red zwinkerte Jace zu und warf Dixie eine Kusshand zu. »Bones, willst du nicht auch ein bisschen Zeit mit Sarah verbringen?«, meinte sie.

Bones musterte Bullet. »Alles okay bei dir? Die Leute hier haben echt Schiss gekriegt, als du beinahe durchgedreht bist.«

Bullet nickte.

»Gut«, sagte Bones. »Jace, ich würde mir gern ansehen, was du für den Kalender geplant hast, falls du nachher noch Zeit hast. Wo und wann soll das Shooting stattfinden?«

»Am Montag und Dienstag in New York City. Wir brechen am Sonntag auf und sind am Mittwoch wieder zurück. Ich komme gleich auf dich zu, wenn ich meine Spende bei Chicki abgegeben habe.«

»Oh, Mist.« Dixie sah sich im Raum um. »Wenn ich verreisen will, muss ich Tracey fragen, ob sie meine Schichten in der Bar übernehmen kann, und Quincy muss sich so lange um die Werkstatt kümmern.«

»Gratuliere zu deinem Date mit Dixie«, sagte Finlay. Sie stellte sich auf die Zehenspitzen, zog Bullet zu sich herunter und flüsterte ihm etwas ins Ohr.

Bullet gab ein Geräusch von sich, das man als Zustimmung deuten konnte. »Stone, sag mir Bescheid, wenn du nachher mit Bones über den Kalender redest.«

»Geht klar.«

Nachdem sie weg waren, stöhnte Dixie laut und völlig entnervt auf. »Oh Gott, was für ein Albtraum!«

Jace trat einen Schritt auf sie zu. »Ich bin froh, dass du deine Meinung geändert hast.«

»Dafür kannst du dich bei meinen Brüdern bedanken.«

Ihr scharfer Tonfall verärgerte Jace. »Ich hatte nicht vor, das

Shooting heute Abend überhaupt zu erwähnen. Ich wollte dich bei der Auktion unterstützen, die du übrigens fabelhaft organisiert hast.«

»Danke, aber gib dir keine Mühe. Ich weiß, dass dir die Zeit davonläuft und dass du ein Model brauchst.«

»Ich meine es ernst, Dixie. Ich bin heute Abend nicht hergekommen, um dich unter Druck zu setzen. Ich wollte einmal etwas richtig machen. Dir meine Zeit schenken und nicht mein Geld. Ich hatte keine Ahnung, dass du auch versteigert wirst, und ich bin froh, das Date gewonnen zu haben. Aber ich möchte nicht, dass du das Shooting nur machst, weil du dich in die Enge getrieben fühlst oder deinen Brüdern eine Lektion erteilen willst.«

Ein abfälliges Lächeln umspielte ihre Lippen. »Du hattest während der vergangenen beiden Tage auch keine Skrupel, mich in die Enge zu treiben.«

»Das stimmt, und mir ist klar geworden, dass ich dich nicht dazu zwingen kann. Ein Job wie dieser Kalender würde dich über Nacht berühmt machen, und das bedeutet eine Menge Druck. Das alles könnte dein Leben völlig auf den Kopf stellen, das war mir vorher nicht unbedingt bewusst. Ein solcher Job würde wahrscheinlich weitere Werbeverträge nach sich ziehen, dein Gesicht wäre plötzlich im Fernsehen, in Magazinen und auf Plakatwänden …«

»Wie bitte? Ich dachte, das wäre eine einmalige Sache?«

Jace rieb sich mit einer Hand über den Bart und ärgerte sich über seine Impulsivität. Er hatte Shea zur Weißglut getrieben, weil sie niemanden fanden, der Dixie das Wasser reichen konnte. War Dixie einmal das Gesicht von Silver-Stone, dann würde es später niemanden geben, der je in ihre Fußstapfen treten konnte. Es wäre nicht fair, Dixie in so eine Lage zu bringen, ohne sie vorzuwarnen, daher sprach er weiter. »Ich weiß. Das war mein Fehler. Ich war so fixiert darauf, dich als Gesicht von Silver-Stone zu gewinnen, und so begeistert von der Idee, dich zu dem Shooting zu überreden, dass ich einfach nicht weitergedacht habe. Ich möchte wirklich, dass du dir das noch mal durch den Kopf gehen lässt. Du sollst dich nicht unter Druck gesetzt fühlen.«

Sie sah ihn neugierig an. »Warum hast du auf mich geboten, wenn du mich nicht zu dem Shooting überreden willst?«

»Ich bin mir nicht ganz sicher. Als ich dich da oben gesehen habe, ist es einfach passiert. Mir hat nicht gefallen, was da abgelaufen ist. Und ich konnte es nicht ertragen, dass du so wütend und beschämt ausgesehen hast.« *Und ich konnte den Gedanken nicht ertragen, dass ein anderer Mann dich berührt.* Doch das behielt er für sich, weil ihn die Heftigkeit dieses Gefühls überraschte.

Sie verschränkte die Arme vor der Brust. »Also hast du mich gerettet?«

Er trat ganz nah an sie heran. »Nein. Du bist sicher keine Frau, die man retten muss. Ich habe schlichtweg ganz egoistisch meine Chance genutzt, und wenn mich das zum Arschloch macht, dann ist das eben so. Ich denke, uns beiden ist langsam klar, dass es an der Zeit ist, sich ein wenig besser kennenzulernen.«

Ihr stockte der Atem, und er freute sich diebisch über dieses kleine verräterische Zeichen. Er legte ihr eine Hand auf die Hüfte, als er spürte, wie sie leicht nach vorn schwankte. »Weißt du was? Wie wäre es, wenn wir die Gelegenheit nutzen und ein Tänzchen wagen? Deine Entscheidung verschieben wir auf morgen, okay?«

»Wegen des Dates?«, fragte sie herausfordernd.

»Nein, Kätzchen. *Dieser* Deal ist unter Dach und Fach. Du gehörst einen Abend lang nur mir allein«, erklärte er, während er sie zur Tanzfläche führte. »Ich habe über den Kalender gesprochen.«

Als er sie zu sich heranzog, fauchte sie: »Wenn du mich noch einmal Kätzchen nennst, dann fahre ich meine Krallen aus.«

»Soll das etwa ein anzügliches Versprechen sein?«

»Jace! Dixie!« Jillian eilte auf sie zu, als wäre sie auf einer dringenden Mission. Sie legte einen Arm um Dixie, den anderen um Jace. »Ich wollte nur mal kurz dazwischengehen, bevor ihr auf der Tanzfläche noch übereinander herfallt.«

Was soll das denn jetzt!

»Niemand fällt hier über irgendjemanden her«, sagte Dixie scharf.

Jillian wackelte mit dem Kopf, und ein spöttisches Grinsen umspielte ihre Lippen. »Wenn du meinst … Wie auch immer, Dixie, du warst da oben der Hammer! Du hast dem Namen Whiskey alle Ehre gemacht, die Zügel in die Hand genommen und dich befreit, und zwar ohne Rücksicht auf Verluste! Du bist eine echte Inspiration für jede Singlefrau mit überfürsorglichen Brüdern.« Sie klopfte Jace auf die Schulter. »Und Jace! Ich hab mich gefragt, was es mit deinem Gebot auf sich hat, aber«, sie pfiff durch die Zähne, »jetzt ist mir alles klar geworden. Zwischen euch fliegen ja richtig die Funken. Die arme Finlay muss sich ganz schön ins Zeug legen, um Bullet abzulenken. Er sitzt da drüben an der Bar und ist kurz vor dem Durchdrehen.«

»Okay, Jilly. Das reicht jetzt.« Jace schlug einen schärferen Ton an als beabsichtigt. »Hatte ich dir nicht gesagt, du sollst nicht auf Jared bieten?«

Jillian verdrehte die Augen. »Und wie kommst du auf die

Idee, dass ich diesen Ratschlag befolgen muss? Nachdem Izzy das erste Gebot abgegeben hatte, wollte ich unbedingt gewinnen. Wo wir gerade von Jared sprechen, er ist bei Nick und Jax, die ihm ohne Zweifel gerade die Regeln erklären.« Sie senkte die Stimme. »Und ich werde jede einzelne davon brechen.«

»Jilly«, warnte Jace sie.

»Du bist nicht einmal mein Bruder, also halt dich da raus. Eines Tages wird auch euch klar werden, dass wir unsere eigenen Entscheidungen treffen können. Und worüber werdet ihr euch dann Sorgen machen?« Jillian grinste breit. »Dann überlasse ich euch mal wieder eurem heißen Tanz. Ich wollte nur gratulieren, und Dixie: Jace war so begeistert von der Idee, dich zum Gesicht von Silver-Stone zu machen, dass er mir dein Foto geklaut hat! Ich hab die Modelle schon für dich angepasst. Gut, dass ich dir schon mal ein Kleid genäht habe, sonst hätte ich deine Maße gar nicht gehabt. Jace, du kannst die Sachen morgen abholen. Viel Glück beim Shooting!«

Sie ging mit schwungvollen Schritten davon und Dixie starrte ihn erbost an. »Was soll das heißen, sie hat die Kleider schon für mich geändert?«

»Ich hatte gehofft, du würdest dich umstimmen lassen, und war ein bisschen besorgt, dass sie später keine Zeit mehr für die Änderungen haben würde.«

Dixie trat einen Schritt zurück, Wut und Schmerz spiegelten sich in ihren Augen wider. »Was sollte dann dieses ganze verlogene Gerede darüber, dass du das Shooting heute Abend nicht erwähnen wolltest?«

»Ich hatte wirklich nicht vor, darüber zu sprechen. Du hast das Thema doch angeschnitten. Ich wollte mich in der Sache bedeckt halten, Dix. Eigentlich hatte ich geplant, das morgen noch mal anzugehen, in der Hoffnung, dich vielleicht doch noch umstimmen zu können.«

»Das war eine beschissene Idee.« Sie wirbelte herum und wollte davonstürmen.

Jace griff nach ihrer Hand und zog sie wieder an sich. Er hielt sie fest, obwohl sie vor Wut zu kochen schien. »Da sind ja deine Krallen.«

»Hör auf mit dem Scheiß, Jace. Diese ganze Sache war eine Lüge.«

»Ich lüge nicht, Dixie.«

Sie mahlte mit dem Kiefer.

»Ich respektiere dich zutiefst, und jede Lüge würde diesen Respekt untergraben. Sonst wäre ich nicht hier.«

»Woher weiß ich, dass du dich nicht auch jetzt gerade bedeckt hältst, damit Bullet dich nicht in der Luft zerreißt, wenn er herausfindet, dass du mich über den Tisch gezogen hast?«

Jace schnaubte. »Bullet würde wahrscheinlich sein Leben geben, um deine Ehre zu verteidigen.« Dann beugte er sich vor und raunte ihr ins Ohr: »Aber das würde ich auch tun, und ich verliere nicht. Niemals.« Er zog den Kopf wieder zurück, sah ihr ins Gesicht und erkannte darin Überraschung und noch etwas Dunkleres, und das gefiel ihm. »Ich habe dir die Wahrheit gesagt. Ich wollte, dass Jilly schon mal vorsorglich die Kleider anpasst, und ja, ich habe daran geglaubt, dich noch überzeugen zu können. Das macht mich noch nicht zum Lügner. Höchstens zum selbstbewussten, klugen Geschäftsmann.«

»Es macht dich auch zum Arschloch.«

»Schon Schlimmeres gehört. Ich habe dir angeboten, dass du heute Abend keine endgültige Entscheidung treffen musst. Du bist am Zug. Willst du mir einen Korb geben? Wegen des

Kalenders, meine ich natürlich«, stellte er klar. »Damit müsste ich leben. Aber das Date hab ich sicher.«

Dixie hielt seinem Blick mit flammenden Augen stand. »Nein. Ich will es durchziehen.« Sie schlang ihm die Arme um den Hals. »Tanz mit mir, bevor ich meine Meinung ändere.«

Gott sei Dank. »Nichts lieber als das, Kätzchen.«

»Was, wenn ich morgen doch noch Nein sage?«, fragte sie ihn herausfordernd.

»Dann bin ich am Ende und habe nicht nur keine Zeit mehr, einen Ersatz zu finden, sondern es gibt auch keine andere Frau, die ich zum Gesicht meines Unternehmens machen könnte, denn ich hätte mit dir meine Nummer eins und damit meine einzige Option verloren. Niemand könnte an deine Stelle treten.«

Sie tanzten wortlos miteinander, und nach ein paar Minuten spürte er, wie die Spannung aus Dixies Körper wich. Er ließ eine Hand ihren Rücken hinaufwandern und fuhr mit den Fingern durch ihr Haar. Wie lange hatte er davon geträumt, diese schimmernde Mähne berühren zu dürfen. Sie sog scharf die Luft ein, und tiefe Zufriedenheit überkam ihn. Er konnte der Versuchung nicht widerstehen, etwas fester in die dicken Strähnen zu greifen.

»Ich habe das Gefühl, dass du mir noch jede Menge Ärger machen wirst, Stone«, murmelte sie atemlos.

»Aber nur die Art von Ärger, die auch Spaß macht.«

Fünf

Dixie kam am Samstagmorgen eine Stunde früher als sonst zu Whiskey Automotive und war überrascht, die Motorräder ihrer drei Brüder vor dem Laden stehen zu sehen. Es war nichts Ungewöhnliches, dass die drei sich ohne sie trafen. Diese Männertreffen, die sie insgeheim Testosteronpartys nannte, gab es schon, solange sie denken konnte. Als sie noch jünger waren, ging es dabei vor allem um Mädchen und Motorräder, mittlerweile diskutierten sie meist über Angelegenheiten, die den Club betrafen. Die Tradition des Clubs verbot es, dass auch Frauen Mitglieder bei den Dark Knights werden konnten. Das ärgerte Dixie zwar maßlos, aber es gab Kämpfe, die selbst sie nicht gewinnen konnte, und die Regeln des Clubs rangierten in dieser Liste sehr weit oben.

Ihr Büro lag im hinteren Teil der Werkstatt, und sie hoffte, dass ihre Brüder es nicht in Beschlag genommen hatten. Sie wollte noch alles in Ordnung bringen, bevor sie sich mit Quincy traf, der sie während ihrer Abwesenheit vertreten sollte.

Sie ließ ihren schwarzen Lederrucksack von der Schulter gleiten, schnappte sich ihren Helm und ging hinein. Drinnen stand Bullet mit dem Rücken an die Ladentheke gelehnt und hob das Kinn zu einem knappen Gruß. Er zeigte ihr die kalte

Schulter, seitdem sie sich für das Shooting entschieden hatte.

»Hey, Dix«, rief ihr Bones zu, der es sich auf der Couch bequem gemacht hatte. Er sah gut aus in seiner dunklen Stoffhose, dem weißen Oberhemd und der gestreiften Krawatte.

»Hi.« Sie schloss die Tür hinter sich.

Bear kam durch die Tür, die in die Werkstatt führte. »Ich dachte mir schon, dass du heute früher kommst.«

»Keine Sorge«, sagte sie, als sie an ihm vorbeiging. »Ich werde euch nicht stören, ich habe zu tun.«

»Warte. Wir sind hier, um mit dir zu reden«, erklärte Bear.

Dixie zögerte einen Moment, bevor sie sich zu ihnen umdrehte. Sie hatte mitbekommen, dass sie sich am Vorabend über eine Stunde lang mit Jace unterhalten hatten, und sie war nicht in der Stimmung, sich schon wieder wegen des Shootings zu streiten. Schließlich war sie deswegen schon nervös genug. Und wegen der Funken, die zwischen ihr und Jace nur so hin- und herflogen. Sie hatte die halbe Nacht wach gelegen und sich gefragt, ob sie nicht drauf und dran war, einen Fehler zu begehen. Sich für so einen Kalender herzugeben, sprach eigentlich gegen alle Überzeugungen, die sie hinsichtlich ihrer Rolle als Frau hatte. Doch Jaces Worte hatten sie zutiefst berührt. Bei keinem Mann hatte sie sich je so gefühlt, und sie wusste, wie wichtig der Kalender für ihn war. Und was noch wichtiger war: Sie wusste, dass sein Unternehmen im Grunde genommen ein Teil von ihm war. Bear schwärmte ständig von Jace und Maddox und davon, wie kompromisslos die beiden nach Perfektion strebten. Sie respektierte Jaces hohe Ansprüche, denn sie war genauso anspruchsvoll wie er. Zwar hatte sie so getan, als wäre sie beleidigt, dass Jace sie mit seinen Motorrädern verglich. In Wahrheit wusste sie aber, was es bedeutete, mit einem Produkt assoziiert zu werden, dem Jace sein gesamtes Leben gewidmet hatte. Und sie wusste, dass dieser Vergleich das größte Kompliment war, das er ihr machen konnte, obwohl er es noch nicht einmal romantisch gemeint hatte.

Es wäre eine Ehre, das Gesicht von Silver-Stone zu sein. Trotzdem verstand sie auch ihre Brüder, denn sie war sich selbst nicht sicher, ob sie die Frau sein wollte, deren Foto Millionen von Männern angaffen würden. Aber das war ihre Entscheidung und nicht die ihrer Brüder.

»Wenn ihr mir wegen des Kalenders auf die Nerven gehen wollt, könnt ihr gleich wieder verschwinden«, sagte sie und drehte sich zu ihnen um.

»Das wollen wir nicht«, versicherte Bear ihr.

Bones stand auf, während Bullet wegsah, was ihr sofort verriet, wer hier auf ihrer Seite stand und wer nicht. Abgesehen vom Dating konnte sie an den Fingern einer Hand abzählen, wann ihre Brüder eine ihrer Entscheidungen als erwachsene Frau jemals nicht unterstützt hatten. Bullet nicht auf ihrer Seite zu wissen, machte ihr die Entscheidung darüber hinaus noch schwerer. Doch niemand hatte je behauptet, dass es leicht sein würde, sich aus dem überfürsorglichen Schutz ihrer Brüder zu lösen. Nun war sie bereit, sich allem zu stellen, was auf sie zukommen sollte.

»Jeder von uns soll für sich selbst sprechen«, sagte Bear. »Aber ich möchte mich zuerst dafür entschuldigen, dass ich gestern wegen des Kalenders so über Jace und dich hergefallen bin. Du hast immer hinter mir gestanden, Dix. Und ich werde dich jetzt auch nicht im Stich lassen. Für mich war es okay, dass du bei der Auktion mitgemacht hast ...«

Bullet räusperte sich, stieß sich vom Tresen ab und verschränkte die Arme vor der Brust.

Bear warf ihm einen missbilligenden Blick zu. »Das mit dem Kalender hat mich einfach überrascht. Aber ich kenne die Qualität und die Klasse von Silver-Stone, und ich respektiere deine Entscheidung, das Shooting zu machen.«

»Danke. Das bedeutet mir wirklich viel.« Sie seufzte erleichtert auf.

Bear hatte immer als Erster für sie Partei ergriffen. Als ihr Großvater ihnen die Bar vererbt hatte, war von vorneherein klar gewesen, dass zwar jeder seinen Anteil bekam, aber nur die Männer für die Leitung der Geschäfte zuständig sein würden. Dixie hatte niemals etwas anderes gewollt, als die Familiengeschäfte zu führen und die Unternehmen wachsen zu lassen. Auf dem Papier war sie eine gleichberechtigte Geschäftspartnerin. Ging es jedoch um das Recht, eigenständige geschäftliche Entscheidungen zu treffen, waren ihr die Hände gebunden, weil sie nicht dem Testosteronclub angehörte. Im vergangenen Jahr hatte sich Bear nach seiner Entscheidung, seinem Herzen zu folgen und den Job bei Silver-Stone anzunehmen, für Dixie eingesetzt und ihr seinen Anteil zum Kauf angeboten, was ihr die Mehrheitsrechte verschaffte. Bones und Bullet waren seinem Beispiel gefolgt. Erst da hatten sie begriffen, dass ihr Vater sich immer mehr für Dixie gewünscht hatte, als in einer Bar zu kellnern und in einer Autowerkstatt die Bücher zu führen. Er hatte sich daher nach den Wünschen ihres Großvaters gerichtet und immer gehofft, seine Tochter würde etwas Besseres aus ihrem Leben machen. Doch als ihre Brüder sich zusammentaten, um sie zu unterstützen, hatte er schließlich nachgegeben und akzeptiert, dass die Leitung der Familienunternehmen für Dixie tatsächlich eine Herzensangelegenheit war. Seither war sie in alle wichtigen geschäftlichen Entscheidungen mit eingebunden.

Sie musterte Bullet und fragte sich, wie das Leben sich anfühlen würde, wenn sie keine vereinte Front mehr boten, doch sie konnte seine ernste Miene nicht wirklich deuten.

Bones trat vor und ergriff das Wort. »Wir haben gestern Abend lange mit Jace gesprochen. Er hat uns von seiner Idee für den Kalender erzählt und uns die Kollektion beschrieben, die er zusammen mit Jillian entworfen hat. Klingt alles wirklich sehr edel. Kein Wunder, dass er dich als Gesicht von Silver-Stone haben will. Aber gestern Abend habe ich auch noch lange mit Sarah über die Sache gesprochen. Sie wollte von mir wissen, was ich tun würde, wenn Lila oder Maggie Rose später mal für so einen Kalender posieren wollten.« Er verzog die Lippen zu einem schiefen Grinsen. Lila war gerade mal eineinhalb Jahre alt und Maggie Rose drei Monate. »Meine erste Reaktion war wie Bullets von gestern Abend. Nur über meine Leiche! Aber dann fragte mich Sarah, was ich davon halten würde, wenn Bradley als Erwachsener für einen solchen Kalender modelt, und ich habe exakt das geantwortet, was ihr wahrscheinlich erwartet, und das hat mir nicht gefallen.«

»Das überrascht mich nicht«, erwiderte Dixie. »Aber ich verstehe dich. Ich bin mir selbst nicht sicher, ob es mir gefallen würde, deine Töchter in einem solchen Kalender zu sehen.« Sie wusste ja nicht einmal, ob sie das für sich selbst wollte.

»Sarah sagte, dass die Mädchen sich von mir abwenden würden, wenn ich mich ihnen in den Weg stelle, wenn sie irgendwann so alt sind wie du. Und ich denke, sie hat recht. Ich will dich nicht verlieren, Dixie. Das steht schon mal fest. Aber hier geht es um etwas noch viel Wichtigeres, etwas, das ich vergessen hatte. Alle sprechen immer davon, wie selbstlos Bear sich für unsere Familienunternehmen eingesetzt hat, und da kann ich nicht widersprechen. Ohne ihn hätten wir die Bar wahrscheinlich nicht halten können, als Dad den Schlaganfall hatte, oder die Autowerkstatt, nachdem Axel gestorben war. Aber es gibt da noch eine andere Wahrheit, die genauso wichtig ist: Du hast alles für die Familienunternehmen gegeben, und das auch schon lange vor letztem Jahr, als Dad endlich zugestimmt hat, dir das volle Stimmrecht zu verleihen, was meiner Meinung nach längst überfällig war. Bear war vielleicht einmal die Seele der Bar, als du noch eine Teenagerin warst. Aber du hast ihm dabei immer den Rücken freigehalten, hast ihm geholfen, wo du nur konntest, selbst als du noch zur Schule gegangen bist. Und nach dem College hättest du alles machen können, Dix. Wir alle wissen das. Du bist die Klügste von uns.«

Es schnürte ihr vor Rührung die Kehle zu. Diese Worte bedeuteten ihr viel, vor allem aus dem Mund eines Mannes, den sie wiederum für den Klügsten ihrer Familie hielt.

»Aber du bist geblieben, und das hat unseren Geschäften mehr als gutgetan. Du verdienst es, alles zu tun, was dich glücklich macht, und ganz ehrlich: Es ist egal, ob uns das gefällt oder nicht.« Bones trat einen Schritt auf sie zu und umarmte sie. »Ich muss jetzt ins Büro, will dir aber noch gratulieren. Mom hatte recht. Du bist jetzt an der Reihe.«

Sie sog die Luft tief ein und war überwältigt von ihren Gefühlen. »Danke, Bones. Und bei Sarah muss ich mich wohl auch bedanken.«

Bones ging zur Tür. »Keine Sorge. Ich habe ihr schon sehr gewissenhaft gedankt.«

»Igitt! Das ist bestimmt nichts, was ich mir vorstellen will«, rief sie ihm hinterher, als er hinausging.

Bear lachte leise. »Ich gehe jetzt zur Arbeit. Bullet, kannst du dich benehmen?«

»Verschwinde«, sagte Bullet nur. Er wartete, bis Bear zur

Tür hinaus war, bevor er das Wort ergriff. »Dir ist doch sicher klar, dass sie die Vorstellung, dich in einem Kalender zu sehen, genauso hassen wie ich?«

»Das ist okay. Sie unterstützen mich trotzdem, und darauf kommt es an.«

»Die Sache gefällt mir nicht, Dix, und es gefällt mir auch nicht, dass Jace sich ein Date mit dir kauft.«

»Warum?« Sie verschränkte die Arme vor der Brust, denn sie brauchte diese zusätzliche Barriere. »Du hast ihm immer vertraut. Du bist mit ihm befreundet. Ihr trefft euch regelmäßig, fahrt Motorrad, haltet euch gegenseitig den Rücken frei.«

»Ja, das war, bevor er hinter dir her war.«

Dixie hatte ihre Brüder immer nur angelogen, wenn es um ihr Liebesleben ging. Sie tat das äußerst ungern, aber es war einfacher, als sich diesen peinlichen Verhören zu stellen, und deshalb log sie auch jetzt. »Er ist nicht hinter mir her, Bullet. Egal, was er behauptet hat, er hat nur auf mich geboten, um mich zu dem Kalendershooting zu überreden.«

Bullet schnaubte verächtlich. »Wenn du das glaubst, dann hast du wirklich nichts von mir gelernt.«

Er nahm dieselbe Haltung ein wie sie, warf sich in die Brust und verschränkte die Arme, um sie den Größenunterschied zwischen ihnen spüren zu lassen. Vor seiner Zeit beim Militär war Bullet derjenige gewesen, der ihr gezeigt hatte, wie stark sie wirklich war. Er hatte ihr beigebracht, tough zu sein, und wie man furchtlos wirkte, selbst wenn einem die Haare vor Angst zu Berge standen. Sie hatte von diesen Lektionen profitiert und rief sie sich auch in diesem Moment in Erinnerung.

»Kannst du bitte für eine Sekunde aufhören, mein über-besorgter großer Bruder zu sein? Ich bin einunddreißig Jahre alt,

Bullet. Eine erwachsene Frau. Ich habe dich immer respektiert und deine Entscheidungen unterstützt. Es wäre schön, wenn du dasselbe für mich tun würdest.«

»Und was ist, wenn irgendein Arschloch diesen Kalender sieht und dich ins Visier nimmt? Wenn sich ein verrückter Stalker an deine Fersen heftet?«

»Du hast mir beigebracht, auf mich aufzupassen, erinnerst du dich?«

Er schnaubte verächtlich. »Du bist tough, Dixie, aber gegen einen Mann in Bears Größe könntest du nichts ausrichten, noch weniger gegen einen Typen wie mich. Was ist, wenn du allein unterwegs bist, zum Cape Cod oder zu einem der Treffen deines Buchclubs fährst und jemand folgt dir?«

Ihr dämmerte plötzlich, dass Bullet sie nicht kontrollieren wollte. Er hatte Angst, sie nicht mehr beschützen zu können. Sie war einen Moment lang perplex, da ihr bisher nicht in den Sinn gekommen war, dass Bullet sich vor irgendetwas fürchten könnte. Er hatte jahrelang bei den Special Forces gedient und war nur knapp dem Tod entronnen. Das hatte er damals keinem erzählt, nur Bones, der ihm schwören musste, alles für sich zu behalten. Und das, während er im Krankenhaus lag und sein Leben am seidenen Faden hing. Selbst damals wollte er sie beschützen. Warum hatte sie das vorher nicht begriffen?

»Dann lass ich mir was einfallen«, sagte sie. »Ich will mein Leben genießen, Bullet, und ob ich mich für einen Kalender fotografieren lasse oder mit Jace Stone oder irgendeinem anderen Mann ausgehen will, ist allein meine Entscheidung. Nicht deine. Und du kannst meine Entscheidungen nicht gutheißen und mich dennoch unterstützen.«

Bullet beäugte sie verwirrt. »Nein, das kann ich nicht.«

»Natürlich kannst du das. Denkst du, es hat mir gefallen,

dass du zum Militär wolltest? Glaubst du, mir gefiel die Vorstellung, dass du sterben könntest, dass ich dich monatelang nicht sehen würde?«

»Das war was anderes.«

»Ach ja? Wir wollten beide einen Weg einschlagen, der dem anderen nicht passte. Ich hab mir die Augen ausgeheult, als du fortgegangen bist. Wusstest du das?«

»Erzähl keinen Quatsch, Dix. Du hast gesagt, ich soll abhauen, damit du dir meine Sachen unter den Nagel reißen kannst.«

Sie lächelte, als sie daran zurückdachte. »Ich habe beides getan. Ich hab die T-Shirts und Sweatshirts immer noch, die ich dir aus der Schublade geklaut habe. Weißt du, warum ich sie genommen habe? Weil ich dich vermisst habe, Bullet. Du hast eine Entscheidung getroffen, über die ich keine Kontrolle hatte, aber ich habe mich dir nicht in den Weg gestellt oder dafür gesorgt, dass du dich schuldig fühlst.«

»Ich verstehe durchaus, was du mir sagen willst, Dix, aber das spielt leider alles keine Rolle. Von mir bekommst du kein Okay für einen Bikerkalender, mag er auch noch so exklusiv sein. Und das muss man Jace lassen: Er hat sich wirklich alle Mühe gegeben, uns die Sache schmackhaft zu machen.«

»Kannst du meine Entscheidung denn nicht wenigstens akzeptieren, wenn du sie schon nicht respektierst?«

»Ich halte einfach nichts von dem Ganzen.«

»Das hast du deutlich gemacht, du hast mich mit deinen Blicken ja geradezu getötet, als ich versteigert wurde. Und du wolltest Jace in Stücke reißen, weil er auf mich geboten hat. Das hat er nicht verdient.«

»Ich würde dir niemals wehtun, aber bei Stone ist das was anderes. Er hatte kein Recht, dich um so etwas wie dieses

Shooting zu bitten.«

»Darüber könnte ich jetzt endlos mit dir diskutieren, aber das werde ich nicht tun.« Sie streckte die Hand aus und zog ihn am Bart. »Ich hab dich lieb, Bullet, und es ist schön, dass du dich um mich sorgst. Und mir ist bewusst, dass sich daran niemals etwas ändern wird. Wir müssen also einen Weg für uns finden. Ich bin es nämlich leid, für jedes Date die Stadt verlassen zu müssen, nur damit du mich nicht so ansiehst, wie du es jetzt gerade tust.«

»Eine gute Entscheidung. Ich bin es nämlich leid, meine Jungs ständig auf die Loser anzusetzen, mit denen Jillian dich zu verkuppeln versucht.«

Ihr fiel die Kinnlade herunter. »Du wusstest …?«

»Du bist meine Schwester. Irgendjemand muss schließlich auf dich aufpassen.«

»Du bist wirklich unfassbar.« Obwohl sie hätte ahnen müssen, dass er so etwas abzog, schließlich schien er irgendwie immer zu wissen, was jeder von ihnen so trieb. »Du hast wirklich Glück, dass ich dich so lieb habe, denn gerade jetzt hasse ich dich auch irgendwie.«

Er schlang ihr einen Arm um den Hals und zog sie an sich. »Du kannst mich hassen und meine Entscheidungen dennoch akzeptieren.«

»Idiot«, nuschelte sie gegen seine Brust.

»Ja, das bin ich«, erwiderte Bullet, als Quincy durch die Ladentür kam. »Ich hab dich lieb, Dixie, aber ich werde keinen dieser verdammten Kalender kaufen.«

»Also, ich lasse mir den sicher nicht entgehen!« Quincy stemmte die Arme in die Hüften und seine blauen Augen glitzerten gefährlich. »Alle haben gestern nur über dich gesprochen, Dixie. Wie mutig es war, dich gegen deine Brüder aufzulehnen und dich versteigern zu lassen, und wie stolz sie alle sind, dass du den Kalender machst. Gratuliere übrigens. Supercoole Veranstaltung. Der Showdown zwischen Bullet und Jace war natürlich auch nicht übel.«

In Bullets Augen stieg abermals Wut auf.

»Dreh vor der Arbeit lieber eine Runde auf deinem Bike, damit du niemanden umbringst.« Dixie gab Bullet einen Kuss auf die Wange. »Wir spielen im selben Team, vergiss das nicht.«

»Richtig.« Er nickte Quincy zu. »Und es ist wirklich okay für dich, hier zu übernehmen, wenn sie in New York ist und später dann noch nach Cape Cod fährt?«

»Kein Problem. Ich habe meine Schichten im Buchladen schon alle umgelegt.« Quincy grinste. »Außerdem habe ich auch mehr Zeit für meine Hausaufgaben, wenn ich nicht ständig von heißen Frauen umschwärmt werde.«

Bullet gluckste. Er unterhielt sich noch ein paar Minuten mit Quincy, bevor er aufbrach, und Quincy und Dixie gingen danach ins Büro. Truman und Bear inspizierten einen Wagen mit offener Motorhaube.

»Hey, Tru«, sagte Dixie, als sie an ihnen vorbeigingen. »Ich habe die Teile für Finnegans Pick-up-Truck bestellt. Sie sollten am Montag hier sein.«

»Cool«, erwiderte Truman. »Hi, Quincy.«

»Morgen«, erwiderte Quincy und folgte Dixie dann in ihr Büro. »Na, Dix, was wirst du jetzt mit all deiner freien Zeit anfangen, wo du keine Auktion mehr planen musst?«

Sie setzten sich. »Mir fehlt es nie an Arbeit.« Dixie hätte sich zu gern danach erkundigt, warum Penny nicht auf ihn geboten hatte, aber sie wollte nicht zu neugierig erscheinen, außerdem hatte sie Sorge, einen wunden Punkt zu treffen. Stattdessen meinte sie leichthin: »Ein hübsches Mädchen, das gestern

Abend ein Date mit dir ersteigert hat.«

»Roni? Ja, sie ist süß, aber wirklich schüchtern, oder vielleicht auch nur vorsichtig. Sie sagte, ihre Freundinnen hätten sie zu der Auktion gezerrt und dann für alles bezahlt. Sie wollte eigentlich nicht mal hingehen.«

»Heißt das, es wird kein Date mit ihr geben?« Dixie zog ein Notizbuch aus ihrem Rucksack und legte es auf den Schreibtisch.

»Machst du Witze? Das macht es für mich nur noch spannender! Ist dir etwa entgangen, dass ich die Jagd liebe? Roni hat behauptet, sie sei in den nächsten Wochen ziemlich beschäftigt, aber ihre Freundinnen haben mich zur Seite genommen und mir erzählt, dass sie schon seit Ewigkeiten kein Date mehr hatte und einfach nur schrecklich nervös ist.« Er lehnte sich zurück und grinste selbstgefällig. »Ich bin für jede Frau eine Herausforderung. Sie wird sich schon noch locker machen.«

Dixie kicherte, während sie ihren Computer hochfuhr und sich entschied, nun doch einen Vorstoß zu wagen. »Was ist mit dir und Penny?«

»Ich denke, uns ist beiden klar geworden, dass wir unsere Chance, ein Paar zu werden, verpasst haben. Stattdessen sind wir nun Freunde, und diese Freundschaft will keiner von uns aufs Spiel setzen. Und wir waren auch nicht verliebt oder so. Du musst bedenken, dass ich keine Freunde hatte, bevor ich clean wurde. Freundschaften sind mir also wirklich wichtig. Ich weiß, wie es ist, wenn man niemanden hat. Ich hoffe also, dass ihr ewig meine Freunde bleibt, du und deine Familie, Penny, Jed, Scott, Izzy und all die anderen.«

»Darum hat sie gestern wohl nicht auf dich geboten.«

»Ich habe sie darum gebeten. Sie sagte, dass sie sich für mich gefreut hat, als sie sah, wie viele Frauen sich um mich reißen, und dass sie nicht eifersüchtig war. Es ist also alles cool zwischen uns. Aber du kennst mich. Ich werde nicht damit aufhören können, ihr unter die Nase zu reiben, was ihr entgangen ist …«

»Das glaub ich dir sofort.« Sie musste daran denken, wie lange sie Jace schon anschmachtete. »Man weiß aber nie, was die Zukunft so bringt.«

»Da hast du recht! Was läuft da mit dir und Jace? Wenn er dich aus Peaceful Harbor entführt, dann wirst du eine ganze Armee gebrochener Herzen zurücklassen.«

Dixie verdrehte die Augen, aber ihr Herz schlug immer schneller bei dem Gedanken an die Andeutungen, die Jace gestern Abend gemacht hatte, und wie es wohl wäre, in seinen Armen zu liegen, so nah, dass sie sein Herz schlagen hören konnte.

»Jetzt fang du nicht auch noch an. Zwischen mir und Jace läuft rein gar nichts.« Sie schlug das Notizbuch auf. »Wenden wir uns wichtigeren Dingen zu. Du erinnerst dich bestimmt, wie man die Gehaltsabrechnungen für die Bar und den Laden macht und die Bankeinlagen durchführt, aber was ist mit Spezialaufträgen? Wenn du dazu Fragen hast, kann Jed dir auch helfen.«

Quincy grinste. »Weiß Jace, wie verdammt gut du darin bist, das Thema zu wechseln?«

»Quincy«, warnte sie.

»Hey, ich will ja nicht neugierig sein, aber …« Er lehnte sich vor und warf einen Blick auf die Liste, die sie geschrieben hatte. Seine Augen wanderten zur Rückseite der vorherigen Seite und zu der Liste der Kleidungsstücke, die sie mit nach New York nehmen wollte.

Sie versuchte, die Liste schnell mit der Hand zu verdecken.

Er musterte sie amüsiert. »Schwarzes Spitzentop? Halterloser

BH? Halterlose Strümpfe?«

»Ich arbeite als Model! Ich muss vorbereitet sein.« Sie klappte das Notizbuch zu.

»Offenbar auf alles.«

Jace stand am späten Samstagnachmittag auf Jareds Terrasse und telefonierte mit Maddox. Sein Bruder besaß hier ein paar Hektar Waldland mit Blick auf den Hafen. Wie Jace hatte auch Jared mehrere Immobilien in der Nähe seiner Geschäftsstandorte gekauft, aber dieses Haus war Jaces absoluter Liebling. Kleine Städte wie Pleasant Hill und Peaceful Harbor besaßen ihren ganz eigenen Charme, und die Biker waren hier gut in die lokale Gemeinschaft integriert. Die Idee mit der Auktion hatte Jace zuerst missfallen, aber das hatte sich im Laufe des letzten Abends geändert. Zu sehen, wie Menschen, die sonst einen großen Bogen um eine Bikerbar wie das Whiskey Bro's machten, ihre Ängste und Vorurteile überwanden und zusammenkamen, um Gutes zu tun, war einfach unglaublich gewesen. Er hatte so viel Zeit in Großstädten verbracht, dass es keine Gemeinschaft mehr gab, der er sich wirklich zugehörig fühlte. Er sehnte sich danach, sich irgendwo wieder mehr einzubringen, und diese Erkenntnis hatte er Dixie zu verdanken.

»Ich kann immer noch nicht glauben, dass du Dixie zu dem Shooting überreden konntest.« Maddox' Stimme war kraftvoll wie die Bikes, die er entwarf. »Mir ist schon klar, dass du dir die Entscheidung für Sahara gut überlegt hattest, aber wir wissen auch beide, dass du niemals wirklich ganz überzeugt von ihr warst. Wenn ich es nicht besser wüsste, käme ich glatt auf den Gedanken, du hast ihren Unfall arrangiert.«

Jace lachte leise. »Sahara war die beste aller Bewerberinnen, aber du kennst meine Meinung. Kann man eine Harley mit einer Silver-Stone vergleichen?«

»Da hast du recht. Gut gemacht, Jace. Ich weiß, dass Dixie schön ist und Ausstrahlung besitzt. Ich hoffe nur, sie kommt auch mit dem Job klar.«

»Jilly hat mir versichert, dass sie großartig ist.« Seit er gestern Abend gesehen hatte, wie umwerfend sie in ihrem heißen Kleid auf der Bühne ausgesehen hatte, bevor der ganze Tumult losgebrochen war, zweifelte Jace nicht mehr daran, dass sie es schaffen würde. Sie war unfassbar attraktiv und elegant und besaß das gewisse Etwas, eine Ausstrahlung, die Jace immer bewundert hatte.

»Hast du schon mit ihr über die Verträge und die Verzichtserklärung gesprochen?«, fragte Maddox.

»Ja. Unser Büro hat die Papiere heute Morgen an Dixies Anwalt Court Sharpe weitergeleitet. Sie hat schon unterschrieben. Es ist alles in trockenen Tüchern.«

Er hatte schon halb damit gerechnet, dass Dixie ihre Entscheidung am Morgen bereuen würde, wenn sie sich nach Bullets Auftritt wieder etwas beruhigt hätte. Ebenso wenig hätte es ihn überrascht, wenn sie versucht hätte, sich aus den diversen Verpflichtungen herauszuwinden, die der Vertrag beinhaltete, aber sie hatte ohne Widerrede zugestimmt, bei den sechs Marketingevents in den zwölf Wochen nach der Veröffentlichung und zusätzlich bei sechs weiteren Events während der kommenden drei Jahre aufzutreten. Er fühlte sich so beschwingt und zuversichtlich, dass er ihr zwei Dutzend Rosen geschickt hatte. Außer seinen Schwestern und seiner

Mutter hatte er noch keiner Frau Rosen geschenkt, aber an diesem Vormittag war er derart überwältigt gewesen, dass er dem Impuls nicht hatte widerstehen können.

Mehr Zeit mit Dixie zu verbringen, hatte eine Tür in ihm aufgestoßen, hinter der jahrelang verdrängte Sehnsüchte lauerten. Der Gentleman in ihm wollte ihr Blumen schicken, aber hätte er sie ihr als persönliche Geste überreicht, wäre das ein Versprechen gewesen, für das er noch nicht bereit war. Ihr die Blumen zum Dank zu schenken, erschien ihm hingegen als die perfekte Lösung. Schließlich hatte die wohl einzige Frau, die er für würdig befand, sich gerade bereit erklärt, zum neuen Gesicht von Silver-Stone zu werden, und dafür war er wirklich dankbar.

Er hatte sich auch über ihre Antwort gefreut. *Es gibt nicht viele erste Male im Leben, aber du hast mir gleich zwei davon geschenkt. Danke.* Er hatte ihr geantwortet: *Jetzt machst du mich aber neugierig …*

Sein Handy vibrierte Sekunden später, und er las die neue Nachricht. *Hol deinen Verstand wieder aus der Hose. Ich meinte die Rosen und den Kalender.* Ihm kamen sofort diverse erotische erste Male in den Sinn, die er ihr nur zu gern schenken würde, und jede einzelne dieser Fantasien stachelte seine Begierde weiter an.

»Großartig. Ich sorge dafür, dass der Schmuck rechtzeitig geliefert wird«, sagte Maddox und lenkte seine Aufmerksamkeit damit wieder auf ihr Gespräch. Maddox' Bruder Sterling war Schmuckdesigner und stellte sämtliche Accessoires für das Shooting. »Wir sehen uns am Donnerstag in Boston. Ich nehme danach einen Flieger nach Los Angeles, um mich dort mit unseren Ingenieuren zu treffen. Wann brichst du auf? Gilt unsere Verabredung für nächsten Sonntag zum Abendessen noch?«

»Klar. Ich komme am Sonntagnachmittag an, und wenn nichts Unvorhergesehenes dazwischenkommt, bleibe ich bis zum Launch in Los Angeles.« Wenn am Donnerstag alles gut lief, würden sie in der kommenden Woche die Verträge für die Immobilien in Boston unterzeichnen. Mit der Vorbereitung ihrer neuen Niederlassung in Boston, der Markteinführung der Legacy-Modellreihe und der Vorstellung der *Leder und Spitze*-Kollektion würde in den nächsten Wochen jede Menge Arbeit auf sie zukommen.

»Abgesehen von den Meetings in Oregon und Mexiko im Juli und den Locations, die du dir im August in Ohio und Pennsylvania ansehen wolltest«, rief ihm Maddox in Erinnerung.

»Richtig.« Hin und wieder für nur wenige Tage an verschiedene Orte zu reisen, war für ihn so normal geworden, dass er solche kurzen Trips kaum mehr erwähnenswert fand.

Er sprach noch eine Weile mit Maddox übers Geschäft, und nachdem er das Telefonat beendet hatte, ging er hinaus auf die Veranda. Jared war der Jüngste der Stone-Geschwister. Schon als Kind hatte er nicht stillsitzen können. Durfte er sich nicht bewegen, wurde er nervös und gereizt. Er war intelligent und witzig, besaß eine ungewöhnliche Ausstrahlung, eine Vorliebe für das Kochen und riskante Geschäfte und hasste alle kurzlebigen Trends. Er war damit das genaue Gegenteil seines Geschäftspartners Seth Braden, der vom Forbes-Magazin als einer der begehrtesten Junggesellen des Landes gehandelt wurde und nicht unkomplizierter und entspannter sein könnte. Aber irgendwie ergänzten sich die beiden zu einem wirklich fabelhaften Team. Jared und Jace hatten ebenfalls nicht viel gemeinsam, außer dass sie beide bodenständig waren und niemals vergaßen, woher sie kamen. Während Jace Stipendien und Mentorenprogramme für Nachwuchs-Ingenieure und -Produktdesigner einrichtete, ließ Jared es sich nicht nehmen, in jedem seiner Restaurants und Geschäfte jedes Jahr einige Zeit zu verbringen und an der Seite seiner Chefköche und Geschäftsführer zu arbeiten.

Jace steckte sein Handy ein. »Fährst du ins Restaurant?«

»Ja, demnächst«, antwortete Jared und ging auf der Veranda auf und ab.

»Ich wünschte, du könntest morgen in die Stadt kommen. Die Mädels würden dich so gern sehen.« Jace hatte zuvor mit Jennifer und Mia gesprochen, und beide hatten ihn angebettelt, Jared zu überreden, ihn zu begleiten. Doch Jace hatte es schon lange aufgegeben, seine Geschwister irgendwo hinschleppen zu wollen. Er hatte auch mit Jayla gesprochen, die ziemlich sauer war, weil er vergessen hatte, Jared auf der Bühne zu filmen. Sie musste ja nicht wissen, dass er zu sehr damit beschäftigt gewesen war, Dixie seine ganze Aufmerksamkeit zu schenken.

»Ich schau bald mal wieder vorbei.« *Bald* war Jareds Standardantwort auf nahezu jede Frage.

Jared hatte sich seinen Widerwillen gegen jede soziale Verpflichtung ehrlich erworben. Und zwar von Jace. Obwohl Jace nun, wo Jayla Mutter geworden war, erst merkte, wie schnell die Jahre verflogen, und sich seither bemühte, den Kontakt zu seiner Familie besser zu pflegen.

»Hat Bullet sich heute noch mal bei dir beschwert?«, fragte Jared.

»Nein. Aber er macht sich nur Sorgen um Dixie. Er hat seinen Standpunkt klargemacht. Jetzt wartet er ab, und wenn Dixie das Projekt mit dem Kalender um die Ohren fliegt, kann er mir die Schuld dafür geben. Wohin bist du gestern eigentlich so schnell verschwunden?« Jared hatte die Auktion vor Jace verlassen und war erst nach zwei Uhr nach Hause gekommen.

Jared lehnte sich mit einem anzüglichen Grinsen an das Verandageländer, um dann doch wieder ruhelos hin- und herzutigern. »Ich musste noch das gebrochene Herz einer Freundin kitten, die mich gestern leider nicht gewonnen hat.«

»Mann, Jared. Versprich mir, dass du dich Jilly gegenüber anständig benehmen wirst.«

»Das tue ich doch immer. Ich behandle meine Frauen gut, ich will mich nur nicht festlegen.«

Jace trat ihm in den Weg. »Du wirst diese Grenze bei Jillian nicht überschreiten. Mir ist egal, wie sehr sie deine Libido durcheinanderbringt, im Grunde ihres Herzens ist sie ein unschuldiges Mädchen, das auf den Richtigen wartet. Kapiert?«

Jared wand sich. »Wenn sie so unschuldig wäre, hätte sie wohl kaum auf mich geboten.«

»Ich meine es ernst. Du wirst dich an meinen Rat halten. Sie scheint so tough zu sein wie Dixie, aber Dixie kann wirklich etwas einstecken. Jilly hat nicht den Vorteil, in einem derart rauen Umfeld aufgewachsen zu sein. Sie ist durch und durch eine Dame. Für sie ist das alles nur ein Riesenspaß. Du darfst nicht vergessen, wer sie ist. Sie ist an kultivierte Typen gewöhnt, nicht an Kerle, die in ihr nur ein Sexobjekt sehen. Wenn du nicht willst, dass Nick Braden dir die Hölle heißmacht, dann solltest du vorsichtig sein.«

»Mit Nick Braden komme ich schon zurecht.«

»Das kann ich nicht beurteilen, aber gegen mich hast du bestimmt keine Chance.«

Jared stöhnte auf. »Okay, okay. Mann! Hast du von diesem Großen-Bruder-Mist nicht langsam genug?«

»Ich mache mir nur Sorgen um eine Freundin.« Er trat

zurück und Jace setzte sich erneut in Bewegung. »Ist es wirklich okay, wenn ich mein Bike bei dir in der Garage unterstelle? Es wird ein paar Wochen dauern, bis ich es wieder nach Peaceful Harbor schaffe. Wir fahren morgen mit dem Taxi zum Flughafen.«

»Klar, kein Problem.« Jared streckte sich und sah zum Himmel. »Was machst du heute Abend? Du könntest auf einen Drink im Restaurant vorbeischauen.«

Jace hatte eigentlich vorgehabt, Dixie – und sich selbst – eine Atempause zu gönnen und sich in die Arbeit zu stürzen, um sich von ihr abzulenken. Er war am Abend zuvor kurz davor gewesen, sie zu küssen, und das wäre keine gute Idee gewesen, selbst wenn er sie noch so sehr begehrte. Sie gehörte nach Peaceful Harbor so wie Jace in die freie Wildbahn. Aber etwas mit Dixie zu trinken, erschien ihm immer noch vernünftiger, als krampfhaft zu versuchen, nicht an sie zu denken.

Jared ging zurück ins Haus und drehte sich noch einmal um. Er hielt sich mit beiden Händen am Türrahmen fest und beugte sich nach draußen. »Denk nicht zu angestrengt nach. Ich glaube, es kommt schon Rauch aus deinen Ohren.«

»Du kannst mich mal.« Er folgte Jared ins Haus. »Vielleicht sehen wir uns später.«

»Nur, wenn du Glück hast«, meinte Jared und verschwand durch die Haustür.

Sechs

»Du kommst also vorbei und holst dir die Rosen ab?«, fragte Dixie Izzy Samstagabend am Telefon, während sie den gewaltigen Strauß betrachtete, den Jace ihr geschickt hatte, um sich bei ihr zu bedanken. Sie waren traumhaft, und sie war überrascht gewesen, denn es war tatsächlich das erste Mal, dass ihr jemand Blumen schenkte. Dixie hatte sie den ganzen Tag lang bewundert. Auf dem Motorrad konnte sie sie nicht nach Hause transportieren, und sie würde am nächsten Tag zusammen mit Jace aufbrechen, daher wäre sie nicht mehr da, um sich daran zu erfreuen. Darum hatte sie sie Izzy angeboten.

»Natürlich. Wann geht es los?«, erkundigte sich Izzy.

Izzy hatte längst versucht, sie davon zu überzeugen, dass der Blumenstrauß mehr war als nur ein Dankeschön. Obwohl Dixie das als leeres Gerede abtun wollte, konnte sie nun an nichts anderes mehr denken. Noch eine Sache, die irgendwie mit Jace zu tun hatte und die sie nicht mehr aus dem Kopf bekam.

»Morgen Nachmittag, und ich komme am Mittwoch wieder zurück.« Sie sammelte ihre Sachen zusammen und packte sie in den Rucksack. Jace hatte schon alles organisiert, er würde sie abholen, und sie wollten den Flieger um fünfzehn Uhr nehmen. Als sie die Papiere unterzeichnet hatte, fühlte sich alles auf einmal noch viel realer an. Sie konnte trotzdem immer noch kaum glauben, dass sie mit Jace nach New York flog, um dort ein Fotoshooting zu machen. »Iz, mir flattern schon den ganzen Tag die Nerven. Das ist alles so wichtig für Jace. Was ist, wenn ich es vermassle?«

»Mach dir keine Sorgen. Du wirst das schon schaffen. Bei Jillys Show hast du auf dem Laufsteg gewirkt wie ein Profi.«

»Das ist es auch nicht, was mich beschäftigt. So sehr mir die Vorstellung missfällt, in so einem Kalender zu sehen zu sein, war es die perfekte Gelegenheit, mich endlich einmal gegen meine Familie durchzusetzen. Und das Shooting wird mir sicher Spaß machen. Ich mache mir größere Sorgen darum, wie es mit Jace laufen wird. In all den Jahren hat er nie mit mir geflirtet, aber gestern Abend war das definitiv anders. Nicht wie Crow oder Jon, die mich dauernd völlig ungeniert anmachen. Er hat mich mehr mit seinen Andeutungen gereizt, ohne dabei je mit offenen Karten zu spielen.«

»Was mich wirklich überrascht, denn ich dachte immer, dass Jace der Typ Mann ist, der sich nimmt, was er will, und nicht lange um den heißen Brei herumredet. So wie Bullet, der Finlay mal gefragt hat, ob sie Lust auf einen heißen Ritt auf dem Bullet-Hengst hätte. Vierzig Riesen sind allerdings schon eine recht klare Ansage, findest du nicht?«

»Das war eine Spende.« Wenigstens versuchte sie, sich das einzureden. »Ich habe nie geglaubt, dass Jace mit Frauen so umgeht wie Bullet. Bisher habe ich noch kein einziges vulgäres Wort von ihm gehört. Zugegeben, mit den Jungs geht es schon manchmal ein bisschen derber zur Sache, aber was seinen Umgang mit Frauen angeht, bleibt er für mich ein Buch mit sieben Siegeln. Wenn ich darüber nachdenke, fällt mir auf, dass ich ihn noch nie mit einer Frau gesehen habe. Du etwa?« Sie fand das nicht besonders eigenartig, schließlich lebte er nicht hier. Er kam für gewöhnlich nur für ein oder zwei Tage in die Stadt und verschwand dann wieder.

»Ich hab ein paar Mal gesehen, wie er mit Jilly getanzt hat, wenn sie mit Nick und ihren anderen Brüdern ausgegangen sind. Du hättest Nick dabei sehen sollen.« Sie lachte laut auf. »Wenn Blicke töten könnten.«

»Glaubst du etwa, Jace und Jilly hatten was miteinander?« Plötzlich durchzuckte sie ein Gefühl von Eifersucht. Sie konnte seine Antwort auf die Frage, warum er auf sie geboten hatte, einfach nicht vergessen. *Ich habe schlichtweg ganz egoistisch meine Chance genutzt, und wenn mich das zum Arschloch macht, dann ist das eben so. Ich denke, uns beiden ist langsam klar, dass es an der Zeit ist, sich ein wenig besser kennenzulernen.* Hatte er so etwas etwa auch mal zu Jillian gesagt?

»Nein«, antwortete Izzy mitfühlend. »So habe ich das nicht gemeint. Nick ist wie Bullet. Er wird zum Höhlenmenschen, sobald sich jemand auch nur in Jillys Nähe wagt. Der einzige Grund, warum er ihn mit ihr tanzen lässt, ist, dass er hofft, so alle anderen Kerle auf Distanz halten zu können. Aber es gefällt ihm trotzdem nicht. Hast du nicht gesehen, wie Nick gestern auf Jared losgegangen ist?«

»Nein, aber ich war auch ein bisschen abgelenkt.« Dixie schwang sich den Rucksack über die Schulter und warf einen letzten langen Blick auf den Blumenstrauß. Sie hatte sicher schon ein Dutzend Fotos davon gemacht. Jace hatte ihr mit diesen Rosen wirklich eine große Freude bereitet. Vielleicht hatte Izzy ja recht und sie bedeuteten tatsächlich mehr.

Sie versuchte, diese Gedanken beiseitezuschieben, schnappte sich ihren Helm und verließ das Büro. Truman und Bear hatten bereits Feierabend gemacht. Als sie die Lichter löschte, hörte sie plötzlich das Röhren eines Motorrads. »Da kommt gerade jemand. Hoffentlich ist es kein Kunde. Ich hatte mich wirklich darauf gefreut, endlich nach Hause zu kommen, zu packen und mich dann in den neuen Roman zu vertiefen. Hast du schon damit angefangen?« Sie und Izzy waren in einem Online-Buchclub, von dem sie im vergangenen September bei ihrem Besuch auf Cape Cod von einer Freundin ihres Cousins Justin erfahren hatte. Dixie hoffte, durch das Lesen von Jace abgelenkt zu werden. Sie wollte das Buch auch mit nach New York nehmen, um sich abends zu beschäftigen.

»Gott, jaaaa.« Izzy seufzte dramatisch. »Es ist so verdammt heiß. Du solltest dich beim Lesen besser in eine Eistonne legen.«

»Gut. Ich brauche ein bisschen Sex in meinem Leben, selbst wenn ich nur darüber lese.« Sie ging in die Lobby und spähte aus dem Fenster. Ihr Pulsschlag beschleunigte sich, als sie Jace entdeckte, der gerade den Helm abnahm und ihn auf dem Sitz seines Motorrads ablegte. »Großer Gott. Jace ist hier.«

»Verdammt, Süße. Er muss dich ja wirklich wollen!«

»Das ist nicht hilfreich.« Doch die Vorstellung machte sie glücklich – und verwirrte sie gleichermaßen, denn sie wusste, was für ein unstetes Leben Jace führte.

Izzy lachte auf. »Und ob das hilfreich ist! Ich will, dass du dir diesen gut aussehenden Mann schnappst. Du hast mir doch erzählt, dass du schon ewig auf ihn stehst. Also los! Ruf mich später an, oder morgen. Oh, vielleicht verbringst du ja die Nacht mit ihm?«

»Izzy!«

»Du kannst mir doch nicht erzählen, dass du dich nicht über seinen Besuch freust, erst recht nicht, nachdem er dir Blumen geschickt hat. Ich will später alle Einzelheiten hören!«

Genau das war das Problem. Sie freute sich wahnsinnig.

Dixie legte auf, machte das Licht in der Lobby aus und nahm einen tiefen beruhigenden Atemzug. Es half nicht. Sie ging nach draußen, und ihre Nervosität stieg von Sekunde zu Sekunde weiter, als dieser unglaublich attraktive Biker in ihr Blickfeld geriet. Das langsame Lächeln, das sie gestern schon fast um den Verstand gebracht hatte, breitete sich erneut auf seinem Gesicht aus. Sie versuchte, sich auf das Abschließen der Tür zu konzentrieren, doch sein würziges, holziges Aftershave erfüllte plötzlich die Luft um sie herum, und als sie sich umdrehte, stand er direkt vor ihr und ihr wurde ganz heiß.

»Hi.« Sie ging auf ihr Motorrad zu, um bei seinem Anblick nicht wieder die Fassung zu verlieren. »Wenn du nach Bear suchst, der ist schon weg.«

»Ich wollte zu dir, Dix. Ich dachte, wir könnten vielleicht zusammen in die Nova Lounge gehen, uns einen Drink genehmigen und über das Shooting sprechen.«

Sie hatte wohl schon Hunderte Male davon geträumt, wie Jace Stone sie eines Tages zu einem Drink einlud. Die Worte *über das Shooting sprechen* waren in diesen Tagträumen allerdings nie vorgekommen. Vielleicht hatte er ja das gemeint, als er gestern Abend sagte, es wäre an der Zeit, dass sie sich besser kennenlernten. *Es ging ums Geschäft.* Konnte es sein, dass sie sich so in ihm getäuscht hatte?

Sie blickte hinunter auf ihr »Whiskey Automotive«-Shirt, ihre engen Jeans und ihre Stiefel. »Fürs Nova bin ich nicht richtig angezogen. Wir könnten ins Whiskey Bro's gehen, aber ich dachte, wir hätten wegen des Jobs gestern schon alles besprochen.«

Jace ließ den Blick über ihren Körper wandern und trat einen Schritt näher. *Du liebe Zeit.* Er konnte unfassbare Lust in ihr entfachen, ohne sie auch nur zu berühren. Dieser Typ bedeutete Ärger.

»Du siehst fantastisch aus, aber wenn du dich so im Nova nicht wohlfühlst, lade ich dich zu einem Burger ein, oder wir gehen irgendwo anders hin, wo wir uns unterhalten können. Aber ich führe dich nicht in die Bar aus, in der du arbeitest. Willst du deinen Rucksack hierlassen oder mitnehmen?«

»Na gut. Dann willst du jetzt wohl das Date einfordern, das du gestern Abend gewonnen hast.« Sie nahm ihren Rucksack ab und packte ihn ins Fach ihres Motorrads. Dann zog sie ihren Schlüsselbund aus der Tasche. »Wohin wollen wir? Ich fahr dir hinterher.«

Er nahm ihr die Schlüssel aus der Hand. »Wir nehmen mein Bike, und das ist nicht das Date, das ich gewonnen habe.«

Der Drang, ihm zu widersprechen, war fast übermächtig, aber sie war abgelenkt durch das, wozu er sie eben aufgefordert hatte. Sie sah zu seinem Bike hinüber, und ihr Herz schlug schneller. »Hier hat es was zu bedeuten, wenn man eine Frau auf sein Bike bittet.« Es war die allgemein anerkannte Demonstration der Tatsache, dass ein Mann um eine Frau warb.

Er grinste arrogant und setzte sich auf sein Motorrad. »Halt einmal im Leben dein freches Mundwerk und steig einfach auf.«

Sie sagte sich, dass sie dumm war, dass er irgendein Spielchen mit ihr trieb, dass er mit ihren Gefühlen spielte, obwohl sie nicht wusste, warum er so etwas tun sollte. Und selbst wenn sie in dieser Hinsicht richtiglag, war ihr Wunsch, auf dieses Motorrad zu steigen, stärker als der nach dem nächsten Atemzug.

Er setzte sich den Helm auf, während sie sich auf den Sitz schwang und das Gefühl hatte, dass ihre jahrelang aufgestauten Fantasien nun alle auf einmal Realität wurden. Trotz ihrer heftigen Gegenwehr stiegen Verlangen und Hoffnung in ihr auf. Sie zog den Helm auf und schlang die Arme um ihn. Er nahm ihre Hände in seine und zog sie näher an sich heran, bis sie die Brust fest an seinen Rücken presste. Sie stellte sich vor, wie er grinste, als die Maschine röhrend zum Leben erwachte. Die meisten Frauen hätten geglaubt, dass es das Vibrieren des Motorrads wäre, das ihren ganzen Körper kribbeln ließ. Doch Dixie fuhr schon lange genug Motorrad, um zu wissen, dass es Jace Stone war, der jede einzelne Faser in ihrem Körper elektrisierte.

Als er vom Parkplatz herunterfuhr und in Richtung Hauptstraße abbog, versuchte sie verzweifelt, ihre heftigen Gefühle wieder unter Kontrolle zu bekommen. Sie redete sich ein, dass die Hitze, die ihre Schenkel hinaufkroch, von den warmen Ledersitzen kam, und sagte sich, dass sie ihn nicht länger mit sich spielen lassen würde. Sie würde diesen Unsinn beenden, sobald sie dort angekommen waren, wohin auch immer er fuhr.

Nachdem sie sich Burger und etwas zu trinken besorgt hatten und sie rein gar nichts beendet hatte, fuhr Jace zurück auf die Hauptstraße und folgte den sich dahinschlängelnden Straßen, die in die Berge führten. Dixie kannte diese Straßen in- und auswendig, und sie liebte das grüne Blätterdach und den würzigen Duft des Waldes. Sie mochte den Wald genauso sehr wie die unendliche Weite des Horizonts und die salzige Luft am Hafen. Wenn sie zwischen den Bäumen auf ihrem Lieblingsplatz saß, die Zehen im Sand vergrub und über das Meer blickte, fühlte sie sich so frei wie auf ihrem Motorrad. Aber nichts davon war vergleichbar mit dem Gefühl, hinter Jace Stone zu sitzen und sich an seinen kräftigen Oberkörper zu schmiegen. Es war so schön, wie seine Muskeln gegen die

Innenseite ihrer Oberschenkel, ihre Brust und ihre Arme drückten, dass man süchtig danach werden konnte.

Wem wollte sie hier etwas vormachen?

Sie war doch jetzt schon süchtig nach ihm …

Jace verließ den Bergpass und folgte einem schmalen Pfad, den Dixie früher oft entlanggefahren war, eine Gewohnheit, die sie in jüngster Zeit wieder aufgenommen hatte. Nicht einmal ihre Brüder wussten, dass sie dorthin fuhr, wenn sie allein sein wollte. Jace nahm die schmalen Kurven so schnell, als würde er sie bereits gut kennen, was sie überraschte. Dixies Reifenspuren waren im Matsch und Laub des Bodens noch gut zu sehen.

Der Weg endete abrupt vor einem dichten Waldstück. Dixie kletterte vom Motorrad, nahm den Helm ab und schüttelte ihr Haar aus. »Was machen wir hier?«

»Da vorn ist ein Aussichtspunkt.«

»Woher kennst du diesen Ort?«

Er legte seinen Helm auf dem Motorrad ab und schnappte sich die Tüte mit dem Essen und den Getränken aus dem Staufach. »Ich bin im vergangenen Jahr darauf gestoßen, als ich mit dem Gedanken gespielt habe, hier einen Laden zu eröffnen.« Während sie durch den Wald spazierten, fuhr er fort. »Als ich zum ersten Mal hier war, sah der Weg aus, als wäre er seit Jahren nicht mehr benutzt worden. Ich bin ihn wohl an die zwanzigmal zu Fuß abgegangen. Und als ich wieder in der Stadt war, bin ich ihn mit meinem Motorrad entlanggefahren.«

Er zwängte sich an den letzten Kiefern am Waldrand vorbei und hielt die Äste fest, damit sie Dixie nicht ins Gesicht schlugen. Sie überquerten den holprigen, mit niedrigem Gestrüpp bedeckten Grund, bis sie zu einem großen Felsvorsprung kamen. Der Berghang bot sich ihrem Blick dar, so üppig grün und majestätisch wie bei Dixies erstem Besuch.

»Verrückte Vorstellung, dass die ersten Menschen, die Peaceful Harbor entdeckten, in diesen Wäldern gelagert haben«, meinte Jace, als sie sich auf einen Findling setzten.

»Woher weißt du das?«

Er zuckte mit den Achseln. »Ich interessiere mich für Geschichte.«

Das überraschte Dixie. Sie hätte nicht gedacht, dass er der Typ Mann war, der sich über die Geschichte eines Ortes schlaumachte. »Wie in aller Welt kommst du auf die Idee, mich hierher zu bringen, nachdem du mir die Nova Lounge vorgeschlagen hast? Was hast du noch für Überraschungen auf Lager, Stone? Wenn du Angst hast, dass ich das Shooting doch noch absage, dann kann ich dich beruhigen. Du musst also keine Spielchen mit mir spielen.«

Er stellte die Burger und die Getränke zwischen ihnen ab. »Du solltest mich gut genug kennen, um zu wissen, dass ich keine Spielchen spiele.«

»Tue ich das?«, fragte sie herausfordernd. Sie hätte nur zu gern gewusst, was in seinem Kopf vorging.

»Bald wirst du es jedenfalls tun. Ist es denn ein Verbrechen, dich besser kennenlernen zu wollen?«

»Du kennst mich, seit ich eine Teenagerin war, und plötzlich willst du mich besser kennenlernen? Mich zum Abendessen einladen? Und dann fährst du mit mir zu meinem geheimen Versteck? Was ich übrigens ein bisschen gruselig finde. Woher weißt du, dass ich oft hierherkomme?«

»Grundgütiger, Dixie. In dir scheint sich jede Menge Misstrauen aufgestaut zu haben. Ich hatte keine Ahnung, dass das dein geheimer Zufluchtsort ist. Ich hab dir doch erklärt, dass ich ihn letztes Jahr zufällig entdeckt habe, und mir gefällt die Aussicht.«

»Das hast du also nicht gewusst?«, fragte sie sarkastisch, griff sich einen der Burger und wickelte ihn aus. Sie wollte ihm gern glauben, doch gleichzeitig hatte sie auch Angst davor. Er zeigte ihr gerade eine völlig neue Seite von sich, und sie konnte nicht einordnen, was das zu bedeuten hatte. Falls es überhaupt etwas bedeutete.

»Ich bin doch kein Stalker, verdammt. Du brauchst auch keinen Bullet, um mich in die Flucht zu schlagen. Das schaffst du schon ganz allein.«

Sie sah ihn forschend an und nahm einen Bissen von ihrem Burger, um sich so eine kurze Denkpause zu verschaffen. Plötzlich fühlte sie sich schäbig, weil sie ihn so in die Enge getrieben hatte. »Tut mir leid. Du überraschst mich einfach.«

»Darin bin ich gut. Aber im Ernst: Ich mache dir nichts vor, Dix. Keine Spielchen, kein Bullshit, und ich hatte immer den Eindruck, dass du das genauso hältst.«

»Ja, das kann man so sagen. Hast du diesen Ort hier wirklich erst vor Kurzem entdeckt?«

»Ja. Hör auf, mich das zu fragen. Wie bist du darauf gestoßen? Wie oft kommst du hierher?«

Ihrer Erfahrung nach verrieten sich Typen, die etwas zu verbergen hatten, durch Unsicherheit. Sie beobachtete, wie er gelassen von seinem Burger abbiss. Okay, entschied sie. Sie würde ihm glauben und sich heute Abend keine weiteren Fragen mehr über das Warum stellen.

»Ich habe ihn als junges Mädchen entdeckt, in dem Jahr, in dem Dad den Schlaganfall hatte«, sagte sie, und ihr wurde plötzlich klar, dass sie bisher noch nie jemandem von ihrem kleinen Refugium erzählt hatte. »Bear hat sich um die Bar gekümmert, meine Mom hat meinen Dad gepflegt, und Bullet und Bones waren fort. Wenn mir alles zu viel wurde, habe ich hier Zuflucht gesucht.«

Jace sah Trauer in Dixies Augen aufsteigen, und das berührte etwas tief in seinem Inneren. »Es muss hart für dich gewesen sein, deinen Dad so zu sehen.«

»Für meinen Vater, für Bear, für Mom. Es war für alle hart. Bullet und Bones waren nicht hier, aber das hat es für sie bestimmt nur noch schwerer gemacht. Es hat mich ehrlich gesagt ziemlich verängstigt. Dad kam mir immer so unbesiegbar vor. Ich wusste immer, dass wir stark sind, aber diese Erfahrung hat uns noch stärker gemacht, als Familie, aber auch jeden Einzelnen von uns.«

»Wie alt warst du damals?«

»Beinahe sechzehn.«

So jung …

Er hatte Dixie mit achtzehn kennengelernt, und auch damals war sie ein toughes Mädchen gewesen, das sich nichts bieten ließ. Er fragte sich, ob sie schon vor dem Schlaganfall ihres Vaters so gewesen war. Mit sechzehn sollten sich die Gedanken eines Mädchens um den süßen Jungen von nebenan drehen oder um das Konzert, zu dem sie mit ihren Freundinnen gehen wollte. Nicht darum, ob der eigene Vater leben oder sterben würde.

»Wie bist du ohne Führerschein hierhergekommen?«

Sie zog spöttisch einen Mundwinkel hoch und in ihren schönen Augen glitzerte es rebellisch. »Denkst du etwa, ich lasse mich durch so etwas aufhalten?«

Er lachte leise. Es gefiel ihm, dass sie schon immer so

temperamentvoll gewesen war. Das machte ihn noch neugieriger auf sie und auf die Schwierigkeiten, die sie gemeistert hatte. »Nicht eine Minute. Klingt, als wärest du damals schon ziemlich aufsässig gewesen.«

Sie hielt Daumen und Zeigefinger ein Stück weit auseinander und formte mit den Lippen die Worte *Ein bisschen.* »Ich habe das Motorrad meiner Mom genommen. Ich fahre, seit ich vierzehn bin.«

»Und hier wolltest du dem Stress und der Traurigkeit entkommen? In Ruhe über alles nachdenken?«

»Das trifft es ziemlich gut. Im ersten Jahr habe ich meistens Stoßgebete zum Himmel geschickt, geweint, du weißt schon, so was eben. Später habe ich hier mit mir ausdiskutiert, ob ich nach dem Abschluss bleiben oder weggehen und weiterlernen soll. Aber hierzubleiben war eigentlich gar keine Option. Meine Familie hat mich praktisch vor die Tür gesetzt, nachdem ich die Highschool abgeschlossen hatte. Sie waren fest entschlossen, mich aufs College zu schicken.«

»Sie haben sich bestimmt nur Sorgen um dich gemacht und wollten nicht, dass du deine Zukunftspläne ihretwegen aufgibst.«

»Wann hat meine Familie sich je nicht um mich gesorgt?«, entgegnete sie sarkastisch. »Ich war irgendwie total wütend, weil sie mich weggeschickt haben. Aber um ehrlich zu sein: Ich war zum ersten Mal in meinem Leben auch froh, dass sie mir gesagt haben, was ich tun soll. Mit dem, was ich auf dem College gelernt habe, konnte ich meiner Familie sehr viel besser helfen, als wenn ich hiergeblieben wäre.«

»Bear lobt dich immer in den höchsten Tönen für das, was du für die Familienunternehmen getan hast.«

Sie lächelte, und man sah ihr an, wie viel ihr dieses

Kompliment bedeutete, doch sie erwiderte: »Wir tun alle, was wir können.« Sie nahm noch einen Bissen von ihrem Burger.

Jace stopfte den Müll in die Tüte. »Nachdem ich gesehen habe, was du gestern Abend auf die Beine gestellt und wie du dich gegen deine Familie behauptet hast, glaube ich, dass du weit mehr tust als das, was nötig ist.«

»Es ergibt keinen Sinn, Dinge nur halbherzig zu machen.«

»Da stimme ich dir zu. Fühlst du dich jetzt besser, nachdem du ihnen Paroli geboten hast? Wie soll es jetzt für dich weitergehen?«

Sie zog die sorgfältig gezupften Augenbrauen zusammen. »Weitergehen?«

»Es war ziemlich mutig von dir, auf diese Bühne zu gehen und dich versteigern zu lassen. Und du hast deine Meinung geändert und dich doch für das Shooting entschieden. Für diese kleine Rebellion muss es doch einen Grund geben. Willst du aus dem Geschäft aussteigen?«

»Nein, ganz und gar nicht. Es macht mir Spaß, die Geschäfte zu führen, mit anderen Menschen zusammenzuarbeiten, mit meiner Familie, obwohl sie mich manchmal in den Wahnsinn treibt. Ich brauchte nur ein wenig mehr Freiraum. Es ist erstickend, wenn man ständig beobachtet wird und andere einem sagen, was man tun darf und was nicht. Du wirst diese Erfahrung nie gemacht haben, aber frag mal deine Schwestern.«

»Ich bin nicht Bullet.«

Sie verdrehte die Augen. »Jilly hat mir erzählt, dass du fast durchgedreht bist, als du mitbekommen hast, dass sie auf Jared bieten will.«

»Weil Jilly eine Lady ist. Mein Bruder mag ein großartiger Typ sein, mit seiner Selbstbeherrschung ist es allerdings nicht allzu weit her. Er handelt, ohne nachzudenken, die Reue kommt immer erst später. Ich kenne Jilly. Sich mit jemandem einzulassen, den sie für einen Bad Boy hält, ist für sie ein Spiel. Jared ist aber nicht der Typ, der mit sich spielen lässt.«

»Und du?«, fragte sie beiläufig.

»Ich will kein Date mit Jilly.«

Sie lachte auf. »Das habe ich nicht gemeint.«

»Ich kann dir versichern, dass ich weiß, wie man sich beherrscht. Darin bin ich quasi ein Experte.«

»Woher soll ich wissen, dass ich dir glauben kann?«

Er überlegte kurz, ob sie sich mit einer oberflächlichen Antwort zufriedengeben würde, und kam zu dem Schluss, dass es besser war, ehrlich zu sein. »Weil ich dich hinreißend finde, seit du eine achtzehnjährige Göre warst, die immer alles besser wusste und mich dabei ansah, als wäre ich aus Schokolade. Und ich trotzdem immer schön die Hände bei mir behalten habe.«

Sie klappte den Mund wieder zu und schluckte schwer, aber ihr Blick blieb fest auf ihn gerichtet.

In ihm tobte ein Kampf. Er könnte sich jetzt zu ihr hinüberbeugen, ihren Nacken umfassen und sie auf ihren sinnlichen Mund küssen, wonach er sich rasend sehnte. Oder er könnte sich zusammenreißen und es langsam angehen lassen.

Ein Vogelschwarm zog hinter Dixie am Himmel vorbei, und die plötzliche Bewegung riss ihn aus seiner Trance. Er blinzelte und konzentrierte sich wieder auf ihren letzten Kommentar, um seine Gedanken umzulenken.

»Ich habe meinen Schwestern niemals so viel Druck gemacht, wie deine Brüder es bei dir tun. Ich habe sie immer beschützt, aber ich halte es für besser, ihnen Raum zu lassen und für sie da zu sein, wenn sie mich tatsächlich brauchen. Übrigens werden wir morgen Abend mit ihnen zusammen essen. Dann kannst du sie ja selbst danach fragen.«

Sie riss die Augen auf. »Wir treffen uns zum Abendessen mit deinen Schwestern? Du musst meinetwegen keine Zeit mit deiner Familie opfern, Jace. Ich kann auch einfach in ein Hotel gehen.«

»In ein Hotel? Auf keinen Fall, Dix. Du wohnst bei mir im Loft, und meine Schwestern würden mir den Marsch blasen, wenn ich dich nicht mitbringe. Jayla hat gerade erst ein Baby bekommen, und sie liebt es, mit dem Kleinen anzugeben.« Bis zu dieser Sekunde hatte er nicht darüber nachgedacht, was für eine immense Versuchung es sein würde, mit ihr unter einem Dach zu wohnen, aber er wollte seinen Entschluss jetzt nicht mehr ändern.

»Hattest du das auch mit dem anderen Model vor? Wolltest du sie auch in deinem Loft einquartieren?«

»Ganz bestimmt nicht.«

»Warum willst du dann, dass ich dort übernachte?«

»Weil wir uns kennen, Dix. Du bist eine Freundin. Außerdem würden deine Brüder mich kaltmachen, wenn ich dich allein in New York rumlaufen lasse. Ich muss dich im Auge behalten.«

Sie hob herausfordernd das Kinn. »Ist das wirklich der einzige Grund?«

»Was glaubst du denn?« Sie spielten mit dem Feuer und er war noch längst nicht bereit, damit aufzuhören.

»Ich denke, dass du mehr willst, als mich nur im Auge zu behalten.«

Ohne nachzudenken beugte er sich so nah zu ihr hinüber, dass er ihren Atem auf seinen Lippen spüren konnte. »Ich würde dich gern mit jeder Faser meines Körpers in Besitz nehmen und so tief in dich eindringen, dass du mich nächste

Woche noch spüren kannst.« *Verdammt. Wo kam das denn her?* Er hatte offenbar mehr von Jareds Impulsivität in sich, als er bisher geahnt hatte. Zumindest, wenn es um Dixie ging. Er hatte kein Recht, mit ihr hier zu sein. Noch weniger, sie beide mit seinen lüsternen Gedanken zu quälen.

Ihr stockte der Atem, doch sie wandte den Blick nicht ab. Sie kam sogar noch näher.

So. Verdammt. Heiß.

Jace mahlte mit dem Kiefer und versuchte, sich wieder in den Griff zu bekommen. Er zwang sich aufzustehen, um Abstand zwischen ihnen zu schaffen, denn er musste ihrem Bannkreis entkommen, um irgendwie wieder klar denken zu können. »Allerdings bin ich nicht der Typ, der je sesshaft werden könnte. Und du bist in dieser Stadt so tief verwurzelt wie einer der alten Bäume in diesem Wald.«

Sie presste die Lippen aufeinander, in ihren Augen spiegelten sich Schmerz und Wut wider. Er konnte den Anblick kaum ertragen, hatte das aber unbedingt aussprechen müssen. Ansonsten hätte sie gedacht, er sei schlicht zu feige, sich den Kuss zu holen, den sie sich beide so sehnlichst wünschten.

Sie setzte sich auf und griff nach einer Wasserflasche.

Er entfernte den Verschluss und reichte ihr die Flasche. Als sie missbilligend die Augenbrauen hochzog, meinte er: »Ich weiß, dass du das auch selbst kannst, aber mein alter Herr hat mich gut erzogen.«

»Dein Vater macht einer Frau erotische Avancen und lässt sie dann einfach abblitzen?« Sie nahm einen Schluck. »Eine schöne Familie hast du da.«

Er lachte leise und griff nach der Flasche.

»Vielleicht solltest du lieber aus der anderen Flasche trinken, damit du hier keine Wurzeln schlägst, so wie ich«, sagte sie scharf. »Das könnte ansteckend sein.«

»Die andere Flasche hast du aber nicht mit den Lippen berührt.« Er nahm ihr die Flasche aus der Hand und freute sich über die leichte Röte, die sich auf ihren Wangen abzeichnete. »Hätte nicht gedacht, dass ich es schaffe, Dixie Whiskey erröten zu lassen. Das, was ich vorhin gesagt habe, war doch sehr viel direkter.« Er trank einen Schluck. »Schmeckt definitiv süßer.«

Er bot ihr die Flasche an, doch sie schüttelte den Kopf. Dann stützte sie die Hände hinter dem Rücken ab und sah in den Sonnenuntergang. Sie sah umwerfend aus mit ihrer roten Mähne, die ihr über die Schultern wallte. Dixie mochte tough sein, doch ihre zarten und ebenmäßigen Gesichtszüge erweckten einen anderen Eindruck. Hohe Wangenknochen, eine schmale Nase und verführerisch volle Lippen mit einem süßen Bogen in der Mitte. Wie konnte eine solche Frau noch Single sein? Wie war es möglich, dass ihr noch nie zuvor ein Mann Rosen geschenkt hatte? Wäre sie die Seine, er würde sie mit schönen Dingen überschütten. Dieser ungewohnte Gedanke traf ihn wie ein Schlag in die Magengrube. Der Drang, sie zu küssen, war so stark, dass er sich unwillkürlich zu ihr hinüberlehnte.

Er räusperte sich und versuchte, wieder einen klaren Kopf zu bekommen. Als sie zu ihm hinübersah, erwischte sie ihn dabei, wie er sie anstarrte. Doch statt verschämt zu reagieren, wie andere Frauen es vielleicht getan hätten, ließ sie den Blick über seine Brust wandern. Mann, war das heiß. Sie wusste instinktiv, welche Knöpfe man bei ihm drücken musste.

»Du bist kein Mann, den man so leicht durchschaut«, stellte sie fest. »Das ist verwirrend.«

»Irgendwie ahne ich, dass du leicht zu durchschauende Männer sonst zum Frühstück verspeist«, erwiderte er, obwohl diese Vorstellung sein Blut zum Kochen brachte.

»Glaubst du etwa, mich zu kennen?«

Er stellte die Wasserflasche ab, lehnte sich auf eine Hand gestützt zurück und neigte den Oberkörper zu ihr. »Nein. Ich weiß ein paar Dinge über dich, Dinge, von denen du willst, dass Männer sie wissen. Aber ich möchte dich besser kennenlernen, Dixie. Ich will wissen, wer du wirklich bist.«

Ihre Augen wurden groß, dann kniff sie sie schnell wieder zusammen, als hätte sie bemerkt, dass ihr Gesicht verriet, wie sehr ihr seine Worte gefielen. »Warum?«

»Du kannst einem Mann wirklich Angst einjagen.«

»Und ich frage dich noch einmal: Warum?« Ihr Selbstvertrauen schien unerschütterlich zu sein. »Du hast mir gerade gesagt, dass es zwischen uns nichts werden kann.«

Er packte den Müll und die Flaschen weg, die zwischen ihnen lagen, und rückte näher an sie heran, wobei er die knisternde Spannung zwischen ihnen genoss. »Weil ich mir bis gestern nicht erlaubt habe, mehr in dir zu sehen als die kleine Schwester meiner Freunde. Aber ich kann das nicht mehr. Du bist so viel mehr als irgendjemandes kleine Schwester. Du gehst mir unter die Haut. Wie ein Fieber, das ich nicht abschütteln kann.«

»Whiskey-Fieber«, murmelte sie atemlos.

»Das trifft es ziemlich gut.«

»Nein, ich meine das ernst. Frag meine Schwägerinnen. Als die sich in meine Brüder verliebt hatten, gab es kein Zurück mehr.« Sie wirkte plötzlich besorgt.

»Es muss doch ein Heilmittel geben, einen Weg, das Verlangen zu befriedigen, das Fieber loszuwerden?«

Sie sahen einander tief in die Augen, die Luft zwischen ihnen schien im Rhythmus ihrer Herzen zu pulsieren. Ihre Augen blickten ihn herausfordernd an und sein Körper schmerzte vor Verlangen. Aber er hatte schon genug angerichtet. »Wir sollten besser aufbrechen, bevor wir hier noch etwas tun, was du später bereuen wirst.«

Sie sah finster drein und goss damit nur noch mehr Öl ins Feuer.

Er stand widerstrebend auf. Dann reichte er ihr die Hand, um ihr aufzuhelfen. Sie starrte seine Hand lange an, bevor sie sie endlich nahm und sich ebenfalls erhob.

»Ich hätte dich nicht für einen Mann leerer Worte gehalten.«

Mit jeder Faser seines Seins wollte er sie packen und sie küssen, bis sie um mehr bettelte, wollte ihr zeigen, wie sehr er sie begehrte, mit seinen Händen, seinem Mund, seinem ganzen Körper …

Stattdessen grollte er: »Dann sind wir schon zwei«, und machte sich auf den Weg zurück zu seinem Motorrad.

Sieben

»Die Aussicht aus dem oberen Stockwerk ist einfach unglaublich«, sagte Jace, während er spät am Sonntagnachmittag die Eingangstür der Silver-Stone-Filiale in der Lexington Avenue aufschloss. Seine Wohnung lag ganz oben, und es gab einen Seiteneingang, der zum Aufzug führte, aber Jace wollte Dixie zuerst den Laden zeigen.

»Die Aussicht von hier ist aber auch schon ganz nett«, erwiderte sie kokett.

Er warf einen Blick über die Schulter und ertappte sie dabei, wie sie seinen Hintern beäugte. Sie flirtete schon den ganzen Nachmittag mit ihm, und er war erstaunt, wie frech und direkt sie dabei war. Er fragte sich, ob sie sich damit bei ihm für das revanchieren wollte, was er gestern gesagt hatte, oder ob das einfach die Dixie war, die sich einmal nicht von ihrer Familie in Peaceful Harbor überwacht fühlte. Was immer ihr Motiv sein mochte, ihre Masche funktionierte. Dank ihrer sexy Sprüche, ihres aufreizenden Outfits – knappe Shorts, kniehohe schwarze Stiefel und ein T-Shirt mit der Aufschrift *Tätowierte Jungs sind mein Lieblingsspielzeug* – würde er bald ein Eisbad brauchen, um sich abzukühlen. Am Flughafen und im Flieger hatte sie alle Blicke auf sich gezogen, und jetzt, auf dem belebten Gehweg, konnte er seine Eifersucht kaum noch im Zaum halten. Zum Glück war der Laden geschlossen. Das Letzte, was er jetzt noch wollte, war, eifersüchtig auf seine Angestellten zu sein.

Sie zog eine Augenbraue hoch. »Man sagt ja, diese Stadt würde niemals schlafen. Denkst du, das heißt, die Leute hier sind alle Workaholics? Oder haben die alle nur unglaublich gern Sex?«

Verdammt, sie war gut. Ihm gingen ungefähr zehn passende Erwiderungen durch den Kopf, aber er würde sich hüten, auf diesen Kommentar einzugehen. Stattdessen drückte er die Tür auf und machte eine einladende Geste. »Nach dir.«

Sie stolzierte lässig an ihm vorbei und gönnte ihm einen langen Blick auf ihre schlanken Beine und ihren atemberaubenden Hintern. Er trug ihr Gepäck zusammen mit seiner Reisetasche hinein und schloss die Tür hinter ihnen ab.

»Wow, ich wusste, dass Silver-Stone groß ist, aber so etwas habe ich noch nie zuvor gesehen.« Sie drehte sich langsam um die eigene Achse und bewunderte den Laden.

»Das ist unser Flagship-Store«, sagte er stolz.

Dies war die größte ihrer einhundertzweiundzwanzig Verkaufsfilialen. Obwohl sie nur etwa halb so viele Filialen betrieben wie ihr größter Konkurrent, hatte Silver-Stone diesen in den vergangenen vier Jahren deutlich überholt. Es war ihnen gelungen, in Kanada und Mexiko mehrere Händler für sich zu gewinnen, die nun nur noch exklusiv für Silver-Stone arbeiteten, was ihnen einen jährlichen Umsatzzuwachs in Höhe von mehr als zweiundsiebzig Prozent bescherte.

Er beobachtete Dixie dabei, wie sie herumging, den Finger über Helme, T-Shirts, Lederjacken und Stiefel gleiten ließ und sich den Schmuck besah, den sie auch verkauften. Dann ging sie auf die Motorräder im vorderen Teil des Ladens zu und strich sanft mit der Hand über die eleganten Linien einiger Modelle.

Sie warf sich die lange Mähne über die Schulter. »Wäre es okay, wenn ich mich da mal draufsetze?«

»Kein Problem.« Er ging auf sie zu, während sie auf eine S-S Classic stieg, die Griffe umfasste und mit dem Hintern auf dem Ledersitz hin- und herrutschte.

»Fühlt sich gut an.« Sie legte beide Hände zwischen ihren Schenkeln um den Sitz. »Schöner Umfang. Ich frage mich, ob du auch so beeindruckende Maße zu bieten hast.«

Ein ersticktes Lachen kam ihm über die Lippen. »Was soll das, Dixie?«

Sie ließ die Schultern kreisen und posierte weiterhin auf dem Bike wie ein sexy Model. »Ich spreche nur laut aus, was mir durch den Kopf geht.«

Er biss die Zähne zusammen und musste all seine Selbstbeherrschung aufbieten, um dem heißen Begehren nicht nachzugeben, das ihn schon seit Tagen quälte. Sie schwang ein Bein über das Bike, sprang wieder auf die Beine und ging so langsam auf ihn zu wie ein Jaguar, der sich an seine Beute heranpirscht. Dabei blickte sie ihn herausfordernd an, doch ihre Körpersprache war noch viel deutlicher. Ein unendlich langer Moment verging, in dem sie kein Wort sagte. Ihr Blick wanderte von seinen Augen zu seinen Lippen, wo er so lange verweilte, dass ihm beinahe der Atem stockte. Sie ließ die Zunge langsam über ihre Oberlippe und dann über die Unterlippe gleiten, und, verdammt, er wurde von der Vision gepackt, wie sie seine Männlichkeit in den Mund nahm, während er die Hand in ihren Haaren verkrampfte.

Unversehens wurde er hart wie Granit.

»Aber vielleicht bist du in Wirklichkeit ja gar nicht so beeindruckend«, sagte sie mit gespielter Gleichgültigkeit und hielt das Kinn leicht gesenkt, wobei offensichtlich war, dass sie mit ihm spielte. »Vielleicht denkst du deswegen, dass ich es bereuen würde, wenn wir zusammenkämen.«

Er trat auf sie zu, stellte sich direkt vor sie, sodass seine breite Brust ihre Brüste berührte, und bemühte sich um eine tiefe, feste Stimme. »Wäre ich ein Mann mit weniger Selbstbeherrschung, würde ich dich hier und jetzt über dieses Motorrad legen und dir zeigen, wie sehr du dich irrst.«

»Warum so verkrampft, Stone? Liegt es daran, dass ich den Kalender mache?«

»Normalerweise trenne ich Geschäftliches und Privates, und so dämlich es klingen mag: Nein, es hat nichts mit dem Kalender zu tun. Ich kann nicht der bodenständige Mann sein, den du brauchst, Dixie. Und ich will mir keine Vorwürfe machen, weil ich dich für alle anderen Männer ruiniert habe.«

Sie stieß einen frustrierten Laut aus und wandte sich ab.

Er war in zwei Schritten bei ihr, packte sie am Arm und drehte sie zu sich herum. »Was wird das hier, Dixie?«, flüsterte er. »Ich bin nicht der Richtige für dich. Warum machst du mich an, obwohl du weißt, dass ich dir das Herz brechen werde?«

»Wie kommst du auf die Idee, dass ich nach einem Mann suche, dem ich mein Herz schenken kann?«

Sie gab sich wirklich alle Mühe, eine tapfere Miene aufzusetzen, aber sie konnte die Verletzlichkeit in ihren Augen nicht überspielen. Jace wurde von widerstreitenden Gefühlen übermannt. Er wollte sie in die Arme nehmen, sie mit in sein Bett zerren, doch er wusste, was er stattdessen zu tun hatte. »Das habe ich nie behauptet, aber ich weiß, dass du nicht nach einem Mann wie mir suchst.«

Wut flackerte in ihren Augen auf. »Wie wäre es, wenn du mich das selbst entscheiden lässt?«

Wie hatte er nur so blind sein können? Sein Brustkorb zog sich zusammen, als ihm klar wurde, dass er sich verhalten hatte wie ihre Brüder, als er ihr gestern Abend sagte, sie würde es bereuen, wenn sie sich mit ihm einließe. Er hatte ihr keine eigene Wahl gelassen. Nun befand er sich in der Zwickmühle. Im Bruchteil einer Sekunde wägte er seine Optionen ab. Sollte er seinen Wünschen nachgeben und sie mit Haut und Haaren verschlingen, oder das Richtige tun, Dixie ein Beschützer sein und die Grenze nicht überschreiten, die er selbst gezogen hatte?

Bevor er sich zu einer Antwort durchringen konnte, sprach sie weiter. »Ich mag meine Männer etwas entscheidungsfreudiger, Stone.«

Die Herausforderung in ihrer Stimme ließ seine Selbstbeherrschung schwinden.

Scheiß auf die Grenze.

Er schlang die Arme um ihre Taille und zog sie zu sich heran, und sie stieß die Luft aus. Ihr Blick wurde weich und über ihre Lippen kam ein heißes und atemloses »Jace«.

Ein schriller, sich hartnäckig wiederholender Klingelton drang aus seiner Hosentasche und er fluchte leise.

»Eine aus deinem Harem?«, fragte Dixie schnippisch.

»Meine Schwester, Jennifer«, antwortete er nach einem Blick auf das immer noch klingelnde Handy. »Ich habe keinen Harem. Ich teile mich nicht gern auf.« Er hatte jetzt nicht die geringste Lust zu telefonieren, aber Dixie und er wurden bald zum Abendessen erwartet und er wollte nicht, dass seine Schwester sich Sorgen machte.

»Das überrascht mich bei einem Mann, der von sich glaubt, er sei so gut wie Schokoladenkuchen.« Der schrille Klingelton ertönte wieder. Sie lehnte sich an ihn und murmelte: »Du solltest da besser rangehen.«

»Das hier ist noch nicht vorbei.« Widerstrebend ließ er sie los und nahm den Anruf an.

Während er das Handy ans Ohr presste, sagte Dixie: »Dass du dich da nicht täuschst. Das ist meine Entscheidung und nicht deine.«

Dixie konnte kaum noch atmen. Ihr ganzer Körper vibrierte, sämtliche Nerven schienen in Flammen zu stehen, und ihr Herz schlug so heftig, als wollte es ihr aus der Brust springen. Sie hatte Jace nicht so aggressiv angehen wollen, aber ihr unerfülltes Begehren und ihre Wut hatten sie die ganze Nacht über wachgehalten. Warum versuchte jeder Mann in ihrem Leben, ihr Entscheidungen abzunehmen?

Jace sprach humorvoll und liebevoll mit seiner Schwester, seine Stimme klang beruhigend. Doch sobald er aufgelegt hatte, wirkte er wieder ernst und in sich gekehrt. Schweigend ging er mit Dixie zum Aufzug. Sie waren kurz davor gewesen, sich zu küssen, bevor sein dämliches Telefon geklingelt hatte, und sie hatte diesen Kuss gewollt. Während sie im Aufzug zu seinem Apartment fuhren, war die Spannung so intensiv, dass man sie fast mit Händen greifen konnte. Sein Blick war starr auf die Türen des Aufzugs gerichtet, sein Kiefer mahlte. Er trug eine ihrer Taschen in jeder Hand, seine schwarze Reisetasche aus Leder hatte er sich um die Schulter geschlungen. Er war so groß und breit, dass er den kleinen Aufzug zu sprengen schien.

Die Aufzugtüren öffneten sich direkt in sein Apartment, und er forderte sie mit einer Geste zum Eintreten auf. Als er erzählt hatte, dass er über dem Geschäft wohnte, hatte sie sich eine bescheidene kleine Wohnung vorgestellt, kein gewaltiges doppelgeschossiges Loft mit einem fabelhaften Blick über die Stadt. Die Wände waren aus rohen Ziegelsteinen, die Böden mit Marmor und edlen dunklen Hölzern ausgelegt. Rechts neben ihr standen in einer Ecke zwei schwarze Ledersofas und zwei Ohrensessel, ergänzt durch einen schiefergrauen Teppich und einen Kaffeetisch aus Stahl und Glas. In die Wand hinter der Sitznische waren Bücherregale eingelassen und ein Bogengang führte in ein Arbeitszimmer. Hinter den Sofas befand sich eine schicke schwarze Bar mit vier silbernen Hockern davor, der Tresen wurde von unten beleuchtet. Dahinter hingen teuer aussehende Schränke an der Wand. Zu ihrer Linken entdeckte sie eine Küche mit Edelstahlfronten, wie überall sonst dominierten auch hier klare Linien und scharfe Kanten. Vor der Fensterfront stand ein eleganter schwarzer Tisch, von den Decken hingen mächtige Eisenketten, an denen Lampen installiert waren. Im Raum verteilt fanden sich mehrere kleine Tische, auf denen Kerzen standen oder offene Notizbücher lagen. Alles an diesem Ort erinnerte an Jace, alles war elegant, klar und eindrucksvoll. Allerdings wirkte er auf sie nicht wie der Typ, der sich Kerzen aufstellte, und so fragte sie sich, ob er damit etwaigem Damenbesuch eine Freude gemacht hatte. Bei diesem Gedanken wurde ihr flau im Magen, und sie versuchte, sich wieder auf die Einrichtung zu konzentrieren.

Die rechte Seite des Lofts bestand aus zwei Stockwerken. Neben der Küche führte eine schwarze Metalltreppe mit Stahlgeländer zu einer Galerie, die sich über die gesamte Länge des Apartments erstreckte. Sie entdeckte drei Türen und nahm an, dass sie in die Schlafzimmer führten.

»Du wohnst in einem Penthouse?«

»Ja«, antwortete er knapp und machte sich dann mit ihren

Taschen auf den Weg zur Treppe. »Die Schlafzimmer sind oben.«

Sie folgte ihm die Treppe hinauf und er stellte ihre Taschen vor der ersten Tür ab. Dann drehte er sich zu ihr um und wirkte zornig und zugleich ein wenig bekümmert.

»Hör zu, Dix. Ich wollte dich gestern nicht in irgendeiner Form bevormunden.«

»Nicht? Dann hättest du vielleicht lieber sagen sollen, dass du nichts tun willst, was *du* später bereuen würdest.«

»Du hast vollkommen recht. Das alles ist neu für mich. Wenn ich sonst eine Frau begehre ...«

»Moment mal!« Sie hob eine Hand. »Ich will nichts von den Frauen hören, mit denen du zusammen warst, genauso wenig wie du etwas von meinen früheren Beziehungen erfahren willst. Hier geht es nur um uns beide.«

Er verkrampfte abermals die Kiefermuskeln und war ein bisschen zerknirscht. »Du hast recht. Entschuldige.« Bei den nächsten Worten sah er ihr tief in die Augen. »Du weißt, dass ich dich will.«

Als sie das hörte und sein Verlangen deutlich spürte, durchfuhr sie ein heißes Kribbeln.

»Du beherrschst jeden einzelnen meiner Gedanken und ich will dich mit jeder Faser meines Körpers. Aber so großartig wir als Paar auch wären – und das wären wir –, dich zu küssen wäre ein großer Fehler gewesen. Ich respektiere dich einfach zu sehr, um irgendeinen Vorteil aus der Situation zu ziehen. Kurz gesagt: Ein oder zwei großartige Nächte, die zu nichts führen, sind es nicht wert, dich zu verletzen.«

»Ich weiß deine Sorge um mein Wohlergehen sehr zu schätzen, aber ich bin keine schwache Frau. Ich würde es niemals zulassen, dass du oder ein anderer Mann mich ausnutzt.

Also, wenn es nur das ist, was dich abhält, dann kannst du es getrost vergessen.«

Er musste grinsen. »Wenn das nur so einfach wäre. Respekt kann man nicht einfach abschalten.«

Gott, er war einfach zu süß. Ein seltsamer Gedanke angesichts seiner Größe und Kraft. Doch Jace schien wirklich mit sich zu ringen. Als er sie in die Arme genommen hatte, war sein Verlangen unverkennbar gewesen, und sie hatte ihn genauso sehr gewollt. Aber er war so verdammt anständig, ganz offensichtlich brauchte er noch einen weiteren Schubs in die richtige Richtung.

»Okay, entscheide dich, Stone, denn es ist nicht mein Herz, um das du dir Sorgen machen solltest. Es haben schon bessere Männer versucht, diese Whiskey zu zähmen, obwohl ich nichts weiter wollte als ein bisschen Spaß. Wenn du mich jetzt entschuldigen würdest, ich will mich noch umziehen, bevor wir zu deiner Familie zum Essen gehen.« Sie konnte es sich nicht verkneifen, hinzuzufügen: »Du solltest vielleicht auch besser noch mal kalt duschen, wenn du dort nicht mit einem riesigen Ständer auftauchen willst.«

Er stieß einen leisen Fluch aus, und sie drehte sich um und ging in ihr Zimmer. Während sie auspackte, hörte sie das Wasser nebenan rauschen und sie stellte sich ihn nackt vor, wie das Wasser an seinem athletischen Körper hinabrann, und geriet ins Schwitzen. Nahm er die Sache jetzt etwa selbst in die Hand, um den Druck loszuwerden, der sich zwischen ihnen aufgestaut hatte?

Ihr Pulsschlag beschleunigte sich, sie schloss die Augen, biss sich auf die Lippen und beschwor Jaces Anblick herauf, nackt und nass, wie er sich befriedigte, während er ihr Bild vor Augen hatte, wie er die Kiefermuskeln verkrampfte, wie seine Hüften zuckten und er schließlich mit einem aggressiven Laut kam.

Sie stieß einen langen Seufzer aus und ging dann ins Bad, um selbst noch schnell kalt zu duschen.

Acht

Dixie fragte sich, welche neuen Seiten sie heute Abend noch an Jace entdecken würde. Als sie das Apartment gemeinsam verließen, war die Spannung zwischen ihnen auf ein erträgliches Maß gesunken. Sie waren mit dem Taxi zu Rush und Jayla gefahren, und auf dem Weg dorthin erzählte Jace ihr das Wichtigste über seine Geschwister und Jaylas Mann Rush. Die Aussicht, Jaces Familie kennenzulernen, hatte sie vorerst nicht nervös gemacht. Sie begegnete ständig neuen Menschen, damit hatte sie eigentlich kein Problem. Doch als sie die Stufen zum Sandstein-Reihenhaus seiner Schwester hinaufstiegen, spürte sie, wie ihr Nervenkostüm doch ins Wanken geriet. Sie hoffte inständig, dass seine Schwestern die sexuelle Spannung nicht bemerkten, die wie eine Gewitterwolke über ihnen hing.

Die Tür ging auf und sie sah sich drei hübschen Brünetten gegenüber, die sie strahlend anlächelten. *Wow!* Mutter Natur hatte offenbar alle Mitglieder der Familie Stone großzügig bedacht. Jaces Beschreibungen waren genau genug gewesen, um seine Schwestern sofort auseinanderhalten zu können.

»Jace!«, kreischte Jayla und warf sich in seine Arme. Das musste die frischgebackene Mutter sein, die Schwester, die Jace am nächsten stand.

Jace lachte herzlich und umarmte sie, in der Hand das Geschenk, das er für das Baby mitgebracht hatte. »Hi, Jay.«

Dixie war überrascht, wie unbeschwert er klang, und das half ihr, selbst weniger aufgeregt zu sein. Es war rührend mit anzusehen, wie gefühlvoll Jace sein konnte.

Als Jace Jayla wieder absetzte und ihr sein Geschenk für Thane übergab, trat eine andere seiner Schwestern vor. Dixie erkannte Mia schon an ihrer Kleidung. Jace hatte gesagt, sie sei ein Energiebündel und ständig unterwegs und dass sie am liebsten enge Jeans, tief ausgeschnittene Blusen und Schuhe mit himmelhohen Absätzen trug. Sie arbeitete in der Modebranche. Heute waren die Jeans weiß, das Spaghetti-Top leuchtend rot und ihre Absätze höher als die von Dixies Nietenstiefeln. Ihr Haar war das dunkelste, während Jaylas Haar den hellsten Farbton hatte.

»Hi. Ich bin Mia. Du musst Dixie sein. Wir haben schon so viel von dir gehört!«

»Ja«, sagte Dixie. »Freut mich, euch kennenzulernen.«

Jennifer, die Direktorin einer Highschool war und sich laut Jace jedoch *bei Nacht in einen Vamp verwandelte*, drängelte sich an Mia vorbei. Sie trug ein schwarzes Minikleid. Ihr Haar fiel ihr in natürlichen Wellen den Rücken herab. »Hi, ich bin Jennifer und die Kleine da, die Jace gerade abknutscht, ist Jayla.« Sie umarmte Dixie, dann trat sie einen Schritt zurück. »Verdammt, Süße, Jace hat nicht übertrieben. Du bist wunderschön. Du hast definitiv das Zeug dazu, zum Gesicht von Silver-Stone zu werden. Deine Tattoos sind der Hammer.«

»Danke. Langsam werde ich ein bisschen nervös wegen des Shootings morgen.« Dixie hatte versucht, nicht daran zu denken, denn jedes Mal, wenn sie es tat, erstarrte sie innerlich. Sie hatte geglaubt, der Job würde ihr ebenso leichtfallen wie

Jillians Show, bei der sie über den Laufsteg stolziert war. Aber das hier würde etwas völlig anderes sein. Jace hatte ihr vorhin erklärt, dass sie ein unbewegtes Shooting machen würden, was sie deutlich nervöser machte, als vor anderen herumzulaufen. Auf der Herfahrt im Taxi hatte Jace auf eine riesige Plakatwand gedeutet und gesagt, dass man sie als Repräsentantin von Silver-Stone auch bald dort sehen würde. Sie war sich nicht sicher, ob er scherzte, aber allein der Gedanke überwältige sie. Sie beobachtete ihn, während er Mia umarmte, und er zwinkerte ihr zu, was ihre Nerven wieder zum Flattern brachte.

»Du wirst phänomenal sein!«, erklärte er voller Zuversicht. »Du könntest das nicht vermasseln, selbst, wenn du es wolltest. Du bist Dixie Whiskey, Bikerbraut der Extraklasse, vom Scheitel deines wunderschönen Kopfes bis zu den Sohlen deiner scharfen Stiefel. Es liegt dir nicht nur im Blut, es steckt dir in den Knochen. Und weil dir das niemals abhandenkommen kann, kann gar nichts schiefgehen.«

»Wow«, murmelte Jayla mit einem Grinsen.

Wow traf es ziemlich gut. Seine Entschlossenheit weckte in ihr den Wunsch, ihm zu glauben.

»Du wirst sie alle umhauen«, sagte Jennifer. »Und Jayla kann dir ein paar Tipps geben, falls du das möchtest. Sie hat schon jede Menge Fotoshootings hinter sich.«

»Aber sicher«, warf Jayla ein. »Mia auch. Sie arbeitet schließlich die ganze Zeit mit Models zusammen.«

»Absolut«, stimmte Mia zu.

Dank der Aussicht auf ein paar neue Freundinnen, an die sie sich wenden konnte, fühlte Dixie sich sofort besser. »Danke. Und danke, dass ihr mich heute Abend eingeladen habt.«

»Eine Absage hätten wir auch nicht akzeptiert.« Jayla umarmte sie ebenfalls. »Jace bringt sonst nie jemanden mit, wir waren daher alle mächtig neugierig.«

»Jayla«, raunte Jace seiner Schwester warnend zu, als sie hineingingen.

»Ach, bitte«, erwiderte Jennifer. »Konntest du dir nicht denken, dass wir vor Neugier platzen?«

»Du hast früher jeden einzelnen Mann verhört, mit dem wir ausgehen wollten. Jetzt sind wir an der Reihe«, spottete Mia.

Jace mahlte mit dem Kiefer, als sie ins Wohnzimmer gingen, und Dixie musste lachen. Sie sah zu gern, wie er sich wand. Es hatte definitiv seine Vorteile, wenn es in einer Familie mehr Frauen als Männer gab.

Rushs und Jaylas Haus war gemütlich und einladend, mit buntem Mobiliar und Überwurfdecken fürs Sofa und die Sessel. In den Bücherregalen standen mehr Familienfotos als Bücher, und an den Wänden hingen Bilder von winterlichen Landschaften und noch mehr Familienfotos. Flügeltüren führten auf einen Balkon, auf dem etliche üppig bepflanzte Kästen standen, in denen es grünte und blühte. Im offen gestalteten Erdgeschoss befanden sich das Esszimmer und die Küche.

»Dann erzähl mal, hast du noch Brüder oder Schwestern?«, fragte Mia.

»Ja, ich habe drei Brüder. Bones, Bullet und Bear.«

»Und ich dachte, unsere Eltern sind schräg drauf, weil sie uns allen Namen mit ›J‹ gegeben haben, nur weil sie Jacob und Janice heißen«, meinte Mia.

»Das sind die Biker-Namen meiner Brüder«, erklärte Dixie. »Ihre bürgerlichen Namen lauten Brandon, Wayne und Robert.«

»Ist Dixie dein Biker-Name?«, erkundigte sich Jayla.

Jace sah aufmerksam zu ihr hinüber, auch ihn schien die

Antwort zu interessieren.

»Das ist mein richtiger Name. Dixie Lee Whiskey.« Sie schüttelte den Kopf. »Ja, ich weiß. Mit so einem Namen sollte ich eigentlich Cowboystiefel tragen. Aber ich bin verwirrt. Mia, was hast du mit den ›J‹-Namen gemeint? Dein Name fängt doch mit einem ›M‹ an.«

»Mias erster Vorname ist Jocelyn. Mia ist ihr zweiter Vorname. Sie hat sich in der sechsten Klasse in den Kopf gesetzt, nicht mehr Jocelyn heißen zu wollen. Seitdem nennen wir alle sie Mia.« Jennifer stupste Dixie an. »Aber zurück zu deinen furchterregenden Biker-Brüdern. Sie sind noch Singles?«

»Herrgott noch mal, Jen.« Jace seufzte theatralisch. »Sie sind alle schon vergeben, und das Letzte, was du brauchst, ist ein Biker.«

Jayla riss die Augen auf. »Vorsicht, Jace. Du bringst dich noch um deine Chancen bei Dixie.«

»Ach, ich weiß, wie Brüder sind.« Dixies und Jaces Blicke trafen sich; er wirkte verärgert und seine Augen sprühten Funken. Schnell wandte sie ihre Aufmerksamkeit Jayla zu, die gerade Jaces Geschenk auspackte.

Jayla öffnete die Schachtel und zog eine winzige schwarze Lederjacke heraus. Dixie und seinen Schwestern entfuhr ein kollektiver Laut des Entzückens.

»Das ist das Süßeste, was ich je gesehen habe! Danke, Jace!« Jayla stellte die Schachtel auf dem Kaffeetisch ab und Mia schnappte sich die Jacke aus Jaylas Hand.

»Seht doch nur!« Mia drehte die Jacke um und zeigte den anderen das Silver-Stone-Logo auf dem Rücken, woraufhin alle lachten.

Während seine Schwestern begeistert das Jäckchen begutachteten, beobachtete Dixie gerührt, wie sehr Jace ihr

Glück zu genießen schien.

»Der kleine Mann soll schließlich gut aussehen«, sagte Jace beiläufig. »Wo ist er denn?«

»Rush ist mit Thane gerade oben und wechselt seine Windel. Sie sind bestimmt gleich zurück. Kann ich euch etwas zu trinken anbieten?«, fragte Jayla. »Ich habe Sangria gemacht.«

Wie aufs Stichwort kam ein großer attraktiver Mann mit kurzem braunen Haar und leuchtend blauen Augen mit einem Baby auf dem Arm die Treppe herunter. »Klingt super. Wenn du eine Sekunde wartest, Jay, dann helfe ich dir.«

»Schön, dich zu sehen, Mann.« Jace zog seinen Schwager mit einem Arm an sich heran und umarmte ihn kurz, wobei er auf das Baby achtete. »Rush, das ist Dixie Whiskey, das neue Gesicht von Silver-Stone.«

Es war eigenartig zu hören, dass jemand sie mit diesen Worten vorstellte. So sah Jace sie nun also? War sie für ihn ab jetzt vor allem das Gesicht seines Unternehmens? Vielleicht hielt er sich letztlich doch nur zurück, weil sie zusammenarbeiteten. Diese Vorstellung machte sie noch nervöser, sowohl in Bezug auf ihre Beziehung als auch auf das Fotoshooting.

»Schön, dich kennenzulernen«, sagte Rush. »Jetzt verstehe ich, warum Jace so versessen darauf war, dass du den Kalender machst.«

»Danke. Ich bin aber kein Model oder so, ich bin also auch ein klein wenig nervös«, gestand sie.

»Jay und ich haben schon etliche dieser Werbefilme und Fotoserien für unsere Sponsoren produziert«, erwiderte Rush. »Soll ich dir einen guten Rat geben?«

»Unbedingt.«

Rush grinste. »Stell dir einfach vor, du wärst eine Teenagerin und ziehst für jemanden, in den du total verknallt bist, eine Show ab. Es ist erstaunlich, was passiert, wenn wir es uns erlauben, uns so unbesiegbar zu fühlen wie damals, bevor man uns zwang, erwachsen zu werden, und wir kapierten, dass wir auch nur Menschen sind. Jay und ich haben herausgefunden, dass wir einfach alles schaffen, wenn wir uns mental wieder in diese Zeit zurückversetzen. Ich nutze diese Taktik heute noch, wenn ich nervös bin.«

»Es funktioniert wirklich«, sagte Jayla. »Und natürlich war Rush meine große Teenagerliebe.«

»Und Jay war meine«, gab er zu.

Dixie sah kurz zu Jace hinüber und Erinnerungen überfluteten sie. Mit achtzehn Jahren war sie um Jace herumstolziert, hatte ihre jugendlichen Reize zur Schau gestellt und war der festen Überzeugung gewesen, dass sie ihn erobern konnte. Und sie dachte an das, was er ihr vorhin gestanden hatte, und plötzlich fühlte sie sich tatsächlich, als wäre sie unbesiegbar. *Verdammt, Rush hat recht.*

»Danke. Das werde ich auf jeden Fall ausprobieren.« Dixie besah sich das kostbare kleine Bündel, das er in den Armen hielt, und ihr Herz schmolz dahin. »Oh Gott, seht euch diesen kleinen Mann an.« Sie kitzelte das winzige Füßchen mit der Fingerspitze. »Hi, Thane. Du bist ja ein süßes Ding.«

»Überlass mir den kleinen Kerl doch mal kurz«, bat Jace, nahm das Baby aus Rushs Armen und drückte es an seine Brust. Er strich sanft mit der Nasenspitze über die Stirn des Babys und ein Lächeln umspielte seine Lippen.

»Er ist total verrückt nach Babys«, neckte ihn Jennifer.

»Wer hätte das gedacht?« Dixie wurde ganz flau, während sie beobachtete, wie zärtlich er mit dem Baby umging, und für einen Moment vertrieb das alle anderen Sorgen und Gedanken. Der Anblick der beiden weckte völlig neue, warme und verwirrende Gefühle in ihr.

Jace sah ihr in die Augen und die Spannung zwischen ihnen verwandelte sich in etwas Weicheres, Tieferes. *Oh Mann!* Diese Seite an ihm berührte sie sogar noch mehr als seine animalische Begierde, die er bisher im Zaum hielt.

»Hast du Kinder?«, fragte Jayla und riss sie aus ihren Gedanken.

»Nein, aber ich habe viele Nichten und Neffen. Ich liebe Babys.« Sie streckte dem Kleinen einen Finger hin, und er umfasste ihn mit seinem Fäustchen.

Jayla drängte sich an Jace heran. »Hast du das gehört? Dixie liebt Babys.«

»Meine Güte, Jay, bring hier bloß niemanden auf dumme Gedanken.« Jennifer schüttelte den Kopf. »Vertrau mir, Dixie, das würdest du mit Jace nicht wollen. Ich war schon mit Männern wie ihm liiert. Die Arbeit steht für solche Kerle an erster, zweiter und dritter Stelle. Außerdem ist er verschlossen wie eine Auster, und man weiß nie, was in seinem Kopf vorgeht. Und daran wird sich bestimmt auch nichts mehr ändern.«

»Hey«, warnte Jace sie.

Mia blickte verärgert zu Jennifer hinüber. »Ich weiß nicht, wovon du da redest. Jace wäre ein wunderbarer Vater. Er war immer für uns da.«

»Er wechselt sogar Windeln«, bestätigte Jayla. »Er ist ein toller Babysitter. Natürlich ist er auch ziemlich beschäftigt. Er führt ein großes und erfolgreiches Unternehmen.«

Dixie hatte das Gefühl, Zeugin einer Debatte über die Vorzüge und Nachteile von Jace Stone zu sein. Nicht, dass sie das nötig gehabt hätte, schließlich hatte sie längst eine eigene Liste angelegt.

»Ich sage ja nicht, dass er ein übler Kerl ist«, verteidigte sich

Jennifer. »Immerhin vergibt er diese Stipendien an Kinder aus benachteiligten Familien, und er ist wirklich ein großartiger Bruder.«

»Er steht übrigens direkt neben euch«, warf Jace trocken ein.

»Stipendien?«, fragte Dixie neugierig.

»Nicht so wichtig«, meinte Jace.

»Er ist so bescheiden. Sobald Jace es sich leisten konnte, hat er ein Förderprogramm für Kinder aus benachteiligten Familien, die Ingenieurwesen studieren wollen, ins Leben gerufen«, erklärte Mia. »Er vergibt auch Praktika, und er nimmt persönlich an einem Mentorenprogramm bei Silver-Stone teil. Wie ich schon sagte, er ist ein großartiger Bruder, und er wäre ein ebenso guter Vater. Also hör einfach nicht auf Jennifers Gequatsche.«

»Was soll das?« Jennifer sah kurz zu Jace hinüber. »Du hast doch selbst immer gesagt, dass du mit deiner Firma verheiratet bist, oder nicht?« Sie ließ Jace keine Zeit für eine Erwiderung, und seine unbewegte Miene verriet nichts. »Ich wollte Dixie nur davor warnen, sich allzu große Hoffnungen zu machen, denn wenn du willst, kannst du auch sehr charmant sein. Du weißt, dass du dich niemals niederlassen und eine Familie gründen wirst.«

Du liebe Zeit! Was dachte seine Familie denn, was sich zwischen ihr und Jace abspielte? Es haute sie genauso um, wie zu erfahren, dass Jace sich für andere engagierte.

»Woher willst du das wissen? Prioritäten können sich auch ändern«, sagte Mia gereizt. Mit etwas weicherer Stimme fuhr sie fort: »Obwohl du auch langsam alt wirst. Wenn du dir Kinder wünschst, solltest du dich wahrscheinlich ranhalten. Den Lebensplan, den ich für dich hatte, hast du schließlich schon über den Haufen geworfen.«

Jace sah sie finster an.

»Moment mal, Leute.« Dixie wedelte mit den Armen. »Jace und ich, wir sind nicht zusammen. Wir machen nur diesen Kalender.«

Seine Schwestern tauschten verwirrte Blicke aus.

»Oh«, murmelte Jayla. »Tut mir leid. Aber die Art, wie ihr euch eben angesehen habt ...«

»Genug jetzt«, forderte Jace übellaunig. »Gibt es hier jetzt endlich mal was zu essen?«

Rush lachte leise. »In solchen Momenten bin ich wirklich froh, dass ich nur eine Schwester habe. Wir sollten jetzt wirklich etwas zu essen auf den Tisch stellen, bevor Dixie die Flucht ergreift oder Jace die Nerven verliert.«

»Ich habe drei ältere Brüder, die mich unentwegt schikanieren«, sagte Dixie. »Daher ist es amüsant, mit anzusehen, wie es ist, wenn die Rollen einmal vertauscht werden. Aber ich könnte jetzt wirklich ein Glas von diesem Sangria vertragen.«

»Für mich einen Tequila«, verlangte Jace.

»Alles klar!« Jayla stellte sich auf die Zehenspitzen, packte Mia am Arm und zerrte sie in die Küche, während sie ihrer Schwester zuraunte: »Ich finde sie toll! Wir machen sie betrunken, und dann luchsen wir ihnen all ihre Geheimnisse ab.«

»Du musst Jayla entschuldigen«, sagte Jennifer. »Seit der kleine Fratz auf der Welt ist, sieht sie es als ihre Mission an, uns allesamt zu verheiraten. Ich werde sie in Schach halten.«

»Und ich werde dich in Schach halten«, sagte Rush und folgte Jennifer in die Küche.

»Ich glaube, das wird ein langer Abend«, meinte Jace, obwohl er das schon geahnt hatte, als Dixie vorhin aus ihrem Schlafzimmer gekommen war. Sie trug einen schwarzen Minirock aus Leder, ein hautenges Tanktop und mit Nieten verzierte kniehohe Stiefel.

»Ich finde deine Schwestern großartig. Manchmal frage ich mich, wie anders mein Leben verlaufen wäre, wenn ich Schwestern gehabt hätte.« Dixie strich Thane mit einer zärtlichen Geste über die Stirn. »Glaubst du, ich darf ihn mal halten?«

»Natürlich.« Jace reichte ihr das Baby und ihm ging das Herz auf, als er sah, wie sie an der Wange des Kleinen schnüffelte.

»Ich liebe diesen Duft«, gestand sie leise. Dann blickte sie zu Jace auf. »Was hat Mia gemeint, als sie sagte, du hättest ihren Lebensplan für dich über den Haufen geworfen?«

Jace sah kurz in die Küche und stellte fest, dass seine Schwestern sie mit Argusaugen beobachteten. Die Mädchen schraken ertappt zusammen, drehten sich weg und rempelten einander dabei an. Jace lachte leise, und er war froh, dass sie Dixie mochten, obwohl ihn das nicht sonderlich überraschte. »Mia plant einfach gern. Sie hatte für uns alle vier schon die Lebensentwürfe in der Schublade, als sie noch eine Teenagerin war. Ich denke, sowohl Jennifer als auch ich haben ihr einen Strich durch die Rechnung gemacht. Die Sache mit Jayla und Rush hat sich allerdings genau so entwickelt, wie sie es vorhergesagt hatte. Sie waren schon als Kinder die besten Freunde.«

»Sie haben Glück, dass diese Freundschaft die Grundlage ihrer Beziehung ist.« Sie schielte in die Küche.

Jace folgte ihrem Blick und sah, wie Rush gerade Jayla in die Arme nahm, um sie zu küssen. »Sie sind ein tolles Paar.«

Seine Schwestern trugen Platten voller Essen herein und stellten alles auf den Tisch.

»Warum dachten sie, dass wir zusammen sind?«, fragte Dixie.

Er zuckte halbherzig mit den Achseln. »Wahrscheinlich, weil ich keine Frau zum Essen mitgebracht habe, seit ich ein Teenager war. Und jetzt fällt mir der Grund dafür auch wieder ein.«

»Das stimmt überhaupt nicht«, rief ihnen Jennifer aus der Küche zu. »Wir sind so neugierig, weil du schon seit Jahren von Dixie redest.«

»Immer nur beiläufig«, fügte Jayla hinzu und dirigierte sie ins Esszimmer. »Als würden diese Kommentare nichts bedeuten. Er sagt Sachen wie: ›So einen Mist würde Dixie sich nicht bieten lassen.‹«

»Besonders gut hat mir gefallen, was er einmal meinte, als sie nach dem passenden Model für Silver-Stone suchten.« Mia senkte die Stimme um eine Oktave. »Gegen Dixie Whiskey hat kein Mädchen eine Chance!« Sie zog ihren Stuhl heran und setzte sich. »Wir hatten schon immer das Gefühl, dass zwischen euch was läuft.«

»Wir?«, echote Jace.

Alle drei Schwestern winkten ihm grinsend zu. Schließlich hob auch Rush die Hand. »Ich auch, Kumpel. Tut mir echt leid.«

»Ihr habt alle eine blühende Fantasie«, grummelte Jace und versuchte, sich daran zu erinnern, ob er das alles wirklich gesagt hatte. Gedacht hatte er es bestimmt, aber ihm war nicht bewusst gewesen, dass er seine Gedanken seiner Familie gegenüber laut ausgesprochen hatte. »Das habt ihr euch doch alles nur ausgedacht.«

»Nein, das haben wir nicht«, beharrten seine Schwestern.

Dixie beobachtete ihn mit einem Gesichtsausdruck, den er noch nie an ihr gesehen hatte. Als würde sie seine Geheimnisse nun kennen. Bis zu diesem Moment hatte er sich immer für undurchschaubar gehalten.

»Das tut mir überhaupt nicht leid«, meinte Jayla zu Jace. »Dixie, soll ich Thane in die Wiege legen, damit du etwas essen kannst?«

»Okay, lass mich ihn aber noch einmal knuddeln. Er ist wirklich ein süßes kleines Kerlchen.« Dixie nahm das Baby noch einmal fest in die Arme, schnupperte mit geschlossenen Augen an ihm und übergab es dann Jayla.

Jace zog einen Stuhl heran, um ihn Dixie anzubieten, dann setzte er sich neben sie. »Das Ganze tut mir wirklich leid.«

»Mir nicht. Ich finde das alles höchst aufschlussreich.«

Er wollte sie auf ihr süßes freches Mundwerk küssen. Stattdessen unterhielt er sich mit seinen Geschwistern, während sie sich die Teller mit Lasagne füllten. »Jennifer, hast du deine Spülmaschine repariert?«

»Ja, endlich«, antwortete Jennifer mit einem Seufzer.

»Gut. Und wie läuft es mit diesen Jungs, die sich in Schwierigkeiten gebracht haben, nur, damit man sie zu dir ins Büro schickt?« Seine Schwester wurde stets von einer Entourage halbwüchsiger Bengel verfolgt, die ihr schöne Augen machten. Sie war eigentlich gut allein in der Lage, sich diejenigen vom Leib zu halten, die ihr zu frech wurden. Aber er zog es dennoch vor, die Situation im Auge zu behalten. »Sie müssen sich ein anderes Ventil suchen.«

»Ja, ich hab alles im Griff«, sagte Jennifer. »Erinnerst du dich noch daran, wie scharf du auf Miss Malone warst, die Französischlehrerin? Du warst kein bisschen besser.«

»Genau, und deswegen weiß ich, dass du dir so etwas nicht bieten lassen darfst«, erklärte er ernst. »Was ist mit deinem Sommerurlaub? Weißt du schon, wohin es dieses Jahr gehen soll?« Jennifer verdiente nicht viel Geld und fuhr deshalb nicht jedes Jahr in den Urlaub.

»Noch nicht, ich vergleiche gerade noch Preise und bin mir noch nicht sicher, ob ich mit einem All-inclusive-Angebot am besten dran wäre.« Jennifer blickte in die Runde. »Letztlich spielt das keine Rolle. Gib mir einen schönen Strand und ein paar heiße Cabana-Boys und ich bin zufrieden.«

»Bitte nicht …«

Jennifer verdrehte die Augen. »Ich teile dir die Flugdaten mit und schreibe dir jeden Tag eine kurze Nachricht, damit du weißt, dass ich nicht mit irgendeinem Verrückten durchgebrannt bin.«

Dixie beugte sich zu ihm hinüber. »Und du behauptest, du würdest deinen Schwestern genügend Raum lassen? Du bist genauso schlimm wie meine Brüder.«

»Das bin ich nicht«, verteidigte sich Jace. »Wäre ich wie deine Brüder, würde ich mich selbst um diese dreisten Teenager kümmern, ich hätte wegen ihrer Spülmaschine einen Handwerker bestellt, sobald ich erfahren hätte, dass sie kaputt ist, und ich würde nicht um eine Nachricht bitten, sondern höchstpersönlich am Strand auftauchen.«

»Wow, machen deine Brüder so was?«, fragte Jennifer. »Das würde mich in den Wahnsinn treiben.«

»Das tut es auch. Sie sind immer sehr besorgt um mich«,

gestand Dixie. »Ich arbeite gerade daran, mich ihren wachsamen Blicken zu entziehen.«

»Ich persönlich finde ja, dass Jace sich an unsere Fersen geheftet hat wie eine Klette«, meinte Mia. »Aber das ist schon lange vorbei. Heute ist er mehr wie ein Regenschirm. Man hat ihn im Kofferraum und holt ihn nicht extra raus, wenn es nur ein bisschen nieselt, aber wenn der Monsun zuschlägt, ist man froh, dass es ihn gibt.«

Dixie schien wieder etwas milder gestimmt zu sein und wandte sich Jace zu. »Ich habe dich wohl falsch eingeschätzt. Du bist wirklich anders.«

»Einen Mann wie ihn findest du kein zweites Mal«, sagte Jayla wenig subtil.

Dixies Bein berührte Jaces unter dem Tisch und er ertappte sich wieder dabei, dass er sie anstarrte.

Er versuchte, sich abzulenken. »Sind die Damen jetzt fertig damit, mich mit Dixie zu verkuppeln?«

»Nein«, erwiderten Mia und Jayla gleichzeitig.

Jace griff in seine Gesäßtasche, zog einen Umschlag heraus und schob ihn Jennifer zu.

»Was ist das?« Jennifer öffnete den Umschlag, darin lag eine Broschüre.

»Verwandte von Maddox haben ein Haus auf Silver Island. Ich hab dir ein Zimmer für zehn Tage reserviert. Sie halten es dir frei, du musst aber nicht unbedingt dieses Jahr hinfahren.« Er schob sich beiläufig eine Gabel Lasagne in den Mund, während seine Schwestern laut quietschten. Jennifer sprang auf die Beine und schlang ihm die Arme um den Hals.

»So etwas würden meine Brüder definitiv nicht für mich tun«, erklärte Dixie und sah Jace an, als hätte er gerade Wasser in Wein verwandelt.

»Ich werde diese Insel mal googeln.« Jayla zog ihr Handy heraus, während Jennifer sich wieder setzte und den anderen die Broschüre zeigte.

»Toll, Jace«, sagte Rush. »Meine Schwester sollte davon besser nichts erfahren, sonst erwartet sie dasselbe von mir.«

»Einen Moment mal, Jace. Du und Maddox, ihr seid seit Jahren Partner, und trotzdem hören wir jetzt zum allerersten Mal, dass seine Familie ein Haus auf einer Insel besitzt, die ganz zufällig auch noch ihren Namen trägt?« Mia zeigte mit ihrer Gabel auf ihn. »Wen willst du hier für dumm verkaufen?«

»Niemanden. Du weißt, dass ich Arbeit und Privates nicht gern vermische.«

Dixie spielte nervös mit ihrer Serviette herum, und ihm wurde klar, was er da eben gesagt hatte.

»Oh nein.« Jennifer zeigte mit dem Finger auf ihn. »Hast du etwa irgendeinen Typen engagiert, der mich im Auge behalten soll? Denn wenn du das getan hast …«

»Entspann dich«, unterbrach er sie. »Ich habe nichts dergleichen getan. Wenn du lieber nicht fahren willst, dann überlass die Einladung Mia oder Jayla.«

Jennifer presste die Broschüre an ihre Brust. »Doch, ich will fahren! Danke! Es ist nur … Eigentlich kann ich das nicht annehmen.«

»Doch, kannst du, das hast du dir verdient. Du arbeitest an dieser Schule ohnehin viel zu hart. Für euch habe ich auch etwas.« Er versuchte immer, seinen Schwestern eine Kleinigkeit mitzubringen, wenn er sie länger nicht gesehen hatte, doch er war stets darauf bedacht, ihnen damit nicht das Gefühl zu geben, dass sie nicht selbst für sich sorgen konnten.

Er zog einen weiteren Umschlag aus der Tasche und übergab ihn Jayla. »Eine Massage für Mummy und Daddy. Es gab ein spezielles Angebot für frischgebackene Eltern in diesem Spa, das ihr so mögt. Ich dachte mir, dass du und Rush es gerade gut vertragen könntet, ein bisschen verwöhnt zu werden. Wenn ich in der Stadt bin, kann ich dann auch auf Thane aufpassen. Ich weiß, dass ihr euch alles leisten könnt, was ihr wollt, aber ich weiß auch, dass ihr gerade all eure Bedürfnisse wegen des Babys zurückstellt.«

Rush drückte Jaylas Hand und die beiden dankten ihm.

»Mia, dein Geschenk kommt per Post.«

»Tatsächlich?«, fragte Mia erstaunt.

»Die Stilettos aus der *Leder und Spitze*-Kollektion, wegen denen du mir schon seit Monaten in den Ohren liegst. Sie sollten nächste Woche bei dir ankommen.«

»Ist nicht dein Ernst!«, rief Mia begeistert. »Die wollte ich haben, seit du mir die ersten Entwürfe gezeigt hast. Vielen Dank, Jace!«

»Du warst total begeistert von diesen Schuhen. Ist wirklich keine große Sache. Wie läuft es mit der neuen Boutique auf Cape Cod?«

Mias Augen leuchteten auf. »Einfach großartig. In ein paar Wochen werde ich mich vor Ort mit den Designern treffen. Es ist total aufregend zu sehen, wie sich langsam alles zusammenfügt.«

»Du arbeitest auf Cape Cod?«, fragte Dixie.

»Ja. Mein Boss eröffnet eine neue Boutique in einem der Resorts meines Bruders – Ocean Edge in Brewster. Kennst du es zufällig?«, erkundigte sich Mia.

»Das Resort nicht, aber Cape Cod. Ich fahre nächste Woche nach Wellfleet. Mein Cousin Justin wird seine Skulpturen in einer Galerie ausstellen, und ich bin zur Vernissage eingeladen. Ich war auch im Herbst schon mal da. Meine Cousins und meine Onkel sind Mitglieder im Cape-Cod-Chapter der Dark Knights. Hast du schon mal von ihnen gehört?«

»Dark Knights?«, hakte Jennifer nach.

»Das ist ein Motorradclub. Mein Urgroßvater hat das Maryland-Chapter gegründet und meine Familie hat auch noch weitere Chapter gegründet, auf Cape Cod, in Harborside, Massachusetts, und in Colorado«, erklärte sie.

»Wie in einer Gang?«, fragte Jayla und ihr Blick zuckte zu Jace.

»Nein«, antwortete Jace.

»Ein Club ist etwas anderes als eine Gang«, erklärte Dixie. »Grundsätzlich ist es einfach eine Gruppe von Männern, die gern Motorrad fahren, dieselben Wertvorstellungen haben und einen ähnlichen Lebensstil pflegen. Sie kümmern sich um die Gemeinde, helfen Menschen, die in Not geraten, solche Sachen eben. Es ist wie eine große Familie.«

»Wow, du passt ja noch besser zu Jace, als ich gedacht hatte«, sagte Jayla und sah Jace auffordernd an.

»Jayla, lass das bitte«, warnte Jace sie.

»Ich stelle nur eine Tatsache fest«, erwiderte Jayla beiläufig.

Dixie stupste Jaces Arm an. »Entspann dich. Sie will dich nur ärgern.«

»Gehst du auch gern zu Bikes on the Beach?«, fragte Mia. »Jace fährt dort jedes Jahr hin.«

»Ich fahre dort schon so lange hin, dass ich die meisten Biker auf Cape Cod kenne, inklusive der Familie deines Cousins Justin Wicked sowie die meisten Dark Knights vor Ort«, erklärte Jace.

»Das überrascht mich nicht. Es ist eine eingeschworene Gemeinschaft, genau wie die in Peaceful Harbor«, sagte Dixie. »Meine Cousins sind jedes Jahr dort, ich fahre aber nie hin.

Diese Treffen sind ein einziges großes Saufgelage, und davon sehe ich während der Arbeit in der Bar meiner Familie wirklich schon mehr als genug. Aber ich schaffe es dort hoffentlich einmal ins Autokino. So was wollte ich schon immer mal machen, und dort, wo ich lebe, gibt es keins.«

»Jared hat mir von dem Autokino erzählt. Das steht auch auf meiner To-do-Liste«, gestand Mia. »Erzähl uns doch von der Bar deiner Familie. Wie cool ist das denn, eine eigene Bar zu besitzen! Wie ist das so?«

»Es ist eine ziemliche Biker-Spelunke, aber ich liebe sie. Tagsüber ist der Laden familienfreundlich, aber an den Abenden kann es ziemlich rau zugehen.« Dixies Gesicht leuchtete, während sie ihnen von der Bar und der Autowerkstatt erzählte und der Rolle, die sie in den Familienunternehmen spielte. Der Stolz in ihrer Stimme war nicht zu überhören.

»Du kümmerst dich sowohl in der Bar als auch in der Autowerkstatt um die Bücher und kellnerst nebenbei noch in Teilzeit? Das klingt nach einer Menge Arbeit. Wie findest du da noch Zeit für ein Date?«, fragte Jennifer.

»Oder zum Lesen?«, warf Mia ein.

Jennifer verdrehte die Augen. »Du und deine Buchromanzen!«

»Verabredungen sind ein heikles Thema«, gab Dixie zu. »Meine Brüder sind für ihren Beschützerinstinkt berüchtigt, und die meisten Männer schreckt das ab.«

Sie sah zu Jace hinüber, und er wusste, dass sie gerade daran dachte, dass er sich nicht hatte verscheuchen lassen. Und wenn er ihren Ausdruck richtig deutete, dann gefiel ihr das verdammt gut.

»Ich muss mich öfter mit einem Buch begnügen, als mir lieb ist, wenn ich mich nach ein bisschen Romantik sehne«, gestand

Dixie. »Aber ich bin in diesem großartigen Buchclub. Wir haben Mitglieder in aller Welt, und die Mädels, die die Idee dazu hatten, leben in Wellfleet. Wahrscheinlich treffe ich ein paar von ihnen, wenn ich zu Justins Ausstellung fahre. Gerade jetzt lesen wir einen erotischen Roman.« Sie sah provozierend zu Jace hinüber. »Ich stehe total auf Erotikromane.«

Das weckte sein Interesse.

Dixie rieb unter dem Tisch wieder ihr Bein an seinem, und er warf ihr einen warnenden Blick zu. Sie lächelte unschuldig, während sie mit den Fingern sanft über die Außenseite seines Oberschenkels strich.

»Ich will auch in diesen Buchclub«, erklärte Jennifer.

Jace mahlte mit dem Kiefer. Er scherte sich einen Dreck um den Buchclub, aber er musste Dixie Paroli bieten, denn ihn sollte der Teufel holen, wenn er weiter zuließ, dass sie ihn vor seiner Familie in Verlegenheit brachte. Daher streichelte er ihren nackten Oberschenkel und verzog keine Miene, als er fühlte, wie ihre Haut heiß wurde. Sie spannte die Muskeln an, während seine Hand über ihre seidige Haut weiter hinaufglitt, bis sie unter ihrem Rock ankam.

Sie leerte ihr Glas in einem einzigen langen Zug.

Zufrieden mit dieser Reaktion ließ er die Hand da liegen, wo sie war, und spürte die Hitze zwischen ihren Beinen. Er spießte mit der Gabel ein Stückchen Lasagne auf, als würde er nichts weiter tun, als sein Essen zu genießen und den Frauen beim Plaudern zuzuhören. Er konnte Dixies Herzschlag praktisch in der Luft spüren.

»Der Buchclub würde mich auch interessieren!«, rief Mia. »Dann habe ich wenigstens Freundinnen, mit denen ich über meine erfundenen Liebhaber tratschen kann.«

Jayla sah verschmitzt zu Rush hinüber. »Wie können wir

uns da anmelden?«

Jace musterte die Gesichter seiner Schwestern, um sicherzugehen, dass sie nicht bemerkten, was er da unter der Tischplatte trieb. Doch sie waren so beschäftigt mit dem Buchclub, dass sie sonst nichts mitbekamen – ebenso wie er. Während Dixie über Foren und FaceTime-Meetings plauderte, wanderten seine Finger immer höher hinauf, bis er schließlich die heiße Feuchtigkeit ihres Höschens spürte.

Sie presste die Beine zusammen, doch ihre Stimme klang nur ein kleines bisschen gepresst. »Nach dem Essen bekommt ihr alle Infos von mir.« Das Wort Infos klang ein wenig atemlos. »Das Buch, das wir gerade lesen, ist einfach toll. Der Held ist ein totales Alphatier. Er nimmt sich, was er will, aber er verwöhnt seine Frauen auch gern.« Sie sah zu Jace hinüber. »Es gibt nichts Heißeres als einen Mann, der weiß, was er will.«

»*Oh ja*«, stimmte Jennifer ihr zu.

Rush lehnte sich zu Jayla hinüber und gab ihr einen Kuss. »Meine Frau kann dem nur zustimmen.«

Dixie wandte den Blick keine Sekunde von Jaces Gesicht ab. Er hatte gedacht, er würde sie in Verlegenheit bringen, doch sie schien jede Sekunde seiner heimlichen Berührungen zu genießen und freute sich wahrscheinlich gerade über ihren kleinen Sieg. Das war wirklich verdammt heiß, aber trotzdem hatte er ihr in die geschickten Hände gespielt.

Er musste hier wieder die Oberhand gewinnen, zog die Hand zurück und fing sich dafür einen strafenden Blick von Dixie ein.

Oh ja, mein Kätzchen, fahr die Krallen ruhig aus.

Jace lehnte sich gemütlich auf seinem Stuhl zurück. »Also, Rush, erzähl doch mal von dem neuen Trainingsprogramm, das Jayla erwähnt hat.«

Während der kommenden zwei Stunden zog Dixie alle Register, sie reizte ihn, sie flirtete mit ihm, und sie reagierte frustriert, als er ihr Spielchen nicht mitspielen wollte. Es brachte ihn fast um, nicht auf ihre Zweideutigkeiten und verführerischen Blicke einzugehen, aber wenn er sie noch einmal anfasste, dann würde er nicht mehr von ihr lassen können. Als wäre das nicht schon Tortur genug, war auch alles andere, was sie an diesem Abend tat, einfach hinreißend: die Art, wie sie mit Thane umging, ihr Gekicher und Getuschel mit seinen Schwestern in der Küche. Sie sah so entspannt und fröhlich aus, als müsste sie niemandem etwas beweisen.

Ganz anders als sonst.

Diese Seite an ihr zu entdecken war so faszinierend, dass Jace sie völlig verzaubert beobachtete.

Dixie bekam feuchte Augen, als sie ihnen erzählte, wie Truman seine Geschwister wiedergefunden hatte, und dann noch einmal, als sie ihnen vom Schlaganfall ihres Vaters berichtete und wie ihre Mutter Tag und Nacht bei ihm gewesen war, um ihn zu pflegen. Sie gab Geschichten über nahezu alle Mitglieder ihrer Familie zum Besten, und sie offenbarte ihnen sogar, was am Abend der Auktion passiert war. Es war nicht zu übersehen, wie viel ihr ihre Familie bedeutete, doch als sie ihnen erzählte, wie Finlay sich in den rauesten und introvertiertesten ihrer Brüder verliebt hatte, wurde Jace klar, wie sehr Dixie Bullets Glück am Herzen lag. Ihre Liebe zu ihrer Familie war offenbar stärker als ihr Unmut darüber, stets im langen Schatten ihrer Brüder gestanden zu haben.

Als sie sich zum Aufbruch bereit machten, ermutigten seine Schwestern sie noch einmal wegen des Fotoshootings, versicherten ihr, dass sie fantastisch sein würde, und wünschten ihr viel Glück. Sie tauschten Telefonnummern aus, und offenbar durfte sich Dixies Buchclub über drei neue Mitglieder freuen. Sie umarmten sich alle zum Abschied, und Jace versprach, ihnen ein paar Fotos vom Shooting zu schicken. Dann rief er ihnen ein Taxi.

»Deine Familie ist einfach großartig«, sagte Dixie, als das Taxi losfuhr.

Ihr Rock war so weit hochgerutscht, dass Jace unwillkürlich daran denken musste, wie es sich angefühlt hatte, ihr Höschen zu berühren. Er biss die Zähne so fest zusammen, dass er schon glaubte, sie müssten zerbersten.

»Ich wünschte, ich hätte Schwestern. In deiner Familie herrscht eine völlig andere Dynamik. Und Thane?« Dixie seufzte und presste die Hand aufs Herz. »Er ist so süß. Nicht zum Aushalten. Aus ihm wird mal ein Herzensbrecher, genau wie sein Onkel einer ist …«

Sie plauderte weiter darüber, wie sehr ihr der Abend gefallen hatte und wie seine Schwestern und Rush es geschafft hatten, ihr die Nervosität wegen des Shootings zu nehmen. Jace versuchte, sich auf ihre Worte zu konzentrieren, aber er konnte den Blick nicht von ihren Beinen losreißen. Dixies Lachen, ihre Sticheleien und ihre provokante Art brachten ihn völlig aus dem Konzept. Während sie immer noch über den morgigen Tag sprach, fragte er sich, wie er diese Nacht überstehen sollte.

Familie und Loyalität waren die Werte, die für Jace am wichtigsten waren, und die neuen Seiten, die er heute Abend an Dixie entdeckt hatte, ließen ihn erkennen, dass das auch für sie galt.

Er dachte darüber nach, während er ihr aus dem Taxi half und mit ihr in den Aufzug stieg, um nach oben zu fahren. Sie verstummte plötzlich, und ihre Blicke trafen sich. Ihm wurde klar, dass sie besser die Treppe genommen hätten, denn er ertrank in ihren Augen.

»Hast du auch nur ein Wort von dem gehört, was ich gesagt habe?«, fragte sie leise, während die Türen des Fahrstuhls sich schlossen.

Jace trat einen Schritt auf sie zu, und ihre großen grünen Augen wurden dunkel wie Waldseen und gaben ihm den Rest. Er ignorierte ihre Frage und erklärte stattdessen: »Wir wissen beide, dass ich nicht der Mann bin, den du brauchst. Ich stehe niemandem Rede und Antwort, Dixie, und ich kann dir nicht versprechen, immer für dich da zu sein. Verdammt, ich kann noch nicht mal die nächste Woche planen. Du willst also deine eigene Entscheidung treffen? Dann solltest du dich beeilen, Kätzchen, denn ich bin kurz davor, dich mit Haut und Haaren zu fressen.«

»Du bist der Mann, den ich genau jetzt brauche.«

Sie packte ihn am Hemd und zerrte ihn zu sich heran. Ihre Lippen trafen sich zu einem heftigen Kuss, und sie knallte mit dem Rücken gegen die Rückwand der Fahrstuhlkabine. Er presste das Becken gegen ihres, denn er wollte sie spüren lassen, wie sehr er sie begehrte. Sie schmeckte süß und sündig, als wäre alles, was er liebte, zu einer einzigen köstlichen Einheit verschmolzen. Er griff ihr mit einer Hand ins Haar, packte fest zu und zog ihren Kopf nach hinten, um seinen Kuss noch zu vertiefen. Dabei ging er grob und gierig vor, doch sie stand ihm in nichts nach, reckte ihm die Hüften entgegen und klammerte sich an seinen Armen, seinem Hintern, seinem Kopf fest. Das Blut pochte in seinen Venen, während ihre Zungen sich gierig umgarnten. Er krallte sich noch fester in ihr Haar und entlockte ihr damit ein Stöhnen, das seinen Körper wie ein heißer Blitz durchfuhr. Die Türen des Aufzuges hatten sich geöffnet, aber er wollte nicht von ihr ablassen. Sie taumelten in das Apartment, ohne den Kuss zu unterbrechen, und er presste sie gegen die Wand und ließ nicht von ihr ab. Jahre des unterdrückten Verlangens brachen sich Bahn. Er wollte sie überall zugleich berühren, wollte sie schmecken, wollte, dass sie unter seinem Mund kam, unter seinen Händen, während er in sie eindrang. Er umfasste mit einer Hand ihre Brust und griff mit der anderen unter ihren Rock, während sie sich weiter küssten.

Sie stöhnte auf und bewegte rhythmisch die Hüften, während er die Finger zwischen ihre Beine schob. Sie fühlte sich feucht und heiß an. Die Hitze ihres Verlangens brannte sich ihm in die Haut, er liebkoste sie langsam mit den Fingern und steigerte ihr Verlangen ins Unermessliche. Ein weiteres hungriges, langes Stöhnen entrang sich ihrer Brust, als seine Finger ihre empfindlichste Stelle fanden. Er trat zurück, um sie ansehen zu können, während er ihr Lust verschaffte. Gott, sie war so wunderschön.

»Mach die Augen auf«, verlangte er. Ihre Lider flatterten, die Leidenschaft in ihrem Blick brannte sich bis in sein Innerstes.

Er verbiss sich die Worte, die ihm auf der Zunge lagen: *Du machst mich fertig.* Stattdessen flüsterte er: »Verdammt, Dixie«, riss ihr Top und BH vom Leib und entblößte ihre Brüste. Während er sie weiter streichelte, senkte er den Kopf und ließ die Zunge um eine ihrer harten Brustwarzen kreisen. Als ihr abermals die Augen zufielen, befahl er ihr: »Aufmachen!« Und er hielt ihrem Blick stand, während er ihre Brüste liebkoste und seine Finger in ihre samtene Hitze eindrangen.

Sie keuchte, krallte die Fingernägel in seine Arme und stützte sich ab, während er sie verwöhnte. Er richtete sich wieder ganz auf, suchte ihre Lippen und beschleunigte den Rhythmus seiner Finger. Sie wimmerte leise, ein sexy Laut, der ihn noch weiter anspornte. Er küsste sie noch leidenschaftlicher, bewegte die Finger noch schneller in ihr, bis ihre Muskeln sich verkrampften und sie zum Höhepunkt kam. Ihre Mitte pulsierte um seine Finger, und ihre Hüften zuckten wild, während sich ein Schwall lustvoller Laute ihrer Kehle entrang. Der Anblick war herrlich, berauschend, aber er hatte noch lange nicht genug. Normalerweise war er nicht so gierig, aber bei Dixie war alles anders.

Keuchend und atemlos kam sie langsam wieder zu sich. Sein Körper stand in Flammen. Seine Muskeln brannten, während er ihr in die Augen schaute und dort die Bestätigung dafür fand, dass auch ihr Verlangen noch nicht gestillt war. Lust durchfuhr ihn und mit einem rauen Keuchen schob er ihren Rock bis zur Hüfte hoch und riss ihr das Höschen herunter. Er kniete sich vor sie, legte die Hände auf die Innenseite ihrer Schenkel, spreizte sie weit und drückte den Mund auf ihre Mitte, um sie zum ersten Mal wirklich zu schmecken. Und sie war süßer als Honig, sie machte ihn süchtig. Hätte die Euphorie selbst einen Geschmack, es müsste Dixies sein.

Sie vergrub die Hände in seinem Haar, während er in ihr versank. Dann hob er eines ihrer Beine an, legte es sich über die Schulter und zog ihre Hüften zu sich heran, um noch tiefer mit der Zunge in sie eindringen zu können. Ihr Körper erbebte und zuckte wild, sie keuchte, stöhnte und bettelte um mehr. Er nahm ihre Klitoris zwischen die Zähne und stimulierte mit den Fingern jenen kleinen Punkt, der sie auf den nächsten Höhepunkt zutreiben würde.

»*Jace!*«

Seinen Namen in diesem Zustand der Leidenschaft von ihr zu hören, weckte in ihm den Wunsch nach mehr. Er zog die Finger aus ihr zurück und genoss abermals ihre himmlische Süße.

»Ogottogottogott«, keuchte sie, während er einmal mehr seine Magie wirken ließ und sie wieder auf den Gipfel ihrer Lust brachte.

Jace blieb bei ihr und genoss jeden einzelnen Nachhall ihrer Ekstase. Er bedeckte ihre Mitte und die zarte Haut darum und an der Innenseite ihrer Schenkel mit sanfteren Küssen. Jede seiner Berührungen ließ sie scharf die Luft einziehen und dieses Geräusch war für ihn wie ein Geschenk. Ihre zitternden Hände umklammerten seine Arme, als er wieder auf die Beine kam. Er fühlte sich eigenartig, als hätte er eine Erfahrung gemacht, die sein Leben total auf den Kopf stellte. Doch er sagte sich, dass es nur Sex war, auch wenn die Lust und die Befriedigung in ihren Augen etwas in ihm berührten. Er küsste sie wieder auf den sinnlichen Mund, rau und heftig, um dieses beunruhigende Gefühl zu verscheuchen. Aber als sie die Arme um ihn schlang und ihn festhielt, als wollte sie ihn nie wieder gehen lassen, veränderte sich etwas tief in seinem Inneren. Seine Liebkosungen wurden langsamer. Er wollte, dass sie ihn in den Armen hielt, er wollte für mehr geliebt werden als nur für die Lust, die er ihr schenkte, er wollte von der Frau gebraucht werden, die niemanden brauchte. Seine Zunge umspielte die ihre zärtlich und voller Hingabe, und dieser Kuss war unvergleichlich.

Er küsste ihre Mundwinkel und beugte den Kopf zu ihr herab, wobei sie die Körper immer noch aneinanderpressten. Ihr Herz klopfte rasend schnell an seiner Brust, ihre Hände glitten an seinem Rücken herab und umfassten seinen Hintern. Er stieß unwillkürlich die Hüften nach vorn. Die Tiefe ihrer Verbundenheit erschreckte ihn und in seinem Kopf begannen sämtliche Alarmglocken zu schrillen. *Verdammt!* Wenn es sich schon so irrsinnig gut anfühlte, ihr auf diese Weise Lust zu bereiten, wie würde es dann erst sein, wenn er in ihr war?

Am liebsten hätte er sie in sein Bett gezerrt, um sich jeden Quadratzentimeter ihres Körpers anzueignen. Widerstrebend schloss er die Augen und kostete den Moment noch ein wenig aus. »Du hast morgen einen großen Tag vor dir und solltest jetzt ein bisschen schlafen.«

»Ja«, flüsterte sie.

Er trat einen Schritt zurück, half ihr, ihre Kleider zu ordnen, und reichte ihr ihren Slip.

Schwarze Seide.

Er legte ihr den Slip in die zitternde Hand und umfasste sie dann, bis sie zu ihm aufsah. Wieder übermannte ihn ein Gefühl, das er nicht benennen konnte. In seinem Kopf drehte sich alles. Wenn er nicht schleunigst auf Abstand ging, würde er sie die ganze Nacht wachhalten. Und in welchem Zustand er dann am nächsten Morgen wäre, mochte er sich kaum vorstellen.

Also presste er die Lippen auf ihre, und sein Kuss fühlte sich fast ein wenig zornig an. »Du wirst morgen großartig sein«, sagte er und ging zur Bar am anderen Ende des Raums.

Sein Blick folgte ihr die Treppe hinauf, während er sich einen starken Drink genehmigte und sich fragte, wie viele kalte Duschen ein Mann wohl überleben konnte.

Neun

»Ja ja, die Stones haben magische Zungen«, kommentierte Izzy früh am Montagmorgen, als Dixie ihr am Telefon erzählte, was geschehen war.

Dixie blieb abrupt vor dem Schlafzimmerfenster stehen. »Was weißt du denn über die ›magischen Zungen‹ der Stones?«

»Ähm …«

Ihr Magen verkrampfte sich. »Isabel Ryder, warst du etwa mit Jace …?«

»Nein!«, erwiderte Izzy heftig. »Es könnte sein, dass ich mal kurz was mit Jared hatte. Ich habe ihn kennengelernt, als ich in Boston wohnte. Ich habe viel in Restaurants gearbeitet, du erinnerst dich?«

»Grundgütiger! Das hast du mir nie erzählt! Deswegen warst du also so sauer, als Jilly ihn auf der Auktion ersteigert hat.«

»Ich war nicht sauer, und du hast mich wohl kaum angerufen, damit wir über mich sprechen. Wir müssen dich jetzt wieder auf Kurs bringen.«

Sie hatte recht. Jace hatte Dixie gestern Abend wirklich umgehauen. Sie hatte jede einzelne Sekunde in seiner Nähe genossen, jeden elektrisierenden Kuss, jede wilde Berührung, die Art, wie sein Bart an ihrem Mund kratzte, an ihren Wangen, an ihren Schenkeln. *Herrlich!* Wie auf Wolken war sie gestern danach die Treppe hinaufgeschwebt, wobei ihr Körper vibrierte und ihr hoffnungsvolles Herz sich nach mehr sehnte. Sie hatte so gut geschlafen wie schon ewig nicht mehr, war in Hochstimmung erwacht und fühlte sich nun voller Energie. Die Nervosität wegen des Shootings war verschwunden. Doch während sie duschte und sich anzog, ließ sie den Abend wieder und wieder Revue passieren, und egal, wie sehr sie versuchte, es als Produkt ihrer Fantasie abzutun: Ihr letzter Kuss hatte sich völlig anders angefühlt. Sie hatte Wut darin gespürt, vielleicht auch Trotz, jedenfalls etwas, das nichts mit Lust zu tun hatte. Diese Erkenntnis ließ ihre Zuversicht plötzlich schwinden. Sie zerbrach sich den Kopf darüber, ob er es vielleicht doch bereut hatte, wie schnell sie sich nahegekommen waren. Schließlich wusste sie sich nicht mehr anders zu helfen und rief ihre Freundin Izzy an, um ihr Herz bei ihr auszuschütten.

»Ja, konzentrieren wir uns. Ich muss in zwanzig Minuten los, und ich bringe es nicht über mich, Jace gegenüberzutreten. Alles war so wunderschön gestern, bis auf diesen letzten Kuss. Doch dieser Kuss …« Schmerz durchfuhr sie.

»So, du wirst das jetzt alles abschütteln und einfach so tun, als wäre das, was gestern Abend passiert ist, nicht der Erwähnung wert. Du wolltest einfach nur ein bisschen Spaß haben, so wie du es ihm gesagt hast.«

»Erzähl das mal den Schmetterlingen in meinem Bauch«, murmelte Dixie.

»Scheiß drauf. Verwandle deine Nervosität in positive Energie. Es ist ausgeschlossen, dass er es bereut. Du bist großartig und er weiß das. Der Mann hat vierzig Riesen für ein Date mit dir hingelegt.«

»Das war eine Spende«, erinnerte Dixie sie. Andererseits

hatte er sich Bullet gestellt und ihr gestanden, wie lange er schon mit ihr zusammen sein wollte. Also bewertete sie diesen letzten Kuss vielleicht wirklich über.

Aber was, wenn nicht?

»Das ist trotzdem ein Haufen Geld, Dix. Du weißt, dass die Männer Schlange stehen würden, um eine Chance bei dir zu bekommen, wenn deine Brüder es zuließen.«

»Du hast recht.« Dixie ging zum Spiegel hinüber. In ihren Jeans und dem Tanktop sah sie wirklich gut aus. Sie richtete sich auf, warf das Haar über die Schultern und zwang sich zu einem selbstbewussten Lächeln. »Niemand legt sich mit Dixie Whiskey an.«

»Das ist mein Mädchen! Du wirst jetzt diese Treppe runtermarschieren, diesem großen Hengst furchtlos in die Augen sehen und so tun, als wäre die letzte Nacht nichts weiter gewesen als eine erfreuliche Episode in deinem interessanten Sexleben.«

»Toll. Dann wird er mich für eine Schlampe halten.«

Izzy lachte auf. »Aber wir kennen die Wahrheit, und das ist alles, was zählt. Hör zu, jetzt geht es erst einmal darum, deinen Stolz zu retten und dein Herz zu schützen. Für den unwahrscheinlichen Fall, dass er ein Arsch ist oder dass ihn sein Gewissen plagt, weil er ein Einzelgänger ist und sich trotzdem mit dir eingelassen hat, darfst du ihn nicht merken lassen, dass er dir etwas bedeutet.«

»Du hast recht. Und er ist kein Arsch. Er hat mir mehr als einmal die Chance gegeben, Nein zu sagen. Ich habe ihn so lange gereizt, bis er nicht mehr widerstehen konnte.«

»Weil du so unglaublich toll bist.«

Dixie konnte ihre Freundin förmlich lächeln hören, und ihre Nerven beruhigten sich langsam wieder. »Ja, das bin ich.

Weißt du, er ist der einzige Mann, den ich jemals so unverblümt angemacht habe.«

»So ist das eben, wenn man über zehn Jahre lang auf einen Typen steht und dann endlich seine Chance kriegt. Du schaffst das, Dix. Ich wünschte, ich wäre da. Soll ich die Frau meines Cousins anrufen, damit sie dir hilft? Sie ist Model und lebt in New York. Sie könnte dich während des Shootings unterstützen, falls du Schwierigkeiten bekommst. Oh! Ich hab eine tolle Idee! Vielleicht könnte ihr Mann auch ein paar seiner heißen Freunde mitbringen, um Jace ein bisschen eifersüchtig zu machen oder ihn wenigstens zu verunsichern.«

»Nein, danke«, erwiderte Dixie. »Nachdem ich gesehen habe, wie er sich meinen Brüdern entgegengestellt hat, glaube ich, dass nichts Jace wirklich verunsichern kann. Außerdem brauche ich niemanden, der mich rettet. Nur ein bisschen Aufmunterung. Es geht mir schon wieder besser. Danke, Iz.«

»Hey, auch, wenn es sich vielleicht komisch anhört, ich bin froh, dass zwischen euch endlich mal was gelaufen ist. Wenigstens musst du dich jetzt nicht mehr ewig fragen, wie es wohl wäre, ihn zu küssen.«

»Das stimmt, aber erzähl das mal meinem Körper. Die letzte Nacht hat mich nur noch neugieriger gemacht.« Zum Beispiel, wie es wäre, ihn mit den Händen oder dem Mund zu befriedigen oder die Beine um ihn zu schlingen, während er in sie eindrang …

Ein heißer Schauer lief ihr über den Rücken.

»Also, das solltest du ihm auf keinen Fall erzählen«, erklärte Izzy. »Sonst behauptet er noch, dass er es gar nicht bereut, nur damit du ihm einen bläst.«

»Dein ganzes Gerede bewirkt nur, dass ich es ihm auf jeden Fall erzählen will.«

Izzy lachte auf. »Und es geht dir wirklich wieder gut?«

»Ja. Alles unter Kontrolle. Danke, dass du mir zugehört hast.«

»Jederzeit. Ich hab ganz vergessen, dir zu erzählen, dass ich deine Eltern im Supermarkt getroffen habe. Deine Mom gibt vor allen Leuten mächtig damit an, dass du diesen Kalender machst. Sie sind wahnsinnig stolz auf dich, Dixie. Das sind wir alle. Du wirst heute ganz bestimmt überzeugen, also entspann dich und genieße es. Stell dir vor, das wäre deine Coming-out-Party. Ab heute bist du mehr als die kleine Schwester. Die Welt gehört dir.«

Im Moment interessierte sie allerdings nur ein ganz kleiner Teil dieser Welt, und selbst der schien sie zu überfordern.

Aber sie würde das schon irgendwie schaffen.

Nachdem sie das Gespräch beendet hatte, nahm Dixie ein paar tiefe Atemzüge, griff sich ihre Tasche und stieg die Treppe hinunter, um sich dem Mann mit der magischen Zunge zu stellen.

Jace las gerade etwas auf dem Handy und hatte sich über den Tresen gelehnt, und sein perfekter Hintern zeichnete sich unter den engen Jeans ab. Verdammt, er sah wirklich gut aus. Ihr kam in den Sinn, wie wunderbar sich sein muskulöser Körper angefühlt hatte, und ihr Puls beschleunigte sich wieder. Er war so groß und kräftig, in seinen Armen fühlte sie sich so weiblich wie noch nie zuvor.

Er drehte sich zu ihr um, und als sich ihre Blicke trafen, durchfuhr es sie wie ein Stromschlag.

»Guten Morgen«, sagte sie beiläufig und stellte ihre Tasche auf den Tisch.

Er schenkte eine Tasse Kaffee ein, reichte sie ihr und musterte sie neugierig. »Geht es dir gut?«

»Klar. Ich bin nur ein bisschen nervös wegen des Shootings. Keine große Sache. Ich krieg das in den Griff.« Sie goss sich etwas Milch in den Kaffee und lehnte sich lässig gegen den Tresen. Sein forschender Blick lastete auf ihr, während sie ihren Kaffee in kleinen Schlucken trank.

»Ich meine wegen gestern Nacht. Ist zwischen uns alles gut?«

»Aber sicher«, log sie und versuchte dabei, tough zu klingen, was ihr für gewöhnlich keine Mühe bereitete. »Tut mir leid, dass ich nicht die Chance hatte, mich zu revanchieren.«

Seine Lippen kräuselten sich, und sie bereute ihre Worte sofort. Izzy hatte recht. Welcher Mann würde einen Blowjob ablehnen?

Er trat einen Schritt näher, baute sich vor ihr auf und stellte seine Kaffeetasse auf dem Tresen ab. Dann nahm er ihr die Tasse aus der Hand und stellte sie daneben. Ohne ein Wort zu sagen, stützte er die Hände neben ihren Hüften auf dem Tresen ab. Sie saß in der Falle, und ihr Herz schlug schneller.

»Kann ich dir helfen?«, fragte sie kokett.

»Deine Augen leuchten.«

Ihr entfuhr ein nervöses Lachen. »Wie bitte?«

»Deine Augen sind normalerweise nicht dunkel genug für ein Waldgrün, sie erinnern eher an Jade. Aber als du gelogen hast und sagtest, es würden keine weiteren Teilnehmer für die Auktion mehr zugelassen, haben sie aufgeleuchtet, genau wie jetzt. Smaragdgrün.«

Der einzige Mensch, dem bisher aufgefallen war, dass ihre Augen die Farbe wechseln konnten, war ihre Mutter. Red hatte ihr einmal erzählt, dass sie versucht hatte, anhand irgendeines Anzeichens zu erkennen, wann sie schwindelte, denn Dixie verstand es meisterhaft, alle an der Nase herumzuführen.

Alle außer Jace Stone, wie es den Anschein machte.

»Ich frage dich noch einmal«, sagte er ganz ruhig. »Geht es dir gut? Ist mit uns alles in Ordnung?«

Sie hob das Kinn, ohne ihm zu zeigen, welche Wirkung er auf sie hatte. »Ja. Wir haben einfach nur Spaß miteinander. Ich weiß, dass zwischen uns nichts weiter läuft. Da gibt es keine Missverständnisse.«

Er blinzelte kurz, dann sah er ihr prüfend in die Augen. »Nun, wenn das deine Version der Geschichte ist, dann wirst du wohl dabei bleiben.« Er beugte sich etwas näher zu ihr, und als sein Bart über ihre Wange strich, erschauerte sie wohlig. Seine Stimme war kaum lauter als ein Flüstern. »Du, Dixie Whiskey, bist mein neues Lieblingsdessert. Du musst dich nicht bei mir revanchieren, aber ich hätte nur zu gern einen Nachschlag. Die Entscheidung liegt ganz bei dir.« Dann richtete er sich wieder auf. »Wir sollten jetzt los. Der Wagen, der uns zum Shooting bringt, ist in zehn Minuten hier.«

Sie versuchte, die Fassung wiederzugewinnen und ihm eine schlagfertige Antwort zu geben, aber es wollte ihr nicht gelingen.

Ein paar Minuten später fragte er: »Kommst du, Dix?«

»Jetzt noch nicht«, antwortete sie leise, während sie nach ihrer Tasche griff und sich fragte, wie sie mit diesem Angebot im Hinterkopf das Shooting überstehen sollte.

Shea hatte mit der Marketingabteilung zusammengearbeitet, um die Logistik für das Shooting zu stemmen, angefangen vom Set bis hin zum Fotografen, der Make-up- und Haar-Stylistin und einer weiteren Stylistin, die Dixie mit ihren Outfits und den Accessoires helfen sollte. Jace hatte schon Fotos vom Lagerhaus gesehen, in dem das Shooting stattfinden würde, und fand die Location einfach perfekt. Als er die Halle jetzt mit eigenen Augen sah, war er sogar noch begeisterter. Die Kombination aus Ziegel und Stein war herb und minimalistisch und würde den perfekten Hintergrund für ihre eleganten und edlen Motorräder liefern. Zwei Angestellte aus ihrer New Yorker Dependance waren hergekommen, um sich um die sechs Legacy-Bikes zu kümmern, die Jace für das Shooting ausgesucht hatte. Obwohl es sich um beeindruckende Maschinen handelte, wusste er, dass Dixie sie überstrahlen würde.

Jace konnte seit gestern Abend nicht mehr aufhören, an sie zu denken. Er hatte sich im Bett herumgewälzt, wohl wissend, dass sie nur wenige Meter entfernt war und befriedigt und zufrieden schlief. Vielleicht lag es daran, dass sie sich nähergekommen waren, oder daran, dass er die Frau, die er schon so lange begehrte, endlich berührt hatte, aber als sie heute die Treppe herunterkam, tough und schön wie immer und dennoch verletzlich, da hatte sie ihm den Atem geraubt. Dass sie ihm die kalte Schulter zeigte, hatte ihn allerdings verunsichert. Er hatte herausfinden müssen, was sie dachte, und sie mit seinem Kommentar nicht noch nervöser machen wollen. Aber ihre Reaktion verriet ihm schließlich alles, was er wissen musste. Sie hatte sich eine Flasche Whiskey geschnappt, bevor sie das Apartment verließen, *um irgendwie das Shooting zu überstehen.* Während der Fahrt war sie still und angespannt wegen des Jobs gewesen und hatte mit seinen Schwestern Nachrichten ausgetauscht, die ihr viel Glück wünschten. Als sie vor Ort ankamen, wurde sie ihm sofort von den Stylistinnen entrissen.

Er war froh, dass sie heute abgelenkt waren, denn eine

einzige Nacht mit Dixie war definitiv nicht genug.

Als hätte das Universum erkannt, dass er wieder einen klaren Kopf bekommen musste, schickte es ihm den Fotografen Hawk Pennington, der eintraf, während Dixie schon frisiert und geschminkt wurde.

»Hawk, wie schön, dich zu sehen!« Jace schüttelte ihm die Hand.

Hawk war ihnen von Lenore »Leni« Steele empfohlen worden, einer der besten Mitarbeiterinnen aus Sheas Marketingteam bei Silver-Stone. Hawk genoss einen hervorragenden Ruf in der Branche. Er hatte mehrere Fotoserien mit Prominenten und Spitzensportlern veröffentlicht und daneben einige der reichsten Familien der Welt porträtiert. Genauso wichtig war für Jace allerdings gewesen, dass er die Welt der Biker kannte. Da er den Kalender so authentisch wie irgend möglich gestalten wollte, hatte Jace einen Fotografen gesucht, der ebenfalls Biker war, und Hawk gehörte tatsächlich zu den Dark Knights. In seiner kastanienbraunen Anzughose, den Lederhosenträgern und dem grauen Hemd glich er allerdings mehr einem Hipster. Die Gläser seiner Sonnenbrille schillerten bunt, sein Haar war schick frisiert, oben etwas länger und an den Seiten ausrasiert, und sein Bart war dicht, aber gepflegt.

»Ich freu mich auch«, erwiderte Hawk, dessen Assistenten sich daranmachten, die Ausrüstung auszupacken. »Das ist eine großartige Location. Ich bin das Shooting letzte Woche mit Shea durchgegangen. Wir werden also drinnen und draußen arbeiten, zwölf Fotos für den Kalender und eins für die Coverseite. Dann noch ein paar Bilder für die Werbekampagnen und das Portfolio. Mit einem Model und mehreren Bikes. Du willst Fotos, die Eleganz und Klasse ausstrahlen, aber nicht zu brav sind, das Zielpublikum sind vor allem Männer, doch die Outfits dürfen dabei nicht in den Hintergrund geraten. Hat sich in der Zwischenzeit noch was geändert?«

»Nein. Alles korrekt.«

»Ich nehme an, du kümmerst dich um die Motorräder?«

»Ja. Wir haben ein paar Angestellte hier, die tun, was nötig ist.«

»Gut, dann sehe ich mich mal um und bringe meine Leute in Stellung, während dein Model vorbereitet wird.«

Hawk machte sich auf den Weg ins Lager und Jace wollte kurz nach Dixie sehen. Sie hatten die Umkleide in einem der Büroräume eingerichtet. Als er durch die Tür trat, stieß er beinahe mit ihr zusammen.

Dixie stemmte die Hände in die Hüften und starrte ihn grimmig an. Ihr Haar war wild toupiert, die Augen zu dunkel geschminkt, die Wangen zu rosa, der Mund viel zu rot. »Nennst du das etwa stilvoll? Ich sehe aus wie eine Edelnutte.«

Was zum Teufel treibt die Make-up-Stylistin da? »Wasch dir den Mist aus dem Gesicht und kämm dir die Haare. Ich regle das.«

»Oh ja, das wirst du, andernfalls verschwinde ich nämlich und setze mich in den nächsten Flieger.« Sie stürmte hinaus in Richtung Damentoilette.

Jace ging in die Umkleide, wo Indi Oliver, die Haar- und Make-up-Stylistin, gerade mit ihren Utensilien auf einem Tisch hantierte.

»Hallo, Mr. Stone«, sagte sie, als er hereinkam.

»Hi.« Jace versuchte, sich seinen Unmut nicht allzu deutlich anmerken zu lassen. »Ich weiß nicht, auf welchen Look Sie abzielen, aber ich wünsche mir Dixie und keine Persiflage von ihr.«

»Ach du meine Güte. Man hat mir gesagt, Sie wünschen sich einen Look, der möglichst sexy und provokant ist«, erwiderte sie mit zusammengezogenen Augenbrauen.

»Ich glaube, wir haben uns missverstanden. Sie soll stilvoll wirken, nicht wie ein Clown. Dixie ist eine umwerfende Frau. Sie braucht nicht viel Make-up, um frisch und sexy auszusehen. Das ist die Dixie, die ich mir wünsche. Sie sollen also nur ihre natürliche Schönheit zur Geltung bringen.« Er hörte jemanden hinter sich und entdeckte Dixie, die im Türrahmen stand.

»Ich brauche eine Reinigungscreme«, verlangte sie ein wenig angespannt, und ihm wurde klar, dass sie alles mit angehört hatte.

»Ich werde Ihnen dabei helfen«, bot Indi an. »Es tut mir leid, Mr. Stone. Ich bin Modeshootings gewöhnt, bei denen man von mir erwartet, dass die Models weniger Natürlichkeit und mehr Glamour versprühen. Und die Arbeit im grellen Rampenlicht verlangt es ohnehin, dass man ein wenig dicker aufträgt. Aber keine Sorge. Ich habe Sie verstanden. Ich werde einen ganz natürlichen Look kreieren. Was ich persönlich übrigens auch bevorzuge.«

»Ich danke Ihnen. Dixie braucht so etwas nicht, um glamourös zu wirken.« Er hielt Dixies Blick stand, als sie sich auf den Stuhl vor dem Spiegel sinken ließ. Während Indi in etwas herumkramte, was aussah wie eine riesige Werkzeugkiste, drückte Jace sanft Dixies Schulter und raunte ihr zu: »Vertrau immer auf dein Bauchgefühl. Wenn du denkst, dass etwas nicht stimmt, dann hast du wahrscheinlich recht damit. Du musst mir nicht drohen. Ich höre dir zu, Dixie. Das tue ich immer.«

Jace ging kurz zu den Männern, die sich um die Motorräder kümmerten, und gesellte sich dann zu Hawk und seinem Team.

Als Dixie endlich aus der Umkleide kam, blieb Jace bei ihrem Anblick schon zum zweiten Mal an diesem Tag die Luft weg: Sie trug eine hautenge schwarze Lederhose mit einer Spitzenbordüre über den schräg angesetzten Taschen. Unter ihrem langärmligen Spitzenoberteil erkannte man ein ledernes Bralette. An ihren Ohren baumelten zwischen den natürlichen Locken silberne Ohrringe mit Diamanten, und um ihre Silver-Stone-Boots wand sich eine Kette mit einer Zierschnalle am Knöchel. Maddox hatte recht gehabt: Der teure Schmuck wertete das Outfit auf und machte es noch eleganter. Dixie sah einfach umwerfend aus.

Sie stemmte eine Hand in die Hüfte und fragte so frech und vorlaut, wie man es von ihr gewohnt war: »Wollt ihr mich den ganzen Tag lang anstarren oder fangen wir jetzt endlich an?«

»Dixie«, flüsterte er nur.

Ihr Lächeln wurde noch ein bisschen breiter. »Ich weiß. Indi ist ein Genie, nicht wahr?« Ihr Blick wanderte über Jaces Schulter, und sie strahlte. »Hawk? Du hast mir ja gar nicht erzählt, dass Hawk der Fotograf sein wird!«

Sie rannte an Jace vorbei und umarmte Hawk stürmisch. Hawk betrachtete Dixie wohlwollend, während sie sich vor ihm drehte, und in Jace erwachte erneut die Eifersucht. Er bereitete sich mental auf einen weiteren langen Tag vor.

»Jace!«, rief Dixie. »Wusstest du, dass Hawk auch ein Dark Knight ist? Wir kennen uns schon ewig. Das Shooting wird mir viel leichter fallen, wenn er die Fotos macht.«

Jace war von ihrem Enthusiasmus angetan, aber er konnte nicht leugnen, dass er sich wünschte, sie hätte ihn an diesem Morgen ähnlich begeistert begrüßt. »Ja, das dachte ich mir.«

»Das ist doch super!« Dixie sah sich um. »Wo fangen wir an?«

Hawk übernahm die Leitung und führte sie über den Parkplatz bis zu der Stelle, wo sein Team schon das Equipment aufgebaut hatte. Indi und die Stylistin Kyra traten zur Seite, während Hawk Dixie ein paar Vorschläge für diverse Posen machte.

Dixie hörte aufmerksam zu und befolgte seine Anweisungen, als würde sie schon ihr Leben lang als Model arbeiten. »Etwa so? Oder lieber so?«, fragte sie, während sie verschiedene Positionen ausprobierte.

Hawk lobte sie, machte Änderungsvorschläge und korrigierte sie mit Kennergriff. Es war eine hervorragende Entscheidung gewesen, ihn anzuheuern. Jace konnte sich kaum vorstellen, dass Dixie sich von einem Wildfremden hätte anfassen lassen. Und das wollte er auch gar nicht ... Dieser letzte Gedanke ließ ihn kurz zusammenzucken. *Was zum Teufel ...?* Er sagte sich, dass sich sein Beschützerinstinkt hier auch bei jeder anderen befreundeten Frau gemeldet hätte, und schob den Gedanken beiseite.

Als Hawk die ersten Fotos schoss, löste das hektische Betriebsamkeit aus. Seine Assistenten hantierten mit einer großen Scheibe, die den Lichteinfall veränderte, während er ein Bild nach dem anderen aufnahm. Obwohl sie zuerst so begeistert und locker gewirkt hatte, merkte man Dixie jetzt eine gewisse Befangenheit an, und jedes Mal, wenn sie die Pose wechselte, warf sie Hawk einen fragenden Blick zu.

»Mach dir keine Sorgen, ob die Pose korrekt ist oder ob du verführerisch genug wirkst«, schlug Hawk vor. »Wir können uns einfach entspannen. Du kannst hier faktisch keine Fehler machen, also folge deinem Instinkt. Beweg dich, als würde direkt neben mir ein wirklich heißer Typ stehen.«

Dixie probierte steif ein paar weitere Posen durch, und ihre

Unsicherheit spiegelte sich jetzt auch in ihren Augen wider. Es war schwer zu ertragen, sie so verletzlich zu sehen. Jace hätte ihr gern geholfen, aber er wollte sich nicht einmischen, also beobachtete er die Sache einfach weiter.

»Du machst das großartig«, redete Hawk ihr gut zu. »Entspann dich einfach. Tu so, als wäre ich gar nicht da.«

Sie verharrte kurz. »Das ist nicht so einfach, wenn einen jemand durch eine gigantische Linse beobachtet und deine Leute hier mit diesen riesigen Dingern herumhantieren. Tut mir leid. Ich weiß auch nicht, warum mir das alles auf einmal so unangenehm ist.«

»Ich hab eine Idee.« Jace schnappte sich die Whiskeyflasche und das kleine Glas, das Dixie mitgebracht hatte, ging zu ihr und nahm sie dann beiseite. Er senkte die Stimme. »Ich weiß, es zerrt an den Nerven, so im Mittelpunkt des Interesses zu stehen. Was kann ich tun, um dir zu helfen? Willst du vielleicht einen Drink?«

»Ich fürchte, dann kann ich mich gar nicht mehr konzentrieren«, gab Dixie zu. »Es ist mir unglaublich peinlich. Entschuldige, Jace. Ich wollte das wirklich gern für dich tun, aber vielleicht bin ich doch nicht die Richtige.«

»Wo ist die mutige Frau von der Auktion geblieben? Und die Dixie von gestern Abend? Vor der ich auf die Knie gegangen bin?«

»Ich habe keine Ahnung.«

Jace stellte die Flasche und das Glas ab, zückte seine Geldbörse und zeigte ihr das Foto, das er von Jillian bekommen hatte. »Siehst du diese wunderschöne Frau? Sie ist das Gesicht von Silver-Stone, und sie ist irgendwo in dir, Dix. Wir müssen sie nur finden.«

»Da war ich in Bewegung. Das hier ist etwas völlig anderes.«

»Du schaffst das, Dix. Ich weiß, dass du das kannst.« Er schob das Foto wieder in die Brieftasche und warf dabei zufällig auch einen Blick auf die Karte, die ihre Mutter ihm nach der Auktion gegeben hatte. Es waren die Worte, die Red vor der Versteigerung vorgelesen hätte, wäre die Situation nicht sofort eskaliert. Er konnte den ersten Teil auswendig und rezitierte ihn nun für sie: »Dank deiner Klugheit bringst du jedes Geschäft auf Vordermann, gegen dein freches Mundwerk hat kein Mann eine Chance, und du kannst Herzen mit einem einzigen verführerischen Blick zum Schmelzen bringen.«

»Das klingt wie etwas, was eine Freundin über mich sagen würde.«

»Das stand auf der Auktionskarte, die Red mir gegeben hat.«

»Das haben meine Freundinnen geschrieben.« Sie riss staunend die Augen auf. »Und du kannst es auswendig?«

»Was hätte ich denn sonst tun sollen, nachdem wir miteinander getanzt hatten?« Sie schenkte ihm einen so liebenswert schüchternen Blick, dass er am liebsten weitergeredet hätte. Aber das war es nicht, was Dixie jetzt brauchte. »Ich würde dir ja jetzt nur zu gern erzählen, was ich sonst noch so getan habe, um die letzten Nächte zu überstehen, aber das würde dir kaum dabei helfen, dich zu entspannen.«

Ihre Augen verdunkelten sich. »Ich glaube, ich brauche jetzt doch einen Drink.«

Er griff nach der Flasche. »Würde dir vielleicht einer der Ratschläge helfen, die meine Schwestern oder Rush dir gegeben haben?«

»Ja!« Sie berührte seine Hand und hielt ihn davon ab, die Flasche aufzuschrauben. »Ich will doch nichts. Rushs Tipp wird mir sicher auf die Sprünge helfen.«

Seine Gedanken kehrten zum gestrigen Abend zurück und

er erinnerte sich, wie Rush ihr empfohlen hatte, einfach an ihren Schwarm aus Teenagerzeiten zu denken. Jace versetzte es einen Stich in die Brust. Die Vorstellung, dass Dixie so an einen anderen Mann dachte, gefiel ihm gar nicht. »Großartig! Bist du sicher?«

»Ja! Ich weiß, dass es funktionieren wird.« Während sie zurückgingen, senkte sie die Stimme und raunte ihm zu: »Es wirkt schon!«

»Sehr schön«, stieß er zähneknirschend hervor. Während er zur Seite trat, nahm er einen Schluck direkt aus der Flasche.

Indi und Kyra eilten herbei, um Dixies Haare und Make-up für den nächsten Durchgang zu richten. Zehn Minuten später wirkte sie wie ausgewechselt, und sie bewegte sich, als wäre sie zum Modeln geboren, ihr Blick blieb dabei stets auf Jace geheftet. Er verging fast vor Eifersucht. An wen auch immer sie dachte, sie musste eine verdammt gute Zeit mit ihm gehabt haben, denn ihre Blicke hätten niemanden kaltgelassen. Er trank noch einen Schluck Whiskey, aber wie viel er auch trank, die Eifersucht wurde er einfach nicht los.

»So ist es gut«, lobte Hawk sie. »Perfekt. Das ist verdammt heiß. Lehn dich zurück, gut so … Verführ die Kamera, Dix. Wir brauchen Augenkontakt.« Ein paar Minuten später meinte er: »Machen wir eine Pause.« Hawk winkte Jace zu sich heran.

»Sie sieht großartig aus«, sagte Jace.

»Mehr noch. Die Kamera liebt sie, aber sie starrt die ganze Zeit zu dir rüber, Jace, und für den Kalender brauchen wir Blickkontakt mit der Kamera.«

»Sie kriegt das hin. Erinnere sie einfach daran.« Er sah zu Dixie hinüber, die gerade mit Indi plauderte. Ihre Blicke trafen sich, und ihn überkam wieder dieses Gefühl, das ihn schon einmal überkommen hatte, als er nur mit Mühe verhindern konnte, bei ihr zu früh zu weit zu gehen.

»Ich vermute ja, dass du es bist, der sie in diese fabelhafte Stimmung versetzt«, mutmaßte Hawk.

Er würde den Teufel tun und zugeben, dass Dixie wahrscheinlich nicht an ihn dachte, sondern an irgendeinen Idioten, mit dem sie in ihrer Jugend mal ausgegangen war.

»Sie hat sich gerade an die Kamera gewöhnt, also warum machen wir es ihr nicht so einfach wie möglich?«, sagte Hawk. »Ich schlage vor, dass du dich während des Shootings neben mich stellst, dann sollte es kein Problem sein, sie im richtigen Winkel vor die Linse zu bekommen. Sie wird dann weiterhin dich ansehen, aber wenn du mir in meinen Bewegungen folgst, dann könnte es funktionieren. Sollen wir es probieren?«

»Was immer du sagst.« Er hätte nicht im Traum daran gedacht, dass das Fotoshooting auch für ihn unangenehm werden könnte.

Etliche Stunden, Frisuren und sexy *Leder und Spitze*-Outfits später wurde Jace klar, dass es ein Fehler gewesen war, sich bereit zu erklären, als Dixies Fokus herzuhalten. Sie verführte nicht nur die Kamera, sondern auch ihn. Jeder sündige Blick traf ihn mit der Präzision eines Lasers und ließ seinen Körper in Flammen aufgehen. Und dass sie dabei die Outfits trug, die er mit Jillian entworfen hatte, um genau den Effekt zu erzielen, den er so liebte – stilvoll, aber provokant –, machte die Sache nur umso quälender. Jedes Kleidungsstück der *Leder und Spitze*-Kollektion potenzierte ihre ohnehin schon atemberaubenden natürlichen Reize. Als sie Mittagspause machten, telefonierte sie fast die ganze Zeit oder plauderte mit Indi und Kyra, was ihm eine kurze Atempause verschaffte. Doch nach der Pause stolzierte sie in dem Skater-Kleid vor ihnen herum, und kaum hatten ihre grünen Augen ihn wieder ins Visier genommen, stand er erneut lichterloh in Flammen.

Dixie haute ihn an diesem Tag einfach um, und das lag nicht nur an der unglaublichen Professionalität, mit der sie das Shooting inzwischen meisterte. Als sie sich mit Hawk wegen einiger der Posen nicht einig war, gab sie nicht klein bei, sondern zwang ihn zu einem Kompromiss, mit dem auch sie glücklich war. Sogar das turnte ihn an. Zu sehen, wie sie sich in den Kleidern bewegte, die er mit Jilly entworfen hatte, wie sie seine Motorräder bestieg, das löste in ihm pure Euphorie aus. Seine Hände sehnten sich danach, sie zu berühren. Er hörte das verführerische Flüstern ihrer Stimme in seinem Kopf, und es weckte in ihm ein zügelloses Verlangen. Er musste immerzu an das wilde Zucken ihrer Hüften und an ihre lustvollen Laute denken, als sie gestern Nacht an seinem Mund gekommen war. Wie konnte sie all diese Fantasien bei ihm auslösen, wo sie doch meterweit weg war und sie von etlichen Menschen umgeben waren, von denen einer ständig Kommandos brüllte?

Als Dixie am späten Nachmittag noch einmal die Garderobe wechselte, rief einer von Jaces Assistenten an, und er ging ans Telefon. Plötzlich hörte er Dixies laute Stimme, und nachdem er aufgelegt hatte, wurde er Zeuge, wie sie und Hawk sich ein wütendes Wortgefecht lieferten. Und verdammt noch mal, sie schaffte es schon wieder. Sie raubte ihm den Atem. Sie trug hautenge Ledershorts, einen schwarzen Ledergürtel mit Nieten, ein bauchfreies Top und eine Lederjacke, die mit silbernen Nieten und schwarzer Spitze verziert war. Ihr Haar war hochgesteckt und wurde von einer Spange aus Leder gehalten, und einige herausgezupfte Strähnen umrahmten ihr Gesicht.

Er wollte nicht, dass irgendein anderer Mann sie in diesem Outfit sah, und die Erkenntnis traf ihn wie ein Schlag ins Gesicht. Es war ein Fehler gewesen, Dixie zum Modeln zu überreden. Er war so versessen darauf gewesen, dass ihm das Offensichtliche entgangen war: Ihre Brüder hatten recht. Jedes Arschloch auf diesem Planeten konnte sie nun ungeniert anstarren. Aber jetzt gab es kein Zurück mehr.

Er war geliefert.

Er rief sich in Erinnerung, dass sie ihm nicht gehörte. Er hatte kein Recht dazu, eifersüchtig oder besitzergreifend zu sein. Diese Gedanken musste er beiseiteschieben, aber es wollte ihm nicht recht gelingen. Sie ätzten sich in sein Gehirn, blinkend und hell wie eine Neonreklame.

»So würde ich mich nie und nimmer hinstellen«, rief Dixie wütend, die Arme vor der Brust verschränkt.

»Was ist das Problem?«, fragte Jace.

»Hawk will, dass ich mich über das Motorrad beuge und den Hintern rausstrecke. In diesen Shorts würde ich das niemals machen. Ich liebe diese Klamotten und würde sie ohne zu zögern auch privat tragen, aber komm schon, Jace! Kannst du dir irgendeine Situation vorstellen, in der ich mich so über mein Bike beuge?«

Allerdings, aber dann nur für mich.

Hawk sah amüsiert zu Jace hinüber. »Vergiss nicht, wir zielen hier auf ein männliches Publikum ab, Jace.«

»Scheiß auf das Publikum. Dreht das Bike, damit wir die Aufnahme von der Seite machen können«, forderte er, und einer der Männer eilte auf das Motorrad zu. »Dixie, steig bitte auf und greif dir den Lenker.«

»Du sagtest, dass wir die Outfits in den Mittelpunkt stellen sollen«, erinnerte ihn Hawk. »So sehen wir weder ihr Top noch ihre Shorts.«

»Ja, die Outfits, aber nicht Dixies Hinterteil«, erwiderte Jace scharf. »Mach es einfach.«

»Wenn ich mich nicht am Lenker festhalte, kann ich eine Hand in die Hüfte stützen und mich ein bisschen drehen, dann sieht man mein Top.« Dixie stieg auf das Bike, legte die Hand auf die Hüfte, zog im Drehen die Lederjacke ein wenig auf und präsentierte das bauchfreie Top aus der *Leder und Spitze*-Kollektion – und Jace erlitt den nächsten Realitätsschock.

Sie würde selbst in einem Kartoffelsack noch sexy aussehen.

»Das könnte gehen«, stimmte Hawk ihr zu.

Dixie lächelte triumphierend, und Jaces Brustkorb zog sich zusammen.

»Du kannst mir später danken«, meinte Jace, als Hawk sich ein Stück entfernt hatte.

»Das habe ich auch vor«, säuselte sie verheißungsvoll.

Diese Frau brachte ihn wirklich um den Verstand!

Ihre wunderschönen grünen Augen spielten aufreizend mit ihm, während Hawk noch mehr Bilder schoss. Er fühlte sich fiebrig und fragte sich, ob es das Whiskeyfieber wirklich gab.

Jace hatte geglaubt, geliefert zu sein, weil er Dixie zum Gesicht seines Unternehmens machte, aber das war nicht der springende Punkt. Sein Fehler war nicht gewesen, sie um das Shooting zu bitten. Sie war vollkommen authentisch und die einzige Frau, die er für würdig befand, Silver-Stone zu repräsentieren. Er hatte vielmehr den Fehler gemacht, sie so nah an sich heranzulassen.

Zehn

Das Shooting dauerte noch bis nach neunzehn Uhr. Dixie hatte eine neue Art von Respekt für Jace gewonnen. Und für Models. Sie hatte geglaubt, dass Jace immer zuerst ans Geschäft denken würde, aber in den wenigen Momenten, in denen sie sich unwohl fühlte, war er sofort eingeschritten. Ihr Wohlbefinden schien ihm also deutlich wichtiger zu sein. Er hatte außerdem zwei nicht planmäßige Pausen eingefordert, als er bemerkt hatte, dass Dixie ein wenig erschöpft wirkte. Es hatte ihr gefallen, diese neue ernsthafte Seite an ihm kennenzulernen, während er mit Hawk und ihr daran arbeitete, exakt den Look hinzubekommen, den er sich vorstellte. Jace Stone hielt hinter seinem attraktiven Äußeren noch viele Überraschungen bereit, doch die größte für sie war, dass sie das Shooting vor etwa einer halben Stunde abgeschlossen hatten und ihr Körper immer noch vor Verlangen vibrierte.

Nach ein paar kleineren Anlaufproblemen hatte Rushs Vorschlag reibungslos funktioniert. Sie hatte sich vorgestellt, wieder achtzehn Jahre alt zu sein und vor Jace wie eine Göttin zu posieren, der sie mit damals siebenundzwanzig Jahren unter keinen Umständen angerührt hätte. Das Gefühl der Macht, das sie dabei beflügelt hatte, überkam sie abermals. Damals hatte sie keine Angst gehabt, weil sie noch gar nicht wusste, wie sich Zurückweisung anfühlte. Das war erst später passiert, als ihr klar geworden war, dass all ihre Verführungskünste nicht ausreichen würden, um den Mann ihrer Träume für sich zu gewinnen. Während sie sich in ihre Teenagerzeit zurückversetzte, wurde ihr bewusst, wie dumm sie sich verhielt. Jace war gestern Nacht mit ihr zusammen gewesen, und er begehrte sie heute immer noch. Sobald ihr das klar wurde, fiel die Teenagerin von ihr ab und sie verwandelte sich zurück in die erwachsene Frau, die nun mit aller Macht den Mann ihrer Träume zu verführen versuchte.

Sie mochte diesen Schub jugendlicher Energie und Furchtlosigkeit als Antrieb gebraucht haben, aber sobald sie diesen spürte, schien ihr nichts einfacher und natürlicher zu sein, als Jace Stone um den Finger zu wickeln.

Das mit dem Modeln war eine andere Sache.

Es hatte ihr ebenso viel Spaß gemacht, wie es zermürbend war, die oft anstrengenden Posen endlos lange zu halten, den Kopf im richtigen Winkel zu drehen, den Rücken durchzudrücken und sich ungefähr eine Million Mal umzuziehen. Sie benutzte Muskeln, von deren Existenz sie bisher nicht einmal etwas gewusst hatte, und würde am nächsten Tag garantiert einen höllischen Muskelkater haben. Aber die Mühe hatte sich gelohnt. Hawk hatte sie die ganze Zeit unterstützt, und es war angenehm, mit ihm zusammenzuarbeiten. Durch die Kamera mit Jace zu flirten, war ihr süßer Bonus gewesen. Außerdem durfte sie die Kleidungsstücke behalten. Jaces Geschmack war einfach unglaublich. Sie fühlte sich in jedem der Outfits sexy und gleichzeitig tough, ohne dass dies ihre Weiblichkeit untergraben hätte. Doch das Ensemble, das sie jetzt gerade trug, war ihr absoluter Favorit. Der Minirock aus feinem schwarzen Stoff war nicht eng, sondern umspielte ihre Schenkel, was sie noch heißer fand als die hautengen Modelle. Kyra hatte den Rock mit einem ärmellosen Spitzentop kombiniert, das vom Hals bis zum Bauchnabel ausgeschnitten war. Geschlossen wurde es im Nacken mit einem Knopf. Jace hatte von dem Moment an, als sie aus der Umkleide kam, den Blick nicht mehr von ihr abwenden können. In ihrer Fantasie malte sie sich aus, wie er ihre nackte Haut am ganzen Körper mit Küssen bedeckte, um schließlich ihren Rock hochzuschieben und sie zu liebkosen, wie er es gestern Abend getan hatte.

Sie erschauderte am ganzen Körper.

Hatte die Kamera etwa alles festgehalten? Hatte Hawk gesehen, wie sehr sie Jace begehrte? Würde sie auf den Fotos so erregt aussehen, wie sie sich fühlte? Das wäre beschämend. Jace, Hawk und alle anderen, die sie beim Shooting unterstützt hatten, waren so unglaublich hilfsbereit gewesen und hatten sie vor, während und nach dem Shooting mit Zuspruch und Komplimenten überschüttet. Aber was hätten sie auch sonst sagen sollen? *Hey, du siehst aus, als würdest du gleich spontan in Flammen aufgehen. Wenn du Jace also hinter die Bühne zerren und ihm das Hirn rausvögeln willst, dann tu dir keinen Zwang an. Wir können warten.*

Glücklicherweise packten alle schon zusammen und machten sich bereit für die Abfahrt, als sie in die Umkleide ging.

Sie tigerte in dem Büroraum auf und ab und versuchte, die Kontrolle über ihren lüsternen Körper wiederzuerlangen. Wenn sie es nicht schaffte, ihre übereifrigen Hormone schnell wieder in den Griff zu bekommen, würde sie selbst Hand anlegen müssen, um diese Nacht zu überstehen.

Ein Klopfen an der Tür riss sie aus ihren Gedanken.

»Herein.« Sie drehte sich um, als die Tür sich öffnete, und Jace kam herein. In seinem weißen T-Shirt und den ausgeblichenen Jeans, die sie ihm schon den ganzen Tag lang am liebsten vom Leib gerissen hätte, sah er einfach fabelhaft aus.

»Alle anderen sind gegangen. Du warst heute großartig.« Sein Blick wanderte an ihrem Körper herab, und er stieß einen leisen, anerkennenden Pfiff aus. »Ich hoffe, du behältst dieses Outfit heute Abend an, denn ich möchte dich gern zum Essen ausführen und ein bisschen feiern.«

Allein seine Nähe zu spüren, löste bei ihr einen Adrenalinrausch aus. Vielleicht musste sie die Dinge tatsächlich selbst in die Hand nehmen, allerdings konnte sie sich dabei ja durchaus helfen lassen. Kühnheit überkam sie, und sie ging an ihm vorbei, schloss die Tür und verriegelte sie. »Abendessen klingt gut, aber ich glaube, ich hätte zuerst gern eine Vorspeise.«

Er legte ihr von hinten die Arme um die Taille und drückte ihr einen Kuss auf die Schulter.

»*Jace*«, hauchte sie.

Sie griff hinter sich und schob die Finger durch sein dichtes Haar. Er biss zärtlich zu, und Wellen der Lust durchzuckten ihren Körper. Sie drehte sich in seinen Armen um, und er presste den Mund auf ihren. Er hielt sie so fest an sich gedrückt, dass sie deutlich spüren konnte, wie sich seine Härte in den Jeans wölbte. Seine heißen Hände wanderten über ihren Rücken, hinunter zu ihren Hüften und Oberschenkeln. Sie umfing seinen Hintern, und er bewegte das Becken vor. Schon taumelte sie rückwärts gegen die Tür, und er wollte ihren Rock hochziehen.

Sie nahm seine Hände und riss sich kurz von seinem Mund los. »Ich sagte, dass mir nach einer Vorspeise ist.« Dann ließ sie seine Hände sinken und umfasste seinen Schritt. Gluthitze machte sich in ihr breit, als sie ihn spürte. Seine Augen verdunkelten sich – das gab ihr den Rest.

Er umfasste ihr Handgelenk. »Ich hoffe, du weißt, was du tust, Dix. Dir sollte klar sein, dass ich dir abgesehen von unserer gemeinsamen Zeit hier nichts versprechen kann.«

»Ich weiß nicht, ob du einfach nicht zuhörst oder ob du ein Kavalier sein willst.«

»Ich höre jedes Wort, das du sagst, aber auch alles, was du verschweigst.«

Dieses Geständnis ließ ihr Herz schneller schlagen, und die Ehrlichkeit in seinem Blick zerriss sie beinahe innerlich. Doch sie hatte ihre Entscheidung bereits getroffen: Wenn New York alles war, was sie bekommen konnte, dann würde sie diese Zeit in vollen Zügen genießen, um den Rest ihrer Tage davon zu zehren. Sie drückte ihn leicht durch den Stoff der Jeans hindurch. »Dann ist ja alles klar.«

»Dix«, stieß er mit schmerzerfüllter Stimme hervor. »Du wirst ja immer besser im Lügen.«

»Warte nur, bis du siehst, was ich noch so alles kann.«

Sie packte seine Hüften und drehte sich mit ihm, sodass er nun mit dem Rücken zur Tür stand. Dann knöpfte sie ihm die Jeans auf und zog sie herunter. Als sie seine gewaltige Erektion unter den schwarzen Boxershorts sah, bekam sie weiche Knie. Er legte ihr die Hände an die Wangen und küsste sie tief und leidenschaftlich. Da war sie wieder – seine magische Zunge. Und sie spielte mit ihrer. Dixie schob eine Hand in seine Shorts, umfing seinen Schaft und, *Grundgütiger!*, er schien ja förmlich zu brennen. Er unterbrach den Kuss mit einem gierigen Stöhnen, und sie zog ihm geschickt die Shorts herunter, um dann auf die Knie zu gehen. Er ließ sich ein wenig an der

Tür herabsinken, um auf der perfekten Höhe für sie zu sein.

Mit dem Mund dicht vor seiner Länge verharrte sie, ihre Blicke trafen sich. Ihr stockte fast das Herz vor Scham, als sie fragte: »Werde ich mir den Mund danach mit Seife auswaschen müssen?«

Daraufhin lachte er erstickt auf und schüttelte den Kopf. »Ich würde das nie zulassen, wenn ich nicht sauber wäre.«

Erleichterung überkam sie.

»Dix, du musst das nicht für mich tun. Ich warte nicht darauf, dass du dich für irgendetwas revanchierst.«

»Bilde dir bloß nichts ein. Das hier tue ich für mich.« Das war nicht komplett gelogen. Sie wollte ihm Lust verschaffen, aber sie wollte ihn auch schmecken, ihn in ihren Händen spüren, sie wünschte sich, dass er den Verstand verlor, dass er sich nach der Berührung ihres Mundes so sehr verzehrte, wie sie ihn gestern hatte spüren wollen.

Sie ließ ihre Zunge sanft um die breite Spitze kreisen und reizte ihn so lange, bis er die Kieferpartie derart verkrampfte, dass es richtiggehend schmerzhaft aussah. Sein Schaft war kräftig und drall, so wie sein ganzer Körper, und zuckte gierig in ihrer Hand. Sie beugte sich vor, leckte ihn von der Peniswurzel bis zur Eichel und benetzte ihn mit ihrem Speichel. Dann massierte sie ihn mit einer Hand, während sie ihn in den Mund nahm, und entlockte ihm damit das erregendste Stöhnen, das sie je gehört hatte. Es war so ein erotischer Klang, dass er sie bis in ihre Träume verfolgen würde. Und sie wollte jetzt noch viel mehr davon! Sie streichelte ihn langsam und mit fester Hand, während sein Atem sich beschleunigte. Als sie das Tempo noch ein wenig erhöhte und ihn noch tiefer in sich aufnahm, griff er mit beiden Händen in ihr Haar und keuchte auf. Das gefiel ihr! Selbst als sie ihn schon im Rachen spürte, konnte sie ihn noch umfassen. Dieser Mann war nicht nur verdammt heiß, er war ein brodelnder Vulkan, und sie wollte ihn zum Ausbruch bringen. Je schneller ihre Bewegungen wurden, desto härter stieß er zu. Ihr großer Alphamann ließ sie nun das Tempo bestimmen, und so sehr sie das zu schätzen wusste, sehnte sie sich nach seiner Kraft. Sie umfing seine Hoden und drückte fest zu.

Er stöhnte laut auf.

Sie saugte noch fester an ihm, bewegte die Hand immer schneller auf und ab, und als sie spürte, wie er noch praller wurde und die Oberschenkel anspannte, verlangsamte sie das Tempo wieder, um den Höhepunkt seiner – und auch ihrer – Lust hinauszuzögern. Sie hatte Blowjobs nie besonders erregend gefunden, aber mit Jace war einfach alles anders. Sie wollte ihm derart große Lust bereiten, dass er ihren Mund noch auf sich spürte, wenn ihre gemeinsame Zeit längst Geschichte war. Sie wollte, dass er sich daran erinnerte, wie sich das hier anfühlte, wann immer er diesen Kalender sah, und jedes Mal, wenn er abends die Augen schloss.

»Großer Gott, Dixie, du bringst mich um den Verstand«, stieß er durch zusammengebissene Zähne hervor und stöhnte laut.

Seine heisere, lustvolle Stimme ließ ihren Körper erzittern. Dixie presste die Beine zusammen und versuchte, ihre Begierde zu unterdrücken. Schon umschloss sie ihn noch fester mit dem Mund und der Hand, während sie das Tempo weiter steigerte. Sein ganzer Körper wurde plötzlich starr, er verkrampfte die Hände in ihrem Haar, und sie machte unerbittlich weiter. Als er endlich kam, zuckte er heftig mit dem Becken, und ihr Name kam ihm wieder und wieder rau und anerkennend über die Lippen. Sie ließ nicht von ihm ab, saugte und rieb, nahm alles von ihm auf, bis er schließlich erschöpft und bebend gegen die Tür sackte und die letzten Nachbeben auskostete.

Irgendwann beruhigte sich sein Atem ein wenig. Seine Finger spielten immer noch mit ihrem Haar. »Komm zu mir, mein Kätzchen«, murmelte er heiser und befriedigt und zog sie wieder auf die Beine. Er presste die Lippen auf ihre, legte ihr einen Arm um die Taille und hielt sie ganz fest, um ihr dann die andere Hand auf die Wange zu legen und ihr mit dem Daumen über die Lippen zu streichen.

»Hatte ich dir nicht gesagt, du sollst mich nicht Kätzchen nennen?«, murmelte sie. Ihr drehte sich der Kopf, weil sie sich ihm so unglaublich nahe fühlte.

»Ich kann mich nicht daran erinnern. Mein Gehirn funktioniert gerade nicht.«

Er lehnte die Stirn zärtlich an ihre, eine so intime Geste, dass ihr dummes Herz wieder von Hoffnung erfüllt wurde. Aber sie hatten schließlich noch zwei Nächte. Warum also nicht hoffen? Verdammt, warum nicht jegliche Vorsicht in den Wind schlagen und selbst Forderungen stellen? Hatte Jace ihr nicht klargemacht, dass diese paar Tage alles sein würden, was er ihr versprechen konnte? Und sie hatte sicher nicht vor, nach Hause zu fahren und zu bedauern, dass sie ihre Wünsche nicht klar geäußert hatte.

»Beim nächsten Mal wirst du dich nicht zurückhalten«, verlangte sie unverblümt.

Er hob den Blick und sah ihr tief in die Augen. Sie wusste, dass er sich fragte, ob sie ihn damit tatsächlich um das bat, was er vermutete.

»Ich werde nicht zerbrechen, und ich weiß, dass du mich respektierst, also lass beim nächsten Mal einfach los.«

Er sah sie an, als würde sie das Unmögliche von ihm

verlangen. »Dixie …«

Sie wollte seine Ausflüchte nicht hören. »Weißt du, warum ich so lange für dich geschwärmt habe?«

»Du hast für mich geschwärmt?«, hakte er staunend nach.

»Sei still. Wenn du es jemals wieder erwähnst, werde ich alles leugnen.« Ihr gefiel, wie seine Züge bei ihrer Antwort weich wurden. Das machte es ihr leichter, die Wahrheit auszusprechen. »Du bist ein richtiger Mann, Jace, und egal, was die Leute sagen, richtige Männer gibt es nicht wie Sand am Meer. Also lass mich dich ganz spüren und halte dich beim nächsten Mal nicht zurück.«

Erneut lehnte er die Stirn gegen ihre und schloss die Augen. Sie folgte seinem Beispiel, denn sie brauchte einen Moment, um zu begreifen, was sie ihm da eben gestanden hatte.

»Du machst mich fertig, Dixie«, sagte er, wobei seine Stimme kaum lauter als ein Flüstern war.

Er hatte ja nicht die geringste Ahnung, was er mit ihr anstellte. Doch sie hatte für diesen Abend genügend Geheimnisse preisgegeben. »Hoffentlich kannst du jetzt noch laufen, denn du hast mir ein Abendessen versprochen.«

Dixie hatte offenbar nicht nur Jaces Verstand, sondern auch seine Gefühle durcheinandergebracht. Er benahm sich den ganzen Abend über seltsam, legte ihr im Gehen besitzergreifend die Hand auf den Rücken und starrte sie immer wieder längere Zeit wortlos an. Zuerst vermutete sie, es wären Anzeichen dafür, dass er ihre Gefühle teilte und dass ihre Schwärmerei nur die Spitze des Eisberges gewesen war. Doch während des Essens vermied er zeitweise den Blickkontakt, um sie dann abermals zu mustern. Sie unterhielten sich wenig und irgendwie unbeholfen, und während er die Rechnung beglich, fragte sie sich, was sich zwischen ihnen verändert hatte.

Sie schenkte dem jungen Kellner ein Lächeln, der ihr verstohlene Blicke zuwarf, seit sie das Restaurant betreten hatten. Tatsächlich hatte sie schon mehrere Männer dabei ertappt, dass sie sie anhimmelten. Sie fühlte sich in dem schönen *Leder und Spitze*-Outfit wie etwas ganz Besonderes, und die Aufmerksamkeit tat ihr gut. Doch auch Jace waren diese Blicke nicht entgangen und er quittierte jeden einzelnen davon mit wütendem Starren. Sie fragte sich, wie jemand es fertigbrachte, gleichzeitig besitzergreifend und abweisend zu wirken, und war völlig verwirrt.

»Beehren Sie uns gern bald wieder«, sagte der Kellner und schmachtete sie wieder an.

»Lass uns von hier verschwinden«, sagte Jace gereizt und stand abrupt auf. Er legte ihr eine Hand ins Kreuz, als wäre sie sein Eigentum, und dirigierte sie in Richtung Tür.

»Warum verhältst du dich so seltsam?«, fragte sie, als sie durch die Tür und nach draußen auf den Bürgersteig traten.

»Es war ein langer Tag. Mir geht nur viel durch den Kopf.«

Dixie blieb stehen und verschränkte die Arme vor der Brust. »Blödsinn. Ich finde, wir hatten einen großartigen Tag. Du warst zufrieden mit dem Shooting, und mir hat die Arbeit Spaß gemacht. Unser kleines Intermezzo in der Umkleide hast du doch ganz offensichtlich genossen, und gerade eben hast du mich noch zu einem wundervollen Abendessen eingeladen. Warum also führst du dich auf, als hätte dir jemand gegen dein Bike gepisst?«

»Hab ich doch eben gesagt. Mir geht eine Menge durch den

Kopf.«

Sie seufzte schwer und lief weiter, diesmal etwas schneller. Die Geräusche und Lichter der nächtlichen Großstadt waren überwältigend, aber als Jace zu ihr aufschloss, schien die Spannung zwischen ihnen alles andere zu überlagern.

»Wohin gehst du?«, wollte er kurz angebunden wissen.

»Wir sind in New York. Hier muss es doch an jeder Ecke eine Bar geben. Ich brauche jetzt einen Drink.«

Er nahm ihren Arm und führte sie in die entgegengesetzte Richtung weiter. »Das NightCaps ist gleich um die Ecke. Die Bar gehört einem Freund von mir.«

»Perfekt.«

Er hielt ihren Arm den ganzen Weg bis zum NightCaps fest, wo dankenswerterweise genug Trubel herrschte, um sie von Jaces düsteren Gedanken abzulenken.

Dixie ging direkt auf die Bar zu und schlängelte sich an Männern in Oberhemd und Krawatte und Frauen in schicken Blusen und eleganten Röcken vorbei. Die Gäste hätten sich von jenen im Whiskey Bro's kaum mehr unterscheiden können. Sie lehnte sich an die Bar, und der Barkeeper drehte sich zu ihr um. »Hey, Hübscher. Könnte ich eine Flasche eures besten Tequilas und zwei Shotgläser dazu bekommen?«

Der Barkeeper grinste sie breit an. »Kein Problem.«

»Und dazu kommt noch eine Flasche eures besten Whiskeys«, verlangte Jace, der neben ihr aufgetaucht war. Sie spürte wieder eine seiner großen Pranken im Rücken.

»Jace! Hey, Mann, schön, dich zu sehen!« Der Barkeeper kam herüber und schüttelte Jace die Hand. Er warf einen neugierigen Blick auf Dixie. »Dann gehört diese Schönheit wohl zu dir?«

»Ich bin Dixie, und ich gehöre zu niemandem«, erwiderte

sie schmunzelnd.

Jaces Kiefermuskulatur arbeitete schon wieder. »Dixie, das ist mein Kumpel Dylan Bad. Dixie ist das neue Gesicht von Silver-Stone.«

Dylan zwinkerte Dixie zu. »Freut mich, dich kennenzulernen. Sieht so aus, als hätten sich die vielen Monate, die Jace in die Suche nach dem richtigen Model investiert hat, endlich ausgezahlt. Gratuliere.«

»Ich bin kein Model, aber danke«, sagte sie.

»Dann will ich euch mal eure Drinks holen. Ein paar hübsche Tattoos hast du da übrigens.« Dylan wies auf Dixies Arme und drehte sich dann um.

»Er scheint nett zu sein«, meinte Dixie.

»Er ist glücklich verheiratet und hat eine wundervolle Frau«, berichtete Jace, während er die Leute um sie herum musterte.

»Ich will ihn nicht flachlegen! Ich habe nur gesagt, dass du einen netten Freund hast.«

Dylan stellte die beiden Flaschen und die Gläser auf den Tresen und griff nach einem der Salzstreuer. »Kein Salz, danke«, warf Dixie ein.

»Zitronen oder Limetten?«, fragte Dylan.

»Limetten wären toll«, antwortete Dixie. »Vielen Dank.«

Er griff unter die Bar und stellte dann eine Schale mit aufgeschnittenen Limetten neben die Flaschen. »Der Tisch da in der Ecke war eigentlich für meinen Bruder und seine Frau reserviert, aber sie haben vor ein paar Minuten abgesagt. Ihr könnt ihn haben, wenn ihr ein bisschen Privatsphäre braucht.«

»Danke.« Dixie schnappte sich den Tequila, die Schale mit den Limetten und ein Glas und ging zu dem Tisch, während Jace ihr mit dem anderen Glas und seiner Whiskeyflasche folgte. Sie war fest entschlossen, die Mauer zu durchbrechen, die er um sich herum hochgezogen hatte, selbst, wenn sie dafür die ganze Flasche leeren musste.

Sie rutschte in die halbrunde Sitzecke und drehte das Reserviert-Schild um. Jace setzte sich neben sie und schien sie mit seinem alles einnehmenden Körper beinahe zu erdrücken.

Dixie rückte ein wenig von ihm ab. »Das Recht auf so viel Nähe muss man sich bei mir erst verdienen.«

»Ich dachte, das hätte ich gestern Nacht getan.« Er öffnete die Tequilaflasche und schenkte ihr etwas ein.

Sie gab einen verächtlichen Laut von sich. »So funktioniert das also normalerweise bei dir? Ein paar Orgasmen, und schon bekommst du alles, was du willst?«

Er runzelte die Stirn und füllte sein Glas mit Whiskey.

»Keine Antwort? Na, dann wird das ja ein lustiges Spiel.«

»Spiel?«

»Drinks gegen Geheimnisse. Prost.« Sie stieß mit ihm an und sie kippten ihre Drinks herunter. Sie biss in eine Limettenscheibe, leckte sich die Lippen und bemerkte mit Vergnügen, dass er gebannt darauf starrte.

Er füllte ihre Gläser wieder auf. »Und wie lauten die Regeln des Spiels?«

»Es gibt nur eine Regel. Ehrlichkeit. Wir stellen einander Fragen, und der Fragesteller muss jedes Mal ein Glas trinken. Will man nicht antworten, muss man selbst auch sein Glas leeren. Ziemlich einfach, selbst für einen zugeknöpften Typen wie dich. Bist du dabei, Stone?«

Er lächelte zum ersten Mal an diesem Abend, seit sie das Lagerhaus verlassen hatten, und wirkte richtiggehend verschmitzt. Sein Blick wanderte langsam an ihrem Ausschnitt entlang nach unten, und als er den Blick wieder hob und ihr in die Augen sah, konnte sie seine schmutzigen Gedanken praktisch darin ablesen. »Wie könnte ich der Versuchung widerstehen, deine Geheimnisse zu ergründen? Ich bin dabei, Dixie, und ich hoffe, dich nach diesem Spiel in- und auswendig zu kennen.«

Ihr verräterischer Körper jubilierte, doch es gelang ihr trotzdem, keine Miene zu verziehen. Zu leicht wollte sie es ihm schließlich nicht machen. »Viel Glück dabei.«

»Bereit?« Sie ließ ihm keine Zeit für eine Antwort. »Ich fange an. Warum benimmst du dich so eigenartig?«

Er kniff die Augen zusammen und verkrampfte sich sichtlich.

»Irgendwie befürchte ich, das wird ein langweiliges Spiel.« Sie schob sein Glas zu ihm hinüber. »Letzte Chance. Was soll mir dieses ambivalente Verhalten sagen?«

Er leerte sein Glas.

»Ich hätte dich nicht für einen Feigling gehalten«, stellte Dixie fest, hatte jedoch ohnehin nicht damit gerechnet, dass er ihr diese Frage sofort beantworten würde. Allerdings hatte sie sie trotz allem stellen müssen, um nicht zu platzen.

Er füllte sein Glas wieder auf. »Ich bin dran. Warum hast du dem Shooting schließlich doch zugestimmt? Wolltest du deine Brüder provozieren, oder ging es um etwas anderes?«

»Beides.« Sie wies mit dem Kinn auf sein Glas. »Trink aus.«

»Du hast die Frage nicht beantwortet.«

»Das habe ich durchaus. Wenn du Details hören willst, hättest du sie anders formulieren müssen. Und jetzt trink aus, Stone. Mir wird langweilig.«

Also trank er den Whiskey und schenkte sich nach. Sie versuchte derweil, sich für eine der vielen Fragen zu entscheiden, die ihr durch den Kopf gingen, und entschloss sich schließlich für eine. »Was hast du wirklich über mich gedacht, als du mich zum ersten Mal bei dieser Rallye mit Bear gesehen hast? Und ich will Details hören.«

Diesmal zögerte er keinen Moment. »Ich dachte, dass du jede Menge Ärger bedeutest. Du hattest ein wunderschönes Gesicht und dazu einen umwerfenden Körper, den du zur Schau gestellt hast, als wärst du schon mit allen Wassern gewaschen. Du hast geflucht wie ein Matrose, dich nicht ignorieren lassen und Bears Warnungen samt und sonders überhört.« Er beugte sich zu ihr und senkte die Stimme. »Ich wusste damals schon, dass du die Macht hast, mich in die Knie zu zwingen.«

Grundgütiger! Das war mehr, als sie zu hoffen gewagt hatte. Sie nahm ihr Glas und trank es aus, da sie das Brennen brauchte, um ihr rasendes Herz beruhigen zu können. »Warum bist du trotzdem auf Abstand geblieben?«

Er lehnte sich zurück und legte den Arm lässig auf die Rückenlehne der Bank. »Ich glaube nicht, dass das Spiel so funktioniert. Eine Frage, eine Antwort.«

Dieser Mistkerl!

»Ich bin dran«, sagte er und füllte ihr Glas. »Warst du noch Jungfrau, als wir uns kennengelernt haben?«

Sie spürte, wie ihr das Blut in die Wangen schoss, und war geschockt über diese intime Frage, doch sie hatte nichts zu verbergen. »Ja.«

Das Erstaunen in seinen Augen ärgerte sie. Während er seinen Whiskey trank, erwog sie kurz, mit einer ähnlich intimen Frage zu kontern, doch sie wollte ihn überraschen und entschied sich um. »Warum bist du ins Motorradgeschäft eingestiegen und wie hast du es so weit gebracht?«

»Das sind zwei Fragen.«

»Okay, dann beantworte einfach nur die erste.«

»Weil Motorräder einem nicht das Herz brechen können.« Er füllte sein Glas wieder auf. »Als ich noch zur Highschool ging, habe ich an einer Tankstelle gejobbt und dort eine Menge über Autos gelernt. Auf dem College konnte ich dann für Maddox' Firma Silver Cycles arbeiten. Ich hab ganz unten angefangen, als einfacher Mechaniker, und mich hochgearbeitet. Meistens blieb ich noch lange, während alle anderen schon Feierabend gemacht hatten. Maddox hat in seinem Unternehmen auch immer persönlich mit angepackt, und so halte ich es bis heute ebenfalls. Ihm fiel auf, wie engagiert ich war, und er wurde zu meinem Mentor. Ich fing damit an, in meiner Freizeit eigene Motorräder zu entwerfen, und Maddox ließ mich in seiner Werkstatt ein paar Prototypen bauen. Er ist ein toller Kerl und hat nie versucht, mich mit irgendwelchen juristischen Winkelzügen über den Tisch zu ziehen oder Ansprüche auf meine Designs zu erheben. Stattdessen sagte er, er würde in die Zukunft investieren. Kurz vor meinem Collegeabschluss zeigte ich ihm den Entwurf für die Stroke, das Bike, das ich bis heute fahre. Ich erzählte ihm von meinem Plan, einen Kredit aufzunehmen und ein eigenes Unternehmen zu gründen. Wir beide wussten, dass dieses Bike gewaltiges Potenzial hatte. Er fragte mich also, ob ich für ihn arbeiten wollte. Ich war damals ein großspuriger kleiner Scheißer und habe abgelehnt. Für ihn war in diesem Moment wohl klar, dass wir einmal Partner werden würden. Aber da er ebenfalls ein arroganter Mistkerl ist, hat er gewartet, bis ich mir bei mehreren Banken eine Abfuhr geholt hatte, und mich erst dann gefragt, ob wir uns als Partner zusammentun sollten. Später sagte er, ich hätte eine Prise Realität gebraucht, um wieder auf den Boden der Tatsachen zu kommen. Um es also kurz zu machen: Wir arbeiten seitdem bestens zusammen, und keiner von uns hat es je bereut.«

»Zuerst mal finde ich, das ist eine großartige Geschichte. Und außerdem eine viel ausführlichere Antwort, als ich erwartet hatte. Vielen Dank.« Sie hatte seinen ersten Kommentar über die Motorräder, die einem das Herz nicht brachen, allerdings nicht vergessen. Doch sie wollte nicht nachhaken, bevor sie den Rest der Geschichte nicht kannte. »Es war ziemlich großzügig von ihm, dich ohne Geld als Partner einsteigen zu lassen. Musstest du dich nicht einkaufen? So läuft das doch für gewöhnlich?«

»Du verstehst wirklich was vom Geschäft, oder?« Er schob ihr das Glas über den Tisch. »Maddox ist ein großzügiger Mann. Aber er ist auch ein kluger Geschäftsmann. Er versuchte schon seit Jahren, sich mit Silver Cycles in der ersten Riege zu etablieren, aber es wollte ihm nicht gelingen. Er wusste einfach, dass meine Ideen sich auszahlen würden. Also schoss er mir das Geld für den Einstieg praktisch vor, und ich habe es ihm zurückgezahlt, nachdem die Stroke-Modellreihe auf den Markt kam.«

»Das ist ja ein waschechtes amerikanisches Märchen«, sagte sie voller Ehrfurcht und trank ihr Glas aus.

Er schenkte ihr nach. »Es ging mir nie nur ums Geld. Ich wollte einfach das tun, was mir Spaß macht. Hätte Maddox nicht an meine Ideen geglaubt, dann hätte ich einen anderen Weg gefunden, um mir meinen Traum zu verwirklichen. Es hätte eben nur einige Jahre länger gedauert. Und jetzt zurück zu deinen Geheimnissen. Warst du immer schon so tough? Warte. Lass mich die Frage anders formulieren. Was, abgesehen von deiner Familie, hat dich so tough werden lassen?«

»Du lernst schnell.« Damit hatte sie gerechnet. »Ich hatte schon immer ein großes Mundwerk. Das brauchte ich auch, sonst hätte ich mich nie gegen meine Familie behaupten können. Doch es war Bullet, der mir auch beigebracht hat, mich physisch zur Wehr zur setzen. Bevor er zum Militär ging, zeigte er mir, wie man kämpft, und das war gut so.« Sie strich mit einem Finger über den Glasrand, während die Erinnerung zurückkam. »Du fragst, wer mich außer meiner Familie so tough gemacht hat. Ehrlich gesagt ist das allein ihr Verdienst. Als ich jung war, konnte ich so frech sein, wie ich wollte, denn niemand legte sich mit den Whiskeys an. Aber dann hatte mein Dad seinen Schlaganfall, und weil Bullet und Bones nicht da waren, mussten Bear, meine Mom und ich uns um alles kümmern. Ich fühlte mich ein bisschen verloren, und ich war wütend, und es gab Momente, in denen mir einfach alles zu viel wurde. Möglicherweise kann man das sogar über die gesamte Zeit behaupten. Keine Ahnung. Jedenfalls habe ich mich in meinem Leben nur ein einziges Mal geprügelt, und es passierte in dieser Zeit. Dank der Dark Knights hatte ich immer viele männliche Freunde, aber nie viele Freundinnen. Die meisten Mädchen wussten nicht so recht, was sie von mir halten sollten, denn ich war anders als sie. Ich ging nicht zum Tanzen und interessierte mich auch nicht sonderlich für Frisuren und Make-up. Ich habe in der Bar geschuftet und mir den Arsch aufgerissen, um mir ein Stipendium fürs College zu verdienen. Und zu Hause musste ich meiner Mom und Bear helfen. Ich hatte einfach keinen Nerv für den ganzen normalen Mist, mit dem man sich als junges Mädchen sonst so beschäftigt. Und eines Tages hat diese Göre in der Cafeteria angefangen, über mich zu lästern. Ihre Familie war neu in der Stadt, und sie hatte keine Ahnung, wer ich wirklich war. Sie wusste, dass meine Familie eine Bar besaß, aber das war's auch schon. Die meisten Mädchen, mit denen ich zur Schule ging, respektierten meine Familie genug, um ihre Kommentare für sich zu behalten und mir nicht ins Gesicht zu sagen, wenn ihnen etwas an mir nicht passte oder wenn sie mich für eine Schlampe hielten. Oder sie schrieben es nur an die Klowände.« Sie machte eine kurze Pause, da der alte Schmerz wieder aufwallte.

»Dix, das ist ja grauenhaft. Warum hast du nicht dafür gesorgt, dass das aufhört?«

»Weil ich auch so schon genug um die Ohren hatte, und außerdem war es mir nicht wirklich wichtig, was die anderen von mir dachten.«

»Das kaufe ich dir nicht ab. So etwas lässt niemanden kalt. Solche Dinge verletzen einen, auch, wenn sie es nicht sollten.« Er nahm sein Glas und prostete ihr zu. »Ich hätte diese Wände höchstpersönlich für dich sauber geschrubbt, und dann hätte ich den Zicken, die das getan haben, den Marsch geblasen. Auf dich, Dix.«

Er kippte seinen Drink herunter und sie spürte, wie sie sich noch ein bisschen mehr in ihn verliebte, als sie es letzte Nacht und vorhin in der Umkleide schon getan hatte. Dabei wusste sie ganz genau, dass sie diese Gefühle eigentlich gar nicht dulden durfte, und gab sich daher alle Mühe, sie beiseitezuschieben, während sie die Geschichte zu Ende erzählte.

»Wie dem auch sei. Das Mädchen hat jedenfalls irgendeinen Mist über mich erzählt, dass ich mich ja für ach so tough halten würde und bestimmt niemals etwas anderes aus mir werden würde als eine Barkeeperin. Ich war immer stolz auf meine Familie und unsere Bar. Daher wurde ich stinksauer, bin zu ihr rübermarschiert und hab sie dann mit einem einzigen Schlag auf die Bretter geschickt.«

»Richtig so!«, sagte Jace laut, was sie zum Lachen brachte.

»Es fühlte sich gut an. Daran erinnere ich mich noch. Aber dann wurde ich vom Unterricht suspendiert, und meine Mutter musste in die Schule kommen, um mich abzuholen. Und ich fühlte mich so elend wie noch nie zuvor in meinem Leben. Meine Mutter hatte schon genug Sorgen. Wir mussten zum Direktor, und ich sagte die ganze Zeit kein einziges Wort. Ich wartete einfach darauf, dass meine Mutter über mich herfallen würde. Als wir schließlich im Auto saßen, fragte sie: ›Ist das wirklich wahr?‹ Ich gab alles zu und entschuldigte mich, und sie erwiderte: ›Du hast unsere Familie verteidigt und das macht mich stolz, aber du weißt schon, was ich von Schlägereien halte?‹ Das tat ich. Sie konnte Schlägereien noch nie ausstehen. Jedenfalls meinte sie, sie müsste ein ernstes Wörtchen mit Bear reden, der mir offenbar beigebracht hatte, wie man sich prügelt, aber ich erklärte ihr, dass es Bullet gewesen sei, und sie fing an zu lachen. Dann sagte sie, nun hätte sie endlich verstanden, was Bullet gemeint hatte, als er kurz vor seiner Abreise zu mir sagte: ›Lass dir von keiner blöden Kuh da draußen dein Whiskey-Krönchen vom Kopf schlagen, Prinzessin.‹«

Jace sah sie mit einem sanften, neugierigen Gesichtsausdruck an.

»Hab ich jetzt einfach nur viel gequatscht, ohne deine Frage zu beantworten?«

»Nein. Deine Antwort war gut. Ich versuche nur gerade, mir dich als Teenagerin in der Highschool vorzustellen. Ein Mädchen, das die Last einer Erwachsenen auf den Schultern trägt.« Er rückte ein wenig näher an sie heran. »Stell mir noch eine Frage, damit ich mir ein bisschen mehr Nähe verdienen kann.«

Sie musste lächeln, weil sie wusste, dass er all seine Beherrschung aufbringen musste, um nicht einfach näher an sie heranzurücken. »Okay, aber das wird nicht einfach.«

»Ich mag es hart«, gestand er mit einem lüsternen Glitzern

in den Augen.

»Dann haben wir ja schon was gemeinsam.« Sie machte eine kurze Pause, um die Bedeutung ihrer Worte wirken zu lassen. Er spannte die Kiefermuskulatur an, und sie wusste, dass er sie verstanden hatte. »Wer hat dir das Herz gebrochen?«

Er runzelte die Stirn. Sie nahm seine Hände und sah ihm tief in die Augen. »Denk gut nach, bevor du dieses Glas austrinkst«, verlangte sie mit rasendem Herzen. Sie wusste, dass diese Sache auch nach hinten losgehen konnte. Nach allem, was sie an den letzten beiden Abenden getrieben hatten, hielt Jace sie wahrscheinlich für ein Flittchen, was jedoch definitiv nicht der Wahrheit entsprach. Ihre nächsten Worte waren ebenso wichtig wie wahr. »Das hier ist das einzige Spiel, das ich spiele. Und ich mache eher einen Rückzieher, als dass ich mit einem Fremden schlafe.«

Ein leises Lächeln umspielte seine Lippen, und er hielt ihrem Blick stand. »Keine Sorge, ich wollte nicht trinken. Ich hatte gerade die Highschool abgeschlossen und fing ein Verhältnis mit einer siebenundzwanzigjährigen Frau an. Damals war ich siebzehn, hätte aber auch für Anfang zwanzig durchgehen können. Aber sie war meine Lehrerin und wusste genau, wie alt ich war.«

»Großer Gott, Jace! War das etwa deine Französischlehrerin?«

Er zuckte grinsend mit den Achseln.

»Du Schuft! Los, erzähl, ich will alles wissen!«

Er lachte auf. »Wir haben uns ein paar Wochen lang wirklich oft getroffen, immer bei ihr zu Hause und stets im Geheimen. Das hat mich nicht gestört, ich war voller Testosteron und wurde flachgelegt. Ich hätte sie überall gevögelt, Hauptsache, ich durfte ran.«

»Ich weiß deine Ehrlichkeit zu schätzen.«

Er nickte und blickte in sein Glas, als er fortfuhr. »Aus dem Sex wurde aber irgendwann mehr für mich, und als ich es ihr gestand, hat sie mich auflaufen lassen. Sie dachte, wir würden einfach nur Spaß miteinander haben.«

Dixie schluckte schwer. *Genau wie wir.* Ein Teil des Mysteriums, das Jace umgab, schien von ihm abzufallen. »Sie hat dir das Herz gebrochen.«

»Sie sagte, sie würde sich niemals mit einem Typen wie mir einlassen.« Seine Augen verrieten, wie tief die Kränkung bis heute saß. »Damals habe ich beschlossen, keine Frau mehr zu nah an mich heranzulassen. Es ist gemein, so etwas zu sagen, während du hier neben mir sitzt, aber du hast Ehrlichkeit verlangt. Und so kaputt das klingt, das hat mein ganzes Leben beeinflusst. Von diesem Moment an war ich wild entschlossen, etwas aus mir zu machen. Und mich emotional vor jeder Frau zu verschließen.«

»Wie Bullet«, murmelte sie geistesabwesend.

»Posttraumatische Belastungsstörung durch eine Affäre mit der heißen Französischlehrerin?«, fragte er amüsiert. »Klar. Wie Bullet.«

Dann wollte sie seine Finlay sein. Dixie wollte sich sein Vertrauen verdienen und ihm beweisen, wie sehr sie an ihn glaubte. Sie rutschte näher an ihn heran. »Nur fürs Protokoll: Ich wollte dich schon, bevor du auch nur einen Dollar besessen hast.«

»Ich weiß, Dix. Das zwischen uns ist etwas Besonderes. Ich habe es all die Jahre gespürt, und es ist mit der Zeit nur noch stärker geworden. Doch das ändert nichts daran, wer ich bin oder was ich dir bieten kann. Es tut mir leid, dass ich mich heute Abend wie ein Arschloch verhalten habe. Mir geht gerade eine Menge durch den Kopf.«

Sie trank ihr Glas leer. »Noch etwas, was wir gemeinsam haben.«

»Hat dir schon einmal jemand das Herz gebrochen?«

»Noch nicht, aber das kann ja noch werden«, erwiderte sie und blickte ihm tief in die Augen. »Die Nacht ist noch jung.«

»Ich will nicht der Mann sein, der dir das Herz bricht.«

»Dazu müsste ich es dir erst einmal schenken«, konterte sie mit dem verschmitzten Grinsen, das ihn bis in den Schlaf verfolgte.

Jace wusste, dass sie wieder log, aber er war zu selbstsüchtig, um einen Rückzieher zu machen. Er beugte sich zu ihr hinüber. »Lügst du dir mal wieder selbst in die Tasche?«

»Vielleicht tun wir das ja beide.« Sie starrte in ihr Glas. »Trink aus. Du hast deine Antwort bekommen. Jetzt bin ich dran.«

»Ich denke, wir haben jetzt beide genug vom Spielen, Dix.«

Ihr Lächeln ließ seine allerletzten Sicherungen durchbrennen. Hungrig und ohne zu zögern suchten seine Lippen die ihren. Sie erwiderte seinen Kuss leidenschaftlich, und ihre Zungen umgarnten sich.

Gott, ihr Mund …

Er war wie Himmel und Hölle, sinnlich und heiß und so verdammt talentiert, dass er ihn auf jedem Zentimeter seiner Haut spüren wollte. Teufel noch mal, er wollte sich und ihr die Kleider vom Leib reißen, damit sie ihre Körper so gründlich erkunden konnten, bis sie jeden Millimeter davon kannten. Jace beugte sich noch weiter vor, vertiefte den Kuss und stieß mit dem Ellbogen eines der Gläser um. Fluchend legte er ein paar Servietten über die Pfütze.

Er hatte völlig ausgeblendet, dass sie in einer Bar saßen. Dixies Haut fühlte sich heiß an, ihr Blick bettelte um mehr. Er küsste sie noch einmal, um sie ein letztes Mal zu schmecken, und auch dieser Kuss wollte nicht enden, bis er sich schließlich mit Gewalt von ihr losriss. Er legte genügend Geld auf den Tisch, um die komplette Belegschaft damit bezahlen zu können, und stand von der Bank auf. Sein ganzer Körper schmerzte, als er Dixie auf die Beine half, und erneut nahm er sie in die Arme und küsste sie. *Verdammt!* Er wollte keine einzige Sekunde von ihr lassen, aber sie mussten hier endlich raus.

»Gehen wir!« Er presste sie eng an sich, während er sich einen Weg durch die Menge bahnte. Kaum waren sie vor der Tür, fielen sie wieder übereinander her, er unterbrach ihren Kuss nur kurz, um ein Taxi heranzuwinken.

Er nannte dem Fahrer die Adresse und im nächsten Moment zog er Dixie auch schon auf seinen Schoß, sodass sie rittlings auf ihm saß, und stöhnte leise. *Verdammtes Whiskeyfieber.*

Ihre Münder fanden sich erneut, und sie rieben hart und schnell die Hüften aneinander. Er schob eine Hand unter ihren Rock und umfasste ihr Hinterteil, um sie noch fester an sich zu pressen. Mit der anderen Hand packte er ihr Haar und bog ihren Kopf zur Seite, um ihren Hals besser liebkosen zu können. Sie wand sich stöhnend auf ihm. Er war nur einen Herzschlag davon entfernt, in diesem Taxi mit ihr bis zum Äußersten zu gehen, doch dann hielt der Wagen vor seinem Haus.

Schnell bezahlte er den Fahrer, und sie taumelten, sich immer weiter küssend, ins Gebäude und in den Aufzug. Er nahm ihre Arme und presste sie neben ihrem Kopf an die Rückwand der Fahrstuhlkabine. Dann drängte er sich zwischen ihre Beine und küsste sie leidenschaftlich. Als die Aufzugtüren wieder aufgingen, stolperten sie in das Apartment und konnten gar nicht mehr voneinander lassen, mussten sich andauernd küssen und berühren. Er fummelte am Reißverschluss ihres Rocks herum, doch das dauerte ihm zu lange, und er riss ihr das Kleidungsstück einfach vom Leib.

Dixie schaute ihn erschrocken an. »Das Outfit hab ich geliebt«, protestierte sie, während sie die Knöpfe seiner Jeans öffnete.

»Du bekommst zehn andere von mir. Das wollte ich schon den ganzen Abend lang tun.« Er packte das Spitzenshirt an beiden Seiten und riss auch das auf, sodass sie bis auf ihr Höschen und die Stiefel nackt vor ihm stand. Tätowierte Schlangen wanden sich ihre Arme hinauf, an ihren Rippen entlang und über ihre Oberschenkel. Sie war nicht nur eine Schönheit. Sie war eine Königin.

Keine Sekunde später hatte er ihr auch das sexy Höschen ausgezogen, und ihr weiches, rot gelocktes Schamhaar, an dem er sich gestern Abend schon erfreut hatte, kam zum Vorschein. Sie blickte ihn herausfordernd an, während er ein Kondom aus der Brieftasche zog und die Verpackung mit den Zähnen aufriss. Er zog sich die Jeans und die Boxershorts bis zu den Knien hinunter und sie leckte sich lüstern und verführerisch die Lippen. Sie umfasste seine Hoden mit der einen und sein Glied mit der anderen Hand, was ihm ein Stöhnen entlockte, das aus seinem tiefsten Inneren zu kommen schien. Mit einer geschickten Bewegung hob er sie hoch, und sie schlang die langen Beine um ihn, während er mit einem harten Stoß in sie eindrang. Sie schrie auf und bohrte ihre Fingernägel in seine

Haut.

Er hielt inne und ärgerte sich über seine Zügellosigkeit. »Zu viel?«

»Nein!« Sie keuchte bereits. »Härter!«

Jace stieß hart und schnell in sie hinein. Sie krallte sich in sein Haar und küsste ihn leidenschaftlich, eroberte seinen Mund und machte ihn immer wilder. Er umfing ihre Pobacken, presste sie gegen die Wand und stieß noch tiefer in sie hinein. Sie war so eng und so heiß, dass er schon befürchtete, das Latex des Kondoms könnte sich einfach auflösen. Sie schlug die Nägel in seine Kopfhaut und verstärkte den Druck ihrer Oberschenkel, und ihm jagten lodernd heiße Wogen durch den Leib. Er steigerte das Tempo, und sie löste die Lippen von seinen, während sich ihr Körper um seine Härte zusammenzog.

»Jace! Oh Gott, ja …«

Sie klammerte sich an ihn, umfing ihn und ihr Becken zuckte wild. Er kämpfte gegen den Drang an, mit ihr zu kommen, und biss die Zähne zusammen. Sie ließ den Kopf auf seine Schulter sinken, als die Wogen der Lust verebbten, doch er war noch lange nicht fertig mit ihr. Rasch streifte er sich die Stiefel ab und schleuderte sie weg, dann kämpfte er sich aus seiner Hose. Ohne sich aus ihr herauszuziehen, trug er sie zur Couch und sank mit ihr auf die Kissen. Ihr Haar umfächerte ihr bildschönes Gesicht. Sie hatte die Augen halb geschlossen, ihre Lippen waren geschwollen von seinen Küssen, ihre Wangen rosig von seinen kratzigen Bartstoppeln. Sie lächelte zu ihm auf, während sie ihren Rhythmus fanden, und sein Herz setzte einen Schlag aus. Er suchte ihren Mund, küsste sie fordernd und rau, wollte die ungewohnten Empfindungen verscheuchen und sie durch pure, ungezügelte Lust ersetzen. Sie schlang die Beine um seine Taille, um ihn noch tiefer in sich aufzunehmen, und als sie ihm in die Schulter biss, sich an ihn klammerte und ihm das Becken entgegenstieß … Großer Gott …

Er hatte das Nirwana gefunden.

Und er hatte nicht vor, so schnell wieder von dort zu verschwinden.

Er griff über seine Schulter und zog sich das T-Shirt über den Kopf, um es auf den Boden zu werfen. Dann zog er ihr die Stiefel aus und staunte nicht schlecht, als darunter rosa Söckchen mit kleinen Herzchen darauf zum Vorschein kamen, die wiederum von kleinen schwarzen Dolchen durchbohrt wurden. So etwas Rührendes hatte er noch nie zuvor gesehen … und doch war es traurig. Er wollte sich nicht vorstellen, dass jemand Dixies Herz durchbohrte.

Dann wiederum stellte er sich vor, dass es Dixies Dolche waren, die sie ins Herz eines anderen Mannes stieß.

Und das war heiß.

»Mach dich über meine Socken lustig und ich kastriere dich«, warnte sie, während er sie ihr von den Füßen zog.

Er konnte trotzdem nicht widerstehen, sie ein bisschen aufzuziehen. »Ich würde ja zu gern mal einen Blick in deine Wäscheschublade werfen, um zu sehen, worauf du sonst noch so stehst.«

»Gerade jetzt stehe ich auf dich, also beeil dich ein bisschen.«

Jace lachte leise, denn es gefiel ihm, wie frech sie war, und er wollte, er *musste* einfach mehr von ihr bekommen. Er schlang die Arme um sie und drehte sich herum, damit sie auf ihm saß und er ihre perfekten Brüste liebkosen und kneten konnte. Er legte die Handflächen darauf und streichelte ihre harten Brustwarzen, während sie den Blick über seine Tattoos auf der rechten Brustseite wandern ließ, die sich bis über seine

Rippenbögen hinabzogen. Als er die andere Hand zwischen ihre Beine wandern ließ und ihre empfindlichste Stelle rieb, stöhnte sie lustvoll auf und glitt genüsslich über seine harte Länge. Sie schloss die Augen, stützte sich mit den Armen hinter sich an der Lehne der Couch ab und ritt ihn rhythmisch.

»So ist es gut. Komm noch mal für mich.«

»Gott, Jace«, flüsterte sie atemlos.

Er drehte ihren Nippel zwischen Daumen und Zeigefinger und drückte immer gerade fest genug zu, um zu spüren, wie sie sich um ihn herum zusammenzog. Sie stöhnte noch lauter, als er sie mit der anderen Hand schneller streichelte und immer heftiger in sie hineinstieß, bis ihr Körper erstarrte und sie seinen Namen laut in die Welt hinausschrie. Ihr Orgasmus war weltenbewegend, ihr ganzer Körper verfiel in wilde Zuckungen. Er setzte sich auf, und ihre Münder fanden sich zu einem leidenschaftlichen Kuss, während sie ihren Höhepunkt gemeinsam bis zur Neige auskosteten.

Erschöpft sank sie zusammen und legte den Kopf an seine Schulter.

»Gewöhn dich daran, mein Kätzchen. Ich werde dich so heftig kommen lassen, dass du deinen eigenen Namen vergisst.«

Er legte sie wieder unter sich und bewegte sich küssend an ihrem Oberkörper hinunter bis zu ihrem Schoß. Um sie sogleich auf den nächsten Gipfel der Lust zu schicken. Doch bevor ihr Höhepunkt überhaupt ganz verebbt war, richtete er sich wieder auf und verschloss ihr den flehenden Mund mit einem Kuss, bevor er in sie eindrang. Es war, als würde sich die aufgestaute Sehnsucht in einer Explosion entladen. Gleißende Hitze durchflutete seine Gliedmaßen, seine Brust drohte zu platzen. Als er spürte, wie ihre Muskeln sich um ihn herum zusammenzogen und ihr ganzer Körper erbebte, gab er ihr alles, was er hatte, und sandte sie beide über die Grenzen der Ekstase hinaus. Er schrie ihren Namen, und es fühlte sich an, als würde sein Innerstes nach außen gekehrt.

Danach sackte er auf sie. Ihre Herzen rasten, sie rangen nach Luft und zitterten am ganzen Leib. Sie lagen eng umschlungen da, bis sie langsam wieder vom Gipfel herunterkamen. Er küsste sie zärtlich und stand dann auf, um das Kondom zu entsorgen. Als er zurückkam, stockte ihm der Atem: Dixie lag nackt auf seiner Couch, einen Arm entspannt hinter dem Kopf abgelegt, ein Bein angewinkelt. Sie hatte die Augen geschlossen, und ein befriedigtes Lächeln umspielte ihre Lippen. Der Anblick glich einem Kunstwerk. Er wollte sie in sein Bett holen, wo er sie in den Armen halten konnte, beschützt und umsorgt. Als er sie von der Couch hochhob, rechnete er schon fast damit, dass sie ihn dafür anfauchen würde, aber sie schmiegte sich entspannt in seine Arme, während er sie die Stufen hinauftrug.

»Sieh mal einer an, in dir steckt ja doch ein Romantiker«, stellte sie genüsslich fest und schlang die Arme um seinen Hals.

Sie fühlte sich so perfekt in seinen Armen an, so richtig, als würde sie genau dort hingehören. Seine starken Gefühle machten ihm Angst, darum versuchte er, sie zu überspielen. »Das ist nicht romantisch. Das ist nur selbstsüchtig. Ich will dich in meiner Nähe haben, damit ich über dich herfallen kann, sobald ich wieder dazu in der Lage bin.«

Er legte sie in sein Bett und schlüpfte zu ihr unter die Decke. Sie kuschelte sich an ihn und presste das weiche Hinterteil gegen sein Becken, was ihn sogleich wieder hart werden ließ. Sein Verlangen nach ihr war unersättlich, aber sie war erschöpft. Seine Fürsorglichkeit überwog schließlich sein Begehren. Sie gab ein rührendes Geräusch von sich, als sie langsam einschlummerte. Er lauschte ihrem Atem und versuchte, sich das Gefühl ihres Körpers in seinen Armen einzuprägen, während er sich einzureden versuchte, dass es keinen Liebeskummer geben würde, weil sie eine Abmachung hatten.

Doch ein schweres, unangenehmes Gefühl machte sich in seiner Brust breit, und er fragte sich, wann er zu einem derart guten Lügner geworden war.

Elf

Dixie erwachte vom Klang von Jaces gedämpfter Stimme. Er saß nackt auf der Bettkante, die Ellbogen auf die Knie gestützt, und telefonierte. Seine dunklen Locken waren zerzaust und Tattoos bedeckten seine Schulterpartie. Die kunstvollen Bilder schlängelten sich über seine gut definierten Rückenmuskeln und betonten die sexy V-Form, zu der sein Körper an den Hüften zusammenlief. Sie hatte in den letzten Tagen mehr Sex gehabt als in den ganzen letzten Jahren, und sie wollte jetzt noch so viel davon, dass es für die nächsten Jahre reichen würde. Leise ging sie auf alle viere und spürte noch die Anstrengungen der wilden, heißen Nacht am ganzen Körper. Die Innenseiten ihrer Oberschenkel fühlten sich an, als hätte sie stundenlang mit einem Adduktorentrainer gearbeitet. *Jace Stone, der perfekte Ersatz für ein Fitnessgerät*, dachte sie lächelnd, während sie langsam auf ihn zukrabbelte. Ihre Arme und Finger schmerzten davon, wie sie sich immer wieder an ihn geklammert hatte. Selbst ihr Kiefer tat nach der Intensität ihrer Küsse weh. Und sie genoss diese Schmerzen ungemein. Sie ließ die Finger über Jaces Rücken gleiten und küsste die kleinen Kratzer und Blessuren, die ihre Fingernägel auf der Haut seiner muskulösen Schultern und seines Rückens hinterlassen hatten.

Dixie wollte mehr. Sie hatten sich nun sicher schon mindestens fünf- oder sechsmal geliebt, waren mitten in der Nacht aufgewacht und konnten die Hände nicht voneinander lassen.

Jace drehte den Kopf und sah sie liebevoll an. Er stützte die Stirn in die Handfläche und hatte die Finger in den dicken schwarzen Locken vergraben. »Das klingt großartig«, sagte er ins Telefon.

Sie griff zwischen seine Beine und umfasste seine Männlichkeit, die in ihrer Hand sofort hart wurde. Er biss die Zähne zusammen. Dixie streichelte ihn genüsslich und bedeckte seinen Rücken bis zum Hals hinauf mit Küssen. Sie spürte voller Wonne, wie er alle seine Muskeln anspannte, und wusste ganz genau, dass sie ihn verrückt machte.

»Wir sehen sie uns an und rufen dich dann zurück«, sagte er mit rauer Stimme, während er sich aufrichtete und zu ihr umdrehte.

Sie ging auf die Knie und streifte dabei mit den Brüsten seinen Bart. Er schlang einen Arm um sie und packte ihren Hintern. Die Zurückhaltung in seinen Augen machte sie wahnsinnig. Sie beschloss, ihn genauso verrückt zu machen, und spielte aufreizend an ihren Brüsten herum. Dabei biss sie sich auf die Unterlippe, während sie eine Hand zwischen ihre Beine wandern ließ und die Schenkel weit spreizte.

»Ja«, murmelte er kurz angebunden und bedachte sie mit einem warnenden Blick.

Doch ihr waren seine Warnungen vollkommen egal, weil es ihr viel zu großen Spaß machte, ihn dabei zu beobachten, wie er um Beherrschung kämpfte. Sie hielt seinem Blick stand, schob sich einen Zeigefinger in den Mund, zog ihn langsam wieder heraus und ließ ihn dann zwischen ihre Beine wandern, wobei sie leise stöhnte. Sie kniff sich in eine Brustwarze und bewegte aufreizend die Hüften dazu. Währenddessen überlegte sie, jetzt auf seinen Schoß zu klettern oder sich vor ihn zu knien und ihn in den Mund zu nehmen. Allein die Vorstellung erregte sie noch mehr, doch keine dieser Optionen war so erregend, wie ihn einfach weiter zu reizen.

Sie nahm den Finger aus dem Schoß und ließ ihn über seine Lippen wandern.

Er packte sie am Handgelenk und stieß mit zusammengebissenen Zähnen hervor: »Hawk, ich muss auflegen. Ich rufe dich dann gegen zehn zurück.«

Schon legte er auf, ließ das Telefon auf den Nachttisch fallen, packte sie mit lautem Knurren und warf sie zurück aufs Bett. Sie wand sich lachend unter ihm, als er sich auf ihren Oberkörper setzte. Seine Augen wurden dunkel wie die Nacht, während er sein Glied umfasste.

Der Anblick seiner großen Hand, die sich um sein Geschlecht schloss, war das Erotischste, das sie jemals gesehen hatte.

»Du willst also spielen, Kätzchen?«, fragte er und ließ die Hand an seinem Schaft auf und ab wandern.

Sie hob das Becken an, und das Verlangen durchflutete sie wild und stürmisch. »Ich will dir dabei zusehen, wie du es dir selbst machst.«

Er kniff die Augen zusammen. »Warum sollte ich das tun, wenn direkt unter mir eine sehr viel reizvollere Alternative wartet, die bereit und willig aussieht?«

»Weil ich sehen will, wie du es tust.« Sie konnte kaum glauben, was sie da sagte, aber nun gab es kein Zurück mehr. Ihnen war beiden bewusst, wie es um sie stand. Sobald sie morgen in dieses Flugzeug stieg, war das mit ihnen Geschichte.

Es wäre vorbei. Und sie hatte sich vorgenommen, alles einzufordern, was sie begehrte – und genau das würde sie auch tun.

»Das kannst du vergessen, Kätzchen.« Er stieg wieder von ihr herunter.

Hatte sie ihn etwa abgeturnt? Enttäuschung durchflutete sie.

»Wenn, dann machen wir es so.« Er hob ihre Hand von der Matratze und führte sie zwischen ihre Schenkel, während er sich neben sie auf die Seite legte, sodass sein Kopf direkt vor ihrem Schoß und seine Länge vor ihrem Mund ruhte. »Geben und nehmen, Baby.«

Sein Mund berührte ihre Mitte bereits, bevor sie ja sagen konnte. *Grundgütiger, war das scharf!* Er streichelte sich selbst und stieß sich dabei in ihren Mund, und sie reizte sich mit der Hand, während er seine talentierte Zunge spielen ließ. Die Intensität jeder einzelnen Berührung brachte sie fast um den Verstand, und sie saugte und leckte, während er sich in ihrem Mund bewegte, und sie kam gleichzeitig seiner Zunge und seinen Fingern mit dem Becken entgegen. Es war fast zu viel, um es zu ertragen. Hitze und Lust verzehrten sie, und schließlich kam sie schreiend zum Orgasmus. Die Wogen der Lust waren noch nicht ganz verebbt, doch er ließ nicht von ihr ab und brachte sie gleich ein zweites Mal zum Höhepunkt. Dann konnte er sich nicht mehr halten, hielt nur noch die Spitze seiner Männlichkeit in ihrem Mund und machte es sich mit der Hand, bis er selbst heftig kam.

Sie lagen danach lange Zeit nebeneinander auf dem Rücken und versuchten, wieder zu Atem zu kommen. Jace drückte ihr einen sanften Kuss auf den Fußrücken, dann auf ihren Knöchel, ihr Schienbein, ihr Knie. Sie spürte ein Ziehen in der Brust, während er sich langsam zu ihrer Hüfte und ihren Rippenbögen hocharbeitete. Diese Zärtlichkeiten waren so anders als das, was sich sonst zwischen ihnen abgespielt hatte. Sie hatte das Gefühl, einen Blick auf eine verborgene Seite dieses Mannes werfen zu dürfen, die nur wenige andere je zu Gesicht bekamen. Oder vielleicht auch niemand? War sie für ihn vielleicht etwas Besonderes? Oder machte sie sich nur etwas vor? Er küsste ihre Schulter, ihren Rücken, ihren Hals und biss sie dann sanft ins Ohrläppchen, was ausreichte, um abermals Leidenschaft in ihr zu entfachen.

Sie musste den Verstand verloren haben, um sich dem einzigen Mann, den sie je wirklich gewollt hatte, derart kompromisslos hinzugeben, obwohl sie wusste, dass diese Beziehung keinen Bestand haben konnte. Es würde ihr das Herz brechen.

Er nahm sie in die Arme, drehte sie zu sich herum und presste die Lippen auf ihren Mund.

»Du hast mich überrascht, Kätzchen.«

Insgeheim gefiel ihr der Kosename immer besser, der ihr zuvor nur auf die Nerven gegangen war. Das war seltsam, denn eigentlich konnte sie Kosenamen auf den Tod nicht leiden. Sie begriff das als Warnung, eine letzte Aufforderung, sich zu bremsen und zu versuchen, sich emotional nicht noch tiefer zu verstricken. Daher wechselte sie lieber das Thema. »Was hat Hawk gesagt? Müssen wir heute noch viel nacharbeiten?«

»Nein, ganz im Gegenteil. Er meinte, dass wir keines der Fotos noch mal neu aufnehmen müssen. Er hat mir die Dateien geschickt, damit wir sie uns ansehen und das gemeinsam entscheiden können.«

»Soll das ein Scherz sein? Wow, das ist gut, oder?«

»Das ist sogar sehr gut. Ich hab dir ja gesagt, dass du perfekt für den Job bist. Wir sehen uns die Bilder an, und wenn sie gut sind, dann bist du fertig. Du hast dich hervorragend geschlagen.«

Ihr sank das Herz. *Dann bist du fertig.* Plötzlich fühlte sie sich ungemein verletzlich, sodass sie die Bettdecke über ihren nackten Körper zog und nach ihrem Handy griff. »Dann sollte ich wohl besser nachsehen, ob ich meinen Flug noch umbuchen kann.«

Er nahm sanft ihre Hand mit dem Telefon und drückte sie nach unten. »Jetzt mal langsam, mein Kätz… meine *Tigerin.* Wir müssen uns die Fotos doch erst noch ansehen.«

Die *Tigerin* brachte sie zum Lächeln, aber ihre gute Laune verschwand bei der Vorstellung, dass sie vielleicht heute schon abreisen würde und nicht erst morgen.

Er fuhr mit den Fingerspitzen über ihren Handrücken. »Ich hatte mir überlegt, dir noch ein bisschen die Stadt zu zeigen, wenn wir heute nicht arbeiten müssen. Wir könnten eine Runde auf einem der Legacy-Bikes drehen.«

»Ich bin mir nicht sicher, ob das eine so gute Idee ist«, erwiderte sie angespannt und in dem hilflosen Versuch, sich nicht sekündlich mehr in ihn zu verlieben.

Er drückte ihr einen Kuss auf die Schulter und fuhr mit leiserer Stimme fort. »Ich finde, das ist eine hervorragende Idee, und würde nichts lieber tun. Und selbst, wenn es keine gute Idee wäre: Wann hat dich das jemals von irgendetwas abgehalten?«

Sie mochte die Art, wie er mit ihr umging. Er schätzte ihre Schlagfertigkeit und ihre toughe Art, und er forderte sie heraus, wenn andere Männer längst klein beigegeben hätten. Zudem war sie noch nicht bereit, sich von ihm zu verabschieden.

»Und, was sagst du, Dix? Vor morgen erwartet dich niemand zurück. Du musst dir also keine Gedanken machen, dass du jemanden ausnutzen würdest.« Er beugte sich zu ihr herüber. »Aber wenn du es richtig anstellst, darfst du mich vielleicht ausnutzen.« Dabei zeichnete er mit dem Finger eines der Tattoos auf ihrem Oberarm nach. »Außerdem würde ich dir nur zu gern auch eine Dosis meiner eigenen Tinte verabreichen.«

Sie sah ihn mit hochgezogenen Augenbrauen an.

»Ich meine richtige Tinte, Dixie. Du weißt doch, dass ich Tätowierer bin, oder nicht?«

Sie hatte es vergessen. »Doch, ich glaube, du hattest es schon mal erwähnt. Tätowierst du alle Frauen, mit denen du schläfst? Um ihnen ›Jace war hier‹ auf die Haut zu schreiben?«

Seine Hand glitt über ihren Oberschenkel. »Ich schlafe nicht mit Frauen. Ich vögle sie, nehme sie oder wie immer du es auch nennen willst. Aber ich *schlafe* nicht mit ihnen.« Er stand schwungvoll auf und zog sie auf die Beine und nah an sich heran. »Vergiss es einfach. Ich geh jetzt duschen. Kommst du mit?«

Wie hätte sie ein solches Angebot ablehnen können? »Natürlich. Bin gleich da.«

Er ging ins Bad und sie griff nach ihrem Handy, um nachzusehen, ob ihr jemand geschrieben hatte. Es waren ein paar Nachrichten von Jayla gekommen, dazu eine von Crystal und auch eine von Bullet.

Sie las zuerst Bullets Nachricht. *Hast du es heute allen gezeigt?* Sie tippte ihre Antwort. *Ich glaub schon. Es hat Spaß gemacht. Alles okay bei euch?*

Als Nächstes las sie Jaylas Nachricht. *Die Bilder, die uns Jace geschickt hat, sind einfach großartig! Du bist ein Naturtalent!* Sie mochte Jaces Schwestern sehr und hatte sich gestern vor dem Shooting noch mal bei allen gemeldet. Sie antwortete ihr kurz:

Danke! Rushs Tipp war perfekt! Das hat mir wirklich geholfen!

Crystal und Izzy hatten ihr nahezu identische Nachrichten geschickt. Beide hatten ihr viel Glück gewünscht und sie danach gefragt, wie es gelaufen war. Während sie Crystal zurückschrieb, ploppte eine weitere Nachricht von Izzy auf. *Ich hab gestern gar nichts mehr von dir gehört. Hoffentlich lief alles glatt. Wenn es dir gut geht, dann schick mir ein Daumen-hoch-Emoji. Wenn ich deine Brüder schicken soll, damit sie Jace in den Hintern treten, dann schick mir einen Daumen runter.*

Dixie antwortete stattdessen mit einem Auberginen-Emoji und einem Smiley mit Herzchen-Augen. Sie schrieb: *Kannst du mich morgen am Flughafen abholen? Könnte sein, dass ich einen starken Drink brauche.*

Sie hörte das Wasser rauschen, als das Handy vibrierte und Izzys Antwort kam. *Na klar! Ich will sämtliche Details hören.*

Dixie dankte Izzy schnell und ging ins Badezimmer. Jace öffnete die Glastür der Dusche und Dampf quoll heraus. *Himmel,* er sah so unverschämt gut aus. Er schenkte ihr ein Lächeln, das weder verführerisch noch schüchtern war. Er war in diesem Moment einfach nur Jace, und so mochte sie ihn am liebsten.

Er streckte ihr die Hand hin. »Komm her, meine Schöne, damit ich dir dafür danken kann, dass du noch einen Tag bei mir bleibst.«

Dieser Mann, nackt und in großzügiger Stimmung, war eine gefährliche Mischung. Er hatte damit recht gehabt, dass er die Macht besaß, sie für alle anderen Männer zu verderben. Aber sie würde wenigstens mit wehenden Fahnen untergehen.

Nachdem sie in einem von Jaces Lieblingscafés gefrühstückt hatten, kehrten sie in sein Apartment zurück, um sich die Dateien anzusehen, die Hawk ihnen geschickt hatte. Sie gingen in sein Arbeitszimmer, um sich die Fotos auf den Computern mit den beiden großen Monitoren anzuschauen. Überall lagen Skizzenbücher mit Bildern von Motorrädern herum, auf dem Schreibtisch, dem Beistelltisch und selbst auf dem Sofa. Doch sie hatte keine Zeit, sie genauer in Augenschein zu nehmen. Hawk hatte mehrere hundert Fotos gemacht. Es wirkte beinahe so, als hätte er den Finger nicht eine Sekunde vom Abzug genommen. Sogar von Jace hatte er während des Tages ein paar Schnappschüsse angefertigt; wie er telefonierte, mit den Jungs sprach, die sich um die Motorräder kümmerten, an der Wand lehnte oder wie er mit geistesabwesender Miene in die Ferne starrte. Das waren die Bilder, die sie am meisten faszinierten. Auf ihrem Lieblingsfoto lehnte er lässig an einer der Ziegelmauern, ein Bein angewinkelt und an der Wand abgestützt. Er hatte den Kopf zurückgelegt, die Augen geschlossen und eben eine Wasserflasche an den Mund gesetzt. Dixie war gestern so beschäftigt gewesen, dass sie gar keine Zeit gefunden hatte, ihn anzuhimmeln. Und das war ein echtes Versäumnis. Er sah aus wie ein Model, das einen eigenen Kalender verdient hätte.

Jace ließ sich mit einem ungläubigen Lächeln auf seinen Stuhl zurücksinken und schüttelte den Kopf. »Tja, Dix, falls du immer noch Zweifel daran haben solltest, die ideale Wahl für Silver-Stone zu sein, hast du hier den endgültigen Beweis vor Augen.«

Dixie sah sich die Fotos auf dem anderen Bildschirm an. Sie konnte kaum glauben, was sie da erblickte. Die Frau auf den Bildern war wunderschön und ähnelte nicht im Geringsten dem

Bild, das sie selbst von sich im Kopf hatte. Das karge Setting unterstrich den Glanz der schnittigen und funkelnden Motorräder. Aber es waren die Outfits, die Jace mit entworfen hatte, die den Fotos eine unverwechselbare Eleganz verliehen. Sie war stolz, ihn nicht im Stich gelassen zu haben, und sie war darüber hinaus stolz, Teil eines so wichtigen Projekts gewesen zu sein.

»Ich finde nicht, dass wir auch nur ein einziges Outfit neu in Szene setzen müssen. Du siehst auf jedem einzelnen Foto einfach großartig aus. Was denkst du?«

»Ich?« Sie wollte ihren Ohren kaum trauen, dass ihn ihre Meinung interessierte. »Alles, was ich weiß, ist, dass ich Abzüge von den Fotos von dir will. Für meinen eigenen Kalender.«

Er lachte leise, was sie wundervoll fand, denn es geschah nicht oft, und sie würde diesen Klang vermissen, wenn sie wieder zu Hause war.

»Es ist dein Unternehmen, Jace, und somit ist es auch deine Entscheidung. Ich bin stolz, meinen Teil dazu beigetragen zu haben. Ich kann kaum fassen, dass ich das da auf den Fotos bin. Deine Bikes und deine Klamotten stehen mir jedenfalls wirklich gut.«

»Ich würde behaupten, es ist genau andersherum, Dix.«

»Das bezweifle ich. Aber ich bin froh, dass du mich zu dem Shooting überredet hast. Und es tut mir leid, dass mir nicht sofort klar war, was für ein einmaliges Angebot du mir da gemacht hast. Ich hatte befürchtet, als billiges Pin-up-Girl zu enden, aber du bist ein Visionär, Jace, der ein Kunstwerk erschaffen hat. Es hat mir riesigen Spaß gemacht, mit dir und Hawk zusammenzuarbeiten. Diese Erfahrung werde ich niemals vergessen.« In ihrem Bauch erwachten die Schmetterlinge wieder zum Leben, denn sie meinte damit natürlich nicht nur das Shooting, sondern auch ihre gemeinsame und überaus intime Zeit.

Sie freute sich darauf, noch einen ganzen Tag und eine heiße Nacht an der Seite dieses Mannes zu verbringen, der nicht nur unglaublich großzügig und sexy war, sondern auch über einen ausgeprägten Familiensinn verfügte. Warum hatte sie dann trotzdem das Gefühl, dass es sich um ein zweischneidiges Schwert handelte?

Er nahm ihre Hand in seine und drückte sie. »Ich kann kaum glauben, dass ich mich beinahe mit Sahara zufriedengegeben hätte. Das wäre ein großer Fehler gewesen. Ich hätte zuerst dich bitten sollen.«

Sie fragte sich, ob er damit sein Bedauern darüber zum Ausdruck bringen wollte, dass sie beide nicht früher und jetzt auch nur für das Shooting zueinandergefunden hatten.

Als hätte er ihre Gedanken erraten und als würde ihm das Angst machen, wandte er den Blick ab und ließ ihre Hand los.

»Ich habe wirklich nicht die geringste Ahnung, wie wir unter all diesen Bildern eine vernünftige Auswahl treffen sollen«, meinte er beiläufig. »Du siehst auf jedem einzelnen toll aus. Das nächste Treffen der Marketing-Abteilung dürfte interessant werden. Dann wählen wir die Fotos für den Kalender aus und besprechen noch ein paar andere Dinge für die Werbekampagne. Warum rufen wir nicht Hawk und meine Assistenten an und sagen ihnen, dass wir keine weiteren Aufnahmen brauchen? Dann könnten wir zur Feier des Tages einen kleinen Ausflug mit meinem Bike machen.«

Eine Motorradtour war genau das Richtige, um den Wirbelwind aus Gedanken und Gefühlen wieder in den Griff zu bekommen, der in ihr tobte.

Wenn es etwas gab, das Jace wieder zur Besinnung brachte, dann war es der Fahrtwind in seinem Gesicht und die offene Straße, die vor ihm lag. Nachdem er sich den ganzen Vormittag lang mit Dixies scharfen Fotos beschäftigt hatte, hatte er das auch nötig. Das einzige Problem bestand darin, dass der Grund für seine Verwirrung sich schon seit über einer Stunde fest an seinen Rücken schmiegte, und *Mann*, Motorradfahren hatte sich noch nie so gut angefühlt. Doch der Nebel in seinem Kopf lichtete sich nicht, und als er auf die Einfahrt seiner Eltern einbog, stieß er einen leisen Fluch aus, denn er wusste wirklich nicht, warum er auf direktem Wege hierhergekommen war. Zu seinem Glück waren seine Eltern beide bei der Arbeit.

Er stieg vom Motorrad und nahm den Helm ab, während er sich an Dixies Anblick weidete, die in einem engen schwarzen Tanktop, ihren ausgeblichenen Jeans und ihren Lederstiefeln noch auf dem Bike saß. Verdammt, sie sah so gut aus, als würde sie auf dieses Bike gehören. Seine Wahrnehmung schien auf Zeitlupe umzustellen, als auch sie ihren Helm abnahm und ihre prächtige rote Mähne ausschüttelte. Er reichte ihr die Hand, aber sie warf ihm nur einen amüsierten Blick zu und stieg dann allein ab, während sie sein Elternhaus betrachtete, ein bescheidenes Gebäude im Kolonialstil.

»Wessen Haus ist das?«, erkundigte sie sich.

»Das Haus meiner Eltern, aber sie sind gerade nicht da.« Dann überlegte er kurz und setzte geistesgegenwärtig hinterher: »Sie hatten mich gebeten, einmal nach der Spüle in der Küche zu sehen. Und ich dachte, wenn wir ohnehin schon in der Nähe sind ...«

»Cool«, sagte sie und folgte ihm zur Haustür. »Hier bist du aufgewachsen?«

Er schloss die Tür auf und bat sie herein. »Ja. Im Hinterhof habe ich immer Football mit meinen Freunden gespielt.«

»Mmm. Hier duftet es nach frisch gebackenem Brot.«

»Meine Mutter hat immer schon Brot gebacken. Sie liebt das. Als wir noch klein waren, hat sie uns auch Pausenbrote mit in die Schule gegeben. Sie sagte immer, das selbst gemachte Brot soll uns daran erinnern, dass wir geliebt werden. Als hätten wir das je vergessen können.« Er öffnete den Brotkasten, der auf dem Küchentresen stand. »Fühl dich wie zu Hause. Möchtest du vielleicht eine Scheibe?«

»Nein, danke. Aber ich finde es wirklich rührend, dass sie für euch gebacken hat.«

Sie folgte ihm ins Wohnzimmer, ihr Blick wanderte von der Sofaecke über den Couchtisch bis zur *Wall of Shame* der Familie Stone, wo seine Mutter jedes peinliche Foto, das je von Jace und seinen Geschwistern gemacht worden war, aufgehängt hatte. Dixie eilte hinüber und zeigte auf ein Foto von Jace mit fünfzehn. Sein Haar war lang und zottelig, er trug schwarze Jeans und ein schwarzes T-Shirt mit einem schwarzgrauen Flanellhemd darüber, dazu schwarze Armeestiefel mit offenen Schnürsenkeln.

»Hast du damals davon geträumt, der neue Sänger von Pearl Jam zu werden?«, neckte sie ihn.

Er legte ihr lachend den Arm um die Schultern und zog sie an sich. »Ich hatte eben eine Grunge-Phase. Mach dich nicht lustig über mich. So waren die Neunziger nun mal.«

»Verstehe, und als du klein warst, wolltest du wohl Elton John sein?« Sie zeigte auf ein anderes Foto von ihm als Siebenjährigem. Darauf trug er einen glitzernden hellblauen

Umhang und eine Sonnenbrille mit riesigen runden Gläsern.

»Du kannst es wohl nicht lassen«, raunte er ihr leise ins Ohr und küsste sie auf die Wange. »Meine Mom hat mir diesen Umhang genäht, und ich war sehr stolz darauf. Meine Freunde und ich haben bei einer Talentshow in der Schule mitgemacht.«

»Und was war dein Talent? Extra niedlich zu sein?«

Er grinste. »Ich war ein Zauberer.«

Sie drehte sich zu ihm um und schlang ihm die Arme um den Hals. »Du hast eine Menge Geheimnisse, nicht wahr, Stone?«

Ihr liebevoller Blick ließ seine Knie weich werden. Dixie besaß die bemerkenswerte Fähigkeit, ihre bissige Art von der einen auf die andere Sekunde abzulegen und plötzlich sanft und liebevoll mit ihm umzugehen. So fühlte es sich an wie das Normalste von der Welt, zusammen mit ihr hier in seinem Elternhaus zu stehen und sich Fotos von ihm als kleinem Jungen anzusehen. Sie weckte Sehnsüchte in ihm, die er noch nie zuvor empfunden hatte, wie den Wunsch, Dinge mit jemandem zu teilen.

»Sag du es mir«, erwiderte er und legte die Arme um ihre Taille.

Er küsste sie sanft, doch das reichte ihm nicht, daher vertiefte er den Kuss und spürte, wie sie in seinen Armen dahinschmolz. Während er sie weiter küsste, versuchte er, sich einzureden, dass die Wärme, die sich in seinem Inneren ausbreitete, nur Verlangen war. Doch als sie sich endlich voneinander lösten, wurde er von den Gefühlen übermannt, die er zuvor abzuschütteln versucht hatte.

»Die meisten deiner Geheimnisse möchte ich lieber gar nicht ergründen.« Sie entwand sich seiner Umarmung und zeigte auf ein Foto seiner Schwestern. »Wie schlimm hast du dich aufgeführt, als deine Schwestern noch Teenagerinnen waren? Hast du auch alle Typen vergrault, die sich mit ihnen treffen wollten?«

»Manchmal, wenn es richtige Idioten waren. Aber meistens habe ich mich zurückgehalten und nur eingegriffen, wenn sie mich brauchten.«

»Als Schwester kann ich dir verraten, dass wir manchmal selbst nicht wissen, wann wir unsere Brüder am dringendsten brauchen. Ich bin mal mit einem Typen ausgegangen, der mich zu etwas zu zwingen versuchte, was ich nicht tun wollte. Ich bin da allein rausgekommen, aber ich hätte es Bear erzählen sollen, denn er war der Einzige, der zu Hause war. Doch ich habe es nie getan, weil ich mich zu sehr geschämt habe.«

»Dann hat der Kerl ja Glück gehabt. Bear hätte ihn fertiggemacht. Leider kenne ich solche Situationen nur zu gut. Jennifer hat vor ein paar Jahren einmal eine Verabredung zum Abendessen mit mir abgesagt. Sie sagte am Telefon, sie sei krank, aber der Klang ihrer Stimme hat sie verraten. Sie hörte sich an, als wäre sie am Boden zerstört. Also fuhr ich zu ihr, um nach ihr zu sehen, und sie hatte Blutergüsse am Arm von einem Typen, mit dem sie ausgegangen war. Ich habe dir erzählt, dass ich niemals lüge, aber mir wird gerade bewusst, dass ich sie damals angelogen habe. Ich habe ihr versprochen, in der Sache nichts zu unternehmen. Der Typ war Lehrer an einer anderen Schule, und sie wollte kein großes Drama aus der Sache machen. Aber ich habe ihn aufgesucht. Und ich habe ihn grün und blau geschlagen und dafür gesorgt, dass er die Stadt verlässt.«

»Er hat die Stadt verlassen? Ist das nicht ein bisschen extrem?«

Jace schüttelte den Kopf. »Ich hab ihm die Wahl gelassen.

Sich der Polizei zu stellen oder von hier zu verschwinden, damit ich mir seinetwegen keine Sorgen mehr um Jen machen muss. Drei Wochen später war er weg. Ich habe in der Gegend, in die er gezogen ist, dann einen befreundeten Polizisten informiert und ihn vorgewarnt. Er hat den Kerl aufgespürt, ihm einen Besuch abgestattet und ihn gewarnt, dass er ihn im Auge behalten wird. Er sagte, dass er ihn in den Knast schickt, sollte ihm jemals etwas zu Ohren kommen, das ihm nicht gefällt.«

»Warum hast du ihn nicht einfach angezeigt?«

»Weil er zu schnell wieder entlassen worden wäre. Und ich wollte ihm das Gefühl geben, dass er immer unter Beobachtung steht. Ich wollte ihm solche Angst machen, dass er es nicht mehr wagen würde, sich ein weiteres Mal danebenzubenehmen.«

»Du hättest selbst dafür ins Gefängnis wandern können.«

»Ich hab mich nur um ihn gekümmert.« Er zwinkerte.

»Okay, du Draufgänger, dann erzähl mir doch mal etwas über diesen Herrn hier. Ist das dein Dad?«

Sie zeigte auf ein Foto, auf dem Jace zwölf Jahre alt war und mit seinem Vater neben seinem ersten Mini-Bike stand. Er hielt einen Helm unter dem Arm und grinste von einem Ohr zum anderen.

»Ja. Das ist mein alter Herr. Er ist Elektriker und ein herzensguter Mensch. Das Beste an meinem Dad ist, dass er einen immer vor Herausforderungen gestellt hat, statt Verbote auszusprechen, und dass er immer sein Wort hält. Als ich zehn war, habe ich ihn gefragt, ob ich ein Mini-Bike bekomme. Er war zuerst nicht begeistert von der Idee. Er ist sehr konservativ und ich war ein ungestümer und manchmal auch wilder Junge. Bestimmt hat er befürchtet, dass ich irgendwelchen Ärger machen würde. Aber statt mich einfach abzuweisen, sagte er, ich dürfe eines haben, wenn ich zwölf werde, und auch dann nur, wenn ich es selbst bezahlen kann. Er dachte wohl, dass ich das niemals hinkriege, aber ich war ein einfallsreiches Kerlchen. Ich ging also in unserer Nachbarschaft von Tür zu Tür und erkundigte mich, ob ich irgendetwas tun könnte, um mir ein bisschen Geld dazuzuverdienen. Ich wusch Autos für einen Dollar fünfzig, erledigte Lebensmitteleinkäufe, fütterte Haustiere, deren Besitzer verreist waren, ging mit Hunden Gassi und schippte im Winter Schnee. Schließlich hatte ich einhundertzwanzig Dollar gespart, was für ein klappriges altes Motorrad reichte. Aber mein Vater war so stolz auf mich, dass er mir dabei half, einen neuen Motor einzubauen, und dann bezahlte er seinen Kollegen und Freund Morty dafür, mir das Fahren beizubringen.«

»Das klingt, als wäre er wirklich ein guter Vater. Kein Wunder, dass aus dir so ein toller Kerl geworden ist.«

»Er ist ein besserer Mensch als ich.«

»Warum sagst du das?«

Er zuckte mit den Schultern. »Weil er komplett selbstlos ist. Meine Eltern sind seit ihrer Teenagerzeit zusammen. Er hat fünf Kinder großgezogen, die es ihm nicht immer leicht gemacht haben, und ich kann mich trotzdem nicht daran erinnern, dass er jemals laut oder grob geworden wäre. Man kann einen Mann, der sein Leben damit zugebracht hat, andere glücklich zu machen, wohl kaum mit jemandem vergleichen, der nur für sich selbst lebt.«

»Ich habe schon genug Beweise dafür gesehen, dass das nicht stimmt. Glaub nicht, ich hätte nicht zugehört, als deine Schwestern von den Stipendien erzählt haben und den Mentorenprogrammen, die du auf die Beine gestellt hast. Ein Mann, der nur für sich selbst lebt, würde so etwas nicht tun.«

Sie nahm seine Hand. »Und jetzt zeig mir dein Zimmer, Draufgänger. Aber mach dir keine falschen Hoffnungen, denn unter dem Dach deiner Eltern wird nichts passieren, was nicht jugendfrei ist.«

Er lachte leise, während sie nach unten gingen. »Im ersten Stock gibt es nur drei Schlafzimmer, mein Dad und ich haben darum den Keller ausgebaut, und Jared und ich haben uns da unten ein Zimmer geteilt.«

»Keine besonders guten Voraussetzungen für Mädchenbesuch.«

Er sah sie aus dem Augenwinkel an, während er die Tür zum Keller öffnete. »Ich habe nie irgendwelche Mädchen mit nach Hause gebracht. Das wäre meinen Eltern gegenüber respektlos gewesen.«

»Okay, raus mit der Wahrheit: War deine Französischlehrerin die erste Frau für dich?«, fragte sie neckisch. »Hast du dich älter gemacht, damit du nicht wirkst wie ein frecher Bengel, der tatsächlich erst sechzehn ist?«

»Mit sechzehn wäre mir das sehr lieb gewesen. Aber nein. Mein erstes Mal hatte ich mit siebzehn. Mit einem Mädchen, das ich während der Sommerferien kennengelernt hatte. Sie war zwanzig und mit ihren Freunden nur auf der Durchreise.«

»Wie süß, dass der Draufgänger Jace Stone zum ersten Mal Sex hatte, als er schon fast mit der Highschool fertig war.«

Er hielt am Fuß der Treppe kurz inne. »Das war nicht süß. Das war eine bewusste Entscheidung. Wie alt warst du beim ersten Mal?«

»Einundzwanzig«, antwortete sie, ohne zu zögern. »Das war kurz vor meinem Collegeabschluss mit einem Typen, den ich schon seit Jahren kannte. Wir waren Kommilitonen. Er war so eine Art Mathegenie, mit Hochwasserhose, daumendicken

Brillengläsern und allem Drum und Dran. Ich habe ihn bewundert und sehr gemocht, aber eben nur wie einen Freund. Er hieß Ritchie Myers. Doch ich wollte nicht zurück nach Peaceful Harbor gehen, ohne diese Erfahrung gemacht zu haben, also habe ich ihn gefragt, ob er Lust hätte, mit mir zu schlafen.«

»Ist das jetzt dein Ernst? Ich hab doch gesehen, wie du mit achtzehn ausgesehen und dich benommen hast. Die Männer müssen dir doch in Scharen nachgelaufen sein.«

»Klar, aber so etwas hat mich nie gereizt. Ich habe dir doch gesagt, dass ich echte Männer bevorzuge, und echte Männer rennen nicht jedem Rock hinterher, den sie sehen. Sie hängen sich nur rein, wenn ihnen die Sache etwas bedeutet.«

Grundgütiger. Das erklärte eine ganze Menge, darunter auch, wie viel Selbstrespekt Dixie hatte. »Und du hast tatsächlich den ersten Schritt gemacht?«

»Das habe ich. Er war ein Gentleman, und ich habe ihm vertraut.«

»Hast du etwa noch Kontakt zu diesem Glückspilz?«

»Ab und an. Er ist verheiratet und lebt in New Hampshire.«

»Dix, du bist sogar noch beeindruckender, als ich dachte. Danke, dass du mir das anvertraut hast.«

Er ging durch einen kleinen Vorraum und öffnete dann die Tür zu seinem alten Zimmer, aus dem seine Mutter sich nun ein Nähzimmer gemacht hatte.

»Oh«, murmelte sie mit enttäuschter Miene. »Ich hatte mich schon so auf die Poster mit halb nackten Frauen auf Bikes und den Pin-up-Kalender gefreut.«

Er lachte auf. »Dafür kommst du mindestens zehn Jahre zu spät. Das Zeug hat meine Mutter entsorgt, sobald Jared aus dem Haus war.« Er wies nach links. »Das war Jareds Seite. Er ist ein paar Jahre jünger als ich und war noch ein Kind, als ich schon meine Teenagerzeit erlebte. Er hat mich mit seinen ständigen Fragen nach allem und jedem in den Wahnsinn getrieben. Hat mir mein Handy geklaut und irgendwelche albernen Bilder an meine Kontakte geschickt. Unglaublich, was für eine Nervensäge er war. Aber ich hätte alles für ihn getan.«

»Und daran hat sich wohl nichts geändert.«

»Da hast du recht.« Er nahm sie in die Arme und küsste sie.

Sie bat ihn noch, ihr den Garten zu zeigen, und sie gingen nach draußen. Es war ein wunderschöner Tag, und schließlich überredete sie ihn dazu, einen Spaziergang zu der Autowerkstatt zu machen, in der er seinen ersten Job gehabt hatte.

Als sie schließlich wieder auf das Motorrad stiegen, um zurück in die Stadt zu fahren, stellte sie fest: »Du hast ja gar nicht nach der Spüle gesehen.«

Verdammt. »Das mache ich morgen, wenn ich zum Abendessen zu meinen Eltern fahre.«

Sie legte den Kopf schief und sah ihm skeptisch ins Gesicht. »Du würdest niemals wegfahren, ohne so ein Problem behoben zu haben. Warum hast du mich wirklich hierhergebracht?«

Er musste lächeln, als er sich aufs Motorrad setzte. »Ich habe ehrlich gesagt keine Ahnung, warum ich dir das zeigen wollte. Vermutlich liegt es am Whiskeyfieber.«

Zwölf

»Ich fühle mich wie in einem Videospiel«, erklärte Dixie mit gedämpfter und aufgeregter Stimme, während sie an Jaces Arm über den Times Square ging. Inzwischen waren Wolken aufgezogen und der sonnige Tag war grau geworden, doch das tat Dixies guter Laune keinen Abbruch. »Alle starren auf ihre Handys. Wie können die Leute da so schnell laufen, ohne ständig mit jemandem zusammenzustoßen? Die New Yorker müssen irgendwo versteckte Sensoren haben. Ich würde keine zehn Meter weit kommen, wenn ich das täte.«

Jace lachte leise. Nach ihrem spontanen Ausflug zum Haus seiner Eltern – er war immer noch ein wenig überrascht von sich selbst – hatten sie das Bike vor seinem Apartment abgestellt, um die Stadt zu Fuß zu erkunden. Er hatte immer geglaubt, schon alles über den Big Apple zu wissen, aber die Stadt durch Dixies Augen zu sehen, ließ ihn ganz neue Dinge entdecken. Sie holten sich ein Stück Pizza, um etwas verspätet zu Mittag zu essen, und Dixie bestand darauf, dass sie draußen aßen, damit sie dabei die Passanten beobachten konnten. Ihr fielen Details auf, denen er niemals Beachtung geschenkt hätte, doch sie war erstaunlich aufmerksam. Und sie erhaschte Gerüche wie ein guter Spürhund. Für Jace roch die Stadt nach Müll und manchmal auch nach gerösteten Erdnüssen. Doch Dixie folgte ihrer Nase und sie stießen auf eine portugiesische Bäckerei, wo es den besten Honigkuchen gab, den er je gegessen hatte. Sie blieb an einem Blumenladen stehen, an dem er sicher schon hundertmal vorbeigegangen war, ohne ihm auch nur Beachtung zu schenken, um an den bunten Blumen zu schnuppern. Er fragte sich, ob die Rosen, die er ihr geschickt hatte, sie ebenso glücklich gemacht hatten.

Sie blickte zu ihm auf. »Bitte erzähl mir jetzt, dass du normalerweise nicht wie all die Leute hier bist.«

»Das könnte ich zwar behaupten, aber dann würde ich lügen.«

»Ist das jetzt dein Ernst? Der Mann, der das schönste Fleckchen Erde von ganz Peaceful Harbor gefunden hat, besitzt kein Gespür für die unglaublichen Geräusche und Bilder dieser Stadt?«

»So ist das Leben, Dix. Bist du niemals so müde oder in Gedanken, wenn du nach Hause kommst, dass du vergisst, die Aussicht auf den Hafen zu genießen?«

Sie schüttelte den Kopf. »Nein. Jedes Mal, wenn ich nach draußen gehe, nehme ich die Meeresbrise deutlich wahr, und wenn ich in der Stadt unterwegs bin, vergesse ich nie, die Berge zu bewundern. Ich liebe das alles, und ich wache jeden Morgen auf und bin glücklich, dort leben zu dürfen. Zugegeben, die Großstadt ist wirklich cool, aber ich würde niemals hier wohnen wollen. Doch wenn es so wäre, würde ich jeden einzelnen Tag genießen. Ansonsten wäre das Leben doch schrecklich langweilig, oder etwa nicht? Ich käme mir vor wie ein Roboter, der wie ferngesteuert umherläuft.«

»Und das aus dem Mund der Frau, die bisher in kein einziges Geschäft gehen wollte. Nicht, dass ich mich beschweren will, aber ich dachte, alle Frauen kaufen gern ein.«

»Das Einzige, was ich gern kaufen würde, sind Geschenke für meine Babys. Aber wenn du etwas brauchst, können wir gern in ein paar Läden gehen.«

»Deine Babys? Gibt es da etwas, das ich wissen sollte?«

»Ich rede von meinen Nichten und Neffen. Kannst du dir vorstellen, was für lange Gesichter sie machen, wenn Tante Dixie mit leeren Händen aus New York zurückkommt? Das würde ihnen das Herz brechen. Wir sollten also ein bisschen Spielzeug besorgen.«

Sie hielten an einer Straßenecke an und warteten darauf, dass die Ampel auf Grün umsprang. Während Dixie die Menschen um sich herum betrachtete und die Wolkenkratzer bestaunte, beobachtete Jace sie verstohlen. Er teilte ihre Neugier auf die Welt, aber wenn er sich in einer der Städte aufhielt, in denen er arbeitete, lebte er für gewöhnlich sehr zurückgezogen und konzentrierte sich aufs Geschäft. Dixie weckte in ihm den Wunsch, diesen Teil seiner Persönlichkeit neu zu bewerten. Warum hatte er die Dinge, die ihm eigentlich wichtig waren, derart lange vernachlässigt? Es war schließlich nicht so, dass er sich nicht gleichzeitig auf die Arbeit konzentrieren und trotzdem Interesse für seine Umwelt aufbringen konnte. Doch in Bezug auf Peaceful Harbor musste er ihr recht geben. Er hatte diesen Ort gefunden, und er kehrte jedes Mal dorthin zurück, wenn er in der Stadt war. Es war, als würde er ihn rufen, doch was das zu bedeuten hatte, wusste er nicht.

Sie zeigte auf die andere Straßenseite. »Da ist ein Souvenirshop.«

»Das ist doch billiger Mist. Gehen wir lieber in ein richtiges Spielzeuggeschäft wie *FAO Schwarz* und kaufen ihnen etwas wirklich Schönes«, schlug er vor.

»Oh, schick. Okay, Mr. Neureich.« Die Ampel sprang um und die Menge drängte nach vorn. Dixie blieb dicht bei ihm. »Du übernimmst die Führung.«

»Zu Fuß sind es etwa zehn Minuten. Ist das okay? Wir können auch ein Taxi nehmen.«

»Soll das ein Witz sein? Und mir all das hier entgehen lassen?« Sie machte eine ausladende Geste. »Wir gehen zu Fuß.«

Sie gingen in Richtung Rockefeller Center, und als sie bei *FAO Schwarz* ankamen, war Dixie sofort völlig hingerissen. Sie zerrte Jace zu einer Fläche, auf der Klaviertasten auf dem Boden aufgemalt waren, die in Neonfarben leuchteten und sich unter einem Deckenspiegel befanden.

Sie stellten sich in der Schlange an und als Dixie an der Reihe war, trat sie auf die Tasten und griff nach seiner Hand. »Komm! Mach mit!«

»Mach du nur. Ich schaue lieber zu«, erwiderte er und freute sich, sie so unbeschwert zu sehen.

Sie verschränkte die Arme vor der Brust, schob sexy das Becken vor und tippte mit einem Fuß in monotonem Rhythmus immer wieder dieselbe Taste an. »Wenn du die Leute hier nicht noch länger mit diesem Geräusch quälen willst, dann solltest du dich mir lieber anschließen.«

Gerade als Jace klein beigeben wollte, kam ein niedlicher kleiner Junge mit dichtem schwarzem Haarschopf und stellte sich auf die Zehenspitzen. »Ich spiele mit dir!«

»Das würde mich aber freuen. Ist deine Mama denn damit einverstanden?« Dixie lächelte die Frau, deren Hand er hielt, warmherzig an.

»Ich will auch!«, rief ein anderer Junge.

»Darf ich auch, darf ich auch?«, bettelte ein kleines Mädchen mit Zöpfen ihren Vater an.

Dixie winkte alle Kinder zu sich und machte sich daran, mit der Schar kichernder Kinder im Schlepptau über die Tasten zu tanzen. Jace fotografierte sie, während sie hüpfte und herumzappelte, die Kinder lachten begeistert, die Eltern wirkten gerührt.

Als sie alle von den Klaviertasten herunterstiegen, umarmten die Kleinen sie, und die Eltern bedankten sich bei ihr. Und Jace hatte sich gerade noch ein bisschen mehr in diesen bezaubernden Rotschopf verliebt, der seine Welt von Minute zu Minute mehr auf den Kopf stellte.

Über eine Stunde später verließen sie den Laden mit Geschenken für Dixies Babys, und er fand heraus, dass dazu nicht nur die drei Kinder von Bones und Sarah zählten, sondern auch Trumans und Gemmas Sohn und Tochter und Jeds und Josies Sohn. Sie achtete genau darauf, dass jedes der Geschenke auch zum jeweiligen Kind passte, und es war faszinierend, sie dabei zu beobachten, wie sie ihre Wahl traf. Sie kaufte für Maggie Rose, das Baby von Bones und Sarah, ein rosa Plüscheinhorn, weil sie fand, dass die Kleine etwas ganz Besonderes war, weil Sarah schon schwanger gewesen war, als sie Bones kennengelernt hatte. Bradley bekam ein gelbes Spielzeugtaxi, weil er Autos liebte, und Hail eine kleine Straßenkehrmaschine, weil er total auf Laster stand. Sie sagte, sie würde den Kindern alles über die Stadt erzählen, die dann garantiert auch Big Apple spielen wollten. Außerdem kaufte sie eine niedliche Stoffgiraffe für Lila, denn *sie ist ein mittleres Kind, und da wird man leicht mal übersehen*. Für Kennedy suchte sie einen Feengarten zum Selbergestalten aus, weil die Kleine alles liebte, was mit Feen und Prinzessinnen zu tun hatte. Und Lincoln bekam eine winzige Trommel, in der eine Trompete und ein Tamburin versteckt waren, weil er gern auf Sachen herumklopfte.

»Für die vielen Geschenke wirst du einen extra Koffer brauchen«, sagte er, als er sich mit ihren Einkaufstüten in der Hand auf den Weg zum Ausgang machte.

»Aber stell dir nur vor, was für glückliche Gesichter sie machen werden.«

Als sie am Rockefeller Center vorbeigingen, schaute er nach oben zu dem sich verdunkelnden Himmel und hoffte, dass sie es noch trocken zurückschaffen würden. »Du bist wirklich eine ausgesprochen spendable Tante, Dixie.«

»Danke. Nach dem, was ich letztens gesehen habe, bist du als Onkel aber auch nicht schlecht. Hast du je daran gedacht, eigene Kinder zu haben?«

»Niemals …« Er zögerte kurz, bevor er weitersprach, denn die Wahrheit hatte er sich bislang nicht eingestehen können. Doch ein Blick auf Dixie genügte, und es sprudelte einfach aus ihm heraus. »Nicht, bevor Thane auf die Welt kam.«

»Interessant. Soll das etwa heißen, dass Mr. Weltenbummler das Babyfieber gepackt hat?«

»Nein«, antwortete er mit einem Kopfschütteln. Das Babyfieber? Gab es so etwas überhaupt? »Ich bin noch nicht bereit für Kinder, und ich bin noch nicht bereit, meine Freiheit aufzugeben, aber dieser kleine Kerl weckt in mir Gefühle, die ich niemals zuvor erlebt habe. Ihn mit Jay und Rush zu sehen, hat mir die Augen geöffnet, und mir wurde klar, dass ich mir etwas Entscheidendes entgehen lassen würde, wenn ich keine Familie gründe.«

Sie kamen zu dem Platz, der im Winter als Eislaufbahn diente. Jetzt aber standen überall Tische mit Sonnenschirmen, unter denen zahlreiche Gäste zu Abend aßen. Dixie musterte Jace eine Weile nachdenklich.

»Was ist?«, fragte er.

Sie wandte den Blick ab. »Nichts.«

Jace beugte sich über das Geländer, und ihm sank das Herz. Er wollte sich Dixie noch nicht einmal in den Armen eines anderen Mannes vorstellen, geschweige denn als Mutter der Kinder eines anderen Mannes. »Du wärst sicher eine großartige Mutter, Dixie.«

»Danke.«

Er versuchte, das ungewohnte Ziehen in seinem Bauch zu ignorieren, und wechselte das Thema. »Im Winter ist hier eine Eislaufbahn. Kannst du Schlittschuhfahren?«

»Ich habe es nie versucht.« Sie rückte näher an ihn heran und stupste ihn mit ihrer Schulter an. »Was ist mit dir? Ich kann mir dich kaum auf Schlittschuhen vorstellen. Andererseits konnte ich mir dich auch nicht mit einem hellblauen Glitzerumhang vorstellen.«

Er legte ihr einen Arm um die Schultern und sie musste lachen. »Ich konnte es mal richtig gut. Du musst mich im Winter besuchen kommen, dann beweise ich es dir.« Er führte sie zu den Channel Gardens, die er ihr eigentlich hatte zeigen wollen.

Die Channel Gardens verliefen entlang einer schmalen Promenade zwischen zwei mächtigen Gebäuden. Sie waren eines der größten Geheimnisse der Stadt und bargen sechs Wasserbecken und Springbrunnen aus Granit, in denen jeweils eine große Statue stand, umgeben von farbenfrohen Blumen und üppigen Grünpflanzen. Genau wie er gehofft hatte, leuchtete Dixies Gesicht bei diesem Anblick auf, und das machte ihn überglücklich.

»Wie kann das sein, dass es so etwas mitten in der Stadt gibt?« Sie eilte zu einem der Brunnen und berührte die Pflanzen mit den Fingerspitzen.

»Das sind die Channel Gardens. Ich dachte mir, dass sie dir gefallen.«

»Anscheinend hast du doch nicht immer nur auf dein Handy gestarrt, wenn du hier warst.« Sie lehnte sich an ihn. »Hier ist es wunderschön.« Sie zeigte auf eine der Statuen. »Ist das eine Wassernymphe?«

Er nickte. »Das sind Nereiden und Tritonen. Vor zweihundert Jahren wurde hier der erste botanische Garten des Bundesstaats angelegt.« Er deutete auf die beiden Gebäude. »Das ist das British Empire Building und das ist La Maison Française. Diese Promenade hier soll den Ärmelkanal symbolisieren, der die beiden Länder trennt, nach denen die Gebäude benannt sind.«

Dixie musterte ihn neugierig. »Woher weißt du das alles? Oh, warte, ich vergaß, du interessierst dich für Geschichte. Mir war nur nicht klar, wie tief dein Interesse geht, bis ich heute Morgen dein Bücherregal gesehen habe. Du besitzt ja eine halbe Bibliothek.«

»Das hatte ich dir doch schon erzählt.«

»Aber du hast mir nicht gesagt, dass du ein Nerd bist.« Ein Regentropfen landete auf ihrer Wange. Sie schloss die Augen und wandte ihr Gesicht dem Himmel zu. Als immer mehr Tropfen vom Himmel fielen, öffnete Dixie die Augen, hielt die Handflächen nach oben und ließ den Regen darüber perlen. Die Haut auf ihren Armen glitzerte, ihr Shirt war im Nu durchnässt, und das Haar klebte ihr an den Schultern.

Rund um sie herum suchten die Menschen eilig nach einem Unterstand, und da war Dixie, die knallharte Bikerbraut, die einen Mann mit einer bissigen Bemerkung in die Knie zwingen konnte, und drehte sich lachend im Kreis.

Sie war einfach hinreißend.

Jace, der ihre Einkaufstüten in einer Hand hielt, nahm sie in die Arme, und da sprudelte die Wahrheit aus ihm heraus. »Es ist verdammt schwer, dir zu widerstehen.«

Er beugte sich zu ihr hinunter, um sie zu küssen, und in diesem Moment spürte er den Regen auf seiner Haut nicht länger und der immerwährende Verkehrslärm schien zu verstummen. Es gab nur noch Dixies weichen Körper, der sich an ihn presste, ihre warmen, gierigen Küsse und die lustvollen Laute, die ihn immer mehr zu ihr hinzogen.

Jace wusste nicht, wie lange sie so selbstvergessen auf der Promenade gestanden hatten, aber ein lautes Donnergrollen und ein darauffolgender gleißender Blitz schreckten sie auf. Er presste sie fest an sich, während sie zur Straße rannten und dort ein Taxi heranwinkten. Sie stiegen lachend und nass bis auf die Knochen ein, küssten sich während der ganzen Fahrt zu seinem Apartment und auch noch im Aufzug, bis sie schließlich unter Gelächter in die Wohnung taumelten. Er konnte sich nicht daran erinnern, wann er zum letzten Mal so viel Spaß gehabt hatte. Als sie beide die Stiefel auszogen, wurde ihm klar, dass er gerade zum letzten Mal mit Dixie die Wohnung betreten hatte. Und der Gedanke schmerzte höllisch. Dabei genoss er doch eigentlich seine Einsamkeit und konnte sich gar nichts anderes vorstellen.

Und doch stand er nun hier und wollte sich nicht einmal ausmalen, wie er morgen ohne sie nach Hause kommen würde, nachdem er sie zum Flughafen gebracht hatte.

Sie zogen die nassen Sachen aus und Dixie rieb sich ihr Haar mit einem Handtuch trocken. So beschwingt und glücklich hatte sie sich schon seit langer Zeit nicht mehr gefühlt. Sie ließen sich thailändisches Essen liefern, das sie auf der Couch aßen, während der Regen an die Fensterscheiben prasselte. Der dunkle Abendhimmel hatte das letzte verbliebene Licht in sich aufgesogen und schuf eine romantische Atmosphäre im Loft. Es fühlte sich seltsam vertraut an, in ihren abgeschnittenen Jeans und einem T-Shirt auf Jaces Couch zu sitzen, sich gegenseitig das Essen von den Tellern zu stibitzen und über belanglose Dinge zu plaudern.

»Was ist deine Leibspeise?«, fragte sie, während ihr Blick an seinen Jeans entlang zu seinen nackten Füßen wanderte. Sogar seine Füße waren sexy.

Jace zog anzüglich die Brauen hoch. »Das weißt du nicht? Das bist natürlich du, Dix.« Er schnappte sich eine Nudel von ihrem Teller. »Wohin würdest du am liebsten reisen?«

»Ich habe mir früher immer gern vorgestellt, einmal ganz weit entfernte Orte zu besuchen. Wie Griechenland. Oder Paris. Irgendetwas Exotisches, Ausgefallenes.« Doch nach den letzten Tagen fühlte sich der Gedanke, ohne ihn irgendwo zu sein, schal und einsam an.

»Und heute?«

»Ich bin im vergangenen Herbst allein verreist, das war toll, aber abgesehen von der Fahrt, die natürlich schön war, hatte ich immer den größten Spaß, wenn ich meine Cousins und Freundinnen besucht habe. Eine Weltreise auf eigene Faust wäre wohl doch nicht so mein Ding. Du reist viel und scheinst es zu mögen. Wohin fährst du als Nächstes, wenn ich abgereist bin?«

Er stellte seinen Teller auf dem kleinen Couchtisch ab und

trank einen Schluck von seinem Whiskey. »Am Donnerstag treffe ich mich mit Maddox in Boston. Und danach fliege ich nach Los Angeles, um den Launch vorzubereiten. Business as usual also. Und du fährst nächste Woche nach Cape Cod zu Justins Vernissage?«

»Ja, die Eröffnung ist am Mittwoch und ich bleibe bis Sonntag. Danach geht auch für mich der Alltag wieder los.«

»Wohnst du bei deinem Cousin?«

Sie stellte ihren Teller auch ab und sah ihn an. »Nein, ich will ihm nicht zur Last fallen. Eine meiner Freundinnen, die auch den Buchclub leitet, arbeitet im Bayside Resort, das direkt am Strand von Wellfleet liegt. Ich habe mir dort ein Cottage gemietet.«

»Klingt nicht übel.«

»Es wird bestimmt schön. Danke, dass ich bei dir wohnen durfte. Du bist sicher froh, wenn ich wieder weg bin und du dein Apartment für dich hast«, sagte sie zaghaft.

Er legte einen Arm über die Rückenlehne der Couch und strich mit den Fingern über ihren Arm. »Ich freue mich nicht darauf, dass du wieder abreist, Dix. Es war schön, dich hier zu haben.«

»Und ich hatte eine wirklich schöne Zeit.« Sie hätte nur zu gern mehr über sein Leben erfahren, und ihr war bewusst, dass dies möglicherweise ihre einzige Chance dazu war. »Darf ich dich etwas Persönliches fragen? Du musst mir nicht antworten.«

»Nur zu.«

»Ich wüsste zu gern, wie dein Leben wirklich aussieht. Ich weiß, dass du mit Maddox die Firma leitest, und du scheinst ständig unterwegs zu sein, um irgendwo Büros oder Läden zu eröffnen, trotzdem ist mir nicht ganz klar, was du eigentlich tust.«

Er leerte seinen Drink und stellte das Glas auf den Tisch. »Man könnte wohl behaupten, dass ich die kreativen Prozesse und die Expansion unserer Firma steuere, während Maddox sich um die betriebswirtschaftlichen Aspekte kümmert. Wir haben außerdem Betriebsleiter und Manager, die unsere Projekte beaufsichtigen und uns regelmäßig Bericht erstatten. Maddox und ich arbeiten zusammen, und einmal im Monat treffen wir uns, um alle aktuellen Probleme zu besprechen. Ums Tagesgeschäft kümmert er sich, während ich unterwegs bin, um neue Locations aufzutun, mit unseren Ingenieuren zu kommunizieren und mit den Designern an neuen Konzepten zu arbeiten. All solche Dinge. Ich arbeite hauptsächlich in Los Angeles, aber wenn wir den Deal in Boston abschließen, werde ich mein Hauptquartier wohl an die Ostküste verlegen. Ich habe eine Assistentin, die meine Termine für mich im Blick behält, und sie hat wiederum Angestellte, die ihr zuarbeiten.«

»Und wenn du auf Reisen bist, warten dann überall Freundinnen und Geliebte auf dich? Und hast du überall Freunde, so wie in Maryland?«

»Freundinnen?« Er schüttelte mit einem verschmitzten Lächeln den Kopf. »Keine Verpflichtungen, Dixie. Das weißt du doch. Ich mache niemandem falsche Hoffnungen, aber ich bin sicher auch niemandes Märchenprinz. Wenn ich eine Frau treffe, die mich interessiert, dann läuft ein paar Mal was, aber das war's auch schon. Und anders, als du dir das offenbar vorstellst, bin ich nicht dauernd auf der Jagd. Das hat für mich keine Priorität. Ich konzentriere mich ganz aufs Geschäft, und das war schon immer so. Der Sex war für mich nie mehr als eine Möglichkeit, Stress abzubauen.«

Sie schluckte diese bittere Pille. »Es gibt also wirklich niemanden in deinem Leben, dem du Rechenschaft schuldig bist.«

Er schüttelte den Kopf. »Und ich glaube nicht, dass sich das jemals ändert.«

Das tat weh, aber im Grunde genommen war ihr das die ganze Zeit bewusst gewesen. Er hatte stets mit offenen Karten gespielt, und sie konnte ihn nicht für ihre Hoffnungen verantwortlich machen.

»Wie ist es mit dir, Dix? Ich kann mir nicht vorstellen, dass du dich hinter dem Rücken deiner Brüder nicht doch hin und wieder mit einem Liebhaber vergnügst.«

»Habe ich in den letzten achtundvierzig Stunden nicht genau das getan?«

Er lachte auf. »Erwischt.«

»Meine Freundinnen arrangieren immer wieder mal Dates für mich«, gab sie ehrlich zu. »Aber bisher war kein Mann dabei, der es wert gewesen wäre. Und jetzt, wo du mich für alle anderen Männer verdorben hast …« Sie sagte das leichthin, nur um noch einmal sein Lachen zu hören, und sie wurde belohnt.

»Verdammt, du bist wirklich gut für mein Ego.« Er beugte sich zu ihr herüber und legte ihr eine Hand in den Nacken. Ihre Gesichter kamen sich so nah, dass sie den Whiskey in seinem Atem riechen konnte. Er sah ihr tief in die Augen. »Du bist auch gut für meine Seele. Ich werde keine Minute unserer Zeit je vergessen.«

Ihr Herz machte einen Sprung. Auch sie wollte keine Sekunde davon je vergessen. »Willst du mich immer noch tätowieren?«

»Fast so sehr, wie ich dich küssen will.«

Bei seinen Worten wurde ihr ganz warm ums Herz. »Hast du schon viele Frauen tätowiert?«

»Noch keine einzige. Das wäre in etwa vergleichbar damit,

eine Frau mit in mein Apartment zu nehmen. So etwas tue ich nicht.«

»Ich bin hier«, erinnerte sie ihn.

»Ich weiß. Und ich versuche immer noch zu begreifen, wie du das geschafft hast.«

Sie lächelte ihn an. »Du hast mich eingeladen.«

»Genau das meine ich. Wie konntest du mir so den Kopf verdrehen, dass ich meine eigenen Regeln vergesse, bevor ich dich überhaupt geküsst hatte?«

»Und daran will ich mich morgen auf dem Weg nach Hause erinnern, also halt jetzt den Mund und küss mich, Stone. Wenn es mir gefällt, dann darfst du mich tätowieren.«

»Wir haben keine Eile«, sagte er, während er sich ihr näherte.

Seine raue Hand umfasste ihren Nacken, und er zog sie an sich heran und presste den Oberkörper gegen ihren. Dann eroberte er ihren Mund derart leidenschaftlich, wie er es auch mit dem Rest ihres Körpers getan hatte. Seine Zunge spielte mit ihrer, drängend und fordernd, und die leisen erotischen Laute, die er dabei von sich gab, erregten sie nur noch mehr. Ihre Haut schien vom Kopf bis zu den Zehenspitzen zu lodern. Als sie endlich voneinander abließen, war sie wie benommen.

Er drückte eine Wange an ihre und flüsterte: »Soll ich jetzt meine Tätowierausrüstung holen?«

»Hm-hm«, murmelte sie geistesabwesend.

Er küsste sie noch einmal, und sie genoss jede einzelne köstliche Sekunde. Als er kurz im Arbeitszimmer verschwand, versuchte sie, wieder zur Besinnung zu kommen. Sie setzte sich aufrecht hin und sah sich im Loft um. Sie hörte, wie er in seinem Arbeitszimmer irgendwelche Schubladen aufzog, und ihr wurde klar, dass sie dieses Gefühl der Glückseligkeit eigentlich nicht vertreiben, sondern besser so lange wie möglich bewahren sollte. Also schloss sie die Augen und legte den Kopf auf die Couchlehne. Sie genoss das Pochen ihres Herzens, das Schwindelgefühl und seinen Geschmack im Mund.

Sie fühlte die Hitze seines Körpers, bevor seine Hände die Couchlehne neben ihren Schultern berührten und er sie wieder küsste. Das waren die Momente, aus denen Träume gemacht wurden, und sie war überglücklich, so etwas mit Jace erleben zu dürfen.

»Du musst mir wirklich vertrauen.« Er stand hinter der Couch und blickte auf sie herab.

Ihr Kopf lag noch immer auf der Lehne. »Jetzt übertreib aber nicht. Ich vertraue dir genug, um mich von dir an einer Stelle tätowieren zu lassen, die ich sehen kann. Ich will schließlich nicht mit deinem Namen auf dem Hintern enden.«

Er zog in gespielter Überraschung eine Braue hoch. »Na, das wäre doch mal eine schöne Idee.«

Sie starrte ihn finster an.

»Es ist mir eine Ehre, dich tätowieren zu dürfen, Dix. Sag mir einfach, wo ich es machen darf, und ich verspreche, dir nicht meinen Namen aufzudrücken.«

Ihr wurde bewusst, dass sie es unter anderen Umständen durchaus mit Stolz erfüllt hätte, seinen Namen auf ihrer Haut zu tragen. »Welche Stelle wäre dir am liebsten?«

»Irgendwo, wo du es sehen kannst, damit du an mich denkst.«

»Du hast doch schon jeden Quadratzentimeter meines Körpers erobert, Jace, und ich werde mich garantiert auch ohne Tattoo an dich erinnern.« Sie hielt ihm ihren linken Arm hin und drehte ihn um. »Die Innenseite des Handgelenks?«

Er hob ihr Handgelenk an die Lippen und presste einen

Kuss darauf. »Perfekt. Ich hole noch einen Tisch für meine Sachen, und dann geht es los.«

Jace machte Musik an, holte eine Lampe, ein Tischchen und einen Stuhl, den er neben die Couch stellte. Als er fertig war, desinfizierte er sorgfältig ihr Handgelenk. »Nervös?«

»Nein.« Sie war überhaupt nicht nervös. Aber neugierig. »Weißt du schon, was du schreiben oder zeichnen willst?«

»Lass dich überraschen«, erwiderte er und griff nach der Tätowiermaschine. »Ist ein bisschen Farbe in Ordnung?«

»Natürlich. Zeichnest du denn gar nichts vor?«

»Ich arbeite immer einfach drauflos, Baby. Das ist der einzige Weg.« Er sah kurz zu ihr hoch. »Bereit?«

»Ja. Wird es etwas sein, was du selbst entworfen hast?«

Er kniff die Augen zusammen. »Dachtest du, ich tätowiere dir ein Motiv, das jemand anderes entworfen hat?«

»Nicht wirklich. Ich wundere mich nur, wie schnell du loslegen kannst. Wie lange hast du das denn schon geplant?«

Er zog einen Mundwinkel hoch. »Das willst du nicht wissen.«

Oh doch, das wollte sie! Aber sie würde ihn nicht drängen. Allein die Vorstellung, dass er schon lange davon träumte, sie zu tätowieren, war fantastisch. Sie fürchtete, enttäuscht zu sein, wenn sie die Wahrheit erfuhr.

Dixie sah ihm bei der Arbeit zu. Er ging sehr sanft vor, und sein Gesicht wirkte plötzlich völlig verändert. In seinen Augen lag eine Art von Anspannung, die sie noch nicht kannte und die weder etwas mit unterdrückter Lust noch mit Begehren zu tun hatte.

»Wo hast du das gelernt?«, fragte sie.

Er wischte die überschüssige Tinte von ihrer Haut, blickte kurz zu ihr auf und konzentrierte sich dann wieder auf das

Tattoo. »Während meiner Collegezeit habe ich viele Entwürfe für Tattoos gezeichnet. Irgendwann wurde mir klar, dass ich mehr Geld verdienen kann, wenn ich sie selbst steche. Dann habe ich das eine Weile gemacht, aber irgendwann hatte ich keine Lust mehr auf all den Müll, den die Typen am College wollten. Also ging es wieder zurück ans Zeichenbrett. Ich tätowiere nur noch meine Freunde, denen es auch wirklich etwas bedeutet.«

»Hast du dir deine Tattoos etwa auch alle selbst gestochen?«

»An den Stellen, die ich selbst erreichen kann, ja, klar«, antwortete er, während er die Maschine bewegte.

Jace redete während der Arbeit nicht viel, und Dixie war das ganz recht. Ihr gefiel es, ihn zu beobachten, seine Hände auf sich zu spüren und zu wissen, dass er ihre Haut mit etwas schmückte, was er selbst entworfen hatte. Eine Stunde verging, dann eine weitere, während er geduldig die Kolorierung ergänzte. Dixie war neugierig auf das Design, aber noch neugieriger auf den Mann, der die Tätowiermaschine in der Hand hielt. Er hatte wie beiläufig bedeutende Dinge gesagt und dabei genügend Grauzonen geschaffen, um ihren Spekulationen in jeder Hinsicht Raum zu lassen.

Dixie versuchte, sich nicht auf die Tinte auf ihrem Handgelenk zu konzentrieren, sondern auf ihn. Sie fühlte sich wie eine Außenstehende, die einen Moment der Intimität beobachtete. Dass er etwas für sie tat, was er liebte, machte es nur noch besonderer.

Einige Zeit später wischte er ihr die Tinte ab und begutachtete sein Werk. »Fast fertig.«

Er besserte noch ein paar Stellen nach, legte sein Werkzeug schließlich zur Seite, ließ die Schultern kreisen und bewegte den Kopf nach links und rechts, um seine Halsmuskeln zu lockern.

Dann griff er nach einem Lappen, den er mit Desinfektionsmittel tränkte.

Während er ihr Handgelenk säuberte, meinte sie: »Ich glaube, ich schulde dir eine Nackenmassage.«

»Da sag ich nicht Nein, aber du solltest nie das Gefühl haben, dass du mir etwas schuldest, Dix. Wie ich schon sagte: Es ist mir eine Ehre, dich tätowieren zu dürfen. Willst du es sehen?«

Ihr Puls beschleunigte sich vor Aufregung, als sie ihr Handgelenk hob, um sich das Tattoo anzuschauen. Sie hatte noch nie etwas vor Augen gehabt, das derart filigran und doch so kraftvoll wirkte. Ins Zentrum hatte Jace einen herzförmigen Diamanten gesetzt, der weiß, rosa, grau und violett schimmerte. Die Farben waren so zart, dass man sie fast nicht sah, doch die Wirkung war dennoch erstaunlich, denn sie allein definierten die Facetten und die Dreidimensionalität des Edelsteins. Ein schwarzer Dolch durchbohrte den Diamanten, und ein lederartiges Band schlängelte sich von den Seiten des Steins über ihr Handgelenk. Das Band selbst war mit einer feinen Spitzenbordüre und weiteren winzigen grauen und weißen Diamanten verziert.

»Jace, das ist wunderschön. Ein richtiges Kunstwerk.«

Erleichterung zeichnete sich auf seinem Gesicht ab. »Dann passt es ja zu dir«, sagte er bescheiden, stand auf und streckte sich. Er beugte sich zu ihr herunter, um sie zu küssen, und flüsterte: »Denn auch du bist so wunderschön wie ein Kunstwerk.« Er nahm ihre Hand. »Als wir die Modekollektion entworfen haben, warst du bereits meine Muse, und ich musste nicht lange nach einem Namen suchen. Du bist so stark wie Leder und so zart wie Spitze. Aber ich habe nächtelang wach gelegen und mir den Kopf wegen eines Logos zerbrochen. Und aus dem Logo wurde das Tattoodesign, das ich dir stechen wollte, sollte ich jemals die Gelegenheit dazu bekommen. Letzten Endes habe ich es der Marketingabteilung überlassen, ein Logo zu entwerfen, und das hier für dich aufgespart.«

Sie war sprachlos.

Er deckte die Tätowierung mit etwas Mull ab. »Falls es bluten sollte. Wir nehmen ihn später wieder ab. Kann ich dir irgendetwas bringen? Brauchst du vielleicht einen Drink?«

Draußen grollte der Donner und ein Blitz erleuchtete den Raum. Alle Gefühle, die sie so mühsam zu analysieren versucht hatte, brachen plötzlich über sie herein. Sie sprang auf die Beine und war vollkommen atemlos und überwältigt. »Ich weiß nicht, was ich jetzt brauche, aber ich weiß, was ich will.«

Sie streckte die Arme nach ihm aus, aber er war schon bei ihr, küsste sie und hob sie hoch. Er schlang sich ihre Beine um die Taille, während er sie die Treppe hinauftrug, und bremste sich nur kurz, um das Geländer mit einer Hand zu umklammern und ihren Kuss zu intensivieren. Das Blut pochte in ihren Ohren, als sie oben ankamen, er sie in sein Schlafzimmer trug und sie schließlich beide aufs Bett sanken.

Jace hatte das Gefühl, den Verstand zu verlieren, falls das nicht schon längst geschehen war. Während er sie beide auszog, versuchte er, seine überbordenden Emotionen in den Griff zu bekommen. Er war so vertieft in diese Tätowierung gewesen, dass es ihm fast den Atem geraubt hatte, als er endlich aufsah und die Erregung und das Verlangen in ihren Augen wahrnahm. Als ihre Körper jetzt aufeinanderprallten und sie sich weiter leidenschaftlich küssten, spürte er, dass er ihr noch näher sein wollte, und zwar sofort. Er griff nach einem Kondom.

»Nein«, stieß sie eindringlich hervor.

Ihm wurde das Herz schwer. Wollte sie ihn nicht ebenso verzweifelt, wie er sie begehrte? *Okay*, sagte er sich. Dann würde er sie eben nur küssen, sie in den Armen halten und sich damit zufriedengeben.

»Ich will dich spüren, Jace. Nur dich. Ich nehme die Pille. Es ist in Ordnung.«

Sie streckte eine Hand nach ihm aus und streichelte zärtlich seine Wange. Er ergriff ihre Hände, allerdings vorsichtig, um ihr Handgelenk nicht zu berühren. Er wusste, dass sie etwas erleben würden, das noch weit über das hinausging, was bereits zwischen ihnen geschehen war, und das erregte ihn und erschreckte ihn gleichermaßen. Seine Länge berührte bereits ihre feuchte Mitte. Er wollte sie küssen, während er in sie eindrang, jeden Quadratzentimeter ihrer Haut berühren, seine Finger durch ihr Haar gleiten lassen, ihren Herzschlag in ihrer Armbeuge und in ihren Knien pochen hören, doch er brachte es nicht über sich, den Blick von ihr abzuwenden und ihre Hände loszulassen.

Er drang langsam in sie ein und kostete das Gefühl aus, wie sie sich ihm öffnete und ihn sanft umschloss. In ihren Augen spiegelten sich so viele Emotionen wider, dass er befürchtete, darin zu ertrinken. Als er ganz in ihr war, spürte er, wie eine friedvolle Wärme ihn durchströmte, die nichts von der Dringlichkeit ihrer bisherigen Begegnungen hatte. Er wusste, dass das eigentlich nicht an der dünnen Latexschicht lag, die sie sonst voneinander getrennt hatte, sondern allein daran, dass sie ihm derart unter die Haut ging.

»Halt mich fest«, bat sie ihn und presste den Kopf gegen seinen Hals. »Lass mich dich einfach nur spüren.«

Er begrub sie unter sich, ihr weicher Körper schmiegte sich an ihn, ihr Atem wärmte seine Haut. Auch wenn es ihm schwerfiel, hielt er in der Bewegung inne. Doch er wollte ganz und gar in Dixie versinken.

Als sie flüsterte: »Nimm mich ganz langsam«, wurde er von völlig fremden Gefühlen überflutet. Er spürte, wie sich seine Kehle zusammenschnürte und plötzlich der übermächtige Wunsch in ihm aufkam, ihr Zusammensein zum Besten zu machen, was sie beide je erlebt hatten.

Er hatte keine Ahnung, was ihm hier widerfuhr oder wie er es noch hätte aufhalten können. Zum ersten Mal in seinem Leben verlor er die Kontrolle. Er hätte sie hart nehmen sollen, um all diese ungewohnten Gefühle zu vertreiben. Aber er brachte es nicht über sich, denn das, worum sie ihn gebeten hatte, war exakt das, was er auch selbst wollte. Er hatte immer gewusst, dass Dixie die Macht besaß, ihn in die Knie zu zwingen. Das war der Grund, warum er sich so lange von ihr ferngehalten hatte. Er wusste, wie man über fast alles hinwegkam, die Konzentration auf die Arbeit hatte ihm dabei immer geholfen. Doch als sie ihren langsamen, sinnlichen, perfekten Rhythmus fanden, wurde ihm klar, dass es kein Zurück mehr für ihn gab.

Er hatte gescherzt, dass er sie für alle anderen Männer verderben würde, sich jedoch gewaltig geirrt. Dixie Whiskey hatte ihn mit einem Zauber belegt, und er wusste nicht, wann oder ob er sich je wieder davon befreien konnte.

Dreizehn

Der Mittwochvormittag floss so zäh dahin wie Melasse, während Dixie sich zum Aufbruch fertig machte, doch auf einmal raste die Zeit, als sie schließlich am Flughafen ankamen. Jace stellte Dixies Gepäck vor der Sicherheitsschleuse ab, und sein Magen zog sich zusammen. Dixie reckte das Kinn in die Luft und hatte ein starres Lächeln aufgesetzt. Während der letzten Stunden hatte sie eine tapfere Miene zur Schau gestellt und sie war so gut darin, dass es ihn fast umbrachte.

»Das war's dann wohl«, sagte sie leichthin.

»So leicht wirst du mich nicht wieder los. Du hast dich in den kommenden Monaten zu mehreren Auftritten verpflichtet, schon vergessen?«

Sie nickte, blinzelte ein paar Mal, und ihre Augen fingen plötzlich an zu schimmern. Er wusste, dass sie diesen Tränen niemals freien Lauf lassen würde. Sie waren umgeben von zahllosen Reisenden, und doch fühlte es sich an, als wären sie die letzten beiden Menschen auf der Welt. Er zog sie in eine Umarmung, die die letzte für sie beide als Paar sein würde. Jace konnte sich nicht entsinnen, je einen Menschen vermisst zu haben, noch bevor er weg gewesen war, doch er wusste, dass er sie nicht gehen lassen wollte. Er schloss die Augen, atmete ihren

Duft ein und wünschte sich, dass die Dinge anders wären, wobei er genau wusste, wie sinnlos das war. Sie würde zu ihrer Familie und in ihr geregeltes Leben in Peaceful Harbor zurückkehren, und er würde sich wieder auf die Arbeit konzentrieren und viel auf Reisen sein. Er zweifelte nicht daran, dass sie ihre Arbeit wirklich mochte und ihre Familie von Herzen liebte, aber er wurde das Gefühl nicht los, dass sie sich auch deswegen so eifrig in ihren Job stürzte, weil sie sich einsam fühlte, ohne dass sie das je zugegeben hätte. Schließlich wusste er selbst ganz genau, wie es war, sich bis über beide Ohren in die Arbeit zu stürzen, um sich vor seinen Gefühlen zu schützen. Dass zu diesen Gefühlen auch die Einsamkeit gehörte, war ihm aber erst in den letzten Tagen klar geworden. Vielleicht hatte Jayla ja recht und sie waren tatsächlich verwandte Seelen. Aber das änderte leider nichts an der Tatsache, dass er nicht der bodenständige Mann war, den Dixie brauchte.

Er trat einen Schritt zurück, sah den Schmerz in ihren Augen und sein Herz krampfte sich zusammen. »Für mich waren diese Tage einfach alles.« *Alles* war vielleicht nicht das beste Wort, um zusammenzufassen, was er empfand, aber etwas Besseres fiel ihm in diesem Moment nicht ein.

Ihre Lippen kräuselten sich zu einem Lächeln. »Danke für alles«, sagte sie und schnappte sich ihr Gepäck.

Er konnte einen kurzen Blick auf ihr neues Tattoo erhaschen, und es erinnerte ihn an den Gefühlssturm der letzten Nacht, an dem er fast zugrunde gegangen wäre. Abermals hatte er einen Kloß im Hals, und um ihren Kummer ein wenig zu lindern, wechselte er das Thema und schlug einen sachlicheren Ton an. »Ich schicke dir dann die Abzüge der Fotos, die wir für den Kalender ausgesucht haben.«

»In Ordnung. Okay.«

»Und ich schau vorbei, wenn ich das nächste Mal in Peaceful Harbor bin.«

»Okay«, sagte sie leise, während sie rückwärts auf den Check-in zuging.

Dann wandte sie sich ab, aber er blieb wie angewurzelt stehen und kämpfte gegen den unwiderstehlichen Drang an, sie zurückzurufen und zu bitten, bei ihm zu bleiben. Er biss die Zähne zusammen, ballte die Hände zu Fäusten und sah zu, wie sie die Sicherheitskontrolle passierte und schließlich im Korridor verschwand, ohne sich ein einziges Mal nach ihm umzudrehen.

Er verließ den Flughafen und fühlte sich wie benommen.

Als er nach Hause kam, waren seine Muskeln so verkrampft, dass sein ganzer Körper schmerzte. Er betrat das Loft, und die Stille war ohrenbetäubend. Es fühlte sich an, als hätte Dixie dort mindestens einen Monat verbracht und nicht nur ein paar Tage. Der Duft ihres Parfums hing noch in der Luft, und als er die Stufen hinaufging, glaubte er, sie lachen zu hören. Er griff nach dem Geländer und ermahnte sich, dass er die richtige Entscheidung getroffen hatte. Mittlerweile ging er auf die vierzig zu, und es hatte in seinem ganzen Leben noch keine Frau gegeben, die sich auf ihn verlassen hatte, der er zuhörte, sie tröstete, wenn sie traurig war, und sich mit ihr freute, wenn es etwas zu feiern gab. Sein Lebensstil war wenig dazu geeignet, ihn zu einem guten Partner zu machen. Seine ständige Abwesenheit würde Dixie verletzen, ihr Schmerz würde sich irgendwann in Abneigung verwandeln, und das würde ihn wirklich umbringen.

Er stand im Türrahmen des Zimmers, in dem Dixie in der ersten Nacht geschlafen hatte. Sie hatte das Bett abgezogen und die Decken zusammengefaltet, als wäre sie ein ganz gewöhnlicher Gast gewesen. Er ging in sein Schlafzimmer und nahm das Kissen von ihrer Seite des Bettes. Er presste es an seine Nase und sog ihren betörenden Geruch ein. Obwohl er ehrlich zu ihr gewesen war, nagten Schuldgefühle an ihm, weil er seinem Verlangen nachgegeben hatte. Was zum Teufel hatte er da getan? In einem Anfall von Wut riss er die Kissenbezüge herunter, zog die Laken vom Bett und feuerte alles in eine Ecke.

Plötzlich entdeckte er auf der Kommode einen Geschenkkorb, der zuvor noch nicht dort gestanden hatte. Darin steckte eine Karte in einem Umschlag, und er erkannte Dixies geschwungene Handschrift. Seine Kehle war wie zugeschnürt, als er den Umschlag öffnete. Auf dem Umschlag war ein Kätzchen abgebildet, und auf der Karte stand in goldenen Lettern *DANKE*. Darunter hatte Dixie geschrieben:

Du brauchst gar nicht zu grinsen, Jace. Du darfst mich immer noch nicht Kätzchen nennen.

Ans Ende des Satzes hatte sie einen Smiley gesetzt.

Ich danke dir für diese einzigartige Erfahrung, die ich niemals vergessen werde. Und ich danke dir dafür, dass ich Teil der Kampagne für die Leder und Spitze-*Kollektion sein darf. Ihr werdet damit bestimmt großen Erfolg haben. Ich bin auch sehr stolz darauf, Silver-Stone repräsentieren zu dürfen. Ich werde diese Tage immer in guter Erinnerung behalten und dankbar sein für die Zeit, die wir miteinander verbracht haben. Nun muss ich mich endlich nicht mehr fragen, wie mein größter Schwarm in Wirklichkeit ist. Du hast all meine Erwartungen übertroffen. Viel Glück mit eurem Deal in Boston.*

XOX, Dix

PS: Das Geschenk ist für Thane. Ich habe es nicht über mich gebracht, Geschenke für meine Babys zu kaufen, ohne ihm auch etwas Kleines mitzubringen. Du hast eine wundervolle Familie. Bitte danke ihnen noch einmal von mir dafür, dass sie mich so herzlich aufgenommen haben.

Es fühlte sich an, als würde sein Herz jeden Moment implodieren. Sie hatte Thane nur ein paar Stunden lang gesehen, und er war trotzdem schon jetzt eines ihrer Babys? Sie war nicht mehr hier, und dennoch schaffte sie es, ihm unter die Haut zu gehen. Er las die Nachricht noch einmal, nur um zu überprüfen, ob er etwas übersehen hatte, das Geständnis, dass sie ihn vermisste, dass sie nicht wollte, dass es vorbei war. Aber da war nichts. Er konnte dieses Elend nicht länger allein ertragen. Er musste raus aus dieser Wohnung, in der Dixies Geist ihn zu verfolgen schien. Mit dem Schlüsselbund in der Hand eilte er die Treppe hinunter. Er war ein Idiot. Er hätte diese verdammte Tür niemals öffnen dürfen, denn nun wusste er nicht, wie er sie wieder zubekommen sollte.

Dixie verbrachte den gesamten Flug damit, den letzten Abend, der sich nun anfühlte wie ein wunderbarer Traum, und ihren Abschied heute am Flughafen wieder und wieder Revue passieren zu lassen. Egal, wie oft sie Jaces Worte drehte und wendete – *Für mich waren diese Tage einfach alles* –, ließ sein Tonfall keine Zweifel zu. Es war offensichtlich, dass er sie einmal mehr daran erinnern wollte, was sie vereinbart hatten, und dass ihr Zusammensein sich auf jene wenigen Tage beschränken würde. Sie entschied in diesem Moment, als die Tränen in ihren Augen brannten und ihr Herz in der Mitte auseinanderbrach, dass sie nicht weinen und niemals dem nachtrauern würde, was hätte sein können. Sie würde keine Schwäche zeigen, denn sie hatte genau das bekommen, was vereinbart gewesen war. Sie hatte noch nie andere für ihre Fehler verantwortlich gemacht, und sie würde Jace auch nicht vorwerfen, dass er ihr gegeben hatte, was sie gewollt hatte. Oder zumindest das, was sie ihm als ihren Wunsch aufgetischt hatte. Sie hatte genommen, was sie kriegen konnte, selbst wenn sie geglaubt – gehofft – hatte, dass er sie danach nicht mehr gehen lassen würde.

Ab jetzt würde sie sich ganz bestimmt nicht mehr so dumm benehmen.

So etwas hatte sie noch nie zuvor getan, und sie konnte sich schon jetzt nicht erklären, was diesmal in sie gefahren war.

Auf dem Weg zum Flughafenausgang lobte sie sich dafür, den Flug überstanden zu haben, ohne in Tränen auszubrechen oder jemanden zu ermorden. Jetzt musste sie nur noch die nächsten drei Tage überleben. Was sagten ihre Freundinnen immer über Diäten? *Der erste Tag ist die Hölle, an Tag zwei ist es noch anstrengend, aber ab Tag drei fühlt es sich schon völlig normal an.* Sicher ließ sich nach diesem Rezept auch Liebeskummer überwinden.

Sie ging durch die Türen und entdeckte Izzy, die auf dem Parkplatz neben ihrem Wagen wartete.

Izzy grinste breit, als sie auf Dixie zurannte und ihr dann eine ihrer Taschen abnahm. »Ich kann es kaum erwarten, alles zu hören!«, rief sie, während sie mit schnellen Schritten zum Wagen gingen.

Das mit den drei Tagen erschien Dixie dann doch etwas zu

ehrgeizig.

Zuerst musste sie mal die Fahrt nach Hause überstehen.

Sie warf ihre Taschen in den Kofferraum. »Du siehst verändert aus«, stellte Izzy fest, als sie im Wagen saßen.

Das überraschte sie nicht. Sie fühlte sich auch anders. Als hätte sie eine jahrelange Reise gemacht, sich verliebt, und sei nun nach Hause gekommen, um festzustellen, dass sie in ein Zeitloch gefallen war. Nichts mehr fühlte sich so an wie zuvor.

Izzy ließ den Motor an und fuhr los. »Ich gehe jetzt einfach mal davon aus, dass dein verändertes Aussehen eine gute Sache ist. Aber ich kann's nur erahnen, solange du keinen Ton von dir gibst, Dixie. Geht es dir gut, oder hat Jace dir die Stimme weggevögelt?«

Dixie fuhr innerlich zusammen. So wie Izzy es aussprach, klang es irgendwie vulgär und bedeutungslos. In Wahrheit hatte es sich wahrhaftig und echt angefühlt, unglaublich groß, bedeutsam, intensiv und wunderschön, auch wenn es nur von kurzer Dauer gewesen war. Sie wollte eigentlich nichts verheimlichen, denn Izzy und sie hatten immer offen miteinander gesprochen.

Dennoch tat sie es.

Und es war nicht nur Izzys Bemerkung, die Dixie zum Schweigen brachte. Die Zeit mit Jace erschien ihr mit einem Mal wie etwas, das sie um jeden Preis beschützen musste. Was sie miteinander geteilt hatten, war so intim und speziell, ein süßes Geheimnis, das nur ihnen beiden gehörte. Sie hatte gedacht, dass Jace ihr vielleicht schreiben würde, aber ihr Telefon war stumm geblieben, dabei hatte sie sich schon zweimal vergewissert, dass sie es nicht versehentlich auf lautlos gestellt hatte.

Sie schaute hinunter auf ihr neues Tattoo, und der Anblick

erfüllte sie gleichermaßen mit Glück und Trauer. *Drei Tage*, rief sie sich in Erinnerung. Und heute würde der schlimmste Tag sein. Wenigstens hoffte sie das.

»Ich bin nur müde«, log sie also. »Das Fotoshooting, die Zeit mit Jace, die Stadt, das war alles einfach unglaublich.« Sie erzählte ihr alles über das Shooting. »Ich habe mich auf den Fotos wirklich nicht wiedererkannt, Iz.«

»Ich bin schon ganz gespannt darauf, sie zu sehen.«

»Du wirst Augen machen. Sie sind richtig gut geworden. Und erst die Klamotten! Himmel, Jilly und Jace haben sich selbst übertroffen. Die Outfits sind schick und sexy und haben wirklich Klasse. Und die Legacy-Motorräder sind einfach phänomenal. Unglaublich, wie anders es sich anfühlt, auf einem Bike zu sitzen, das speziell für Frauen entworfen wurde.« Ihr fiel plötzlich auf, dass sie Jace gar nicht gesagt hatte, wie großartig sie seine Motorräder fand. Sie spielte kurz mit dem Gedanken, ihm zu schreiben oder ihn anzurufen, verwarf die Idee aber sofort wieder. Seine Stimme zu hören würde alles nur noch viel schwerer machen.

Tag eins ist die Hölle. Komm damit klar.

»Nun, Jace hat sie entworfen«, meinte Izzy. »Sicher hat er persönlich jede Menge Nachforschungen angestellt, um sicherzugehen, dass sie sich dem weiblichen Körper perfekt anpassen.«

Dixie warf ihr einen wütenden Blick zu.

»Was denn? Ich versuche, etwas aus dir herauszulocken«, beschwerte Izzy sich. »Ist etwas schiefgelaufen, seit wir uns das letzte Mal geschrieben haben?«

»Nein. Ich hatte wirklich eine schöne Zeit mit Jace und allem anderen. Aber jetzt ist sie vorbei, und ich muss morgen wieder an die Arbeit. Mehr gibt es nicht zu erzählen.«

»Es gibt immer mehr zu erzählen. Er ist im Bett bestimmt eine Granate. Bitte sag mir, dass ich mich da nicht irre.«

»Sagen wir mal, es war genauso, wie ich es mir vorgestellt habe, und noch viel mehr.« Sie sah aus dem Fenster, während sie in Richtung Hafen fuhren. Izzy hatte den Hinweis offenbar verstanden, denn sie drehte die Musik nun etwas lauter und hakte nicht weiter nach.

»Ich hab gestern Brownies gebacken«, meinte Izzy, als sie in Dixies Viertel ankamen. »Willst du vielleicht noch rüberkommen, sobald du ausgepackt hast?«

»So gern ich Brownies esse, sollte ich vermutlich besser ins Bett gehen, sonst schaffe ich es morgen nicht zur Arbeit.«

Izzy parkte vor Dixies Haus, und sie stiegen aus, um ihr Gepäck aus dem Kofferraum zu holen. Izzy sah sie neugierig an. »Bist du sicher, dass du nur müde bist?«

»Ja, natürlich.«

»Du würdest es mir verraten, wenn Jace sich danebenbenommen hätte, oder?«

Dixie liebte Izzy wirklich von Herzen. Sie wusste, dass ihre Freundin alles für sie tun würde, denn andersherum war es genauso. Aber dies war ein ganz persönlicher Kampf, den Dixie allein ausfechten musste.

»Ja, das würde ich. Aber das hat er nicht. Er war ein perfekter Gentleman.«

Izzy rümpfte die Nase. »Ist es das, was nicht stimmt? War er eine Enttäuschung, und du willst nicht drüber reden?«

Dixie lachte leise auf. »Jace Stone ist als Mann ganz bestimmt keine Enttäuschung. Er ist aufrichtig und ehrlich und im Bett so talentiert wie als Designer. Ich bin einfach nur müde, und du weißt doch, wie das ist, wenn man eine so intensive Affäre hinter sich hat. Man braucht ein bisschen Zeit, um das zu verarbeiten. Ich will nur noch eine Weile in Erinnerungen schwelgen, mich ins Bett legen und davon träumen …«

»Okay, das verstehe ich.« Izzy umarmte sie. »Aber wenn du einen Drink und Brownies brauchst, dann sag mir Bescheid.«

»Ist gut. Danke, Iz.«

Dixie ging hinein und stellte die Taschen neben der Tür ab. Sie hatte ihr gemütliches Dreizimmerhaus vom ersten Moment an geliebt, obwohl dieses anfangs nach Jahren der Vernachlässigung in einem erbärmlichen Zustand gewesen war. Die Vorbesitzer konnten die Hypotheken nicht mehr bezahlen, daher hatte Dixie es der Bank für einen guten Preis abkaufen können. Ihre Brüder und mehrere Dark Knights hatten ihr bei der Renovierung geholfen, die breite Veranda repariert, die sich um die linke Seite des Hauses zog, die Holzböden abgeschliffen und versiegelt und fast alle Innenwände, Fenster und Rohrleitungen ersetzt. Sie hatte jeden einzelnen Penny gespart, den sie verdient hatte, um sich das Haus leisten zu können, und sie war stolz, es geschafft zu haben. Doch das tröstliche und wohlige Gefühl, nach Hause zu kommen, stellte sich diesmal nicht ein. Es fühlte sich vielmehr so an, als würden die Wände drohend auf sie zukommen.

Sie holte sich eine Flasche Wasser aus dem Kühlschrank und eine Tüte Chips aus der Speisekammer und packte beides zusammen mit ihrem Handy und ihrem Portemonnaie in ihren Lederrucksack. Dann schnappte sie sich ihren Schlüsselbund und ihren Helm und ging zur Tür hinaus. Allein der Anblick ihres Motorrads wirkte beruhigend auf sie. Als sie den Helm aufsetzte und auf das Bike stieg, erinnerte sie sich plötzlich wieder an den Ausflug mit Jace, und das weckte Gefühle in ihr, mit denen sie in diesem Augenblick nicht umgehen konnte. Also schob sie sie beiseite und fuhr los.

Das Vibrieren des Motors, der Wind auf ihrer Haut und der verlockende Ruf der vor ihr liegenden freien Straße versprachen ihr Linderung. Sie verließ ihr Wohnviertel, fuhr die Hauptstraße hinunter vorbei an der Werkstatt und der Bar und beschleunigte, als sie die Brücke und schließlich die Stadtgrenze überquerte. Sie fuhr ziellos umher, bis der Knoten in ihrer Brust sich endlich löste und die Sonne langsam unterging, doch Jace ließ sich nicht aus ihren Gedanken vertreiben. Irgendwann gab sie die Hoffnung auf, ihm einfach davonfahren zu können, und wendete, um sich auf den Heimweg zu machen. Doch als hätte ihr Motorrad einen eigenen Willen, fand sie sich auf einmal auf den schmalen Bergstraßen wieder, die sie als Mädchen so häufig entlanggefahren war. Als sie auf ihre Lieblingsstraße gelangte, folgte sie ihr bis zu ihrem geheimen Zufluchtsort – der jetzt allerdings nicht mehr geheim war, weil Jace Stone ihn ebenfalls kannte.

Sie parkte und nahm den Helm ab, während sie dem Pfad durch den Wald folgte. Jaces Präsenz war beängstigend real. Schließlich schob sie am Ende des Weges die Zweige auseinander, die ihr den Blick auf die Lichtung versperrten, und in ihr regte sich Hoffnung. Plötzlich glaubte sie, Jace könnte tatsächlich hier sein.

Sie brach durchs Gebüsch, und ihr Herz klopfte wie wild, doch die Lichtung war leer. Was passierte hier gerade mit ihr? So hatte sie sich im ganzen Leben noch nicht verhalten; noch nie hatte sie sich wegen eines Mannes dermaßen verrückt gemacht. Sie nahm den Rucksack ab und kramte darin nach ihrem Handy. Vielleicht war dieses Aufflackern von Hoffnung über sie gekommen, weil sie eine Textnachricht oder einen Anruf von ihm verpasst hatte. Doch ein Blick genügte, und dumpfe Enttäuschung machte sich breit. Sie fragte sich, was

Jace wohl gerade tat. Hatte er das Geschenk für Thane schon überbracht? War er zur Arbeit gegangen? Oder hatte er eine Runde auf dem Motorrad gedreht? War er etwas trinken gegangen? Sie steckte ihr Handy wieder in den Rucksack und ließ sich mit einem schweren Seufzer auf einen großen Stein sinken. Dann zog sie die Knie an die Brust und schlang die Arme darum.

So werden aus starken Frauen bemitleidenswerte Wesen.

Sie ließ ihre Beine los und war erstaunt, dass sie so etwas auch nur über sich dachte.

Das war nicht mehr sie, und sie würde nicht zulassen, dass ihr Kummer sie auffraß.

Sie war eine Whiskey: stark und selbstständig. Und es gab nichts, was sie nicht schaffen konnte, wenn sie es wirklich wollte. Sie hatte sich entschieden, mit Jace zu schlafen, und sie hatte gewusst, dass ihre Romanze nur wenige Tage dauern würde. Und jetzt musste sie sich bewusst dafür entscheiden, ihre Gefühle für Jace abzustellen. Sie leerte den Inhalt ihres Rucksacks neben sich auf dem Felsen aus und riss die Chipstüte auf. Dann stopfte sie sich eine Handvoll Kartoffelchips in den Mund und versuchte, sich einen Plan zurechtzulegen. Normalerweise war sie diejenige, die anderen Mut zusprach, doch die Ratschläge, die sie ihren Freundinnen gern gab, klangen nun plötzlich hohl und wenig praktikabel. *Denk einfach nicht mehr an ihn. Der beste Weg, über einen Mann hinwegzukommen, ist, sich einen anderen zu suchen.* Sie hatte schließlich keinen Schalter, den man einfach umlegen konnte, und ihr war erst recht nicht danach, mit einem anderen Mann zu schlafen.

Wie hatte sie ihren Freundinnen jemals solche Ratschläge geben können?

Es musste einen anderen Weg geben.

Jace hatte ihr erzählt, er habe sich in die Arbeit gestürzt, als ihm diese Lehrerin das Herz gebrochen hatte. Das klang doch nach einem vernünftigen Plan. Sie könnte in der Bar ein paar zusätzliche Schichten übernehmen, um danach so erschöpft ins Bett zu fallen, dass sie keinen klaren Gedanken mehr zu fassen vermochte. Nächste Woche würde sie ans Cape Cod fahren und dort durch Justin und ihre Cousins abgelenkt werden. Wenn sie wieder zurückkehrte, hätte der Schmerz sicher längst nachgelassen und Jace wäre zu einer herrlichen, aber fernen Erinnerung geworden.

Ich schaffe das.

Zufrieden mit ihrem Plan griff sie sich noch eine Handvoll Chips. *Also werde ich mich in die Arbeit stürzen.* Sie arbeitete gern. Das war wirklich die perfekte Strategie, um Jace aus ihren Gedanken zu verbannen. Um ihn zu verdrängen. Es würde einfacher werden, wenn sie versuchte, möglichst viel Distanz zwischen ihnen zu schaffen, und ihn nicht mehr beim Namen zu nennen, wäre ein guter Anfang. Sie starrte in die untergehende Sonne, während sie die Chips aufaß. Dann ließ sie sich auf den Rücken sinken und lobte sich dafür, dass sie so klug war und sich schnell einen Plan zurechtgelegt hatte. Wahrscheinlich sollte sie auch so früh wie möglich wieder mit der Arbeit anfangen. Dann wäre sie heute Abend sicher müde genug, um einzuschlafen.

Ihr Telefon klingelte und sie schoss hoch. *Jace!* Ihr dummes Herz sprang ihr fast aus der Brust, während sie im Rucksack nach ihrem Handy kramte. *Bones* stand auf dem Display neben der Telefonnummer ihres Bruders, und die Enttäuschung zerriss sie beinahe.

Sie presste sich eine Hand aufs Herz und versuchte mit aller

Macht, die Tränen zurückzuhalten, während sie den Anruf annahm. »Hi, Bones!«

»Hey, Dix. Wie war die Reise?«

»Toll«, würgte sie hervor. »Es hat wirklich Spaß gemacht.«

»Du klingst irgendwie komisch. Alles okay?«

Nein. Sie wischte sich eine Träne ab, die ihr über die Wange rann. »Mhm.«

»Freut mich zu hören. Hör zu, ich weiß, du bist gerade erst angekommen, aber ich habe mich gefragt, ob du morgen Abend vielleicht babysitten könntest. Ich würde Sarah gern schick ausführen, damit wir mal ein bisschen Zeit zu zweit genießen können.«

»Sicher«, antwortete sie leise. War es denn zu viel verlangt, dass sie sich in einen Mann verliebte, der sie ebenso sehr begehrte wie sie ihn? Die Tränen ließen sich jetzt nicht mehr aufhalten. »Wann soll ich da sein?«

»Vielen Dank. Wie wäre es um sechs?«

»Geht klar. Ich hab auch Geschenke für die Kinder mitgebracht, das passt also perfekt.« Die Erinnerung an den Einkaufsbummel mit Jace traf sie wie ein Hieb in die Magengrube. Sie sah vor ihrem inneren Auge, wie er Stofftiere in die Hand nahm und sie vor ihr tanzen ließ, noch dazu mit diesem Lächeln, das sie nie zuvor an ihm gesehen hatte, bevor sie einander so nahegekommen waren, und wie er sich grinsend ein Plastikdiadem aufgesetzt hatte. Sie erinnerte sich auch daran, wie er sie angesehen hatte, als sie mit den Kindern auf den Riesenklaviertasten herumgealbert hatte, und ihre Sehnsucht überwältigte sie fast.

Während Bones ihr irgendeine rührende Geschichte über Bradley erzählte, dachte sie an die Gärten, die Jace ihr gezeigt hatte, und wie er ihr in die Augen gesehen hatte, während der

Regen auf sie heruntergeprasselt war. Sie würde niemals vergessen, wie sie tropfnass in das Taxi gestiegen waren, lachend und sich küssend, oder wie konzentriert seine Miene gewesen war, als er ihr das Tattoo gestochen hatte.

Die Tränen liefen ihr jetzt ungebremst übers Gesicht und sie unterbrach Bones. »Entschuldige. Ich muss jetzt los. Wir sehen uns morgen.« Sie beendete das Gespräch und legte das Handy weg, um sich die Tränen wegzuwischen. *Aufhören! Aufhören! Aufhören!* Sie sah zum Himmel hinauf und versuchte, sich zu beruhigen, doch sie sah Jaces Gesicht in jeder einzelnen Wolke. Sie schloss die Augen und versuchte verzweifelt, ihre Gedanken abzulenken, aber sie hörte ständig seine Stimme in ihrem Kopf: *Ich schau vorbei, wenn ich das nächste Mal in Peaceful Harbor bin.*

Sie kniff die Lider noch fester zusammen, doch die Stimme wurde dadurch nur noch lauter.

So leicht wirst du mich nicht wieder los. Du hast dich in den kommenden Monaten zu mehreren Auftritten verpflichtet, schon vergessen?

Wie hatte er so einfach wieder zum Tagesgeschäft übergehen können? Sie wischte sich über das nasse Gesicht, doch die Tränen wollten einfach nicht aufhören. Kurz spielte sie mit dem Gedanken, Bones zu fragen, ob sie nicht zufällig jetzt schon einen Babysitter benötigten, denn sie konnte auf jeden Fall ein bisschen Ablenkung gebrauchen.

Für mich waren diese Tage einfach alles.

Der Schmerz in ihrer Brust war so intensiv, dass sie laut aufstöhnte. *Vergesst das mit dem Babysitten*, dachte sie. *Vielleicht gehe ich einfach ins Bett und stehe nie wieder auf.*

Vierzehn

Dixie saß am Donnerstagnachmittag hinter ihrem Schreibtisch und starrte auf die SMS, die Jace ihr am Abend zuvor noch geschickt hatte, um sie zum wiederholten Mal auseinanderzunehmen.

Hoffe, du bist gut nach Hause gekommen.

Wie sollte sie das denn bitteschön interpretieren? Ganz offensichtlich hatte er an sie gedacht oder sich zumindest Sorgen um ihr Wohlergehen gemacht. Er hatte allerdings keine Frage gestellt, was wohl bedeutete, dass er auch keine Antwort von ihr erwartete. Oder sich eine wünschte. Sie hatte trotzdem schon Dutzende von Antworten getippt und wieder gelöscht, von einem kurz angebundenen *Bin ich* über eine etwas freundlichere Nachricht, in der sie ihn fragte, wie das Abendessen mit seinen Eltern gelaufen war, bis hin zu einer flehentlichen Botschaft, in der sie wissen wollte, ob er sie genauso vermisste wie sie ihn. Am Ende hatte sie einfach gar nicht geantwortet. Wenigstens hatte sie herausgefunden, dass Thane sein Geschenk erhalten hatte. Jayla hatte ihr geschrieben, sich bei ihr bedankt und gemeint, sie würde sich über einen Besuch freuen, wenn sie das nächste Mal in New York war. Wäre Dixie an Jaces Stelle gewesen, hätte sie ihm auf jeden Fall geschrieben, dass das Geschenk angekommen war und dass sich alle darüber gefreut hatten. Und sie hätte ihm dafür gedankt, dass er an ihren Neffen gedacht hatte. *Und dann würde ich dir sagen, wie sehr ich dich vermisse, dass ich mein Leben vorher geliebt habe, dass sich jetzt aber alles plötzlich so falsch anfühlt, als würde etwas Entscheidendes fehlen. Und all das ist meine Schuld, weil ich dachte, ich könnte diese Tage mit dir einfach genießen und mich anschließend mit meinen schönen Erinnerungen begnügen. Aber das kann ich nicht.*

Manchmal ist es einfach scheiße, eine Frau zu sein …

Ein Klopfen an der Tür riss sie aus ihren Gedanken, doch da war niemand. Jed und Truman arbeiteten bis neunzehn Uhr. Sie glaubte schon, einer der beiden hätte irgendwo laut gehämmert, doch dann tauchte plötzlich eine Hand in der Tür auf und schwenkte ein weißes Tuch.

Quincy spähte um die Ecke. »Darf ich reinkommen? Tru sagte, du bist heute ungenießbar und hättest dich sogar mit einem Kunden gestritten.«

Dixie verdrehte die Augen. »Der war ein Arsch und wollte den Stundenlohn runterhandeln.«

»Ich erinnere mich daran, wie ein gewisser Jemand mich in die richtige Etikette im Umgang mit Kunden eingewiesen hat, bevor ich mich um die Stelle im Buchladen beworben habe«, sagte er und trat ein. »Du hast mir eingeschärft, dass man sich *nie* mit einem Kunden anlegt, egal, wie sehr man im Recht sein mag.«

»Ja, ich weiß. Der Typ hat mich einfach auf dem falschen Fuß erwischt.« Sie schob ihr Handy in die Tasche und fuhr ihren Computer herunter. Sie musste in einer halben Stunde zum Babysitten. Sie hatte den Schichtplan für die Bar überarbeitet und würde nun sowohl am Freitag als auch am Samstagabend dort arbeiten. An diesen Tagen wollte sie länger im Büro bleiben und dann direkt in die Bar fahren. Und am Sonntag würde sie sich in der Bar um die Buchhaltung und die Bestellungen kümmern und danach eine lange Tour mit dem Motorrad machen. Ihre Zeit war also gründlich verplant, zumindest was dieses Wochenende betraf. Heute war Tag zwei, und bisher war er kein bisschen einfacher als Tag eins. Ihr Herz war immer noch gebrochen und sie war immer noch wütend auf sich, weil sie ihrer Gefühle nicht Herr wurde. Und das Schlimmste war, dass sie nicht einmal wusste, ob sich daran je etwas ändern würde.

Quincy tippte mit einem Finger auf ihren Schreibtisch. »Hattest du eine schöne Zeit in New York?«

»Ja. Es war großartig, und ich bin dir wirklich sehr dankbar dafür, dass du mich hier vertreten hast.«

»Kein Problem. Ich habe dir ein paar Notizen hinterlassen. Du wirst sie sicher am Sonntag finden, wenn du die Buchhaltung für die Bar machst.«

»Super. Gab es irgendwelche Probleme?«

»Nein. Der Buchladen testet gerade nur ein neues Inventursystem, und ich dachte, vielleicht möchtest du dir die Seite des Softwareherstellers ja mal ansehen. Die haben auch ein Programm für Restaurants. Ich habe dir alles aufgeschrieben.«

»Vielen Dank. Ich wollte dich ohnehin fragen, ob du noch mal für mich einspringen kannst.« Sie kramte ihre Papiere zusammen. »Jace hat mich daran erinnert, dass ich noch mehrere Jobs für Silver-Stone übernehmen muss, Auftritte auf Marketingveranstaltungen und dergleichen. Ich habe noch keine konkreten Daten, der erste davon findet laut Vertrag aber wahrscheinlich im Juli statt. Der Launch ist für den Frühherbst geplant, und zu Beginn werden es relativ viele Termine sein, angedacht sind wohl zwölf Events in den ersten drei Monaten, um die *Leder und Spitze*-Kollektion vorzustellen. Danach sollen in den kommenden drei Jahren insgesamt sechs Auftritte folgen. Könntest du dir vorstellen, mich in dieser Zeit zu vertreten, wenn es sich mit deinem Job vereinbaren lässt? Andernfalls ist das auch nicht schlimm. Ich könnte immer noch meine Mom oder Bear fragen.«

»Ich kann das Geld gut gebrauchen, du kannst also auf mich zählen. Wenn du den Terminplan bis Juli hast, dann sollte die Zeit genügen, um meinen Schichtplan im Buchladen darauf abzustimmen.«

Sie stand auf und griff nach ihrer Tasche. »Bestens, danke. Bear wird mit dem Baby bald alle Hände voll zu tun haben, und Mom hat sich eben erst von der Arbeit in der Bar losgeeist. Ich hätte sie nur ungern um diesen Gefallen gebeten.«

»Ich helf dir gern, Dix. Du erlebst gerade aufregende Zeiten, und in der Bikerwelt wirst du bald eine Berühmtheit sein. Das weißt du doch, oder?« Er vergrub eine Hand in der Hosentasche. »Und dann kann ich sagen, ich hätte dich schon gekannt, als du noch …«

Sie lachte auf, während sie gemeinsam aus dem Büro gingen. »Ich glaube kaum, dass Kalendermodels berühmt werden, aber danke für die Aufmunterung. Was hast du heute Abend vor? Hast du das Date mit Roni schon unter Dach und Fach gebracht?«

»Noch nicht, ich hab da gerade einen anderen hübschen Fisch an der Angel. Deshalb muss ich noch kurz was aus meinem Apartment holen und dann fahre ich zu Penny und helfe ihr ein bisschen in der Eisdiele.«

Truman tauchte plötzlich hinter Quincy auf und legte ihm eine Hand auf die Schulter. »Das bedeutet, dass mein kleiner Bruder Eis essen und mächtig flirten wird.«

Quincy zwinkerte ihm zu. »Worauf du dich verlassen kannst, Bro.«

»Ich dachte, der Zug wäre für euch beide schon längst abgefahren?«, fragte Dixie neugierig.

»Tja, das Leben steckt voller Überraschungen«, erwiderte Quincy und hob vielsagend die Augenbrauen, bevor er auf die Tür zu seinem Apartment zueilte, das sich über der Werkstatt befand.

Stand jetzt etwa ihrer aller Liebesleben plötzlich Kopf?

»Dein Bruder bringt mich ständig zum Lachen«, meinte Dixie.

»Ja, er ist ein prima Kerl. Hey, und willst du wirklich nicht vorbeikommen und Kennedy und Lincoln die Geschenke persönlich übergeben, die du ihnen mitgebracht hast?«, fragte Truman. »Gemma wird um sechs mit ihnen zu Hause sein.«

»Sie hat bestimmt schon ein Date«, warf Jed ein, der um den Pick-up-Truck herumkam, an dem er gerade arbeitete, und sich die Hände an einem Lappen abwischte.

»Wohl kaum.« Der einzige Mann, den sie je gewollt hatte, war nicht der Typ für Dates. »Ich spiele heute die Babysitterin für Bones. Könnt ihr vielleicht ein paar Fotos von den Kindern machen, wie sie die Geschenke auspacken, und sie mir schicken?«

»Na klar«, versprachen beide.

»Danke, darauf freue ich mich jetzt schon. Wir sehen uns morgen früh, Jungs.«

Sie ging nach draußen und stieg in ihren Jeep. Eigentlich wäre sie lieber mit dem Motorrad gefahren, aber sie hatte einfach zu viele Geschenke transportieren müssen. Beim Losfahren wanderten ihre Gedanken wieder zu Jace zurück. Sie fragte sich, wie der Immobiliendeal in Boston gelaufen war und was er heute Abend wohl vorhatte. Zum millionsten Mal hörte sie seine Stimme in ihrem Kopf. *Ich stehe niemandem Rede und Antwort, Dixie, und ich kann dir nicht versprechen, immer für dich da zu sein. Verdammt, ich kann noch nicht mal die nächste Woche planen.*

Dixie bewunderte vieles an ihm, aber seine Ehrlichkeit stand ohne Zweifel ganz oben auf der Liste, auch wenn es jetzt wehtat. Sie umfasste das Lenkrad noch ein bisschen fester und war entschlossen, sich nicht von ihrem Schmerz überwältigen zu lassen. Sie allein war für alles verantwortlich, und das machte es noch schwerer, die Sache zu akzeptieren.

Sie erreichte Bones' und Sarahs Haus, das auf einer Klippe lag und einen fabelhaften Blick über den Hafen bot.

Eine kühle Brise strich über Dixies Haut, als sie aus dem Wagen stieg, und sie nahm die Geschenke vom Beifahrersitz. Sie blickte hinaus aufs Wasser, und während sie auf die Eingangstür zuging, schwor sie sich, dass sie heute Abend nicht an Jace denken würde. Sie würde nicht auf eine neue Nachricht von ihm hoffen oder weiter über die nachdenken, die er ihr gestern geschickt hatte. Heute Abend war sie Tante Dixie, und Tante Dixie würde ihre Babys niemals wegen eines Mannes vernachlässigen.

Mit derart festgelegten Regeln im Kopf klopfte sie an die Tür.

»Herein!«

Sie hörte kleine Füßchen, die auf die Tür zutrippelten. Allein, sich Bradley vorzustellen, brachte sie schon zum Lächeln. Die Tür ging auf.

»Überraschung!«, erklang es aus dem Wohnzimmer.

Erschrocken trat sie einen Schritt zurück, als ihre Eltern, ihre Geschwister und all ihre Lieben mit offenen Armen auf sie zukamen. Doch ihr kleiner Liebling, der vierjährige Bradley, übertraf einfach alles, als er die Arme um ihre Knie schlang und sie strahlend anlächelte.

»Herzlichen Glückwunsch zum Kalender!« Bradley hüpfte aufgeregt auf der Stelle und fragte: »Sind die Geschenke für mich?«

»Wo sind deine Manieren geblieben, junger Mann?« Bones griff sich Bradley und klemmte ihn sich wie einen Football unter den Arm, während er sich zu Dixie beugte und ihr einen Kuss auf die Wange gab. »Gratuliere, Dix.« Er setzte Bradley wieder ab.

»Was hat das alles zu bedeuten?«, wollte sie wissen.

Bradley nahm ihre Hand und zog sie ins Wohnzimmer, das mit bunten Wimpeln und Ballons geschmückt war. »Sieh dir mal an, was wir für dich gemacht haben!« Er zeigte nach oben zu einem Schild, auf dem stand »Wir gratulieren dir, Dixie!« Es war geschmückt mit bunten Aufklebern und kleinen Kritzeleien.

»Wir wollen dich feiern«, erklärte Crystal, die Dixie die Geschenke abnahm und auf dem Kaffeetisch platzierte.

Bradley zupfte an Dixies Hand. »Lila hat was gemalt. Und ich habe unsere Familie und Tinkerbell gezeichnet. Siehst du Tink? Siehst du sie?« Tinkerbell war Bullets Rottweiler. Bradley hatte den Hund mit vier verschieden langen Beinen, einem riesigen Schädel und spitzen Fledermausohren gezeichnet.

»Ja!«, antwortete Dixie. »Das Bild ist ganz toll geworden.«

»Es ist toll!«, brüllte Bradley und rannte zurück zu Sarah.

Sarah hielt Maggie Rose auf dem Arm. »Genauso toll wie deine Tante«, sagte sie, strich Bradley sanft über den Kopf und lächelte Dixie an.

Lila saß in Bullets Armen, zupfte an seinem Bart und sah in

ihrem rosa Kleidchen mit den weißen Punkten einfach zu niedlich aus. Er zog Dixie mit seinem freien Arm zu sich heran und umarmte sie so fest, dass ihr beinahe die Luft wegblieb. »Wir sind alle mächtig stolz auf dich.«

»*Dissie! Dissie!*«, sang Lila vor sich hin und griff mit ihren kleinen Fingerchen nach Dixies Haar.

Ihre Kehle schnürte sich vor Rührung zu, als Bullet ihr Lila kurz reichte. Die Kleine schlang ihr die Arme um den Hals.

»Finlay und Sarah haben gekocht«, berichtete Crystal. Auf dem Tisch standen etliche mit Leckereien beladene Platten, dazwischen eine Vase mit frischen Blumen.

»Wir haben dir alle deine Lieblingsgerichte gekocht«, fügte Finlay hinzu.

»Das sieht alles unglaublich schön aus. Ich kann nicht glauben, dass ihr das für mich gemacht habt. Es ist doch nur ein Kalender«, tat Dixie alles ab, obwohl sie genau wusste, dass es eine große Sache war, von Jace zum Gesicht von Silver-Stone erkoren zu werden. Aber es fiel ihr noch immer verdammt schwer, diesen Teil zu begreifen.

»Das glaubst auch nur du, Schätzchen«, sagte ihre Mutter und musterte sie liebevoll.

Ihr Vater humpelte an ihre Seite und lächelte sie herzlich an. »Es geht nicht wirklich um den Kalender. Du hast unserer Familie schon so viel gegeben. Wir feiern *dich*, mein Liebes. So einfach ist das.«

Als er sie umarmte, kamen Dixie die Tränen. Das hier fühlte sich alles andere als einfach an.

Es wurde ein Abend voller Lachen und mit jeder Menge liebevoller Wortgefechte. Lila hatte ihre Giraffe nach dem Auspacken nicht mehr aus der Hand gegeben. Sie saßen rund um den Esstisch und genossen das Festessen, das die Frauen zubereitet hatten. Die Giraffe thronte neben Lila, die sich über und über bekleckert hatte, im Kinderhochstuhl. Maggie Rose war in Bones' Armen eingeschlafen und Bradley hatte einen Riesenspaß daran, seinen neuen Laster über den Tisch zu Bear zu rollen, der ihn dann umgehend zurückflitzen ließ. Dixie hatte ihrer Familie gerade alles über das Shooting erzählt und stellte sich nun ihren neugierigen Fragen.

»Eine Stylistin für die Klamotten und noch eine, die sich nur um die Frisur und das Make-up gekümmert hat? Das klingt ziemlich glamourös«, meinte Sarah.

»Unsere Schwester, das Model«, spottete Bear.

»Wohl kaum«, erwiderte Dixie. »Ich war ein Nervenbündel, zumindest am Anfang. Aber dann habe ich mich an einen Ratschlag erinnert, den mir Jaces Schwager gegeben hat, als ich bei seiner Familie zum Abendessen eingeladen war, und der hat mir einiges erleichtert.«

Finlay, Crystal und Sarah tauschten aufgeregte Blicke.

»Du warst zum Abendessen bei Jaces Familie eingeladen?«, fragte Finlay.

»Ihr beide müsst ja ein wirklich tolles Date gehabt haben«, fügte Sarah hinzu.

»Für mich klingt es eher so, als hätte er bei der Auktion mehr als nur ein Date gewonnen«, fügte Crystal vielsagend hinzu.

Was ihr einen erbosten Blick von Dixies drei Brüdern einbrachte.

Nur gut, dass Dixie niemandem im Raum ihr Herz

ausgeschüttet hatte. »Würdet ihr jetzt bitte damit aufhören? Seine Schwestern leben in der Stadt. Wir haben mit ihnen zu Abend gegessen. Das war's. Und er hat übrigens einen ganz bezaubernden kleinen Neffen. Thane ist vier Monate alt und unfassbar niedlich.«

Ihre Mutter beäugte sie neugierig. »Das muss ein schöner Abend gewesen sein.«

»Das war er auch. Seine Schwestern und sein Schwager sind wirklich nett.« Sie fragte sich, ob Jayla noch etwas über sie zu Jace gesagt und was Jace in diesem Fall darauf geantwortet hatte. Doch sie wollte diesen Gedanken lieber nicht weiterspinnen. »Wie dem auch sei, Rush, Jaces Schwager, hat mir den Tipp gegeben, mich einfach in meine Zeit als Teenagerin zurückzuversetzen, weil man sich in diesem Alter fühlt, als wäre man unverwundbar.«

»Ich weiß ja nicht, wie es bei dir ist, aber ich bin immer noch unverwundbar«, erklärte Bullet.

Bear lachte auf. »Das gilt wohl für uns beide.«

Bones schüttelte ungläubig den Kopf. »Und das hat funktioniert?«

»Perfekt.« Unwillkürlich fiel ihr wieder ein, wie schnell ihre Nervosität verflogen war und dass sie danach vor lauter Erregung kaum einen klaren Gedanken mehr hatte fassen können.

Und dann erinnerte sie sich daran, was als Nächstes geschehen war.

Ihr schoss das Blut in die Wangen, und sie leerte ihr Wasserglas mit drei großen Schlucken. Doch die Erinnerung an Jaces Blick, während sie ihn mit dem Mund und den Händen verwöhnte, wollte einfach nicht mehr verschwinden, und ihr Puls beschleunigte sich.

»Alles okay mit dir, Schätzchen?«, erkundigte sich ihre Mutter.

»Ja. Ich hatte nur Durst.« Sie schenkte sich Wasser aus dem Krug nach und trank noch mehr, während sie fieberhaft nach einem anderen Thema suchte. »Ich darf die Outfits tatsächlich alle behalten. Wartet nur, bis ihr sie seht. Sie sind ein Traum.« Sie konnte nur hoffen, dass man sie nicht bat, sie ihnen vorzuführen. Bisher hatte sie es nämlich nicht übers Herz gebracht, sie auszupacken, denn sie befürchtete, der Anblick würde ihren Kummer noch vergrößern.

»Wann bekommen wir den Kalender zu sehen?«, fragte ihre Mutter.

»Ich bin mir nicht sicher. Jace sagte, sie würden sich nächste Woche treffen, um die Fotos auszuwählen.«

Die Unterhaltung wandte sich ihren Eindrücken von der Stadt zu, was wiederum Bones und Sarah laut darüber nachdenken ließ, wohin sie in ihren Flitterwochen fahren wollten.

»Vielleicht solltet ihr ja erst mal einen Termin für die Hochzeit festlegen«, schlug Finlay vor. »Normalerweise macht man das, bevor man seine Hochzeitsreise plant.«

Bullet legte einen Arm um Finlay und zog sie zu sich heran. »Unsere Flitterwochen haben an dem Tag begonnen, an dem du meinen Antrag angenommen hast. Und seitdem hören sie gar nicht mehr auf.«

Bear gab Knutschgeräusche von sich, während Bullet Finlay küsste. Bradley machte Bear prompt nach und auch Lila gefiel dieses lustige Spiel; sie schmatzte kichernd und sorgte dafür, dass Spucke und Essensreste überall vor ihr landeten.

»Wart's nur ab, bis dein Baby auf der Welt ist«, meinte Bones zu Bear, während er Lila die Wangen abwischte.

Bear strich sanft über Crystals Bauch. »Ich kann es kaum erwarten. Und ich hoffe, Kiddie hat genauso viel Humor wie ich. Und ist genauso gut bestückt wie sein Daddy.«

»Bear«, tadelte ihn seine Mutter, die sich sichtlich ein Grinsen verkneifen musste.

»Jemand muss schließlich den Titel an die nächste Generation weitergeben«, erklärte Bear, was die Erwachsenen zu weiteren spöttischen Kommentaren und Gelächter und die Kinder zu Gekicher reizte.

Finlay lachte aus vollem Hals und konnte sich erst gar nicht mehr beruhigen. »Ich liebe diese Familie einfach.«

»Natürlich tust du das, Lollipop.« Bullet küsste sie auf die Schläfe.

Dixie lehnte sich zurück und genoss den Augenblick. Sarah schnitt Bradley etwas Essen klein, der es dann in sich hineinschaufelte, so schnell er konnte. Bones drückte Maggie Rose sanft gegen seine Brust, während er Lila noch mehr Nudeln auf den Teller häufte.

»Was ist mit der Giraffe? Hat sie auch Hunger?«, fragte Bones, und Lila kicherte und versuchte, ihrem Stofftier ein paar Nudeln ins Maul zu schieben.

Crystal und Bear hielten sich an den Händen und tauschten mit Bullet freche Kommentare über das Elternwerden aus, während Bullet Finlay so fest im Arm hielt, als wollte er sie nie wieder loslassen. Red und Biggs hatten die Köpfe zusammengesteckt und tuschelten miteinander. Alles, was Dixie sich wünschte, spielte sich in diesem Moment direkt vor ihren Augen ab. Sie hatte versucht, sich nichts vorzumachen, als sie sich auf Jace einließ, und sie bereute keine Sekunde ihrer gemeinsamen Zeit. Aber in diesem Augenblick entschied sie sich, dass sie ihr Licht nicht länger unter den Scheffel stellen würde. Sie wollte einen Mann, der bereit war, sich voll und ganz auf sie einzulassen. Einen Mann, der an ihrer Seite war, wenn all die verrückten und überraschenden Dinge passierten, die in Familien und im Leben nun mal geschehen konnten. Einen Partner, auf den sie sich verlassen konnte, der für sie dasselbe empfand wie ihre Brüder für ihre Frauen: Loyalität und Liebe. Es wäre ihr noch nicht einmal wichtig, dass Jace jeden Tag physisch präsent wäre, wenn er sie nur so lieben würde, wie sie ihn liebte.

Doch das tat er nicht.

Ein dumpfer Schmerz breitete sich in ihrer Brust aus. Sie umklammerte die Armlehnen des Stuhls, als die Realität sie wie ein Faustschlag traf. Jace Stone würde niemals der Mann sein, den sie brauchte, egal, wie sehr sie sich das auch wünschte.

Fünfzehn

Die Sonne stand schon tief am Horizont, als Jace am Samstagabend auf den Parkplatz von Whiskey Automotive einbog und sich an sein letztes Mal hier erinnerte. Er hatte damals nicht damit gerechnet, dass etwas zwischen ihm und Dixie passieren würde, doch er hatte sicher auch nicht erwartet, dass er so kurze Zeit später keinen Schlaf mehr fand, weil er Dixie Whiskey einfach nicht mehr aus dem Kopf bekam. Und doch war sie überall. Wenn er die Augen schloss, sah er ihr wunderschönes Gesicht, ihre Augen, die zu ihm aufblickten, während sie sich liebten. Bei der Arbeit spürte er ihre Hände auf seinem Körper, hörte ihre Stimme, die gleichzeitig provozierend und verführerisch klang. Und jedes verdammte Mal, wenn er sein Loft betrat, war da ihre Präsenz. Er vermisste sie so sehr, dass es körperlich schmerzte, und es schien kein Entkommen zu geben. Am ersten Abend hatte er versucht, sich zu betrinken, um sie aus seinem Kopf zu verdrängen, doch das hatte ihn nur an ihren Abend im NightCaps erinnert. Etwas Derartiges hatte er noch nie erlebt, und er begriff weder, wie es dazu hatte kommen können, noch, wie er damit umgehen sollte. Endlich hatte er es aufgegeben und war nach Peaceful Harbor gefahren wie ein Süchtiger, der es nicht länger aushielt.

Er stieg von seinem Motorrad, nahm das Geschenk, das er ihr mitgebracht hatte, aus der Satteltasche und betrat das Gebäude. Das Glöckchen über der Tür klingelte. Dixie saß mit gesenktem Kopf am Empfang, sodass ihr seidiges Haar ihr Gesicht verbarg, und ihre nackten Schultern verlangten förmlich danach, geküsst zu werden. Allein ihr Anblick genügte, damit sich Wärme und Erleichterung in ihm ausbreiteten und sein Kummer gelindert wurde.

»Wir haben ge…« Sie hob den Kopf und ließ den Stift fallen. »Jace.«

»Hi, Dix. Ich bin hier, um ein paar Dinge zu regeln und mein Motorrad abzuholen, und dachte, ich schaue mal vorbei.«

Dixie stand langsam auf. Sie sah umwerfend aus in den knappen Shorts und dem engen Tanktop. »Oh«, war alles, was ihr über die Lippen kam, und ihre Stimme klang ein wenig zittrig. Als hätte sie sich bei diesem kleinen Anzeichen von Verletzlichkeit ertappt, räusperte sie sich und sagte dann etwas klarer: »Ich habe vorhin gesehen, dass ich das Honorar für das Shooting auf dem Konto habe. Du hattest gemeint, es wäre das Fünffache dessen, was ich sonst verdiene, aber das war noch deutlich untertrieben.«

»Du bist jeden einzelnen Penny wert.«

Sie entdeckte die Schachtel in seiner Hand und ging um den Schreibtisch herum auf ihn zu.

Sein Herz schlug schneller, als sie ihn ansah. Er hatte geglaubt, sich nur eingebildet zu haben, dass ihre grünen Augen ihn anzogen wie ein Magnet, doch nun musste er noch einen Schritt näher an sie herangehen. Er gab ihr die Schachtel. »Das ist für dich. Hast du vielleicht Lust, etwas essen zu gehen oder mit mir einen Drink zu nehmen?«

Dixie blickte kurz auf die Schachtel herab und runzelte

dann die Stirn. »Danke.« Sie stellte sie auf den Schreibtisch. »Ich kann heute nicht mit dir ausgehen, ich habe gleich eine Schicht in der Bar.«

Verdammt. »Ich könnte ja nach Feierabend noch bei dir vorbeikommen.«

Sie schüttelte den Kopf und wandte den Blick wieder ab. »Ich glaube nicht, dass das eine gute Idee ist.«

Ihm wurde plötzlich eiskalt. Er war tatsächlich allein mit seiner quälenden Sehnsucht. Er hatte geahnt, dass sie den Abschied besser verkraftet hatte als er, aber auch gehofft, dass sie ihn wenigstens vermissen würde. »Warum nicht?«

Sie presste die Lippen aufeinander und er griff nach ihrer Hand. Sie zog sie nicht weg, aber er sah, dass sie mit sich kämpfte.

»Dix, rede mit mir. Ich muss morgen in Los Angeles sein und habe keine Zeit für Ratespiele.«

»Es fällt mir zu schwer, Jace. Wir hatten New York, und wir waren uns einig, dass das alles sein würde.«

Sie war fertig mit ihm? Das konnte er nicht glauben. Er trat noch näher an sie heran, und das gewohnte Verlangen nach ihr überkam ihn, das er auch in ihren Augen entdeckte. »Das muss aber nicht alles gewesen sein. Wir haben heute Nacht.« Er ließ die Hände über ihre nackten Arme nach oben wandern. »Lass mich zu dir kommen, wenn du mit der Arbeit fertig bist.«

Dann umarmte und küsste er sie. Ihr stockte der Atem und sie krallte sich in seinen Oberkörper und bohrte ihm ihre Finger tief in die Haut. »Ich bekomme dich einfach nicht mehr aus dem Kopf, Dix. Das ist dieses verdammte Whiskeyfieber.«

Er küsste sie gleich noch leidenschaftlicher. Sie presste den ganzen Körper gegen seinen und im nächsten Atemzug ließen sie die Hände wie ausgehungert auf Wanderschaft gehen. All sein Schmerz und seine Verwirrung fielen von ihm ab. Das hier war genau das, was er brauchte, und er wollte noch viel mehr davon.

Dixie stöhnte auf, und er hielt ihr Haar noch fester, doch dann riss sie sich los und stieß ihn keuchend zurück.

»Nein.« Sie schüttelte den Kopf und ging langsam rückwärts, bis sie an den Schreibtisch stieß. »Ich kann das nicht, Jace. Ich kann nicht deine Geliebte sein.«

Jetzt schüttelte er den Kopf und versuchte, Ordnung in seine Gedanken zu bringen. »Meine Geliebte? Ich dachte, wir wären uns einig?«

»Das waren wir«, gestand sie und berührte ihre Lippen, als würden sie noch immer kribbeln. Sie verschränkte die Arme vor der Brust und ließ sie dann wieder sinken, nur um die Bewegung zu wiederholen.

»Du hast gesagt, du brauchst keine Perspektive, keine Versprechungen«, sagte er ein wenig schärfer als beabsichtigt. Verdammt, sie passten so gut zueinander. Sie würde ihn nicht auf diese Art und Weise küssen, wenn sie das nicht ebenso empfinden würde.

»Das habe ich nicht gesagt«, entgegnete sie ebenso schneidend. Ihre Augen schienen ihn anzuflehen, aber nicht um das, was er wollte. »Ich hätte nie gedacht, dass ich die Art von Frau bin, die einem Mann nachweint, ständig auf ihr Telefon starrt und sich dabei fragt, wo sie steht. Aber nun stellt sich heraus, dass ich genau diese Art von Frau bin, und ich kann es nicht ausstehen. Und ich ertrage das nicht. Ich hatte nicht damit gerechnet, dass ich mich in dich verlieben oder dir nachtrauern würde. Ich kann nicht ...«

»Was sagst du da?« Er kannte die Antwort schon, aber er wollte es nicht wahrhaben.

Sie hielt seinem Blick stand und wirkte unbeugsam wie Stahl, doch unter der Oberfläche war ihr tobender Schmerz zu spüren. »Was ich zu sagen versuche, ist, dass sich die Dinge geändert haben. Jetzt will ich Versprechungen. Ich will das ganze verdammte Programm. Ich will einen Mann, der mir nie mehr von der Seite weicht, ich will Kinder, Familienessen, den ganzen Kram eben. Ich bin heute bei Tag drei.« Ihre Stimme kippte. »Weißt du, was das bedeutet? Es bedeutet, dass ich das Schlimmste hinter mir habe. Ich muss darüber hinwegkommen und mein Herz beschützen. Und das schaffe ich nicht, wenn ich heute Abend wieder mit dir ins Bett gehe.«

Die Wahrheit traf ihn wie ein Blitzschlag.

Er hatte in New York gewusst, dass sie sich selbst belog, aber sie hatte es so gut überspielt, dass er einfach darauf eingestiegen war und mitgespielt hatte. *Aber diese Nachricht ... Verdammt.* Die Nachricht war nur ein weiterer Versuch gewesen, sich zu täuschen. Immerhin wusste er jetzt, dass er mit seinem Elend nicht allein war. Aber die Erkenntnis, dass er sie verletzt hatte, steigerte seinen Kummer bis ins Unerträgliche.

»Wir passen gut zusammen, Dix. Verdammt, wir sind füreinander geschaffen, aber du bittest mich um ein Versprechen, das ich dir nicht geben kann.«

»Ich bitte dich um gar nichts.« Sie hob trotzig das Kinn. »Ich erkläre dir nur, was Sache ist, und wenn du mich nur ein bisschen gernhast, dann lässt du es jetzt gut sein.«

»Dix ...« Er kam auf sie zu.

Sie hob abwehrend die Hände und schüttelte den Kopf, wobei ihr die Tränen kamen. »Bitte tu das nicht. Ich werde sämtliche Verpflichtungen für Silver-Stone erfüllen, aber aus uns kann so nichts werden.«

In dieser Sekunde pfiff er auf die verdammte Firma. »Du

bringst mich um!«, stieß er wütend hervor. Ihre Augen flehten ihn an, ihr zuzuhören, und verdammt, er hörte sie, laut und deutlich sogar. Er hatte ihr niemals wehtun wollen, und doch hatte er gründlich Mist gebaut.

Jace kämpfte gegen den Schmerz und den Selbsthass an, die ihn zu überwältigen drohten, während er zögerlich zur Tür ging. Dort hielt er kurz inne und wollte sie noch ein letztes Mal ansehen, sich den Dolch bis zum Heft ins Herz stoßen. »Du bist eine unglaubliche Frau, Dixie Whiskey, und du verdienst alles, was du dir wünschst, und noch viel mehr.«

Dixie hielt die Luft an, bis Jace zur Tür hinaus war. Sie hörte, wie er sein Motorrad anließ und vom Parkplatz fuhr. Erst dann stieß sie die Luft aus. Die Tränen ließen sich nun nicht länger aufhalten und ihre Knie gaben nach. Sie hielt sich an der Schreibtischkante fest, während sie von Schluchzern geschüttelt wurde. Eigentlich hatte sie geglaubt, das Schlimmste überstanden zu haben, aber als der Schmerz beinahe übermächtig wurde und das Röhren von Jaces Motorrad in der Ferne verklang, wusste sie, dass sie nie mehr dieselbe sein würde.

Sechzehn

Es war Sonntagvormittag, und Dixie brütete über der Buchhaltung, doch die Zahlen verschwammen immer wieder auf dem Papier. Sie schloss die Augen und kämpfte gegen den Kummer an, der sie die ganze Nacht wachgehalten hatte. Doch es war zwecklos, und sie wischte sich die verdammten Tränen von den Wangen. Gott, wie sie das verabscheute! Als sie es gestern Abend endlich in die Bar geschafft hatte, war sie eine Stunde zu spät dran gewesen und hatte noch dazu verquollene rote Augen gehabt und ihre Schicht wie ein Roboter absolviert. Izzy, Tracey und Diesel erkundigten sich immer wieder, was ihr fehlte, und schließlich hatte sie die Nerven verloren und sie angeschnauzt: *Ich hab einfach einen beschissenen Tag, okay? Also lasst mich in Frieden, oder ihr werdet es bereuen.* Später hatte sie sich wie ein Kind in den Schlaf geweint. Sie hatte geglaubt, es würde sie ablenken, in die Bar zu gehen und die Buchhaltung zu machen, aber es gelang ihr einfach nicht, sich zu konzentrieren. Wenigstens war die Bar geschlossen und sie konnte ihren deprimierenden Gedanken ungestört nachhängen.

Sie wusste, dass es richtig gewesen war, Jace wegzuschicken, aber warum fühlte es sich dann an wie die schlechteste Entscheidung, die sie je getroffen hatte? Sie schob den Stuhl vom Schreibtisch weg und stand auf, um sich einen Drink einzuschenken. Sie hatte das Licht nicht angeschaltet, um sich ihren Anblick zu ersparen, aber als sie sich eine Flasche Tequila holte, erhaschte sie im Spiegel hinter der Bar zufällig einen kurzen Blick auf sich. Ihr Haar türmte sich zerzaust wie ein Nest auf ihrem Kopf, ihre Augen waren so blutunterlaufen, als wäre sie jetzt schon betrunken, und mit ihrer Nase hätte sie dem Rentier Rudolph Konkurrenz machen können.

Angewidert von sich selbst stellte sie die Flasche wieder weg und ging zurück an den Schreibtisch, um auf die Bücher zu starren.

Sie musste eingeschlafen sein, denn sie schreckte hoch, als ihr jemand sanft die Hand auf den Arm legte. Neben ihr saß ihre Mutter und sah sie besorgt an. »Mom? Tut mir leid, ich muss eingedöst sein. Wie spät ist es?«

»Kurz nach drei.«

Heiliger Strohsack, sie hatte stundenlang geschlafen. Sie richtete sich auf, und der Blick ihrer Mutter wanderte von ihrem Haar bis hinunter zu ihren Fellpantoffeln.

Dixie schob die Füße verschämt unter ihren Stuhl und umfasste ihren Oberkörper mit beiden Armen. Als sie gestern Nacht endlich nach Hause gekommen war, hatte sie Jaces Geschenk noch geöffnet. Es waren die Abzüge der Fotos, um die sie ihn gebeten hatte, die Bilder von Jace während des Shootings. Außerdem ein elegantes schwarzes Spitzentop und ein schwarzer Rock, beides aus der *Leder und Spitze*-Kollektion. Ihr Ersatz für die Kleidungsstücke, die er ihr in der Hitze der Leidenschaft vom Leib gerissen hatte. In ihrem Kummer hatte sie die Sachen gestern angezogen und es heute Morgen nicht übers Herz gebracht, sie wieder auszuziehen.

Ihre Mutter rückte ihren Stuhl näher an ihren heran und

legte Dixie kurz eine Hand auf die Stirn. »Hm. Kein Fieber.«

Jaces Stimme donnerte in Dixies Kopf. *Das ist dieses verdammte Whiskeyfieber.* Sie senkte den Blick und versuchte, ihre Gefühle zu verbergen.

»Ich hab gehört, du hast gestern Abend alle in Angst und Schrecken versetzt.« Ihre Mutter legte Dixie einen Finger unter das Kinn, hob es leicht an und sah ihr forschend ins Gesicht. »Du siehst aus, als hättest du eine lange Nacht gehabt, Liebes. Diesel ist dir gestern Abend nach Hause gefolgt und hat vor deiner Tür geschlafen. Wusstest du das? Er fürchtete, jemand hätte dir wehgetan und du würdest es uns verschweigen.«

Dixie schüttelte den Kopf.

Die Dark Knights sorgten sich um die ihrigen, und als Tochter des Clubpräsidenten war sie immer eine von ihnen gewesen. Vielleicht hätte es sie ärgern sollen, dass Diesel so etwas getan hatte, nachdem sie allen hatte beweisen wollen, wie gut sie auf sich aufpassen konnte, aber das tat es nicht. Stattdessen kamen ihr wieder die Tränen, denn ein winzig kleiner Teil von ihr hatte sich gewünscht, dass Jace zurückkehren würde, um ihr seine Liebe zu gestehen.

Ihre Kehle war wie zugeschnürt.

»Möchtest du mir vielleicht erzählen, warum du aussiehst, als hättest du dich gestern Abend für ein heißes Date hübsch gemacht, wärst dann aber in der Billardhalle versumpft, per Anhalter nach Vegas gefahren und vor dem Altar sitzengelassen worden, um heute Morgen schließlich auf dem Boden eines Tequilafasses aufzuwachen?« Ihre Mutter streckte die Hand nach ihr aus, um ihr ein paar lose Haarsträhnen aus dem Gesicht zu streichen, und runzelte dann die Stirn. »Sag mal, in deiner Mähne hat sich ein Haargummi verheddert – wie siehst du denn aus, Schätzchen? Bitte rede mit mir!«

Dixie öffnete den Mund, um etwas zu sagen, aber ihre Gedanken waren ein einziges Chaos und sie brachte nur einen unverständlichen Klagelaut heraus. Sie ergab sich dem Schmerz und ließ sich in die offenen Arme ihrer Mutter sinken.

»Ist schon okay, Schätzchen.« Ihre Mutter strich ihr über das Haar. »Lass es raus, jede einzelne Träne.«

Dixie saß auf der Stuhlkante, schluchzte bitterlich und klammerte sich an ihre Mutter wie an einen Rettungsreifen. Sie weinte, bis keine Tränen mehr kamen, bis alles, was blieb, ihr gebrochenes Herz war.

Als sie sich schließlich aus den Armen ihrer Mutter löste, fühlte sie sich, als wäre sie leer und seelenlos und nur noch die Hülle eines menschlichen Wesens. Ihre Mutter drückte ihr ein paar Taschentücher in die Hand, bevor sie ihre Finger darum schloss. Ihr fiel das neue Tattoo auf ihrem Handgelenk auf, das leicht verschorft aussah.

»Jace«, sagte ihre Mutter und runzelte die Stirn.

Es war weder eine Frage noch eine Anklage, sondern bloß eine Feststellung. Ihre Mutter presste die Lippen aufeinander und atmete tief ein, während sie vielsagend nickte.

»Sag mir nur eins«, bat ihre Mutter sanft, »soll ich ihm die Jungs hinterherschicken?«

Dixie hatte sich geirrt. Sie hatte noch nicht alle Tränen vergossen, denn es kamen schon wieder neue, als sie den Kopf schüttelte. »Es ist nicht seine Schuld. Er hat alles richtig gemacht«, gestand sie schluchzend, und die Wahrheit war nicht mehr aufzuhalten. »Er war vom ersten Moment an ehrlich zu mir. Er hat mich gewarnt, und er hat mich zu nichts gezwungen. Mom, er hat es wirklich versucht. Ich habe ihn gedrängt, weil ich dachte, ich würde das verkraften. Ich dachte, ich könnte einfach mit ihm ins Bett gehen und die Sache dann hinter mir lassen, aber …« Ihre Stimme versagte und ging in ein Schluchzen über.

»Oh, mein süßer Liebling.« Ihre Mutter umarmte sie noch einmal. »Man kann keine Kostprobe von der Liebe nehmen und dann einfach wieder zum Alltag übergehen. Ist dir nicht klar, dass Bullet deswegen so wütend wurde, als Jace dich auf der Auktion ersteigert hat?«

»Wie meinst du das?«, fragte sie gepresst.

»Bear hat uns allen vor vielen Jahren erzählt, wie du im Bruchteil einer Sekunde dein Herz an Jace verloren hast. Bear sagte, Jace habe dich auf eine Art angesehen, die in ihm den Wunsch weckte, ihm den Kopf abzureißen, aber du kennst Bear. Sogar als Junge konnte er Emotionen besser deuten als irgendein anderer von uns, und er wusste, dass Jace es nie wagen würde, eine Beziehung mit dir einzugehen. Du warst noch ein junges Ding, und er war schon ein erwachsener Mann, der am Beginn einer großen Karriere stand. Er war zu klug, um sich auf so etwas einzulassen.«

Dixie wich zurück und war sichtlich schockiert über das, was sie da hörte. »Bear hat das gesehen?«

»Das hat er. Du bist eine Whiskey, Schätzchen, und wenn die Whiskeys sich etwas in den Kopf gesetzt haben, dann räumen sie jedes Hindernis aus dem Weg, und sie verstecken ihre Gefühle nicht. Deine Brüder wissen das alles. Sie wussten, dass es nur eine Frage der Zeit war, bis ihr beide euren Gefühlen nachgebt. Wir dachten allerdings, dass das viel früher passieren würde, noch bevor Bear anfing, für Silver-Stone zu arbeiten. Aber Jace war stark. Er hat sich von dir ferngehalten, bis zum Abend der Auktion, als er vor allen zugegeben hat, dass er dich will. Vertrau mir, Bullet wusste genau, was passieren würde. Wir wussten es alle.«

»Ich wusste gar nichts!«, rief Dixie wütend. »Hättet ihr mich nicht warnen können? Oder mich aufhalten?«

Ihre Mutter lachte leise und schüttelte den Kopf. »Ich habe vier dickköpfige Kinder zu noch dickköpfigeren Erwachsenen erzogen. Auf eine solche Konfrontation hatte ich beim besten Willen keine Lust, obwohl Bullet wirklich alles versucht hat, um dich aufzuhalten. Aber unsere Finlay glaubte, dass da etwas Besonderes zwischen dir und Jace war, und sie hat Bullet so lange gut zugeredet, bis er dich in Ruhe ließ.«

»Vielleicht hätte sie das besser nicht getan«, murmelte Dixie und wischte sich über die Augen.

»Das meinst du doch nicht ernst.«

Dixie schüttelte den Kopf. Sie erzählte ihrer Mutter, dass Jace am Abend zuvor bei ihr gewesen war. »Ich dachte, ich könnte mein Herz beschützen, aber jetzt fühlt es sich noch kaputter an. Was ist falsch daran, dass ich mir wünsche, was du und Dad und meine Brüder haben? Ich dachte, er würde vielleicht zurückkommen, aber gestern Abend wurde mir klar, dass das nicht passieren wird. Er ist nicht der Typ Mann, der Frauen hinterherläuft, und ich will keinen Mann, der mich nicht will.«

»Ach, Kleines. Es ist ein großer Unterschied, ob ein Mann eine Frau nicht will oder ob er ihre Wünsche respektiert. Du hast ihn fortgeschickt, und er hat gehorcht.«

»Das spielt keine Rolle«, zischte sie. »Er kann nicht der sein, den ich brauche, und ich habe nicht vor, die Teilzeitgeliebte eines Mannes zu werden.«

»Wie ich schon sagte: Ich habe dich zu einer starken Frau erzogen. Meiner Ansicht nach brauchst du dringend mal eine Auszeit. Du hast seit Jahren keinen richtigen Urlaub mehr gemacht. Warum fragst du Daphne nicht, ob du das Cottage nicht schon ein paar Tage früher haben kannst, und fährst gleich nach Cape Cod? Ich werde diese Woche für dich einspringen, und Babs kann das Babysitten für mich übernehmen.« Daphne Zablonski war eine der Gründerinnen des Buchclubs, dem auch Dixie angehörte, und sie kümmerte sich um die Reservierungen für das Bayside Resort, in dem Dixie ein Cottage gemietet hatte, um die Vernissage ihres Cousins Justin besuchen zu können.

»Aber dann verpasse ich ja die Eröffnung von Josies Laden am Dienstag, und sie hat so hart dafür gearbeitet. Das soll doch ein feierlicher Anlass sein, und ich kann Josie nicht einfach im Stich lassen.«

Ihre Mutter nahm ihre Hand. »Kannst du deine Bedürfnisse bitte ein einziges Mal über die aller anderen stellen? Josie liebt dich, und sie weiß, dass du sie unterstützt. Gemma schreibt schon an einer kleinen Story über die Eröffnung von ›Ginger All the Days‹, und der Artikel soll in der Gemeindezeitung erscheinen. Ich werde also jede Menge Fotos knipsen und du kannst hinterher den Artikel lesen. Und ich will dir ja keine Angst machen, aber wenn deine Brüder mitbekommen, in welchem Zustand du bist, dann könnte das für Jace doch noch übel ausgehen.«

Dixie keuchte auf. »Das darf nicht passieren. Es war nicht Jaces Schuld. Das geht allein auf meine Kappe. Es war meine Entscheidung, mich mit ihm einzulassen, und meine Entscheidung, mit ihm Schluss zu machen.«

»Und genau deshalb schlage ich vor, dass du dir eine Auszeit gönnst, bis du dich wieder ein bisschen besser im Griff hast. Zuerst schaff dir diese Cyndi-Lauper-Gedächtnisfrisur vom Kopf. Und diese erbärmlichen Schuhe landen auf dem Müll. Montag in einer Woche kannst du wieder zur Arbeit kommen.

Bis dahin bist du vielleicht auch wieder dazu in der Lage, dieses großartige Outfit mit etwas mehr Würde zu tragen. Warum sehen die Sachen so aus, als hättest du darin geschlafen?«

Dixie senkte den Blick.

»Oh, Dixie. Du bist ja in einem noch schlechteren Zustand, als ich dachte.« Ihre Mutter setzte sich wieder. »Jetzt ist Schluss damit. Mama Red übernimmt das Kommando, und versuch nicht, mir zu widersprechen. Ich kümmere mich um die Buchhaltung, um die Werkstatt und übernehme deine Schichten in der Bar. Ich will, dass du jetzt nach Hause gehst, Daphne anrufst und sie darum bittest, deine Reservierung zu verlängern. Wenn das nicht klappt, dann rufst du deine Freundin Violet im Summer House an oder quartierst dich einfach bei Justin oder Madigan ein.« Justin hatte drei Brüder, Blaine, Zander und Zeke. Madigan war ihre einzige Schwester. Ihre Mutter, Dixies Tante Reba, war Biggs' Schwester. »Und ich will, dass du diese Klamotten ausziehst, bevor du sie mit Eis bekleckerst. Nimm eine Beruhigungstablette oder trink ein Glas Whiskey. Und morgen früh wirst du deinen hübschen kleinen Hintern in den Jeep schwingen und aus Peaceful Harbor verschwinden. Ich will nicht, dass du an der Werkstatt hältst oder ein Wort zu deinen Brüdern sagst. Hast du mich verstanden? Du kannst von Glück reden, dass Diesel mich angerufen hat. Hätte er Bullet oder deinen Vater informiert, dann hätten wir jetzt ein echtes Problem. Lass dir Zeit, wenn du ans Cape fährst. Mach einen Zwischenstopp in Mystic, geh am Hafen spazieren, die frische Luft wird dir bestimmt guttun.«

Dixie seufzte schwer. »Mein Herz fühlt sich an, als hätte man es mir aus der Brust gerissen, es ausgewrungen und dann auf den Boden geknallt.«

»Und als wäre man anschließend noch ein bisschen darauf

herumgetrampelt, wenn ich mich richtig an diesen Zustand erinnere«, ergänzte ihre Mutter.

»Woher weißt du das denn? Du bist doch schon seit Ewigkeiten mit Dad zusammen.«

»Weil du kein Glück findest, bevor du nicht durchs Feuer gegangen bist. Denkst du etwa, deine Brüder hätten ihre Frauen kennengelernt und alles wäre sofort in Butter gewesen? Nein, so war das ganz und gar nicht, Dix. Aber das sind ihre Geschichten, und es steht mir nicht zu, sie zu erzählen, aber eins kann ich dir versichern: Wir sind alle schon durch unsere ganz private Hölle gegangen, und jeder von uns ging gestärkt aus dieser Erfahrung hervor. Mit der Schicksalsgöttin ist nicht zu spaßen. Sie bricht über das Leben herein wie ein Orkan, sie lässt dich ihre ganze Macht spüren und erinnert dich daran, wer hier letztlich das Sagen hat. Und danach fragst du dich, ob du dich jemals wieder heil und ganz fühlen wirst.«

»Wenn es wirklich die Schicksalsgöttin war, die mir das angetan hat, dann bringe ich sie persönlich um und ihr müsst mich im Gefängnis besuchen«, murmelte Dixie düster.

»Dann würde ich mir vorher aber ein paar Tipps von Truman holen.« Ihre Mutter lachte leise und beugte sich dann zu ihr hinüber, um sie fest an sich zu drücken. »Ich hab dich lieb, meine Kleine.« Dann stand sie auf und half auch Dixie hoch.

»Danke, dass du mich vor mir selbst gerettet hast.«

»Du hast keine Rettung gebraucht, mein Liebling. Du warst einfach noch niemals zuvor verliebt. Du hast nur jemanden gebraucht, der dir hilft, wieder einen klaren Kopf zu bekommen, und der dich daran erinnert, dass du eine starke und kluge Frau bist. Und dass nur ein noch stärkerer Mann dir gerecht werden kann.«

»Ich dachte, Jace wäre dieser Mann«, gestand sie und fühlte sich völlig am Ende.

Ihre Mutter nahm Dixies Schlüsselbund vom Tisch, drückte ihn ihr in die Hand und legte ihre darüber. »Gib ihn nicht so schnell auf. Du bist eine Naturgewalt. Ich glaube ja, dass du diesen großen starken Mann völlig aus der Bahn geworfen hast und er sich gerade fragt, wo oben und wo unten ist.« Auf dem Weg zur Tür fuhr sie fort. »Und wenn er nicht zurückkommt, dann ist er ein verdammter Idiot, der sich gerade das beste Angebot seines Lebens entgehen lässt.«

Siebzehn

Keine Motorradfahrt der Welt konnte das Bild der weinenden Dixie Whiskey aus Jaces Kopf verscheuchen. Da half es erst recht nicht, dass er sie tatsächlich ständig vor Augen hatte, seitdem er am Sonntagabend in Los Angeles angekommen war. Hawk hatte ihm einen Umschlag mit Dutzenden von Fotos vom Shooting in New York geschickt. Heute war Dienstag, und er traf sich wie schon am Vortag mit Maddox und dem Marketingteam. Sie wollten eine endgültige Auswahl der Bilder für den Kalender und die weiteren Marketingmaterialien für die Markteinführung der *Leder und Spitze*-Kollektion treffen. Achtzehn Fotos hatten es bereits in die engere Auswahl für den Kalender geschafft, jedes davon war auf Posterformat vergrößert und auf Staffeleien platziert worden, die man entlang einer der Wände des Konferenzraumes aufgestellt hatte. Zehn weitere Poster für die Promopakete waren an der gegenüberliegenden Wand aufgereiht. Und an der Frontseite stand zu allem Überfluss noch eine Projektionsleinwand, damit sie sich die Fotos, die sie schon verworfen hatten, im Zweifelsfall noch einmal ansehen konnten.

Jace versuchte, sich auf die laufenden Diskussionen zu konzentrieren. Die Arbeit war früher einmal sein Zufluchtsort gewesen, an dem er zur Ruhe kommen und den Rest der Welt einfach aussperren konnte. Jetzt fühlte er sich, als hätte dieser Zufluchtsort sich in die Vorhölle verwandelt. Egal, wohin er sah, er blickte in Dixies lächelndes Gesicht. Doch alles wurde noch überschattet von dem Bild, das ständig vor seinem inneren Auge auftauchte: Dixie mit Tränen in den Augen, die mühsam ihren Schmerz verbarg, als sie ihn fortgeschickt hatte. Er hatte mit dem Gedanken gespielt, diese Bilder mit Alkohol zu vertreiben, jedoch nicht mehr als einen Drink hinunterbekommen. Es gab nur eine Droge, die er wollte, und sie hatte ihm die Fähigkeit geraubt, sich auf irgendetwas anderes zu konzentrieren, was diese Meetings zu einem wahren Albtraum machte. Er saß hier fest und musste mit anhören, wie ein Haufen Männer und Frauen an der Frau herummäkelten, die ihn so tief berührt hatte, dass es sich nun anfühlte, als wäre sie ein Teil von ihm.

»Auf Nummer fünfzehn sehen ihre Beine ein bisschen zu dünn aus«, erklärte eine der Frauen aus dem Marketingteam.

Zu dünn, meine Güte. Sie sind perfekt.

»Auf Nummer drei sieht sie etwas älter aus«, sagte Maddox. »Dafür wirkt sie auf der Acht ein bisschen jünger. Die beiden behalten wir, so erreichen wir eine größere Altersspanne innerhalb der Zielgruppe.«

Einer der Assistenten stellte die beiden Bilder zur Seite.

»Das ist doch Haarspalterei«, meinte einer der Männer. »Aber wir sind uns einig, oder? Gibt es noch jemanden, der der Meinung ist, dass ihre Brüste auf Nummer vier zu perfekt aussehen? Das könnte die Käuferinnen abschrecken.«

»Das ist eindeutig Haarspalterei«, warf eine der Frauen ein. »Das Problem hätte ich gern.«

Gelächter brandete auf.

Jace grollte. Die meisten Frauen hätten viel darum gegeben, so auszusehen wie Dixie.

»Ihr Blick auf Nummer zwölf gefällt mir besser als auf Nummer fünfzehn«, erklärte ein anderer Mann.

Der Typ neben ihm stupste ihn mit dem Ellbogen an. »Wahrscheinlich stellst du dir die Bilder auch gerade in deinem Schlafzimmer vor.«

Jace biss wohl zum x-ten Mal an diesem Tag die Zähne zusammen.

Maddox warf Jace vom anderen Ende des Konferenzraumes einen Blick zu. Er trug die schwarze Lederjacke, die er praktisch niemals ablegte, und hatte die Ellbogen auf die Tischplatte gestützt. Eine Hand ruhte vor seinem Kinn, und er trug an zwei Fingern dicke Silber- und Goldringe und um die Handgelenke etliche mit Perlen verzierte Lederbänder und silberne Armreifen. Aus dem Ärmel der Jacke lugte eine tätowierte Schlange hervor. Sein Gesicht war wettergegerbt, das dicke silbergraue Haar von schwarzen Strähnen durchzogen, auch der Bart hatte noch ein paar schwarze Stellen. Seine Augen wirkten wie die eines Mannes, der schon viel erlebt hatte und sich von so gut wie niemandem etwas sagen ließ.

Maddox hatte Jace in den vergangenen zwei Tagen so gründlich beobachtet, als wollte er ihn analysieren. Jace rutschte nervös auf seinem Stuhl herum. Maddox kannte ihn vermutlich besser als irgendein anderer Mensch auf der Welt. Ahnte er etwas von dem Chaos, das in Jaces Gedanken tobte?

»Wir sollten die Nummer sechzehn für die lebensgroßen Werbefiguren in unseren Läden verwenden«, fand eine andere Frau. Auf diesem Bild stand Dixie vor einem der Bikes, hatte einen Arm vor den Bauch gelegt und den Ellenbogen des anderen Arms darauf abgestützt. Die Farben ihrer Tattoos leuchteten förmlich auf ihrer makellosen Haut. Ihre Hand ruhte in einer femininen, verführerischen Geste auf der Schulter. Ihr Kinn war leicht nach unten geneigt und ihr Blick in die Kamera glich einer subtilen Provokation. Ihr üppiges Haar fiel über die Träger eines Bralettes, dazu trug sie eine Lederhose mit silbernen Reißverschlüssen und Spitzendetails und Lederstiefel mit hohen Absätzen.

»Eine gute Entscheidung. Sie sieht tough, aber nicht unnahbar aus«, stimmte Maddox zu.

»Sie hat darauf einen sehr herausfordernden und frechen Blick«, stellte einer der Männer fest.

Jace gefiel sein Tonfall nicht. Er musste verärgert aussehen, denn der Mann entschuldigte sich mit einem tonlosen *Sorry* in seine Richtung.

»Davon bestelle ich mir dann auch eine für zu Hause«, meinte einer der anderen. Er beugte sich vor und setzte mit einem anzüglichen Blick nach: »Ich weiß ja, dass wir Arbeit und Privates für gewöhnlich trennen, aber hier könnten wir doch mal eine Ausnahme machen, oder?«

Nur über meine Leiche. Jace war es leid, Kommentare und Anspielungen über Dixie zu hören, und langsam gingen ihm auch die besorgten Blicke auf die Nerven, die Maddox ihm zuwarf. Er kniff die Augen zusammen und zeigte auf den Mann. »Du da. Raus hier. Sofort.« Sein eisiger Tonfall ließ keinen Zweifel daran, wie ernst es ihm war.

Der Typ erstarrte vor Schreck, wie auch alle anderen im Raum. Sein Blick huschte hektisch von rechts nach links, und er verzog die Mundwinkel zu einem hilflosen Lächeln, als würde er noch darauf hoffen, dass es sich um einen Witz handelte und gleich alle anfingen zu lachen. »Entschuldige, Jace, ich wollte nicht respektlos sein. Es war nur ein Witz.«

»Die Tatsache, dass du uns das erklären musst, ist wohl Beweis genug, wie weit du damit übers Ziel hinausgeschossen bist.« Jace sah auffordernd zur Tür und der Mann verließ den Raum.

Als er weg war, blieb die Stimmung angespannt. Die Leute zappelten nervös auf ihren Stühlen herum und Maddox musterte Jace, als würde er sich fragen, warum er auf einmal derart die Beherrschung verloren hatte. Vielleicht amüsierte er sich ja auch nur. In diesem Fall würde Jace ihm später gründlich die Meinung geigen.

»Was steht als Nächstes an?«, fragte Jace mit fester Stimme.

»Ich hätte da noch etwas«, meldete sich Leni Steele zu Wort. Sie war blitzgescheit und hatte mit ihrer Empfehlung für Hawk goldrichtig gelegen. »Ich habe eben eine E-Mail von Shea bekommen. Jillian Braden hat tatsächlich einen Slot auf der Fashion Week ergattert, und sie haben ihre Beziehungen spielen lassen und konnten die *Leder und Spitze*-Kollektion einschleusen.«

Das löste spontanen Jubel unter den Anwesenden aus.

Jace meldete sich mit einem Handzeichen und die anderen verstummten. Er sah zu Maddox hinüber. »Seit wann gehören Modeschauen zu unserem Marketingkonzept?«

»Ich habe an dem Wochenende, an dem du verreist warst, mit Shea gesprochen«, erklärte Maddox. »Es war nicht Teil des ursprünglichen Plans, aber sie glaubt, dass wir die Kollektion so breiter vermarkten können.«

»Das ist ja schön und gut, aber Dixie hat sich nicht dazu verpflichtet, auf Modeschauen aufzutreten.« Und er konnte sich beim besten Willen keine andere Frau in diesen Kleidern vorstellen.

»Ach, kein Problem«, versicherte Leni ihm. »Shea hat

Dutzende von geeigneten Models zur Hand, und wenn sie von uns grünes Licht bekommt, dann könnten wir mit der Kollektion noch bei zwei weiteren großen Modeschauen auftreten.«

»Das klingt nach einer großen Sache«, sagte eine der anderen Frauen.

»Es ist mir egal, wie groß das werden könnte«, beschied Jace mit fester Stimme. »Wir haben Dixie Whiskey zum Gesicht von Silver-Stone gemacht und ihr gegenüber eine Verpflichtung.«

»Bei allem gebotenen Respekt«, erwiderte Leni, »ich bezweifle, dass es technisch überhaupt möglich ist, eine solche Show mit einem einzigen Model über die Bühne zu bringen.«

»Mal ganz abgesehen davon, dass sie kein Model ist«, rief Maddox ihm in Erinnerung.

»Diese Chance nicht zu ergreifen, wäre schlichtweg Wahnsinn«, flehte Leni ihn an. »Es ist eigentlich unmöglich, zu so einem späten Zeitpunkt noch einen Slot auf der Fashion Week zu bekommen. Sie machen das sonst nie, und …«

»Mir ist bewusst, was das für eine große Sache ist«, unterbrach Jace sie. »Aber das ändert nichts daran, dass mir die Idee missfällt.«

»Jace.« Maddox sah ihn durchdringend an. »Sei bitte vernünftig.«

Doch wie sollte er vernünftig sein, während in ihm ein derartiger Aufruhr tobte? Er stand abrupt auf und ging zur Fensterfront. »Geht alle mal kurz raus«, bat er. »Ich würde mich gern mit Maddox unter vier Augen unterhalten.«

Während die anderen ihre Sachen zusammenpackten und der Reihe nach den Raum verließen, versuchte Jace, seine Gedanken zu ordnen. Doch das war ein hoffnungsloses Unterfangen.

Maddox schloss die Tür und verschränkte dann die Arme vor der Brust, während er Jace dabei beobachtete, wie er hin- und hertigerte. »Du bist launisch und gereizt, seit wir uns letzte Woche in Boston getroffen haben. Ich würde dir ja gern empfehlen, den Rest des Tages freizunehmen, aber wir sollen um fünf die Papiere unterzeichnen. Es ist wohl an der Zeit, dass du mir erzählst, was hier los ist.«

Er sah den Mann an, der an seiner Seite stand, seit er ein dreister Teenager gewesen war, seinen brillanten Mentor, der über die Jahre zu einem loyalen Freund und verlässlichen Geschäftspartner geworden war. Und zum ersten Mal, seit sie miteinander zu tun hatten, fehlten Jace die Worte. Er sank auf seinen Stuhl. »Wir müssen reden, Mann. Ich bin total am Arsch …«

Achtzehn

Am Mittwoch saß Dixie auf einem Liegestuhl hinter dem Cottage, das sie gemietet hatte, und blickte hinaus auf die Bucht von Cape Cod. In ihrem Schoß lag ein Buch und ihr blieben noch ein paar Stunden bis zu Justins Vernissage. Sie hatte vor, diese Zeit genau hier zu verbringen, während die Sonne ihre Wangen streichelte, die Wellen an den Strand plätscherten und der Wind die Geräusche spielender Kinder die Düne hinauftrug. Sie war tatsächlich früher hergekommen, und das hatte ihr die nötige Zeit verschafft, um wieder einen klaren Kopf zu bekommen, auch wenn es an ihrem Herzschmerz nichts änderte. Sie hatte entschieden, keinen Zwischenstopp in Mystic einzulegen, und war die ganze Strecke in zehn Stunden durchgefahren. Sie hatte sich in dem gemütlichen kleinen Cottage einquartiert und sich den Rest des Abends in Selbstmitleid gesuhlt. Doch gestern war sie überraschend beschwingt erwacht und hatte einen Spaziergang entlang der Dünen gemacht, und Daphnes fast zweijährige Tochter Hadley hatte ihr auf wackligen Füßchen einen Besuch abgestattet.

Daphne und ihre Tochter lebten in einer kleinen Wohnung über den Büroräumen des Resorts. Sie waren auf dem Weg zu ihren Freunden gewesen, denen das Summer House Inn gehörte, um dort zu frühstücken, als Hadley Dixie entdeckt und prompt kehrtgemacht hatte. Hadley hatte sich an sie geklammert und sie dabei sehr ernst angesehen. Offensichtlich verteilte die Kleine nicht allzu großzügig ihr Lächeln. Daphne hatte Dixie zu ihren Freunden zum Frühstück eingeladen und sie dort noch ein paar anderen Frauen aus dem Buchclub vorgestellt. Sie lernte auch die Partner einiger dieser Frauen kennen, und man sah ihnen an, wie glücklich sie miteinander waren. Dixie hatte gehofft, diese Art von Glück mit Jace zu finden, und sie spürte, wie ihr abermals das Herz schwer wurde. Und in diesem Moment, als sie inmitten ihrer neuen Freundinnen dort saß, mit Hadley auf dem Schoß, lächelte die Kleine sie plötzlich doch an. Dixies Herz schmolz dahin, und ihr wurde bewusst, wie sehr sie sich eine eigene Familie wünschte. Ihr wurde klar, dass das Leben zu kurz war, um es mit Liebeskummer zu verschwenden, und sie nahm sich einmal mehr vor, einen Weg zu finden, über Jace hinwegzukommen.

Es wäre etwas anderes gewesen, wenn Jace sie belogen oder sie verführt hätte, um sie dann fallen zu lassen. Aber das hatte er nicht getan. Selbst wenn sie niemals mehr einen anderen Mann lieben konnte, durfte sie sich nicht erlauben, sich den Rest ihres Lebens wegen ihrer dummen Fehler in Selbstmitleid zu suhlen. Sie hatte sich gestern überwunden, und das war ein Schritt in die richtige Richtung gewesen. Statt sich im Haus einzuigeln, hatte sie ihre Tante Reba, die Schwester ihres Vaters, angerufen, ihr gesagt, dass sie früher als geplant in die Stadt gekommen sei und sie gern besuchen würde. Reba ähnelte Dixies Mutter in vielem: Sie war stark, liebevoll und ließ sich von niemandem etwas gefallen. Schließlich war sie die Frau eines Dark Knight. »Kein Wort mehr, Schätzchen. Schwing deinen Hintern hier rüber.« Es stellte sich heraus, dass die Geschichten über die

Auktion und darüber, dass Dixie das neue Gesicht von SilverStone sein würde, in der Familie bereits die Runde gemacht hatten, nicht zuletzt dank ihrer stolzen Mutter. Es war ebenso schön wie schwierig, diese Tage für ihre Cousins und Freundinnen noch einmal aufleben zu lassen. Doch Dixie verbrachte den Rest des Abends umgeben von ihrer Familie, und das war der perfekte Trost für ihr wundes Herz.

Bis sie in ihr Cottage zurückkehrte und die Stille dort ihr fast den Atem raubte.

Sie verbrachte den Abend damit, sich die Fotos anzusehen, die sie mitgebracht hatte. Darunter das von Jace, auf dem er telefonierend an der Wand lehnte, und ein Bild von ihrer Familie und ihren Freunden. Zuerst starrte sie das Foto von Jace an, bis sie ihn schließlich so sehr vermisste, dass es ihr fast das Herz zerriss. Dann, um ihren Schmerz zu lindern, lenkte sie den Blick auf das Familienfoto, das in der Nacht von Maggie Roses Geburt aufgenommen worden war. Dieses Foto machte sie bei jedem Betrachten glücklich. Dixie wusste, dass es verrückt war, ein Foto von Jace hierher mitzunehmen, aber sie wollte ihn nicht ganz vergessen. Sie versuchte nur, ihn wieder als ihren Freund zu betrachten und nicht als den Mann, den sie liebte. Doch in Wahrheit hoffte sie vielmehr darauf, niemals auch nur eine Sekunde ihrer gemeinsamen Zeit zu vergessen.

Und so bohrte sie sich ein ums andere Mal den Dolch ins Herz, versuchte dann wieder, den Schmerz zu lindern, nur um sich danach gleich wieder selbst zu quälen. Schließlich schlief sie mit einem Kissen in den Armen ein und stellte sich vor, es wäre Jace.

Die ganze Nacht war ein Höllenritt gewesen, weswegen sie am nächsten Morgen beschloss, es mit einer anderen Strategie zu versuchen. Und so nahm sie den Roman zur Hand, den sie im Buchclub gerade lasen. Und es funktionierte tatsächlich, wenigstens vorübergehend. Die Geschichte war spannend und lenkte sie wunderbar ab, doch als sie zu einer erotischen Szene kam, setzte sie in ihrer Fantasie sofort sich und Jace an die Stelle der Protagonisten. Und das turnte sie an und frustrierte sie gleichermaßen. Was sie wieder in die Realität zurückholte.

Eine sanfte Meeresbrise wehte ihr ins Gesicht. Dixie strich sich eine lose Haarsträhne hinters Ohr, griff nach dem Buch und unternahm einen weiteren Versuch, sich abzulenken.

Den Tag lesend in der Sonne zu verbringen, hatte Dixies Anspannung ein wenig gelindert, die seit Tagen ihr ständiger Begleiter war. Als sie später am Abend auf Justins Vernissage an ihrem Champagner nippte, war sie dankbar für die Atempause, obwohl sie wusste, dass die Trauer sie wieder einholen würde, sobald sie im Cottage war. Sie hielt sich schon seit Stunden in der Galerie auf, und es herrschte immer noch drangvolle Enge. Die Dark Knights waren in Scharen gekommen, genau wie viele Ortsansässige und Touristen. Justins Skulpturen waren ein riesiger Erfolg, und es war schön, dass so viele Menschen seine Arbeit schätzten. Justin war unglaublich talentiert, und seine Figuren berührten immer etwas tief in Dixies Herz. Jede seiner Skulpturen sah ein wenig leidend aus, so auch jene, vor der Dixie jetzt stand. Es handelte sich um eine nackte, armlose Frau, die auf einer Art Welle lag. Sie hatte den Kopf in den Nacken gelegt, die Augen geschlossen, und ihre feinen Züge waren kunstvoll herausgearbeitet. Um ihren Körper und ihre Beine wanden sich breite Bänder, einer flachen Python gleich, die sich daran machte, ihre Beute zu zerquetschen. Dixie ging weiter zum nächsten Exponat, einem riesigen Frauenkopf, der aus einem zersplitterten Steinblock herauszuwachsen schien. Lippen und Nase waren klar definiert und sorgfältig poliert, doch der Bereich zwischen ihrem rechten Wangenknochen und dem Nasenrücken war herausgebrochen. Es sah aus, als hätte jemand sie geschlagen und als wäre dieser Teil ihres Gesichts in tausend Stücke zersprungen. Seine anderen Arbeiten waren nicht weniger spannend und kraftvoll.

Dixie stellte ihr leeres Glas auf einem Tablett ab und sah quer durch den Raum zu Justin hinüber, der inmitten einer Traube hübscher Frauen stand. Alle Wicked-Brüder waren groß und kräftig, sogar Justin. Obwohl er adoptiert war, sah er aus, als würde er dieselben Gene in sich tragen. Wie die meisten Dark Knights waren auch die Wickeds tough, unerschrocken und ein bisschen großmäulig.

Justin sah kurz zu ihr herüber, und das diabolische Grinsen, für das er berühmt war, huschte über sein attraktives Gesicht. Er hob das Kinn, entschuldigte sich kurz bei seinem Harem und ging zu Dixie. Oder besser gesagt: Er stolzierte. Er war breitschultrig, stark tätowiert und je nach Stimmung entweder angeberisch und großspurig oder zerfressen von Selbstzweifeln. Sein dunkles Haar sah immer so aus, als hätte jemand gerade darin herumgewühlt, und sein Bart war kurz und gepflegt.

Er stellte sich neben sie. »Na, Dix, welches Werk ist dein Favorit?«

»Ich glaube, das da.« Sie zeigte auf die Frau, die von der Python umschlungen wurde. »Aber du weißt, dass ich sie alle toll finde. Was gefällt dir am besten?«

Sein Blick schweifte zu Chloe Mallery, einer majestätisch anmutenden Blondine, die mit ihrem Champagnerglas am anderen Ende des Raums stand. Chloe hatte zusammen mit Daphne den Buchclub gegründet. Dixie kannte sie von ihren Chats und hatte sie gestern beim Frühstück erstmals persönlich kennengelernt. Chloe war witzig, scharfsinnig und definitiv nicht der Typ Frau, der sich von Justin etwas bieten lassen würde. Was keine Überraschung war, hatte sie den anderen im Buchclub doch erzählt, dass sie sich nicht vorstellen konnte, sich jemals mit einem Draufgänger einzulassen. Außerdem war sie mit einem Typen hier, den sie über eine Dating-App kennengelernt hatte.

»Weiß sie das auch?«, fragte Dixie.

Chloe sah zu ihnen herüber, bevor Justin antworten konnte, und die Luft zwischen den beiden schien zu knistern, bevor sie rot wurde und den Blick abwandte.

»Sag du es mir«, erwiderte Justin arrogant.

Dixie lachte auf. »Wie gut kennst du sie?«

»Gut genug, um zu erahnen, dass sie im Bett eine Granate sein muss.« Justin kippte seinen Champagner herunter.

Dixie verdrehte die Augen. »Sie würde aber nie etwas mit einem Biker anfangen.«

»Diese Phase mit den hübschen braven Jungs wird irgendwann vorbei sein. Bald ist sie die Weicheier leid. Und wenn sie bereit für einen richtigen Mann ist, dann werde ich da sein, um sie bei uns willkommen zu heißen.«

»Na, dann viel Glück«, sagte Dixie, als Zander, einer von Justins jüngeren Brüdern, sich zu ihnen gesellte.

»Hey, Zan!« Justin tauschte einen Faustgruß mit seinem Bruder.

»Großartige Show«, sagte Zander, und in seinen Augen blitzte der Schalk auf, als er mit dem Kinn in Richtung der Tür wies, wo ihr Bruder Zeke sich gerade mit zwei hübschen

Brünetten unterhielt. »Zeke und ich gehen schon mal los. Wir kommen später noch ins Hog, okay?« Ihre Tante und ihr Onkel besaßen eine Bar namens Salty Hog, und später sollte dort zu Justins Ehren eine große Party stattfinden.

Justins Gesicht wurde ernst. »Na klar. Wer sind die Mädels?«

»Touristinnen.« Zander hob vielsagend die Augenbrauen. Er war der Frauenheld der Familie und wo er auftauchte, war Ärger vorprogrammiert.

Justin runzelte die Stirn. »Sei bloß nett zu ihnen.«

»Ich könnte gar nicht anders, Bro.«

»Dix, entschuldige mich kurz.« Er packte Zander am Ärmel seines Shirts und zerrte ihn beiseite.

Dixie kicherte in sich hinein, denn Justin hatte nun wirklich nicht das Recht, sich deswegen aufzuregen. Sie bemerkte, wie Madigan auf sie zukam, und winkte ihr zu. Madigan war Anfang zwanzig und die Jüngste von Justins Geschwistern. Mit ihrem lockigen rotbraunen Haar und den Augen, die so blau waren wie der Frühlingshimmel, war sie so hübsch, wie ihre Brüder tough und zäh waren.

»Was hat mein Bruder jetzt schon wieder angestellt?«, fragte Madigan, während sie zusah, wie Justin Zander die Leviten las.

»Zander benimmt sich eben wie immer.«

»Offensichtlich hat sich während meiner Abwesenheit nichts verändert.« Madigan war Puppenspielerin und entwarf Grußkarten. Sie war erst vor wenigen Wochen wieder nach Cape Cod zurückgekehrt und vorher mit ihrem Puppentheater monatelang durchs Land getourt. »Hast du zufällig noch Justins Freund Gavin gesehen, bevor er gegangen ist? Ist der nicht zum Anbeißen?«

Dixie war der große attraktive Mann mit den listigen

grünen Augen, nach dem sich die Frauen die Hälse verrenkt hatten, tatsächlich aufgefallen. »Sieht wirklich gut aus, wäre mir aber ein bisschen zu glatt.«

»Klar, ich vergaß. Du stehst eher auf harte Jungs.«

»Harte Männer, Madi«, korrigierte Dixie sie, während Tank und Baz Wicked, zwei von Madigans vierschrötigen, bärtigen Cousins, durch die Tür traten und die Blicke sämtlicher weiblichen Gäste auf sich zogen.

Tank war der älteste von Madigans drei Wicked-Cousins und mit über eins neunzig auch der größte. Er hatte dunkles Haar, war am ganzen Körper tätowiert und besaß mehrere Piercings. Wie üblich trug er die Lederweste mit den Abzeichen der Dark Knights. Er war fast einen Kopf größer als Baz, ein attraktiver Tierarzt, der mit seinem jüngeren Bruder Dwayne eine Tierrettungsstelle betrieb. Sie waren zwar keine Blutsverwandten von Dixie – ihr Vater und Madigans Vater waren Brüder –, dank der Dark Knights aber dennoch eine große Familie.

Baz umarmte an der Tür eine Frau, während Tank auf Justin zuging. Baz hatte langes dunkelblondes Haar und einen Dackelblick. Die Frauen sagten, er sei erstklassiges Heiratsmaterial, aber Baz hatte andere Pläne.

»Schön, dass Tank es noch geschafft hat«, sagte Dixie. »Wie geht es ihm?«

Tank war gestern nicht da gewesen, als sie seine Familie besucht hatte, und sie machte sich Sorgen um ihn. Ihre jüngere Schwester Ashley hatte sich vor einigen Jahren das Leben genommen. Alle hatten lange gebraucht, um über Ashleys Tod hinwegzukommen, doch einigen der Wickeds war es nie gelungen, ihren Kummer zu überwinden, darunter auch Tank.

»Er will immer noch die Welt retten«, erwiderte Madigan.

Kurz nach dem Tod seiner Schwester hatte Tank sich bei der Feuerwehr verpflichtet und es sich fortan zur Lebensaufgabe gemacht, Menschen zu retten.

»Das ist doch eine gute Sache.«

»Das hoffen wir jedenfalls. Aber wer kann das schon wissen. Du kennst doch Tank. Er ist niemand, der seine Gefühle offen ausspricht«, sagte sie, während Tank sich durch die Menge drängte und auf sie zukam.

Dixie war froh, ihn lächeln zu sehen, doch der abgrundtiefe Schmerz in seinen Augen blieb davon unberührt.

»Na, wenn das mal kein schöner Anblick ist, Chilischötchen!«, sagte er, legte Dixie einen Arm um die Schulter und zog sie an sich. Er roch nach Leder und frischer Luft und nannte Dixie schon seit einer Ewigkeit Chilischötchen. Als sie noch jünger waren, hatte er sie zuerst Red genannt, doch Dixies Mutter hatte dem schnell einen Riegel vorgeschoben.

»Dasselbe könnte man von dir sagen«, erwiderte Dixie.

Tank hielt sie weiter im Arm. »Ich habe in meinem Laden einen Platz für dich reserviert. Darf ich dich vielleicht tätowieren, solange du in der Stadt bist?« Neben seinem ehrenamtlichen Job bei der Feuerwehr besaß Tank außerdem ein Tattoostudio.

»Mal sehen, ich hab mir erst vor ein paar Tagen ein neues stechen lassen.« Sie zeigte es ihm.

»Oh! Das ist ja wunderschön!«, rief Madigan begeistert aus.

Tank pfiff anerkennend durch die Zähne und begutachtete die Tätowierung. »Wirklich eine schöne Linienführung. Wer hat das gemacht?«

»Ein Freund«, antwortete sie und versuchte, ihren Herzschlag unter Kontrolle zu behalten, der sich schon wieder beschleunigte.

»Mir ist zu Ohren gekommen, dass du jetzt ein Supermodel bist.« Tank beugte sich etwas näher zu ihr herüber. »Und ich habe gehört, dass deine Brüder am Abend der Auktion fast einen Herzinfarkt bekommen haben.«

»Das war tatsächlich ein interessanter Abend«, gestand Dixie leichthin.

»Eins muss man Jace Stone wirklich lassen: Der Mann hat Mut«, erklärte Tank. »Er wollte dich wohl unbedingt für diesen Kalender haben.«

Dixies Brustkorb verkrampfte sich.

»Ich kenne Jace von Bikes on the Beach, seit ich ein kleines Mädchen war«, sagte Madigan. »Der Typ ist echt zum Anbeißen.«

Tank sah sie warnend an. »Und er ist alt genug, um dein Vater zu sein.«

»Ich will mich ja nicht mit ihm einlassen. Ich sage nur, dass er wirklich heiß ist. Ist ja auch egal. Ich finde dich jedenfalls wahnsinnig bewundernswert, Dixie!«, fuhr Madigan fort. »Es war sehr mutig von dir, dich gegen deinen Vater und deine Brüder zu behaupten. Deine Mutter hat meiner Mom erzählt, dass sie noch nie zuvor so stolz auf dich war. Ich würde so etwas niemals fertigbringen.«

Tank zog die buschigen Augenbrauen hoch. »Du müsstest erst mal lange genug bei uns bleiben, damit wir dir auf die Nerven gehen könnten, Madi.«

»Oh, Tanky, hat mein großer Cousin mich etwa vermisst, als ich fort war?« Madigan schlang ihm die Arme um den Hals und umarmte ihn fest.

»Erwischt«, gab Tank zu.

Madigan grinste ihn frech an.

Tank lachte leise. »Ich hol mir mal einen Drink. Kann ich

euch auch etwas mitbringen?«

»Nein, danke«, antworteten Dixie und Madigan gleichzeitig.

Als Tank weg war, drehte sich Madigan zu Dixie um. »Dann erzähl mal, Dix, wie viele Dates mit dir bekommt ein Mann denn nun für vierzigtausend Dollar?«

»Eins. Warum fragst du?«

»Weil dich da gerade jemand anstarrt, als wäre er hier, um sich zu holen, was ihm zusteht.« Madigan wies in Richtung der Tür.

Dixie drehte sich ruckartig um und verlor fast das Gleichgewicht, als sie Jace entdeckte, der mit entschlossenen Schritten auf sie zukam. Sie packte Madigans Arm, um nicht umzukippen, und fragte sich, was zum Teufel er hier wollte und warum er so wütend aussah.

Jace bahnte sich einen Weg durch die dicht gedrängten Gäste zu Dixie, die in ihrem scharfen schwarzen Minirock, dem eleganten weißen Tanktop und den schwarzen Lederstiefeln, die sie offenbar immer trug, einfach umwerfend aussah. Sie schien die begehrlichen Blicke der anderen Männer in der Galerie nicht zu bemerken, Jace dafür umso mehr. Die Eifersucht fraß ihn beinahe auf. Ihre Mundwinkel zuckten, als wüsste sie nicht, ob sie lächeln oder ihn anschreien sollte.

»Hi, Jace«, sagte Madigan aufgeregt und beugte sich vor, um ihn zu umarmen. »Ich wusste ja gar nicht, dass du in der Stadt bist.«

»Ich auch nicht«, warf Dixie ein. »Was machst du hier?«

»Mich um meine Angelegenheiten kümmern«, erwiderte

Jace mit so ruhiger Stimme wie möglich, während jeder Muskel seines Körpers unter Spannung zu stehen schien.

Dixie stemmte eine Hand in die Hüfte und reckte das Kinn in die Luft. »Natürlich. Warum solltest du auch sonst hier sein?«

»Sei nicht so hart, Dix.« Madigan sah sie strafend an. »So zielstrebig, wie Jace auf dich zugekommen ist, war ich mir sicher, dass er noch ein zweites Date für sein Geld will.«

»Ich habe meine Schuld beglichen«, erwiderte Dixie kalt.

Jace verzog das Gesicht und versuchte sofort, seine entgleisenden Züge wieder unter Kontrolle zu bekommen. »Das mag schon sein, aber wir haben trotzdem noch ein paar wichtige Dinge zu besprechen.« Er nahm Dixie am Arm und spürte, wie sie sich versteifte. »Wenn du uns für einen Moment entschuldigen würdest, Madigan.«

Er bugsierte Dixie in Richtung Tür, während sie ihm zuflüsterte: »Was soll das? Ich dachte, du bist in Los Angeles. Rede mit mir, Jace! Jace?«

Sie war wirklich wütend, und obwohl er nicht gewusst hatte, was ihn hier erwartete, hatte er garantiert nicht damit gerechnet. War es ein Fehler gewesen, hierherzukommen? Nachdem er quer über den Kontinent geflogen, sich sein Bike geschnappt und, ohne sich eine Pause zu gönnen, zum Cape gefahren war, fühlte er sich erschöpft und musste an sich halten, um ihr keine bissige Erwiderung zu geben. Doch er riss sich zusammen und schob sie zur Tür hinaus.

»Jace!«, fuhr sie ihn noch mal leiser an, während er sie um das Gebäude herumführte, damit sie einen Moment lang allein sein konnten. Sie machte sich schwer atmend von ihm los, und in ihrem Blick spiegelten sich Zorn und Verwirrung wider. »Spinnst du? Du kannst mich doch nicht einfach wegzerren, als wäre ich dein Eigentum!«

Trotz des Sturms, der in seinem Inneren tobte, trat er einen Schritt auf sie zu, um ihre Nähe zu suchen, nach der er sich so gesehnt hatte. »Du bist so wütend, Dixie«, sagte er mit rauer Stimme. »Und trotzdem stehe ich hier vor dir. Nach Tagen und Nächten, die die Hölle waren, stehe ich endlich vor der Frau, die jeden einzelnen meiner Gedanken beherrscht, und ich habe das Gefühl, zum ersten Mal wieder atmen zu können, seit du mich in New York verlassen hast.«

Ihr Gesichtsausdruck wurde weicher, und es sah aus, als wollte sie etwas sagen, doch sie schwieg.

»Sag mir, dass es kein Fehler war, sämtliche Verpflichtungen auf Eis gelegt zu haben, um diese Woche mit dir verbringen zu dürfen.« Er berührte ihre Hand, und sein Herz hämmerte wie wild gegen seine Rippen. »Verdammt, Dixie. Bitte sag doch etwas.«

Sie blinzelte ein paar Mal. »Ich … ich verstehe immer noch nicht, warum du hier bist. Du kennst meinen Standpunkt.«

»Das tue ich. Ich sagte doch: Ich höre alles, was du sagst, aber ich höre auch Dinge, die du verschweigst. Ich habe verstanden, was du in Peaceful Harbor gesagt hast, und auch, wenn es mich fast umgebracht hat: Ich habe getan, was du wolltest, und bin gegangen. Aber verdammt, Dixie, all das, was du für dich behalten hast, hat mir den Boden unter den Füßen weggezogen, und darum stehe ich jetzt hier. Ich weiß, dass du mich genauso vermisst wie ich dich.«

Er nahm sie in die Arme, und Erleichterung überflutete ihn, als er spürte, dass sie sich nicht versteifte. »Ich weiß, dass du Versprechen brauchst, und du weißt, dass ich ein Mann bin, der sein Wort hält. Ich war aber so lange allein und niemandem Rechenschaft schuldig, dass ich nicht weiß, ob ich dir gerecht werden kann. Aber du bist das Einzige, woran ich denken kann.

Was du gerade tust, mit wem du zusammen bist, ob du an mich denkst. Ich will nicht, dass du leidest. Und verdammt, Dixie, ich kann keine Sekunde die Augen schließen, ohne dich vor mir zu sehen. Wenn ich mich auf mein Motorrad setze, spüre ich deine Arme um mich. Und wenn du immer noch nicht verstanden hast, wie sehr du mich verzaubert hast, dann ist das wohl der letzte Beweis: Als ich in mein Apartment in Los Angeles kam, in das du in deinem ganzen Leben noch keinen Fuß gesetzt hast, hat sich deine Abwesenheit dort angefühlt wie ein fehlender Körperteil.«

»Jace«, flüsterte sie mit zitternder Stimme.

Ihre Unterlippe bebte, aber er war noch nicht fertig. »Ich kann dir kein Versprechen für die Ewigkeit geben, aber ich bin jetzt hier. Und wenn du mich immer noch magst, wovon ich ausgehe, weil das, was uns verbindet, einfach zu mächtig ist, um es zu verleugnen, dann gehöre ich für den Rest der Woche dir. Es ist ein Anfang, Dixie, und das Beste, was ich dir im Moment anbieten kann. Und es ist sicher das Beste, was ich einer Frau je angeboten habe. Was ich dir versprechen kann, ist, dass ich mit niemand anderem zusammen sein will und dass ich alles in meiner Macht Stehende tun werde, um dich nicht noch einmal zu verletzen. Es ist deine Entscheidung. Ich habe die ganze Nacht wach gelegen und drücke mich wahrscheinlich nicht so geschliffen aus, wie du es verdienst, aber ich hoffe, ich konnte mich klar genug ...«

»Es ist klar genug«, sagte sie und verschloss ihm den Mund mit einem Kuss.

Wie ein Verhungernder verlangte er gierig nach mehr. Sie war sein Heilmittel, der Sauerstoff, den er zum Leben brauchte. Als sie sich an ihn drängte und seine Küsse mit all der Leidenschaft und Intensität erwiderte, auf die er gehofft hatte, spürte er, wie die Einzelteile seines Seins wieder an die richtige Stelle rückten. Er ließ den Kuss zärtlicher und inniger werden, kostete diesen Moment der Nähe aus und dankte dem Himmel, dass sie ihm noch eine zweite Chance gab.

Neunzehn

Zum ersten Mal in ihrem Leben fühlte Dixie sich benommen. Sie wusste, dass es für Jace eine schwerwiegende Entscheidung darstellte, seine Arbeit an zweite Stelle zu setzen. Das bedeutete, dass er ihnen eine echte Chance gab. Sie wusste noch ganz genau, dass er ihr erzählt hatte, wie schwer es ihm fiel zu vertrauen. Und das machte alles, was er getan und gesagt hatte, nur noch erstaunlicher. Ihr Kuss schloss die Wunden, die seine Abwesenheit ihr zugefügt hatten.

Er lehnte seine Stirn an ihre und flüsterte: »Gott, ich hab dich so vermisst.«

»Ich kann nicht glauben, dass du alles stehen und liegen gelassen hast, um zu mir zu kommen.«

»Ich hätte das keinen Tag länger ausgehalten, Dix, das kann ich dir versichern. Mir ist klar, dass ich nicht perfekt bin, aber ich werde mein Bestes geben.« Er nahm ihre Hand. »Können wir von hier verschwinden? Irgendwohin, wo wir allein sind?«

Alles in ihr sehnte sich danach, aber es gab eine Verpflichtung, der sie sich nicht entziehen konnte. »Nichts will ich mehr, aber Justins Cousins haben im Salty Hog eine große Party geplant, und ich habe zugesagt, dort vorbeizuschauen.«

»Dann gehen wir ins Salty Hog.« Er küsste sie sanft.

»Obwohl ich nicht weiß, wie ich mich so lange beherrschen soll.«

Ein Schauder durchfuhr sie. »Dann sind wir ja schon zwei.«

»Die vergangene Woche hat sich angefühlt wie ein Monat. Ich war mir nicht sicher, wie du reagieren würdest, wenn ich hier auftauche, aber ich musste einfach herkommen.«

»Ich war wirklich überrascht.« Was wohl die größte Untertreibung ihres Lebens war. Der Mann, der keiner Frau nachlief oder Zugeständnisse machte, war ihr nicht nur hinterhergereist, sondern hatte ihr auch einen Anfang versprochen. *Einen Anfang!* Ihr wurde ganz schwindlig bei der Vorstellung daran, was das bedeuten konnte.

»Ich bin verrückt nach dir, Dixie. Danke, dass du uns eine Chance gibst.«

Ihr Herz machte einen Satz. »Wo wirst du schlafen?«, fragte sie in der Hoffnung, er würde bei ihr wohnen.

»Darüber habe ich noch nicht nachgedacht. Ich dachte, ich könnte in Jareds Haus in Truro übernachten, falls alle Stricke reißen.«

»Ich habe mir ein hübsches Cottage in Wellfleet gemietet, und das Bett ist wirklich viel zu groß für mich«, sagte sie mit gespielter Unschuld. »Aber wenn du lieber bei deinem Bruder übernachtest, kann ich auch weiter allein dort schlafen.«

Er ließ eine Hand ihren Rücken hinabgleiten und presste sie fest gegen seinen muskulösen Körper. »Den Teufel wirst du tun.«

Als sie sich endlich voneinander losrissen, hatten die meisten

Gäste die Galerie schon verlassen und sich auf den Weg zur Bar gemacht. Sie fuhren kurz zu Dixies Cottage, um den Jeep und Jaces Gepäck abzustellen, während sie sich immer wieder stürmisch küssten, und machten sich schließlich auf den Weg zu der Feier.

Das Salty Hog in Harwich Port lag in einem zweistöckigen Gebäude. Im Erdgeschoss befand sich ein Restaurant und im ersten Stock eine Bar mit schönem Ausblick auf den Hafen. Tanks Eltern gehörte der Laden schon, so lange Dixie denken konnte. Sie erinnerte sich gern an die fröhlichen Stunden, die sie mit ihren Cousins und Cousinen Limonade trinkend auf der Veranda verbracht hatte, umgeben von den Familien der Dark Knights. Die älteren Kinder passten auf die jüngeren auf, während die Eltern tanzten, an der Bar etwas tranken, Billard oder Darts spielten oder einer der Livebands lauschten, die dort fast jeden Abend spielten. Anders als das Whiskey Bro's war das Salty Hog nicht nur bei Bikern beliebt, sondern bei allen Einheimischen und auch Touristen. An diesem Abend standen auf dem Parkplatz dennoch weit mehr Motorräder als Autos.

Jace hatte immer noch eine Hand an Dixies Rücken und sah sich mit seinen dunklen Augen wachsam um. Ihr Schwindelgefühl hatte sich gelegt und einem Flattern ihrer Nerven Platz gemacht, obwohl sie versuchte, ihre Erwartungen zu dämpfen. Ihr war nicht klar gewesen, wie schnell man den Kopf verlor, wenn ein Mann sich zu einer derart bedeutungsvollen Geste hinreißen ließ. Alles zwischen ihnen war nun anders. Sie fühlte sich nicht mehr so, als müsste sie sich behaupten und ihr Herz beschützen. Er hatte nicht nur jedes ihrer Worte gehört, er hatte darauf reagiert, und das gab ihr das Gefühl, etwas ganz Besonderes zu sein, denn nun würde auch er ihr Herz beschützen.

Das war ein unglaubliches Gefühl. Sie war stolz, ihn an ihrer Seite zu wissen, als sie die Bar betraten.

»Dixie! Jace!« Madigan stand neben einem der Tische und winkte ihnen zu. Um sie herum standen ihre vier Brüder und die drei Wicked-Cousins.

Jace schlang seinen Arm um Dixies Taille und drückte sie fest an sich, während sie auf den Tisch zugingen. Justin, Madigan und Tank beobachteten sie neugierig.

»Jace, Mann. Danke, dass du gekommen bist!«, sagte Justin und füllte zwei Schnapsgläser. Justin gab Dixie und Jace ihre Drinks und zeigte abwechselnd mit dem Finger auf sie. »Das ist mir neu. Hab ich da was verpasst?«

Die Männer am Tisch lachten.

»Ich wusste es!«, rief Madigan. »Ich habe schon an der Art, wie du Dix ansiehst, erkannt, dass es zwischen euch beiden gefunkt hat!«

Tank sah Jace über den Rand seines Glases hinweg an. »Holst du dir deinen Vierzigtausend-Dollar-Gewinn von der Auktion ab, Stone?«

»Keineswegs«, antwortete Jace und zog Dixie noch ein bisschen näher zu sich heran.

»Hey.« Dixie zeigte mit dem Finger drohend auf den amüsierten Wicked-Clan. »Hört auf mit dem Scheiß. Das hier ist mein Leben und ich habe mich auf der Auktion nicht gegen meine Brüder durchgesetzt, um mich jetzt von euch Schwachköpfen anpöbeln zu lassen. Höre ich auch nur ein Wort hiervon oder solltet ihr es wagen, meiner Familie davon zu erzählen, dann werdet ihr das bereuen. Klar?«

Die Männer am Tisch hoben abwehrend die Hände, mit Ausnahme von Tank. Seine Augen blieben weiterhin starr auf Jace und Dixie gerichtet, und er entspannte sich erst, als Dixie ihm einen beruhigenden Blick zuwarf.

Dwayne pfiff durch die Zähne. »Reißt euch zusammen, Jungs. Mit Dixie legt man sich nicht an.«

»Wir würden es nicht wagen, dir in die Quere zu kommen«, erklärte Baz augenzwinkernd.

»Gebt mir einfach genug zu trinken, dann werde ich mich morgen ohnehin an nichts mehr erinnern«, meinte Zander und leerte seinen Drink auf einen Zug.

»Ich habt gehört, was die Frau gesagt hat.« Justin grinste. »Was im Hog passiert, bleibt auch im Hog.«

In der Runde ertönten Gelächter und Jubelrufe, als die Männer ihre Gläser einmal mehr füllten.

»Ich hätte sie schon zum Schweigen gebracht«, meinte Jace zu Dixie. »Aber ich fand es heiß, dass du das übernommen hast.«

»So was muss man im Keim ersticken. Sonst tanzen einem diese Kerle auf der Nase herum.« Sie stießen miteinander an und tranken.

Justin hob die Flasche, um ihnen nachzuschenken.

»Für mich nichts mehr.« Jace stellte sein Glas ab. »Ich habe heute Nacht noch eine wertvolle Fracht zu transportieren.«

Dixie sah ihn verzückt an und Madigan warf ihr einen neidischen Blick zu.

»Bist ein guter Mann«, sagte Justin. »Dix? Willst du noch was?«

»Nein, danke.« Sie trank nicht, wenn sie noch aufs Motorrad stieg, und sie wollte nüchtern bleiben und später jeden Moment der Nacht mit Jace genießen.

»Auf Justin!«, rief Blaine, Justins älterer Bruder, und die anderen johlten ein weiteres Mal.

»Ich trinke auch nicht«, erklärte Madigan. »Ihr beiden seid

so süß miteinander. Wie lange seid ihr schon zusammen?«

»Jace!« Eine leicht exotisch aussehende Brünette im Blümchenkleid drängte sich durch die Menge und warf Jace die Arme um den Hals.

Dixie versetzte es einen heftigen Stich, als Jace die junge Frau hochhob und herumwirbelte. *Hast du etwa wirklich in jeder Stadt eine Freundin? Denn auf diesen Scheiß habe ich echt keinen Bock.* Sie kämpfte gegen die Versuchung an, die Frau von *ihrem Mann* wegzuzerren.

Als die schwindelerregend hohen Absätze erneut den Boden berührten, lächelte die junge Frau Madigan an und Jace zog Dixie an seine Seite. »Marly, das ist Dixie, meine Freundin.«

»Deine Freundin?« Marly strahlte über beide Backen und wandte sich zu Madigan. »Madi? Ist das wahr? Bitte sag mir, dass das wahr ist!«

Madigan lachte auf. »Ich kann bestätigen, dass Jace und Dixie ein Paar sind. Obwohl sie nicht darüber reden wollen.«

»Seine Freundin …« Marly nahm Dixie und Madigan am Arm. »Wir müssen uns unterhalten.«

Marly zerrte sie weg von Jace, und Dixie sah über die Schulter und warf ihm einen fragenden Blick zu. Er hatte die Hände erhoben, und auf seinem Gesicht lag ein entschuldigender Ausdruck.

»Von ihm ist keine Hilfe zu erwarten«, erklärte Marly. »Ich kenne den Mann seit acht Jahren, und ich habe ihn noch nie mit einer Frau an seiner Seite gesehen. Du hast mir also einiges zu erklären, Schätzchen.«

»Dasselbe gilt auch andersherum.« Dixie riss sich los und stemmte eine Hand in die Hüfte. Sie versuchte noch nicht einmal, diplomatisch zu klingen. »Bist du etwa eine Verflossene von ihm? Sollte dem so sein, dann werde ich diese Show wie gerade zur Begrüßung nicht noch mal dulden.«

»Na, jetzt brauche ich wohl keine weitere Erklärung. Wow. Hab's verstanden«, meinte Marly mit einem wissenden Lächeln.

»Nicht wahr?«, fragte Madigan, als sie sich rund um einen der Stehtische stellten. »Sie passen wirklich perfekt zusammen. Aber darüber sollen wir nicht sprechen.«

»Kapiert, und um deine Frage zu beantworten, Dixie: Nein, ich hatte nie etwas mit Jace.« Marlys Gesicht wurde ernst. »Ich habe Jace etwa zwei Jahre, nachdem mein Bruder Paul ums Leben gekommen war, bei Bikes on the Beach kennengelernt.«

Dixie war schockiert. »Oh, Marly. Das tut mir so leid.«

»Danke«, erwiderte sie leise. »Er wollte eine Runde auf dem Motorrad eines Kumpels drehen und trug dabei keinen Helm. Als er mit dem Bike gestürzt ist, war er sofort tot. Er hätte niemals auf dieses Motorrad steigen dürfen. Das war seine erste Fahrt, aber mit zwanzig schätzt man Risiken oft falsch ein.« Sie seufzte, und Wehmut verdüsterte ihre Züge. »Ich war achtzehn, als Paul starb, und am Boden zerstört. Ich wollte etwas tun, um anderen Familien eine solche Tragödie zu ersparen, also rief ich das ›Head Safe‹-Programm ins Leben.«

»Du hast dieses Programm initiiert?« Dixie hatte davon gehört. »In der Stadt, in der ich lebe, ist das ein Pflichtkurs, den man absolvieren muss, um seinen Führerschein zu bekommen.«

»Wir konnten es kaum glauben, dass daraus tatsächlich eine landesweite Initiative wurde«, sagte Madigan. »Wir sind alle sehr stolz auf Marly.«

»Ich war einfach froh, dass ich den Leuten begreiflich machen konnte, wie gefährlich es ist, ohne Helm zu fahren.« Marly sah zu Jace hinüber, der sich gerade mit einigen Dark Knights unterhielt. »Ich habe Jace getroffen, als das Programm noch in den Kinderschuhen steckte. Ich war eine naive

Zwanzigjährige und fühlte mich bei einer Veranstaltung wie Bikes on the Beach total verloren. Ich stand an einem Klapptisch und versuchte, meine Flyer an den Mann zu bringen. Ich war damals noch sehr schüchtern und hatte nie zuvor mit solchen Menschen Kontakt gehabt.« Sie wies vielsagend auf die wilde Bikerschar, einen Haufen bärtiger, tätowierter Typen in Lederklamotten. »Niemand beachtete mich, aber dann kam Jace und bat um einen Flyer, und mir blieb ernsthaft beinahe das Herz stehen. Er sah aus wie Paul. Zwar älter, aber die Ähnlichkeit war wirklich verblüffend, und ich verlor die Beherrschung. Ich habe losgeheult und konnte mich gar nicht mehr beruhigen, es war echt unfassbar peinlich. Jace kannte mich nicht einmal, aber er nahm mich in den Arm und sagte immer wieder: ›Ist schon okay. Was immer es ist, lass es raus.‹«

Dixie spürte, wie sich ihr die Kehle zuschnürte.

»Ich muss mir mal einen Schluck Wasser holen, die Geschichte nimmt mich echt mit.« Madigan machte sich auf den Weg zur Bar.

»Madi ist einfach toll«, sagte Marly.

»Sie ist wundervoll, und dasselbe gilt für dich, Marly. Entschuldige, dass ich dich vorhin so angefahren habe. Ich kenne Jace schon lange, aber wir sind erst seit Kurzem ein Paar, und ich wurde plötzlich eifersüchtig. Eigentlich ist das sonst nicht meine Art.«

Marly lachte leise. »Ist schon okay. Jace ist ein ganz besonderer Mann, und er ist es definitiv wert, sich um ihn zu streiten. Als ich an jenem Tag endlich aufhören konnte zu weinen und ihm alles erklärt hatte, setzte er sich zu mir und wir unterhielten uns lange. Und dann verbrachte er den Rest des Tages und auch den folgenden Tag damit, zusammen mit mir

Flugblätter zu verteilen. Ich hatte keine Ahnung, dass er in der Bikerszene eine große Nummer war. Ich dachte, er wäre einfach nur ein netter Typ. Er sagte, er habe drei Schwestern und könne nur hoffen, dass auch für sie jemand da wäre, sollten sie je solchen Kummer erleiden. Am letzten Tag des Events kam er mit dem ersten Entwurf einer Geschäftsstrategie und eines Marketingplans für Head Safe zu mir. Und da wurde mir klar, dass dieser freundliche Typ verdammt viel vom Geschäft und von Motorrädern verstand. Schließlich fragte ich ihn, womit er seinen Lebensunterhalt verdient. Er erwiderte, dass er bei Silver-Stone arbeitet, aber so beiläufig, dass ich niemals auf die Idee gekommen wäre, der Laden würde ihm zur Hälfte gehören. Er stellte den Kontakt zu Alexander Gallow her, dem Marketingchef im Silver-Stone-Hauptquartier in Los Angeles. Er versprach mir, ihm den Businessplan zu schicken, zusammen mit einer Liste von wichtigen Leuten, mit denen ich mich in Verbindung setzen konnte, wenn ich so weit wäre. Erst da kam ich auf die Idee, Jace zu googeln, und ich war natürlich platt. Alexander war ein Geschenk des Himmels, aber Jace war mein Schutzengel. Jemanden wie ihn hatte ich noch nie zuvor getroffen.«

Ich auch nicht.

»Ohne Jace wäre das Programm niemals ein so großer Erfolg geworden«, fuhr Marly fort und Dixie konzentrierte sich wieder auf sie. »Er hat eine erste Kampagne finanziert, um das Programm im Bundesstaat zu etablieren. Dann half er mir dabei, die nötigen Mittel zu beschaffen, um es im ganzen Land bekannt zu machen. Und du weißt ja sicher, wie er ist: Er duldet es nicht, dass man einen Gefallen erwidert. Er sagt, dass dieses Programm Leben rettet, und das wäre ihm Entschädigung genug. Bis heute ruft er mich an Pauls Todestag an, und er hilft mir während des Bikes on the Beach-Events immer ein paar Stunden am Stand aus. Außerdem spendet er fünfundzwanzig Prozent jedes verkauften Helms von Silver-Stone an uns.«

»Das ist ja unglaublich«, staunte Dixie und fühlte sich schuldig, weil sie Jace vorgeworfen hatte, nur mit Geld um sich zu werfen, anderen aber keine Zeit schenken zu wollen. Nun verstand sie erst, wie knapp seine Zeit bemessen war und dass er es trotzdem schaffte, vielen Menschen zu helfen. Sie warf ihm quer durch den Raum einen Blick zu und fragte sich, warum er ihr das alles verschwiegen hatte.

Dann wandte sie ihre Aufmerksamkeit abermals Marly zu. »Und du bist auch unglaublich, Marly. Dein Bruder schaut von da oben bestimmt mit einem Lächeln auf dich herunter und ist mächtig stolz auf dich.«

»So, wie ich Paul kenne, war er es, der mir Jace geschickt hat. Er war ein guter Bruder. Ich vermisse ihn sehr.«

Madigan kehrte zurück und stellte drei Gläser auf den Tisch. »Ist der Teil mit dem Weinen jetzt vorbei?«

»Der Teil? Die ganze Geschichte ist zum Weinen.« Dixie wies auf die leeren Gläser. »Hast du auf dem Weg hier rüber ein bisschen Durst bekommen?«

»Nein, hat sie nicht«, ertönte Conroy Wickeds tiefe Bassstimme hinter Dixie, während er den Wasserkrug über ihre Schulter hob und ihre Gläser füllte. Er war ein tougher Biker und so attraktiv wie ein Filmstar: lange, gerade Nase, welliges silbergraues Haar, das ihm bis auf den Hemdkragen fiel, und ein warmes Lächeln, das sein Grübchen gut zur Geltung brachte. Der Apfel war nicht weit vom Stamm gefallen: Auch seine vier Kinder besaßen die gleichen bezaubernden Grübchen. Tank hatte zudem die bullige Statur, Dwayne seine Verschmitztheit und Frechheit und Baz die Fähigkeit seines

Vaters geerbt, in jeder Situation die Ruhe zu bewahren. Und vor dem tragischen Tod seiner Tochter Ashley hatte diese die Lebenslust ihres Vaters geteilt.

Conroy stellte den Krug auf den Tisch. »Wie geht es meinen drei Lieblingsdamen? Ist es euch bei den Jungs drüben zu rau geworden?«

»Nein, ich habe nur gerade Marly kennengelernt«, antwortete Dixie.

»Sie ist ein wunderbarer Mensch.« Er tätschelte Marlys Schulter. »Es überrascht mich, dass ihr beide euch jetzt erst getroffen habt. Schließlich ist Marly eine meiner Ehrentöchter.«

»Sind nicht alle Mädchen hier deine Ehrentöchter?«, stichelte Madigan. »Dank meiner und Dixies Eltern und dir und Tante Ginger dürfte es in einem Umkreis von achtzig Kilometern um unsere Stadt oder Peaceful Harbor praktisch unmöglich sein, dich nicht als Ehrenvater zu haben.«

Conroy bleckte seine perlweißen Zähne. »Gut, dann werdet ihr und meine Jungs diese Tradition sicher auch in der nächsten Generation so weiterführen.«

»Das werden wir«, versicherte Dixie ihm und schaute sich in der überfüllten Bar um. »Was für eine beeindruckende Party.«

»Ja, wir nutzen gern jeden Anlass, um die ganze Bande zu versammeln«, sagte Conroy. »Es war wirklich schön, dass du uns gestern Abend besucht hast, Dixie. Das sollten wir öfter machen.«

»Oder du könntest deinen Hintern mal nach Maryland bewegen.« Sie nahm einen Schluck von ihrem Wasser. »Meine Eltern würden sich freuen, dich zu sehen.«

Conroy sah zur Bar hinüber. »Das machen wir bestimmt. Aber jetzt sollte ich besser wieder beim Bedienen helfen. Habt noch viel Spaß.«

Als er wegging, sagte Marly: »Nicht, dass ich auf deinen Onkel stehen würde, Madi, aber er ist wirklich heiß.«

»Er hat drei Söhne, die alle noch zu haben sind«, erinnerte Madigan sie.

»Bring mich nicht auf dumme Gedanken.« Marly blickte sich im Raum um und seufzte. »Habt ihr auch schon mal gedacht, ihr würdet für immer Single bleiben?«

»Ich weiß, dass es bei mir so sein wird, und ich will es gar nicht anders«, erklärte Madigan.

»Oh, ich vergaß, Mademoiselle glaubt ja nicht an die Liebe«, neckte Marly sie.

»Ich glaube an die Liebe für alle anderen«, beharrte Madigan. »Ich treffe mich gern mit Männern, und ich mag das kribbelige Gefühl, wenn man jemanden gerade erst kennengelernt hat. Ich kann mir nur nicht vorstellen, mich je wirklich zu verlieben.«

Madigan war nicht der Typ, der mit jedem ins Bett stieg oder mit den Männern spielte. Sie war Anfang zwanzig und schien ganz zufrieden damit zu sein, einfach ihr eigenes Ding zu machen.

»Na, ich will doch hoffen, dass das nicht stimmt, denn ich glaube, dass die Liebe etwas Wunderbares ist. Dixie, wie habt ihr euch kennengelernt?«, fragte Marly.

»Diesen Tag werde ich niemals vergessen.« Dixie erinnerte sich daran, wie sie mit allen Mitteln versucht hatte, Jaces Aufmerksamkeit zu erregen. »Es war auf einer Rallye, zu der ich mit meinem Bruder Bear gegangen bin. Und er erzählte mir von diesem Motorraddesigner namens Jace, den er treffen wollte. Mir blieb wirklich die Luft weg, als ich ihn sah.« Sie erzählte ihnen die ganze peinliche Geschichte, woraufhin Marly und Madigan auspackten und ihre peinlichen Geschichten preisgaben.

Ihr Gespräch wandte sich anderen Themen wie der Familie und ihren Hobbys zu, und Dixie erzählte ihnen vom Buchclub. Sie gab ihnen den Link, und dann tauschten Marly und sie noch Telefonnummern, damit sie in Verbindung bleiben konnten, wenn Dixie wieder nach Peaceful Harbor zurückgekehrt war. Später drehte sich das Gespräch wieder um Beziehungen und sie diskutierten ihre verschiedenen Standpunkte. Dixies Gedanken wanderten zu Jace zurück. Sie dachte selig an seine wundervollen Worte, als er ihr vor wenigen Stunden sein Herz ausgeschüttet hatte. Er hatte sich ihr ganz und gar geöffnet, und nun wollte auch sie sich nicht länger zurückhalten.

Sie nahm entschlossen ihr Glas. »Ich lasse euch beide jetzt mal weiter über die Liebe diskutieren, während ich mich der Praxis widme.«

Jace beobachtete Dixie dabei, wie sie durch den Raum ging. Sie stach hervor wie ein Diamant unter Edelsteinen. Obwohl sie ihm sicher widersprechen würde: Er fand, sie bewegte sich mit der Kraft, dem Selbstbewusstsein und der Eleganz einer Raubkatze. Sie machte kurz Halt, um sich mit Justins Mutter zu unterhalten, und als ihr Blick seinen fand, umspielte ein verschwörerisches Lächeln ihre Lippen. Sie unterschied sich von all den anderen Frauen, die er kannte. Die meisten träumten davon, mit schönen Dingen überschüttet zu werden. Er wusste, dass Dixie sich daraus nichts machte. Sie wollte nachts in seinen Armen liegen und morgens neben ihm aufwachen. Sie träumte davon, dass er ein Teil ihrer Welt würde, ein Teil ihrer Familie.

Sie umarmte Justins Mutter und wandte ihm dann ihren katzenhaften Blick zu. Er hatte nun keinen Zweifel mehr daran, dass er ihr schon vor Jahren verfallen war. Zuerst war es eine rein physische Anziehungskraft gewesen, doch schnell war ihm klar geworden, wer sie wirklich war, und das hatte ein Gefühl in ihm ausgelöst, das stärker war als alles, was er bisher erlebt hatte. Alle Frauen – auch erwachsene – verblassten neben der selbstbewussten Achtzehnjährigen, die sie einmal gewesen war. Über die Jahre hatte er aus der Ferne beobachtet, was für eine liebevolle Schwester und Tochter sie war und wie sie sich zu einer klugen Geschäftsfrau entwickelte. Und mit jedem Jahr, das verging, schien sie schöner und klüger zu werden. Sie war das faszinierendste Wesen, das er je kennengelernt hatte, und er hatte eine Mauer um sich errichtet, um sie auf Abstand zu halten und sie vor der Enttäuschung zu bewahren, weil er ihr vielleicht nicht das geben konnte, was sie brauchte. Doch ihre Zeit in New York hatte alles verändert. Er wollte ihr alles schenken, wovon sie je geträumt hatte.

Sein Herz schlug schneller, als Dixie ihr Glas auf dem Tisch abstellte, sich auf seinem Schoß niederließ und sich so vor allen Anwesenden zu ihm bekannte. Er dachte, sie wollte mit ihren Cousins und Freunden plaudern, doch sie schenkte ihre ganze Aufmerksamkeit ihm, und er fühlte sich plötzlich wie ein König. Während er die Arme um sie schlang, spürte er die anerkennenden Blicke der Männer um den Tisch, und auch das fühlte sich verdammt gut an.

»Warum bist du immer so bescheiden?«, fragte sie so süß und sanft, dass er ihre Stimme kaum wiedererkannte.

»Was meinst du damit?«

»Als du mich zum ersten Mal gebeten hast, für den Kalender

zu posieren, habe ich dir Vorwürfe gemacht, weil du nicht bei der Auktion mitmachen wolltest. Ich hab dir vorgeworfen, dass du dich einfach freikaufst. Aber Marly hat mir eben erzählt, wie ihr euch kennengelernt habt und was du alles für sie getan hast. Und deine Schwestern haben mir von den Stipendien, Praktika und Mentorenprogrammen bei Silver-Stone berichtet.«

»Dix, das sind alles Dinge, die ich tun wollte. Das habe ich nicht gemacht, damit mir jemand dafür auf die Schulter klopft. Marly brauchte einen erfahrenen Partner und Jugendliche brauchen jemanden, der ihnen eine Chance gibt. Es ist nicht einfach, in dieser Welt seinen Platz zu finden. Ich hatte Glück, dass Maddox schon an mich glaubte, als ich noch ein junger Kerl war, der etwas aus sich machen wollte. Ist also alles keine große Sache.«

»Und ob es das ist.« Sie küsste ihn zärtlich und raunte ihm zu: »Wie wäre es, wenn wir von hier verschwinden, damit ich mich angemessen bei dir entschuldigen kann?«

Darum musste sie ihn nicht zweimal bitten.

Sie verabschiedeten sich, gratulierten Justin noch einmal zu seinem Erfolg und versprachen, sich zu melden, wenn sie wieder in der Stadt waren.

Auf der Rückfahrt schmiegte Dixie ihren warmen Körper an seinen Rücken, ihre Hände lagen auf seiner Brust, und dennoch sehnte er sich nach ihr. Jeder Tag ohne sie hatte sich angefühlt wie eine Ewigkeit. Jetzt war sie bei ihm, doch er wollte mehr, wollte ihr noch näher sein. Er dachte an das erste Mal, als er sie auf seinem Bike mitgenommen hatte und wie stolz er gewesen war, wie richtig sich das angefühlt hatte. Er hatte es sich zu diesem Zeitpunkt nicht eingestehen wollen, aber er hatte sie schon damals für sich beansprucht.

Er fuhr langsam die breite Auffahrt zum Bayside Resort

hinauf und folgte dem Kiesweg bis zu ihrem Cottage. Eine salzige Brise wehte über die Dünen, als sie ins Haus gingen. Sie machten das Licht nicht an und sprachen kein Wort, während sie sich am Eingang die Stiefel und Strümpfe auszogen. Dixie nahm seine Hand und führte ihn ins Schlafzimmer. Das Mondlicht schien durch die Vorhänge, und er presste die Lippen auf ihre nackte Schulter und bedeckte ihre warme Haut mit Küssen. Er zog ihr das Shirt aus und küsste sie sanft, während sie den Verschluss ihres BHs öffnete und diesen abstreifte. Jace senkte den Kopf und liebkoste ihren Hals und ihre Brüste. Dixies Atem ging schneller, und sie zerrte an seinem Shirt. Er zog es sich über den Kopf, und als er nach ihr griff, legte sie ihm die Hand auf die Brust und betrachtete das neue Tattoo, das direkt über seinem Herzen ruhte.

Es glich dem Stil der Tätowierung, die sie auf dem Handgelenk trug. Ihr Blick zuckte zu seinem Gesicht, und ihre stumme Frage hing zwischen ihnen im Raum. Er legte eine Hand auf die ihre und versuchte, sich ein paar erklärende Worte zurechtzulegen. Doch das Einzige, was er herausbrachte, war: »Du warst so weit weg.«

Ihre Augen füllten sich mit Tränen und er nahm sie in die Arme. Er hielt sie einen langen Moment fest, und nur ihre Emotionen erfüllten die Stille. Dann legte er ihr die Hände an die Wangen und küsste sie mit aller Leidenschaft, zu der er fähig war. Als er sich hinkniete, um ihr aus ihrem Rock und dem Höschen zu helfen, verspürte er das überwältigende Bedürfnis, ihr zu huldigen, sie spüren zu lassen, wie sehr er sie vergötterte.

Er ließ die Hände ihre Beine hinaufgleiten, küsste ihre Knie, ihre Schenkel, ihre Hüften. Dann ließ er die Lippen langsam über ihren Bauch wandern und spürte, wie sie ihn beobachtete, während sie ihm zärtlich durchs Haar strich. Er trat kurz zurück, um seine Jeans und seine Boxershorts auszuziehen, und sie weidete sich schamlos an seiner Nacktheit. Er hatte es ernst gemeint, als er gesagt hatte, dass New York alles für ihn gewesen war. Sie hatte ihn komplett verändert und ihm die Augen für den Mann geöffnet, der er sein wollte.

Er zog die Decke bis zum Fußende des Bettes zurück und hatte es nicht eilig. Sie legte sich aufs Bett und er kam zu ihr und barg sie in seinen Armen. Es fühlte sich an, als würde er nach Hause kommen. Er wollte diese Intimität auskosten und sah ihr tief in die Augen. Das Mondlicht spiegelte sich in ihnen, vertiefte das Grün und brachte die goldenen Flecken ihrer Iris zum Funkeln, und er spürte, wie er ihr hoffnungslos verfiel. *Dixie.* Er hätte nie geglaubt, dass es möglich war, sich einem Menschen so nahe zu fühlen. Gott, wann war sie zu seinem Ein und Alles geworden?

»Dixie …«, flüsterte er andächtig, während ihre Körper zueinanderfanden, langsam, absolut perfekt. Die Intensität ihrer Verbindung entlockte beiden einen langen tiefen Seufzer, und das war nur der Auftakt zu einem alles verzehrenden Gefühl der Ekstase.

Zum ersten Mal in seinem Leben fühlte Jace sich ganz.

Sie hielten sich in den Armen, ihre Körper waren so eng miteinander verbunden, als wären sie eins. Keiner von ihnen bewegte sich, ihre Herzen pochten im Einklang und sie schwelgten in ihrer Verbundenheit.

»Ich wusste nicht, dass es so sein kann«, sagte Dixie leise.

Jace fuhr mit den Lippen sanft über ihre Wange. »Ich wusste immer, dass es so sein würde.«

Zwanzig

Jace hatte es nicht eilig damit, die Augen aufzuschlagen, und noch weniger, sich von dort wegzubewegen, wo er gerade war: den Kopf auf Dixies Bauch gebettet, die Arme um sie geschlungen. Er hatte sich so lange nach alldem gesehnt, nach ihr verzehrt, dass er jeden Moment auskosten wollte. Aber jetzt, während er langsam wach wurde, erinnerte er sich plötzlich mit solcher Klarheit an einen Traum, als wäre er Realität gewesen. Er hatte von einem Leben geträumt, das nicht das seine war, einem Leben, in dem Dixie an einem Strand entlangspaziert war und in ihren Armen ein Baby hielt, während er sie aus der Ferne beobachtete. Er hatte sie mit dem Baby auch immer wieder kurz im Kreis ihrer Familie gesehen, aber er konnte nicht zu ihnen gelangen. Die beiden befanden sich auf der anderen Seite einer unfassbar tiefen zerklüfteten Schlucht. Er sah sich selbst, wie er auf seinem Motorrad verzweifelt nach einem Weg zu ihnen suchte. Aber egal, welche Straße er nahm, am Ende stand er immer wieder am Rand des gähnenden Abgrunds, nah genug, um ihre Stimme zu hören und das Baby zu sehen, und doch unerreichbar weit weg.

Sein Herz raste, und er öffnete die Augen und hoffte, die quälenden Bilder schnell vergessen zu können. Dixies wunderschönes Gesicht erschien vor ihm und linderte seine Panik.

Sie fuhr ihm mit den Fingern durchs Haar und lächelte ihn süß an. »Endlich bist du wach. Du hast mich so fest gehalten, dass mir fast die Luft weggeblieben ist, und ich muss dringend mal pinkeln.«

»Entschuldige, Baby.« Er küsste die geröteten Stellen, die sein Bart auf ihrer Haut hinterlassen hatte, dann stemmte er sich hoch und suchte ihren Mund. »Du hättest mich wecken sollen.«

»Du warst gestern so erschöpft, da habe ich es einfach nicht übers Herz gebracht. Und du hast mich festgehalten, als hättest du Angst, dass ich dir davonlaufe.«

»Kann man mir da etwa einen Vorwurf machen?«, fragte er, als sie aus dem Bett stieg.

Er setzte sich auf und lehnte sich ans Kopfteil des Bettes. Dann entdeckte er zu seiner Überraschung auf dem Nachttisch eines der Fotos, die Hawk von ihm gemacht hatte. Es erfreute ihn, dass sie es tatsächlich hierher mitgenommen hatte. Daneben stand ein gerahmtes Foto von Dixie und ihrer Familie – all den Menschen, die für die Whiskeys zur Familie zählten: Truman, Gemma, Josie, Jed und ihre Kinder. Alle auf dem Foto trugen Schlafanzüge, sogar Biggs und Red. Die Männer hatten Flanellpyjamas und dazu ihre schweren Stiefel an, Bullet sogar seine Lederkutte. Wahrscheinlich schlief er in dem verdammten Ding. Die Frauen waren in unterschiedliche Arten von Nachtwäsche gekleidet, aber sein Blick wurde wie magisch von Dixie angezogen, die ein kurzes schwarzes Nachthemd und ihre Lieblingsstiefel anhatte. Er liebte diese Stiefel. Sie hatte sich gerade abgewandt und auf ihrem Oberteil stand »Bring meine dunkle Seite zum Vorschein«. Sie hielt den kleinen Lincoln auf dem Arm, Trumans und Gemmas Sohn, und küsste ihn auf die Wange.

Du und deine Babys …

Sie kam aus dem Badezimmer, das Haar gekämmt, ein breites Lächeln auf dem Gesicht und sein Herz schlug einen Salto. Er hielt das Foto hoch. »Bitte erzähl mir, wie du einen Haufen Biker dazu gebracht hast, sich im Pyjama ablichten zu lassen.«

»Das war in der Nacht, als Maggie Rose geboren wurde.« Sie kletterte neben ihm ins Bett. »Bei Sarah setzten die Wehen ein, als wir gerade Hails Geburtstag mit einer Pyjamaparty gefeiert haben. Er und Josie hatten da eine Tradition, seinen Geburtstag so zu verbringen. Ich musste niemanden überzeugen. Wir alle lieben Hail und Josie und würden alles für sie tun. Wie dem auch sei, es war also Hails großer Tag, und bei Sarah setzten plötzlich die Wehen ein. Also sind wir alle zusammen ins Krankenhaus gefahren, um dort auf das Baby zu warten.«

»Du willst mir gerade erzählen, dass ihr alle in diesem Aufzug auch noch vor die Tür gegangen seid?« Er lachte leise.

»Ja. Du hast doch sicher schon die Geschichte über Halloween gehört, als Kennedy verlangt hat, dass die Männer sich als Cheerleader verkleiden, weil sie unbedingt als Footballspieler gehen wollte. Diese Fotos muss ich dir auch irgendwann mal zeigen.« Sie stieß ihn mit der Schulter an und nickte kurz in Richtung des Fotos. »Das war wirklich eine ganz besondere Nacht. Es war nicht nur Hails Geburtstag und schließlich auch noch der von Maggie Rose, außerdem hat Jed Josie tatsächlich noch einen Heiratsantrag gemacht. Im Wartezimmer, vor versammelter Mannschaft. Er war so überwältigt, dass es einfach aus ihm herausgeplatzt ist.«

»In einem Wartezimmer im Krankenhaus, noch dazu im Pyjama?«

»Ich weiß, das klingt nicht sehr romantisch, aber das war es. Es gibt nichts, was so rührend ist wie ein Mann, der vor lauter Liebe den Kopf verliert. Und es war besonders cool, dass Hail das auch gesehen hat. Diesen Geburtstag wird er sicher nicht mehr vergessen.« Sie nahm ihm den Bilderrahmen aus der Hand und stellte das Foto wieder auf den Nachttisch. »Du bist ja nur neidisch, weil für dich noch niemand eine Pyjamaparty geschmissen hat.«

»Ach, tatsächlich?« Er kitzelte sie an der Seite, und sie rollte sich lachend von ihm weg. Er nahm ihre Hände, presste sie auf die Matratze und war blitzschnell über ihr. »Ich finde es nur schade, dass ich nicht da war, um ›deine dunkle Seite zum Vorschein zu bringen‹.«

»Ich hatte diesbezüglich jede Menge Angebote«, sagte sie frech.

Sein Magen zog sich zusammen. »Das glaube ich dir sofort. Und wie ich sehe, hast du auch ein Foto von mir mitgebracht. Das heißt wohl, du hast mich auch vermisst?«

»Darum habe ich es mitgenommen, obwohl ich ja eigentlich ans Cape gefahren bin, um über dich hinwegzukommen. Ich dachte, ich wäre nicht mehr als ein flüchtiges Abenteuer für dich.«

Er ließ ihre Hände los, erinnerte sich wieder an den Schmerz in ihren Augen, der ihn dazu getrieben hatte, ihr bis hierher zu folgen, und ihm wurde das Herz schwer. »Mein Gott, Dix. Ernsthaft?«

»Du hast gesagt, New York sei alles für dich gewesen. Und ich habe das so verstanden, dass New York alles ist, was wir je miteinander haben können.«

»Wie konntest du so etwas nur denken?« Seine Stimme überschlug sich vor Frustration. »Ich meinte, dass unsere gemeinsame Zeit mir einfach alles bedeutet. Jedenfalls genug, um mich völlig durcheinanderzubringen und mich keinen klaren Gedanken mehr fassen zu lassen. Warum sonst hätte ich nach Peaceful Harbor kommen sollen, um dich zu sehen?«

»Um mit mir ins Bett zu gehen«, entgegnete sie so cool wie möglich.

»Du nimmst kein Blatt vor den Mund, was?«

»Nein, und du magst das an mir.«

»Verdammt, das tue ich.« Er liebte ihre Offenheit, aber war ihr etwa nicht klar, wie sehr er ihr verfallen war? »Du hast ja keine Vorstellung davon, was du mit mir angestellt hast, Dix. Ich hab einen meiner Angestellten aus einem Meeting geworfen, weil er eine anzügliche Bemerkung über dich gemacht hat, und er konnte von Glück reden, dass er nicht gefeuert wurde. Ja, ich wollte mit dir ins Bett, als ich zu dir fuhr, keine Frage. Aber bei Gott, ich wollte auch mit dir zusammen sein. Hast du das immer noch nicht verstanden?«

Sie kniff die Augen zusammen. »Du brauchst Nachhilfe in Sachen Kommunikation, Stone.«

Er ließ sich besiegt nach vorn sacken und sie lachte leise auf.

»Ich sollte dich einfach bis Sonntag im Bett festhalten, um dir möglichst unmissverständlich klar zu machen, wie viel du mir bedeutest«, meinte er und sah ihr in die funkelnden Augen.

Sie fuhr ihm noch einmal durchs Haar. »Gut zu wissen, dass du ein Mann bist, der zu seinem Wort steht.« Ein verruchtes Lächeln breitete sich auf ihrem Gesicht aus, während sie ihm mit dem Finger sanft über die Lippen fuhr. »Denn ich werde dich an dieses Versprechen erinnern.«

Dixie musste Jace an gar nichts erinnern. Keiner von beiden hatte am gestrigen Tag irgendwo anders sein wollen als in den Armen des anderen. Sie verbrachten den ganzen Tag damit, sich zu lieben, zu dösen und zu faulenzen. Sie lasen sich gegenseitig die erotischen Passagen aus Dixies Buch vor und stellten die Szenen dann nach, und es gab inzwischen kaum einen Ort oder ein Möbelstück im Cottage, auf dem sie es nicht schon miteinander getrieben hätten. Sie lachten und unterhielten sich viel, und es gab auch lange Phasen, in denen keiner etwas sagte und sie einfach nur die Nähe des anderen genossen. Sie ließen sich das Abendessen ins Haus liefern und aßen auf der Terrasse, während sie dabei zusahen, wie die Sonne über der Bucht von Cape Cod versank. Es war der schönste Tag, den Dixie je erlebt hatte. Sie lief Gefahr, sich mit jeder Sekunde noch mehr in Jace zu verlieben. Als sie sich am Mittwochabend geliebt hatten, wäre ihr beinahe ein »Ich liebe dich« herausgerutscht. Doch sie hatte sich noch rechtzeitig daran erinnert, dass das hier nur ein Anfang war, obwohl es sich nach so viel mehr anfühlte.

Der Freitag versprach, warm und sonnig zu werden. Sie duschten gemeinsam, was seit New York zu einer von Dixies Lieblingsbeschäftigungen geworden war. Das lag nicht nur daran, dass sie sich dort mehr Zeit ließen oder dass das Wasser ihren Genuss steigerte. Was sie am schönsten fand, waren die Geräusche, die Jace unter der Dusche machte. Es war immer dasselbe: Er legte den Kopf zurück und schloss die Augen, während das Wasser auf ihn herunterprasselte. Seine Schultern lockerten sich und der Stress, der sich so oft in seinem angespannten Kiefer und seinen Armen zeigte, verschwand.

Dann vergingen etwa zehn bis fünfzehn Sekunden, bis er tief aufseufzte. Das war Musik in ihren Ohren. Es gefiel ihr, dass der Mann, der ständig auf Reisen war und so hart arbeitete, hier wenigstens ein paar Momente der Entspannung fand.

Diese Augenblicke zu Beginn jeder Dusche waren das Äquivalent zu der süßen Erschöpfung, die sie nach dem Liebesspiel ergriff, wenn es auf der Welt nur noch sie beide gab.

Dixie zog sich ihre engen Jeans an und sah im Spiegel, dass Jace sie beobachtete. Sie drehte sich zu ihm um und stemmte eine Hand in die Hüfte. Sie trug nur die Jeans und ihren BH. Er stand mit nacktem Oberkörper da, war barfuß und seine Jeans noch nicht ganz zugeknöpft. Sie betrachtete stolz das Tattoo auf seiner Brust. Sie hatte fast geweint, als sie es zum ersten Mal gesehen hatte. Es bedeutete ihr mehr, als wenn er ihr einen Diamantring geschenkt hätte.

Jace hob die Brauen.

»Schau mich nicht so an!« Sie schnappte sich das schwarze Spitzentop aus der *Leder und Spitze*-Kollektion und zog es sich über den Kopf. »Wir werden dieses Zimmer heute verlassen.« Gestern hatte Dixie im Internet nach interessanten historischen Stätten auf Cape Cod gesucht, und sie war auf ein paar gestoßen, die Jace interessieren könnten.

»Und wenn ich dich noch nicht mit der Welt da draußen teilen will?«, fragte er und folgte ihr.

Ihr Herz machte einen Sprung, aber Jace hatte ihr gestern gestanden, dass er sich nicht an seinen letzten Urlaub erinnern konnte und dass sie es bitte nicht persönlich nehmen durfte, falls er ab und zu gereizt wirkte. Er war es einfach nicht gewohnt, so viel freie Zeit zu haben. Sie war auch nicht gerade der Urlaubstyp, und zu diesem hier hatte ihre Mutter sie praktisch gezwungen. Um ihre Stimmung machte sie sich trotzdem keine Sorgen. Sie waren viel zu verliebt, als dass sich Langeweile breitmachen konnte, und sie lachten so viel miteinander, wie sie sich liebten, was nur bestätigte, was sie ohnehin schon wusste: Sie waren wie füreinander geschaffen, und das nicht nur auf sexueller Ebene. Doch Jace hatte solche Mühen auf sich genommen, um ihr zu zeigen, wie viel sie ihm bedeutete, dass sie ihm etwas zurückgeben wollte.

»Du musst gut auf dich achten, wenn du mit mir Schritt halten willst, alter Mann.«

Er zog sie mit einer schnellen Bewegung an sich. »Alter Mann? Seltsam. Vorhin unter der Dusche habe ich keine Beschwerden gehört.«

»Mmm… Das war schön.« Sie küsste das Tattoo über seinem Herzen. »Aber offen gesagt möchte ich alles mit dir erleben, also auch die Sehenswürdigkeiten hier anschauen. Ich habe eine Liste mit historischen Highlights erstellt, die du dir vielleicht gern ansehen möchtest.«

»Du steckst voller Überraschungen, was?« Sein Blick wurde weich. »Das ist eine wundervolle Idee, Dix. Aber das hier will ich auch.« Er packte ihren Hintern.

Sein Bart kratzte und kitzelte sie, als er sie küsste. Er vergrub eine Hand in ihrem Haar, und Lust durchzuckte sie. Sollte sie sich nicht schon an seine Küsse gewöhnt haben? Wenn er sie küsste, hatte sie das Gefühl, als würde die Welt um sie herum aufhören zu existieren. Er ließ von ihr ab, seine Liebkosungen wurden leicht wie eine Feder, und sie blieb einmal mehr atemlos zurück.

Er gab ihr einen Klaps auf den Po. »Jetzt bin ich bereit.«

»Ich auch«, murmelte sie voller Bedauern.

Er lachte erneut auf und umarmte sie. »Das sollte nur ein kleiner Vorgeschmack auf später sein.«

Sie fuhren auf Jaces Motorrad los und hielten bei der »Blue Willow«-Bäckerei, um sich etwas zum Frühstück zu holen, das sie ein paar Meter weiter an einem Picknicktisch verzehrten. Dixie wollte noch nicht verraten, welche Ziele sie ausgewählt hatte. Sie sagte Jace also nicht, wohin genau sie fuhren, sondern nannte ihm nur die grobe Richtung, die er einschlagen sollte. Sie gelangten in das Nachbarstädtchen Eastham und hielten dort an einer Windmühle, die auf einer weitläufigen Wiese neben der Hauptstraße stand.

Er schirmte sich die Augen ab und sah an dem gewaltigen Gebäude hoch. Die schiefergedeckten Flügel waren sehr viel größer, als sie von der Straße aus wirkten. Die Zedernholz-verschalung war über die Jahre verwittert und grau geworden, die Türen und das Gesims waren in einem warmen Braunton gestrichen. Die Windmühle wirkte würdevoll und imposant.

Jace streckte eine Hand nach Dixie aus. »Ich war noch niemals in einer Windmühle. Und du?«

Sie schüttelte den Kopf. »Wenn ich hierherkomme, dann nur, um meine Familie zu besuchen.«

»Gut, dann ist es für uns beide das erste Mal. Achtung, ich gehe jetzt in den Historiker-Nerdmodus über.«

»Wenn du kein Motorrad hättest, würde ich dich umgehend gegen ein tougheres Modell eintauschen.«

Er schüttelte den Kopf. »Das glaube ich dir keine Sekunde. Du hast mir die Geschichte mit Ritchie Meyers anvertraut, schon vergessen?« Er gab ihr einen keuschen Kuss und sie gingen hinein.

Es roch nach verwittertem Holz, was keine Überraschung

war, da praktisch das gesamte Gebäude daraus bestand.

»Guten Morgen«, begrüßte sie ein hagerer alter Mann mit weißem Haar und dickem grauen Bart. »Mein Name ist Jim. Willkommen in der Windmühle von Eastham.«

Jace schüttelte ihm die Hand. »Hi. Ich bin Jace und das ist Dixie. Wir sind beide zum ersten Mal in einer Windmühle. Würden Sie uns vielleicht ein wenig über diese hier erzählen?«

»Haben Sie ein bisschen Zeit mitgebracht oder wollen Sie die Kurzversion?«, fragte Jim.

»Wir haben alle Zeit der Welt«, antwortete Jace.

Jim rieb sich die Hände, und seine Augen funkelten. »Das ist mein Glückstag. Wir sind hier in der wohl ältesten Windmühle von Cape Cod, erbaut im Jahr 1680 in Plymouth. Außerdem handelt es sich hier um die letzte Getreidemühle …«

Er erzählte ihnen, wie die Windmühle von Plymouth nach Truro transportiert worden war und später auch in Eastham noch einige Male den Standort gewechselt hatte, bevor sie schließlich hier landete. Er zeigte ihnen die Mühlsteine und erklärte ihnen, wie das Korn gemahlen wurde. Jace stellte Dutzende von Fragen über den Bau, die Abläufe und den Prozess der Mehlherstellung. Die beiden Männer unterhielten sich darüber, wie sich die Dinge im Laufe der Jahre verändert hatten. Sie gingen über eine schmale Treppe hinauf in den ersten Stock und Jim setzte seine Geschichtslektion fort.

Es war spannend zu beobachten, wie Jace sich in die Rolle des Schülers begab, statt derjenige zu sein, der das Sagen hatte. Noch spannender war es, mit anzusehen, wie er sich mit dem älteren Herrn anfreundete und Jim fragte, wie lange er schon hier lebte. Dixie wusste, dass Jace nicht einfach nur höflich war. Er interessierte sich tatsächlich für den Hintergrund dieses Mannes, und je länger sie sich unterhielten, desto interessierter wurde Jace und stellte Jim Fragen nach seiner Familie und was er über die Veränderungen dachte, die die Region in den letzten Jahrzehnten erfahren hatte.

Über eine Stunde später machten sie sich bereit zum Aufbruch, und Jace wollte unbedingt noch ein Selfie mit Jim vor der Windmühle machen.

»Wenn Sie sich für Geschichte interessieren, sollten Sie noch Fort Hill besuchen – sehen Sie sich die Gebäude an und gehen Sie den Wanderweg entlang.« Jim erklärte ihm den Weg und erzählte ihm noch kurz etwas über das Anwesen.

»Danke für den Tipp. Das machen wir auf jeden Fall.« Jace schüttelte ihm die Hand und versprach, das nächste Mal, wenn sie in der Gegend waren, wieder vorbeizuschauen. Dixies Herz machte bei diesen Worten einen hoffnungsvollen Sprung.

Weil Dixie für diesen Tag schon andere Pläne gemacht hatte, verschoben sie den Besuch in Fort Hill auf den nächsten Tag und machten sich stattdessen auf den Weg zum Besucherzentrum von Salt Pond. Sie besuchten das Museum und den Buchladen und sahen sich dann einen Film über die sich wandelnde Landschaft auf dem Cape Cod an. Dixie war überrascht, wie viel Freude es ihr bereitete, mehr über die regionale Geschichte zu erfahren, und ließ sich gern von Jaces Begeisterung anstecken. Er hielt ihre Hand, küsste sie oft und zog sie an sich, wenn sie gemeinsam umherschlenderten. Sie hätten gern noch einen Spaziergang durch das umliegende Moor gemacht, aber sie hatten für diesen Tag noch weitere Ziele.

Ihr nächster Halt war das Naturkundemuseum, in dem sie viel über die lokale Flora und Fauna erfuhren. Jace fand auch dort schnell neue Freunde. Während er aufmerksam zuhörte, bewunderte Dixie ihn insgeheim. Seine unersättliche Neugier machte ihn für sie noch begehrenswerter und sie entdeckte einmal mehr eine völlig neue Seite an ihm.

Auf Empfehlung einer Frau, die im Museum arbeitete, fuhren sie daraufhin nach Brewster, einem weiteren kleinen Städtchen, und aßen auf der Terrasse eines kleinen Cafés zu Mittag. Danach gingen sie in den Brewster General Store, einen kuriosen kleinen Kramladen, und danach weiter zum Bird Watcher's General Store, den ihnen die Bedienung im Café empfohlen hatte.

Als sie wieder auf sein Motorrad stiegen, nahm Jace Dixies Hand, die auf seinem Bauch ruhte, und küsste ihre Handfläche, bevor er den Helm aufsetzte. Es waren diese kleinen Berührungen und Gesten, die ihr die Gewissheit gaben, dass er genauso verrückt nach ihr war wie sie nach ihm.

Es war schon spät, als sie Dixies Liste abgearbeitet hatten und schließlich zum Besucherzentrum von Salt Pond zurückkehrten, um den Spaziergang nachzuholen, den sie zuvor verschoben hatten. Die Sonne ging unter, während sie durch das Moor schlenderten, und tauchte den Horizont in rosarote und purpurne Schleier. Jace drückte Dixie an sich und küsste sie immer wieder auf die Schläfe oder die Wange, während sie sie unterhielten. Sie wünschte sich, hier noch einen ganzen Monat so mit ihm zu verbringen. Noch lieber aber ein ganzes Leben.

Jace hielt sie fest umschlungen, als sie zurückgingen. »Danke für diesen großartigen Tag. So etwas hat noch nie jemand für mich gemacht.« Er hielt inne, um ihr tief in die Augen zu sehen. »Du veränderst mich, Dix.«

»Ist das gut oder schlecht?«

Ihr Puls beschleunigte sich, während sie auf die Antwort wartete. Er sah den Weg hinunter, den sie gerade entlanggekommen waren, und dann hinauf zum Himmel.

Bitte sag nicht, dass das schlecht ist.

Schließlich seufzte er so entspannt auf, wie er es sonst nur unter der Dusche tat. Dann küsste er sie auf den Mund und sie gingen gemeinsam weiter.

»Jace …?«

Er grinste. »Ich denke noch nach.«

»Blödmann.«

»Wie war das?«, fragte er, als sie über den dunklen und jetzt schon fast leeren Parkplatz gingen. »Willst du, dass ich dir den Hintern versohle?«

Sie boxte ihm lachend gegen den Arm, was ihn ebenfalls zum Lachen brachte.

»Ich würde dir den Hintern mit Vergnügen versohlen.«

Sie wollte sich nicht ohne Antwort von ihm abspeisen lassen. »Du bewegst dich auf dünnem Eis, Stone.«

»Warum? Das könnte dir gefallen!«, zog er sie auf.

Sie spürte, wie sie rot wurde, und sah ihn forschend an. »Ich mag eine Menge Dinge, aber das heißt nicht, dass ich darüber sprechen will.«

»Verstehe«, sagte er mit dem Mund ganz nah an ihrem. »Ich darf mir nehmen, was ich will, und dir den Hintern versohlen, solange ich nicht darüber rede.«

»Und ich darf es dir verweigern, solange du meine Frage nicht beantwortest.«

Er küsste sie fest, um ihr dann den Helm zu überreichen. »Ich hatte dir doch schon geantwortet. Ich würde dir mit Vergnügen …«

»Stone!«

Er lachte, beugte sich dann zu ihr herunter, als wollte er sie küssen und flüsterte: »Es ist gut, Dix. Sehr, sehr gut.« Und dann, etwas lauter: »Jetzt schwing deinen sexy Hintern auf mein Bike, denn ich habe immer noch ein Date mit dir gut, und ich habe Pläne für heute Abend.«

»Willst du mich vielleicht einweihen?«, fragte sie beiläufig, obwohl sie vor Neugier auf das, was er vorbereitet hatte, beinahe platzte.

»Nein.« Er stieg auf sein Motorrad. »Also rauf mit dir, oder ich fahre allein.«

Sie stieg auf und schlang die Arme um ihn. Er nahm ihre Hände, legte sie sich zwischen die Beine und ließ den Motor aufheulen. Während sie vom Parkplatz fuhren, spürte Dixie, wie ihr heiß wurde, und das lag nicht allein am Vibrieren der Maschine.

Als er die Hauptstraße verließ und auf die Straße einbog, die zum Autokino von Wellfleet führte, übermannte sie ihr Glücksgefühl beinahe. Sie konnte kaum glauben, dass Jace noch wusste, was sie beim Abendessen mit seiner Familie beiläufig erwähnt hatte.

Er kaufte am Schalter zwei Eintrittskarten und sie fuhren auf den schon voll besetzten Parkplatz. Er hielt das Motorrad kurz an und bat sie, die Augen zu schließen und sich gut festzuhalten. Sie gehorchte, auch wenn sie die Neugier fast umbrachte.

Es war ihr nicht geheuer, mit geschlossenen Augen auf einem Motorrad zu sitzen, aber Jace fuhr vorsichtig. Als sie endlich anhielten, durfte sie die Augen immer noch nicht öffnen, und er half ihr vom Motorrad und nahm ihr den Helm ab.

»Okay«, sagte er. »Mach sie auf.«

Sie blickte auf den hinteren Teil des Parkplatzes, nicht auf die Kinoleinwand. Jace sah ein bisschen nervös aus, was sie noch nie zuvor erlebt hatte. Was konnte diesen abgebrühten Mann nervös machen?

»Wenn dir das nicht gefällt«, sagte er ernst, »dann gibt es

auch noch einen Plan B. Ich habe zwei Plätze in einem schicken Restaurant reserviert, in dem man auch tanzen kann.«

Es rührte sie, dass er dachte, sie würde auf so etwas Wert legen. Wusste er denn nicht, dass er alles war, was sie wirklich wollte? »Mit dir hier zu sein, ist das perfekte Date.«

Jace legte ihr die Hände auf die Schultern und drehte sie um, und ihr entfuhr ein entzückter Laut. Vor dem Motorrad war eine Picknickdecke ausgebreitet, darauf flackerten batteriebetriebene Kerzen im Mondschein und auf einem der beiden großen Kissen lag ein Strauß roter Rosen. Vor den Kissen standen Gedecke für zwei Personen, daneben mehrere silberne Warmhaltegefäße, eine Flasche Wein und zwei Weingläser. In ihrem ganzen Leben hatte noch nie jemand etwas so Romantisches für sie getan.

Ihre Augen waren feucht, als sie sich umdrehte, um sich zu bedanken, doch die Worte blieben ihr im Hals stecken. Also schlang sie einfach die Arme um ihn und küsste ihn. Um sie herum erklangen Pfiffe und Jubelrufe und sie mussten beide lächeln.

»Danke«, brachte sie endlich heraus. »Das ist mehr als perfekt. Wie hast du das alles hinbekommen? Wir waren doch den ganzen Tag unterwegs.«

»Ich habe ein paar Freunde gebeten, mir zu helfen.«

Dixie verbrachte den Rest des Abends in einer Art seligem Dämmerzustand. Sie genossen ein Mahl aus Meeresfrüchten, Reis und Gemüse und sahen sich dabei eine romantische Komödie an. Nach dem Essen kuschelte sie sich zwischen Jaces Beine und hatte den Rücken an seine Brust gelehnt. Er küsste immer wieder ihre Schultern und ihren Nacken, während sie inmitten Hunderter von Fremden unter dem Sternenhimmel saßen. Dixie genoss jede einzelne dieser Liebkosungen und wünschte sich, es könnte für immer und ewig so bleiben.

Einundzwanzig

Jace erwachte am Samstag in derselben Position, in der er am Abend zuvor eingeschlafen war, Dixie fest in den Armen und an ihren Rücken geschmiegt. Er vergrub die Nase in ihrem Haar und sog ihren betörenden Duft ein. Er hatte schon in New York gedacht, er sei ihr verfallen, aber nun fühlte es sich an, als wäre sie ein Teil von ihm. Er war süchtig nach ihrem Duft. Morgen früh würden sie abreisen, aber er konnte sich nicht vorstellen, auch nur eine einzige Nacht getrennt von ihr zu verbringen, von Tagen, Wochen oder Monaten ganz zu schweigen …

Er litt, aber er verdrängte diese Gedanken und konzentrierte sich lieber auf den heutigen Tag. Er küsste ihre Schulter und saugte sanft an ihrer Haut. Sie stöhnte leise und schläfrig. Er wurde sofort hart und drückte sich an ihren Rücken. Dixie griff mit einer Hand hinter sich und streichelte seine Wange.

Nur noch ein Tag …

Jace drehte sie auf den Rücken und sah ihr unwiderstehliches Lächeln. Er küsste sie, etwas rauer als beabsichtigt, doch ihr Körper spannte sich unter ihm wie ein Bogen und sie umschlang ihn mit den Beinen. Ihre Küsse machten ihn schon verrückt, aber diese langen, schlanken Beine? Verdammt … Er wollte, dass sie sie ihm um den Hals schlang. Er riss sich von ihr los, aber bevor er sich bewegen konnte, krallte sie sich in sein Haar und führte seinen Mund an ihre Brust. Er liebkoste und reizte ihre harte Brustwarze mit der Zunge und den Zähnen.

Sie spannte alle Muskeln an und flehte stöhnend: »Fester …«

Doch er hatte eine noch bessere Idee. Er legte sich neben sie und drang mit zwei Fingern in sie ein. Sie wimmerte und stöhnte, kam ihm mit den Hüften entgegen und hielt sein Haar so fest gepackt, dass es wehtat. Er stimulierte ihre Mitte mit dem Daumen, während er sich ihrer anderen Brust zuwandte. Ihre inneren Muskeln spannten sich an und zogen ihn noch tiefer in sie hinein. Er krümmte die Finger und streichelte den empfindlichen Punkt in ihrem Innersten.

»Hör nicht auf«, bettelte sie.

Er beschleunigte seinen Rhythmus und sie krallte sich mit beiden Fäusten in die Laken, während ihre Hüften ekstatisch unter seiner Hand zuckten. Ihre erotischen Laute wirkten auf ihn wie ein Aphrodisiakum. Er wanderte mit dem Mund an ihrem Körper hinab, während er sie weiter mit den Fingern stimulierte und sie leckte, um ihr zu geben, was sie brauchte. Sie schrie ihren Orgasmus laut und lange hinaus, bäumte wild das Becken auf, und ihre Muskeln pulsierten um seine Finger herum.

Als sie auf der Matratze zusammensank, schloss er die Lippen über ihrer süßen, heißen Spalte und sie schlang ihm die wundervollen langen Beine um den Hals. *Verdammt*, das ließ ihn nur noch härter werden. Er weidete sich an ihr, liebkoste sie mit den Zähnen und der Zunge, rau und tief, dann wieder langsamer, leckte über ihre geschwollene, empfindliche Haut, um ihren Genuss auszudehnen. Sie packte ihn wieder am Haar und spreizte die Schenkel noch weiter. Er wusste, was sie wollte:

Dass er es ihr mit der Zunge besorgte, an ihr saugte, in sie eindrang, sie schnell und hart kommen ließ. Aber er genoss es zu sehr, sie auf die Folter zu spannen, als dass er sich damit beeilen wollte. So leckte er langsam über ihre seidige Mitte, bis sie immer heftiger keuchte und sich wand.

»Jace, es ist zu viel. Bitte …«

Er konnte sie keine Sekunde länger warten lassen, gab ihr, was sie verlangte, und ließ sie den nächsten Höhepunkt erklimmen. Sie schrie laut auf, doch er ließ nicht von ihr ab, presste weiterhin fest auf ihre Mitte, während sie kam. Als sie erschöpft auf die Matratze sackte, war er blitzschnell über ihr und schloss ihr mit einem Kuss den Mund, ließ sie den Geschmack ihrer Lust kosten. Sie umgarnte seine Zunge und schlug ihm die Fingernägel in den Rücken. Sie war wie ein schönes Raubtier, die Erfüllung all seiner Träume, und er war noch lange nicht fertig mit ihr.

Er riss sich kurz von ihr los. »Ich muss deinen Mund auf mir spüren, Baby. Bring mich an den Rand des Wahnsinns, bevor ich es dir besorge.«

Sie rutschte flink ein Stückchen herunter, nahm ihn in den Mund und, *Grundgütiger*, saugte, streichelte, spielte mit der Spitze und drückte sanft seine Hoden. Sie machte all das, von dem sie wusste, dass es ihn verrückt machte. Er kauerte auf allen vieren über ihr, während er ihr dabei zusah, wie sie ihn verwöhnte. Sie so zu sehen war noch erotischer, als ihren heißen, feuchten Mund auf sich zu spüren. Er packte seinen Schaft und drückte ein wenig zu, um seinen Orgasmus hinauszuzögern und ihren Mund länger genießen zu können.

Er biss die Zähne zusammen, bis er das Gefühl hatte, jeden Moment zu explodieren, dann zog er sich zurück und forderte grimmig: »Geh auf die Knie, Baby, ich will dich von hinten nehmen.«

Sie gehorchte sofort und reckte ihm ihren perfekten Hintern entgegen. Ihr Haar verdeckte die eine Hälfte ihres Gesichts, als sie ihn über die Schulter hinweg ansah. Sie war so feucht, dass es unmöglich war, es langsam anzugehen, und so drang er hart in sie ein.

»Oh ja«, stieß sie zischend hervor.

Er hielt ihre Hüften umfasst, während er in sie hineinstieß, und ihre Muskeln zogen sich so fest zusammen, dass es fast unmöglich war, sich noch länger zurückzuhalten. Doch irgendwie gelang es ihm, denn er wollte jede einzelne Sekunde mit ihr auskosten. Sie senkte die Schultern auf die Matratze, streckte eine Hand nach hinten aus und umfing seine Hoden.

»Verdammt, Dixie, tu das nicht, ich bin noch nicht fertig mit dir.«

Er schlang einen Arm um ihre Taille, packte sie und ging mit ihr zusammen auf die Knie. Dann umfasste er eine ihrer Brüste und rieb sie mit der anderen Hand zwischen den Beinen, während er immer tiefer und fester in sie hineinstieß. Sie grub ihm die Fingernägel in den Arm.

»Fester«, keuchte sie. »Ja, ja, ja!«

An ihren Nägeln klebte Blut, als ihr Orgasmus sie durchzuckte wie ein Blitz. Jace zog sich aus ihr zurück, und sie schrie laut auf.

»Ich muss dein Gesicht sehen«, stieß er keuchend zwischen zusammengebissenen Zähnen hervor und kämpfte weiter gegen seinen Höhepunkt an, während er ihr half, sich auf den Rücken zu legen.

Sie streckte die Hände nach ihm aus und er versenkte sich einmal mehr in ihr. »Oh mein Gott …«

Sie klammerte sich so fest an ihn, dass ihr Körper sich von

der Matratze hob. Seine Stöße warfen sie zurück auf die Laken, und er legte die Arme um sie und drang noch tiefer in sie ein. Ihre Leidenschaft war derart intensiv, dass er völlig die Kontrolle verlor. Er stöhnte laut auf, während sie gemeinsam zum Höhepunkt kamen, eng umschlugen den Gipfel erreichten und schließlich erschöpft und befriedigt auf die Matratze zurücksanken.

Jace blieb weiter in ihr, barg sie unter sich, um sich keine einzige Sekunde entgehen zu lassen. Er rollte sie auf die Seite, während ihre Körper immer noch ineinander verschlungen blieben.

»Ich glaube, ich sterbe«, flüsterte sie.

»Das ist komisch, denn ich fühle mich zum ersten Mal im Leben lebendig.« Er strich ihr das Haar aus dem Gesicht und küsste ihre Wange, dann ihre Lippen und ihre Nasenspitze. »Heißt das etwa, dass du heute nicht auf diese Wanderung gehen willst?«

Sie stöhnte auf.

Sie lagen lange nebeneinander, bis sie schließlich wieder eindösten. Als sie erwachten, war über eine Stunde vergangen. Dixie schmiegte sich so eng an ihn, als wollte sie unter seine Haut kriechen. Sie war wunderbar, warm und verführerisch. Wenn er nicht schnell aus diesem Bett rauskam, würde das noch mehr Gefühle bei ihm auslösen und er machte ihr möglicherweise mehr Hoffnungen, als er erfüllen konnte.

Er küsste sie auf die Wange und zwang sich dann aufzustehen. »Komm, Kätzchen. Heute ist unser letzter Tag. Wenn du deinen Babys keine Geschenke kaufst, musst du mit leeren Händen nach Hause fahren.«

Sie rollte sich auf den Bauch und drückte sich mit einem schmollenden Stöhnen das Kissen auf den Kopf.

Er strich ihr mit der Hand sanft über den Hintern. »Drehst du mir mit Absicht deine Kehrseite zu?«

Dixie warf das Kissen nach ihm. Er griff nach ihr und sie ging auf die Knie. Doch schon hatte er sie gepackt, warf sie sich über die Schulter und verpasste ihrem Hintern einen geräuschvollen Klaps.

»Autsch!« Sie lachte und quiekte, während er sie ins Badezimmer trug. »Jace!«

»Das hat dir doch gefallen, oder?« Er drehte das Wasser in der Dusche an.

Sie schlang die Arme um seine Taille und warf über ihre Schulter einen Blick in den Spiegel, um sogleich die Stirn zu runzeln. »Meine Pobacke ist ganz rot.«

»Tut mir leid, Babe, aber jetzt weiß ich wenigstens, dass du an mich denkst, wenn du das spürst.« Er streichelte sanft über die gerötete Haut.

Sie lehnte sich gegen seine Brust. »Ich denke immer an dich.«

Er legte ihr einen Finger unter das Kinn und sah ihr ins Gesicht. Die drei Worte, gegen die er permanent ankämpfte, lagen ihm schon auf der Zunge. Rasch presste er die Lippen auf ihren Mund, dann zog er sie mit in die Dusche. Er hob das Gesicht dem warmen Wasserstrahl entgegen, um diese Worte wieder herunterzuschlucken. Als er sicher war, sie so tief wie möglich in seinem Inneren vergraben zu haben, seufzte er laut, erleichtert, aber auch mit ein wenig Bedauern.

Zum ersten Mal in ihrem Leben erfüllte Dixie der Gedanke an

zu Hause mit Schrecken. Jace und sie hatten einen weiteren wundervoll romantischen Tag miteinander verlebt. Sie hatten einen Ausflug in die Künstler-Community von Provincetown gemacht, um Souvenirs für die Kinder zu kaufen, und waren dann den ganzen Tag durch die Läden und Straßen gebummelt. Im Anschluss fuhren sie mit dem Motorrad nach Harwich und aßen im Common Grounds zu Abend, dem Café, in dem ihre Cousins jedes Jahr ihre Anti-Suizid-Initiative veranstalteten. Es war eine Open-Mic-Night gewesen, und die Leute hatten gesungen, Gedichte vorgelesen und Geschichten erzählt. Jetzt war es Samstagabend und sie gingen vor dem Cottage am Strand spazieren, eingemummelt in dicke Pullover, um sich vor der kühlen Brise zu schützen. Jace hatte einen Arm um Dixies Schulter gelegt, und sie hatte sich noch nie im Leben glücklicher gefühlt – und auch noch nie trauriger. Es war nicht wie in New York, sondern vollkommen anders. Sie betrauerte jetzt schon das Ende ihrer gemeinsamen Zeit. Sie hatten über alles Mögliche gesprochen, vom Wetter bis hin zu ihren Lieblingsfilmen – seiner war *Road House*, ihrer *Pretty Woman* –, um nicht über das Offensichtliche reden zu müssen.

»Die Heldin in deinem Lieblingsfilm ist eine Prostituierte?«, fragte Jace erstaunt.

»Ja! Vivian ist eine unglaublich toughe Frau. Sie tut, was nötig ist, um zu überleben, und sie braucht keinen Mann, der sich um sie kümmert.«

»Sie hat sich in einen Millionär verliebt«, erinnerte er sie.

»Nein. Sie hat sich in einen Mann verliebt. Sie lässt sein Geld liegen und verlässt ihn, nachdem sie sich gestritten haben. Sie fordert Respekt für sich ein. Man hätte sie auch als schutzbedürftig und schwach darstellen können, aber das ist sie nicht. Sie weiß, was sie vom Leben will, und sie hält an ihren

Träumen fest. Es hat mir gefallen, dass sie sich von keinem runterziehen lässt. Sie hat sich einfach wieder aufgerappelt, sich einen Plan zurechtgelegt und dann weitergemacht.«

»Kommt mir bekannt vor«, sagte er mit einem Grinsen. »Ich hab den Film noch nie gesehen.«

»Tja, dann solltest du das wirklich nachholen, sonst entgeht dir was.«

»Kennst du *Road House*?«

»Ich habe drei ältere Brüder. Was glaubst du denn? Das ist einer von Bears Lieblingsfilmen.«

Er küsste sie auf die Schläfe. »Dann lasse ich mich von dir vielleicht ja irgendwann dazu verführen, mir *Pretty Woman* mit dir anzusehen.«

»Dich zu verführen wäre wohl das Geringste, was ich für dich tun könnte, nachdem du dein ganzes Leben auf Eis gelegt hast, um diese Woche mit mir zusammen sein zu können.« Sie kuschelte sich noch näher an ihn und hätte ihn gern gefragt, wie es jetzt mit ihnen weitergehen sollte, aber sie wollte ihn nicht bedrängen. Dies war ihr Anfang gewesen, und er hätte kaum herrlicher sein können. Für Dixie hatte alles jedoch schon bei ihrer ersten Begegnung mit Jace begonnen. Ihre Gefühle waren über die Jahre bei jedem ihrer seltenen Treffen gewachsen, und New York hatte sie beide dann völlig aus der Bahn geworfen. Traurigkeit ergriff sie, als sie an den Moment des Abschieds dachte, die Ungeduld und Anspannung, wenn sie hoffte, von ihm zu hören, und an das schlimmste Gefühl ihres Lebens: die Verzweiflung an dem Abend, an dem sie ihn weggeschickt hatte. Der Klang der Wellen, die gegen den Strand schlugen, und Jaces warmer Körper, der sich an ihren presste, beruhigten ihre aufgewühlten Gedanken ein wenig.

Sie wollte nicht wieder so tief abstürzen. Statt ihn also mit

Fragen nach ihrer Zukunft unter Druck zu setzen, wollte sie wissen: »Wohin wirst du jetzt gehen? Zurück nach Los Angeles?«

»Unter anderem. Neben dem Launch muss ich in den nächsten Wochen viele Dienstreisen machen: nach Oregon, Mexiko, Ohio und Pennsylvania. Aber zuerst muss ich mich um all die Dinge kümmern, die ich aufgeschoben habe, um herkommen zu können. In Los Angeles war ich in Gedanken nur bei dir, ich war wirklich eine Gefahr fürs Geschäft.« Der neckende Tonfall ließ sie aufblicken und er fuhr fort. »Ich hab dir doch erzählt, dass ich beinahe einen Mitarbeiter gefeuert hätte, nur weil er etwas Unbedachtes gesagt hat. Aber jetzt bin ich wieder bereit, mich voll in die Arbeit zu stürzen. Zum Glück haben wir die Bilder für den Kalender noch fertig bekommen, sie sind natürlich alle erstklassig. Ich freue mich schon darauf, bald wieder im Spiel zu sein.«

Er beugte sich zu ihr, um sie zu küssen, und ihr Herz flatterte wie ein Vogel, der keinen Wind unter die Flügel bekam. Auf die Arbeit freute er sich, aber freute er sich auch darauf, sie wiederzusehen? Vielleicht sogar schon bald?

»In all unseren Läden wird es Pappaufsteller in Lebensgröße von dir geben«, berichtete er mit einem Grinsen.

Das konnte sie sich kaum vorstellen. »Ich werde nie wieder einen Fuß in eins eurer Geschäfte setzen.«

Er lachte auf. »Na, das wirst du aber tun müssen. Zu den großen Marketingevents werden wir zusammen reisen.«

Der Gedanke machte sie glücklich. »Ich weiß. Ich bin stolz, euer Unternehmen repräsentieren zu dürfen, aber für die Pappaufsteller werde ich mich trotzdem schämen.«

»Ach was. Du wirst dich daran gewöhnen. Habe ich dir erzählt, dass die *Leder und Spitze*-Kollektion auf der Fashion

Week gezeigt werden soll?«, fragte er.

»Im Ernst? Das ist ja fantastisch! Kein Wunder, es ist wirklich eine außergewöhnliche Kollektion.«

»Ich bin nicht so begeistert von der Idee. Du bist das Gesicht von *Leder und Spitze*, und ich kann mir nicht vorstellen, dass ein Haufen gewöhnlicher Models dich ersetzen könnte. Ich werde wahrscheinlich gegen die Idee stimmen.«

Dixie blieb abrupt stehen und war völlig verblüfft über das, was sie gerade gehört hatte. Sie musste um keinen weiteren Liebesbeweis bitten, auf seine Art zeigte er ihr schon, wie wichtig sie ihm war. Doch ihr Hochgefühl hielt nicht lange an, denn ihr wurde klar, was er da für sie opfern wollte.

»Jace, eine solche Chance dürft ihr euch nicht entgehen lassen. Die Fashion Week ist wirklich groß, und es geht nicht nur um eure Firma. Denk doch an Jillian. Sie ist deine Geschäftspartnerin. Das ist auch ihre Chance. Du kannst das nicht einfach ablehnen, weil es dir lieber wäre, wenn ich es mache. Ich bin nicht mal Model. Es bedeutet mir wirklich viel, wenn du sagst, dass du dir niemand anderen vorstellen kannst, aber es ist keine gute Idee, diese Chance deshalb ungenutzt zu lassen.«

»Du klingst schon wie Maddox. Ich weiß nicht recht, Dix.«

»Ein so großes Event, das würde ich niemals schaffen«, meinte sie, als sie weiter den Strand entlangschlenderten.

»Blödsinn.«

»Du hast ja keine Ahnung, wie stressig das ist, Jace. Du bist ein ausgezeichneter Geschäftsmann, aber diesmal liegst du falsch. Hoffentlich verhindert Maddox, dass du diesen Fehler begehst.«

Er trat vor sie und legte ihr die Hand auf die Hüften. »Dann sag mir, dass du es machst.«

»Auf keinen Fall. Ich wäre viel zu nervös und würde mich wahrscheinlich nur blamieren.«

»Du bist für Jillian gelaufen.«

»Die Show war viel kleiner, und meine Freundinnen, die auch keine Models sind, haben mitgemacht. Das war etwas völlig anderes.«

Er runzelte die Stirn, doch Sekunden später hellte sich sein Blick auf. »Dann nehmen wir andere Models für die Show und du wirst am Ende mit mir, Maddox und Jillian rausgehen, weil sie die Kollektion entworfen hat.«

Ihr Herz raste angesichts seiner Vehemenz.

»Bitte sag mir, dass du es machst, Dix«, flehte er sie an. »Es ist nur ein einziger Gang den Laufsteg hinunter, und ich werde deine Hand halten, du kannst also gar nicht hinfallen!«

»Bedeutet dir das wirklich so viel?« Sie versuchte, ihre Freude und ihre Erwartungen im Zaum zu halten, und erinnerte sich daran, dass es hier nur um Silver-Stone ging. Doch ein Blick in seine Augen genügte, und es fühlte sich sofort nach so viel mehr an.

»Das würde mir alles bedeuten«, beharrte er. »Bitte, Dix!«

Alles. Sie hatte das schon einmal falsch interpretiert, diesen Fehler würde sie nicht noch einmal machen. »Okay. Ich mache es.«

»Ja!« Er schlang die Arme um sie und wirbelte sie herum, während er sie küsste.

Sie war so überrascht, dass ihre Nervosität die Oberhand gewann und sie kichern musste, als er sie wieder auf die Füße stellte.

»Diese Woche hat mich völlig verändert, Dix. Jetzt verstehe ich, warum die Leute Urlaub machen. Ich fühle mich wie neugeboren und kann es kaum erwarten, diesen Launch über die Bühne zu bringen. Aber genug von der Arbeit.« Er nahm ihre Hand und sie gingen den schmalen Weg zurück, der über die Dünen hinauf zu ihrem Cottage führte. »Wir haben nur noch ein paar Stunden, und die würde ich am liebsten nackt verbringen.«

Das war Musik in ihren Ohren.

Zweiundzwanzig

Dixie stand am Sonntagmorgen oben auf der Düne vor ihrem Haus, und die kühle Brise strich ihr über die Haut, während sie aufs Wasser hinausblickte. Sie war nach Cape Cod gekommen, um einen Weg zu finden, über Jace hinwegzukommen. Und nun stand sie hier, das Herz voller Hoffnung, und wünschte sich, sie könnten einfach für immer hierbleiben. Doch sie ermahnte sich zur Geduld.

Sie hörte ein Geräusch und drehte sich um. Jace kam auf sie zu, in der Hand einen kleinen Strauß mit Wildblumen, an einigen der Stängel baumelten noch die zarten Wurzeln.

Er zuckte unschuldig mit den Achseln. »Ich dachte, der Blumenladen hat so früh sicher noch nicht geöffnet, und du magst Blumen doch so gern …«

Gott, sie liebte diesen Mann, und sie war eigentlich gar nicht bereit, ihn schon ziehen zu lassen.

»Glaubst du, deine Vermieterin nimmt mir ab, wenn ich behaupte, dass ein Kaninchen ihre Blumen weggefressen hat?«

Sie schüttelte lachend den Kopf. »Du bist verrückt.«

»Ich bin ganz sicher verrückt nach dir.« Er nahm sie in die Arme. »Danke, dass du uns eine Chance gibst.«

»Ich kann immer noch nicht glauben, dass du für mich alles

stehen und liegen gelassen hast. Ich habe dich unterschätzt. Die Zeit mit dir hier war wundervoll.«

Er umarmte sie und sie schloss die Augen. Sie standen ganz oben auf der Düne, wiegten sich in den Armen des anderen und hingen dabei ihren Gedanken nach. Als sie sich in New York verabschiedet hatten, war ihr zum Weinen zumute gewesen. Doch dieser Abschied war anders. Sie hatte nun Vertrauen in ihre Beziehung und befürchtete nicht, dass dies alles war, was sie jemals miteinander haben würden. Sie wusste aber auch, dass sie einen neuen Begleiter haben würde, sobald sie in ihr Auto stieg: Traurigkeit. Und diese Traurigkeit würde sie den ganzen langen Weg bis nach Hause begleiten. Sie rechnete fest damit, dass sich auch ein guter Kumpel der Traurigkeit zu ihnen gesellen und es sich auf dem Rücksitz bequem machen würde: die Sehnsucht. Doch diesmal würde sie auch einen Verbündeten haben: die Liebe. Vielleicht hatten sie sich ihre Liebe nicht mit Worten eingestanden, doch jetzt wusste sie, dass das nicht immer nötig war. Denn die Liebe zwischen ihnen war so real und unendlich wie das Meer, das vor ihnen lag.

Jace blickte auf sie herab und sie lächelte ihn an. »Wahrscheinlich habe ich es dir nicht oft genug gesagt, obwohl ich es ständig denke: Du bist so schön, Dix. Wunderschön.«

Sie presste die Stirn an seine Brust und er küsste ihren Scheitel und legte dann seine Wange darauf ab.

»Wir hatten eine großartige Zeit, nicht wahr?«, erkundigte er sich.

»Ja.«

»Du weißt, dass das nicht das Ende ist, oder?«

Sie sah zu ihm auf. »Das weiß ich.«

Er drückte ihr einen Kuss zwischen die Augenbrauen. »Was machen also diese Sorgenfalten auf deiner Stirn?«

»Wenn ich Daphne davon überzeugen kann, dass die Blumen einem Kaninchen zum Opfer gefallen sind, glaubst du mir dann, dass ich nur ein bisschen nervös wegen der zehnstündigen Autofahrt bin, die noch vor mir liegt?«

Er lachte leise. »Wahrscheinlich nicht, aber es war einen Versuch wert.« Sein Gesicht wurde wieder ernst. »Du willst keine leeren Versprechungen von mir hören, Dix.«

»Ich habe dich um keine gebeten.« Doch sie las da etwas in seiner Mimik. Den Wunsch, Versprechen zu machen? Sie wusste es nicht. Das konnte auch einfach nur Wunschdenken sein.

»Wir haben das hier beide gebraucht, und jetzt müssen wir uns wieder der Realität zuwenden. Ich muss mich um die liegengebliebene Arbeit kümmern und du musst dein Leben weiterführen und wirst mit einem Arm voller Geschenke zu deinen Babys zurückkehren.«

Sie spürte einen Kloß im Hals, doch sie wollte auf keinen Fall in Tränen ausbrechen. »Ich werde dich einfach vermissen, das ist alles.«

»Und ich werde dich vermissen.« Er küsste sie auf die Stirn. »Unsere Wege werden sich jetzt nicht trennen, das ist dir doch klar? Ich denke jede Sekunde des Tages an dich, Dix. Und daran wird sich nichts ändern.«

Jace blickte hinaus aufs Wasser und versuchte, seine aufwallenden Gefühle wieder unter Kontrolle zu bekommen. Er wollte ihren Abschied so lange wie möglich hinauszögern, bis zur letzten Sekunde bei ihr sein. Aber die Vorstellung, sich von ihr zu trennen, war eine Tortur. Er dachte zurück an ihren ersten Kuss, an das erste Mal, als er ihren Geschmack auf der Zunge gespürt hatte. Und er fragte sich, wie er je hatte glauben können, dass man sich auf Dixie einließ, um dann einfach weiterzumachen, als sei nichts geschehen. Er wusste nicht, wie er es geschafft hatte, so viele Jahre zu unterdrücken, was er für diese Frau empfand. Allein dafür würde ihm schon ein Eintrag ins Guinnessbuch der Rekorde als stärkster Mann der Welt zustehen.

Aber wem wollte er etwas vormachen? Eigentlich war er doch der dümmste Mann der Welt, weil er so lange gewartet hatte.

Sie nahm seine Hand. »Ich sollte jetzt los. Ich habe wirklich noch eine lange Fahrt vor mir.«

Er nickte, doch in seinem Kopf herrschte Chaos und er brachte kein Wort heraus. Er war nicht der Einzige, der sich verändert hatte. Dixie verabschiedete sich nicht mit Tränen in den Augen. Diesmal sah er darin Vertrauen. Und ihm wurde klar, dass er zum ersten Mal seit seiner Teenagerzeit einer Frau vertraute. Er vertraute Dixie genug, um ihr sein Herz zu öffnen, auf die radikalste Weise, zu der er fähig war.

»Hättest du etwas dagegen, wenn ich dich das nächste Mal zu Bikes on the Beach begleite?«, fragte sie, während sie zurück zum Cottage gingen. »Ich würde Marly wirklich gern an ihrem Stand helfen.«

Er erinnerte sich noch gut an den Ausdruck von Wut und Eifersucht in ihren Augen, als Marly ihn umarmt hatte. Es überraschte ihn nicht, dass die beiden Frauen so gut miteinander auskamen. Sie waren beide großzügig und liebevoll und gaben ihr Bestes, um anderen zu helfen. Was ihn erstaunte, war, wie sehr es ihn berührte, dass sie zu einem Event kommen wollte, das sie eigentlich nicht mochte, um dort einer neuen Freundin zu helfen.

»Das würde mich freuen«, erwiderte er, obwohl er gern noch so viel mehr gesagt hätte.

Sie gingen zu ihrem Jeep, der schon fertig gepackt war, und er umarmte sie noch einmal. »Ich wünschte, ich hätte dir während unserer gemeinsamen Zeit hier etwas geschenkt. Ein Schmuckstück oder etwas anderes, das dich an unseren Urlaub erinnert.«

Sie sah ihn mit einem verträumten Ausdruck in den Augen an. »Das hast du schon getan. Du hast uns einen Anfang geschenkt.«

»Gott, Dix«, murmelte er mit einem langen Seufzer und drückte sie fest an sich. »Abschiede sind immer so verdammt schwer.«

Sie murmelte zustimmend und stützte das Kinn gegen seine Brust. »Dann lass uns einfach nicht Lebwohl sagen.«

»Okay«, flüsterte er tonlos.

»Küss mich, Stone.«

Er fand ihre Lippen und versuchte, die Traurigkeit in ihren Augen – und in seinem Herzen – zu besänftigen. Sein Leben schien in jüngster Zeit nur noch aus fruchtlosen Bemühungen zu bestehen, so auch in diesem Moment. Als ihre Lippen sich voneinander lösten, füllten ihre Augen sich mit Tränen und er nahm sie wieder in den Arm. Er barg ihr Gesicht in seinen Händen und wischte ihr die Tränen weg. »Bitte sag mir, dass ich dir keine leeren Versprechungen machen darf, Dix, denn ich würde gerade alles sagen, nur um dich wieder lächeln zu sehen.«

Sie lächelte. »Dazu bist du nicht der Typ.«

Er lachte, küsste sie wieder und half ihr dann in den Jeep. Als sie den Motor startete, sagte er: »Pass gut auf dich auf. Ich gebe dir Bescheid, wenn ich nach Peaceful Harbor komme, aber wir werden vorher sicher noch voneinander hören.«

Jace sah zu, wie Dixie davonfuhr, und das Verlustgefühl war nahezu überwältigend. Er hatte sich aus Angst, wieder verletzt zu werden, so lange in seiner Arbeit vergraben und fast vergessen, dass Schmerz einen Menschen auch zu Verschlossenheit zwingen kann. Er konnte sich also weiter verstecken, sich in Projekten und Entwürfen verlieren, noch mehr Geld und Ruhm anhäufen. War das wirklich eine Flucht? Oder Selbstschutz? Oder vielleicht ein leuchtendes Beispiel an Entschlossenheit?

Er dachte noch über diese Dinge nach, als Dixies Jeep schon aus seinem Blickfeld verschwunden war. Irgendwo zwischen der Angst vor Versprechungen und dem Öffnen seines Herzens hatte er zu sich selbst gefunden. Aber er hatte in Sachen Liebe auch schon falschgelegen. Würde er es diesmal besser wissen?

Vielleicht war das hier kein Anfang, sondern das Ende seiner Verschlossenheit, zu der er sich verbannt hatte.

Dreiundzwanzig

Dixie schloss am Montagabend das Softwareprogramm für die Buchhaltung des Whiskey Bro's, während sie sich am Telefon mit ihrer Mutter unterhielt. »Danke noch mal, dass du dich hier um alles gekümmert hast, während ich weg war. Du hattest recht. Ich habe wirklich eine Pause gebraucht.«

»Jederzeit wieder. Ich hab gehört, du hattest am Cape Besuch?«

»Verdammt. Ich habe Justin und den Jungs gesagt, sie sollen bloß die Klappe halten!«

»Beruhige dich«, sagte ihre Mutter bestimmt. »Ich habe es nicht von ihnen erfahren. Du weißt, dass der Frauenclub immer auf deiner Seite steht. Tante Reba und Ginger haben jedem Klatsch und Tratsch sofort einen Riegel vorgeschoben. Aber sie mussten mich einfach anrufen, weil sie sich so für dich gefreut haben. Und wenn sie es nicht getan hätten, würde ich mir wirklich Sorgen machen.« Im Frauenclub, so nannte ihre Mutter die Frauen der Dark Knights, wurde ein Geheimnis wohl besser gehütet als das Gold von Fort Knox.

»Sie sollten sich nicht zu früh freuen«, grollte Dixie. Es war nun schon eineinhalb Tage her, seit Jace und sie sich verabschiedet hatten, und sie hatte seither keinen Ton von ihm gehört.

»Oh, oh. Rede mit mir.«

Dixie seufzte. »Ich will nicht drüber reden.« Es war einfach zu beschämend. Sie war sich so sicher gewesen, dass Jace dasselbe empfand wie sie. Aber wenn es so wäre, würde er sich dann nicht bei ihr melden? Würde er sie dann nicht vermissen?

»Ginger sagte, du und Jace, ihr hättet unzertrennlich gewirkt. Sogar Conroy meinte, wie sehr es ihn gefreut hätte, dass ein Mann dich ansieht, als wärst du für ihn das Wichtigste auf der Welt.«

Dixie schloss die Augen und sah exakt diesen Blick von Jace vor sich. »So hat er mich tatsächlich angeschaut, aber …« Den Rest der Wahrheit behielt sie für sich. Sie war heute Morgen so verärgert gewesen, dass sie schon glaubte, in Tränen ausbrechen zu müssen. Und sie hasste es, wenn sie sich so fühlte. Schließlich waren es erst eineinhalb Tage und keine ganze Woche. Sie wusste, wie beschäftigt er war, aber sie wusste auch, dass niemand zu beschäftigt war, um eine kurze Textnachricht zu schicken. Eine Zeile war alles, was sie brauchte. *Ich vermisse dich*, oder wenigstens ein lahmes *Ich hoffe, du bist gut nach Hause gekommen* wie nach New York. Alles wäre besser gewesen als diese Stille.

»Hör zu, Dix. Ausgerechnet du müsstest doch wissen, dass Männer manchmal einen Tritt in den Hintern brauchen, um wieder zur Besinnung zu kommen.«

Dixie stand abrupt auf und tigerte nervös auf und ab, doch sie hatte keine Lust darauf, sich eine vernünftige Erklärung für all das auszudenken. »Mag sein, aber wenn ein Mann einen liebt, sollte das auch ohne Tritt funktionieren.«

»Oh, Baby«, sagte ihre Mutter sanft. »Jace hat gesagt, dass er dich liebt? Das ist ein ganz besonderer Moment. Du musst mir alles darüber erzählen …«

Ein brennend heißer Blitz durchzuckte Dixies Brust.

»Da gibt es nichts zu erzählen. Er hat niemals gesagt, dass er mich liebt.« Sie rieb sich über das Brustbein. Aber er hatte so viele andere wundervolle Dinge gesagt, und er hatte sich das Gegenstück zu ihrem Tattoo gestochen. Das alles wog schwer, aber sie wollte das jetzt nicht mit ihrer Mutter ausdiskutieren. Egal, was die anderen sagten, nichts würde die Enttäuschung darüber lindern können, dass er sich nicht meldete. »Mom, in einer halben Stunde fängt die Church an, und die Bar ist voll. Ich muss jetzt raus und beim Bedienen helfen.«

»Church« war der Bikerbegriff für die Clubtreffen der Dark Knights, die jeden Montagabend im Clubhaus hinter der Bar stattfanden. Dixies Vater und ihre Brüder waren schon dort, aber ein paar andere Mitglieder saßen noch an der Bar herum und warteten darauf, dass es losging.

»Du kannst doch nicht so eine Bombe platzen lassen und mich dann einfach abwürgen«, beschwerte sich ihre Mutter.

Dixie verdrehte die Augen und atmete tief durch. Doch es war nicht die Schuld ihrer Mutter, dass sie so verärgert war. »Er hat sich verhalten, als würde er mich lieben. Und das war echt, ich habe mir das nicht eingebildet. Aber jetzt höre ich nichts mehr von ihm. Vielleicht hast du recht und er braucht nur einen Tritt in den Hintern, aber auf so eine Art von Beziehung habe ich keine Lust. Können wir das Thema also bitte lassen? Ich bin dir wirklich dankbar, dass du mich vertreten hast. Und bitte sag Tante Reba und Ginger, dass ich auch ihnen dankbar dafür bin, dass die Geschichte dank ihnen nicht die Runde macht.« Sie war auch Jace dankbar, dass er sich so lange freigenommen hatte, um mit ihr zusammen sein zu können, selbst wenn es wehtat, dass er sie jetzt beiseiteschob. »Ich muss jetzt da raus, bevor Tracey noch überrollt wird.«

Nachdem sie das Telefongespräch beendet hatte, ging Dixie zurück in die Bar. Die Montagabende waren immer besonders anstrengend, und heute Abend war sie gereizt und empfindlich.

»Hey, Dix. Ich hab dir ein paar Kekse von Josie mitgebracht«, rief ihr Jed zu, der mit Crow, Court und ein paar anderen Dark Knights am Billardtisch herumhing.

Sie ging kurz zu ihnen. »Tut mir wirklich leid, dass ich nicht zur Eröffnung kommen konnte. Izzy hat erzählt, dass es richtig schön war und praktisch die halbe Stadt bei euch aufgetaucht ist.«

»Keine große Sache. Red sagte, dass du verreist warst. Finlay hat eine Kopie des Artikels, den Gemma geschrieben hat, hinter der Bar aufgehängt.« Jed ging auf die Bar zu. »Aber du schnappst dir besser diese Kekse. Diesel macht schon den ganzen Abend Stielaugen.«

»Das werde ich. Dank Josie von mir.« Ein paar Kekse und ein Löffel Eis würden ihre Stimmung tatsächlich aufhellen, aber mit ein paar Drinks würde es sehr viel schneller gehen. Während sie sich durch die Menge drängte, leere Flaschen einsammelte und neue Bestellungen aufnahm, wurde ihr allerdings klar, dass sie so schnell weder das eine noch das andere bekommen würde.

»Hey, Schätzchen?«, rief ihr ein glattrasierter Kerl mit struppigem Haar hinterher, den sie hier noch nie gesehen hatte.

Sie setzte etwas auf, von dem sie hoffte, dass es nach einem höflichen Lächeln aussah und ihr etwas Trinkgeld einbringen würde, während sie auf den Tisch zuging, an dem er mit noch zwei anderen Männern saß. Alle trugen Anzughemden und Stoffhosen, und sie fragte sich, wie es diese Typen in eine Bikerbar verschlagen hatte. »Was kann ich euch bringen,

Jungs?«

Er warf seinen Begleitern einen Blick zu und hob vielsagend das Kinn. »Also, zuallererst mal: Wir sind Männer, keine Jungs.«

Echte Männer müssten das wohl kaum extra erwähnen, lag ihr auf der Zunge, aber sie verbiss sich die schnippische Antwort und fragte stattdessen: »Was darf es sein?«

»Eine Runde Jack-Cola.« Er musterte sie schamlos, und in diesem Augenblick wünschte sie, sie hätte sich heute für Jeans statt für die ledernen Shorts aus der *Leder und Spitze*-Kollektion entschieden. »Niedliches Höschen. Das würde sich auch gut auf meinem Schlafzimmerboden machen.«

An jedem anderen Abend hätte sie wahrscheinlich gelacht und etwas wie »Träum weiter« erwidert, aber heute war dieser dumme Spruch der Tropfen, der das Fass zum Überlaufen brachte. Sie packte den Kerl am Kragen, zerrte ihn auf die Beine und zischte ihm ins Gesicht: »Und ich wette, deine Zähne würden sich großartig auf dem Boden dieser Bar machen.« Sie war sich der Stille bewusst, die plötzlich eintrat, und auch der Dark Knights, die sofort zur Stelle waren. »Und genau das wird passieren, wenn du noch mal einen so blöden Spruch loslässt.« Sie warf Diesel einen Blick zu, der sie angespannt beobachtete, während sie den Typen auf den Stuhl zurückschubste und sein Hemd losließ. »Ich hab das unter Kontrolle, Diesel.«

Keiner ihrer Beschützer wollte ihr von der Seite weichen, was sie noch mehr erzürnte.

»Ich sagte, ich habe das unter Kontrolle!«

»Okay, die Show ist vorbei«, sagte Izzy und zerrte sie durch die Menge weg und dann ins Büro. Sie schloss die Tür hinter sich. »Diesel war kurz davor, über die Bar zu springen!«

Dixie atmete schwer und lief erregt auf und ab, zu wütend,

um auch nur ein Wort zu sagen. Izzy hatte sie schon vorher gefragt, ob alles in Ordnung war, weil sie so gedankenverloren wirkte, und Dixie hatte ihr erzählt, dass Jace sich nicht gemeldet hatte.

»Oh, Dixie. Hast du immer noch nichts von ihm gehört?«, fragte Izzy in einem etwas sanfteren und mitfühlenderen Ton.

Dixie schüttelte den Kopf.

»Hast du schon daran gedacht, ihn anzurufen?«

»Was glaubst du wohl, womit ich die ganze verdammte letzte Nacht verbracht habe?« Ihr Daumen hatte so lange über seinem Namen in ihren Kontakten geschwebt, dass sie heute darin Muskelkater hatte, und sie hatte sicher Dutzende von Nachrichten getippt, nur um alle wieder zu löschen.

»Ich weiß nicht. Wahrscheinlich damit, an den guten Sex zu denken, der dir jetzt entgeht«, zog Izzy sie auf.

Dixie verdrehte die Augen. »Das ist doch albern. So bin ich nicht, Iz, und das weißt du auch.«

»Ja, ich weiß, dass du wirklich schwer verliebt in ihn sein musst, wenn du nach einem einzigen Tag schon so von der Rolle bist.«

»Es sind eineinhalb Tage, und ich will nicht darüber reden. Ich weiß, wie lächerlich das ist, und ich kann es nicht leiden, mich so zu fühlen. Wie hat er es geschafft, dass ich mich in so ein Häufchen Elend verwandle?« Sie lehnte sich mit dem Rücken an den Schreibtisch.

»Er hat dir einfach völlig den Kopf verdreht. Und jetzt bist du total auf Entzug. Und was noch schlimmer ist: Er schweigt, und du musst dich fragen, ob all die schönen Dinge, die er gesagt hat, ehrlich gemeint waren oder nicht.« Izzy lehnte sich neben sie an den Schreibtisch. »Darum gehe ich keine ernsthaften Beziehungen ein. Ich will mich nicht ständig fragen, wo ich bei einem Typen stehe. Es ist einfacher, ein paar Regeln festzulegen und sich dann daran zu halten.«

»Das haben wir auch getan. Er hat mir nicht versichert, dass er mich anrufen oder mich besuchen kommen wird. Nicht mal, als wir uns verabschiedet haben. Er sagte nur, er würde mir Bescheid geben, wenn er nach Peaceful Harbor kommt, und dass wir uns bestimmt vorher noch einmal sprechen würden.«

»Und …?«

Zu angespannt, um länger stillzustehen, stieß Dixie sich vom Schreibtisch ab und lief abermals hin und her. »Und dann hat er mich geküsst, bis ich fast den Verstand verloren habe, und dann bin ich im Zustand völliger Glückseligkeit losgefahren.«

Izzy seufzte. »Der Mann muss wirklich eine magische Zunge haben.«

»Jeder Teil seines Körpers ist magisch.«

»Dann gibt es nur zwei Möglichkeiten: Du lehnst dich zurück und wartest, bis er anruft. Oder du rufst ihn an und erklärst ihm genau, warum du so angepisst bist.«

»Ich werde ihn nicht anrufen. Ich laufe keinem Mann hinterher.«

»Dann musst du dich anders wieder unter Kontrolle bekommen, Dix, denn dieser arme Yuppie da draußen war kurz davor, von den Jungs in Stücke gerissen zu werden. Was hat er überhaupt zu dir gesagt?«

»Dass meine Shorts gut auf seinem Schlafzimmerboden aussehen würden.«

Sie lachten beide auf.

»Wie lahm«, murmelte Izzy. »Aber die Shorts sind wirklich verdammt heiß.«

»Jace und Jilly haben sie entworfen. Komm jetzt. Ich

versuche, meine große Klappe im Zaum zu halten«, versprach Dixie, während sie nach draußen gingen.

Diesel stand in der Tür, die Hände in die Hüften gestemmt. »Ich hab die Typen rausgeworfen.«

»Das hättest du nicht tun müssen«, fuhr Dixie ihn an und versuchte, sich an ihm vorbeizudrängeln, was dem Versuch gleichkam, einen Felsbrocken wegzuschieben. »Dürfte ich bitte mal durch?«

Diesel verschränkte die Arme vor der massigen Brust. »Du bist den ganzen Abend schon so mies drauf. Gibt es irgendetwas, das ich für dich erledigen soll?«

»Nein. Ich muss einfach diesen Abend überstehen, ohne irgendjemanden zu ermorden.« Dixie quetschte sich an ihm vorbei, dicht gefolgt von Izzy. »Weißt du, was mit den Männern nicht stimmt?«

»Sie denken mit dem Schwanz oder gar nicht?«, erwiderte Izzy.

Dixie bezweifelte, dass Jace das Hirn in die Hose gerutscht war. Und ein Mann, der ein ganzes Imperium erschaffen hatte, besaß sicher auch einen funktionierenden Verstand. Das Problem war nur, dass ihr einfach keine plausible Erklärung für sein Verhalten einfallen wollte. Sie hatte gehofft, dass Izzy vielleicht eine Idee hätte. Aber das schien nicht der Fall zu sein, daher versuchte sie sich an einer möglichst überzeugenden Erklärung. »Nein. Dass man sie nicht mit einer Bedienungsanleitung geliefert bekommt.«

Vierundzwanzig

»Bist du dir zu einhundert Prozent sicher, dass du das tun willst?«, fragte Maddox, als Jace am Dienstagnachmittag die Verträge für ihr neues Hauptquartier an der Ostküste unterzeichnete.

Jace blätterte weiter und suchte nach der nächsten Stelle, an der er unterschreiben musste. »Auf jeden Fall. Das ist für alle das Beste. Ich habe den Deal jetzt schon lange genug verzögert.«

»Und du bist sicher, dass du mit Dixie keinen Fehler machst?«, bohrte Maddox nach.

Jace hob den Kopf und sah in Maddox' besorgtes Gesicht. »Darüber haben wir doch schon gesprochen. Sie braucht einen Mann, der Wurzeln schlagen kann.«

Maddox schnaufte verächtlich und schüttelte den Kopf. »Ich kapier das einfach nicht. Sie kennt dich doch schon seit einer Ewigkeit. Wie kommt sie auf den Gedanken …?«

»Mad, ich habe seit Tagen kaum geschlafen. Wenn dir etwas an unserer Freundschaft und an deinem Leben liegt, dann geh mir heute bitte nicht auf die Nerven.«

»Es ist deine Entscheidung, aber solltest du sie vorher nicht wenigstens anrufen? Die Sache wenigstens mal besprechen, bevor du so etwas lostrittst? Ich kann den Deal auch noch mal um eine Woche verschieben.«

»Nein, verdammt. Ich weiß, wo sie steht.« Jace unterzeichnete die letzte Seite und schob ihm den Stapel Papiere über den Konferenztisch zu. »Sie hatte eine Woche lang meine ungeteilte Aufmerksamkeit, und so unglaublich das auch war, es hat uns schon genug Zeit gekostet. Ich muss mich jetzt konzentrieren, mich ums Geschäft kümmern, um all die Dinge, die in den letzten Wochen liegengeblieben sind, damit wir endlich mit dem neuen Hauptquartier und dem Launch der Kollektion durchstarten können. Uns stehen tiefgreifende Umbrüche bevor. Wir dürfen jetzt keine Fehler machen.«

Jaces Telefon klingelte und Sheas Name erschien auf dem Display. Er bat Maddox mit einer Geste um Entschuldigung und nahm ab. »Hi, Shea.«

»Hi. Ich würde gern noch mal den Terminplan für die Marketingevents durchgehen. Hast du kurz Zeit?«

Er sah auf die Uhr. »In weniger als zehn Minuten habe ich eine Konferenzschaltung. Ich habe den Terminplan gestern noch einmal durchgesehen, und es erscheint mir alles machbar. Aber du solltest Dixie noch einmal kontaktieren, falls sie einen Termin nicht einhalten kann.«

»Das mache ich. Übrigens habe ich mit Jilly gesprochen und wir sind auf der Fashion Week dabei. Maddox sagte, dass du anfangs gegen die Idee warst. Ich bin wirklich froh, dass du deine Meinung geändert hast.«

»Du kennst auch meine Bedingung: Dixie wird am Schluss mit mir, Mad und Jilly auf die Bühne kommen.«

»Ich weiß. Jilly hat zugestimmt, und sie weiß, dass du Dixie in dem ärmellosen geschlitzten Spitzentop mit dem Stehkragen sehen willst, dazu den schwarzen Minirock und die kniehohen Lederstiefel. Du musst dieses Outfit wirklich lieben.«

Er liebte vor allem Dixie in diesem Outfit, deswegen hatten sie es auch für das Deckblatt des Kalenders ausgewählt. »Das tue ich. Ich will auch, dass Indi sich um Dixies Frisur und Make-up kümmert. Sie hat beim letzten Mal einen großartigen Job gemacht.«

»Jilly hat ihr eigenes Team …«

»Ich will Indi«, verlangte er bestimmt. »Also kümmere dich bitte darum.«

Maddox tippte auf seine Uhr, um ihn an die Konferenzschaltung mit Drew Ryder zu erinnern, dem Architekten, den sie mit der Gestaltung ihres neuen Geschäftssitzes in Boston beauftragt hatten.

»Okay, dann wird es Indi machen«, gab sie nach.

»Sehr gut. Ich muss jetzt los. Gibt es sonst noch etwas?«

»Nein, das war's. Ich melde mich, wenn Dixie mir die Termine bestätigt hat.«

Sie beendeten das Gespräch und Maddox stand auf. »Gehen wir in mein Büro. Leni hat ein Meeting und braucht den Konferenzraum.«

Jace erhob sich ebenfalls und Maddox hielt ihm die Hand hin.

»Was soll das?«, wollte Jace wissen, als er einschlug.

Maddox lächelte, was einen seltenen Anblick darstellte. »Du standest ziemlich neben dir im letzten Jahr. Es ist schön, dich wieder richtig mit an Bord zu haben.«

»Danke, Mann. Ich habe die Zeit mit Dixie gebraucht, um mich zu sortieren und meine Prioritäten neu zu setzen.«

»Verstehe.« Während sie den Konferenzraum verließen, sagte Maddox: »Manche Menschen sind dazu bestimmt, sich niederzulassen, andere wählen die Freiheit, wohin dieser Weg sie auch führen mag.«

Jace klopfte Maddox auf den Rücken. »Ja, ja, jedem das Seine und so. Kümmern wir uns jetzt erst mal um unser neues Schmuckstück.«

Dixie stellte die Miniflasche Bourbon neben die anderen beiden, die sie schon geleert hatte, auf den Tisch und schaufelte sich noch einen Löffel Eis in den Mund. Es war Donnerstagabend und sie hatte nun seit viereinhalb Tagen nichts von Jace gehört. Viereinhalb Tage, seit sie zum letzten Mal seine Hand gehalten, seine Lippen geküsst und seine Stimme gehört hatte.

Außer in ihren Träumen, wo er immer um sie war.

Nach diesen viereinhalb Tagen der quälenden Funkstille war Dixie nun nicht mehr traurig, sie war stinksauer. Obwohl es auch das nicht ganz traf. Sie war außer sich vor Wut. Wie schwer konnte es sein, jemanden anzurufen oder eine kurze Nachricht zu schicken? Sie fühlte sich, als würde sie in ihrem Liebeskummer ertrinken, und wusste sich einfach nicht mehr zu helfen. Die ganze letzte Woche hatte sie gegen die Vorstellung angekämpft, dass das, was zwischen Jace und ihr passierte, irgendetwas anderes als die wahre Liebe war. Und im nächsten Atemzug schalt sie sich selbst eine Idiotin. Zu Hause war sie ein Häufchen Elend, auf der Arbeit unausstehlich. Doch bisher war es ihr gelungen, den Grund dafür vor ihren Brüdern geheim zu halten, denn die Aussicht, ihr Zorn könnte sich gegen Jace richten, bereitete ihr nur noch mehr Kummer. Bear hatte heute Izzy angerufen, um sich zu erkundigen, was mit Dixie nicht stimmte. Izzy war daraufhin sofort zu ihnen in die Werkstatt gekommen, hatte so getan, als hätte sie keine Ahnung, und irgendetwas von einer Eisintervention gefaselt.

Jetzt saßen sie im Luscious Licks, Penny Wilsons Eisdiele, und versuchten gemeinsam, alle Gedanken an Jace mit üppigen, süßen Köstlichkeiten und Bourbon zu vertreiben. Penny machte das beste Eis von ganz Peaceful Harbor und war vor allem berühmt für ihre unzähligen Sorten und Spezialkreationen für jede Gelegenheit wie den *Aufmunterungs-*, den *Er-ist-es-nicht-wert-* und den *Ich-bin-einfach-großartig*-Eisbecher.

Dixie schwenkte das leere Fläschchen in der Luft. »Noch einen Bourbon bitte, Pen.«

»Okay, aber wenn jemand fragt: Du hast dir deinen Schnaps selbst mitgebracht, denn als Topping gehen solche Mengen nicht mehr durch.« Penny stand von ihrem Stuhl hinter dem Tresen auf. Sie sah aus wie Zooey Deschanel, hatte strahlend blaue Augen und walnussbraunes Haar und ähnelte ihrer Schwester Finlay kein bisschen.

»Selbstverständlich«, versprach Dixie und schob sich noch einen Löffel ihres *Gebrochene-Herzen*-Eisbechers in den Mund. Das süße Kunstwerk bestand aus einer dicken Schicht Pekannuss-Brownie mit mehreren Kugeln Cookie-Dough-Eis und war gekrönt von Kirschkompott und einem Schuss Bourbon. Und es wirkte tatsächlich.

Wenigstens zehn Minuten lang, denn so lange brauchte sie, um es aufzuessen.

Die Ladentür öffnete sich und Quincy kam herein, während Penny gerade in ihr Schränkchen mit den harten Sachen griff. Dort bewahrte sie die kleinen Schnäpse für die Eisbecher für Erwachsene auf.

»Tu das nicht, Pen! Du brauchst jetzt keinen Alkohol! Ich bin doch für dich da!«, rief Quincy mit frechem Grinsen.

»Lass gut sein, Quincy«, erwiderte Dixie sachlich. »Vertrau mir, du willst dich eigentlich gar nicht mit einer Frau einlassen. Die Liebe ist scheiße.« Sie stopfte sich noch mehr Eis in den Mund.

Quincy sah erst sie an und dann ihren riesigen Eisbecher.

Dixie beugte sich schützend über den Becher. »Komm meinem Eis zu nahe und du bist ein toter Mann.«

Er lachte spöttisch. »Ich habe schon gehört, dass du ziemlich miese Laune hast, seit du vom Cape zurück bist. Was zum Teufel ist da passiert? Fährt man nicht in den Urlaub, um sich zu entspannen?«

»Lass es lieber, Quinn«, warnte Penny und stellte die nächste Bourbon-Flasche neben die drei anderen.

Dixie schnappte sich das Fläschchen, setzte es an die Lippen und leerte es in einem Zug.

Quincy riss die Augen auf. »Verdammt, Dix. Trägst du dieses Shirt etwa, weil du weißt, dass Bullet heute Abend Schicht hat? Er kann das Ding nicht leiden.«

Dixie blickte an sich herunter. Sie trug ein schwarzes Top, auf dem vorne in großen Lettern stand: »Es gibt nichts, das ein kleiner Whiskey nicht in Ordnung bringen kann«. Alle Wörter waren weiß, bis auf das Wort »Whiskey«, das in Scharlachrot auf dem Stoff prangte. Dieses Outfit war heute Morgen nicht ihre erste Wahl gewesen. Eigentlich hatte sie sich für die Sachen entschieden, die sie nach dem Shooting getragen und die Jace zerrissen und später ersetzt hatte. Sie hatte sich ihm an diesem Abend so nah gefühlt und wollte noch einmal in diesen schönen Gefühlen schwelgen, bevor der Schmerz sie zerstörte. Doch jedes Mal, wenn sie in den Spiegel sah, vermisste sie Jace noch mehr, also hatte sie schließlich aufgegeben und war in Jeans und dieses Shirt geschlüpft. Das Top gab ihr das Gefühl, stark zu sein. Dass Bullet es nicht mochte, war gut: Solange sie sich mit jemandem stritt, musste sie nicht weinen.

»Das Shirt ist einfach klasse, Dixie«, sagte Izzy.

»Finde ich auch.« Quincy setzte sich neben Izzy. »Dix, hat das alles etwa was mit einem Mann zu tun? Dann erzähle ich dir jetzt, was ich bei den *Narcotics-Anonymous*-Treffen zu Leuten sage, die gerade eine schwere Zeit durchmachen.«

»Bitte nicht«, murmelte Dixie tonlos.

Izzy und Penny schüttelten warnend die Köpfe.

»Wir machen das schon«, versicherte Izzy ihm.

»Ich kriege das hin«, betonte Quincy, wirkte jedoch nicht unbedingt überzeugt. »Wer ist der Kerl?«

»Es gibt keinen Kerl.« Dixie stach den Löffel in die dicke Brownieschicht, hobelte ein großes Stück ab und schob es sich in den Mund.

Quincy hob die Brauen. »Also geht es hier um ein Mädchen? Wow, das hatte ich nicht erwartet. Das wird ja immer interessanter.«

Dixie wies mit dem Löffel auf ihn. »Wenn du nicht sofort die Klappe hältst, muss ich dich leider damit erstechen.«

»Du warst immer für mich da, Dix. Ich will nur helfen«, ließ Quincy nicht locker.

Die Treuherzigkeit in seiner Stimme weckte ihr schlechtes Gewissen. »Das ist lieb von dir, aber es geht mir gut. Jedenfalls bald wieder. Wenn du mir wirklich helfen willst, dann hältst du den Mund. Du hast nie gesehen, wie ich mich hier vollstopfe, klar?«

»Klar. Was immer du sagst.« Er beugte sich zu ihr hinüber und senkte die Stimme. »Aber du weißt hoffentlich, dass ich jederzeit ins Flugzeug zum Cape steigen würde, um einem gewissen Arschloch eine Lektion zu erteilen?«

Dixie knirschte mit den Zähnen. Jace war kein Arschloch. Sie liebte ihn, und sie war sich verdammt noch mal sicher, dass er sie auch liebte. Aber selbst für den unwahrscheinlichen Fall, dass ihr ihre Menschenkenntnis abhandengekommen war und er tatsächlich nur ein Mistkerl war, der mit ihren Gefühlen gespielt hatte: Er hatte ihr nichts versprochen. Das hier ging nicht auf seine Kappe.

»Quincy«, sagte Penny scharf, »warum kommst du nicht ein andermal vorbei?« Sie bugsierte ihn zur Tür. »Tut mir leid. Sieht so aus, als müsste ich heute früher schließen.«

Dixie fühlte sich schrecklich dabei, ihn so wegzuschicken. Es war nicht Quincys Schuld, dass sie in den letzten Tagen nicht nur vollauf mit ihrem gebrochenen Herzen beschäftigt war, sondern gleichzeitig auch noch den bohrenden Fragen aus- zuweichen versuchte, die von allen Seiten auf sie einprasselten. Sie war kurz davor, jemandem den Kopf abzureißen.

»Nein, bitte geh nicht.« Dixie stand abrupt auf, wobei ihr ein wenig schwindlig wurde. Hatte sie schon wieder vergessen, etwas zu Mittag zu essen? Sie griff nach ihrem Rucksack. »Ist schon okay. Meine Schicht in der Bar fängt ohnehin bald an.«

»Soll ich deine Schicht für dich übernehmen?«, fragte Izzy und schnappte sich Dixies Schlüsselbund vom Tisch.

»Nein. Wenn ich jetzt nach Hause gehe, werde ich nur ...« *In mein Kissen heulen. Oder darauf einschlagen.* »Die Arbeit wird mir guttun.« Sie hielt die Hand auf und wartete auf die Schlüssel.

»Oh nein, meine kleine Schnapsdrossel.« Izzy nahm sie am Arm. »Ich weiß ja, dass du einiges verträgst, aber in fünfzehn bis zwanzig Minuten wirst du einen ordentlichen Schwips haben. Du setzt dich auf keinen Fall hinters Steuer.«

»Okay, wenn du es sagst.« Dixie beugte sich über den Tisch

und schaufelte sich noch mehr Kuchen und Eis in den Mund. Nachdem sie alles verschlungen hatte, sagte sie: »Danke, Penny. Ich schulde dir eine Flasche Bourbon. Und, Quincy, denk daran, wenn du etwas ausplauderst, muss ich dich leider umbringen.«

»Schon kapiert. Ruf mich an, wenn du die Meinung eines Mannes brauchst.« Er umarmte sie und raunte ihr zu: »Wer immer dich so leiden lässt, macht einen Riesenfehler. Es tut mir sehr leid, dass es dir gerade so schlecht geht.«

Dixie merkte, wie ihr erneut Tränen in den Augen brannten, und sie drehte sich weg, damit er es nicht sah. »Lass uns gehen, Iz.« Sie trat durch die Tür und sog die warme Abendluft ein. Ihr Magen schmerzte, ihr war weh ums Herz, und der Bourbon erzielte bereits seine Wirkung. Doch anstatt ihre Gefühle zu betäuben, schien der Alkohol sie noch zu verstärken.

»Du wirst jetzt weinen, nicht wahr?«, fragte Izzy, als sie zu ihrem Wagen gingen.

»Nicht, wenn ich es verhindern kann.«

Dixie stieg ins Auto, kurbelte die Scheibe herunter und war dankbar dafür, dass Izzy sie gut genug kannte, um sie wegen Jace nicht weiter zu löchern. Sie schaltete das Radio ein und gab Dixie so die Gelegenheit, sich auf dem Weg zur Bar noch ein wenig zu sammeln. Das Eis und der Schnaps hatten doch nicht geholfen. Sie fühlte sich ein bisschen benommen. Wahrscheinlich war sie so verwirrt, dass ihr Herz nicht mehr richtig funktionierte und ihr Hirn nicht mehr vernünftig mit Sauerstoff versorgen konnte.

Oder vielleicht war sie auch einfach nur ein bisschen betrunken und vermisste Jace.

Izzy bog auf den Parkplatz des Whiskey Bro's ein, parkte

und musterte Dixie besorgt. »Bist du sicher, dass ich deine Schicht nicht übernehmen soll?«

»Ganz sicher, vielen Dank. Ich bin nur … Ich verstehe es einfach nicht, Iz. Vielleicht hast du recht und ich sollte ihn anrufen. Aber ich kann mich einfach nicht überwinden. Jedes Mal, wenn ich kurz davor bin, lassen mich meine Nerven im Stich. Ich meine, stell dir das mal vor: Nehmen wir an, ich rufe ihn an und er nimmt ab. Was dann? Ich werde mich anhören wie ein jammerndes Kind, wenn ich ihn zuallererst frage, warum er sich nicht meldet. So bin ich nicht, und er weiß das auch. Und das Verrückteste daran ist, dass ich mir sicher bin, dass er mich liebt. Wenn du gesehen hättest, wie er mich angeschaut hat, wenn du wüsstest, wie er mich berührt, mich geküsst hat …«

»Ich weiß, wie du dich fühlst«, sagte Izzy. »Glaubst du, ihm könnte etwas zugestoßen sein? Vielleicht hatte er einen Unfall?«

Dixie schüttelte den Kopf. »Seine Schwester Mia hat mir gestern eine Nachricht mit einem Bild der High Heels aus der *Leder und Spitze*-Kollektion geschickt, die er ihr geschenkt hat. Wenn ihm etwas zugestoßen wäre, hätte sie das wohl erwähnt.«

»Hast du sie gefragt, ob sie mit ihm gesprochen hat?«

»Nein. Für so etwas bin ich auch nicht die Richtige.« Sie nahm ihren Rucksack. »Ich erkenne mich selbst nicht wieder.«

Izzy gab Dixie ihren Schlüsselbund. »Willst du mir vielleicht erklären, was du damit meinst?«

»Klar. Ich bin eine knallharte Whiskey.« Dixie verstaute die Schlüssel in ihrem Rucksack, während sie sich weiszumachen versuchte, dass das die Wahrheit war. Sie hätte Izzy eigentlich lieber gesagt, dass auch eine Whiskey letztlich nur ein Mensch war. Auch sie war nicht unverwundbar, und ihre Familie, die sie über alles liebte, war nicht alles, was sie im Leben brauchte.

Doch sie fürchtete, erneut von Traurigkeit übermannt zu werden.

»Das ist keine Neuigkeit, Dix. Weder für dich noch für mich«, erwiderte Izzy.

Dixie öffnete die Tür und setzte einen Fuß hinaus, um die Flucht anzutreten.

Izzy packte sie am Arm. »Spuck es aus.«

»Okay, aber wir werden nicht darüber reden. Wenn ich es dir gesagt habe, dann startest du den Wagen und verschwindest von hier.«

»Okay. Versprochen.« Izzy legte sich eine Hand aufs Herz.

Dixie wusste, dass sie Izzy vertrauen konnte. Sie war sich nur nicht sicher, ob sie sich selbst gerade traute. »Wenn die Whiskeys ihr Herz verschenken, dann ist das vielleicht für immer.«

Fünfundzwanzig

Dixie ging in die Bar, ohne sich noch einmal umzudrehen, und hoffte, dass der Kloß in ihrem Hals wieder verschwinden würde. Die vertrauten Räume schenkten ihr ein wenig Trost. Die Gerüche nach Leder, Schnaps und Testosteron, das Stimmengewirr der Gäste, das leise Klackern der Billardkugeln und das Geräusch von Dartpfeilen, die ihr Ziel trafen, umhüllten sie wie ein warmer Schal an einem kalten Winterabend. Bullet und Jed standen hinter der Bar. Tracey bediente und unterhielt sich gerade mit ein paar Gästen, deren Bestellungen sie aufnahm.

Dixie ging direkt ins Büro, wobei sie spürte, wie Bullets Blick sie verfolgte. Sie hätte etwas anderes anziehen sollen. Bei der Vorstellung, sich jetzt auch noch mit Bullet zu streiten, fühlte sie sich noch mieser.

»Hey, Dix«, rief Tex Sharpe, als sie an seinem Tisch vorbeikam, wo er mit zwei der Bando-Brüder saß, die ebenfalls zu den Dark Knights gehörten.

»Da ist ja unser Star«, sagte Vaughn Bando, ein stämmiger Bauunternehmer.

Dixie fühlte sich so unwohl, dass sie einfach an ihnen vorbeiging, ohne sie zu grüßen. Sie betrat das Büro, schloss die Tür hinter sich und atmete erschöpft aus, wobei sie erst jetzt merkte, dass sie die Luft angehalten hatte. Wie zum Teufel sollte sie diese Schicht überstehen? Vielleicht sollte sie es einfach hinter sich bringen und Jace anrufen. Sie warf ihren Rucksack auf den Schreibtisch und zog ihr Telefon heraus. Dabei bemerkte sie, dass Shea ihr eine Nachricht geschickt hatte. Dixie ließ sich auf den Stuhl hinter dem Schreibtisch fallen, um sie zu lesen.

Ich habe dir den Terminplan für deine Promo-Auftritte gemailt. Könntest du dir das bitte einmal ansehen und mir bis morgen Abend Bescheid geben, ob das für dich so passt?

Dixie hörte Jaces Stimme in ihrem Kopf. *Zu den Marketingevents werden wir zusammen reisen.* Sie hatte sich bei seinen Worten sehr gefreut, aber nun wurde ihr klar, dass er damit auch gemeint haben konnte, sie erst dort wiederzusehen. Er war wirklich kein Kommunikationsgenie.

Mann! Sie hasste Zweideutigkeiten. Und doch hatte sie sie während der letzten Wochen hingenommen. *Weil ich ihn liebe.* Sie hatte zu ihrer Mutter gesagt, dass sie keine Ausreden für ihn erfinden wollte, aber gleichzeitig tat sie unentwegt nichts anderes, denn die Alternative wäre einfach zu niederschmetternd gewesen. Ihr Blick fiel auf die Tätowierung auf ihrem Handgelenk, und die Tränen strömten ihr über die Wangen. Sie schloss die Augen, um sie aufzuhalten, doch es nützte nichts. Warum war das alles nur so verdammt schwer? Sie legte ihr Handy auf den Tisch, stützte den Kopf auf den Armen ab und ließ ihren Gefühlen freien Lauf.

Die Tür ging auf und Dixie hob den Kopf, als Bullet hereinkam und ansetzte: »Bist du …«

Sie fuhr sich mit dem Unterarm über die Augen und drehte sich schnell auf dem Stuhl herum, damit er ihr Gesicht nicht sehen konnte. Als sie hörte, wie er die Tür schloss, murmelte sie mit erstickter Stimme: »Ich komme gleich raus und fange an.«

»Den Teufel wirst du tun.« Bullet kam um den Schreibtisch herum und sah sie besorgt und zornig an. »Was ist los mit dir?«

»Nichts.« Sie schniefte und wollte sich wieder mit dem Stuhl wegdrehen.

Bullet packte die Rückenlehne und drehte sie zu sich herum. »Blödsinn. Bear hat gesagt, dass du dauernd weinst, auch bei der Arbeit. Und gestern Abend hast du mir erzählt, du hättest dir das Knie verletzt. Soll ich dir diesen Schwachsinn etwa glauben?«

Sie sprang auf die Beine, und das Herz schlug ihr bis zum Hals. »Es ist mir egal, was du glaubst. Und wenn ich weine, was ist schon dabei? Menschen weinen, Bullet, sogar Whiskeys.« Sie drängte sich an ihm vorbei.

Er packte sie am Arm und riss sie herum. »Dix, rede mit mir«, bat er, nun allerdings ein wenig sanfter. »Oder muss ich Justin anrufen und selbst herausfinden, was da oben gelaufen ist?«

»Nein! Gott!« Sie entwand sich seinem Griff. »Verstehst du es immer noch nicht? Das ist mein Leben. Ich bin dafür verantwortlich, und ich tue, was ich für richtig halte. Ich war auf Cape Cod mit jemandem zusammen, und es lief anders, als ich es mir gewünscht hätte. Das ist alles. Das ist meine Sache, Bullet, und du kennst den Typen ohnehin nicht, also lass es gut sein.«

Er mahlte mit dem Kiefer. »Soll ich mir das hier etwa tatenlos ansehen?«

»Nein. Du sollst da rausgehen, deinen Job erledigen und mich meinen machen lassen. Ich kann selbst auf mich aufpassen.« Sie ging durch den Raum und riss die Tür auf.

Bullet stürmte mit geballten Fäusten an ihr vorbei. »Ich

werde Stone den Kopf abreißen.«

»Bullet!«, schrie sie.

Bullet drehte den Kopf, als die Tür zur Bar aufging und Jace hereinkam. Dixie fühlte sich einer Ohnmacht nahe. Jace sah erschöpft aus. Er lächelte, als er sie sah. Sie wollte auf ihn zurennen, aber sie war zu wütend, zu verletzt, zu verdammt verwirrt, um irgendetwas anderes zu tun, als Gift und Galle zu spucken. »Was willst du denn hier?«, kreischte sie und marschierte wütend auf ihn zu. »Wie kannst du es wagen, mich so hängen zu lassen, nach allem, was wir miteinander hatten?«

Jaces Gesicht erstarrte zu einer verwirrten Maske. »Dix, ich musste ...«

»*Stone!*«, grollte Bullet mit geblähten Nasenflügeln und kalten, dunklen Augen.

Jace drehte sich um, und schon landete Bullets Faust auf seinem Unterkiefer. Im nächsten Augenblick taumelte Jace zurück und alle Männer in der Bar waren plötzlich auf den Beinen. Bevor Dixie auch nur blinzeln konnte, hatte Jace Bullet am Kragen gepackt und gegen die Wand gedrängt.

Jace hielt Bullet wie ein Schraubstock umklammert und knurrte: »Das war dein einziger Freischuss.«

»Wenn hier jemand Jace schlagen darf, dann bin ich das!«, brüllte Dixie.

Sie holte aus, doch Jace packte auch sie blitzschnell am Shirt und hielt dann sie und ihren Bruder auf Armeslänge von sich weg. Die Tür ging auf und Biggs und Red kamen hereingestürmt.

Zorn flackerte in Jaces Augen auf. »Ich kann's kaum glauben, dass ich gerade dabei bin, in diese Familie von lauter Verrückten einzuheiraten.«

Dixie schwankte, und auf einmal drehte sich der Raum wild

um sie. *Einheiraten?* Sie versuchte, sich einen Reim auf seine Worte zu machen, doch die langen kummervollen Tage hatten sie völlig zermürbt, und sie wurde nur noch wütender.

Jace starrte Bullet grimmig an. »Ich lasse dich jetzt los. Wenn du noch mal zuschlägst, dann mach ich dich kalt.«

»Bullet!«, brüllte Biggs, der sich zusammen mit Red durch die Menge drängte. »Zurück.«

Bullet ließ Jace keine Sekunde aus den Augen.

»Sofort!«, kommandierte Biggs.

Jace senkte die Hände und wandte sich Dixie zu, die sofort wieder ausholte und ihm einen weiteren kräftigen Schwinger verpasste.

»Scheiße!«, rief Jace und rieb sich den Kiefer.

»Ach du liebe Güte«, sagte Red.

»Was zum Henker soll der Scheiß, Dixie?«

»Was das *soll*? Ich habe seit Tagen nichts von dir gehört! Glaubst du, ich sitze hier rum und warte darauf, dass du hier anmarschierst, um wieder mit meinen Gefühlen zu spielen? Ich habe mir die Augen ausgeheult! Und ich weine sonst nie, verdammt noch mal! Du hast nicht angerufen. Du hast nicht geschrieben! Du hast mich einfach vergessen!«

»Dich vergessen?« Jace sah verzweifelt zur Decke und hielt sich mit beiden Händen den Kopf, während ihm ein gequältes Stöhnen entfuhr. Dann ging er auf Dixie zu, und sein Blick wirkte gleichzeitig ernst und liebevoll. »Herrgott, Dixie. Beim letzten Mal bin ich gegangen, aber das werde ich diesmal nicht tun. Also halt einfach mal die Klappe und hör mir zu. Ich könnte dich niemals vergessen, selbst, wenn ich es wollte. Und ich habe gerade Himmel und Hölle in Bewegung gesetzt, um das hier tun zu können!« Er zog ein paar Papiere aus der Tasche und drückte sie ihr in die Hand. »Ich habe nicht angerufen, weil ich wusste, dass ich dir sofort erzählen würde, was ich vorhabe, sobald ich deine Stimme höre. Und ich habe mir verdammt noch mal geschworen, dir keine Versprechungen zu machen. Ich wollte nicht mit leeren Händen vor deinen Eltern stehen, wenn ich deinen Vater um die Hand der klügsten und stursten Frau von ganz Peaceful Harbor bitte.«

Dixie verfiel in eine Art Schockzustand und sah zu ihren Eltern hinüber. Ihr Vater nickte ihr bestätigend zu. Ihre Mutter hielt sich gerade eine Hand vor den Mund, aber in ihren Augen glomm ein Lächeln.

»Verdammt, Dix«, sagte Jace. »Irgendwie läuft das hier alles anders, als ich es mir vorgestellt hatte.«

Dann zog er etwas aus der Vordertasche seiner Jeans und sank auf ein Knie. Er hob die Hand und sah Dixie mit einem Blick an, in dem so viel Ehrlichkeit und Liebe lagen, dass ihr schwindlig wurde. In der Hand hielt er einen wunderschönen Ring mit einem großen schwarzen Diamanten, der von einem Kranz kleinerer weißer Diamanten umgeben war.

»Ich bin seit dem Tag, als ich aus dem Haus meiner Eltern ausgezogen bin, keine enge Beziehung mehr eingegangen«, begann Jace. »Ich wollte niemals Wurzeln schlagen, eine Familie gründen oder mein Leben mit einem anderen Menschen verbringen. Aber das hat sich deinetwegen geändert, Dixie. Du hattest mein Herz schon erobert, als du noch eine wunderschöne, selbstbewusste Achtzehnjährige warst, und seitdem ist kein Tag vergangen, an dem ich nicht an dich gedacht hätte. Ich hab Mist gebaut und dich nicht angerufen, aber das heißt nicht, dass ich dir nicht hoffnungslos verfallen bin. Es bedeutet nur, dass ich nicht perfekt bin und es wahrscheinlich auch niemals sein werde. Aber für dich werde ich immer weiter danach streben. Es tut mir leid, dass ich mich nicht gemeldet habe, aber in den letzten vier Tagen war ich in Boston, Los Angeles und New York, um mein Leben neu zu ordnen. Das ich von nun an mit dir verbringen will.«

Ihr Herz schlug höher, und ihr liefen die Tränen über die Wangen, während ihr Kummer mit jedem einzelnen seiner liebevollen Worte weiter verblasste.

»In den Händen hältst du die Kaufverträge für zwei Grundstücke. Das erste liegt im Wald, es ist dein geliebter Zufluchtsort, an dem wir waren, als du zum ersten Mal auf meinem Bike gesessen hast. Du hattest an diesem Tag recht, Dixie. Ich wusste genau, was es bedeutet, dich zu bitten, auf mein Motorrad zu steigen. Ich will mir ein Leben mit dir an meiner Seite aufbauen, Dixie, ein Haus bauen und es mit unseren Kindern und Leben füllen. Das zweite Dokument ist der Kaufvertrag für die Immobilien unseres neuen Silver-Stone-Hauptquartiers in Peaceful Harbor, das vom heutigen Tag an auch mein Geschäftssitz sein wird.«

Er stand wieder auf und sah ihr tief in die Augen. »Dixie Lee Whiskey, ich liebe dich so sehr, dass es wehtut. Ich kann nicht mehr essen, ich kann nicht mehr schlafen, und ich weiß, dass es das Whiskeyfieber ist, aber ich will kein Gegenmittel. Ich will gemeinsam mit dir Wurzeln schlagen, bis wir so eng verbunden sind, dass uns nichts mehr trennen kann. Und es soll hier sein, an dem Ort, an dem du von allen Menschen umgeben bist, die du liebst, damit du immer Tante Dixie bleiben kannst.«

Dixie konnte kaum atmen. Ihre Augen waren tränenverhangen, als sie seine Hand nahm, und auch in seinen Augen schimmerte es, als er weitersprach. »Wenn du über meine Fehler hinwegsehen kannst und die Geduld hast, einem alten Hund noch ein paar neue Tricks beizubringen, dann heirate mich, Dixie. Werde meine Frau. Zeige mir, wie ich zu dem Mann werden kann, den du verdienst. Ich verspreche dir, dreimal am Tag zu schreiben, wenn du das möchtest. Ich werde dir immer treu sein, und vor allem verspreche ich dir, dich niemals wieder Kätzchen zu nennen.«

Ein tränenersticktes Lachen entrang sich ihrer Kehle.

Er wischte ihr die Tränen aus dem Gesicht. »Ich liebe dich, Dixie. Ich liebe deine grünen Augen und dein feuerrotes Haar, dein großes Herz, dein Temperament und deine Entschlossenheit, dir vom Leben zu nehmen, was du verdient hast, ohne dabei Kompromisse einzugehen. Willst du meine Frau werden, meine Königin, und mich dir die Welt zu Füßen legen lassen?«

»Die Welt brauche ich nicht«, stieß sie schluchzend hervor. »Ich habe immer nur dich gewollt.«

»Und ich gehöre dir, seit wir uns zum ersten Mal gesehen haben, und wenn du es willst, dann gilt das ab heute für immer.«

»Wenn du mich noch mal tagelang hängen lässt, dann wirst du es bereuen«, drohte sie und meinte das nur halb im Spaß.

Um sie herum erhob sich Gelächter. Sie hatte ganz vergessen, dass sie nicht allein waren.

»Und ich hätte diese Strafe verdient«, erwiderte er mit einem Lächeln. Er hielt ihre Hand und ließ den Ring vor ihrer Fingerkuppe schweben. »Sag Ja, Dix. Bitte sag Ja.«

»Ja, Jace. Ich werde deine Frau«, sagte sie mit erstickter Stimme.

»Auf beiden Seiten des Rings siehst du das Zeichen für Unendlichkeit«, raunte er ihr zu, während er ihr den Ring an den Finger steckte. »Der Entwurf stammt von mir. Du sollst wissen, dass das, was wir haben, für die Ewigkeit ist. Mein Herz gehört dir, Dixie. Schenk mir auch deines.«

Sie warf sich lachend in seine Arme und küsste ihn. Um sie herum brandeten Applaus und Jubelrufe auf, und Jace erwiderte ihren Kuss, als hätte er sein ganzes Leben lang auf diesen Moment gewartet. Als sich ihre Lippen voneinander lösten, sagte er: »Gott, ich liebe dich so sehr.« Dann versiegelte er ihr die Lippen abermals mit einem Kuss und hielt sie fest, als wollte er sie nie wieder gehen lassen.

Jace fühlte sich wie im siebten Himmel, während er und Dixie von ihren Eltern umarmt und dann unter den anderen Gratulanten herumgereicht wurden, die ihm alle wohlwollend auf die Schulter klopften oder die Hand schüttelten. Er ließ seine bezaubernde Verlobte, die gleichermaßen verheult wie glücklich wirkte, dabei keinen Augenblick aus den Augen. Sein Antrag war etwas anders verlaufen, als er es sich vorgestellt hatte, aber Dixie hatte Ja gesagt, und das war alles, was zählte. Als er schließlich Bullet gegenüberstand, war er immer noch ganz benommen vor Glück. Und sein zukünftiger Schwager sah weiterhin so aus, als würde er ihm am liebsten den Kopf abreißen. Es war schon eine Ewigkeit her, dass Jace einen Fausthieb hatte einstecken müssen, ganz zu schweigen von zweien. Aber selbst der Schmerz in seinem Kiefer konnte sein Hochgefühl nicht dämpfen.

Also versuchte er es mit Humor und Unbefangenheit und hoffte, so den Frieden wiederherstellen zu können. »Das war ein unfairer Schlag.«

Bullet verzog den Mund zu einem Grinsen. »Willkommen in der Familie.« Er reichte ihm die Hand, und als Jace einschlug, zog er ihn in eine männliche Umarmung. »Alles in Ordnung zwischen uns?«

»Klar, alles in Ordnung«, bestätigte Jace, trat einen Schritt zurück und sah sich wieder nach Dixie um. Red hatte direkt nach seinem Besuch alle darüber informiert, dass Jace Dixie einen Antrag machen würde, und die Nachricht hatte sich rasend schnell verbreitet. Der Rest von Dixies Familie traf nach und nach ein, um zu gratulieren, und durch die Tür kamen immer mehr Freunde. Er entdeckte Dixie neben der Bar, wo sie sich eben mit Crystal, Bear und Bones unterhielt. Sie hielt die kleine Lila auf dem Arm, die eine von Dixies Haarsträhnen mit ihrem Fäustchen umklammerte. Dixie schaute in seine Richtung und die Luft zwischen ihnen schien zu knistern. Doch sein Herz schlug nun in einem anderen Rhythmus, stärker und lauter als jemals zuvor.

»Und du ziehst wirklich hierher?«, fragte Bullet und riss ihn aus seinen Gedanken.

»Ich ziehe hierher, und ich werde auch hier arbeiten. Maddox und ich haben meinen Verantwortungsbereich neu strukturiert und einige meiner Aufgaben an unser Führungspersonal delegiert. Ich werde immer noch oft auf Reisen gehen müssen, aber nicht annähernd so häufig wie früher. Ich werde versuchen, es so einzurichten, dass mich Dixie auf meinen Dienstreisen begleiten kann, wann immer es möglich ist.« Er warf Dixie noch einen verstohlenen Blick zu. »Es gibt nichts, was ich nicht für eure Schwester tun würde.«

»Außer anrufen«, warf Bullet ironisch ein.

»Ich weiß, dass ich das vermasselt habe. Aber zu meiner Verteidigung muss ich anmerken, dass ich in kürzester Zeit mein ganzes Leben neu ordnen musste. Ich weiß nicht, ob sie euch davon erzählt hat. Aber am Cape Cod habe ich sie überrascht. Ich hatte meine Entscheidung schon zuvor getroffen, aber ich konnte Dixie nichts sagen, bevor nicht alles in trockenen Tüchern war. Ich musste Verhandlungen wegen der Grundstücke führen, außerdem mussten wir nahezu all unsere Pläne für das zweite Hauptquartier noch einmal neu durchdenken. Ich kann immer noch kaum glauben, dass uns das alles so schnell gelungen ist. Ich bin herumgerannt wie ein kopfloses Huhn, bin von Boston nach L.A. und dann von L.A. nach New York geflogen, um ihren Ring abzuholen, und dann ohne Umwege hierhergefahren. Jetzt ist mir klar, dass es klug gewesen wäre, mich zwischendurch mal zu melden, aber ich lerne noch, Bullet. Ich werde mich ändern, und Dixie wird mir dabei helfen.«

»Okay, aber ich hab noch was gut bei dir.« Bullet klopfte ihm freundschaftlich auf die Schulter und setzte nach: »Ich will dich nur verarschen. Tut mir leid wegen des Kinnhakens, aber ich habe ihre Tränen gesehen und …«

»Ich kann das verstehen. Wenn es meine Schwester gewesen wäre, hätte ich dich plattgemacht.«

»Das hättest du wohl gern«, spottete Bullet. »Aber die Sache ist die: Wenn Dixie glücklich ist, bin ich es auch.«

»Ich habe meine Ziele schon immer konsequent verfolgt.« Jace sah zu Dixie hinüber. »Und von nun an steht ihr Glück ganz oben auf meiner Liste.«

»Eine Runde aufs Haus!«, rief Red laut.

Die Leute jubelten, und Bullet machte sich auf die Suche nach Finlay. Jace ging wieder zu Dixie, die sich nun mit Red, Bear und Crystal unterhielt und immer wieder Lilas Näschen an ihrem rieb. Er konnte es kaum fassen, dass er endlich nicht mehr gegen seine Gefühle ankämpfen musste. Diese Frau hatte ihm schon das Herz gestohlen, als sie noch eine Teenagerin gewesen war, die gerade erst die Flügel ausbreitete, um fliegen zu lernen.

Jace legte Dixie eine Hand auf den Rücken und beugte sich zu ihr herunter, um sie zu küssen. »Wie geht es meiner atemberaubenden Verlobten?«

»Ich bin überglücklich. Verlobte. Das klingt wunderbar«, sagte sie leise.

»Das finde ich auch.« Er kitzelte Lila sanft am Kinn. »Und was macht die kleine Prinzessin?«

Lila streckte Jace ihre kleinen Händchen entgegen und schenkte ihm ein breites Lächeln. Ihre feinen blonden Strähnen waren mit einem hübschen rosa Haarband zurückgebunden, das zu ihrem Strampelanzug passte. Dixie drückte ihm Lila kurzerhand in den Arm.

»Da hat wohl jemand einen neuen Fan«, meinte Sarah, die sich mit Bones zu ihnen gesellte. Bones hatte einen Arm um Sarah gelegt, und sie hatten ihr Baby nicht bei sich.

»Wo ist mein kleinstes Enkelkind?«, wollte Red wissen.

»Finlay hat sie im Moment«, antwortete Bones. »Jace, ich habe von eurem Streit gehört. Ist Bullet dir eben noch mal auf die Nerven gegangen?«

»Nein, es ist alles in Ordnung.«

»Wenn die Whiskeys einem auf die Nerven gehen, heißt das nur, dass man zur Familie gehört«, versicherte Crystal ihm. »Man muss sich erst Sorgen machen, wenn sie irgendwann damit aufhören.«

Alle lachten.

»Sie hat recht«, bestätigte Red. »Wie du vielleicht bemerkt hast, würde Bullet sein Leben für Dixie geben. Aber wenn unser Mädchen glücklich ist? Dann wirst du ihn bis ans Ende deiner Tage nicht mehr los, und das ist eine gute Sache.« Sie klopfte

Lila sanft auf den Rücken. »Und wir alle lieben Männer, die keine Angst vor Babys haben.«

»Jace ist verrückt nach Babys«, rief Dixie. »Ihr solltet ihn mit seinem kleinen Neffen Thane sehen.«

Er hatte nicht nur keine Angst vor Kindern, er hoffte sogar, mit Dixie bald selbst eine Familie gründen zu können, wenn sie so weit war. Aber diese Pläne würden sie an einem anderen Tag besprechen.

Crystal strich sich über den gewölbten Bauch. »Wenn ihr beide auch Babys wollt, dann solltet ihr wissen, dass wir schon einen festen Platz bei Nana Reds Babysittingservice reserviert haben, und zwar mindestens einmal pro Woche.«

»Wenn das hier keine Blitzhochzeit wird, dann müsst ihr euch wegen Jace und Dixie wohl vorerst noch keine Sorgen machen.« Red senkte die Stimme. »Das habt ihr jetzt nicht von mir, aber ihr solltet stattdessen lieber anfangen, mit Finlay und Bullet zu verhandeln.«

»Was?« Crystal riss die Augen auf.

Red legte verschwörerisch einen Zeigefinger auf die Lippen und ging dann weg.

»Von mir erfährt keiner etwas«, versprach Crystal, bevor sie sich einen Weg durch die Menge bahnte und schnurstracks auf Finlay zuhielt.

»Ich war wohl nicht die Einzige, die ein Geheimnis hatte«, erkannte Dixie. »Hoffentlich werde ich noch mal Tante!« Sie ging auf die Zehenspitzen und sah, wie Crystal und Finlay sich umarmten.

»Es sieht tatsächlich so aus, als würde Bullet bald Vater werden. Schön für ihn«, sagte Bear. »Wo wir gerade von Bullet sprechen, ich hab gehört, er hat dir eine verpasst, Jace?«

»Ja, er hat mich überrumpelt.« Jace rieb sich den Kiefer.

»Ich hab mich umgedreht und mir eine von ihm eingefangen, bevor ich wusste, wie mir geschah. Und dann wollte ich ausweichen, aber deine Schwester hat nur darauf gewartet und mir den nächsten Haken verpasst. Schlechtes Timing.«

Bear stieß ihn an. »Man sagt ja, gute Biker und gute Liebhaber hätten zwei Dinge gemeinsam: einen guten Gleichgewichtssinn und ein hervorragendes Gespür für das Timing. Tut mir echt leid, Kumpel, aber du scheinst keines von beidem zu besitzen, und das ist sowohl auf der Straße als auch im Schlafzimmer nicht gut für dich.«

»Bear!« Dixie boxte ihm gegen den Arm und rief laut: »Jace ist im Schlafzimmer ein Gott!«

Der Lärm erstarb und alle Augen wandten sich ihnen zu. Jace straffte die Schultern. Dieses Kompliment nahm er nur zu gern entgegen.

»Oh, Mist«, murmelte Dixie und verbarg sich hinter ihm.

Glücklicherweise wurden sie von Biggs gerettet, der Arm in Arm mit Red auf der Bühne stand und mit einem Messer gegen ein Glas schlug.

»Papapapa!«, plapperte Lila und reckte sich der Bühne entgegen.

»Sie will zu meinem Dad«, sagte Dixie.

»Papapapapa!« Lila zappelte und versuchte, sich aus Jaces Armen zu winden.

»Mein Sohn«, sagte Biggs ins Mikrofon, »warum kommst du nicht mit diesem kleinen Schätzchen und meiner Tochter zu uns nach oben?«

Jace legte einen Arm um Dixie und stieg mit ihr und der kleinen Lila im Arm auf die Bühne. Er übergab Lila an Biggs, und sie schlang die Ärmchen um seinen Hals und drückte ihn fest.

Jace zog Dixie näher zu sich heran. »Ich freue mich schon auf den Tag, an dem unsere Kinder das machen.«

Sie sah ihn an, als hätte er ihr gerade die Welt versprochen. Und er hatte vor, dieses Versprechen zu halten.

»Dies ist für uns alle ein großer Abend«, erklärte Biggs mit leicht schleppender Stimme. »Als unser Mädchen zur Welt kam, wusste ich schon, dass sie etwas ganz Besonderes ist.«

»Das ist unsere Dixie!«, rief jemand aus der Menge dazwischen.

»Da hast du verdammt recht.« Biggs sah Dixie liebevoll an. »Ich könnte nicht stolzer auf dich sein, mein Schatz. Und du wirst immer mein kleines Mädchen und mein Augenstern bleiben.«

Dixie war sehr gerührt.

»Ich wusste, dass es einen starken Mann brauchen würde, um dein Herz zu gewinnen, und ehrlich gesagt hatte ich Zweifel, ob es je einen einzigen Mann auf dieser Welt geben könnte, dem ich dich gern überlassen würde.« Er wandte sich an Jace. »Dann stand Jace Stone vor meiner Tür, nervös wie ein Kaninchen vor der Schlange und so verliebt, wie ich nur selten einen Mann gesehen habe. Ich meine, seht ihn euch nur an, er kann den Blick nicht von meiner Tochter abwenden.«

Abermals hallte Gelächter aus dem Publikum zu ihnen empor.

»Verdammt richtig«, sagte Jace und drückte Dixie einen Kuss auf die Schläfe.

Er war ein Nervenbündel gewesen, als er vor Biggs stand und um Dixies Hand angehalten hatte, und Biggs hatte es ihm nicht leicht gemacht. Er hatte sich schweigend und mit unbewegter Miene angehört, was Jace zu sagen hatte, ohne sich in die Karten schauen zu lassen. Und Jace hatte ihm nicht nur seine Liebe zu Dixie gestanden, sondern ihm auch dargelegt, welche beruflichen Veränderungen er in die Wege geleitet hatte und dass sie das neue Hauptquartier in Peaceful Harbor und nicht Boston einrichten würden, wohingegen sie in Boston nur einen neuen Laden eröffnen wollten. Er erzählte Biggs auch von dem Grundstück, das zu ihrem neuen Heim in Peaceful Harbor werden sollte. Biggs stellte ihm nur eine einzige Frage. Er wollte wissen, warum Jace so lange gebraucht hatte, um sich für Dixie zu entscheiden. Die Antwort war ihm leichtgefallen: *Ich musste erst noch wirklich erwachsen werden und etwas aus mir machen, bevor ich auch nur daran denken konnte, der Mann zu sein, den Dixie verdient. Jetzt bin ich dieser Mann, Biggs, und wenn du uns deinen Segen gibst, verspreche ich dir, dass du stolz auf deinen neuen Schwiegersohn sein wirst und dass ich deine Tochter auf Händen tragen werde.* Biggs hatte ihn mit offenen Armen in der Familie willkommen geheißen.

»Ihr alle wisst, dass ich nichts mehr respektiere als Ehrlichkeit«, sagte Biggs in die Runde. »Und Jace gab zu, dass er nicht perfekt ist. Tatsächlich sagte er, er sei sicher, dass er noch mehr als nur einmal Mist bauen würde, aber er schwor mir, dass er immer treu sein und meine geliebte Tochter beschützen wird, solange er lebt. Und dann versprach er mir außerdem einen Enkelsohn, der irgendwann an seine Stelle treten wird. Und das, meine Freunde, nenne ich einen guten Mann.«

»Noch mehr Enkelkinder!«, jubelte Red, und die Menge fing wieder an zu grölen.

Biggs lachte auf. »Sie wird dich beim Wort nehmen, Jace.«

»Ich auch!«, sagte Dixie und schmiegte sich an ihn.

»Ich freue mich daher, Jace in unserer Familie zu begrüßen, und dasselbe gilt natürlich auch für alle Mitglieder der Dark Knights.« Biggs hob sein Glas. »Auf Jace und Dixie!«

»Auf Jace und Dixie!«, riefen alle Gäste und prosteten ihnen zu.

»Ich kann kaum glauben, dass du zu meinen Eltern gegangen bist oder dass du nervös warst«, raunte Dixie ihm zu. »Ich kann mir dich ehrlich gesagt noch nicht einmal nervös vorstellen.«

»Hätte dein Vater mir seine Zustimmung verweigert, hätte ich noch warten und ihn davon überzeugen müssen, deiner würdig zu sein. Ich hätte dich niemals in die Lage bringen wollen, dich zwischen mir und deiner Familie entscheiden zu müssen. Deswegen war ich nervös.«

»Oh, Jace.« Sie schlang ihm die Arme um den Hals und küsste ihn.

»Ich muss mich mit meiner Ansprache wohl beeilen, bevor uns die beiden Turteltäubchen noch davonfliegen«, sagte Red, als Dixie und Jace endlich voneinander abließen. »Ihr alle kennt Dixie gut genug, um zu wissen, dass sie immer anders war als andere Mädchen. Sie spielte weder mit Puppen noch träumte sie von einer Hochzeit in Weiß. Dixie wünschte sich zu ihrem vierten Geburtstag ein Motorrad von ihrem Vater. Und als sie stattdessen ein Laufrad bekam, stürmte sie entrüstet aus dem Haus zur Garage und sagte, dann würde sie sich eben selbst eines bauen.«

»Das ist mein Mädchen«, murmelte Jace.

»Mit drei großen Brüdern aufzuwachsen, war nicht einfach. Dixie musste tough und schlau sein.« Red sah ihre Tochter liebevoll an. »Meine Kleine, du warst schon immer etwas Besonderes, aber du wolltest nie so behandelt werden. Es gab nichts, was sie nicht getan hätte, um zu beweisen, dass sie genauso klug und fähig ist wie ihre Brüder.«

»Wie damals, als sie sich einen Penis angeklebt hat!«, brüllte

Bullet dazwischen, und alle brachen in schallendes Gelächter aus.

»Oh mein Gott!« Dixie stöhnte auf und barg ihr Gesicht an Jaces Brust.

»Die Geschichte will ich hören«, verlangte Jace und Dixie machte ein noch grimmigeres Gesicht.

Red beäugte Dixie. »Darf ich?«

Dixie hob ergeben die Hände. »Warum nicht? Die wissen hier ohnehin schon fast alles über mich.«

»Siehst du?«, meinte Red. »Meine Tochter fürchtet sich vor gar nichts, und das war immer schon so. Als Dixie auffiel, dass ihre Brüder im Stehen pinkeln können, hat sie einen Penis aufgemalt, ihn ausgeschnitten und sich angeklebt und ist dann raus in den Garten gegangen, um ihnen zu beweisen, dass sie alles kann, was sie auch können.«

Alle lachten noch lauter.

Jace umarmte Dixie, was noch mehr Gejohle hervorrief.

»Es gab eine ziemliche Sauerei, aber sie hatte ihren Standpunkt klargemacht. Seit diesem Tag wusste ich, dass meine Tochter alles bekommen würde, was sie vom Leben wollte. Und mir wurde außerdem klar, dass sie nicht die Dinge begehren würde, die man problemlos bekommt.« Red seufzte. »Die Liebe ist nicht immer einfach.«

»Wohl wahr«, stimmten Dixie, Jace und etliche der Gäste zu, und es gab noch mehr Gelächter.

»Schön, dass wir alle einer Meinung sind. Einige von euch haben heute Abend schon fliegende Fäuste und laute Streitereien gesehen und ihr habt euch sicher gefragt, was zum Teufel hier los ist. Ihr wurdet Zeuge einer Liebe, für die es sich zu kämpfen lohnt, einer Liebe, die schon seit vielen Jahren auf ihre Erfüllung wartet. Also lasst uns die Gläser heben auf meine

Tochter und meinen zukünftigen Schwiegersohn. Wünschen wir ihnen alle Liebe und alles Glück der Welt und dass sie Biggs und mir noch mehr Enkelkinder schenken mögen!«

Jubel und Applaus brandeten auf und Jace nahm Dixie in die Arme, ließ sie wie beim Tango nach hinten sinken und küsste sie so lange, dass Red sich schließlich räusperte. »Und die Flitterwochen beginnen ab sofort.«

Da ließen Jace und Dixie lachend voneinander ab, und Dixie sagte: »Ich bin so froh, dass du damals bei der Auktion auf mich geboten hast.«

»Baby, als ich dich da oben auf dieser Bühne gesehen habe, so mutig und schön, da hatte ich einfach keine andere Wahl. Entweder musste ich dich ersteigern oder ich hätte dich gepackt, dich mir über die Schulter geworfen und wie ein Höhlenmensch weggeschleppt. Ich hätte es niemals zugelassen, dass ein anderer Mann dich in die Finger bekommt.«

Sie sah ihn mit loderndem Blick an. »Das mit dem Höhlenmenschen klingt vielversprechend.«

»Sollen wir zu dir gehen, damit ich dir meinen Lendenschurz zeigen kann?« Er knabberte an ihrer Unterlippe.

»Darf ich dich dann Thor nennen?«

»Solange du die Meine bist, darfst du mich nennen, wie du willst.«

Epilog

Dixie schaltete den Föhn aus und lauschte Jaces tiefer Stimme, während sie sich schminkte. Es war Sonntagnachmittag. Sie hatte am Vormittag gearbeitet und danach Frühstück mit nach Hause gebracht, aber Jace hatte etwas anderes im Sinn gehabt. Sie landeten wieder einmal im Bett, wo er das Frühstück seiner Wahl genoss: sie.

Sie tupfte mit einem Abdeckstift auf einem roten Fleck an ihrem Hals herum, entschied sich dann aber doch, ihn nicht wegzuschminken. Sie trat einen Schritt zurück und betrachtete sich im Spiegel. Ja, sie trug immer noch das alberne Lächeln zur Schau, das sie nicht mehr loswurde, seit ihr Jace vor drei Monaten einen Antrag gemacht hatte. Nachdem sie an diesem Abend die Bar verlassen hatten, hatte sie ihm gesagt, dass er ihretwegen nicht sein ganzes Leben auf den Kopf stellen müsse. Etliche Paare waren aus beruflichen Gründen viel unterwegs, und sie war stolz auf ihn und auf das, was er erreicht hatte. Sie wollte ihn unterstützen und ihm keine Last sein. Doch er hatte erwidert: *Ich will zu dir nach Hause kommen, Dix, nicht in irgendein Hotelzimmer. Ich will Zeit haben, um mit dir und unseren Babys am Strand spazieren zu gehen, um mit dir zu duschen und dich endlos zu lieben. Ich will einer dieser coolen Dads sein, die bei den Theateraufführungen und den Sportwettkämpfen ihrer Kinder dabei sind. Und vergiss nicht, dass Mias Lebensplan für mich jede Menge Ausflüge nach New York beinhaltet, damit unsere Kinder von ihren drei Tanten nach Strich und Faden verwöhnt werden können.* Was hätte sie dem entgegensetzen sollen?

Jace war sofort bei ihr eingezogen, und ein paar Wochen später hatten sie den Grundstein für ihr neues Haus gelegt. Sie wollten heute Nachmittag noch dort vorbeischauen, und sie war gespannt auf die Fortschritte. Sie verließ das Bad und folgte dem Klang seiner Stimme, und im Vorbeigehen musste sie über das ordentlich gemachte Bett schmunzeln. Jaces Ordnungsliebe war nur eine seiner Gewohnheiten, mit denen er sie überrascht hatte. Er half auch im Haushalt mit und kaufte Lebensmittel ein, ohne dass sie ihn darum bitten musste. Es hatte definitiv Vorteile, dass Jace so lange Junggeselle gewesen war. Er hatte auch einmal mehr bewiesen, dass er ein Mann war, der sein Wort hielt, und sein Versprechen gehalten, ehrenamtlich im Frauenhaus auszuhelfen. Als sie mit Jaces Eltern zu Abend aßen, um die Verlobung mit ihnen zu feiern, bedankte sich Dixie ausdrücklich dafür, dass sie so einen fabelhaften Mann aus ihm gemacht hatten. Und sie verstand auch sofort, warum ein so wunderbarer Mensch aus ihm geworden war: Seine Eltern Jacob und Janice waren liebenswürdig und ausgeglichen und liebten ihre Kinder über alles.

So großartig ihr gemeinsames Leben auch war, gab es doch immer wieder kleinere Reibereien. Jace hatte sich in Bezug auf seine Kommunikation wirklich verbessert und Dixie genoss jede Sekunde in seiner Nähe. Dennoch musste sie sich manchmal erst noch an den großen Mann gewöhnen, der in ihrem kleinen Haus so viel Raum einnahm. Die ernsthafteste Diskussion führten sie jedoch darüber, dass Jace nicht damit zurechtkam, wenn sie bei der Arbeit von irgendwelchen Männern angemacht wurde. Obwohl sich die Nachricht von ihrer Verlobung wie ein Lauffeuer verbreitet hatte, kamen immer mal wieder Gäste in die Bar, die weder Jace noch Dixie kannten. Jace wäre gern mitgekommen, um sämtlichen Avancen sofort einen Riegel vorschieben zu können, aber Dixie hatte sich nicht gegen ihre Familie behauptet, um jetzt von ihrem Verlobten bevormundet zu werden. Es hatte ein oder zwei Wochen gedauert, bis sie sich einig wurden, aber am Ende gab Jace nach und überließ es Dixie, dieses Problem in den Griff zu bekommen. Den wenigen Typen, die den riesigen Ring an ihrem Finger übersahen, erklärte Dixie unmissverständlich, dass sie weder jetzt noch zu irgendeinem späteren Zeitpunkt auf dem Markt verfügbar war.

Denn der einzige Mann, den sie wollte, stand ohne Shirt und barfuß in der Küche, telefonierte und sah einfach fabelhaft aus. Sein dichtes Haar war noch nass von ihrer gemeinsamen Dusche, die feuchten Locken, die sie so liebte, noch ungekämmt.

Er nahm das Telefon kurz vom Ohr. »Hey, Baby, kannst du mir bitte mal kurz meine Brieftasche vom Tisch reichen?«

Sie nahm die Brieftasche vom Esszimmertisch, doch sie rutschte ihr aus den Fingern und fiel auf den Boden. Seine Kreditkarten fielen heraus, zusammen mit dem Foto, das er von Jilly bekommen, und der Karte, die ihm ihre Mutter nach der Auktion zugesteckt hatte. Sie sammelte die Sachen ein und brachte sie ihm.

»Danke.« Er las die Nummer seiner Kreditkarte laut ab und fügte hinzu: »Perfekt. Auf der Karte soll stehen ›Alles Liebe von Jace und Dixie‹.« Sobald er aufgelegt hatte, legte er das Handy auf den Küchentresen, schlang die Arme um Dixie und küsste sie.

»Was war das denn?«

»Bear und Crystal haben gerade alle Hände voll mit ihrem Baby zu tun, darum habe ich Finlay gebeten, ihnen während der nächsten zwei Wochen das Abendessen nach Hause zu liefern.«

Dixie war gerührt von seiner aufmerksamen Geste. »Das ist wirklich eine tolle Idee. Danke.«

Sie hatten Bear, Crystal und ihren kleinen Sohn Axel gestern Abend besucht. Bear und Crystal platzten fast vor Stolz und Freude. Axel war ein zauberhaftes Baby. Sie hatten ihn nach seinem verstorbenen Onkel benannt, dem früheren Besitzer von Whiskey Automotive, der Bear alles beigebracht hatte, was er über Autos wusste, bevor er an Krebs gestorben war. Jace war seinem Ruf als Babyfan gerecht geworden und hatte den Kleinen fast den ganzen Abend lang auf dem Schoß gehabt.

»Offenbar aber keine besonders originelle Idee«, gestand Jace. »Als ich anrief, sagte Finlay, dass sie die beiden in dieser Woche ohnehin schon mit Mittagessen versorgen wollte. Sie wollte auch kein Geld von mir annehmen, aber das konnte ich ihr noch ausreden, schließlich bekommen sie und Bullet bald selbst ein Kind.« Finlay hatte ihre Schwangerschaft in der Woche nach Jaces Antrag bekannt gegeben. Das Baby würde Anfang Januar auf die Welt kommen, und alle freuten sich schon wahnsinnig darauf.

»Du hast dir gerade ein paar Bonuspunkte verdient.«

Er stieß ein wohliges Brummen aus und küsste sie. »Kann ich die sofort einlösen?«

»Nein«, antwortete sie und schob ihn sanft von sich weg, obwohl sie hoffte, dass er sie immer so begehren würde, wie er es jetzt tat. Sie lehnte sich gegen den Tresen. »Ich wollte nicht schnüffeln, aber ich habe gesehen, dass du noch das Foto und die Karte von der Auktion in der Brieftasche hast. Das wusste ich gar nicht.«

Er lächelte sie an. »Was mir gehört, gehört auch dir, und ich habe nichts zu verbergen. Du kannst also gern schnüffeln, so viel du willst.«

»Ich habe nicht geschnüffelt. Mir ist nur deine Brieftasche runtergefallen, und dabei sind die Sachen herausgerutscht. Warum schleppst du sie immer noch mit dir rum?«

»Weil ich dich gern jederzeit um mich haben will.«

»Wir sind doch ständig zusammen«, meinte sie. Dass ihr großer Alphamann etwas so Sentimentales sagte, gab ihr dennoch ein gutes Gefühl.

»Nicht, wenn wir arbeiten«, wandte er ein und gab noch ein bisschen mehr von seiner sanften Seite preis.

Obwohl Jace die meisten seiner Geschäftsreisen delegiert hatte, musste er ab und an zu einem Meeting. Sie waren zusammen zu einem Geschäftstreffen in Mexiko gereist und hatten dort fünf romantische Tage und vier heiße Nächte verbracht. Dort hatten sie auch entschieden, dass sie nicht mehr länger warten wollten, und waren nach tränenreichen Telefonaten mit ihren Eltern vor den Altar getreten. Dixie und Jace sagten ihre Ehegelübde unter einem sternenhellen Sommernachtshimmel, und als sie wieder nach Hause kamen, richteten Dixies Eltern eine große Party für sie aus, zu der Jaces Familie, Maddox und noch ein paar von Jaces Freunden kamen. Mia war ein bisschen sauer, weil sie ihre Hochzeit im Geheimen schon seit ihrer Verlobung plante, und Jax und Jillian waren enttäuscht, weil ihnen so die Chance entging, die Kleider für Dixie und ihre Brautjungfern zu entwerfen. Aber sowohl ihre Familien als auch ihre Freunde respektierten schließlich, dass Jace und Dixie es nicht länger hatten aufschieben wollen.

Dixie warf einen verstohlenen Blick auf Jaces Ehering und bekam eine Gänsehaut. Es war so ein unglaubliches Gefühl, mit dem Mann verheiratet zu sein, dem sie mit Körper und Seele verfallen war. Niemals würde sie den Tag vergessen, an dem er ihr den Antrag gemacht hatte, sein leuchtendes Gesicht, als sie Ja gesagt hatte, oder seinen Blick bei ihrer Hochzeit und den Worten »Ja, ich will«. Sie würde auch niemals ihre Tränen auf ihrer Hochzeitsfeier vergessen, als die Dark Knights mit ihren Motorrädern einen Kreis um sie und Jace gebildet hatten und jeder ihrer Brüder eine rührende Rede hielt. Bones sagte, er hoffe, seine Töchter würden zu ebenso starken Frauen heranwachsen, wie Dixie eine war, und gab Geschichten aus ihrer Kindheit zum Besten. Er wünschte ihnen alles Glück der Welt und jede Menge Babys, denn seine Kinder bräuchten noch Spielkameraden. Bullet erklärte, Dixie sei nun endgültig erwachsen und er verstünde, dass sie ihren eigenen Weg gehen müsse. Er sei aber dennoch froh, Jace an ihrer Seite zu wissen. Und Bear zollte Jace Respekt dafür, dass er sich von nichts hatte abschrecken lassen, um das Herz seiner Schwester zu gewinnen – noch nicht einmal von seiner Schwester selbst.

Es war einfach der perfekte Start in ihr neues gemeinsames Leben gewesen.

»Na, meine Schöne? Wo bist du mit deinen Gedanken?«, fragte Jace und legte einen Arm um sie. »Du wirkst so abwesend.«

»Ich hab nur an ein paar wirklich schöne Momente gedacht, die wir schon zusammen erlebt haben.«

Er stützte die Stirn an ihre. »Etwa diese neue Sache, die ich heute Morgen beim ›Frühstück‹ mit der Zunge gemacht habe?«

Ihr Magen machte einen kleinen Sprung und es lief ihr heiß

und kalt den Rücken herunter, als sie daran dachte. »Unter anderem.« Sie boxte ihn in die Seite. »Zieh dir jetzt was an, oder wir kommen gar nicht mehr aus dem Haus.«

Seine Augen loderten.

Gott, wie sie ihn liebte!

Sie wies streng in Richtung Schlafzimmer.

»Ich gehe ja schon«, gab er widerstrebend nach. Auf dem Weg in die Küche rief er ihr zu: »Jetzt werde ich den ganzen Tag an nichts anderes denken können. Also mach dich heute Abend auf etwas gefasst.«

Ein Schauder durchfuhr sie. Auch sie würde daran denken, und sie bezweifelte, dass sie bis zum Abend durchhalten würden.

Nach einem langen Motorradausflug, bei dem sich seine Frau an seinen Rücken schmiegte, fuhr Jace die nun gekieste Auffahrt zu ihrem neuen Heim hinauf. Er hatte eine Überraschung für Dixie parat. Die Sonne versank gerade am Horizont, als das zweistöckige Haus in Sicht kam. Ein intensives Glücksgefühl breitete sich in ihm aus. Er hätte sich niemals vorstellen können, was für eine Befriedigung es ihm verschaffen würde, sesshaft zu werden, und wie viel süßer das Leben schmeckte, weil er es nun mit Dixie teilte. So langsam integrierte sich Jace in die kleine, eng verwobene Gemeinschaft vor Ort. Er hatte sich bei den lokalen Geschäftsleuten vorgestellt und Werbung für seine Praktika und Mentorenprogramme gemacht, die anlaufen sollten, sobald die neue Produktionsanlage von Silver-Stone fertig war. Er lobte Stipendien für die Highschool aus und hatte sich sogar bereit erklärt, für die Halloweenparade einen Silver-Stone-Umzugswagen zu entwerfen und zu bauen. Er hoffte nur, dass sich Kennedy dieses Jahr nicht wünschte, die Männer sollten sich alle als Balletttänzerinnen verkleiden, denn sie und Dixies andere Babys hatten ihn schon längst dermaßen um den Finger gewickelt, dass er alles für sie tun würde.

Der Rohbau des Hauses stand bereits, und die untergehende Sonne spiegelte sich in den Erkerfenstern. Sie hatten Jillians Bruder Beau engagiert, einen Architekten und erfahrenen Restaurator. Er hatte für sie ein Traumhaus mit vier Schlafzimmern, einem großen offenen Wohnzimmer im Erdgeschoss, einer breiten Terrasse, einem geräumigen Arbeitszimmer und einem Wintergarten entworfen. Weil Jace und Dixie die Freiheit der Straße so liebten, wünschten sie sich in ihrem neuen Heim so viel Sonnenlicht wie möglich. Außerdem gab es eine große Garage und eine Werkstatt, in der Jace an seinen Entwürfen tüfteln konnte.

»Das ist alles so aufregend!«, rief Dixie, als er nach der Tüte mit den Lebensmitteln griff, die sie auf dem Weg hierher noch bei Jazzy Joe's gekauft hatten. »Das geht alles so wahnsinnig schnell. Ich bin froh, dass das Haus fertig sein wird, bevor wir wegen des Launches viel auf Reisen sind. Es wird so wundervoll sein, mit anzusehen, wie du für die viele harte Arbeit belohnt wirst.«

Der Launch der Legacy-Modellreihe und der *Leder und Spitze*-Kollektion waren nun schon über einen Monat her. Die Kalender verkauften sich noch besser, als Jace zu hoffen gewagt hatte, und Dixie würde sie bei den anstehenden Events persönlich signieren. Ihre Familien waren alle zur großen Party in New York City eingeladen und Jace freute sich darauf, der Welt endlich seine Braut vorstellen zu dürfen. Zusammen mit

Maddox würde er mehrere Fernsehinterviews geben, und obwohl Dixie es noch nicht wusste, würde er dort erzählen, dass Dixie ihn zur Entwicklung der *Leder und Spitze*-Kollektion inspiriert hatte. Er hatte seine Gefühle für sie jahrelang unterdrückt, und nun, da er nicht mehr damit hinter dem Berg halten musste, würde er sie so laut wie möglich in die Welt hinausrufen.

Dixie sah sich um. »Kaum zu glauben, dass hier alles für uns angefangen hat.«

Als Jace die Haustür aufschloss, dachte er an die Überraschung, die er noch für sie vorbereitet hatte. »Du glaubst, hier hätte alles angefangen? Baby, es hat in der Minute begonnen, als du dich vor Jahren bei dieser Rallye vor mir aufgebaut und gesagt hast: ›Ich bin Dixie Whiskey, und diesen Namen solltest du dir besser merken.‹ Du hast mich verhext. Von diesem Moment an war ich dir hoffnungslos verfallen.«

»Gut, dass ich eine so große Klappe habe.«

»Und das aus vielen Gründen«, sagte er anzüglich grinsend und folgte ihr dann ins Haus.

Im Inneren waren noch keine Wände eingezogen worden, sodass man den gesamten Raum bis zu den Flügeltüren, die in den Garten führten, überblicken konnte. Jace hatte eine Leinwand und einen Beamer aufgestellt, der an einen Laptop angeschlossen war. Er hatte auf dem Boden eine Decke mit dicken Kissen darauf ausgebreitet, und überall standen kleine batteriebetriebene Kerzen, so wie an ihrem Abend im Autokino. Diesmal schmückten Rosenblätter den Boden rund um die Decke und mehrere Vasen mit frischen Blumen darin standen im Raum verteilt. Dixies Augen strahlten, und Jace wusste, dass seine Überraschung gelungen war.

»Was ist das hier?«, fragte sie aufgeregt, während sie alles neugierig in Augenschein nahm.

»Ich hab dir doch versprochen, dass ich mir mit dir Pretty Woman ansehen werde, und ich fand diesen Zeitpunkt perfekt.«

»Wir schauen uns Pretty Woman an?« Sie betrachtete die Decke und die kleinen Kerzen, während er die Tüte mit Lebensmitteln abstellte. »Unser erster Filmabend in diesem Haus!«

Er legte die Arme um sie. »Ich habe dir doch versprochen, dass ich dich nie wieder hängen lasse. Warum machst du es dir nicht bequem und ich starte den Film?«

»Du bist einfach wundervoll«, erklärte sie und machte sich daran, das Essen auszupacken.

Beim Essen sahen sie sich den Film an, und Jace hätte sich keine bessere Art vorstellen können, diesen Abend zu verbringen. Sie lachte, bekam feuchte Augen und schimpfte laut mit Richard Gere, als der sich wie ein Trottel benahm. Und nachdem sie gegessen hatten, kuschelten sie sich auf den Kissen aneinander.

Nach dem Film legte sich Dixie bäuchlings neben ihn und fuhr mit einem Finger sanft über das Tattoo auf ihrem Handgelenk. »Verstehst du jetzt, warum das mein Lieblingsfilm ist? Vivian ist eine knallharte Frau.«

»Nicht so knallhart wie du.«

»Da bin ich mir nicht so sicher. Jedenfalls habe ich ein cooleres Tattoo als sie.«

Er drückte einen zärtlichen Kuss auf die Tätowierung. »Hast du denn schon herausgefunden, warum dieses Tattoo etwas ganz Besonderes ist?«

»Was meinst du? Du hast mir doch schon erzählt, wie du es entworfen hast.«

»Hab ich das?« Er rollte sich auf den Rücken. »Oder habe ich dabei etwas Wichtiges unterschlagen?«

»Raus mit der Sprache, Stone.« Sie schlang einen Arm um seinen Oberkörper und legte den Kopf auf seine Brust.

Er ließ die Finger durch ihr Haar gleiten. »Okay. Ich gebe dir einen Tipp. Ein Diamant ist ein wertvoller Stein.«

Sie blickte auf ihn herunter und runzelte die Stirn.

Er hob ihre Hand und küsste die Stelle erneut. »Denk nach, Mrs. Stone.«

»Oh mein Gott! Du hast mich gezeichnet!«

Er lachte laut los, und sie erhob sich und setzte sich auf ihn. Sie packte seine Hände, drückte sie neben seinem Kopf auf den Boden und grinste ihn an. »Du hast mir dein Zeichen aufgedrückt.«

Er konnte nur breit zurückgrinsen.

»Was hättest du gemacht, wenn aus uns nichts geworden wäre?«

»Dann wäre mein Leben ganz schön beschissen gewesen. Aber das war ausgeschlossen.«

»Es hätte passieren können«, beharrte sie.

»Auf keinen Fall, Baby.« Er schob sie blitzschnell unter sich. »Unvergessliche Dixie, weißt du noch, was ich erwidert habe, als du sagtest, ich sollte mir deinen Namen besser merken?«

Sie biss sich auf die Unterlippe, und ihre Augen glitzerten. »Du hast gesagt, du würdest ihn niemals vergessen, denn er sei ab jetzt in Stein gemeißelt.«

»Exakt.«

»Jace …«, hauchte sie entzückt und auch ein wenig atemlos.

»Ich sagte es doch, Liebes, ich höre alles, was du sagst.« Er küsste sie leidenschaftlich, und ihr Körper schmolz in seinen Armen wie Wachs dahin. »Und ich höre auch alles, was du verschweigst.« Er schob ihr Shirt nach oben und küsste ihren Bauch. Sie schloss die Augen und spannte den ganzen Körper an, als seine Zunge ihren Bauchnabel umkreiste. »So wie jetzt. Ich höre, wie du mich darum bittest, dich hier und jetzt zu lieben, auf dem Boden, auf dem wir unsere Kinder großziehen werden.«

Sie öffnete die Augen und sah unendlich glücklich und schön aus, während sie die Arme nach ihm ausstreckte.

Er sah ihr tief in die Augen. »Ich höre da noch etwas. Du etwa auch?«

Sie drehte den Kopf und lauschte. »Kommt drauf an. Hörst du, wie sehr ich dich liebe?«

»Das höre ich immer.« Er küsste sie zärtlich und nahm sie in die Arme. »Mach die Augen zu und spitz die Ohren«, flüsterte er. »Vielleicht kannst du es dann auch hören.«

Sie schloss die Augen und er legte den Kopf neben ihren. »Du hast einmal gesagt, dass schon bessere Männer als ich versucht hätten, diese Whiskey zu zähmen.«

»Sie waren nicht besser«, erwiderte sie schnell.

»Das weiß ich.« Er küsste sie erneut. »Sie waren nicht gut genug für dich, weil sie nicht erkannt haben, was ich deutlich sehe: Du bist perfekt, so wie du bist, wild und vorlaut und so verdammt klug. Du warst es, die mich gezähmt hat. Und ich habe es nicht einmal kommen sehen.«

Lust auf mehr von den Whiskeys?

Hier erfahren Sie, wie es weitergeht. Für einen kleinen Blick auf die Geschichten von Jayla und Rush Remington oder von den Bradens blättern Sie einfach danach noch weiter.

Verlieben Sie sich mit Quincy Gritt und Roni Wescott in *The Gritty Truth – Kein Blick zurück*

Ein Ex-Junkie, der sich seiner Vergangenheit gestellt hat. Eine Tänzerin, deren Träume in Scherben liegen. Und eine große Liebe, für die beide kämpfen müssen, wenn sie bestehen soll.

Eins

Durchs Tanzstudio »On Your Toes« schallte Beyoncés »Halo«, zu dessen Rhythmus sich Veronica Wescott mit gekonnten Sprüngen und Drehungen durch den Raum bewegte. Eine

Textnachricht von Quincy Gritt hatte hektische Nervosität in ihr aufsprudeln lassen, die nun dringend abgebaut werden musste, bevor gleich acht niedliche kleine Mädchen zur Tanzstunde kamen. Veronica – Roni – fand ihre eigenen Bewegungen zu ruckartig und sehnte sich nach der alten Perfektion, die sie nie wieder zurückerlangen würde. Das wusste sie genauso, wie sie wusste, dass es auf der Welt nicht genug Musik gab, um die Gedanken an diesen Mann zu vertreiben, der mit seinen blauen Augen wie Charlie Hunnam aussah. Aber sie musste es versuchen. Wie damals, als sie noch jünger und in den zwielichtigen Gassen ihrer Gegend unterwegs war, versuchte sie auch jetzt, sich nur auf ihr Ziel zu konzentrieren und die Stimmen in ihrem Kopf auszublenden. Sie gab sich voll und ganz der Musik und dem Contemporary Dance hin, den sie so liebte. Dabei versuchte sie, sowohl die Gedanken an den verlorenen Lebenstraum wie auch die an jenen Mann, dessen Flirtnachrichten sie nachts wachhielten, zu verdrängen. Während das letzte Crescendo verhallte, ließ Roni sich auf den Boden sinken, bis sie schließlich mit geschlossenen Augen, die Wange auf dem kalten Holz, liegenblieb.

»Bravo!«

Blinzelnd öffnete Roni die Augen, als sie die Stimme ihrer besten Freundin und Kollegin Angela Keiser hörte. Sie kannten sich seit der dritten Klasse und den gemeinsamen Stunden im Tanzstudio, in dem sie sich auch jetzt befanden.

»Süße, du bist der Hammer«, sagte Angela, die im weißen Tanzrock und bauchfreien Top vor ihr stand. Ihre langen blonden Haare hatte sie geflochten und zu einem hohen Dutt hochgesteckt und sah damit aus wie die bezaubernde Jeannie aus der berühmten Fernsehserie der Siebzigerjahre. Dazu trug sie wie immer die Kette mit ihrer Hälfte des Freundschaftsanhängers.

»Danke. Ist dein Unterricht schon vorbei?« Roni stand auf und schnappte sich ein Handtuch, um sich den Schweiß aus dem Gesicht zu wischen.

»Ja. Ich fahre gleich heim, aber vorher werde ich es dir noch ein letztes Mal sagen, auch wenn ich weiß, dass du es nicht hören willst. Du *musst* einfach in der Wintershow auftreten, und nein, Elisa hat mich nicht geschickt, um dich zu überreden.«

Sie meinte Elisa Abbot, die Eigentümerin des Tanzstudios und die Lehrerin, die Roni schon im zarten Alter von fünf Jahren und noch bis vor Kurzem unterrichtet hatte. Dreimal im Jahr organisierte Elisa eine Aufführung, in der die ganze Schule mittanzte. Elisa versuchte ständig, Roni zu überreden, ebenfalls bei der Show mitzumachen, die für Ende Januar geplant war. Früher hatte Roni alles für diese Aufführungen gegeben und fast immer einen Solopart gehabt. Aber seit einem furchtbaren Autounfall gehörten Soloauftritte der Vergangenheit an.

»Jaja, und nein danke«, entgegnete Roni. Da piepste ihr verräterisches Handy und kündigte den Erhalt einer weiteren Nachricht von Quincy an, die dringend gelesen werden wollte.

»Du tanzt viel zu gut, um dein Talent zu verstecken.« Angela schielte auf Ronis Handy, das auf dem Tisch lag. »Und zu sexy, um dich weiter vor Quincy zu verstecken.«

»Ich verstecke mich vor überhaupt nichts und niemandem.« Roni drückte sich an ihrer Freundin vorbei und schnappte sich das Telefon.

»Ach ja?« Angela verschränkte in herausfordernder Geste die Arme. »Dann ist diese Nachricht also nicht von deinem Loverboy?«

»Ich habe dir doch gesagt, dass du ihn nicht so nennen

sollst.« Zum Glück tat Angela das nicht, wenn er manchmal seine Nichte Kennedy abholte, die seit September zu Ronis Tanzstunde kam.

Dummerweise kannte Angela sie allzu gut. Sie war auch diejenige gewesen, die Roni vor fünf Monaten zur Junggesellen-Auktion ins Whiskey Bro's geschleift hatte, der Veranstaltung, bei der man für einen guten Zweck ein Date mit einem Single hatte ersteigern können. Angela hatte dafür gesorgt, dass Roni das Date mit Quincy gewann, obwohl Roni sie angefleht hatte, nicht mitzubieten. Wobei Roni es ihrer besten Freundin jetzt nicht mehr übel nahm, dass sie nicht auf sie gehört hatte.

»Und ich habe dir gesagt, dass du dich nicht so anstellen und endlich mit dem Kerl ausgehen sollst«, erwiderte Angela stur. »Ihr schreibt euch doch ständig irgendwelche Nach-richten.«

»Nicht ständig, nur manchmal. Und da geht es auch um nichts Ernstes. Er flirtet nur ein bisschen mit mir und fragt, wie mein Tag war. Und es geht ums Tanzen und um seinen Job im Buchladen und darum, was unser Lieblingsessen ist oder unsere Lieblingsserie, und manchmal schicken wir uns lustige Fotos. Ich weiß nicht wirklich etwas über ihn.«

Das war ihr in letzter Zeit öfters in den Sinn gekommen, denn sie hätte so gerne mehr von ihm gewusst. Zum Beispiel, warum es für ihn okay war, dass ihre Unterhaltung so unverfänglich blieb, während andere Kerle entweder zu mehr gedrängt oder schon längst aufgegeben hätten. Anfangs hatte Quincy versucht, sie zu dem Date zu überreden, das Angela schließlich extra ersteigert hatte. Aber nachdem Roni ihm gesagt hatte, dass sie für Dates zu beschäftigt sei, hatte er sie nicht weiter gedrängt. Und als dann im Sommer ihre Großmutter gestorben war und sie ihm schrieb, dass sie ihre Trauer allein verarbeiten musste, hatte er das respektiert. Er hatte ihr lediglich hin und wieder eine Nachricht geschrieben, um zu fragen, ob es ihr gut gehe. Sonst aber hatte er sich nicht in ihr Leben eingemischt, wofür sie ihm dankbar war. Letzten Freitag allerdings hatte er schließlich doch gefragt, ob sie das Date mit ihm vielleicht an Halloween einlösen würde. *Ich glaube, es wird Zeit, dass wir unsere Masken abnehmen und uns gegenseitig besser kennenlernen*, hatte er geschrieben. Der Gedanke daran machte sie zu gleichen Teilen nervös und aufgeregt.

»Doch«, sagte Angela, »du weißt, dass er klug und unglaublich sexy ist, und wir wissen beide, wie süß er sich um seine Nichte kümmert. Außerdem scheint er die Blicke der anderen Mütter gar nicht zu bemerken, weil er nur Augen für die Kinder und für dich hat. Er ist ein anständiger Kerl, Roni, und im Bett kann er sicher auch einen auf Bad Boy machen.«

»Oh Mann, meinst du, Joey gefällt es, dass du dir andere Männer so genau anguckst?« Angela war mit Joe Carbo verlobt, dem Inhaber von Jazzy Joe's Café, wo Angela und Roni oft zu Mittag aßen. Die beiden hatten sich monatelang interessierte Blicke zugeworfen, bevor er sie vor etwas mehr als einem Jahr endlich gefragt hatte, ob sie mit ihm ausgehen würde.

»Ach Quatsch, Joey ist nicht eifersüchtig. Er weiß ja auch, wie verrückt ich nach ihm bin. Aber nenn mir doch mal einen Grund, warum du nicht mit Quincy ausgehst. Wir haben tausend Dollar bezahlt, um dieses Date mit ihm für dich zu ersteigern.«

»Wenn ich gewusst hätte, dass deine ganzen Freunde zur Auktion kommen, um bei diesem Date mitzubieten, wäre ich niemals hingegangen«, sagte Roni. »Ich habe dir ja gesagt, dass du das Geld nicht für ihn ausgeben sollst.«

»Es war für einen guten Zweck«, erklärte Angela.

Roni warf ihr einen finsteren Blick zu. »Jetzt bin *ich* also ein guter Zweck?«

»Nein, die Veranstaltung war für einen guten Zweck, du Dummchen. Ach, Roni, du bist wie eine Schwester für mich, und ich will ja nur, dass du glücklich bist.«

»Ich bin glücklich«, erwiderte Roni mit wenig Nachdruck.

»Halbwegs vielleicht. Aber seit deine Großmutter gestorben ist und auch seit ich mit Joey zusammen bin und wir beide nicht mehr so viel zusammen unternehmen, scheinst du einsam zu sein.«

Roni war tatsächlich einsamer, seit ihre Granny nicht mehr lebte. Ihre Mutter hatte sie nie gekannt, und ihr Vater war abgehauen, als sie vier war. Er hatte Roni bei ihrer Großmutter zurückgelassen, die sie großgezogen hatte. Mit der Unterstützung ihrer Granny hatte sie eine Karriere als Profitänzerin angestrebt und war sogar auf der renommierten Juilliard School in New York aufgenommen worden. Sie war auf dem Weg gewesen, ihren Lebenstraum wahr werden zu lassen, als der furchtbare Unfall ihn von einer Sekunde auf die nächste zerstört hatte. Noch dazu wurde ihr dadurch das einzige soziale Umfeld genommen, in dem sie sich je wirklich zugehörig gefühlt hatte. Aber wenigstens hatte sie damals noch ihre Großmutter gehabt und einen festen Platz im Leben. Seit ihre Granny tot war, fühlte sich Roni ohne Halt auf der Welt, von der sie – abgesehen vom Tanz – nur wenig wusste.

»Klar, du hast auch noch Elisa, aber mit einem festen Freund wäre alles anders«, sagte Angela nun in sanfterem Ton. »Das Leben ist einfach schöner, wenn man jemanden hat, mit dem man es teilt. Allein die Tatsache, dass Quincy es verstanden hat, dich in deiner Trauer in Ruhe zu lassen, und trotzdem einen Weg gefunden hat, dir zu sagen, dass er für dich da ist –

das sagt doch sehr viel darüber aus, was für ein Mann er ist. Obwohl ich finde, dass du dich ruhig von ihm hättest trösten lassen können, statt dich in deiner Wohnung zu verkriechen.«

»Ich war am Boden«, erinnerte Roni ihre Freundin. »Ich habe Zeit gebraucht, meine Trauer zu verarbeiten, und hätte nicht auf Knopfdruck sexy oder fröhlich für einen Mann sein können.« Stattdessen hatte sie ihre Trauer spätnachts, wenn niemand mehr da war, weggetanzt. Quincys Textnachrichten waren wie ein helles Licht in ihrer dunkelsten Zeit gewesen. Seine Nachrichten waren auch vorher schon einfühlsam, aber in dieser Zeit hatte es besonders gutgetan, wenn er fragte, wie es ihr ging und ob sie etwas brauchte.

»Das verstehe ich ja, Roni, aber ich mache mir Sorgen um dich. Genau aus diesem Grund hatte ich das Date mit Quincy für dich ersteigert. Du hast in den letzten Jahren so viel durchgemacht und jetzt verschwendest du dein Leben hier in der Tanzschule. Du kommst von deiner Wohnung nach unten und stehst direkt im Studio. Nach der Arbeit gehst du gleich wieder rauf.«

»Manchmal verlasse ich mit dir das Gebäude, um was zu Mittag zu essen«, wandte Roni ein, was allerdings selbst in ihren eigenen Ohren jämmerlich klang und Angelas Augenrollen durchaus verdient hatte.

»Komm schon. Du bist die hübscheste, klügste und begabteste Person, die ich kenne, und wir wissen beide, dass du nie allein ausgehen und einen Mann kennenlernen würdest. Du solltest mir dankbar sein, dass ich ihn so gut für dich ausgesucht habe.«

»Ich habe dich aber nicht darum gebeten. Ich brauche keinen Mann, um glücklich zu sein.«

»Ich weiß ja. Aber ich kenne dich schon ewig und habe

noch nie gesehen, dass dir irgendein anderer so den Kopf verdreht hätte wie Quincy. Jeder hat die Blicke gesehen, die ihr euch zugeworfen habt, als er vor der Auktion den Raum durchquerte. Als er dann zu unserem Tisch gekommen ist und dich mit diesen sexy Augen angeschaut hat, hast du dich am Stuhl festgekrallt, als würdest du gleich umfallen.«

Allein bei der Erinnerung beschleunigte sich Ronis Puls. Ihr wurde ganz heiß und ihr Körper begann mit einer Energie zu vibrieren, die sie sonst nur vom Tanzen kannte.

»Also, Roni, ich mache mir manchmal Sorgen, dass dir das Auto abgesehen von den Knochenbrüchen noch anderweitig Schaden zugefügt hat. Vielleicht hat es deinen Hormonhaushalt kaputt gemacht? An deiner Stelle könnte ich gar nicht die Finger von ihm lassen.«

Roni musste lachen. »Meinen Hormonen geht es gut, danke. Das merke ich schon am Herzklopfen, das ich von seinen Nachrichten kriege. Ein Blick von ihm reicht, um Schmetterlinge in meinem Bauch tanzen zu lassen. Woher kommt so was?«

»Man nennt es *Chemie*.«

Roni schnaubte. »Aber diese Art von Chemie habe ich noch nie erlebt. Dieser Mann sprüht nur so vor Testosteron, mit seinen tätowierten Armen und den Bartstoppeln im Gesicht. Und dann sind da noch diese Haare, dunkelblond und kinnlang, die man einfach packen will und …« Ihre Hände ballten sich unwillkürlich zu Fäusten, so sehr reizte sie dieser Gedanke. Sie liebte seine Haare. »Und manchmal verdunkeln sich seine Augen, das hast du auch schon gesehen. Keine Ahnung, was das ist. Er sieht manchmal aus, als wäre er vorsichtig und auf der Hut, aber gleichzeitig ist er so verwegen, was mich total verwirrt. Und ganz zu schweigen davon, dass er mir so süße und charmante Nachrichten schreibt, so respektvoll, als wollte er mir nicht zu sehr auf die Pelle rücken. Und gleichzeitig sprengt es bald den Rahmen der Freundschaft.«

»Ich kenne viele Mädels, denen sein Charme schon längst den Slip ausgezogen hätte«, meinte Angela kichernd.

»Ohne Witz, Angela, genau das ist das Problem. Als er vorhin geschrieben hat, war ich schon kurz davor, einzuknicken und mich auf das Date einzulassen. Aber dann habe ich meine Aufregung lieber weggetanzt. Mir ist nämlich wieder eingefallen, dass im selben Augenblick, in dem er mich ansieht, mein Körper zu glühen anfängt und ich mich in eine Sexsüchtige verwandle. Ich habe Angst, mit ihm zu reden, weil dann lauter unanständige Gedanken in meinem Kopf herumkreisen.« Sie streckte ihrer Freundin den Arm hin und zeigte ihr die Gänsehaut. »Schau, das passiert, wenn ich nur von ihm *rede*. Verstehst du jetzt, warum ich nicht mit ihm ausgehen kann?«

Angela lachte. »Dir ist aber schon klar, dass du hier von etwas sprichst, wonach sich die meisten Frauen sehnen?«

»Ja, und falls du es vergessen hast, die meisten Vierundzwanzigjährigen haben sehr viel mehr Erfahrung als ich, wenn es darum geht, solche schmutzigen Gedanken auszuleben.«

Angelas Gesichtsausdruck wurde weich. »Roni, ich weiß, dass du dich für deine Narben schämst, aber irgendwo musst du mal anfangen. Was, wenn er der richtige Mann ist, um dir zu helfen, deine – wie du es nennst – ›schmutzigen‹ Gedanken in die Tat umzusetzen?«

»Es geht nicht um meine Narben. Natürlich finde ich die Vorstellung, dass ein Mann sie sieht, auch nicht gerade toll ...« Sie senkte die Stimme. »Aber er ist ein ganzer Kerl und ich ein

Mädchen, das bisher nur einen einzigen hatte. Noch dazu war das von so kurzer Dauer, dass wir gar nicht diese ganzen Sachen gemacht haben, von denen du immer sprichst.« Als sie noch zur Juilliard ging, hatte sie sich ein paarmal mit einem Mann getroffen und auch mit ihm geschlafen, aus Neugier und vor allem, weil sie nicht länger Jungfrau hatte bleiben wollen. Das erste Mal war beschissen gewesen und die nächsten paar Male zwar okay, aber auch nicht gerade spektakulär. Roni seufzte. »Du weißt ja, Angie, dass ich nur fürs Tanzen gelebt habe. Während du mit Jungs unterwegs warst, habe ich hier drinnen geübt. Auch als du zum Abschlussball gegangen bist, war ich hier und habe mich für die Sommeraufführung vorbereitet.«

»Ich weiß, und es hat sich rentiert«, sagte Angela. »Aber ich glaube, du traust dir zu wenig zu. Du bist doch auch eine ganze Frau und kannst mit allem umgehen. Ich sage ja nicht, dass du gleich mit ihm schlafen sollst oder dass es etwas Ernstes werden muss. Aber mit seiner Frage zu Halloween hat er dir gesagt, dass er das, was zwischen euch ist, gerne aufs nächste Level bringen will. Lass dich wenigstens auf ein einziges Date mit ihm ein und gib ihm – und dir – die Chance, euch besser kennenzulernen. Dass ihr den Kontakt die ganze Zeit über aufrechterhalten habt, zeigt ja, wie gut ihr zusammenpasst.«

»Wie gesagt, ich war kurz davor, dem Date zuzustimmen.«

Angela zeigte auf Ronis Handy. »Und trotzdem hast du noch nicht einmal seine Nachricht gelesen. Findest du nicht, dass du das endlich machen solltest?«

»Na gut, jetzt steh ich sowieso schon unter Strom.« Sie öffnete seine Nachricht, die sie beide gemeinsam lasen. *Hallo, meine Hübsche. Schade, dass es letztes Wochenende nicht geklappt hat. Ich halte mir diese Woche ein paar Abende für dich frei. Melde dich und lass uns was ausmachen.* Immer, wenn er sie meine

Hübsche nannte, zerschmolz sie innerlich.

Angela seufzte. »Was war deine Ausrede, als er dich letztes Wochenende sehen wollte? Dass die Badezimmerfugen mit der Zahnbürste geschrubbt werden mussten?«

»Er hat gefragt, ob ich am Wochenende mit ihm Motorradfahren will, aber allein die Vorstellung, dass ich mich dabei an ihm festhalten muss, ist zu viel für mich. Drum habe ich ihm geschrieben, dass ich meinen Teppich reinigen muss.«

Angela bedachte sie mit einem schockierten Blick. »Ernsthaft? Du hast ja noch nicht mal einen Teppich.« Sie packte Roni an den Schultern. »Wo ist nur das mutige Mädel, das alles gegeben hat, um auf die Juilliard zu kommen, und das nichts aus dem Tritt bringen konnte?«

»Das ist von einem Auto überfahren worden.« Eine Welle der Traurigkeit überflutete Roni.

Da ertönte Kinderlachen und Kreischen im Gang und vertrieb die Trübsal.

Wieder traf eine Nachricht von Quincy ein. *Die Zeit für deine Antwort läuft ab.*

Angela sah Roni an. »Du lässt das mit ihm aber nicht im Sand verlaufen, oder?«

Ronis Brust zog sich zusammen beim Gedanken daran, dass sie diese Verbindung verlieren könnte. »Ich will nicht, dass er mich aufgibt, aber ich trau mich einfach nicht, mit ihm auszugehen. Könnten wir uns nicht einfach weiterschreiben und Handy-Freunde bleiben?«

Angela verzog das Gesicht. »Nur, damit ich es richtig verstehe: Du willst, dass ihr Freunde *ohne* besondere Vorzüge bleibt, und du willst ihn auch nicht richtig kennenlernen? Du willst eine Bekanntschaft, mit der man sich alberne Bilder schickt und fragt, wie der Tag des anderen verläuft?«

»Ganz genau. Aber jetzt fängt der Unterricht an.« Roni eilte hinaus und versuchte, dem bitteren Nachgeschmack ihrer Lüge keine Beachtung zu schenken.

Ende des Auszugs

Wenn Ihnen die Vorschau gefallen hat, können Sie *The Gritty Truth – Kein Blick zurück* bei Ihrem Online-Buchhändler bestellen!

Diese Whiskey-Bücher stehen im Buchhandel schon für Sie bereit:

Tru Blue – Im Herzen stark (Truman und Gemma)
Truly, Madly, Whiskey – Für immer und ganz (Bear und Crystal)
Driving Whiskey Wild – Herz über Kopf (Bullet und Finlay)
Wicked Whiskey Love – Ganz und gar Liebe (Bones und Sarah)
Mad About Moon – Verrückt nach dir (Jed und Josie)
Taming My Whiskey – Im Herzen wild (Dixie und Jace)
Fortsetzung folgt!

Und nicht verpassen: *Liebe gegen den Strom*, das Buch, in dem die Whiskey-Familie zum allerersten Mal auftaucht. Es erzählt die Geschichte von Sam Braden aus der Serie *Die Bradens in Peaceful Harbor*.

Den Stammbaum der Familie Whiskey/Wicked gibt es hier:
www.MelissaFoster.com/Wicked-Whiskey-Family-Tree

Kommen Sie mit ans Cape Cod nach Seaside!

Die Serie *Seaside Summers* erzählt die humorvollen, prickelnden Geschichten einer Gruppe von Freunden, die jedes Jahr den Sommer gemeinsam in ihren Ferienhäusern am Cape Cod verbringen. Sie sind witzig, sexy und so sympathisch unvollkommen, dass man am liebsten gleich dazugehören würde.

Verlieben Sie sich mit Bella und Caden in *Träume in Seaside* dem ersten Band der Serie *Seaside Summers*

Bella Abbascia ist wie jeden Sommer in die Ferienhaussiedlung Seaside in Wellfleet, Cape Cod zurückgekehrt. Doch in diesem Jahr hat Bella mehr vor, als mit ihren Freundinnen in der Sonne zu liegen und sich beim Nacktbaden zu vergnügen. Sie hat ihren Job gekündigt, ihr Haus in Connecticut verkauft und jeglichen Männergeschichten abgeschworen, um sich an ihrem Liebling-

sort auf Erden ein neues Leben aufzubauen. Der Plan steht –
zumindest bis ein Streich der stets zu Scherzen aufgelegten Bella
eine böse Wendung nimmt und ein sündhaft attraktiver Police
Officer vor ihr steht.

Der alleinerziehende Vater und Polizist Caden Grant hat
Boston den Rücken gekehrt, nachdem sein Partner im Dienst
getötet wurde. In dem kleinen Ferienort Wellfleet hofft er auf
ein sichereres Leben mit seinem vierzehnjährigen Sohn Evan.
Als er während einer nächtlichen Streife Bella kennenlernt, wird
ihm bewusst, dass er plötzlich gefunden hat, was er sich nie zu
erträumen erlaubte – und von dem er nie wusste, dass es ihm
fehlt.

Nachdem er sich vierzehn Jahre lang nur auf seinen Sohn
konzentriert hat, kann Caden der starken Anziehungskraft der
schönen Bella nicht widerstehen, und Bella ist der Intensität
ihrer aufkeimenden Liebe ebenso machtlos ausgeliefert. Aber
der Neuanfang gestaltet sich schwieriger, als sie beide es sich
ausgemalt haben, und dann gerät Evan an die falschen Freunde.
Cadens Loyalität wird auf eine harte Probe gestellt. Wird er alles
aufgeben, um seinen Sohn zu beschützen – sogar Bella?

Bestellen Sie *Träume in Seaside* bei Ihrem Online-Buchhändler.

und Dex. Sehnsüchte, die in ihr den Fluchtreflex wecken – und in ihm den Wunsch zu fühlen. Eine Mischung aus Begehren und Angst führt diese jungen Liebenden auf einen gefährlichen Weg. Können sie eingerissene Brücken erneut überqueren? Oder ist es ihr Schicksal, für immer getrennt zu sein?

Bestellen Sie *Spiel der Herzen* bei Ihrem Online-Buchhändler.

men und führt zu einer Nacht voller Leidenschaft und Aufrichtigkeit. Als Max ihre schmerzhafte Vergangenheit offenbart, ist Treat bereit, alles zu geben, um ihr Herz für immer zu erobern – und ihr zu helfen, sich von ihren Dämonen zu befreien.

Bestellen Sie *Im Herzen eins – neu erzählt* bei Ihrem Online-Buchhändler.

Neu bei »Love in Bloom – Herzen im Aufbruch«?

Ich hoffe, Ihnen hat es genauso viel Vergnügen bereitet, die Whiskeys kennenzulernen, wie mir, über sie zu schreiben. Falls dieser Band Ihr erstes Buch aus der Reihe »Love in Bloom – Herzen im Aufbruch« ist, warten noch jede Menge Geschichten über unsere sexy, selbstbewussten und loyalen Heldinnen und Helden auf Sie.

Die Whiskeys: Dark Knights aus Peaceful Harbor ist nur eine der Serien aus meiner großen Sammlung von Liebesromanen mit Tiefgang, Humor und Happy-End-Garantie. In allen Büchern finden Sie eine abgeschlossene Geschichte, die auch für sich allein gelesen werden kann. Figuren aus den einzelnen Serien und Büchern der weitverzweigten »Love in Bloom – Herzen im Aufbruch«-Familien tauchen immer wieder auch in den anderen Bänden auf. So verpassen Sie nie eine Verlobung, eine Hochzeit oder eine Geburt. Wenn Sie mögen, lernen Sie doch auch die anderen Serien der Reihe kennen! Eine vollständige Liste aller auf Deutsch erschienenen und geplanten Bücher gibt es am Ende des Buches und unter dem folgenden Link finden Sie weitere Informationen:

www.MelissaFoster.com/Herzen-im-Aufbruch

Danksagung

Ich hoffe, Dixies und Jaces Geschichte hat Ihnen ebenso viel Vergnügen beim Lesen bereitet wie mir beim Schreiben! Und ich freue mich schon darauf, Ihnen auch die Liebesgeschichten von Quincy, Penny, Diesel, Izzy und unseren anderen Whiskey-Freunden zu erzählen. Diese Serie wird so schnell nicht enden, keine Sorge. Außerdem wird es in Zukunft noch ein paar neue Verwandte der Whiskeys geben. Den Anfang machen die Wickeds, und ich hoffe wirklich sehr, dass sie Ihnen gefallen werden!

Kommen Sie doch zu unserer lustigen Runde in meinem Fanclub! Dort plaudern wir oft über unsere Buch-Boyfriends. Wenn Sie noch nicht dabei sind, sind Sie herzlich eingeladen! www.Facebook.com/groups/MelissaFosterFans

Auf meiner Facebook-Seite bleiben Sie immer auf dem Laufenden über Ihre Lieblingshelden. Zudem erfahren Sie alles über Neuerscheinungen, besondere Angebote und Events. www.Facebook.com/MelissaFosterAuthor

Wie immer gilt mein Dank meinem wunderbaren Redaktionsteam: Kristen Weber, Penina Lopez, Elaini Caruso, Juliette Hill, Marlene Engel, Lynn Mullan und Justinn Harrison, genauso wie meinem deutschen Team: Anna Wichmann, Cathérine Fischer, Stephanie Schottenhamel und Judith Zimmer. Und nicht zu vergessen: ein riesiges Dankeschön an meine Familie für die unendliche Geduld, Unterstützung und Inspiration.

Die Bradens (Peaceful Harbor)

Geheilte Herzen
Voller Einsatz für die Liebe
Liebe gegen den Strom
Vereinte Herzen
Melodie der Liebe
Sieg für die Liebe
Endlich Liebe – ein Braden-Flirt

Die Remingtons

Spiel der Herzen
Im Dschungel der Liebe
Herzen in Flammen
Herzen im Schnee
Liebe zwischen den Zeilen
Von der Liebe berührt

Die Bradens & Montgomerys (Pleasant Hill – Oak Falls)

Von der Liebe umarmt
Alles für die Liebe
Pfade der Liebe
Wilde Herzen
Schenk mir dein Herz
Der Liebe auf der Spur
Verrückt nach Liebe
Liebe süß und sündig

...

Die Whiskeys: Dark Knights aus Peaceful Harbor

Tru Blue – Im Herzen stark
Truly, Madly, Whiskey – Für immer und ganz
Driving Whiskey Wild – Herz über Kopf
Wicked Whiskey Love – Ganz und gar Liebe
Mad About Moon – Verrückt nach dir
Taming My Whiskey – Im Herzen wild
The Gritty Truth – Kein Blick zurück
In For A Penny – Süßes Glück
Running on Diesel – Harte Zeiten für die Liebe

…

Seaside Summers

Träume in Seaside
Herzen in Seaside
Hoffnung in Seaside
Geheimnisse in Seaside

…

Entdecken Sie Melissa Fosters Bücher auch auf:
www.MelissaFoster.com/Herzen-im-Aufbruch

www.ingramcontent.com/pod-product-compliance
Lightning Source LLC
Chambersburg PA
CBHW060942190726
48286CB00005B/1382